Adrian Plass
Darky Green

ADRIAN PLASS

Darky Green

ROMAN

AUS DEM ENGLISCHEN
VON CHRISTIAN RENDEL

Brendow
VERLAG + MEDIEN

Bibliografische Information Der Deutschen Bibliothek
Die Deutsche Bibliothek verzeichnet diese Publikation in der Deutschen Nationalbibliografie; detaillierte bibliografische Daten sind im Internet über http://dnb.ddb.de abrufbar.

ISBN-10: 3-86506-141-9
ISBN-13: 978-3-86506-141-6

Originaltitel: The battle for Darky Green

Einbandgestaltung: Georg Design, Münster
Titelfoto: Getty Images
Satz: Hans Winkens, Wegberg
Druck und Bindung: Clausen & Bosse, Leck
Printed in Germany

www.brendow-verlag.de

Dieses Buch ist meinem Freund »J« gewidmet, der das zentrale Prinzip dieser Geschichte besser versteht als jeder andere.

MITTWOCH

Am Mittwoch um fünf Uhr nachmittags trinkt Vaughn Macey schwarzen Kaffee in seiner Wohnung über der Drogerie in Lipsham. Die drei Zimmer sind alle ärgerlich klein, oder »kompakt«, wie die Makler es nennen, und die wenigen Möbel, die er sich zusammengeklaubt hat, sind abgewetzt und aus zweiter Hand. Aber es reicht – fürs Erste.

Macey erwartet einen Anruf. Als er kommt, stellt er seinen Becher ab, schnappt sich den Hörer von der Wand und drückt ihn an sein Ohr.

»Lenny! Schieß los. Okay – für wie lange? Ach du Scheiße, die ganze Reise!«

Er lehnt sich in seinem Sessel zurück und lacht tonlos, während er weiter zuhört.

»Gute Idee, Len. Oh, ja, das ist gut. Duff und Steve waren dabei? Hervorragend! Ihr drei seid doch ein paar ausgekochte Halunken. Man sollte euch gar nicht auf die Straße lassen. Wie geht es wem?« Seine Stimme klingt plötzlich härter. »Mein kleiner beschissener Herr und Meister ist heute genauso schräg drauf wie gestern und vorgestern. … Ja nun, es geht nur um den Zeitpunkt, Len. Das einzige Problem ist, den richtigen Zeitpunkt zu finden. … Nein, kein Problem. Na super. Um das Geld kümmern wir uns, wenn ich da bin. Bis dann, Alter.«

Macey hängt den Hörer zurück auf die Gabel und greift nach

seinem Kaffee. Sein Wieselgesicht ist ohne Ausdruck, als er den Becher an die Lippen führt und die starke, schwarze Flüssigkeit schlürft, doch hinter seiner Stirn schmiedet er Pläne. Das ist nichts Neues. Vaughn Macey verbringt eine Menge Zeit mit Pläneschmieden.

DONNERSTAG

1

Am Donnerstagmorgen um fünf nach zwei saß Tom Crane in seinem Schlafzimmer am Schreibtisch und tröstete sich mit der Gewissheit, dass selbst eine so scheinbar endlose Nacht wie diese irgendwann der Dämmerung eines neuen Tages weichen musste.

In der dunklen Welt außerhalb seines Vierzimmerhauses war alles still, bis auf den gelegentlichen Verkehr auf der zweihundert Meter entfernten Straße nach London. Nach einem dreistündigen Wolkenbruch am späten Abend taten die Reifen der vorbeifahrenden Autos prasselnd und zischend ihr Bestes, um die Versprechen der Werbung einzulösen und die von Wasserlachen bedeckte Straße sicher zu packen. Tom schöpfte ein wenig Trost aus dem Geräusch. Der Gedanke an Leute, die in ihren Autos unterwegs waren, hatte etwas Beruhigendes. Sie kamen von irgendwo her. Sie wollten irgendwo hin. Waren auf einer Reise, die einen Sinn ergab. Die Leute ergaben einen Sinn. Es konnten zum Beispiel Ärzte im Nachteinsatz sein. Zivilisierte, vertrauenswürdige Männer oder Frauen, pflichtbewusst und verantwortungsvoll, unterwegs, um Leidenden Linderung zu bringen, oder vielleicht auch erschöpft auf dem Rückweg vom letzten Notfall. Leute mit intelligenten Augen und angemessener Zurückhaltung.

Im Grunde eine dumme Denkweise. Leute, die in den frühen Morgenstunden mit dem Auto unterwegs waren, konnten genauso gut irgendwelche Schurkereien oder Wahnsinnstaten im Schilde führen. Sie konnten betrunken sein. Oder deprimiert und selbstmordgefährdet. Sie konnten unterwegs sein, um ein Verbrechen zu verüben. Nein, lassen wir das. Denk darüber jetzt nicht nach.

Die Zentralheizung hatte sich in ihrem Robotergehorsam schon vor drei oder vier Stunden mit einem Klicken und einem mechanischen Seufzen abgeschaltet, doch dank der geschlossenen Türen und Fenster war es immer noch einigermaßen warm im Zimmer. Dennoch schauderte Tom ein wenig, als er in seinem Morgenmantel mit verschränkten Armen vor dem Computertisch in der Ecke kauerte. Ein Beobachter hätte vielleicht die ungewöhnliche Reglosigkeit seines Körpers bemerkt und die Art, wie seine Augen ständig von einem Ende des Zimmers zum anderen zuckten oder in einem häufig wiederholten Dreiecksmuster zwischen Tür, Fenster und Telefon. Möglicherweise hätte dieser Beobachter daraus den Schluss gezogen, dass Tom gespannt auf etwas lauschte. Toms verzweifelte Hoffnung war, dass er, wenn er mit voller Konzentration lauschte, den lieblichen Klang absoluter Stille hören würde.

Schließlich schüttelte er sich, setzte sich gerade auf, tat einen langen Atemzug und zog die Tastatur zu sich, während er sich zum Schreibtisch drehte. Ein paar Augenblicke lang schwebten seine Finger unschlüssig über den Tasten; dann ließ er langsam die Luft aus seinen Lungen durch den Spalt seiner Lippen ausströmen und begann zu tippen.

2

Lieber Lance,

es ist zwei Uhr morgens. Ich wünschte so sehr, Du oder Olly wärt hier. Da wir uns eine ganze Weile nicht gesehen haben, hatte ich sowieso vor, Dir zu schreiben, aber es war eigentlich nicht mein Plan, das mitten in der Nacht zu tun. Es ist nur so, dass ich heute Nacht kaum schlafen konnte, weil ich immerzu daran denken musste, was heute in dem Zug passiert ist, mit dem ich aus dem Norden zurückgekommen bin. Das meiste war grauenhafte Wirklichkeit. Einiges waren nur dumme Träume.

Ich habe beschlossen, die Schreibtischlampe anzumachen und mich hier in den scheinbar sicheren kleinen Lichtkreis an meinem Schreibtisch zu setzen. Ich komme mir vor wie jemand in einem alten Hitchcock-Film. Also werde ich Dir auf dem Computer diesen Brief schreiben über das, was geschehen ist. Ich bin nicht wie Du und Olly. Mir fällt es viel leichter, Dinge zu Papier oder auf den Bildschirm zu bringen, als darüber zu reden. Außerdem brauche ich irgendetwas, was mich ablenkt. Ich brauche das Gefühl, nicht allein zu sein. Es hat ja keinen Sinn, elend in der Dunkelheit zu liegen und alberne Wortspielereien im Kopf zu vollführen. Weißt Du noch, meine Denkspielchen, von denen ich Dir erzählt habe? Nun, die helfen mir im Moment überhaupt nicht, Lance. Sie nützen mir sowieso immer nur dann, wenn es darum geht, mich von abstrakten Ängsten abzulenken, wie man es nennen könnte; von Ängsten, die mit familiären Beziehungen zusammenhängen, mit all meinen faszinierenden kleinen Unzulänglichkeiten und natürlich, wenn wie durch ein Wunder alle anderen Schatten verschwinden, mit der quälenden, aber beruhigend fernen Unvermeidlichkeit des Todes. All das kommt mir jetzt vor wie purer Luxus. Ich würde heute Nacht so ziemlich alles dafür geben, ganz und gar von diesen Banalitäten eingenommen zu sein. Alle Schrecken, mit denen sie mich bedrohen könnten, hätten doch am Ende keine Chance gegen meine aufregenden Denkabenteuer, wie zum Beispiel auszutüfteln, dass sich aus den Buchstaben des Wortes »Stop« fünf weitere englische Wörter bilden lassen.

Dieses spezielle Phänomen habe ich schon vor etlichen Jahren entdeckt, aber in dem muffigen, unbeleuchteten Warteraum, in dem Leute wie ich warten müssen, bis ihnen die Tür zum Schlaf aufgesperrt wird, kann ich mir meistens vormachen, diese große Offenbarung würde mir wieder einmal zum allerersten Mal zuteil. Sicher wird es dich faszinieren zu erfahren, dass immer wieder »opts« das Wort ist, das meine Freude vollkommen macht. Kaum tue ich so, als gäbe ich mich mit der doch recht zufriedenstellenden Summe von insgesamt fünf Anagrammen zufrieden, lässt der andere Teil meines Bewusstseins die glänzende Kugel jenes bescheidenen und doch selbstsicheren Wörtchens frohgemut auf die Bühne segeln und einen spontanen Applaus des Studiopublikums in meinem Kopf ernten. Armselig? Ja, ich glaube, so nennt man so etwas wohl. Ausgesprochen armselig.

Okay, Du brauchst es nicht zu sagen – ich weiß, ich schreibe dummes Zeug. Und ich weiß auch, warum: Weil ich mich eigentlich gar nicht wirklich mit dem auseinandersetzen möchte, was heute im Zug passiert ist. Die Frage ist, wenn ich die ganze Sache jetzt in Worte auf diesem Bildschirm fasse, wird es mir dann besser oder schlechter gehen? Das weiß ich einfach nicht. Ich habe nicht die leiseste Ahnung. Ich habe wirklich große Angst, Lance. Und ich glaube, das Schlimmste für mich ist, dass alles so verdammt verrückt war. Wenn irgendetwas Scheußliches, Furchtbares passiert, ist das unangenehm genug, aber normalerweise lässt es sich immerhin noch in das vertraute alte Puzzle des menschlichen Verhaltens einordnen.

Hitler meinte, er hätte gute Gründe dafür, in Polen einzumarschieren.

Stalin lächelte für die Fotografen.

Oder, um nicht ganz so weit abzuschweifen, ein Junge namens James Foley, der zwei Jahre älter war als ich, tyrannisierte mich immer in der Schule und nahm mir fast jeden Tag meine Pausenbrote weg. Habe ich dir je von ihm erzählt? Meiner Mutter jedenfalls nie. Er sagte, er tue das, weil ich ihm in der ersten Woche des Schuljahres auf dem Schulhof »frech gekommen« sei. Tag für Tag machte er mir das Leben zur Hölle, aber selbst dieser Kerl hielt es für seine Pflicht, seinen Untaten irgendeine moralische Rechtfertigung überzustülpen. Vielleicht wird es in der Hölle irgendwo einen Winkel geben, wo Stalin gezwungen wird, einen ängstlichen kleinen Sextaner zu spielen, dem jeden Tag von James Foley das Pausenbrot geklaut wird, der seinerseits wiederum feststellen muss, dass in der gestohlenen Tüte nie etwas ist, was sich nicht in lebendige Würmer oder Maden verwandelt, sobald er es in den Mund steckt. Vielleicht wird Ian Botham mit aller Kraft Kricketbälle auf Adolf Hitler schmeißen, der sich mit dem Schläger in der Hand als absolute Pflaume entpuppt.

Nein, das Problem mit dem, was heute passiert ist, besteht darin, dass es nicht nur scheußlich und furchtbar war, sondern auch ganz und gar unbegreiflich. Es hatte nichts zu bedeuten und hat doch alles verändert. Grauenhafte Ereignisse, die nicht den geringsten Sinn haben, sind der Stoff, aus dem die Albträume sind; so war es zumindest bei mir immer. Und aus Albträumen wacht man wieder auf, nicht wahr, Lance? Nach allem, was ich weiß und was Du im Laufe der Jahre erzählt hast, hast Du es immerhin geschafft, aus allen Deinen Albträumen aufzuwachen, und ich weiß, dass ein paar wirklich schlimme dabei waren. Bisher hatte ich auch das Glück, aus allen meinen wieder aufzuwachen. Gott sei Dank dafür! Ein herrlicher Augenblick, wenn man nach dem schlimmsten aller Träume wieder ins Bewusstsein zurücktaumelt und einen diese überwältigende, atemberaubende Erleichterung überkommt, die den brennenden Kern des Grauens auslöscht. Es war alles nur Illusion, ich habe diesen schrecklichen Verrat nicht wirklich begangen. Ich habe Beth verteidigt, als sie auf der Straße angegriffen wurde. In Wirklichkeit mussten meine Augen nicht diesen widerwärtigen Anblick ertragen. *Natürlich* werden meine Beine sich bewegen, wenn ich es will. Dafür sind Beine ja da.

Aber da ich ja gar nicht schlafen konnte, befinde ich mich immer noch in meinem wachen Albtraum und kann auch nicht daraus aufwachen. Tut mir leid – ich fange an zu faseln. Das, was heute Nachmittag im Zug passiert ist, war kein Traum. Ich sage Dir, Lance, es hat mein ganzes Wesen durch und durch gerüttelt, vom Geist bis zu den Knochen. Es ergibt nicht den geringsten Sinn, und trotzdem ist es wirklich passiert.

Ich höre jetzt mal kurz auf, um ins Bad zu gehen. Zum Glück ist es gleich nebenan. Da ich kein Amerikaner bin, sollte ich hinzufügen, dass ich bei der Gelegenheit wahrscheinlich auch gleich auf die Toilette gehen werde. Wenn ich wieder da bin, werde ich mich vielleicht dazu durchringen können, über das zu schreiben, was im Zug passiert ist. Vielleicht auch nicht.

Geh nicht weg. Ich weiß, du bist gar nicht da, aber – geh einfach nicht weg.

Bin wieder da. War im Bad. Ein paar der Fußbodendielen unter dem Linoleum haben sich etwas gelockert. Wenn man das Gewicht darauf auch nur leicht verlagert, knarren und ächzen und stöhnen sie. Ich weiß genau, dass das Geräusch, das diese Dielen von sich geben, wenn man darauf tritt, im Wohnzimmer unter mir noch lauter zu hören ist als hier oben. Ich schätze, das ganze Zimmer unten wirkt wie ein riesiger Verstärker.

Über das, was jetzt kommt, wirst Du bestimmt lachen. Na ja, ein bisschen.

Während ich eben im Bad war, habe ich mich mehr bewegt, als eigentlich nötig gewesen wäre, damit, falls sich irgendwelche Einbrecher unten zu schaffen machen, sie merken, dass jemand wach ist und möglicherweise gleich hinunterkommen und sie stören wird. Wenn sie dieses Ächzen der Dielen hören und merken würden, dass Licht brennt, würden sie sich hoffentlich aus dem Staub machen, um nicht erwischt und bestraft zu werden. Wer weiß, vielleicht habe ich ja alle fünfzehn Spieler unserer Rugbymannschaft über Nacht zu Besuch? Ja, ja, ich weiß, wie paranoid sich das alles für jemanden anhört, der noch alle Tassen im Schrank hat, aber nach den heutigen Ereignissen bin ich randvoll mit einer Furcht, die sich nicht in Worte fassen lässt. Hört sich melodramatisch an, was? Aber mir ist regelrecht übel davon. Immerzu wünsche ich mir, Du und Olly und Beth wärt hier bei mir und würdet Sandwichs mit gebratenem Speck essen, mit Tomatensauce für mich, aber nicht für Euch, und Kaffee trinken und über alles lachen.

Die Männer im Zug.

Einen Moment noch.

Ich habe mich schon oft gefragt, wie ich damit umgehen würde, wenn ich einmal mit echter Gewalttätigkeit konfrontiert wäre. So richtig begegnet ist sie mir bisher kaum, aber durch das Fernsehen und die Zeitungen und so ist mein Kopf ständig voll davon. Wie würde ich damit klarkommen? Was ist angreifbarer, mein Stolz oder mein Körper? Was meinst Du? Wie würdest Du damit fertig werden?

Während der letzten paar Stunden habe ich im Geist eine ganze Palette von Szenarios durchgespielt. Bei einem davon spielt das Telefon eine Rolle. Ich weiß nicht, ob Du Dich erinnerst, aber ich habe ein Telefon auf einem der Regalbretter des Bücherschranks neben der Tür in meinem Schlafzimmer stehen. Ich habe über etwas nachgedacht, was mir um diese Uhrzeit in dieser Nacht geradezu lebenswichtig erscheint. Falls ich irgendwann in den frühen Morgenstunden jemanden unten in mein Haus einbrechen hören würde, wie geschickt und effektiv würde ich mich eigentlich dabei anstellen, wenn ich das Telefon da drüben benutze? Ich meine, wäre es zum Beispiel besser, jede Menge Lärm und Radau zu machen, wenn ich die Polizei anrufe, oder wäre es vernünftiger, so leise wie möglich in die Muschel zu flüstern? Ich schätze, ich tendiere dazu, dass lautes Reden vielleicht denselben positiven Effekt hätte, den ich mir von den knarrenden Dielen in meinem Bad erhofft habe. Die hypothetische Rugbymannschaft, die hier übernachtet, und so. Andererseits könnte der Klang meiner Stimme, wenn ich die Polizei anrufe, auch dazu führen, dass die Einbrecher mordlüstern die Treppe herauf- und ins Schlafzimmer gestürmt kommen, um mir das Telefon aus der Hand zu reißen, bevor ich dazu komme, die wesentlichen Informationen durchzugeben.

Ob ich nun schreie oder flüstere, auf jeden Fall wäre es ratsam, mir meine Darstellung des Geschehens vorher sorgfältig zurechtzulegen, um der Polizei in der kürzestmöglichen Zeit so viele Informationen wie möglich geben zu können. Da stimmst Du mir zu, nicht wahr? Ich meine, mich aus einschlägigen Fernsehsendungen im Laufe der Jahre daran zu erinnern, dass konkrete persönliche Angaben in solchen Fällen so ziemlich das Wesentliche schlechthin sind. Das muss wohl auch so sein, oder? Ich meine, was hätte es für einen Sinn, unzusammenhängendes Zeug darüber zu faseln, was gerade passiert, wenn die Person am anderen Ende nie die Adresse zu hören bekommt, wo die Hilfe benötigt wird? Gar keinen natürlich. Nun, ich glaube, ich bin so weit, dass ich die Mitteilung auf die wesentlichen Punkte zurechtgetrimmt habe. Ich habe es sogar einstudiert. Folgendes würde ich sagen, glaube ich

»Hallo, mein Name ist Thomas Crane, C-R-A-N-E. Ich wohne in Nr. 5 Shropshire Gardens, Lanworth, einem der Häuser, deren Rückseite an den Schulhof grenzt. Das ist der Abzweig nach rechts gleich vor der Esso-Tankstelle an der Straße nach London, wenn

Sie von Swanbridge hereinkommen. Mein Haus ist das dritte auf der linken Seite. Im Vorgarten steht so ein rot angestrichener alter Pflug als Dekoration. Ich rufe an, um Ihnen zu sagen, dass ich aus dem Erdgeschoss beunruhigende Geräusche höre. Ich glaube, ich habe Einbrecher im Haus. Könnten Sie bitte jemanden vorbeischicken, um nach dem Rechten zu sehen? Vielen Dank.«

Was könnte ich noch hinzufügen oder weglassen? (Lächerlicherweise habe ich tatsächlich mit dem Gedanken gespielt zu erklären, dass der Pflug nichts mit mir zu tun hat, sondern noch aus der Zeit stammt, als ich zusammen mit meinen Eltern in Lipsham wohnte, und dass ich ihn bei meinem Umzug mit hierher geschleppt habe, weil ich sonst nichts damit anzufangen wusste.) Vielleicht würde ich auch fragen, was der Mann oder die Frau am anderen Ende der Leitung meint, dass ich tun sollte, während ich warte. Mein innigster Wunsch ist, dass ich dann streng angewiesen würde, ja befohlen bekäme, oben zu bleiben und unter keinen Umständen den Eindringlingen entgegenzutreten. Dann würde ich widerstrebend versprechen, vernünftig zu sein.

Aber wenn die Eindringlinge nun nach oben kämen? Wenn sie nun in mein Zimmer kämen? Hier ist noch eins von meinen Szenarios. Schon wenn ich darüber nachdenke, quellen mir vor Angst die Augen aus dem Kopf.

Ein Mann kommt nach oben in mein Zimmer. Plötzlich ist er einfach – da! Er sieht böse und aggressiv aus. Ich warte nicht ab, bis die Angstsuppe in mir anfängt zu brodeln und überzukochen. Stattdessen bücke ich mich und packe mit beiden Armen das schwere Holzschränkchen neben meinem Bett. Dann halte ich es vor mich, schließe die Augen, beiße die Zähne zusammen und *stürze*, angetrieben von schierem Entsetzen, mit meinem ganzen Gewicht auf ihn zu. Damit hat er nicht gerechnet und er fällt rückwärts schwer zu Boden, schlägt mit dem Kopf auf der Türschwelle auf und verliert das Bewusstsein. Hoffe ich. Ich spähe um meine wuchtige Waffe herum und seufze erleichtert auf, als ich sehe, dass es tatsächlich geklappt hat. Nachdem ich den Nachttisch abgesetzt habe, suche ich mir rasch einen Gürtel oder eine Krawatte, um damit die Handgelenke und Füße des Einbrechers zu fesseln. Hier ist eine mögliche – eine wahrscheinliche Fehlerquelle! Wüsste ich, wie ich den Knoten binden muss? Würde ich ihn fest genug binden? Keine Ahnung. Übrigens, der zweite Mann, falls einer da war, war so beeindruckt und überwältigt von der Heftigkeit meiner gewaltsamen Reaktion, dass er sich schon längst aus dem Staub gemacht hat, als ich damit fertig bin, seinen Partner zu verschnüren.

Ein noch wünschenswerteres, aber weit weniger wahrscheinliches Szenario ist das, bei dem ich mit reinster, weiß glühender Wut reagiere. Mit viel geistiger Anstrengung kriege ich es gerade mal ansatzweise hin, dieses Szenario im Bauch zu spüren. Diesmal verschmähe ich verächtlich den dummen, schwächlichen Gedanken, die Polizei zu kontaktieren. Und schon gar nicht schleiche ich in meinem Zimmer oder im Bad herum, bringe Dielen zum Knarren und hoffe, dass die ganze Sache einfach verschwinden und mich in Ruhe lassen wird. Stattdessen packe ich das Vierer-Eisen, das ich in die Ecke zwischen Schrank und Wand gestellt habe, bevor ich gestern Abend zu Bett gegangen bin, stürme die Treppe hinunter wie Lava aus einem Vulkan, ohne mich darum zu scheren, was ich gerade anhabe, und falle in meinem gerechten Zorn über die Schurken her wie die leibhaftige Sintflut.

»Was zur *Hölle* habt ihr in meinem Haus zu suchen!«, brülle ich. »Ihr wagt es, meine Wohnung und mein Leben mit eurer ekelhaften Gier und Selbstsucht zu besudeln! Raus! Los, raus mit euch! Macht euch ab, dahin, wo ihr hergekommen seid, bevor ich mit euren Köpfen meinen Golfschwung übe! *RRRAUSSS!*«

Ich schlage sie mit gefletschten Zähnen in die Flucht, Lance. Ich bin eine Naturgewalt. Überwältigend. Sie weichen zurück, zermalmt und beschämt von der schrecklichen Personifizierung wütender Gerechtigkeit, die ihnen entgegengetreten ist. Zerknirscht von dem Wissen, dass sie ein niederträchtiges Unrecht begangen haben, kriechen sie in die Dunkelheit davon und faseln ängstlich von dem Vorsatz, vielleicht ihr Leben zu ändern.

Warum schreibe ich diesen ganzen Blödsinn, Lance? Ich weiß, warum. Es liegt an der Zugfahrt heute. An dem, was im Zug passiert ist. Ich weiß nicht, ob ich je wieder werde schlafen können.

Nun gut. Tief Luft holen. Noch einmal tief Luft holen. Sauerstoffmangel herrscht in meinen Lungen heute Nacht jedenfalls nicht! Folgendes ist passiert. Dadurch, dass ich darüber schreibe, werde ich ja wohl kein zweites Ereignis dieser Art heraufbeschwören, oder? Nein, Tom, verdammt noch mal, jetzt hör auf, dich so blöde anzustellen.

Ich war oben in Cumbria, um meine Großtante Ethel in dem Pflegeheim zu besuchen, in dem sie wohnt. Du bist ihr nie begegnet, aber ich habe Dir und Beth von ihr erzählt, und Ihr sagtet beide, es höre sich so an, als ob sie eine tolle Frau wäre. Sie hat Mitte des letzten Jahrhunderts einen Monat als Obdachlose verkleidet auf der Straße zugebracht, um für irgendeine katholische Zeitschrift darüber zu schreiben. Früher hat sie Pfeife geraucht. Sie ist eins von diesen großartigen alten Originalen. Der Besuch bei ihr war ziemlich traurig und schrecklich, weil – ach, davon erzähle ich Euch, wenn ich Euch das nächste Mal sehe. Bald, hoffe ich. Wenn Ihr nur jetzt hier wärt. Ihr könntet mein Publikum sein und mir dabei zuschauen, wie ich Euch beschütze. Mit einem Publikum käme ich mir viel tapferer und echter vor. So war das bei mir schon immer.

Als ich heute Morgen am Bahnhof ankam, um die Rückfahrt anzutreten, beschloss ich, mir etwas zu gönnen. Erzähl Beth bitte nichts davon. Sie würde nur den Kopf schütteln und mit der Zunge schnalzen. Es gab da ein richtig gutes Sonderangebot für Plätze in der ersten Klasse, und ich fahre einfach gern erster Klasse. Es ist wie ein heimliches Laster. Dafür zahle ich auch gern ein paar Pfund mehr als normalerweise. Eigentlich finde ich gar nicht, dass die Sitze so viel bequemer sind, aber größer sind sie auf jeden Fall, und nicht so hässlich; und meistens hat man einen von diesen schönen, großen Tischen mit der glatten Oberfläche für sich allein. Da kann man dann die Zeitung über den ganzen Tisch ausbreiten und gemütlich lesen oder dösen und sich vielleicht im Bistro einen Kaffee und einen Möhrenkuchen holen.

Meistens kriege ich dann ein bisschen die Krise, während ich auf dem Bahnsteig darauf warte, dass der Zug zum Stillstand kommt. Die Aussicht auf so viel Behaglichkeit scheint mir irgendwie zu schön, um wahr zu sein. Und dann weht eine Brise der Entspannung und Erleichterung durch mein ganzes winziges Universum, wenn ich in den Zug steige und entdecke, dass doch alles in Ordnung ist. Das kleine Wunder passiert tatsächlich wieder. Manchmal ist das Wunder auch gar nicht so klein. Mir ist es schon mehr als einmal passiert, dass ich einen ganzen Waggon für mich hatte. Einen ganzen Waggon, Lance! Das ist schon ein großes Wunder. So etwas finde ich großartig. Und heute war es wieder so. Die erste Klasse des Zuges war praktisch leer und in den beiden Waggons, die am weitesten vom Bistro entfernt waren, war keine Menschenseele zu sehen. Glücklich setzte ich mich auf einen Fensterplatz in Fahrtrichtung an einem Tisch in der Mitte eines dieser leeren Waggons. Besser hätte es nicht sein können. Ich entfaltete die Zeitung, die ich mir zum Lesen mitgebracht hatte, und breitete sie auf der Tischplatte vor mir aus. Meine Fahrkarte legte ich fein säuberlich daneben, um sie zur Hand zu haben, wenn der Schaffner kommen würde. Dann lehnte ich mich in meinem Sessel zurück und schloss die Augen. Oh Seligkeit! Ich sage Dir, Lance, das ist einfach ein herrlicher Augenblick – oder das war es bisher.

Ich hatte die Augen immer noch geschlossen, als der Zug langsam aus dem Bahnhof rollte. Ein weiterer Vorzug dieser Erste-Klasse-Waggons ist, dass sie offenbar einen sehr effektiven Schallschutz haben. Ist Dir das schon einmal aufgefallen? Die Beschleunigung gleicht eher einem leisen, weichen Gleiten als dem normalen, vulgären Geholpere. Fast einschläfernd. Noch während der Zug Geschwindigkeit aufnahm, driftete ich in jenen angenehm schwebenden, formlosen Geisteszustand zwischen Schlafen und Wachen, in den einen eine solche rhythmische Bewegung versetzen kann. Dennoch muss mir undeutlich bewusst gewesen sein, dass wenig später eine oder mehrere andere Personen aus Richtung des Bistros in meinen Waggon gekommen waren, denn ich öffnete meine Augen einen winzigen Spalt weit und schob das letzte, köstliche Versinken in der Bewusstlosigkeit noch einen Moment hinaus, um sie zu beobachten, während sie an meinem Tisch vorbeigingen.

Es waren mehrere Personen, nicht eine. Sie waren zu dritt. Und sie gingen nicht an meinem Tisch vorbei.

Versetze Dich bitte in meine Lage, Lance. Stell Dir vor, wie eigenartig das war, was als Nächstes geschah. Der Rest meines

Erste-Klasse-Waggons war völlig unbesetzt. Der nächste Waggon vor uns war gänzlich leer. Das heißt, diese Neuankömmlinge, wer immer sie waren, hatten ungefähr – ich weiß nicht – fünfzig oder sechzig Sitzplätze zur Auswahl. Fensterplätze, Gangplätze, Tischplätze, Liegesitze im Flugzeugstil, Sitze gegen die Fahrtrichtung, Sitze in Fahrtrichtung, überall hätten sie sich niederlassen können.

Doch sie beschlossen, sich zu mir zu setzen.

»Sind die frei?«, fragte einer von ihnen barsch und ohne Lächeln und deutete mit einer Handbewegung auf die drei leeren Plätze an meinem Tisch.

Während ich mich wieder zu vollem Bewusstsein aufrappelte, zappelte ich ein bisschen herum und verfiel dann in einen jener Ausbrüche hektischer Höflichkeit, die Du ja von mir kennst, rutschte völlig unnötigerweise näher ans Fenster, stauchte meine Zeitung zusammen, bis sie weniger als ein Viertel der Tischfläche einnahm, und steckte meinen Fahrschein in eine Seitentasche meiner Jacke.

Ich höre Dich schon die naheliegende Frage stellen. Warum habe ich denen nicht vorgeschlagen, sich einen eigenen Tisch zu suchen? Lance, ich konnte es nicht. Ich weiß, das ist jämmerlich. Ich brachte es nicht fertig. Selbst in meinen besten Momenten hätte ich das vermutlich nicht hingekriegt, und dies war keiner von meinen besten Momenten. Dies war einer meiner scheußlichsten Momente. So grobe, hässliche, raue Männer wie diese drei habe ich selten gesehen. Mir sank das Herz bis in die Kniekehlen, als ich sie zu mustern versuchte, ohne den Anschein zu erwecken, als starrte ich sie an. Ich werde versuchen, sie Dir zu beschreiben.

Ich fange mit dem an, der sich auf den Eckplatz am Fenster mir gegenüber setzte. Er muss wohl Ende fünfzig gewesen sein – ich bin nicht sehr gut darin, das Alter von Leuten zu schätzen. Seine Schultern waren enorm und seine Arme schienen es darauf anzulegen, aus den Nähten seiner abgewetzten, verblichenen Jacke, die gut und gerne zwei bis drei Größen zu klein für ihn war, zu platzen. Sein Gesicht unter den dünnen, krausen, grauen Haaren sah aus wie eine große Scheibe verfärbten Fleisches. Die Haut war von Pockennarben und anderen Narben durchzogen. Seine Augen waren klein, kalt, tot; sie hatten etwas erschreckend Unerbittliches. Dieses Gesicht sah aus, als wäre es im Laufe der Jahre so oft geschlagen und verletzt und verbeult worden, dass es jetzt gar nichts mehr spüren könnte, wie fest man auch hineinschlüge. Eine seiner riesigen Hände lag auf dem Tisch. Die knorrigen Finger sahen aus, als wären sie imstande, einem normalen menschlichen Wesen – mir zum Beispiel – ohne die geringste Anstrengung das Leben auszuquetschen.

Die anderen beiden waren ebenso gewaltig, aber auf andere Art. Sie waren beide jünger. Der Mann, der sich auf den Sitz neben mir gequetscht hatte, war ein Fettkloß in einem bodenlangen, dicken, schwarzen Mantel mit Samtkragen, der aus diesem teppichähnlichen Stoff bestand, der Haare und Staubkörner anzieht wie ein Magnet. Er hatte ein dunkles, falkenähnliches Gesicht und struppige schwarze Haare, die er mit Gel nach hinten gekämmt hatte, bis kurz über dem Mantelkragen, wo sie kreuz und quer endeten. Alles voller Schuppen. Er kauerte mit nach vorn hängendem Kopf auf seinem Sitz; sein Unterkiefer stand etwas offen und die feuchte, fleischige Unterlippe ragte vor, als steckte er für immer in jenem schrecklichen, halb gelähmten Zustand fest, in dem man nicht genau weiß, ob man sich tatsächlich erbrechen wird oder nicht, aber damit rechnet und sich wünscht, es wäre schon vorbei. Diese Unterlippe war viel zu feucht und rot. Sie glänzte.

Fängst Du schon an, Dir zu wünschen, Du wärst dabei gewesen? Ich kann Dir gar nicht sagen, wie sehr ich mir gewünscht habe, Du wärst da, und wie froh ich war, dass Du es nicht warst. Vor allem war ich erleichtert, dass Beth nicht da war.

Eigentlich war es der Mann gegenüber von dem Falkengesicht, der mir die meiste Angst einjagte, obwohl er nicht auf die knorrige oder fettkloßartige Weise riesig war wie die beiden anderen. Er war ein ganzes Stück größer als sie und nicht so massig, aber sein Körper und seine Gliedmaßen waren lang und geschmeidig und sahen für mich irgendwie auf eine träge Art stark aus. Ein athletischer Riese. Aber es war das Lächeln auf seinem ebenmäßigen Gesicht, das mir Angst machte. Ich war mir ziemlich sicher, dass ich so ein Lächeln schon einmal irgendwo gesehen hatte, Lance. Ich nehme an, Du auch. Es war die Art Lächeln, die nicht das Geringste mit

Humor, Freundlichkeit oder Liebenswürdigkeit zu tun hat. Es war die leicht verrückte, aber unangreifbare Miene eines Mannes, der nicht den leisesten Zweifel hat, dass er jeden Kampf oder Konflikt, in den er gerät oder sich bewusst begibt, für sich entscheiden wird. Es war das eisig heitere, triumphierende Feixen eines Mannes, der entdeckt zu haben glaubt, dass das endgültige, alles schlagende Argument selbst gegen den klügsten und geschicktesten Gegner darin besteht, ihm den Arm grausam zu verdrehen, bis er bricht, oder ihm den Kopf nach hinten zu ziehen, bis von der Wirbelsäule, auf der er sitzt, ein knackendes Geräusch zu hören ist.

Nichts spielt eine Rolle.

Das war es, was dieses Lächeln sagte. Ich schätze, dasselbe muss es seit Tausenden von Jahren der Geschichte auf unzähligen Gesichtern in Millionen verschiedener Situationen gesagt haben. Nichts spielt eine Rolle. Nicht deine Ideen oder deine Pläne, nicht deine Empfindlichkeiten oder deine sorgfältigen Argumente, nicht dein Geben und Nehmen oder deine Großzügigkeit, nicht dein erbärmliches Märchengeschwafel von einer so genannten spirituellen Dimension. Nichts von alledem spielt eine Rolle, denn letzten Endes bin ich größer als du. Und selbst wenn ich nicht größer bin als du, spielt es immer noch keine Rolle denn ich kenne jemanden, der größer ist, und ich kann hingehen und ihn und im Notfall auch noch ein paar andere holen und sie herbringen, und gemeinsam werden wir alles, was du zu sein glaubtest, zu einem kleinen heulenden Häuflein wimmernder Furcht zerstampfen. Kurz bevor du stirbst, wirst du sehen, dass nichts von dem ganzen kindischen Quatsch je eine Bedeutung hatte, du bescheuerter kleiner Fetzen Nichts!

Du kennst mich ja, Lance. Ich neige dazu, selbst das zu werden, was ich verabscheue. Fast immer bei den Gelegenheiten, wenn ich dieses Lächeln gesehen habe, hat in meinem Innern ein Kampf getobt. Ein Teil von mir möchte reden, erklären, argumentieren, möchte den Lächler davon überzeugen, dass man zwar, wie ein berühmter Mensch, dessen Namen ich nicht mehr weiß, einmal sagte, all diese menschlichen, feinsinnigen Dinge nicht braucht, um zu überleben, dass sich aber das Überleben nicht lohnt, wenn man sie nicht hat. Ein anderer Teil von mir möchte ihn mit dem Vorschlaghammer zu Boden schlagen, sich auf seine Brust knien und ihm so lange ins Gesicht schlagen, bis er mir endlich zustimmt, dass Einfühlungsvermögen und Zurückhaltung kostbare Tugenden sind.

Wie auch immer …

Sie saßen einfach da. Sie lasen nicht. Sie unterhielten sich nicht. Sie gingen weder ins Bistro noch auf die Toilette. Sie rührten sich überhaupt kaum. Sie machten nicht eine einzige bedrohliche Geste in meine Richtung. Das brauchten sie auch gar nicht. Der knorrige Typ gegenüber von mir trommelte hin und wieder mit fünf seiner zehn Cumberland-Würstchen einen Rhythmus auf der Tischkante, aber das war alles. Diese drei riesigen Männer waren einfach da, und ich saß auf meinem Eckplatz fest, unfähig, mich zu rühren. Das ist die schlimmste Form der Klaustrophobie. Mir blieb vor Angst fast der Atem weg. Und ich hatte einen ganz merkwürdigen Geschmack im Mund. In Geschichten ist manchmal von dem Geschmack der Furcht die Rede, kennst Du das? Ich fand das immer albern. Eine Erfindung der Schriftsteller, um ihre Geschichte ein bisschen auszuschmücken. Ist es aber nicht. Es gibt diesen Geschmack wirklich. Er ist beißend scharf, metallisch und ekelhaft – wirklich unangenehm. Ich lechzte nach etwas zu trinken.

Zu alledem kam, dass mir nach einer Weile nichts mehr einfiel, was ich mit meinem Gesicht anstellen konnte. Nach ein paar Minuten kam ich mir vor, als wäre mir die Furcht wie eine weiße Paste auf die Haut meiner Wangen geschmiert worden und dann erstarrt, sodass die Muskeln darunter nicht mehr richtig funktionierten. Ich tat so, als ob ich meine Zeitung läse, und gab mir alle Mühe, meine Fantasie im Zaum zu halten, aber ich konnte es nicht. Ständig gaukelte sie mir Szenen von abscheulicher, explosiver Gewalttätigkeit vor, in denen diverse meiner Körperteile mit grauenhafter, gefühlloser, mechanischer Gleichgültigkeit gepackt und umklammert und verdreht wurden.

Aber warum? Diese Frage stellte ich mir unentwegt. Was sollte das alles? Warum waren sie in meinen Waggon gekommen? Warum hatten sie sich an meinen Tisch gesetzt, wo ihnen doch noch so viele andere zur Auswahl standen? Waren sie mir gefolgt? Hatten sie vor, mich auszurauben? Gehörte das alles zu irgendeinem ausgeklügelten Plan? Waren sie von jemandem angeheuert, der mich hasste oder etwas von mir wollte? Aber wie konnte so etwas sein? In meinem Leben gab es nichts, was so eine Vermutung wahrscheinlich gemacht hätte; zumindest nichts, was mir bewusst gewesen wäre.

Andererseits war es vielleicht auch überhaupt nichts Derartiges. Vielleicht war es nur so etwas wie ein groteskes Wochenendhobby, das die drei entwickelt hatten. Man sucht sich ein Opfer in einem leeren Zug und macht sich daran, ihm ohne Worte eine Heidenangst einzujagen, einfach so aus Spaß. Eine Art psychische Perversion.

Was hatten sie wohl als Nächstes vor? Wie lange würde ich hier sitzen und mich beherrschen müssen, um nicht sichtbar zu zittern, bevor ich herausfand, was sie im Schilde führten? Ich lehnte meinen Kopf an und schloss die Augen, wie ich es als Kind oft tat, wenn ich im Bett lag und mitten in der Nacht von schrecklichen Gedanken geängstigt wurde. Vielleicht döse ich ja ein, sagte ich mir, und schlafe den ganzen Weg bis London. Nicht, dass ich wirklich daran geglaubt hätte, aber erstaunlicherweise taumelte ich nach ein paar Minuten tatsächlich in einen unruhigen, flachen, narkotischen Schlaf. Frieden brachte er mir allerdings nicht, was an den merkwürdigen Ereignissen in dem Traum lag, der dann folgte. Er war so grellbunt wie der Umschlag eines alten Kriminalromans.

Ich weiß, im Großen und Ganzen sind die Träume anderer Leute genauso notorisch langweilig wie die siegreichen Romméblätter anderer Leute, aber ich werde Dir trotzdem von meinem erzählen. In meinem Traum saß ich in einem gewöhnlichen, sonnendurchfluteten Wohnzimmer, hell und licht und in klaren, reinen Farben dekoriert. Wo ich war, wusste ich nicht; nur, dass ich mich dort befand, weil es etwas sehr Wichtiges zu tun gab. Ich musste mich um irgendetwas kümmern. Aber um wen oder was? Plötzlich wurde es mir bewusst. Natürlich! Wie hatte ich das vergessen können? Da war ein Baby. Ein Baby lag fest schlafend da drüben in der Wiege hinter dem Sofa. Darum ging es also. Man hatte mir ein kleines, zerbrechliches Baby anvertraut, und ich entdeckte in mir eine grimmige Entschlossenheit, meiner Aufgabe aufs Gewissenhafteste gerecht zu werden, welche Gefahren auch immer drohen mochten. Dieses unendlich wichtige kleine Lebewesen da drüben würde bei mir in Sicherheit sein. Dafür würde ich sorgen.

Dann schien ganz plötzlich ein Schatten über das ganze Zimmer zu fallen, ein finsterer Vorhang der Traurigkeit und des drohenden Unheils. Entsetzt schlug ich die Hand vor den Mund. Oh nein – ich hatte etwas vergessen. Irgendetwas ganz Entscheidendes hatte ich übersehen, eine Gefahr hier in diesem Zimmer, die das Leben meines kleinen Schützlings bedrohen würde, wenn ich nicht sofort handelte. Eine schreckliche Katastrophe rollte auf das neue Leben in jener Wiege zu, und ich musste dringend dahinterkommen, was es war, das ich versäumt hatte, um es zu beschützen. Aber ich kam einfach nicht darauf. Ich überprüfte die Tür. Verriegelt. Ich öffnete einen Hängeschrank an der Wand. Nichts darin, was gefährlich werden konnte. Schließlich drehte ich mich wie ein Kreisel in der Mitte des Zimmers und malte mir voller Panik aus, dass binnen Sekunden dieser unerkannte Unheilsbringer sich mein Versäumnis zunutze machen würde. Aber was in aller Welt …?

Ah! Das war es! Das Fenster! Das Fenster! Ich hatte das Fenster hinter dem Sofa vergessen. Es stand weit offen. Aber es war noch Zeit – es war doch sicher noch Zeit. Es würde nur Sekunden dauern, das Zimmer zu durchqueren und das Fenster zu schließen. Also los. Ich musste jetzt wirklich los. Ich musste meinen Fuß heben und nach vorn schwingen, um den ersten Schritt in diese Richtung zu tun. Mein Fuß und mein Bein fühlten sich unendlich schwer an, aber ich hatte keine Wahl. Ich *musste* dieses Fenster schließen!

Genau in dem Moment, als meine gelähmten Gliedmaßen plötzlich befreit waren, verdunkelte sich das Zimmer und etwas Lebendiges, Geschmeidiges füllte den Fensterrahmen aus, muskulös und schwer, aber gewandt auf dem Fensterbrett balancierend. Im nächsten Moment war die gelb-schwarze, sehnige Gestalt eines Leoparden über der Wiege. Der Kopf schoss hinab und tauchte mit dem Baby wieder auf, das nun nackt in seinen Zähnen hing. Nur einen einzigen, kläglich wimmernden Schrei stieß das hilflose kleine Ding aus. Bis ich am Fenster war und mich hinauslehnte, um in den dunklen Garten zu spähen, war nichts mehr zu sehen. Mit tränennassem Gesicht hob ich die Hand von der Fensterbank und starrte voll Grauen auf das klebrige Rot, das meine Finger und meine Handfläche bedeckte. Ein schreckliches, unverzeihliches Versagen. Ein entsetzlicher Verlust. Es war ein wichtiges Baby gewesen, ein unendlich wichtiges Baby.

Ich glaube, ich muss wohl einen kleinen unterdrückten Aufschrei von mir gegeben haben, als ich aufwachte. Der Leopard und das verlorene Baby waren nur ein beunruhigender Traum gewesen. Aber damit war ich nur aus einem meiner Albträume erwacht. Die drei Männer, die an meinem Tisch saßen, waren keine Albtraumgestalten. Sie waren beunruhigend real. Nichts hatte sich verändert, soweit ich sehen konnte. Keiner der drei schaute mich auch nur an. Was, fragte ich mich, würde wohl geschehen, wenn ich halb aufstehen und zu Mr. Pomade zu meiner Linken »Entschuldigen Sie mich« sagen würde? Würde er dann grunzend seine gewichtige Gestalt emporhieven und seinen Platz räumen, um mich hinaus auf den Gang zu lassen, sodass ich in die verlockende Geborgenheit der zweiten Klasse entkommen und mich in der Ecke einer doppelt verriegelten Toilette verstecken könnte? Vielleicht. Vielleicht würde aber auch der andere, der Lächler, mir folgen, wenn ich das täte, würde gemächlich, ohne jede Hast, durch den Zug schlendern und genau wissen, dass er mich, wo immer ich mich auch verstecken mochte, irgendwie aufspüren und mühelos meine Wirbelsäule verknoten oder mich durch ein Fenster auf die Gleise werfen würde.

Der Schaffner erschien. War das vielleicht meine Chance? Schließlich trug der Mann eine Uniform. War dieser Vertreter der Obrigkeit in der Lage, mich vor dem grauenhaften Schicksal zu erretten, das mich erwartete? Der Schaffner war ein kleiner, schmächtiger, liebenswürdiger Mann, unter dessen Uniformmütze graue Haarbüschel hervorlugten. Er nannte uns alle »Herrschaften«. Der Mann, der mir gegenübersaß, pflückte ein paar Geldscheine aus einem dicken Bündel und bezahlte damit den Aufpreis für die erste Klasse und der Schaffner entschuldigte sich bei ihm dafür, dass er ihm das Wechselgeld nur in Ein-Pfund-Münzen geben konnte. Die Chance, dass dieser freundliche Zeitgenosse den Männern an meinem Tisch mit irgendwelcher Autorität begegnen konnte, war äußerst gering. Meine Hoffnung und meine Willenskraft lösten sich in Nichts auf. Ich sagte nichts und er ging weiter.

Eine Stunde später hatte sich nichts verändert. Du ahnst nicht, was für eine lange Zeit eine Stunde sein kann, Lance. Doch in mir war der Same einer winzigen Hoffnung aufgekeimt. Angenommen, ich hatte alles völlig falsch aufgefasst. Angenommen zum Beispiel, diese Männer waren es nicht gewohnt, erster Klasse zu fahren, hatten es vielleicht noch nie zuvor getan, und waren, als sie mich sahen, aus irgendeinem Grund davon ausgegangen, man müsste erst einmal den Tisch auffüllen, bevor man einen neuen besetzte. Es bestand doch die entfernte Möglichkeit, dass nur so eine lächerliche, simple und harmlose Kleinigkeit hinter alledem steckte. Oder? Die Leute kommen doch ständig auf die komischsten Ideen. Angenommen, ich würde den Mann gegenüber von mir einfach mal ansprechen? Könnte es nicht sein, dass sein Gesicht sich völlig unerwartet zu einem Lächeln verziehen und dass seine Antwort all meine Befürchtungen zerstreuen würde? Wie herrlich, wenn es sich so herausstellen würde! Ich war tatsächlich drauf und dran, etwas zu sagen, aber gerade als ich den Mund aufmachte und das erste Wort meines Satzes aussprechen wollte, fiel mein Blick auf das Lächeln des Mannes, der mir schräg gegenübersaß, und ich wusste mit zweifelsfreier Klarheit, dass zumindest er auf keinen Fall so naiv war.

Oh, Lance, es war nicht nur die Angst, unter der ich litt, während die Reise ihren Lauf nahm. Es war auch die Demütigung. Es war wie einer von Laings Knoten. Erinnerst Du Dich an dieses Buch? Die müssen doch gewusst haben, dass ich wusste, dass sie wussten, dass es unerhört und grotesk von ihnen war, dass sie mich so bedrängten und mir eine Todesangst einjagten. Und ich ließ es mir gefallen. In meiner Jämmerlichkeit ließ ich mich auf die Fiktion ein, es wäre vollkommen nachvollziehbar, dass ein Trio von Männern, die aussahen wie Mörder, es darauf anlegte, durch dieses seltsame Verhalten mein Herz zum Stillstand zu bringen.

Es erinnerte mich an einen Comicstrip, den ich einmal gesehen habe. Das wird Dir gefallen. Ein großer Skinhead sitzt in einer

Kneipe an der Theke. Er raucht. Auf dem Hocker rechts neben ihm sitzt ein kleiner, verängstigt aussehender Bursche, der Zeitung liest. Auf der Theke, links von dem Skinhead, steht ein Aschenbecher, aber er ist zu weit weg, als dass er ihn erreichen könnte, ohne von seinem Hocker aufzustehen. Der Skinhead wendet sich dem Angsthasen zu und sagt: »Reich mal den Aschenbecher rüber, Mann.« Worauf dem Angsthasen nur die Wahl bleibt, entweder das elende, peinliche Spiel mitzuspielen oder sich höchstwahrscheinlich zu Brei schlagen zu lassen.

Genauso empfand ich meine Lage. Wenn ich die völlig absurde Natur der Situation zur Sprache brachte, konnte es gut sein, dass ich damit den Gewaltausbruch provozierte, vor dem ich mich so sehr fürchtete und der früher oder später wahrscheinlich sowieso kommen würde. Ich saß reglos da wie festgefroren und sagte gar nichts.

Noch eine halbe Stunde Fahrt lag vor mir. Noch einmal zermarterte ich mir das Hirn und versuchte irgendeinen Hinweis zu finden, warum mir das alles widerfuhr. Es musste doch einen Grund geben. Hatte ich irgendwann in der Vergangenheit jemanden so sehr beleidigt, dass die betreffende Person sich ihre Wut so lange aufgespart hatte, bis sie endlich das Geld oder die Gelegenheit hatte, mich in diese Horrorsituation zu bringen? Ich fragte mich, was es wohl kostete, drei Schläger anzuheuern, um sich auf diese Weise an irgendjemandem zu rächen. Mit einem Kopfschütteln gab ich es auf. Natürlich musste ich im Laufe meines Lebens dem einen oder anderen auf die Füße getreten sein, aber mir fiel niemand ein, der mir den Eindruck vermittelt hatte, so tief verletzt zu sein, dass ich ihm so etwas zutrauen würde.

Der einzige Kandidat, der auch nur annähernd infrage gekommen wäre, war jemand, den ich seit meiner Jugend nicht mehr gesehen hatte und von dem ich genau wusste, dass er nicht mehr am Leben war. Selbst eine alles andere als angenehme Ablenkung war mir in dieser Situation willkommen. Ich schloss wieder meine Augen und dachte zurück an jenen Tag vor siebzehn oder achtzehn Jahren, als ich einen Kampf gewonnen hatte, indem ich mich weigerte zu kämpfen.

Ich habe Dir wahrscheinlich nie bei einem spätabendlichen

Gläschen Wein von Philip Waterson erzählt, oder? Kein Wunder, wie Du noch sehen wirst. Er war ein Junge, der im selben Dorf wohnte wie ich. Ich kannte ihn schon mein ganzes Leben lang. Er war ziemlich klein, hatte ein Gesicht wie ein Frettchen und strohblonde Haare, die ihm wahllos in unregelmäßigen Büscheln auf dem Kopf zu stecken schienen, und er zog mehr oder weniger ständig eine finstere Grimasse. Beth dürfte sich an ihn erinnern. Die ganze Zeit in der Grundschule und in der Unterstufe waren wir auf denselben Schulen und in denselben Klassen. Wenn ich zurückdenke und mich daran erinnere, was meine Eltern immer darüber sagten, wie seine Mutter und sein Vater ihn behandelten, wird mir klar, dass er ein ziemlich gebeutelter, niedergedrückter Mensch gewesen sein muss, aber als Kinder hielten wir uns nicht damit auf, das Verhalten anderer zu analysieren. Kinder tun das einfach nicht, stimmt's? Wir sahen lediglich seine ungeschickte Verschlagenheit und seine gelegentlichen Wutausbrüche. Philip war eigentlich nirgendwo beliebt. Meine kleine Clique, mit der ich unterwegs war, wäre jedenfalls nie auf den Gedanken gekommen, ihn mit uns Fußball spielen zu lassen oder ihm vorzuschlagen, mit uns am Samstagvormittag in die Stadt zu gehen, oder ihn zu einem von uns nach Hause zum Tee einzuladen. Ich glaube, das hat ihn ziemlich verbittert, als er heranwuchs, obwohl ich nicht ganz sicher bin, woher ich das weiß. Vielleicht habe ich ihn irgendwann einmal etwas darüber sagen hören.

Jedenfalls, eines Tages, als ich sechzehn oder siebzehn war, saß ich im La Rue, dem Café in der High Street, wo ich mich immer mit meinen Freunden traf, und Philip Waterson war auch da. Ich weiß nicht mehr genau, wie es kam, aber ich muss wohl genau in dem Moment, als Philip mit einem frischen Becher Kaffee in der Hand vorbeikam, von dem Tisch aufgestanden sein, an dem ich mit meinen Freunden saß, und mein Arm schwang herum und schlug ihm den Becher aus der Hand. Der Kaffee spritzte über seine Hosen und auf den Boden. Das Blöde war, dass gerade, als ich aufstand, jemand etwas Urkomisches zu mir gesagt hatte, sodass ich genau in dem Moment, als ich seinen Kaffee durch die Luft segeln ließ, laut auflachte. Irgendwie war ich noch nicht ganz mit dem Lachen fertig, als er aufblickte, nachdem er vergeblich versucht hatte, seinen Becher aufzufangen, bevor er zu Boden fiel, und völlig ausrastete.

»Das hast du mit Absicht gemacht!«, brüllte er.

»Nein, habe ich nicht«, sagte ich. »Es war ein Versehen.« Dabei achtete ich aber darauf, das Lächeln festzuhalten, das noch von dem Lachen auf meinem Gesicht übrig war, für den Fall, dass es sich noch als nützlich erweisen könnte, wenn Du weißt, was ich meine. Hm, wahrscheinlich weißt Du es nicht. Du warst schon immer netter als ich.

Jedenfalls tat es das. Sich als nützlich erweisen, meine ich. Als er merkte, dass meine Freunde die Angelegenheit auch nicht übermäßig ernst nahmen, quollen Philip die Augen aus dem Kopf. Er baute sich auf den Zehenspitzen zu mehr als voller Größe auf, trat mit seinem wutverzerrten Gesicht dicht an mich heran und spie mir die Worte entgegen:

»Komm mit raus, du Arsch! Oder bist du zu feige zum Kämpfen?«

Ich glaube, ich hätte kein Problem damit gehabt, mich bei ihm zu entschuldigen, die Scherben von seinem Becher aufzusammeln, den Boden aufzuwischen, ihm einen neuen Kaffee zu besorgen und in vernünftigem Rahmen alles andere zu tun, was er verlangt hätte, wenn er nicht sofort so reagiert hätte. Aber meine Freunde waren dabei, verstehst Du, und sie waren gespannt, was sich nun entwickeln würde, und ich war als Jugendlicher nicht gerade ein Ausbund an Selbstbewusstsein. Mir kam es so vor, als hinge die weitere Entwicklung meiner Glaubwürdigkeit von diesem Moment ab. Das ist keine Entschuldigung für das, was ich dann tat, Lance; ich versuche nur zu erklären, dass ich mit dem Rücken zur Wand stand und beinahe alles getan hätte, um aus dieser Situation herauszukommen, ohne wie ein erbärmlicher Versager dazustehen.

Wie die meisten Leute denke ich am schnellsten, wenn ich in der Klemme sitze. Als ich da stand und diese funkelnden kleinen Augen mich giftig anstarrten, fiel mir ein, wie frustriert und hitzig Philip während der ganzen Grundschule und später immer über seine schulischen Leistungen gewesen war. Wenn er eine Rechenaufgabe nicht herausbekam oder in einem Test nicht mehr wusste, wie ein Wort geschrieben wird, geriet er oft in eine rasende Wut gegen sich selbst und schleuderte seinen Zorn wie Dolche um sich, meistens in die Richtung des Jungen, der neben ihm die Schulbank drückte. Dann bekam er natürlich höchstwahrscheinlich Ärger mit dem Lehrer und kam sich am Ende vor, als würde er doppelt bestraft. Er fühlte sich wie ein Schwachkopf, weißt Du, und es machte ihn wütend, sich wie ein Schwachkopf zu fühlen.

Nun hatte ich in meinem kurzen Leben noch nicht viel gelernt, Lance, aber schon als Jugendlicher dämmerte mir, dass die Leute sich im Laufe ihres Lebens nicht sehr stark verändern, jedenfalls nicht in den grundlegenden Dingen. Sie werden zu ihrer Form zurechtgestutzt, wenn sie klein sind, und dabei bleibt es dann im Großen und Ganzen. Aus Quadraten werden nur sehr selten Kreise. Dreiecke können zwar versuchen, zu Rauten zu werden, aber es gelingt ihnen kaum jemals, weil ihnen immer eine Seite dazu fehlt.

Ich war ein ganzes Stück größer als Philip Waterson und ich schätze, wenn es zu einer Schlägerei gekommen wäre, hätte ich wohl gewonnen. Das Problem war nur, dass mir vor körperlicher Gewalt, vor Zusammenprall, Blut und Schmerz, schon immer gegraut hat. Das geht mir bis heute so. Und ich war mit zu viel Fantasie belastet, als dass ich fähig gewesen wäre, diese Dinge einem anderen zuzufügen, ohne sie fast genauso stark selbst zu spüren. In der Hinsicht habe ich mich überhaupt nicht geändert. Meine Fäuste und Handgelenke und mein Wille zu siegen wären mir wahrscheinlich zerflossen wie Wachs und die ganze Sache wäre zu einem langen, lahmen, ergebnislosen Ringkampf quer über den Bürgersteig vor dem Café degeneriert. Wenn es aber um eine andere, möglicherweise sogar gefährlichere Art von Kampf ging, war ich offenbar nicht von derlei Skrupeln geplagt.

Ich ließ das Lächeln auf meinem Gesicht, zog es vielleicht sogar noch etwas in die Breite. Kann sein, dass ich es darauf anlegte, so auszusehen wie der Lächler heute im Zug.

»Warum bleiben wir nicht hier drinnen und machen stattdessen einen Intelligenztest«, sagte ich und versuchte dabei eine träge, sarkastische Gelassenheit auszustrahlen, die ich nicht im Mindesten empfand. »Dann kann ich noch sicherer sein, dass ich gewinne, und als zusätzlichen Bonus habe ich hinterher keine Last damit, mir dein ekliges Mutantenblut von den Knöcheln zu waschen.«

Beinahe wäre er vor Wut in Tränen ausgebrochen. Ich glaube, er weinte tatsächlich, in dem Sinne, dass sein Atem plötzlich in kurzen, krampfhaften Stößen ging. Wäre es möglich gewesen, so hätte er sich wohl am liebsten durch meine Haut in mich hineingebohrt, sich umgedreht und mich von innen her zu Klump und Asche geschlagen. Stattdessen trat er einen halben Schritt zurück, holte mit dem Kopf aus wie eine Schlange kurz vor dem Zubeißen, machte ein scheußliches Geräusch in seiner Kehle und ließ dann seinen Kopf vorschnellen, um mir mitten ins Gesicht zu spucken.

War ich froh, dass ich nur mit geschlossenem Mund lächelte.

Das meiste von dem klebrigen Speichel traf mein Kinn und tropfte dann mit einem zäh klatschenden Geräusch auf mein Hemd. Ich wusste genau, was ich in diesem Moment am liebsten getan hätte. Ich spüre den Impuls wieder ganz frisch, während ich dies schreibe. Es juckte mich regelrecht, mit dem Arm auszuholen und ihn dann um hundertachtzig Grad mit solch donnernder, gezielter, keulenhafter zentrifugaler Wucht gegen die Seite seines kleinen Frettchenkopfes zu schwingen, dass sein ganzer Körper wie ein Propeller durch den Raum segeln und durch die Tische und Stühle poltern würde, bis er gegen die Wand krachen und zu Boden gleiten würde wie ein nutzloser, toter Gegenstand, der kaputtgegangen war und weggeworfen wurde.

Das tat ich aber nicht, Lance. Zu meiner Schande muss ich sagen, dass ich nicht einmal dazu genug Freundlichkeit oder genug Spontaneität aufbrachte. Stattdessen verankerte ich meine rechte Hand sicher hinter meinem Rücken, schaute unverwandt in die aufgebrachten, seltsam flehenden Augen, mit denen er mich ansah, und lachte. Ich versuchte den Anschein zu erwecken, als ob ich es schon die ganze Zeit nur darauf angelegt hätte, von ihm bespuckt zu werden. Bewusst verzichtete ich sogar darauf, mir das eklige Zeug vom Kinn oder vom Hemd zu wischen. Ich lachte einfach nur lange und laut, um ihm dann achtlos den Rücken zuzukehren und mich wieder zu meinen Freunden zu setzen. Während ich mich setzte, kam mir freilich der Gedanke, dass Philip so außer sich vor Wut sein könnte, dass er imstande wäre, einen Stuhl zu nehmen und ihn auf meinem Kopf zu zerschmettern, aber es dauerte nur Sekunden, bis meine höchst amüsierten Begleiter mir zu erkennen gaben, dass er gegangen war. Ich selber hörte und sah nicht, wie er ging. Endlich konnte ich mir eine Serviette nehmen und mir den ekelhaften Schleim vom Kinn und vom Hemd abwischen. Du kannst Dir denken, dass die ganze Sache mich mehr erschütterte, als ich zeigen oder zugeben wollte, aber in dem Moment herrschte bei mir die Erleichterung vor, dass ich es geschafft hatte, mit intakter Würde davonzukommen.

Was ich später noch von Philip Waterson weiß, habe ich von meiner Mutter erfahren, die in dem Dorf wohnen blieb, in dem ich aufgewachsen bin. Waterson hatte in dem Haus, in dem er ganz allein wohnte, Selbstmord begangen. Das war einige Jahre nach dem Vorfall mit dem verschütteten Kaffee. Man fand ihn aufgehängt an einem Haken über seiner Schlafzimmertür. Meine Mutter sagte, die Polizei hätte wegen des Gewichtes seiner Leiche vor der Tür ziemlich lange gebraucht, um hineinzukommen. Grauenhaft! Ich hatte eine ganze Weile lang Albträume davon. Nicht, wie ich hinzufügen sollte, weil ich ernsthaft gedacht hätte, es gäbe irgendeinen kausalen Zusammenhang zwischen seinem Tod und dem Vorfall im Café. Es war einfach der schiere Horror der ganzen Sache. Dass all die Enttäuschung und Einsamkeit und Trostlosigkeit ihr Ende damit fand, dass ein paar Schuhabsätze, mit hohlem Klang rhythmisch gegen eine Tür pochten, in einem Haus, wo es niemanden gab, der es hätte hören können; in einem Dorf, wo, so viel ich weiß, niemand Zeit, geschweige denn Liebe für den bitteren, frettchengesichtigen kleinen Philip übrig hatte. Immer, wenn ich eine Weile darüber nachdachte, wurde es mir finster ums Herz und mir war zum Heulen zumute. Und ich kam mir auch wie ein Heuchler vor und hatte ein schlechtes Gewissen, denn ich wusste, selbst wenn Philip noch gelebt hätte, wenn er vor meiner Tür gestanden hätte und mein Freund hätte sein wollen, hätte ich höchstwahrscheinlich einen Weg gefunden, um ihn mir vom Leib zu halten.

Die andere Sache, die mir nicht mehr aus dem Kopf ging, war der Gedanke an diesen Haken in der Wand über der Tür. Warum war der da? Was hatte er zu bedeuten? Warum hatte Philip an einer Stelle, wo er eigentlich keinen praktischen Nutzen haben konnte, einen Haken angebracht, der stark genug war, um das Gewicht eines menschlichen Körpers zu tragen? Ich fragte mich, ob er ihn eigens zu dem Zweck, seinem Leben ein Ende zu machen, dort installiert hatte oder ob er ihn für eines jener bizarren autoerotischen Spielchen gebraucht hatte, von denen man immer hört. Irgendetwas, was er in der Abgeschiedenheit seines Schlafzimmers spielte. War das Spiel eines Tages vielleicht völlig schiefgegangen? Am Ende war es vielleicht gar kein Selbstmord gewesen. Der Gedanke an diesen Haken war mir zuwider, wie er da steif von der Wand nach oben ragte und sich störrisch weigerte, nachzugeben und sich aus seinem unerbittlich aufrechten Zustand zu lösen.

War es möglich, dass Philip, oder was immer von ihm geblieben ist, jetzt von dort, wo immer er existierte, seine Arme nach unten oder nach oben oder nach außen streckte, um sich an einem der Leute zu rächen, die zu dem ganzen Elend seines Lebens beigetragen hatten?

Hier wäre ein guter Punkt, um die *Akte-X*-Titelmelodie einzuspielen.

Oder konnte es sein, dass irgendein Verwandter von ihm, der noch lebte, all die Jahre hindurch einen brennenden Hass gegen mich geschürt hatte und dass dieses scheußliche Erlebnis der Gipfelpunkt jenes gärenden Zorns war?

Natürlich glaubte ich nicht wirklich daran, dass irgendetwas Derartiges dahinter steckte, Lance, aber durch das Nachdenken über Philip und diese vergangenen Geschichten hatte ich wieder ein paar Minuten meiner widerwärtigen Zugfahrt hinter mich gebracht. Ich schlug meine Augen wieder auf.

Was immer die drei Männer vorhatten, es musste auf jeden Fall sehr bald geschehen, bevor der Zug sich seinem Zielbahnhof in London näherte und die Leute durch die Erste-Klasse-Waggons nach vorne gehen würden, um hinterher nicht so weit durch das Gedränge auf dem Bahnsteig zu müssen. Das Trio würde doch sicher nichts Extremes mit mir anstellen wollen, wenn andere Leute in der Nähe waren, oder? Während die Minuten quälend langsam verstrichen, machte ich mich auf den Moment gefasst, in dem alle drei auf einen Schlag aufstehen und mein Gesicht und meinen Körper mit ihren Betonfäusten bearbeiten würden, um dann meine Überreste unter den Tisch zu stopfen, wo kein Passant mich sehen konnte.

Es geschah einen Sekundenbruchteil, nachdem die Stimme des Schaffners alle Passagiere darüber informiert hatte, dass der Zug sich seiner Endstation näherte. Als wäre das Ende dieser Ankündigung eine Art abgesprochenes Signal gewesen, standen die drei Männer tatsächlich alle genau gleichzeitig von ihren Plätzen auf. Vor Schreck zuckte ich am ganzen Leib zusammen, als hätte ich eine Stromleitung angefasst. Dann, mit noch präziserer Synchronisation, wie es mir vorkam, griffen sie jeder mit der rechten Hand in die hintere Hosentasche. Ein entsetzlicher Augenblick. Ich dachte wirklich, ich würde auf der Stelle in Ohnmacht fallen oder mich erbrechen. Als die drei Hände wieder auftauchten, fuhr ich wirklich körperlich zusammen, glaube ich – nein, ganz sicher. Das ist noch milde ausgedrückt. Ich schoss fast senkrecht von meinem Platz hoch. Beinahe hätte ich laut geschrien. Pistolen, Messer, Totschläger, Schlagringe, nichts von alledem hätte mich überrascht. Aber was sie tatsächlich aus ihren Taschen zogen, war nichts dergleichen. Ohne auch nur ein Wort zu flüstern, ohne mich auch nur eines Blickes zu würdigen, legte jede dieser Mördergestalten eine Pfundmünze vor mir auf den Tisch.

Dann gingen sie.

Ohne auch nur einen verstohlenen Blick zurückzuwerfen, schlenderten sie auf das vordere Ende des Zuges zu. Ich starrte ihnen nach. Dass sie wirklich weg waren, wagte ich kaum zu glauben. Ich wartete ab, bis ihre breiten Rücken und ihre schweren, muskelbepackten Beine durch den sanft schwankenden Zug in den nächsten Waggon verschwunden waren; dann sank mein Blick fassungslos wieder auf den Tisch herab. Die Männer waren weg. Ich war nicht angegriffen oder zusammengeschlagen worden. Sie hatten mich nur vor Angst um den Verstand gebracht und mir dann drei Pfund hinterlassen. Mir wurde bewusst, dass mir der Mund weiter offen hing, als es bei meinem kürzlich verstorbenen Nachbarn der Fall gewesen war. Ich machte ihn zu und dann wieder auf, um einen tiefen, tiefen Atemzug zu tun. Durch aufgeblasene Wangen ließ ich die Luft wieder ausströmen. Waren sie wirklich weg? Ja. O Seligkeit! Sie waren weg.

Bei jedem Ausatmen sagte ich innerlich diese Worte. Sie sind weg. Sie sind weg. Sie sind weg …

Ich weiß noch, wie ich, als ich das Blut in meine Wangen zurückkehren fühlte, meine Augen und meinen Mund fest zusammenpresste und wieder lockerte, das Ganze zwei- oder dreimal hintereinander. Um mir die trockene Steifheit aus dem Gesicht zu reiben, massierte ich es mit beiden Händen.

Inzwischen rollte der Zug in die riesige, dunkle Höhle des Bahnhofs ein. Das lang gezogene Quietschen der Bremsen war selbst durch die Schalldämpfung hörbar. Ein Rinnsal normal gebauter, herrlich zivilisiert aussehender Fahrgäste schob sich, beladen mit Koffern und Taschen, eifrig an mir vorbei durch den Gang nach vorn. Ein Kellner aus dem Bistro erschien mit einem großen schwarzen Müllsack. Als er an mir vorbeikam, machte er irgendeinen Witz, den ich aber nicht verstehen konnte. Er hielt sich auch nicht auf, um zu sehen, ob ich lachte. Umso besser.

Plötzlich war die Welt um mich her wieder normal geworden. Ich war ein Mann, einer von vielen, in einem Zug, der das Ende seiner Reise aus dem Norden Englands nach London erreicht hatte. Gleich (noch nicht, aber gleich) würde ich aufstehen, meine Reisetasche von der Gepäckablage hieven und mich dem Strom der Reisenden auf dem Weg hinauf in die große, belebte Bahnhofshalle anschließen. Gleich. In einer oder zwei Minuten, wenn alle anderen ausgestiegen waren.

Drei Pfundmünzen also. Ein Trinkgeld? Dummes Zeug. Eine Falle? Ein Test? Auf jeden Fall ein Beweis dafür, dass jene drei Männer es bewusst darauf abgesehen hatten, mit ihrem eigenartigen Verhalten eine Wirkung bei mir zu erzielen. Es war kein Versehen oder irgendein naiver Irrtum gewesen. So sinnlos und irrational ihr Verhalten erschienen war, Lance, irgendetwas hatte es offensichtlich zu bedeuten. Und jetzt galt es, eine Entscheidung zu treffen. Sollte ich das Geld mitnehmen oder liegen lassen? Ich erinnerte mich dunkel an die Psychologie der verdrehten Logik, die in der Schule immer dahintergesteckt hatte, wenn jemand andere schikanierte, und ließ mir zwei alternative Szenarios über eine hypothetische zukünftige Begegnung mit den drei Männern durch den Kopf gehen.

»He, Sie da! Wir haben unser Geld auf dem Tisch liegen lassen, direkt vor Ihrer Nase. Sie wussten doch, dass es uns gehörte, und Sie haben es sich einfach unter den Nagel gerissen. Dafür hauen wir Sie windelweich!«

»He, Sie da! Wir haben unser Geld auf dem Tisch liegen lassen, direkt vor Ihrer Nase. Sie wussten doch, dass es uns gehörte, und Sie haben es einfach da liegen lassen, ohne sich darum zu kümmern. Dafür hauen wir Sie windelweich!«

Du wirst mich jetzt für völlig übergeschnappt halten, aber was ich tatsächlich mit immer noch von den Schrecken dieser Reise zitternden Händen tat, war Folgendes. Ich holte einen Stift und einen alten Briefumschlag hervor und notierte mir die Jahreszahlen, die auf den Münzen eingeprägt waren. Dann steckte ich den Umschlag in meine Innentasche und die Münzen zu meinem übrigen Kleingeld in die Gesäßtasche. Unglaublich, was? Aber wahr. Ich war völlig am Ende. Ich zeige Dir die Notizen auf dem Umschlag, wenn wir uns sehen. Sie sehen aus, als hätte ein verängstigtes kleines Kind sie gekritzelt.

Ich glaube, ich hätte wohl noch nach einer halben Stunde in dem stehenden Zug gesessen, wenn der Kerl vom Bistro nicht zurückgekommen wäre und gewitzelt hätte, der Fahrer könne nicht näher an London heran, als er schon war. Trotzdem ließ ich mir Zeit. Vergewisserte mich tausendmal, dass ich nichts zurückließ. Schlenderte in aller Ruhe zum vorderen Ende des Zuges. Und als ich mit übertriebener Vorsicht hinunter auf den Bahnsteig stieg und mich auf den Weg die Rampe hinauf zur Bahnhofshalle machte, kannst Du Dir vorstellen, wie aufmerksam ich die Silhouetten der Leute in der fernen Menschenmenge musterte, in der verzweifelten Hoffnung, nichts von den drei Gestalten zu sehen, der einen, die die meisten anderen Leute überragte, und den anderen beiden ungewöhnlich breiten, aufrechten Quadern aus solider Muskelmasse, einer davon in einen Teppich gehüllt.

Nirgends in der Bahnhofshalle war eine Spur von ihnen zu entdecken, als ich dort ankam. Ich blieb eine oder zwei Minuten lang mitten in der Menge stehen, mehr als zufrieden damit, zusammen mit ungefähr hundert anderen Leuten sinnlos hinauf zur Anzeigetafel zu starren, und weidete mich an der schieren Alltäglichkeit meiner Umgebung. Es war ein unaussprechlich herrliches Gefühl, wie wenn man klares Wasser zu trinken bekommt, nachdem man sich aus einem Sumpf gerettet hat. Ein paar Minuten später, auf dem Weg zur Rolltreppe hinunter zur U-Bahn, bemerkte ich zwei Polizisten, die sich in der Mitte der Halle breitbeinig aufgebaut hatten, wahrscheinlich, um durch ihre Gegenwart Taschendiebe und Räuber und dergleichen abzuschrecken. Ich machte einen oder zwei Schritte in ihre Richtung, da ich fand, dass ich ihnen das Verhalten der drei Männer melden sollte, doch nachdem ich den daraus voraussichtlich entstehenden Dialog kurz innerlich durchgespielt hatte, schlug ich mir diese Idee wieder aus dem Kopf.

Du musst Dir das vorstellen, Lance:

»Bitte noch einmal, Sir. Was genau werfen Sie den drei Männern vor, die in Ihren Zug eingestiegen sind?«

»Nun, sie kamen herein und setzten sich an meinen Tisch, obwohl das gar nicht nötig gewesen wäre. Sie hätten sich überall in diesem Teil des Zuges hinsetzen können, wissen Sie, aber das taten sie nicht. Sie setzten sich zu mir.«

»Sie setzten sich zu Ihnen. Haben sie irgendetwas gesagt, bevor sie sich hinsetzten?«

»Nun ja, einer von ihnen fragte, ob die anderen drei Plätze an meinem Tisch frei wären, und – und ich sagte Ja.«

»Dann wäre es also mehr oder weniger zutreffend, zu sagen, dass Sie sie eingeladen haben, an Ihrem Tisch Platz zu nehmen, Sir.«

»Nun, ich habe keine Einwände dagegen erhoben, aber ich hatte nicht das Gefühl, eine andere Wahl zu haben. Gewollt habe ich es bestimmt nicht, denn …«

»Hatten diese Männer denn gültige Fahrscheine für ihre Reise, Sir?«

»Äh, ja, soviel ich weiß, schon. Der Schaffner hat einen Zuschlag bei ihnen kassiert, aber ihre Fahrscheine schien er für in Ordnung zu halten. Aber was ich Ihnen klarzumachen versuche, ist, dass sie sehr bedrohlich waren – *äußerst* beängstigend. Ich zittere jetzt noch. Sie waren riesengroß und schweigsam und sie saßen einfach da und keilten mich am Fenster ein. Können Sie sich vorstellen, wie das für mich war? Sie setzten sich einfach zu mir, obwohl sie nicht mussten, und sagten kein Wort.«

»Dann haben sie Sie also eigentlich nicht verbal bedroht, Sir?«

»Nun, das nicht, jedenfalls nicht, indem sie irgendetwas gesagt hätten, aber …«

»Oder körperlich, Sir? Gab es irgendeinen Moment, in dem Sie sich persönlich körperlich bedroht fühlten?«

»Ja, die ganze Zeit über, weil sie …«

»Weil sie sich an Ihren Tisch setzten und groß waren und nichts sagten.«

»Ja, und am Ende standen sie plötzlich alle auf, griffen genau gleichzeitig in ihre Taschen und holten …«

»Ja, Sir?«

»Sie, äh, holten drei Pfundmünzen heraus und legten sie vor mir auf den Tisch.«

»Drei Pfundmünzen?«

»Ja.«

»Und dann?«

»Dann gingen sie weg, um auszusteigen, und seitdem habe ich sie nicht mehr gesehen.«

»Und die drei Pfund?«

»Die – die habe ich eingesteckt.«

»Dann fasse ich mal zusammen, Sir. Drei sehr große Männer haben sich Fahrscheine gekauft, um in demselben Zug zu fahren wie Sie, und sie haben sich zu Ihnen in den Waggon gesetzt, nachdem sie Sie gefragt haben, ob Ihnen das recht wäre. Sie haben ihnen erlaubt, sich zu Ihnen an den Tisch zu setzen. Während des weiteren Verlaufs der Fahrt haben sie weder mit Ihnen gesprochen noch Sie irgendwie physisch bedroht, abgesehen davon, dass sie groß waren und nichts sagten. Bei der Ankunft in London verließen diese drei Männer den Zug, nachdem sie vorher lediglich drei Pfund auf den Tisch gelegt hatten. Dies könnte natürlich als Trinkgeld für den

Schaffner oder den Bistrokellner gedacht gewesen sein, aber Sie haben es vorgezogen, es als ein Geschenk an Sie zu betrachten. Nun, auf welcher Grundlage genau schlagen Sie vor, dass wir diese Männer festnehmen, Sir? Groß, schweigsam, gesetzestreu und unerwartet großzügig zu sein, sind keine Vergehen, die wir normalerweise strafrechtlich verfolgen würden …«

Verstehst Du, was ich meine?

Ich stieg also in die U-Bahn, und in all dem normalen Betrieb dort fing ich an, mich ein bisschen besser zu fühlen. Auf dem letzten Stück nach Lanworth jedoch war die Angst plötzlich wieder da, genauso schlimm wie vorher, und bis ich zu Hause war, war ich am Boden zerstört. Genauso geht es mir jetzt immer noch. Was mich im Moment wirklich fertigmacht, ist die Frage, wie ich in Zukunft überhaupt klarkommen soll. Mir kommt es vor, als hätte irgendeine namenlose, sadistische Kreatur es darauf angelegt, es ausgerechnet mir unmöglich zu machen, wirklich daran zu glauben, dass ich je wieder festen Boden unter den Füßen haben werde. Wie kann ich mich je wieder sicher fühlen? Was soll ich tun? Soll ich immerzu auf der Flucht sein und die Angst am Leib tragen wie ein härenes Hemd, das ich niemals ausziehen kann, oder soll ich mich umdrehen und dem Monster ins Gesicht schauen? Und mich von ihm zermalmen lassen. Ich weiß wirklich nicht, was von beiden mir lieber ist, jedenfalls noch nicht. Wer ist das Monster? Wer waren diese Männer? Wo sind sie jetzt, in diesem Augenblick? Lieber Gott, gib, dass sie nicht hier im Haus sind.

Ist die Welt verrückt geworden, Lance? Oder bin ich es, der den Verstand verliert?

Ich sehe Dich und die anderen schon sehr bald, hoffe ich. Beth treffe ich morgen. Lass uns dem Rat von Jerome K. Jerome folgen und auf einem öffentlichen Platz ein großes Feuer anzünden und uns gemeinsam im Kreis darum aufstellen und in Sicherheit sein. Tut mir leid, dass ich Dir das alles aufbürde. Alles Liebe wie immer, Tom.

FREITAG

1

Im Gaterose-Supermarkt in Lipsham fiel es Noreen Wilson außerordentlich schwer, sich auf ihre Wochenendeinkäufe zu konzentrieren. Sie machte sich große Sorgen um ihren Sohn Lance.

Natürlich nicht solche Sorgen, wie ihre Freundin und Nachbarin June Parsons sie sich um ihren Jungen machte. Nein, nein, so schlimm war es nicht. Die arme June. Sie tat Noreen sehr leid. Robert Parsons, der ein paar Jahre jünger war als Lance, hatte sich schon gleich zu Anfang, als er in die Valley Road gekommen war, mit einer Bande richtiger kleiner Gangster eingelassen und seither war es immer schlimmer mit ihm geworden. Nun, so ging es eben zu in der Valley Road. Wenn man zu den Kindern gehörte, die sowieso gut zurechtkamen, dann standen einem alle Türen offen, aber wenn nicht, nun, dann konnte alles Mögliche passieren. Es hatte Diebstähle in den Läden der Nachbarschaft gegeben, Schikanen gegen kleinere Jungen, alle möglichen Eskapaden auf Partys und Schuldiscos, und während der letzten zwei oder drei Jahre hatte der Junge immer wieder mit diesen schlimmen Drogen zu tun gehabt, von denen man so viel hörte und las.

Roberts Augen sahen mittlerweile tot und hoffnungslos aus. Er war dünn wie eine Bohnenstange. Jeden Tag verbrachte er, wenn er erst einmal aus dem Bett gefallen war, viel Zeit damit, schlaff durch die Nachbarschaft zu schlurfen und zu hoffen, er würde irgendwo über eine Möglichkeit stolpern, sich mehr Geld für Drogen, Zigaretten und Alkohol zu verschaffen. Irgendwie, egal wie. Abgesehen davon, dass er hin und wieder bei der Jobvermittlung Arbeit für einen fruchtlosen Tag in irgendeiner Fabrik ergatterte, verdiente er nie wirklich Geld.

Wie Noreen war auch June Witwe geworden, als Robert noch ein ganz kleiner Junge war, und für die beiden Männer, mit denen sie seither eine Beziehung aufzubauen versucht hatte, war das Leben durch ihren Sohn schier unerträglich geworden. Seit der letzte sich verzogen hatte, weil er keine Lust hatte, sich von dem halbwüchsigen Sohn anderer Leute Beleidigungen und Drohungen gefallen zu lassen, hatte sie es gar nicht erst wieder versucht. Sie brachte nicht den Mut oder die Selbstachtung dafür auf. Sie hatte auch aufgehört, Robert gegenüber anderen Leuten zu verteidigen. In der Vergangenheit hatte sie das oft getan. Gegenüber Lehrern, Ladenbesitzern, Eltern anderer Kinder, der Polizei. Anfangs hatte sie es noch geschafft, sich um seinetwillen geradezu in eine Empörung, ja in Zorn hineinzusteigern. Sie hatte geglaubt, damit im Recht zu sein. Jetzt nicht mehr. Schließlich konnte sie nicht unendlich oft immer wieder behaupten, dass ihr hartnäckig delinquenter Sohn im Grunde ein guter Junge sei. Er war kein guter Junge. Das war er einfach nicht. Jene elende Illusion hatte so zäh an ihr gehangen wie ein altes Kaugummi an einer Schuhsohle, aber letzten Endes hatte sie sie loswerden müssen. Seit sie die Erkenntnis, was für einer er war, akzeptiert hatte, war sie für June zu dem Albtraum geworden, aus dem sie nie wieder zu erwachen fürchtete. Ihr Sohn war ein grauenhafter Mensch, der sich offenbar um nichts und niemanden scherte. Sie hatte versagt. So sah sie das. Und jetzt war alles grau. Zu grau. Vom Erwachen bis zum Einschlafen. Ihre Tage, ihr ganzes Leben waren gleichförmig von Schmerz und Sorge eingetrübt. Sie war nicht mehr imstande, an Farben zu glauben.

Das eine oder andere Mal, wenn Noreen vormittags auf eine Tasse Kaffee vorbeigekommen war, hatte June ein altes Fotoalbum aus der Schublade im Wohnzimmer genommen und ihrer Freundin Bilder von dem kleinen Bobby gezeigt, im Garten oder mit seinem Vater auf dem Spielplatz gleich gegenüber von ihrem Haus auf der anderen Straßenseite. Einige waren am Meer entstanden und zeigten ihn, wie er neben seiner Mutter auf einer Decke saß und mit einer Plastikschippe in die Kamera winkte oder wie er in den seichten Wellen am Ufer planschte. Selbstbewusst, begeistert und unschuldig sah er aus auf all jenen Bildern. Wenn Noreen an das abgemagerte Gespenst dachte, das heute den lieben langen Tag vor dem Fernseher herumfläzte oder in gebückter Haltung durch die Straßen von Lipsham streifte, kam es ihr so vor, als hätten diese beiden Menschen überhaupt nichts miteinander zu tun. Sie musste an ein altes Märchen denken, wenn sie die Bilder einer für immer verlorenen Zeit in jenem Album betrachtete. So albern es sich anhörte, aber man hatte unwillkürlich das Gefühl, jemand müsste das Lebensglück jenes lächelnden Kindes verflucht haben. Natürlich sprach Noreen so etwas nie offen aus. Sie versuchte June immer klarzumachen, dass es falsch sei, sich Vorwürfe wegen all dem zu machen, was mit Robert passiert war und wie er sich entwickelt hatte. Sie hätte noch weitergehen und darauf hinweisen können, dass es unzählige andere Kinder gab, die nicht als Jugendliche entgleisten, nur weil sie ihre Väter verloren hatten; aber das hätte sich angehört, als ob sie von Lance spräche. Mit ihm angeben wollte sozusagen. Allerdings äußerte sie durchaus die Ansicht, dass Robert seine eigenen Entscheidungen getroffen habe, für die er nun die Verantwortung übernehmen und mit deren Konsequenzen er leben müsse. Doch schon während sie das sagte, wusste sie, dass sie nur ihre Zeit vergeudete. Bobbys Vater hatte seiner Frau die Zukunft seines fröhlichen kleinen Sohnes anvertraut, als er starb, und sie hatte ihn enttäuscht. So sah die Sache für June aus. So würde sie sie immer sehen.

Während Noreen sorgfältig Möhren, Pastinaken und Kartoffeln für die Lammkoteletts aus dem Sonderangebot auswählte, die sie am Sonntag für sich und Lance zum Mittagessen machen wollte, fühlte sie sich ein wenig schuldig wegen ihrer eigenen Sorgen. Lance hatte ihr nie solchen Kummer gemacht, wie June ihn durch Robert hatte. So weit sie sich zurückerinnern konnte, hatte er immer ein freundliches, liebevolles Wesen gehabt. Schon ganz zu Anfang seines Lebens war er eines jener »freundlichen« Babys gewesen, wie Noreen sie immer genannt hatte. Natürlich hatte er manchmal auch geschrien. Schließlich müssen Babys sich ja irgendwie mitteilen, oder? In der winzig kleinen Welt eines Babys konnte ganz plötzlich irgendetwas schiefgehen, und das musste auf der Stelle in Ordnung gebracht werden. Das verstand sich von selbst. Meistens jedoch hatte Lance fast die ganze Zeit, solange er wach war, so friedlich und zufrieden gestrahlt, wie es die meisten Babys immer nur in den wenigen Minuten unmittelbar nach einer ordentlichen Mahlzeit tun. Er war nie kompliziert gewesen. Vielleicht erklärte das teilweise den Unterschied. Er war nie so kompliziert gewesen wie manche anderen Babys, die sie gekannt hatte.

Vielleicht hatte auch das Wetter etwas damit zu tun. In dem Jahr, als Lance geboren wurde, hatten sie einen herrlichen Sommer gehabt, und er war so clever gewesen, pünktlich zu der Zeit auf die Welt zu kommen, als das schöne Wetter richtig losging. Noreen würde nie das helle, blühende Wunder vergessen, das in dieser glücklichsten Zeit ihr Leben erleuchtete. An jedem dieser sonnigen Vormittage unterbrach sie hin und wieder ihre Wäsche, ihr Putzen oder ihr Kochen und ging durch die Hintertür hinaus, um nach ihrem kleinen Schatz zu sehen, der in seinem Tragekörbchen auf der fast ebenen Platte des alten Kohlenkellers lag, in dem schon lange keine Kohle mehr gelagert wurde. Und er hatte, nun, eine Art Weisheit an sich gehabt, schon damals, als er noch ganz klein war. Eigentlich eine alberne Vorstellung. Sie war seine Mutter. Diejenige, die verantwortlich für ihn war. Diejenige, die sich um ihn kümmerte. Sie war diejenige, die alles tat, damit ihm nichts passierte da draußen in ihrem und Dereks geliebten Garten, wo nach ihrer Erinnerung die Luft in jenem Sommer so berauschend voll war mit den süßen Düften des Blütenmeeres in Rosa, Lila und Orange wie in keinem anderen Sommer zuvor oder seither. Ja, Lance war nur ein hilfloses Baby. Und doch war da etwas in jenen gelassen lächelnden Babyaugen, die zu ihr emporschauten, etwas so Zuversichtliches, so Sicheres und Heiteres, dass es Noreen fast so vorkam, als wäre sie das bedürftige Kind und Lance derjenige, der mit seinem

Schmunzeln das Leben bis in die Tiefe durchschaute und seine Weisheit mit ihr zu teilen bereit war. Ja, ein freundliches Baby.

Hätte nur Derek noch erleben können, zu was für einem liebenswerten Menschen sich sein Sohn entwickelt hatte. Lieber Derek. Warum stand ihr sein Gesicht plötzlich so lebhaft vor Augen? Natürlich! Sie war jetzt in dem Gang mit dem Dosengemüse. Reihenweise Baked Beans, ein ganzer Abschnitt mit Dosentomaten verschiedenster Sorten, Erbsen, Mais, was immer das Herz begehrte. Und da ganz oben auf dem obersten Regal eine Handvoll Dosen mit Dereks Leibspeise. Rahmchampignons. Derek hatte Rahmchampignons auf Toast geliebt, brühend heiß und viel zu stark nachgesalzen. Das ist ungesund, hatte sie immer gesagt. Dummes Zeug.

Trotz der Unruhe, die sie an diesem Vormittag quälte, musste Noreen ein wenig lächeln, als sie eine der Dosen für Lance zum Tee herunterholte. Derek und sein Sohn hatten so vieles gemeinsam, ganz abgesehen von ihrer Leidenschaft für Rahmchampignons. Beide waren sehr stille Menschen. Empfindsam. Sanft und nachdenklich. Wahrscheinlich manchmal zu nachdenklich. In den etwa vierzehn Jahren, in denen Noreen mit Derek zusammen und dann verheiratet gewesen war, hatte sie nur zweimal erlebt, wie ihm richtig der Kragen geplatzt war.

Beim ersten Mal war der Anlass ein ungeduldiger Busfahrer, der den Expressbus von Heathrow nach Gatwick steuerte. Der Mann stauchte eine verwirrte alte Dame laut und wütend zusammen, weil sie nicht genau wusste, ob sie in Gatwick am nördlichen oder am südlichen Terminal aussteigen musste. Er stieß mit seinem mächtigen, kantigen Kinn auf ihr Gesicht zu, als wäre es eine furchterregende Waffe. Derek ging hin, baute sich zwischen den beiden auf, das Gesicht dicht vor dem des Fahrers, und erkundigte sich, wieso eine alte Dame es sich gefallen lassen musste, von jemandem, der ihr eigentlich behilflich sein sollte, derartig schikaniert und beleidigt zu werden. Zu Noreens Erleichterung war der Mann so verdutzt gewesen, dass er nach Luft schnappte wie ein Karpfen auf dem Trockenen und ihm nichts mehr zu sagen einfiel. Sie war stolz auf das Verhalten ihres Mannes gewesen, doch insgeheim hatte sie gehofft, dass er sich dergleichen nicht zur Gewohnheit machen würde.

Das andere Mal war ihm gegenüber Noreen selbst der Kragen geplatzt, als sie ein wenig in einen Strudel von Gedanken geraten war, sie wäre nicht so gut oder so hübsch oder so klug wie andere Ehefrauen und Mütter. Derek hatte gesagt, es sei eine Beleidigung seines Urteilsvermögens, wenn sie so rede. Er ziehe seine Frau jeder anderen Frau vor, der er je begegnet sei, und er werde sich von Noreen nicht vorhalten lassen, er litte an Geschmacksverirrung, indem sie sich selbst ungerechtfertigt heruntermache. Danach war sein Zorn so plötzlich versiegt wie Wasser, wenn man den Hahn zudreht, und er hatte sie in die Arme genommen und sogar geküsst.

Die Bemerkung mit der Geschmacksverirrung war Noreen ein Rätsel, aber die Umarmung und den Kuss verstand sie sehr gut, und sie fühlte sich sogar ein wenig geschmeichelt, dass Derek für sie auf die Barrikaden gegangen war, wenn sich sein Zorn auch gegen die dunkelste Seite ihrer selbst gerichtet hatte.

Schwer verständliche Bemerkungen waren auch so etwas, was Vater und Sohn gemeinsam hatten, wenn sie es recht bedachte. Sie waren beide klüger als sie. Lance sagte oft Dinge zu ihr, von denen sie kein Wort verstand; Dinge, die ahnen ließen, dass er nicht ganz in derselben Welt lebte wie sie oder vielleicht dass er sie aus einem anderen, irgendwie schiefen Blickwinkel betrachtete. Doch wie sein Vater gab er ihr nie das Gefühl, ein Dummerchen zu sein, und er gab sich immer Mühe, ihr zu zeigen, wie sehr er sie schätzte und alles, was sie war und tat, zu würdigen wusste.

Dann war da die ganze Sache mit den Büchern. Für Vater und Sohn war es die größte Wonne, sich mit Büchern zu umgeben. Insgeheim glaubte Noreen, dass sie am liebsten in Büchern gebadet hätten, wenn das möglich gewesen wäre. Eine Badewanne, gefüllt mit Büchern statt Wasser, in der sie sitzen und untertauchen konnten, so oft sie wollten. Der Gedanke brachte sie manchmal zum Schmunzeln. Und sie waren beide Dichter. Sie hatte alle Gedichte von Derek behalten und sie Lance in einer besonderen Mappe geschenkt, als er achtzehn war. Diese blaue Ledermappe voller handgeschriebener Gedichte hatte ihren Platz auf einem Regal direkt neben seinem Bett. Sie war sein kostbarster Besitz. Von Derek war nie etwas gedruckt worden, aber von Lance waren schon eine ganze

Menge Texte in Zeitschriften erschienen, einer oder zwei sogar in richtigen Büchern, die Sammlungen von Gedichten von allen möglichen Leuten enthielten. Anthologien wurden sie genannt. Ein Verleger hatte gesagt, es bestehe durchaus die Aussicht, dass Lance in einem oder zwei Jahren seine eigene Anthologie veröffentlichen könnte. Und offen gesagt, verstehen musste man die Gedichte nicht unbedingt, um stolz darauf zu sein.

Ja, Noreen war sehr stolz auf ihren Sohn. Nachdem er an der Universität von Aberystwyth (so weit von zu Hause) den bestmöglichen Abschluss in Bibliothekswesen und Englisch gemacht hatte, hatte er in Kington eine Stellung als Bibliotheksassistent gefunden. Keine drei Jahre später hatte man ihn zum Leiter der Bestandsabteilung befördert und nun entschied er, welche Bücher angeschafft oder verkauft wurden, und beriet auch andere Bibliotheken in der Gegend. Er war sehr erfolgreich. Dass er nach den drei Jahren Studium jetzt wieder bei ihr zu Hause wohnte, war eine Freude für sie. Natürlich würde er wahrscheinlich früher oder später ausziehen, aber es war schön, ihn noch für eine Weile bei sich zu haben.

Nette Freunde hatte er auch. Vor allem drei. Tom und Beth, die beide ein Jahr jünger waren als er, kannte er natürlich schon seit der Grundschule. Der umwerfende Olly, frisch an der Universität eingetroffen, um sein Wirtschaftsstudium zu beginnen, war der allererste Mensch gewesen, den Lance bei seiner Ankunft im Studentenwohnheim in Aberystwyth kennen gelernt hatte. Olly hatte sich um Lance gekümmert. Und ein Jahr später waren Tom und Beth, die auf alle guten Ratschläge pfiffen, man dürfe sich seine Universität nicht danach aussuchen, ob ein Freund bereits dort sei, ebenfalls eingetroffen, um ihr Studium zu beginnen. Seither waren die vier unzertrennliche Freunde, so unterschiedlich sie auch waren. Noreen fand sie alle großartig, aber für Olly hatte sie besonders viel übrig. Wie sie wusste, hatte er eine schicke Wohnung auf der Hove-Seite von Brighton. Das war die Gegend, in der er die meisten seiner Häuser und Wohnungen kaufte und verkaufte. Sie wünschte, er würde nicht so weit von Lipsham entfernt wohnen, damit Lance und er sich öfter sehen könnten, besonders im Moment.

Wenn die Freunde alle vier zusammen waren, schienen sie immer einen unglaublichen Spaß miteinander zu haben. Es tat gut, Lance laut lachen zu hören. Manchmal drang brüllendes Gelächter aus seinem Zimmer oben herab, dann hin und wieder ein lautes Krachen, gefolgt von noch mehr Gelächter. Dort oben saßen sie, tranken Tee und machten sich über den Kuchen und die Sandwichs her, mit denen Noreen sie gern reichlich versorgte. Lance liebte Sandwichs. Am liebsten mit Brie und Mango. Für Noreens Geschmack war das ein bisschen zu exotisch. Cheddar und Tomate mochte er auch. Olly und Beth teilten seine Vorliebe. Tom mochte seine Sandwichs lieber mit Schinken und englischem Senf oder mit goldenem Sirup, mit einem ordentlichen Schlag Butter zu einer süßen, gelben Masse vermengt. Sandwichs mit gebratenem Speck mochten sie alle. Es hatte etwas sehr Befriedigendes, an der Arbeitsplatte in der Küche zu stehen, etwas zu essen zu machen und dabei Radio 4 zu hören, während von oben all die Gesprächsfetzen und das Gelächter herunterdrangen. Es gab nur wenige Dinge, die sie lieber tat.

Wirklich, dachte Noreen, als sie ihre Nummer an der Käsetheke aus dem Spender zog und sich auf den Einkaufswagen stützte, um zu warten, bis sie an der Reihe war, sie hatte allen Grund, sich über Lance zu freuen. Jeden Grund. Bis auf einen.

Eine Entscheidung hatte Noreen im Supermarkt noch zu treffen, nachdem sie sich mit Käse und geräuchertem Schinkenspeck und einem Dreiviertelpfund von dem leckeren panierten Schinken eingedeckt hatte, den sie letzte Woche probiert hatten. Apfelkuchen. Sollte sie Zeit sparen und sich aus der Tiefkühltheke einen eingefrorenen Kuchen von der Hausmarke holen oder sollte sie noch einmal zurück in den ersten Gang gehen und ein paar schöne, große Kochäpfel holen, damit sie selbst einen machen konnte? Noreen schüttelte den Kopf und wunderte sich wie jedes Mal, dass sie sich diese Frage überhaupt stellte. Nun ja, möglich war es ja, dass einmal ein Tag kommen würde, an dem sie sich für den Fertigkuchen entscheiden würde, aber nicht heute. Sie wendete den Einkaufswagen und steuerte zurück in die Frischobstabteilung.

Eine schlechte Eigenschaft gab es, die Lance mit seinem Vater gemeinsam hatte. Noreen hatte keine Ahnung, ob sie erblich war oder nicht. Manchmal hatte sie sich schon gewünscht, dass es definitiv so wäre. Dann wieder quälte sie gelegentlich der Gedanke, irgendetwas an ihr müsse schuld an den schrecklichen finsteren Abgründen der Depression sein, in denen beide von Zeit zu Zeit versanken. Derek hatte das in der Zeit, seit sie ihn kennengelernt hatte, drei Mal durchgemacht. Das letzte Mal war es etwa ein Jahr, bevor er an der schrecklichen Krebserkrankung starb, die seinen ganzen Körper gelb verfärbte und ihn von innen her aufzufressen schien wie ein wildes Monster.

So sehr sie sich auch bemühte, Noreen hatte es einfach nicht geschafft, sich mit den Sorgen zu identifizieren, die Derek in diesen letzten seiner schwarzen Tunnels geschickt hatten. Soweit sie feststellen konnte, fing es damit an, dass er über die unzähligen Generationen von Männern und Frauen nachgrübelte, die während der Menschheitsgeschichte gelebt hatten und gestorben waren. Er hatte davon geredet, wie dieser ganze Prozess sich dahinwälzte wie eine riesige, geistlose, unaufhaltsame Maschine. Wieso versuchten wir erbärmlichen Menschenwesen uns einzureden, das Ganze hätte irgendeine Bedeutung? Wir leben, gehen Bindungen ein, verlieren unseren Halt, sterben. Wir reden von Liebe, weil wir keine Lust haben, über Biologie zu reden. Wir reden von einer spirituellen Wirklichkeit, weil wir es uns nicht erlauben können, dem ewigen Nichts ins Auge zu schauen, das vor uns liegt, oder den Konsequenzen der Sinnlosigkeit, die das mit sich bringt. Das Nachdenken über all das machte ihn allmählich mürbe und saugte ihm die Energie aus, die er brauchte, wenn er weiter so tun wollte, als ob irgendetwas von alledem auf lange Sicht einen Sinn hatte.

Dann hörte er auf, so viel zu reden, und verschwand in seinen Büchern. Das war das Muster; so hatte Noreen das schon zuvor erlebt. Er schien es geradezu darauf anzulegen, alles noch schlimmer zu machen. Denn es waren alles die grundfalschen Bücher. Falsch, weil die Ängste, die ihn sowieso schon plagten, in ihnen widerhallten und nur noch tiefer wurden. Die Bücher speisten die Dunkelheit, die in ihm war, statt sie auszuhungern und Platz zu schaffen, damit Licht hereinkonnte. Aus dem Fenster starren oder über gedruckten Seiten brüten. Das war für eine Weile alles, was Dereks Leben ausmachte.

Warum in aller Welt gab er sich solche Mühe, seinen Geist zu vergiften? Noreen konnte beim besten Willen nicht begreifen, wieso jemand so versessen auf die Katastrophe war. Dumm, aber so kam es ihr vor. Sie hörte alles, was ihr Mann sagte, aber nichts davon fand eine Heimat in ihr. Sie selbst hatte einen ganz schlichten Glauben. Einen Glauben, der nie wirklich Fragen stellte oder Wegverzweigungen erkundete, aber der sie in schwierigen Zeiten auf den Beinen hielt. Doch es steckte noch mehr dahinter. Mehr als nur eine Krücke oder eine Flasche Whisky. Er brachte etwas Helles in die Welt. Er machte Hoffnung möglich. Wenn man sie in die Enge getrieben hätte, dann hätte sie wohl etwas davon gesagt, dass Liebe – echte Liebe – unzerstörbar sei. Aber sie hätte sich nicht gern in die Enge treiben lassen und freiwillig hätte sie ihre Ansichten nie geäußert.

Noreen war außer sich vor Sorge gewesen. Es war wieder über ihren Mann gekommen. Es war nicht leicht, aber schließlich konnte sie Derek dazu bewegen, einen Arzt aufzusuchen. Der Arzt schickte ihn zu einem Psychiater namens Dr. Siddons.

Das war genau das Richtige. Dr. Siddons war eine große Hilfe für Derek und Noreen. Es war das erste Mal, dass jemand ihr die Sache so erklärte, dass sie das Gefühl hatte, sie zu verstehen. Er sagte ihr, solche Dinge machten empfindsamen Leuten wie Derek hin und wieder zu schaffen. Statt ihren Zorn auf die Sache oder die Person zu richten, die ihn ausgelöst hatte, kehrten sie ihn nach innen und begruben ihn irgendwo in ihrem Geist. Wenn das über längere Zeit immer wieder geschah, konnte sich all der verborgene Zorn, der sozusagen geistig nie verdaut worden war, in eine Depression verwandeln und damit zu einem Problem werden, wie es Derek zu schaffen machte. Betrachten Sie diese ganze Sache mit den Generationen als eine Art Haken, sagte der Doktor, an den Derek den schwarzen Mantel seiner Gefühle hängt. Etwas, worauf er sich konzentrieren konnte. Nicht, dass das alles für ihn nicht real und wirklich bedeutungsvoll gewesen wäre, versteht sich. Aber wenn die Depression verging, würde es so sein wie am Morgen nach einer Nacht voller böser Träume, wenn die Sonne aufgeht. Nichts würde dann mehr ganz so schlimm erscheinen wie zuvor.

In dieser Hinsicht erwies sich Dr. Siddons, Gott sei Dank, als wahrer Prophet. Zeit und Medikamente brachten die Wende. Derek wurde wieder er selbst. Es gab einen bestimmten Moment in einer bestimmten Stunde an einem bestimmten Tag, in dem Noreen sich einen Kaffee einschenkte und zu dem Schluss kam, dass sie sich jetzt entspannen und wieder anfangen durfte, ihr Leben zu genießen. Keinen ganzen Monat später zeigten sich die ersten Symptome von Dereks Krebs. Bevor das Jahr zu Ende war, war er tot.

Noreen war mit ihrem Einkauf fertig. Der letzte Artikel, der in ihren Wagen gewandert war, war eine Flasche Bristol Cream Sherry. Das elegante, an altes Apothekeninventar erinnernde Gefäß aus schwerem blauen Glas verhieß ihr ein wenig süßen Trost für später. Ein seltener Genuss. Immer waren es Noreens eigenwillige Hände, die ohne ihr Zutun diesen besten aller Sherrys aus dem Regal in der Wein- und Spirituosenabteilung nahmen und vorsichtig unten in den Einkaufswagen zwischen die übrigen Waren legten. Ihr Verstand oder ihr Wille waren gar nicht daran beteiligt. Sie lehnten jede Verantwortung ab. Sie waren mit etwas ganz anderem beschäftigt, wenn der Sherry zwischen all die anderen Sachen geschmuggelt wurde. Ohne diesen kleinen bewussten Selbstbetrug hätte sie es gar nicht fertiggebracht, ihn zu kaufen. Schon der Gedanke, irgendetwas nur für sich selbst zu tun, reichte aus, damit sie schuldbewusst nach links und rechts schielte und fürchtete, ihre seit Langem tote Mutter könnte beobachten, was sie im Schilde führte, und herüberkommen, um ihr die Leviten zu lesen.

Eine Kasse war frei. Gut. Sie fing an, ihre Einkäufe auf das Transportband zu legen.

»Hallo«, flötete das junge Mädchen an der Kasse, das noch neu in diesem Job war und erst vor zwei Tagen das Trainingsvideo gesehen hatte. Deshalb war ihr noch deutlich vor Augen, dass es ein wichtiger Aspekt der Politik ihres Unternehmens war, jeden ihrer Kunden auf diese Weise fröhlich zu begrüßen.

»Hallo, meine Liebe«, lächelte Noreen, die nie irgendeine Politik verfolgte, aber ausnahmslos zu jedem Menschen freundlich war, dem sie begegnete.

Nachdem sie ein paar Minuten später mit ihrer Karte bezahlt hatte, schob sie ihren Wagen mit seiner Fracht von Einkaufstüten auf die automatische Tür zu, durch die man direkt gegenüber der Boots-Drogerie ins Freie gelangte. Bevor man draußen war, kam man an einer Reihe orangefarbener Plastikstühle an einer Wand vorbei, die für die Kunden aufgestellt worden waren. Auf einen davon setzte sich Noreen für einen Moment, um ein wenig zu Atem zu kommen. Eine ihrer Hände lag auf dem Rand des Einkaufswagens, als ob er mitsamt seinen Inhalts vom Luftzug nach draußen gezogen werden könnte, wenn sie ihn nicht wenigstens mit dieser leichten Berührung festhielt.

Lances Depressionen waren nie so schlimm gewesen wie die seines Vaters – nun ja, jedenfalls bisher nicht. Zum ersten Mal waren sie ernsthaft aufgetreten, als er kurz vor dem Schulabschluss stand. Nachdem er sich wochenlang wie üblich in seine Arbeit gekniet hatte, hatte ihn mit erschreckender Plötzlichkeit wie eine Besessenheit die Überzeugung gepackt, das alles sei doch nur Zeitvergeudung, er werde wahrscheinlich doch nur mit Pauken und Trompeten durchfallen, also was sollte das Ganze überhaupt? Seiner Mutter sagte er, es komme ihm vor, als hätte ihn jemand von hinten am Schlafittchen gepackt und höbe ihn vom Boden empor, sodass seine Füße nutzlos strampelten und er nicht mehr bestimmen konnte, wohin er gehen und was er tun wollte. Anfangs hatte sich diese pessimistische Sichtweise Tag für Tag als eine Art dumpfe Niedergeschlagenheit gezeigt, doch nachdem Noreen eines Samstagmorgens ihrem Sohn am Küchentisch gegenübergesessen, seine beiden Hände gehalten und hilflos zugesehen hatte, wie ihm die Tränen übers Gesicht strömten, hatte sie bestürzt erkannt, dass etwas geschehen musste. Der Doktor, inzwischen ein neuer, seit Derek gestorben war, war auf der Höhe der Zeit. Er hatte einen geschulten Therapeuten und eine Krankenschwester in seiner Praxis angestellt. Nach einer langen Unterhaltung mit dem bedrückten Jugendlichen hatte der Doktor einige Sitzungen bei dem Therapeuten angesetzt, die binnen Kurzem beginnen sollten.

Lance hatte zuerst etwas Manschetten davor, doch Steve, der Therapeut, ein Mann von Mitte dreißig, hatte eine angenehm lockere und jungenhafte Art an sich und stellte sich als einer von den Menschen heraus, die von Natur aus einnehmend sind und es nicht nötig haben, besonders trickreich oder professionell distanziert zu sein. Lance beschrieb ihn als einen friedlichen, schönen Teich, in den man Steine werfen konnte, ohne dafür zurechtgewiesen zu werden. Schon bald begann er diese Begegnungen aktiv zu genießen. Da er ohnehin einen Hang zur akademischen Wissbegier hatte, fand er den allmählichen Prozess, durch den er lernte, unerwartete Zusammenhänge in seinem Leben und seinen Erfahrungen zu erkennen, geradezu faszinierend. Bald zeigte sich, dass Lance seine Gefühle über den Tod seines Vaters nie richtig ausgedrückt hatte, oder zumindest nicht so, dass es ihn weitergebracht hätte. Jetzt, am Ende seiner Schulzeit, wünschte er sich seinen Vater an seiner Seite, als Helfer, Unterstützer und Ratgeber. Dass er vor der Zeit gestorben war, sich einfach so aus dem Staub gemacht hatte, ohne zu begreifen, was für eine Lücke er damit in das Leben seines Sohnes riss – nun, da gab es kein Vertun, das war ganz schön mies von ihm gewesen. Der kleine Junge in Lance, der in dem Moment, als die Nachricht vom Tod seines Vaters endlich hinaus auf den trostlosen Krankenhausflur gesickert war, wo er seit Stunden gewartet hatte, eine solche Qual in seinem Herzen gespürt hatte, hatte nie die Chance bekommen, irgendjemandem zu sagen, wie *sauer* er darüber war, dass man ihn im Stich gelassen hatte; nicht einmal sich selbst. All diese Leidenschaft wurde einfach weggeschlossen. Bei einer der Sitzungen weinte Lance sogar. Höchst ungewöhnlich. Er hatte zwar recht oft Tränen in den Augen, aber hinaus ließ er sie nur sehr selten. Faszinierend.

Unterstützt und abgelenkt von seiner eigenen Therapie vergrub sich Lance bald wieder im Lernen, auch wenn er auf Steves Vorschlag hin die Sitzungen noch einige Wochen lang fortsetzte, nachdem die schlimmste Phase seiner Depression vorbei war.

Das nächste Mal war es um den Beginn seines zweiten Jahres auf der Universität so weit gewesen – in einer Zeit, in der etliche Studenten den sogenannten »Drittsemesterblues« durchlebten, wie man Noreen erklärt hatte. Diesmal erfuhr sie eigentlich erst davon, als es schon mehr oder weniger bewältigt war. Beth erzählte ihr viel später davon. Offenbar ging es irgendwie um Gerechtigkeit und Ungerechtigkeit. Repressive Regime. Kriminellen Missbrauch von Entwicklungsgeldern. Das Wohl des Volkes als Ganzes wurde an die erste Stelle gestellt und die dringenden Bedürfnisse echter einzelner Menschen hatten das Nachsehen. Das Elend des Welthungers. Kleinkarierte Psychopathen, denen die totale Macht auf dem Silbertablett gereicht wurde. Und unter alledem anscheinend, für Noreen völlig unerklärlich, wieder jene Angst vor dem Versagen. Das Grauen davor, mit nichts in den Händen aus dem Westen zurückzukehren. Keine Beute. Nichts für den Topf. Wie konnte es auch anders kommen bei jemandem, der gar kein richtiger Mann war?

Diesmal keine Psychiater oder Therapeuten. Nur Freunde. Olly und Tom und Beth. Hauptsächlich aber, so erfuhr Noreen, Olly, der stundenlang mit Lance im Café des Kunsthandwerkerviertels saß oder zuschaute, wie das Wetter an stürmischen Tagen das Wasser der Cardigan Bay aufpeitschte. Olly, redegewandt und immer zur Stelle, der Lance keine falsche Nachsicht mit sich selbst durchgehen ließ, nichts, was nicht hilfreich war, und der imstande war, ihn mit sich in seine farbenfrohen Launen zu reißen, sodass Lance oft genug keine Chance hatte, mit beiden Beinen auf dem Boden seiner finsteren Obsessionen stehen zu bleiben. Am Ende wurde alles gut. Das zweite Jahr ging vorbei und das dritte kam. Lance hatte ein erstklassiges Examen hingelegt. Olly natürlich ebenso. Beth und Tom, die beide Englisch als einziges Fach belegt hatten, hatten mit Zwei abgeschlossen. Während jener drei Jahre war Olly manchmal während der Ferien bei Lance zu Besuch gewesen. Noreen vergötterte Olly. Er behandelte sie wie eine Königin und er hatte den Kniff heraus, sich mitten im tiefen Herzen ihrer Küche breitzumachen, als hätte er schon immer dort gewohnt. Als Lances Studium zu Ende ging, hatte Noreen die endlose und endlos komplizierte Eisenbahnreise hinunter nach Aberystwyth unternommen, um sie alle bei der Abschlussfeier in ihren gemieteten Roben zu sehen, wie sie ihre akademischen Hüte in die Luft schleuderten, während die stolzen Eltern, die es geschafft hatten zu kommen, Bilder schossen.

Ja, auf lange Sicht war alles gut gegangen, aber seit der Universität war dann die ganze Sache mit den Regenwäldern und der globalen Erwärmung und alledem gekommen. Der Himmel wusste, worum es dabei in Wirklichkeit gegangen war. Jene finstere Wolke hatte sich Gott sei Dank wieder aufgelöst, bevor die Natur und der Ursprung ihres Kerns offenbar wurden. Noreen war es nie gelungen, das Gefühl abzuschütteln, dass möglicherweise sie an allem schuld war. Vielleicht hatte sie irgendeinen Fehler gemacht, als Lance klein war, ohne zu merken, was sie da tat. Hatte sie ihn irgendwie verkorkst? Gewollt hatte sie das auf keinen Fall.

Und jetzt ging es wieder los. Sie konnte es einfach nicht glauben. Noreen packte ihren Einkaufswagen ein bisschen fester, biss sich auf die Unterlippe und blinzelte heftig, um die Tränen zu unterdrücken, die plötzlich in ihr aufstiegen. Jetzt bloß nicht albern werden. Reiß dich lieber zusammen und tu etwas Nützliches. Etwas, das hilft. Sie schlug die Augen auf, zog ein Taschentuch aus dem Ärmel ihres Mantels, putzte sich die Nase und stieß einen kleinen Seufzer aus. Dann zog sie den Wagen mit einer Hand näher zu sich, nahm ihre Handtasche heraus und fischte darin herum, bis sie ihr kleines Notizbuch mit den Telefonnummern hinten drin gefunden hatte. Jetzt noch ein bisschen Kleingeld. Zehn Pence reichten heute nicht einmal mehr aus, um durchzukommen, und selbst zwanzig Pence waren im Nu verbraucht. Aber zwei Fünfzig-Pence-Stücke müssten reichen. Ja, gut. Sie fand noch vier davon zwischen dem anderen Kleingeld in dem kleinen Reißverschlussfach ihrer Handtasche.

Noreen stand auf, steckte das Notizbuch und die Münzen in ihre Manteltasche und stellte die Handtasche zurück an ihren Platz zwischen den Einkaufstüten. Mit einem stummen, entschlossenen Nicken packte sie den Einkaufswagen mit beiden Händen, schwenkte ihn vorsichtig um hundertachtzig Grad und machte sich auf den Weg zum Hauptausgang. Soweit sie sich erinnerte, befanden sich dort in einer Nische neben jener großen Drehtür ein paar Telefonsäulen an der Wand.

2

Beth war bei Tom, als Noreens besorgter Anruf vom Supermarkt kam.

In gewisser Weise war der Anlass der Unterbrechung eine große Erleichterung. Schon seit über einer Stunde hatten die beiden trübsinnig über ihren teilweise geleerten Kaffeebechern und teilweise verzehrten Keksen gehockt. Endlos hatten sie Toms unerklärliches Erlebnis im Zug in allen Einzelheiten auseinandergenommen und erörtert, in dem verzweifelten Bemühen, sich einen Reim auf diesen Wachalbtraum zu machen, der doch anscheinend keinerlei Sinn hatte und der zutiefst und nachhaltig erschreckend war.

Beth fand Toms bedrohliche Zeitlupenkatastrophe tief beunruhigend; teilweise natürlich wegen der möglichen körperlichen Gewalt, die ihrem Freund in der Zukunft drohen könnte. Zugleich aber war ihr sehr deutlich bewusst, dass jenes Erlebnis im Zug Wasser auf die Mühle von Toms Furcht vor seiner eigenen Hilflosigkeit angesichts von Gewalt war, die ihm ohnehin schon immer sehr zu schaffen gemacht hatte. Irgendwann hatte er ihr einmal gestanden, dass er manchmal nachts wach lag und sich eine Szene vorstellte, in der Beth auf der Straße angegriffen wurde, während sie auf ihn wartete. Er beobachtete das Ganze aus sicherer Entfernung und war geradezu krank und so gelähmt vor Furcht, dass er ihr nicht zu Hilfe eilen konnte. Beth hatte versucht, ihm klarzumachen, dass man nie wissen könne, wie man in einer gegebenen Situation reagieren wird, bis man tatsächlich drinsteckt, und dadurch, dass er sich des Problems bewusst sei, sei die Schlacht schon halb gewonnen. Tom hatte nur seufzend die Achseln gezuckt und war offensichtlich nicht sehr überzeugt gewesen.

Nun war die Wirklichkeit flammend und lebendig über ihn hereingebrochen und hatte seine Fantasie neu entzündet. Wie sollte Tom je wieder Frieden finden? Würde er auf absehbare Zeit jede Nacht durch einen endlosen, finsteren Tunnel gehen? Würde er es schaffen, mit der Möglichkeit zu leben, dass diese drei grauen Gestalten irgendwann wieder auftauchen würden, um endlich sinnlos über Tom herzufallen und ihn zu Brei zu schlagen, wie es ihr bizarres Verhalten anzudrohen schien? Gab es irgendetwas, was er und Beth praktisch tun konnten, irgendetwas, was wirklich helfen konnte?

Die Fragen drehten sich in einem hoffnungslosen, vergeblichen Kreis.

»Angenommen, das war alles von irgendjemandem geplant«, hatte Tom gerade gesagt, bevor das Telefon klingelte. »Das macht die

Sache doch nur noch merkwürdiger, findest du nicht? Ich meine, lieber Himmel, was habe ich denn an mir, was habe ich getan oder was könnte ich tun, das diesen ganzen Aufwand rechtfertigen könnte? Das ergibt doch überhaupt keinen Sinn. Es ist Wahnsinn! Absoluter Wahnsinn!«

Nachdem sie das Telefon zum Schweigen gebracht hatte, indem sie den Hörer von der Gabel an der Wand nahm, hörte Beth drei oder vier Minuten lang der Person am anderen Ende der Leitung zu. Ihr Beitrag zu dem Gespräch bestand nur aus einem gelegentlichen mitfühlend zustimmenden Gemurmel.

»Ja, Noreen«, sagte sie schließlich entschieden. »Natürlich kommen wir – sofort, nachdem ich aufgelegt habe, versprochen. Bis gleich.«

Tom hörte auf, sich mit den Händen das Gesicht zu reiben, und blickte fragend auf.

»Noreen«, sagte Beth. »Lances Mutter. Der arme alte Lance ist wieder mal dabei, in einem seiner schwarzen Löcher zu verschwinden. Ob wir mal nach ihm sehen können?«

Tom stand auf, klopfte sich auf die Taschen und sah sich in der Küche nach dem Autoschlüssel um. Er fand ihn in einer kleinen Metallpyramide hinter dem Becher, der vor ihm auf dem Tisch stand. Er griff nach dem Schlüsselbund und klingelte laut damit. Punkt.

»Okay – gehen wir.«

Beth atmete erleichtert auf. Sie war froh, dass der Kreislauf durchbrochen war, wenigstens für eine kleine Weile.

3

Auf der Außenseite der gelb lackierten Zimmertür neben dem Badezimmer der Wilsons hing ein eigens angefertigtes Metallschild, das Lance am vorletzten Weihnachtsfest mit gebührendem Zeremoniell von seinem Freund Olly überreicht bekommen hatte. Darauf stand in leuchtend roten Großbuchstaben, erhaben auf hellblauem Hintergrund:

ACHTUNG!
LANZENWUNDEN HEILEN SELTEN
SIE WURDEN GEWARNT

Dieses exzentrische, alberne Geschenk war ein kleines Symptom dessen, was Olly selbst vielleicht seinen krankhaften Sinn für Ironie genannt hätte. Seine typisch beharrliche und theoretisch humorvolle Marotte baute auf der Vorstellung auf, Lance sei sanftmütig und zurückhaltend, bis man ihn reizte. Dann aber verwandelte er sich in eine Art Neandertaler im Quadrat, vor dem starke Männer entsetzt die Flucht ergriffen, wenn ihnen ihr Leben lieb war. Lance, der sich wirklich und wahrhaftig nicht an den geringfügigsten Anlass erinnern konnte, bei dem er je auch nur einen Anflug von Aggression gegenüber irgendjemandem empfunden oder gar gezeigt hätte, nicht einmal in den angespanntesten Situationen, war (natürlich) über diese freundschaftliche Frotzelei nie beleidigt gewesen. Im Gegenteil, er fand es sehr lustig, ja sogar schmeichelhaft, auch wenn er sich beim besten Willen nicht erklären konnte, warum. So war Olly nun einmal.

Manchmal machte Lance mit. Manchmal schaffte Lance es sogar, den Witz umzudrehen und zu gewinnen.

Da war zum Beispiel die Gelegenheit gewesen, als Olly, hier in diesem Haus, Lance in so tief nachdenklichem und überzeugend ernsthaftem Ton ansprach, dass Tom, der mit Beth dabei war, tatsächlich darauf hereinfiel und sich ein wenig Sorgen machte.

»Lance, mein Freund«, hatte Olly mit unheilvoll raunendem Ernst gesagt, »ich muss dir etwas sagen, was dich sehr treffen wird, fürchte ich. Bitte hör mir genau zu und denk dann genau über das nach, was ich dir gesagt habe, bevor du wütend wirst oder auf irgendeine Weise reagierst, die du hinterher bereust.«

Lance nahm seine Brille mit den kreisrunden Gläsern ab und begann, sie intensiv zu polieren – für jeden, der ihn gut kannte, ein sicheres Zeichen, dass er einem Zustand der Erregung so nahe gekommen war, wie man es von ihm erwarten konnte. Während er polierte, runzelte er die Stirn und nickte. Nach ein paar Augenblicken sprach er.

»Danke, Olly«, sagte er. »Ich weiß die Warnung sehr zu schätzen. So rücksichtsvoll sind nicht viele Leute. Aber bevor du das sagst, was mich so – hart treffen wird, darf ich vorschlagen, dass wir beide dafür sorgen, dass wir eine Ersatzhose parat haben?«

Ollys Augenbrauen hoben sich fast bis zur Zimmerdecke.

»Warum denn das, wenn ich fragen darf?«, erkundigte er sich höflich.

»Nun«, erwiderte Lance ebenso höflich und mit einer Gravitas, die allem, was Olly zu bieten hatte, nicht im Mindesten nachstand, »du, weil sicherlich die Gefahr besteht, dass ich in meiner überwältigenden Wut durch meine Reaktion bei dir ein unwillkommenes Schließmuskelversagen auslöse, und ich selbst, weil es, wenn ich mich grün färbe und zur Größe eines Riesen anschwelle, wahrscheinlich – ich zögere, vor Tom davon zu sprechen, wo er doch so empfindsam ist – dazu führen wird, dass mir die Hosen platzen.«

Beth verschluckte sich fast vor Lachen. Anerkennendes Schmunzeln von Olly. Was Olly eigentlich hatte sagen wollen, fanden sie nie heraus. Es war alles ziemlich albern, aber sehr nett. Tom sonnte sich einfach nur darin, dass mit allen alles in Ordnung war, mehr noch als sonst. Besonders mit Lance. Es war immer eine Erleichterung, zu wissen, dass sein träumerischer Freund in einer so entspannten Geistesverfassung war, dass er Spaß an Albernheiten und Witzen hatte. Zu seinen besten und glücklichsten Zeiten ging Lance durchs Leben wie ein Koala auf einem Eukalyptusbaum, der an der Luft schnupperte und mit einer zeitlupenartig konzentrierten Wonne an den interessant schmeckenden Blättern des Lebens knabberte. Aber er hatte auch seinen eigenen, ganz persönlichen Katastrophenzustand. Seit die anderen drei ihn kannten, war er einige Male heftig in diesen Abgrund gestürzt. Es hatte irgendetwas mit Furcht und Zwangsvorstellungen zu tun, hatte Tom schon immer vermutet.

Meistens fing es mit irgendeiner Kleinigkeit an. Als es zum Beispiel um die Zerstörung der südamerikanischen Regenwälder ging, hatte es mit einem kurzen Artikel in einer Sonntagszeitung begonnen und sich von da aus zu einem neurotisch unersättlichen Sammeln und Verschlingen aller Zeitungen, Bücher oder Fernsehsendungen gesteigert, in denen das Thema in irgendeiner Weise zur Sprache kam.

Schließlich kam Lance, durch und durch gesättigt mit düsteren Vorhersagen über die Zukunft unseres Planeten, an einen Punkt, wo sein Wille und Verlangen, ein normales Leben zu führen, dem Gewicht seiner Besorgnis nicht mehr gewachsen war. So trudelte er in einen Zustand stummen Elends hinab, kauerte unter der erodierenden Ozonschicht direkt über seinem Kopf und wartete auf das Ende der Welt.

Es war sehr ernst geworden. Lances Mutter war außer sich vor Sorge gewesen. Doch am Ende wurde alles wieder gut. Medikamente und Freundschaft retteten ihn. Steve, der Therapeut, war inzwischen nicht mehr da, aber Dr. Morgan war sehr hilfreich. Er machte Lance deutlich, dass er lernen musste, sich selbst wirksamer zu steuern. Sicherlich war es richtig, Anteil zu nehmen, aber er musste auswählen, worein er sein Herz steckte. Es war gut, sich einer Sache oder einem Ziel zu verschreiben, hatte ihm der Doktor mit seinem walisischen Akzent geraten, der sich anhörte wie ein Bach, der über ein Kiesbett fließt, aber es musste etwas sein, wozu sein Patient auch einen machbaren, ausgewogenen, beständigen Beitrag leisten konnte. Das Problem bei Lance, wenn die Zwanghaftigkeit ihn richtig gepackt hatte, fuhr er fort, war nicht nur, dass er zu den Typen gehörte, für die das »Glas halb leer« war. Er war sogar ein Typ, für den das »Glas bald ganz leer sein wird, und dann wird es wahrscheinlich zusammen mit allen anderen Gläsern auf der Erde zu Bruch gehen«. Sich selbst steuern, das war es, was er lernen musste.

Lance hatte sich vorgenommen, es zu versuchen. Und meistens war es ihm auch gelungen, das musste man ihm lassen. Seine Freunde halfen ihm, wo sie nur konnten; hauptsächlich, indem sie ihn kitzelten, ihm dumme Fragen stellten und ihn zwangen, Dinge zu tun, die er gern tat. Lance hatte im Grunde eine außerordentliche Fähigkeit, das Leben auf seine eigene, charakteristische Weise zu genießen, und er pflegte ganz bestimmt kein perverses Verlangen danach, in Trübsal und Elend zu versinken. Trotzdem hatte es seit der Regenwaldaffäre mindestens zwei Gelegenheiten gegeben, bei denen Lance das Steuerrad entglitten war, wie Dr. Morgan es ausgedrückt hätte, und er sich den ersten Stadien desselben steilen Abrutschens in die Depression überlassen hatte.

Wichtig war, frühzeitig etwas dagegen zu tun. Das wussten Tom und Beth.

Als Beth behutsam an die Tür klopfte, tat sich zunächst nichts. Sie trommelte ein wenig härter mit ihren Knöcheln und eine leise Stimme sagte. »Herein, wenn's sein muss.«

Sie stießen die Zimmertür auf und fanden Lance im Schneidersitz mitten auf seinem Bett. Ausdruckslos starrte er in die Richtung der schweren alten Fallfenster, die an der Vorderseite des Hauses auf die Straße hinausblickten. Neben ihm auf dem Bett stand ein Teller mit Sandwichs, Käse und Tomate, die er offenbar noch nicht angerührt hatte. Er drückte mit beiden Armen ein Kissen gegen seine Brust und sah rundlicher und vertrauter aus als je zuvor. Als die Tür aufging, wendete er nicht den Kopf.

Trotz allem musste Tom lächeln. Das Wichtigste war doch, einfach da zu sein. In der Höhle des Dachses. Hatten Dachse Höhlen? Nein, sie hatten Baue. Aber der Dachs in *Der Wind in den Weiden* hatte eine Art Höhle im Wald, und daran musste Tom jedes Mal denken, wenn er in Lances Zimmer kam, besonders im Herbst oder Winter. Er liebte Lances Zimmer. In diesem kleinen, gedämpft erleuchteten Raum hatten sie herrliche Zeiten erlebt. Wie hatten sie hier gelacht. Manchmal auch geweint. Ein- oder zweimal hatte Lance laut aus der Sammlung handgeschriebener Gedichte in der blauen Ledermappe vorgelesen, die auf seinem Nachttisch ihren festen Platz hatte. Derek Wilsons Gedichte waren nicht immer einfach zu verstehen, aber seine Worte hatten eine eigentümliche Kraft. Sie schienen singend durch die Luft zu tanzen. Beth war jedes Mal zu Tränen gerührt. Ollys Gesicht wurde zu einer ausdruckslosen Maske, aber dennoch zu einer Maske. Diese Lesungen kamen nicht sehr oft vor, obwohl Lance es liebte, aus dem Werk seines Vaters vorzulesen.

Das Hauptmerkmal des Zimmers waren die unzähligen Bücher darin. Lances Zimmer vermittelte einem die Illusion, als bestünde es aus lauter Büchern, sodass alle Flächen mit Ausnahme der Decke etwas anheimelnd Unebenes an sich hatten. Es sah aus wie in weiches Gestein hineingemeißelt. Bücher standen auf der Kommode, auf dem Nachttisch, sogar auf den Fensterbänken. Der kreisrunde, braune und lilafarbene Teppich, der den größten Teil des Fußbodens bedeckte, war teilweise unter Bücherstapeln begraben. Jede verfügbare Fläche an den vier orange gestrichenen Wänden war mit hölzernen Regalbrettern auf weißen Metallhalterungen bedeckt. Und da niemand sich bisher die Mühe gemacht hatte, die Regalbretter an den Halterungen festzuschrauben, war es in der Vergangenheit schon häufig zu spektakulären Katastrophen gekommen. In seiner Begeisterung, ein Buch, das er gelesen hatte, herauszuziehen und seinen Freunden zu zeigen, stieß Lance versehentlich mit der Schulter oder dem Ellbogen unter das Ende des Regalbretts, sodass sich eine ganze Reihe von Büchern, hilflos mit den Seiten rudernd wie würdevolle alte Herren, die aus dem Gleichgewicht geraten waren, wasserfallartig auf den Fußboden ergoss. Immer, wenn das passierte, johlten und schrien die Anwesenden und tanzten herum und verstärkten mit Gusto das Chaos, bevor sie mithalfen, die Bücher wieder aufzustellen, und mit ironischer Ernsthaftigkeit nickten, wenn Lance ihnen versicherte, gleich am nächsten Tag nun endlich die Regale richtig anzubringen. Natürlich tat er das nie, und Tom war, wenn auch mit einem leisen Schuldgefühl, froh darüber. Manche Dinge erzeugten eine gewisse Gemütlichkeit, indem sie sich immer wiederholten, und er hatte sowieso einen Hang zum Episodenhaften. Das Leben musste für ihn etwas von einer Seifenoper haben.

Heute jedoch sah es nicht so aus, als ob es einen Anlass zum Gelächter geben würde. Der arme Lance. Es sah wirklich so aus, als ob er wieder einmal unterwegs in seinen tiefsten Keller war. Tom seufzte. Wenn nur Olly hier wäre. Olly konnte so gut mit Lance umgehen. Beth allerdings auch. Vielleicht würden sie ihn wieder hinkriegen.

Mindestens eine Minute lang sagte keiner etwas.

»Mum hat euch angerufen, schätze ich, was?«

»Lance, deine Mum hat angerufen und gefragt, ob wir mal bei dir vorbeischauen könnten. Sie sagte, du wärst ein bisschen niedergeschlagen. Stimmt das?«

Wieder senkte sich Stille über sie.

Beth hatte sich auf den Boden gesetzt, gerade außerhalb von Lances Blickrichtung, und sich mit dem Rücken an einen einigermaßen stabil aussehenden Abschnitt der allgegenwärtigen Bücherregale gelehnt. Hier unten waren sie mit mächtigen Bänden gefüllt, die wie Nachschlagewerke aussahen und sich auch so anfühlten. Tom lungerte unschlüssig am Ende des Bettes herum und überlegte, was er sagen könnte, falls es erforderlich werden sollte, dass er etwas Hilfreiches beitrug. Auf Papier konnte er sich gut ausdrücken, aber wenn es ums Reden ging, hatte er manchmal den Eindruck, er wäre der Einzige, der offenbar nie dabei war, wenn die Texte ausgegeben wurden. Als Beth ihre Frage gestellt hatte, fiel sein Blick auf mehrere Blätter bedruckten Papiers, die neben Lance auf dem Bett ausgebreitet lagen. Er legte den Kopf ein wenig schief und musterte sie einen Moment lang aus der Ferne. Das sah verdächtig nach seinem langen Brief aus, den er in den frühen Morgenstunden nach jener Zugfahrt, die dazu geführt hatte, dass er sich in seiner Welt nicht mehr sicher fühlte, eingetippt hatte. Oje. Zum ersten Mal fragte er sich, ob es vielleicht eine blöde Idee gewesen war, diese Litanei der Furcht und des Unbehagens ausgerechnet an jemanden zu schicken, der so angreifbar war wie Lance. Konnte es sein, dass sein Brief etwas mit dem finsteren Tal zu tun hatte, durch das sein Freund gerade ging? Er ließ sich in den Klappsessel fallen, der manchmal als Gästebett herhalten musste, und kaute unruhig auf der Haut am mittleren Gelenk seines Zeigefingers herum, während er darauf wartete, dass Lance etwas sagte. Er hätte darauf gewettet, dass es eine Frage sein würde. So war es auch.

»Wenn jemand euch etwas vom ›wirklichen Leben‹ erzählen würde«, sagte Lance endlich mit tonloser, kraftloser Stimme und schaute dabei weiter durchs Fenster hinaus, »was würdet ihr denken, wovon er redet?«

Tom und Beth wechselten einen Blick. Tom hörte auf, an seiner Hand zu nagen, hob die Augenbrauen und schüttelte den Kopf.

Beth stand auf und setzte sich neben Lance aufs Bett. »Nun ja«, sagte sie unsicher, »ich schätze, er würde von dem sprechen, was im Leben wirklich ist – oder?«

Der gutgemeinte, schwächliche Versuch einer Antwort schwebte zitternd wie eine Seifenblase durch die Luft, bis sie an Lances Büchern zerplatzte und für immer verschwand. Wieder herrschte lange Zeit Schweigen, bis Lance sein Gewicht ein wenig verlagerte, einen Seufzer durch die Nase ausstieß und weitersprach.

»Also, ich glaube, ich kann euch sagen, was damit meistens gemeint ist«, sagte er. »Ich habe in letzter Zeit eine Menge darüber nachgedacht. Es ist genauso wie mit dem Gerede von der wirklichen Welt, das man immer hört. Ihr wisst, was ich meine. Wenn jemandem etwas Unangenehmes passiert und die Leute dann sagen: ›Willkommen in der wirklichen Welt.‹ Kennt ihr das? Dazu nicken sie dann und machen ein weises Gesicht und hören sich dabei so an, als ob es ihnen geradezu Befriedigung verschafft, dass die Person, mit der sie reden, gerade eine schlimme Zeit durchmacht oder einen fürchterlichen Schock erlebt hat oder was auch immer. Für sie bedeutet ›wirklich‹, dass es auf keinen Fall gut sein kann. Wirklich ist immer grauenhaft. Es kann nur schmutzig oder schäbig oder verdorben oder brutal oder deprimierend bedeuten. Und jeder, der dem nicht zustimmt, ist ein Weichling, der sich Illusionen hingibt und irgendwie oberflächlich durchs Leben spaziert, weil er nicht bereit oder unfähig ist, die Dinge so zu sehen, wie sie wirklich sind.«

Er nickte leicht, wie zur Bestätigung seiner eigenen Worte.

»Wisst ihr, solche Leute würden zum Beispiel sagen, dass Dinge wie Freundschaft, Treue, Einkäufe für den Nachbarn erledigen und – und zusammen über kleine Alltäglichkeiten lachen einfach nur eine Art naiver Luxus sind. Man kann sie nur haben und genießen und so tun, als wären sie echt, indem man die Augen vor der Tatsache verschließt, dass sich gleich unter der Oberfläche aller Dinge eine riesige, hässliche Schlange des Elends und der Widerwärtigkeit zusammenrollt und hungrig darauf wartet, all die kleinen, zwitschernden hübschen Dinge zu verschlingen, die sowieso niemals wirklich waren. Frieden ist ein sinnloser Traum. Gemeinschaft ist eine erbärmliche Verleugnung der Tatsache, dass letzten Endes jeder von uns vollkommen allein ist. Zivilisation ist nicht mehr als eine oberflächliche Vereinbarung, dass wir alle so tun wollen, als wären wir nicht unzivilisiert.«

Schweigen.

»Aber dieser Meinung bist du doch nicht, oder, Lance?« Beth drehte mitfühlend ihre verschränkten Hände nach außen, als sie antwortete. »Du würdest doch sagen, dass die guten Dinge genauso wirklich sind wie die schrecklichen, das weiß ich.« Sie dachte ein paar Sekunden lang nach, bevor sie langsam weitersprach. »Ich weiß noch, wie du mir einmal gesagt hast, dass du in den Zeiten, wenn du mitten in deinen schrecklichen Depressionen stecktest, immer vom Licht geträumt hast, aber wenn du dann – weißt du – endlich wieder ins Licht gekommen bist, nie das geringste Verlangen danach hast, das Licht wieder auszulöschen, weil das Licht der Ort ist, wo du wirklich hingehörst. Darüber habe ich immer wieder nachgedacht, seit du das gesagt hast. Das bedeutet doch wohl, dass deiner Meinung nach das Gute mächtiger ist als das Böse, oder?«

»Ich habe nie schwimmen gelernt, wisst ihr«, erwiderte Lance.

Natürlich wussten sie es. Sie wussten aus Erfahrung, dass Lance sich entsetzlich davor fürchtete, im Wasser den Boden unter den Füßen zu verlieren. Außerdem wussten sie, dass von seinen scheinbar belanglosen Äußerungen immer wieder eine Schleife zurück zum Thema führte. Es war nur eine Frage der Geduld. Abwarten.

»Man sagt doch, das zwei Drittel der Erdoberfläche von Wasser bedeckt sind, oder? Das weiß ich, seit Miss Weston es uns erzählt hat, als wir sechs waren. Erinnert ihr euch an Miss Weston?«

Sie nickten. Natürlich.

»Ich fand das schon damals ein bisschen beängstigend. Mir kam es so vor, als müsste die Welt sich nur ein bisschen verschieben oder kippen und unsere kleine trockene Welt würde überflutet und wir müssten alle ertrinken. Also, ich weiß, dass das Blödsinn ist, aber ein bisschen geht es mir heute immer noch so. Stellt euch vor – die Welt ist zu zwei Dritteln so beschaffen, dass ich dort gar nicht überleben könnte, es sei denn, ich säße in einem Boot oder so. Und selbst dann wäre das Meer direkt unter mir, unendlich tief und ohne Luft, ein gewaltiges, grünes, rastloses Ungeheuer, das nie ganz stillstehen kann, so ungefähr wie ein Riese auf Stelzen, und das nur darauf wartet, dass ein Sturm mich aus dem Boot kippt und mich, prustend und strampelnd, dem Tod ausliefert. Ich kann euch sagen, dass ich gerne mit beiden Beinen fest auf dem trockenen Drittel bleibe. Ich glaube kaum, dass ich jetzt noch schwimmen lernen werde.

Nun, ich glaube nicht, dass Miss Weston ebenso detailliert darüber gesprochen hat, wie Gut und Böse auf der Welt verteilt sind, aber ich glaube, ich hatte schon damals die undeutliche Vorstellung, dass die Menschen am besten in einer Atmosphäre überleben könnten, in der es Freundlichkeit und Rücksicht auf andere und Anteilnahme an dem, was in der Welt vor sich geht, und solche Dinge gibt. So sollte es eigentlich sein. Und die andere Art von Atmosphäre, die böse, in der Menschen Schlimmes tun und sich gegenseitig verletzen, nun, davon gab es längst nicht so viel, noch viel weniger als ein Drittel. Daran habe ich mehr oder weniger mein ganzes Leben lang geglaubt, und ich war sehr froh darüber, weil ich schon immer wusste, dass ich in so einer negativen Atmosphäre ertrinken würde. Aber in letzter Zeit hat mich immer mehr so ein Gefühl beschlichen, dass ich mich geirrt haben muss, und dieses üble Gefühl hat sich um mich geschlungen wie – wie eine bösartige Schlingpflanze. Vielleicht sind ja viel mehr als zwei Drittel der Welt von Dunkelheit bedeckt. Vielleicht sind Willkür und Bosheit in Wirklichkeit ja tief im Kern das Eigentliche und all die Dinge, die mir immer so wichtig waren – nun, vielleicht sind sie nicht mehr als ein kleines, zerbrechliches Boot, das nicht lange durchhalten kann, wenn es stürmisch wird.«

Allmählich fand Tom Lances trostlose Stimmung ansteckend. Kein Wunder, angesichts der jüngsten Ereignisse. Er stützte seine Ellbogen auf die Knie und sein Gesicht in die Handflächen und versuchte sich etwas Konstruktives einfallen zu lassen, was er sagen könnte. Nachdem ihm das nicht gelang, sagte er trotzdem etwas.

»Wodurch hat sich denn das Bild für dich so sehr verändert, Lance? Ich meine – ist da etwas Bestimmtes vorgefallen, oder …«

»Eine Menge Dinge«, unterbrach ihn Lance, dessen Stimme immer noch trüb und schwer und leblos klang wie eine Schieferplatte. »Unzählige Dinge. Da war zum Beispiel eine Geschichte, die ich neulich in einem Buch gelesen habe. Eigentlich war es ein sehr gutes Buch; es handelte vom Zweiten Weltkrieg. Wenn ich Geschichte sage, meine ich eine wahre Geschichte – eine Anekdote könnte man es wohl nennen – aus den Wochen kurz vor der Besetzung des Ostteils von Berlin durch die kommunistischen Truppen. Die Roten waren begierig auf Rache für die abscheulichen Verbrechen, die von deutschen Soldaten begangen worden waren, als Hitler in Russland einmarschierte. In jenem Winter waren unsäglich entsetzliche Dinge geschehen. Vergewaltigungen, Folter, Mord und – ach, alles Grauen, das man sich vorstellen kann.« Ein Schauder durchlief ihn. »Diese russischen Soldaten waren bis zum Rand voll mit Rachlust. Sie brannten nur auf eine Gelegenheit, Leiden mit Leiden zu vergelten. Und natürlich hatten sie mehr oder weniger aufgehört, die Deutschen als menschliche Wesen zu betrachten. Ihr Hass war ja auch durch eine heftige Propaganda geschürt worden, wisst ihr. Deutsche wurden auf Plakaten, in Filmen und in Zeitungen als Teufel dargestellt – böse Ungeheuer, die keinen Grund und kein Recht zu leben hatten. Man musste sie vernichten und zermalmen und leiden lassen.

Eines Tages nun nahmen einige russische Soldaten einen deutschen Offizier gefangen. Irgendwie – wie, weiß ich nicht – fanden sie heraus, dass er Klavier spielen konnte. Also setzten sie ihn an ein Klavier und machten ihm mit Gebärden klar, dass er spielen sollte, und sobald er aufhörte, würde er erschossen. Und der Mann fing an zu spielen.«

Lances Unterkiefer begann zu zittern. Schweigend starrte er eine Weile lang in die Ferne und bemühte sich, seine Stimme unter Kontrolle zu bringen.

»Er spielte sechzehn Stunden lang. Sechzehn Stunden! Könnt ihr euch das vorstellen? Unentwegt, die ganze Nacht hindurch, bis zur Morgendämmerung und in den nächsten Morgen hinein. Sechzehn Stunden ohne Pause. Und am Ende dieser Zeit brach er in Tränen aus und sackte über dem Klavier zusammen. Die Russen klopften ihm auf den Rücken und dann brachten sie ihn nach draußen und – und sie erschossen ihn. Löschten ihn einfach aus. Einfach so. Nachdem ich das gelesen hatte, konnte ich die ganze Nacht nicht schlafen, weil ich immerzu darüber nachdenken musste, was dem Mann wohl alles durch den Kopf ging, während er die ganze

Nacht hindurch sein Repertoire immer wieder vorwärts und rückwärts spielte. Seine Frau. Seine Kinder. Sein Wohnzimmer zu Hause. Sein Garten. Spaziergänge im Regen. Schlafen gehen, morgens aufstehen, all die alltäglichen Dinge, die plötzlich etwas ganz Besonderes sind, sobald einem der Gedanke kommt, dass man sie verlieren könnte. Vielleicht sagte er sich, es wäre ja noch alles drin, wenn er einfach nur immer weiterspielte. Vielleicht würde er ja befreit. Vielleicht würde der Krieg zu Ende gehen? Vielleicht würden sie Mitleid mit ihm haben. Vielleicht würde er aufwachen. Wenn er nur lange genug weiterspielen konnte, gab es unzählige Möglichkeiten. Aber er konnte es nicht. Und sie erschossen ihn.«

Er sah Beth an, dann Tom, und in seinen Augen brannte eine verzweifelte Frage, auf die es keine Antwort gab.

»Aber wie? *Wie* konnten sie das tun? Wie konnte *irgendjemand* so etwas tun? Abgesehen von allem anderen, wie konnten sie es fertigbringen, etwas so – so blühend Lebendiges wie Musik zu nehmen und platt zu stampfen und einen Trampelpfad zum Tod daraus zu machen? Und mir kam der Gedanke, dass aus der Sicht des Offiziers dieser Pfad einer war, der sich den Regeln der Perspektive widersetzte. Pfade sollten eigentlich so aussehen, als würden sie immer schmaler, je weiter sie sich entfernen, aber wenn man ihnen dann folgt, stellt sich heraus, dass sie in Wirklichkeit überall gleich breit sind. Bei diesem war das nicht so. Er wurde wirklich immer schmaler und schmaler, bis am Ende nichts mehr übrig war als ein elender Tod. Das hatten diese russischen Soldaten getan. Sie haben die Regeln der menschlichen Perspektive gebrochen. Sie haben es *getan*. Wir alle haben es getan. Wie konnten wir das tun? Und wenn wir so etwas tun können, nun – was für einen Sinn hat es dann noch, dass wir uns damit aufhalten, Gedichte zu schreiben oder überhaupt irgendetwas zu tun? Dann können wir doch genauso gut hier sitzen und warten, bis alles zu Ende ist. Wisst ihr, wenn es passieren konnte, was macht es dann schon für einen Unterschied, ob es tatsächlich passiert ist? Das war mein Gedanke. Dann kann es doch genauso gut tatsächlich passiert sein. Das war es, was mir durch den Kopf gegangen ist. Die wichtigsten Dinge werden bedeutungslos, wenn sie sich so leicht in nichts verwandeln lassen. Versteht ihr, was ich meine?«

»N-nicht so ganz, Lance«, sagte Beth und strich ihm mit ihrer behandschuhten Hand sanft über die Schulter. Sie wollte es wirklich verstehen.

Tom schwieg. Er verstand nur zu gut, was sein Freund zu sagen versuchte. Etwas ganz Ähnliches hatte er in seinem Brief an Lance ausdrücken wollen. Ob er es freilich ertragen konnte, es so klar und krass in den Worten eines anderen zu hören, wusste er nicht genau.

Lance sah Beth einen Moment lang an, bevor er weitersprach.

»Vor ein paar Wochen stand ein Artikel in der Zeitung. Ich glaube, im Fernsehen kam es auch. Es war in London. Ein Mann war zu Fuß auf dem Heimweg, nachdem er länger im Büro gewesen war. Eine Gruppe von drei oder vier jungen Männern und einem Mädchen hielt ihn mitten auf einer Brücke an und sie sagten ihm, er solle ihnen sein ganzes Geld geben, sonst würden sie ihn ordentlich zusammentreten. Er hatte nur zehn Pfund bei sich, und die gab er ihnen. Sie meinten, er lüge, er habe bestimmt noch irgendwo etwas versteckt. Zwei von ihnen hielten ihn fest, während die anderen seine Taschen durchsuchten. Als sie feststellten, dass er die Wahrheit sagte, ließen sie ihn aber nicht gehen. Sie schleuderten ihn zu Boden und fingen an, auf ihn einzutreten. Beth, Tom, sie traten ihn an den Kopf und ins Gesicht, so fest sie konnten. Stellt euch ein Gesicht vor, den Mund, die Nase, die Augen, und dann stellt euch vor, wie schwere Stiefel erbarmungslos da hineingerammt werden. Nicht nur erbarmungslos, sondern mit – Begeisterung. Versucht euch das vorzustellen. Versucht euch einmal zu der Vorstellung zu zwingen, wie ihr mit dem Fuß ausholt und mit aller Kraft in die weichen, verletzlichen Teile des Gesichtes eines Menschen tretet. Ihr werdet daran nicht einmal denken können. Nicht einmal in Gedanken könntet ihr euren Fuß dazu bewegen. Ihr werdet merken, wie euer ganzer Körper sich vor Abscheu und Ekel zusammenkrampft. Und dann stellt euch vor, wie ihr denkt, dass es richtig gut ist, das zu tun. Stellt es euch einfach mal vor.

Danach fing einer von denen an, auf seinem Kopf herumzuspringen, während die anderen drum herumstanden und lachten. Nach einer Weile hatten sie genug davon; also hoben sie auf, was von ihm noch übrig war, warfen ihn übers Geländer in den Fluss und rannten weg. Wenig später wurde er so gut wie tot aus dem Wasser gezogen. Im Krankenhaus kam er noch einmal zu sich, gerade lange genug, um mit ein paar gestammelten Worten zu erzählen, was passiert war; dann starb er auf dem Operationstisch. Zehn Pfund, Beth. Sie trampelten auf seinem Kopf herum, weil er nicht mehr als zehn Pfund bei sich hatte, die sie ihm stehlen konnten. Woher nahmen sie die Wut und den Grund und das Recht dazu? Ein ganzes komplexes Leben, voller Menschen und Aktivitäten und Hoffnungen und Pläne, einfach zu Tode gestampft von den Monstern, die zweifellos in mir genauso lauern wie in diesen vier Leuten auf der Brücke. Alles für den Preis von einer Runde Bier oder zwei Kinokarten.«

Lance schüttelte den Kopf. Die Geste hatte etwas Abschließendes, als wäre seine Beweisführung lückenlos und unwiderlegbar und als erübrigte sich jede weitere Debatte.

»Lance, ich glaube, ich weiß, was du meinst, wenn du sagst, dass das Potenzial für solche Dinge in uns allen steckt«, wandte Beth behutsam ein, »aber du weißt genauso gut wie Tom und ich, dass du nie im Leben so etwas Brutales tun würdest. Genauso wenig wie Tom und ich. Du bist einer der freundlichsten, warmherzigsten Menschen, die ich kenne. Daran wird sich auch nichts ändern. Ist das nicht auch die Wirklichkeit? Warum sollte das nicht genauso wirklich sein?«

»Es ist ja nicht nur das allein. Tom weiß, dass das noch nicht alles ist.«

Lance legte sein Kissen zur Seite, stieg schwerfällig vom Bett und ging hinüber ans Fenster, um hinauszustarren. Direkt gegenüber dem Haus der Wilsons stieß der ausgestreckte Finger eines großen Stadtparks auf die Straße. Die letzten Sonnenstrahlen eines kurzen Tages umschmeichelten dort die mit Laub übersäte Erde unter den Bäumen und schufen mit ihrem schräg einfallenden Glanz einen herrlichen, rotgoldenen Teppich.

»Ich habe diese Spätnachmittage im Oktober schon immer geliebt«, sagte Lance leise, »wenn die Sonne wie eine riesige, von innen beleuchtete Orange über den Horizont rollt und die Luft von dieser wunderbaren, berauschenden Mischung von Tragik und Ekstase erfüllt ist. Flammende Trauer. Inspiration mitten im Verfall. Das

Gefühl, dass da wichtige Dinge sind, die man fühlen müsste, über die man nachdenken und schreiben, die man zeichnen und – und einfach genießen müsste. Alles hat eine Tiefe, voller Möglichkeiten, alles ist voller Behagen und irgendwie auf den Kopf gestellt, und der erste, schwache, aufregende Hauch von Weihnachten, wie ein echtes Kind ihn wahrnimmt, liegt in der Luft. Manchmal denke ich, wenn ich wirklich wollte, könnte ich meine Hände und Arme tief in diese Jahreszeit hineintauchen, als wäre sie ein altes Holzfass voller kräftiger, dunkler, schwerer Erde.«

Er drehte den Kopf und schaute wieder ins Zimmer. In seiner Stimme lag eine stille, hoffnungslose Gewissheit.

»Sie verderben den Herbst, wisst ihr. Diese ganzen Leute. Sie verderben den Herbst. Sie nehmen ihm seine Bedeutung, seine Leidenschaft. All die verästelten Verbindungen zwischen ihm und allem, was ich bin. Wie Nerven in einem Körper oder Zellen in einem Gehirn. Auf alledem trampeln diese Leute herum, stampfen mit ihren Absätzen in diese feinen, schönen Dinge hinein und lachen dabei wie die Wahnsinnigen. Oder zumindest – sie könnten es tun, oder?« Er machte eine plötzliche, wilde Geste mit einer Hand. »Vielleicht nicht heute Abend, aber morgen oder übermorgen oder überübermorgen. Und seht ihr, wenn das möglich ist, wenn das passieren könnte – nun, du hast es ja in deinem Brief selbst gesagt, Tom. Leute wie wir, die mit Vorstellungskraft gesegnet und verflucht sind, müssen uns fragen, ob es sich überhaupt lohnt, uns anzustrengen und zu versuchen, eine andere Art Mensch zu sein. Denn die Sache ist die: Es macht denen überhaupt nichts aus, diese – diese Abkürzungen zu nehmen. Und wenn ihnen das alles egal ist, dann können sie einfach auf allem herumtrampeln, nicht wahr? Es macht das Leben viel einfacher, wenn einem alles egal ist. Und wenn sie dann tatsächlich auf allem herumtrampeln, dann haben sie gewonnen. Ihr müsst doch begreifen können, was ich meine. Sie haben durch Mogelei gewonnen. So, wie wenn man beim Schach oder bei Dame das Brett umstößt, wenn man am Verlieren ist. Plötzlich existiert das Spiel einfach nicht mehr, weil sie – es zerschlagen haben, ihm den Kopf eingetreten haben. Und schon spielt das ganze andere langweilige, brillante Zeug keine Rolle mehr.«

Zum ersten Mal lag neben der Verzweiflung so etwas wie aufsteigender Zorn in Lances Stimme.

»Du hattest so Recht mit dem, was du geschrieben hast, Tom. Sie verderben einem wirklich alles – das Abenteuer, die Selbstbeherrschung, die Entschlüsse, die man fasst und wieder verwirft. Sie verderben uns unsere schwächlichen, albernen, wunderbaren Versuche, uns einen Reim auf das Leben zu machen. Sie verderben das Staunen der Kinder über Dinge wie Farben und Schnee und Sterne, die immer wieder neu sein werden, so lange es Männer und Frauen auf der Erde gibt. Sie verderben einem die Bilder und Gedichte und die Notlügen und die Aufregung, mit der man aus dem Haus stürmt, weil einem einfällt, dass irgendwo ein Regenbogen sein muss, weil es gleichzeitig regnet und die Sonne scheint. Sie verderben und besudeln und verleugnen den Wert von Menschenleben, die lang und wertvoll sind, weil sie voller Erfahrungen und Überlebensweisheit stecken. Es macht mich krank. Eine alte Dame wird zu einem lästigen, krächzenden alten Ding, einem Hindernis, das beseitigt werden muss, damit sie mehr Geld in ihre Taschen stecken können, um sich Drogen oder was auch immer zu kaufen. Also schlagen sie ihr das Gesicht zu Brei, um es zu bekommen. Ihr habt ja die Bilder in der Zeitung gesehen.«

Er wandte sich wieder dem Park zu.

»So ist das nun mal. Ende der Geschichte. Sie verderben alles. Und allmählich macht mich das krank und hoffnungslos. Deswegen habe ich hier herumgesessen und nichts getan. Ich meine – was gibt es denn noch? Mir fällt nichts anderes ein, was ich tun könnte.«

Tom fragte sich, wie Mrs. Wilson wohl reagieren würde, wenn sie erfuhr, dass er selbst, weit davon entfernt, Lance aus dem Sumpf der Verzweiflung herausziehen zu können, in dem er versunken war, allmählich das Gefühl hatte, er könnte sich genauso gut neben seinen Freund aufs Bett setzen und sich einer ganz ähnlichen Verzweiflung hingeben. Was er selbst kürzlich erlebt hatte, hatte eine Tür in ihm geöffnet, durch die Lances Pessimismus hereinkommen und sich in ihm einnisten konnte. Einen Moment lang sank ihm der Mut. Er kam sich ratlos und verloren vor.

»Übrigens, ich fand deinen Traum faszinierend«, fuhr Lance fort.

Das Interesse an etwas Objektivem ließ seine dünne, schwache Stimme ein wenig kräftiger klingen. »Sehr lebhaft und strukturiert. Ich glaube, du hast in deinem Brief etwas über den kontextuellen Surrealismus der Träume gesagt.«

»Tatsächlich?« Tom zog die Augenbrauen hoch und versuchte vergeblich, sich daran zu erinnern, etwas derartig Eindrucksvolles gesagt zu haben.

»Aber die Bilder, die du beschrieben hast, waren eigentlich nicht inkongruent, oder? Der Leopard und das Baby. Das Ganze ergibt durchaus einen Sinn, wenn man ein bisschen darüber nachdenkt. Ich kann mich nie an meine Träume erinnern, aber seit ich deinen Brief gelesen habe, ist da so eine – nun, so eine Art Wachgeschichte, die ich in meiner Fantasie unentwegt abspiele. Sie kommt mir verblüffend real vor, besonders nachts. Vielleicht ist es ein Traum. Keine Ahnung.«

Lance sah die anderen beiden fragend an.

»Würde es euch etwas ausmachen, wenn ich sie euch erzähle? Ich habe sie sogar aufgeschrieben. Ich glaube, ich muss sie wirklich jemandem erzählen.« Er runzelte entschuldigend die Stirn. »Ich fürchte, sehr hübsch ist sie nicht. Sehr oft kann ich es wohl nicht mehr ertragen, mich darin wiederzufinden. Darf ich sie euch vorlesen?«

Jedes Mal, wenn Lance Toms Brief und seine negativen Auswirkungen erwähnt hatte, war es von Beth mit einem fassungslos vorwurfsvollen Blick oder Kopfschütteln in Richtung ihres Freundes quittiert worden. Tom wusste nur zu gut, was sie dachte. Warum in aller Welt hatte er, der doch die Anfälligkeit seines Freundes in bestimmten Bereichen kannte, Lance mit einer so ausgiebig ausufernden Bürde düsterer Trübsal beladen? Warum nur? Tom stellte sich die Frage selbst. Ich hatte mitten in der Nacht das verzweifelte Bedürfnis, mit einem Freund zu reden, gab er sich zur Antwort. Aber warum Lance? Warum nicht Olly? Nun, weil Lance sich auf das Weichliche, Verletzliche in ihm einlassen würde. Olly würde hingehen wollen, um die drei Männer aus dem Zug aufzuspüren und etwas gegen sie zu *tun*. Deshalb. Das ist keine Entschuldigung, sagte Beths Geist. Das ist absolut keine Entschuldigung.

»Das macht uns überhaupt nichts aus, Lance. Wir wollen dir doch helfen, nicht wahr, Tom?«

»Mhm, klar wollen wir das.« Tom nickte reumütig.

Lance kam vom Fenster zurück, kletterte schwerfällig wieder aufs Bett, hob ein Notizbuch mit festem Einband vom Boden auf und lehnte sich gegen das gepolsterte Kopfende. Das Buch in der einen Hand, benutzte er das andere, um dass Kissen an sich zu drücken. Draußen verblasste das Licht der Spätnachmittagssonne zusehends. Der Herbstsonnenschein war aus dem enttäuschten Park verschwunden und hatte nur die übliche trübselige Atmosphäre trauriger Verwirrung zurückgelassen. Im bläulichen Schein der kleinen Leselampe, die an einer Stange an seiner Bettseite festgeklammert war, sah Lance aus wie ein Geschichtenerzähler in einem alten Kinomelodram. Die einzige andere Lichtquelle war der kleine Halogenheizstrahler in der Ecke neben der Tür mit seinem unsteten orangegoldenen Glühen, das langsam hin und her oszillierte.

»Tom kommt auch in der Geschichte vor, Beth.« Es hörte sich fast wie eine Entschuldigung an, als ob Lance sich Tom ohne Erlaubnis von dessen Freundin ausgeliehen hätte. »Zu Beginn der Geschichte oder des Traums, falls es einer ist, stehen er und ich zusammen mitten in der Nacht am Fuß eines Hügels. An der Stelle habe ich angefangen zu schreiben.«

Lance schlug das Buch an der richtigen Stelle auf und hielt es mit dem Daumen in der Mitte zwischen den Seiten offen vor sich. Nach einem kurzen, nervösen Husten begann er vorzulesen.

4

»Ich stehe mit meinem Freund Tom Crane am Fuß eines Hügels. Die Luft ist klar und still, aber es ist kein Mond zu sehen und der Himmel ist sternenlos. Es ist eine dieser stockfinsteren Nächte, in denen das Kind in einem fürchtet, der alte Albtraum wäre wirklich wahr geworden. Die Sonne hat die Menschen verlassen, nicht nur für zwölf oder dreizehn Stunden, sondern für immer.

Die Kuppe dieses Hügels, der vor uns aufragt, ist viel zu weit von Tom und mir entfernt, als dass wir sehen könnten, was sich dort oben befindet. Aber das wäre genauso, wenn sie nur fünfzig Meter weit weg wäre. Wir können kaum die Hand vor Augen sehen. Viel zu dunkel. Ich habe so eine Ahnung, was sich auf dem Gipfel eines dieser alten Häuser mit kleinen Erkern und Türmchen befinden könnte. Vielleicht ein uraltes, verfallenes Schloss. Wie aus einem alten Horrorheftchen. Irgend so ein Klischee eben. Offenbar ist es aber aus irgendeinem Grund furchtbar wichtig, dass es uns beiden gelingt, den ganzen Weg bis auf die Kuppe des Hügels zu steigen. Ich habe den Eindruck, dass keiner von uns wirklich weiß, was das für ein Grund sein könnte, aber unsere Unwissenheit scheint nicht die geringste Rolle zu spielen. Übrigens trägt jeder von uns einen kleinen Rucksack, wenn auch der Inhalt dieser beiden Rucksäcke mir noch lange ein Rätsel bleiben wird.

Wir machen uns auf den Weg durch die Finsternis nach oben. Ich scheue mich vor der Anstrengung, die das erfordern wird, aber zu meiner Beruhigung stelle ich fest, dass ich nur raues Gras unter meinen Füßen habe, hier und da ein bisschen rutschig, aber nicht unwegsam. Meine Stimmung hebt sich, als wir eine Art spielerisches Wettrennen veranstalten und lachen und uns gegenseitig anfeuern, während wir aufsteigen. Wer mich gut kennt, weiß, wie sehr ich den Gedanken an körperliche Bewegung hasse und wie sehr ich es dann genieße, wenn es tatsächlich dazu kommt. Genauso ist es in diesem Traum. Anfangs macht die Sache richtig Spaß. Es ist sogar ein bisschen aufregend.

Dann wird allmählich das Gelände schwieriger. Für jemanden mit meinem Körperbau und meiner Fitness ist es gar nicht mehr so einfach. Statt jenes schönen, leicht begehbaren Grases komme ich jetzt durch ein Gewirr von Sträuchern und Wurzeln und alten Baumstümpfen, von denen der Hang offenbar übersät ist. Mit jedem Schritt wird es schlimmer. Ich versuche mit meinem Freund Schritt zu halten, aber schon bald ist Tom so weit voraus, dass ich ihn überhaupt nicht mehr sehen oder hören kann. Allmählich gerate ich in Panik. Ich fühle mich einsam und verängstigt. Es scheint noch dunkler geworden zu sein. Ein starker Wind ist aufgekommen und jetzt peitscht der Regen schräg über den Hang, sticht mir unangenehm in die Augen und macht es mir noch schwerer, voranzukommen.

Grasnarbenklumpen, Fallholz und Äste tauchen immer wieder unerwartet unter meinen Händen und Füßen auf. Sie sind eklig und nass, schmierig und unvorhersehbar. Ich greife mit beiden Händen nach einem Stück Holz, das solide aussieht, um mich daran festzuhalten, doch es bricht und gibt vornüber nach, sodass ich in einem tropfnassen Albtraum aus Brombeerranken und verschlungenem Dickicht lande. Nach einigen Mühen finde ich wieder Halt, doch nun ist der Boden, über den ich gehe, voller tückischer Unebenheiten und glitschigem Schlamm. Meine Füße scheinen überall abzugleiten, sobald ich sie mit meinem Gewicht belaste. Mindestens zweimal bin ich überzeugt, dass ich mir den Knöchel zu schlimm verdreht oder verstaucht habe, um noch weiterzugehen. Aber ich muss weiter. Was bleibt mir anderes übrig? Mir bleibt keine andere Wahl. Ich habe keine Ahnung, wo ich bin. Ich habe keine Ahnung, wo Tom ist. Das Einzige, was mir einigermaßen die Richtung angibt, ist die Steigung. Wenn ich weiter bergauf klettere, muss ich ja wohl irgendwo da oben auf Tom treffen.

Inzwischen hängen mein Rucksack und meine durchnässten Kleider wie schwere Gewichte an mir und zerren mich zu Boden. Sie sind mir mehr Hindernis als Hilfe. Ich bin nass bis auf die Haut. Ein mörderischer Schmerz durchzuckt meinen verletzten Knöchel, wann immer ich ihn belaste. Ich wimmere vor Qual, als ich noch einmal falsch auftrete und kopfüber zur Seite in ein weiteres unsichtbares Gebüsch stolpere. Dieses scheint aus einem Gewirr von dünnen, rankenähnlichen Zweigen zu bestehen. Sie geben ihrer Empörung über mein gewaltsames Eindringen Ausdruck, indem sie erbost auf mein ohnehin schon geschundenes Gesicht und meine Hände einpeitschen. Ich habe ernsthaft Angst, dass ich mich rasch dem Punkt nähere, an dem ich nur noch aufgeben kann. Der Wind ist viel schlimmer geworden. Er ist zu einem heulenden Sturm angeschwollen. Der prasselnde, strömende Regen tut, was er kann, um mich zurück bergab zu treiben. Wahrscheinlicher ist, vermute ich, dass er mich zu Boden werfen wird. Ich habe meinen Freund verloren. Meine Willenskraft ist nahezu verbraucht. Ich schluchze vor Schmerzen, mir ist fast übel davon. Ich glaube wirklich nicht, dass ich noch weiterkann, weder bergauf noch bergab. Am besten wird es sein, wenn ich mir ein Plätzchen in der Mitte dieses abscheulichen Durcheinanders natürlicher Fallen suche und mich einfach hinlege. Wenn ich das tue, so sage ich mir erschöpft, und meine Augen schließe, dann werden sicher die Kälte und Nässe und der Schmerz im Nu verschwinden. Was soll ich mich noch weiter anstrengen?

Dann höre ich ganz plötzlich durch das heulende Getöse des Windes und des Regens eine Stimme aus der Dunkelheit, irgendwo ganz nahe, aber ein bisschen weiter bergauf, und sie haucht mir neues Leben ein und lässt mich wieder Mut fassen.

›Lance! Lance! Komm schon, Junge! Da oben! Es ist gar nicht mehr weit ...‹

Toms Stimme wirkt auf mich wie eine starke Injektion mit einem Aufputschmittel. Mein Freund ist gleich da oben vor mir! Guter alter Tom! Noch einmal ordentlich angestrengt, und ich habe ihn vielleicht eingeholt. Und wenn wir erst wieder zusammen sind – nun, wenn man einen Freund bei sich hat, ist alles möglich, oder? Sogar jetzt noch – sogar jetzt noch könnte alles gut werden. Ich tue mein Bestes, um den Schmerz in meinem verletzten Knöchel zu ignorieren, und finde irgendwie neue Energie, um mich wieder auf den Weg nach oben zu machen. Ich versuche, besser darauf zu achten, wo ich meine Hände und Füße hinsetze, und Hindernisse nicht auf die blinde, hoffnungslose Art zu überwinden, die mich eben noch an den Rand der Verzweiflung gebracht hat. Angefeuert durch meinen neuen Optimismus, lege ich eine Strecke von etwa zwanzig Metern zurück; dann bleibe ich stehen, spitze die Ohren und hoffe inständig, noch einmal jene beruhigende Stimme durch das Getöse des Unwetters den Hang herabströmen zu hören.

›Komm schon, Lance, alter Junge! Gleich hier oben! Schließ auf, dann können wir zusammen bis zur Kuppe weiter!‹

Ja! Er *ist* es! Jetzt hört er sich wirklich ganz, ganz nahe an. Es können nur noch ein paar Meter bergauf sein. Ich schniefe einmal kräftig und versuche, mir mit der kalten Haut meines Handrückens den Regen aus dem Gesicht zu wischen. So laut ich kann, rufe ich zurück: ›Ich komme, Tom!‹ Doch mehr Atem will ich nicht zum Rufen vergeuden. Ich brauche die kostbare Luft in meinen Lungen, wenn ich meinen Freund einholen will. Noch ein paar Meter kämpfe ich mich weiter und dann, oh Wunder, scheint der Boden um meine stolpernden Füße wieder frei zu werden. Halleluja! Nichts als Gras. Nichts mehr, was ich mit schmerzenden Handflächen und zerkratzten Fingern abwehren muss. Nur noch freundliches Gras unter meinen Füßen. So werde ich sicher im Nu wieder bei meinem Freund sein. Meine Beine fühlen sich an wie Betonsäcke, aber ich zwinge sie Schritt für Schritt vorwärts. Nur noch ein paar Meter. Erstaunlicherweise kann ich mich sogar zu einem wankenden Laufschritt aufraffen.

Dann plötzlich die Katastrophe. Ich stolpere über etwas, was vor mir im Gras liegt, und schlage der Länge nach hin. Durch den Sturz wird mir alle Luft aus den Lungen geschlagen. Noch während ich da liege und versuche, zu Atem zu kommen, frage ich mich, was das wohl für ein Ding gewesen sein mag, über das ich gestolpert bin. Als ich dagegen stieß, fühlte es sich schwer an, aber auch irgendwie weich und nachgiebig. Ein Baum oder ein Strauch war das jedenfalls nicht.

Immer noch außer Atem, rappele ich mich wieder auf. Ich starre zu Boden. Alles, was ich in der Schwärze durch meine vom Regen tropfnassen Augen sehen kann, ist eine noch dunklere Masse auf dem dunklen Hang, ungefähr so groß wie eine menschliche Gestalt. Jetzt fällt mir ein, dass ich in meinem Rucksack eine winzige Kugelschreiberlampe habe. Wieso wusste ich das bisher nicht?

Ich schwinge mir den Rucksack von den Schultern, greife mit tauben Fingern nach dem kleinen Metallanhänger am Ende des Reißverschlusses und ziehe ihn auf. Ich taste in dem feuchten Inneren herum. Irgendwo hier drinnen. Hier ist sie. Ich habe sie. Aber ob sie nach all dem Regen noch funktioniert? Ich schiebe den Schalter in die hoffentlich richtige Richtung und ein dünner, regengesprenkelter weißer Lichtstrahl schießt hinaus in die Dunkelheit. Ich knie nieder und richte den Strahl auf die Ursache meines Sturzes. Zuerst kann ich beim besten Willen nicht erkennen, was ich da vor mir habe. Ein Bündel Kleider? Nein. Eine Schaufensterpuppe, gekleidet in Hosen, Pullover und Regenjacke? Eine Schaufensterpuppe hier auf dem Berghang? Wieso in aller Welt sollte …? Ich bewege den Strahl auf das obere Ende der Gestalt und fahre entsetzt zurück. Tom! Toms Gesicht! Toms Gesicht, nur fürchterlich verquollen und dunkelblau angelaufen. Weit aufgerissen und leblos starren mich Toms Augen an. Irgendetwas stimmt nicht mit Toms Hals, da ist etwas ganz falsch, grauenhaft. Jemand hat seinen Kopf gepackt und ihn dann mit unglaublicher Kraft gezogen und herumgedreht. Es war Tom, über den ich gestolpert bin. Toms Leiche. Tom ist tot.

Ich habe keine Ahnung, was ich machen soll.

Ich drehe die Taschenlampe herum, bis ihr Strahl direkt in mein eigenes Gesicht leuchtet. Plötzlich bin ich in einer grell erleuchteten Welt. Ich blinzele nicht einmal. Ist etwas mit der Lampe? Da ist etwas, was ich tun soll. Ich soll etwas mit der Lampe tun? Natürlich! Schalt sie aus, du Idiot! Mach das blöde Ding aus! Mach sie schnell aus, bevor dieses unheimlich starke Monster, das über Tom hergefallen ist, das Licht sieht und brüllend aus der Finsternis herangestürmt kommt, um dasselbe mit dir zu machen.

Also gut. Ich schalte die Lampe aus. Ich knie immer noch auf dem Boden neben dem armen Tom. Eigentlich will ich Tom nicht zurücklassen, aber ich muss. Ich fühle mich schwach. Ich muss gehen. Ich muss aufstehen und zurückrennen, den ganzen Hang wieder hinunter, noch einmal durch diesen Albtraum von Gestrüpp und umgestürzten Bäumen und Unterholz, zurück zum Fuß des Hügels, wo ich mich vielleicht in Sicherheit bringen kann. Ich stehe auf und lausche einen Moment lang dem Sturm. Noch nie habe ich ein solches Grauen empfunden. Mein Herz trommelt und pumpt mir in der Brust, als ob es gleich platzen muss. Dann, selbst durch das heulende Klagelied des Windes hindurch, höre ich es. Ich höre, wie nur ein ganz kleines Stück weiter den Hang hinauf *Toms Stimme* nach mir ruft.

›Lance! Komm schon, Junge! Was ist los mit dir? Wir sind fast da! Komm – ich warte auf dich!‹

Mühsam unterdrücke ich das Zittern meiner Hand und schalte

meine kleine Taschenlampe wieder ein. Für den Bruchteil einer Sekunde richte ich den Strahl auf das entsetzlich verquollene Gesicht meines Freundes, dann schleudere ich die Lampe weit weg in die Schwärze, mache kehrt und stürme in einem lächerlichen, hüpfenden Laufschritt den Weg wieder hinunter, den ich gekommen bin. Natürlich weiß ich, dass es nur mit einer Katastrophe enden kann, wenn ich in diesem Tempo durch all die Schikanen auf dem Hang navigiere, aber das, was da oben auf dem Hang lauert, fürchte ich viel mehr als die Hindernisse, die vor mir liegen. Während ich Hals über Kopf den Hang hinabpoltere, höre ich zu meinem maßlosen Schrecken hinter mir in der Dunkelheit jemanden oder etwas schwer – viel zu schwer und mit unfassbar riesigen Schritten – durchs Unterholz stampfen. Während es allmählich aufholt, ruft es mir mit Toms freundlicher Stimme nach:

›Lance! Halt an! Warte! Was ist denn mit dir los? Ich bin's, Tom! Warte auf mich!‹

Während ich blindlings durch den Wind und den Regen stürme, höre ich das Schreien meiner eigenen Stimme. Sekunden später passiert das Unvermeidliche. Es war ja nur eine Frage der Zeit. Auf meiner haltlosen Flucht stolpere ich über eine Wurzel oder einen Ast. So schnell war ich, dass ich einen Moment lang tatsächlich das Gefühl habe, durch die Luft zu fliegen. Hinter meinen Augen explodiert ein grellweißer Feuerball, als mein Kopf auf einen harten Gegenstand auftrifft. In einem letzten, flüchtigen Moment des Bewusstseins kommt es mir vor, als ob ein ranziger, übler Gestank mich einhüllt. Ich höre ein tiefes, heiseres Grunzen der Befriedigung von irgendwo hinten oberhalb meiner Schulter. Es ist ein Geräusch, das ich noch nie zuvor gehört habe, und es hat nicht die geringste Ähnlichkeit mit Toms Stimme. Danach wird alles schwarz.«

Ein bedrücktes, langes Schweigen folgte dem Ende von Lances Geschichte. Schließlich war es Tom, der sich am Hinterkopf kratzte und nach einem schweren Seufzer etwas sagte.

»Na, das hat mich jetzt richtig aufgeheitert.«

In der trostlosen Wüste von Lances Gesicht schimmerte ein winziger Anflug eines Lächelns auf. Selbst der finsterste Abgrund hatte irgendwo einen Boden. Beth hatte miterlebt, wie Olly bei ähnlichen Gelegenheiten mit Lance umgegangen war. Die kleinsten Gelegenheiten sofort nutzen, wenn sie sich ergeben. Das schien die Regel zu sein. Selbst ein winziger Schritt in die richtige Richtung war besser als nichts. Sie beschloss, es zu versuchen.

»Lance, ich habe hier zwei meiner besten Freunde am Hals, die beide tief im Loch der Verzweiflung stecken. Um damit klarzukommen, brauche ich eine Menge Energie, und ich habe noch nichts gegessen. Könnten wir vielleicht hinunter zum Goldenen Drachen gehen und dort weiter Trübsal blasen? Ich verspreche dir, du musst dich nicht besser fühlen. Du darfst sogar für uns bezahlen, wenn dir das hilft, dich schlechter zu fühlen. Was meinst du?«

Zum ersten Mal an diesem Abend schaute Lance ihr voll ins Gesicht. Ein ermutigend spöttischer Ausdruck spielte um seinen Mund.

»Ente?«

»Was sonst?«

»Mit Frühlingsrolle?«

»Natürlich.«

»Hoi-Sin-Sauce?«

»Eimerweise.«

»Ein bisschen Grünzeug?«

»Alles hat seine Grenze, Lance.«

Er nickte feierlich und warf einen Blick auf die vertrockneten Sandwichs an seiner Seite. »Na schön, ich komme mit. Ich habe den ganzen Tag hier herumgesessen. Während ich mich umziehe, könnt ihr zu Mum gehen und ihr sagen, dass sie das Richtige getan hat.« Da war wieder das winzige Lächeln. »Danke, dass ihr gekommen seid.«

»Gern geschehen«, sagte Tom erleichtert und lächelte seinerseits, als er aufstand. »Wir sehen uns unten.«

SAMSTAG

1

Darky Greens erster Gedanke, als er am Samstagmorgen vom schrillen Pulsieren seines Weckers erwachte, war sein Plan. Wie immer hatte er einen Plan für den Tag. Fünf Dinge waren zu tun. In die Stadt gehen, Friseur, Frühstück, Bausparkasse, Brautschau. Das waren die Punkte auf seiner Liste, die er sich gestern Abend säuberlich auf einem Blatt Papier notiert hatte, das nun seinen genau zugewiesenen Platz auf dem Tisch neben seinem Bett belegte. Bis auf die letzte war bei all diesen Aktivitäten das kleine Goldkörnchen einer Belohnung abzusehen, das sie mit sich bringen würden. Mit der Brautschau war das etwas anderes. Die Brautschau konnte einen unerwarteten Verlauf nehmen oder in eine ungewohnte Richtung führen, doch Darky hatte eine Menge Geld dafür ausgegeben, um in diesem Bereich eine, wie er fand, sehr wertvolle Grundlage zu legen. Es würde schon gut gehen. Geld und Macht waren die weichen, rettenden Kissen, auf die er sein Haupt legte, wenn die Ereignisse ihm das Selbstvertrauen auszusaugen drohten. Es würde gut gehen. Heutzutage ging es erstaunlicherweise fast immer gut.

Aber erst einmal hieß es aufstehen. Routine. In Darky Greens persönlichen Gewohnheiten herrschte eine strenge Ordnung. Das lag daran, dass er in so vielen Heimen und Sonderschulen gewesen war. Newlands zum Beispiel. Da hatte man um sein Bett herum seinen eigenen Bereich. Einen eigenen Kleiderschrank, sein eigenes Waschzeug. Eigene Bilder und Fotos, die man mit Reißzwecken an seinem eigenen Stück Wand befestigen durfte. Eigene Sachen im eigenen Regal. Eigenen Platz unter dem Bett für den Koffer, den man brauchen würde, wenn man wieder weiterzog. Das alles musste in Ordnung gehalten werden, sonst verlor man gewisse Privilegien, wenn Dan oder Mike oder Mr. Tennant oder June oder wer auch immer gerade Dienst hatte, am Morgen die Runde machte und die Zimmer inspizierte. Und Darky hatte es sowieso gerne ordentlich. Sobald man Unordnung zuließ, konnte das bedeuten, dass die Erinnerungen wiederkamen. Das heißt, eigentlich stimmte das so nicht. Es waren eigentlich gar keine Erinnerungen. Na ja, eigentlich schon, aber es waren Erinnerungen an Dinge, die er gefühlt hatte, keine klaren Bilder von Dingen, die tatsächlich passiert waren. Heilloses, panisches Entsetzen. Eine tiefe, atemlose Angst, dass niemand je wiederkommen würde. Hunger. Brennender Durst. Schmerzende, kalte Beine. Ein säuerlicher, durchdringender Geruch. Ein hölzern klapperndes Geräusch in der Dunkelheit.

Die dicke, orangefarbene Mappe, auf der sein richtiger Name stand, Richard Verne Green, hatte Darky nie gesehen. Seit er anderthalb Jahre alt gewesen war, bis zu dem Tag, als er mit achtzehn die Fürsorge verließ, war dieses Dossier von Leuten geführt worden, die fürs Jugendamt arbeiteten. Seine einzige Erinnerung daran, wie jemand sie erwähnt hatte, rief ein solches Gefühl der Demütigung in ihm hervor, eine solch glühende Hitze in seinen Wangen, dass er selbst jetzt noch, fünfzehn Jahre später, eine Melodie summen, sich die Haare kämmen oder sein Geld zählen musste, wann immer diese Erinnerung in ihm aufstieg. Eines Tages hatte Mike Sands, einer der Betreuer in Newlands, vor Darkys Ohren erwähnt, dass es für alle Kinder in dem Heim ein Dossier im Büro gab.

Das Büro kannte der zehnjährige Darky. Dort hatte er geweint, als er hergekommen war, weil er Mr. und Mrs. Bishop vermisste, obwohl er sie eigentlich gehasst hatte. Es war ein Ort, wo man eine andere Art von Gelächter von den Mitarbeitern hören konnte, wenn sie dort drinnen zusammensaßen und Bier tranken, das einer von ihnen aus der Kneipe holte, sobald die Kinder im Bett waren. Dort gab es einen Schreibtisch und ein Telefon und ein Anschlagbrett und scheppernde Metallschränke, vollgestopft mit Papieren. Außerdem war das Büro der Ort, wo der Sozialarbeiter, der für einen zuständig war, immer verschwand, wenn er zu Besuch kam, um sich mit den Newlands-Mitarbeitern über Dinge zu unterhalten, die man nicht hören durfte, obwohl klar war, dass sie sich nur um ihn drehen konnten. Er hasste das. Was war ein Dossier? Seine undeutliche Vorstellung war, dass es vielleicht ein Behälter sein könnte, so eine Art Dose. Vielleicht war eine Schublade in dem Büro voller Dosen, für jedes Kind eine. Warum? Darky fragte Mike, was ein Dossier sei.

»Ihr habt alle eines«, erklärte Mike. »Alle Kinder müssen ein Dossier haben.«

Verständnisloser Blick.

»Das ist ein Bericht über die wichtigsten Dinge, die mit dir passiert sind, und alles, was du getan hast, seit du klein warst. Alles auf Papier aufgeschrieben, in so einer Art großem Pappumschlag. Warum?«

»Ach, nichts«, sagte Darky.

Den ganzen nächsten Vormittag und Nachmittag musste Darky über dieses Dossier nachdenken. Damals hatte er nur ein oder zwei ganz kleine Ruhekissen. Das eine war seine Schwimmurkunde. Als er acht war, hatte er eine Urkunde dafür bekommen, dass er einmal quer durchs Becken geschwommen war. Wenn jemand ihm diese Urkunde geben würde, dann könnte er sie neben seinem Bett an die Wand hängen und anschauen. Das würde ihm gefallen. Sie musste in seinem Dossier sein. Mike hatte ganz klar gesagt, dass darin all die wichtigsten Sachen waren. Was könnte wichtiger sein als das Einzige, wofür er je einen Preis bekommen hatte? Als Mike nach dem Tee seinen Dienst antrat, fragte Darky ihn höflich, ob es ihm etwas ausmachen würde, ihm seine Schwimmurkunde aus seinem Dossier zu holen, damit er sie sich an die Wand hängen könnte. Mike starrte ihn einen Moment lang an und brach dann in schallendes Gelächter aus.

»Witzbold«, sagte er, »dafür sind doch Dossiers nicht da. Darin stehen die Orte, wo du gewohnt hast, und was dort passiert ist. Namen und Adressen. Was schiefgegangen ist, was gut gelaufen ist und so. Verstehst du? Eine Schwimmurkunde ist da nicht zu finden, fürchte ich.«

Darkys Wangen brannten so heiß, dass er dachte, er würde Feuer fangen. Als er später in dem Korridor herumlungerte, der hinunter zu den Schlafräumen führte, hatte er mitangehört, wie Mike im Büro lachend Mr. Tennant davon erzählte, wie Darky nach der Schwimmurkunde in seinem Dossier gefragt hatte.

Mr. Tennant lachte auch, wenn auch nicht so laut wie Mike, und sagte: »Bizarres kleines Geschöpf, was?«

Darky hatte keine Ahnung, was bizarr war. Er wollte es auch nicht wissen. Er brauchte es nicht zu wissen.

Hätte man ihm je erlaubt zu lesen, was tatsächlich in seinem Dossier stand, so hätte Darky vielleicht angefangen, jene dunklen, schwierigen Halberinnerungen zu verstehen, die in ihn hineinrauschten wie Gespenster, um sich in den Lücken einzunisten, die durch Unordnung und emotionale Nachlässigkeit entstanden. Die ersten Seiten des Dossiers schilderten, wie er als Krabbelkind den größten Teil jedes Tages in seinem wackeligen kleinen Kinderbettchen zubrachte, ohne Windelwechsel und ohne Essen, sich an dem hölzernen Seitengitter festhielt und mit beiden Händen daran rüttelte und unter Tränen die Rückkehr seiner jungen redegewandten, aber überforderten alleinstehenden Mutter von ihren eigene Lücken füllenden Aktivitäten herbeisehnte, damit sie sich um ihn kümmerte. Mit achtzehn Monaten war Darky in die Fürsorge und zu dem ersten von etlichen Pflegeelternpaaren gekommen, die alle großes Mitleid empfunden hatten, als sie von seinen bisherigen Lebensumständen hörten, aber letzten Endes keine Zuneigung zu der merkwürdigen kleinen Persönlichkeit, die diese Umstände hervorgebracht hatten, zu entwickeln vermochten.

Seine Mutter sah er nie mehr wieder. Eine Weile lang hatte er oft an sie gedacht, während er heranwuchs. Sie war geradezu der Inhalt aller seiner Hoffnungen und Träume. Wenn er nachts wach lag, war er manchmal ganz sicher, dass er sah, wie sie ihm aus der Dunkelheit zulächelte, drei Handbreit über dem Fußende seines Bettes. Sie hatte das Gesicht eines Engels, getrübt nur vom Kummer darüber, von ihrem Sohn getrennt zu sein. Sie liebte und vermisste ihn. Irgendetwas, irgendjemand hielt sie immer davon ab, zu kommen und ihn zu holen. Eines Tages würde sie ganz sicher auftauchen und ihren kleinen Jungen finden, und dann würde sie ihn mit sich nach Hause nehmen und alles würde wieder gut sein. Dies geschah freilich nie und mit den Jahren verwandelte sich die Sehnsucht in Darky in Zorn und Ablehnung. Verschiedene Pflegeeltern und Fürsorgemitarbeiter hatten ihm den gleichen Trost angeboten. Seine Mutter hatte ihn geliebt, aber sie war zu jung gewesen, um sich richtig um ihn kümmern zu können. Blödsinn. Wenn sie sich je um ihn geschert hätte, wäre er jetzt bei ihr. Er wollte sie nie wiedersehen. Und damit hatte es sich.

2

Darky Greens morgendliche Routine lief stets genau gleich ab. Der Moment unmittelbar nach dem Aufwachen löste meist eine vorübergehende Panik aus. Dafür gab es eine Reihe von Gründen. Der Umstand, dass das zugeknöpfte Ende der Bettdecke sich manchmal während der Nacht zur Seite oder gar nach oben gedreht hatte, wo es doch nach unten gehörte; die Haare, die teils in alle Richtungen standen wie geknickte Federn, teils an der Seite seines Kopfes klebten; das zurückgebliebene Gefühl, in den fremden, unbekannten Gefilden des Schlafes das Ruder nicht in der Hand zu haben – all diese Dinge ließen ihn mit einem Satz aus dem Bett springen und sich in die beruhigende Routine des Waschens und der Schadensbehebung stürzen. Je eher alles wieder in Ordnung war, desto eher war die Gefahr vorüber. Er war sich dessen zwar nicht bewusst, aber der erwachsene Darky hatte immer noch Angst davor, Privilegien einzubüßen. Toilette, Dusche, Abtrocknen, reichlich Axe Dimension unter die Arme und um den Schritt, saubere Unterhosen an, Bett machen, Zimmer aufräumen. Dann war es Zeit, sich anzuziehen und an seinen Haaren zu arbeiten.

Anziehen war eine Kleinigkeit für Darky. Ein Fliegenschiss. Seit er zu Geld gekommen war, hatte er intensiv daran gearbeitet, sich einen »Look« zu verschaffen. Nachdem er ihn gefunden hatte, blieb er dabei. Es war viel einfacher, wenn alles seine Ordnung hatte. Die Unterwäsche lag in der großen Kommode in der Schublade oben links. Die Socken rechts. Jedes Paar sah gleich aus. Glatt weiß. Der Rest seiner Garderobe bestand aus sechs fast identischen Paar schwarzer Jeans in Kindergröße mit Aufschlag, vier Sätzen zu je fünf geknöpften Hemden in Blau, Rot, Grün und Schwarz, einer Sammlung von ledernen Schnürsenkelkrawatten im Cowboystil, teils silbern, teils golden gefärbt, vier Paar Hosenträger, alle rot, und vier dreiviertellangen Jacken im Teddyboystil, farblich passend zu den Hemden. Die Jacken waren Darkys Stolz und Freude. Er liebte es, sie in seinem Kleiderschrank hängen zu sehen, ihm als sein Eigentum ergeben und sich täglich demütig und bereitwillig seiner Auswahl unterwerfend. Ein Harem von Jacken. Sie stammten von »Edward The Seventh«, einer zweistöckigen Nobelboutique, die versteckt in einer kleinen Seitengasse der Regent Street lag, nicht weit vom Oxford Circus, und sie hatten einen Haufen Geld gekostet. Der Kauf einer weiteren dieser Jacken war einer der wenigen Gründe, aus denen sich Darky je irgendwo anders als in Lipsham oder Kington aufhielt. Er hatte mit der Boutique vereinbart, dass er angerufen wurde, wenn eine neue Farbe hereinkam. Das waren herrliche Ausflüge. Er genoss sie wie nichts anderes. Bald war es wieder so weit. Noch schöner war es, wieder nach Hause zu kommen und seine Neuerwerbung in seinen Kleiderschrank zu hängen, dann vom Bügel zu nehmen und wieder aufzuhängen, dann wieder abzunehmen und wieder aufzuhängen. Seine vier Paar Schuhe standen in einer säuberlichen Reihe auf dem Boden an der Seite des begehbaren Kleiderschranks, poliert und einsatzbereit. Es waren die spitzesten Schuhe, die er in seiner Größe finden konnte; fast wie echte Winkle Pickers nach italienischer Art.

Heute die blaue Jacke und ein blaues Hemd, dazu eine silberne Krawatte. Genau das Richtige für die Brautschau.

Sobald sein Körper mit Kleidung bedeckt war, fühlte sich Darky schon viel wohler. Er war schon als Kind immer klein für sein Alter gewesen. Das Umziehen in Gegenwart anderer Jungen – oder das Finden von Wegen, es zu vermeiden –, war eines der schlimmsten, stressigsten Dinge in seinem Leben gewesen. In einem Heim in der Nähe von Hastings hatte man ihm wegen seiner pfeifenreinigerähnlichen Arme und Beine und seines klapperdürren Körpers den Spitznamen »Dolly« gegeben. Seither hasste er dieses Wort und Hastings ebenso. Hastings war ein großes, breites Gesicht mit einem höhnischen Grinsen darauf. Am liebsten hätte er Hastings mit einem Spaten eins über den Kopf gezogen und es spätabends irgendwo hinten im Garten vergraben. Jetzt, als Erwachsener, war er für immer zu klein für sein Alter. Er wünschte, er hätte mehr Schamhaare, und nicht in dieser schrecklichen rötlichen Farbe. Und noch manches anderes. Aber seine Kleidung, die hatte er gut im Griff, und das änderte alles. Oh ja, mein Sohn, das änderte alles.

Nun war es Zeit, sich vor seinem strategisch angebrachten Badezimmerspiegel die Haare zu kämmen. Beinahe ein körperliches Vergnügen. Zuerst das Gel. Herausdrücken. Einreiben. Dann das Beste. Mit den Fingern durch die Haare nach hinten verteilen. Weich und kühl und feucht. Ein paar Mal mehr, als eigentlich nötig gewesen wäre. Tat das gut.

Zum nächsten Teil der Prozedur brauchte er beide Arme und den ganzen Oberkörper. Er neigte sich auf die Seite, hob die Ellbogen auf eine Höhe mit seinem Kopf und schob sich mit der Linken die langen, blonden Strähnen zum Hinterkopf hin, während er mit der Rechten mit künstlerischem Schwung aus dem Handgelenk den Kamm führte, etwa so wie ein breiter Pinselstrich auf einer Leinwand. Dann schwang er den Oberkörper auf die andere Seite hinüber, als machte er Aerobic-Übungen, brachte die Arme wieder in Stellung und wiederholte den beschriebenen Kämmvorgang auf der anderen Seite. Dann noch ein letzter, entscheidender, geübter Vorwärtsstrich durch die Haare oben auf seinem Kopf, um die extravagante Tolle zu erzeugen, die sein Selbstbild mit einem schwachen Hauch von Clint Eastwood parfümierte.

Hätte er die Wahl gehabt, so hätte Darky am liebsten sein eigenes Gesicht nie wieder angeschaut. Deshalb waren die Haare und die Kleidung so wichtig. Wie so viele Männer pflegte er eine andauernde, mühsam aufrechterhaltene Fantasie über sein Aussehen, eine Hoffnung wider alle historische Erfahrung, er wäre vielleicht doch attraktiver, als er fürchtete, und die Mädchen verheimlichten aus Gründen, die nur sie selbst kannten, den positiven Anklang, den er bei ihnen fand. Für Darky war das harte Arbeit, aber jene Ruhekissen machten es ihm leichter, die Last zu tragen. Die Ironie dabei, wenn dieses Wort auch für ihn völlig unverständlich gewesen wäre, war, dass Darky trotz seines einen schielenden Auges, seiner beiden vorstehenden Schneidezähne und seiner dreieckigen Kopfform tatsächlich der Kümmerling aus einem Eastwood-Wurf hätte sein können. Eine schlecht getroffene Miniaturausgabe. Eine eingeschrumpfte Version des Originals. Eine Spitting-Image-Puppe, die in der Form versehentlich zu stark erhitzt wurde und ganz zerschmolzen und verformt herausgekommen war.

Während er die letzten Feinheiten an seinen Haaren richtete, studierte er seinen Witz für den Friseur ein. Immer, wenn er sich die Haare schneiden ließ, erzählte er einen neuen Witz. Das war auch eines dieser Dinge, die er immer tat. Darky hatte noch nie vom Existenzialismus gehört, aber vielleicht hätte er eine große Übereinstimmung mit jenen Anhängern dieser Philosophie festgestellt, die der Auffassung sind, dass die Welt aufhöre zu existieren, sobald sie nicht anwesend seien. Darky Greens nebelhafte Vorstellung war, dass die Mitarbeiter des Salons »New Wave« in der Zeit zwischen seinen Besuchen in einer Art Aktivitäts- und Interessenvakuum lebten. Nichts passierte, wenn er nicht da war. Wie könnte es auch? Wenn er kam, zuvorkommend mit einem neuen Witz gerüstet, hatten sie zum ersten Mal seit seinem letzten Erscheinen wieder die Gelegenheit zu einer bedeutungsvollen Existenz.

Diesmal hatte er Macey anrufen müssen, um sich seinen Witz zu verschaffen. Macey oder John oder Kevo oder Baz, irgendeiner von denen hatte meistens einen parat. Dieser hier von Macey war erste Sahne! Er probierte ihn vor dem Spiegel.

»Also passt auf: Warum weint Mike Tyson beim Sex?«

Keiner der Phantomfriseure im Spiegel wusste, warum Mike Tyson beim Sex weint, aber sie alle lächelten in der Vorfreude auf das Gelächter über Darkys vorzüglichen Witz.

»Pfefferspray!«, sagte Darky und schob eine Seite seines Gesichts zu einem siegesgewissen Lächeln nach oben.

Alle kugelten sich vor Lachen.

»Zum Brüllen, was? Pfefferspray! Warum weint Mike Tyson, wenn er Sex hat? Pfefferspray! Leck mich am Arsch! Pfefferspray!«

Der war gut. Der würde prima ankommen. Er freute sich schon darauf, ihn zu erzählen.

Noch eine winzige Korrektur an seinen Haaren mit der flachen Hand an der widerspenstigeren linken Seite und er war bereit, die halbe Meile hinunter in die Stadt zu gehen.

Darky wohnte in einem Fünf-Zimmer-Haus direkt auf der Kuppe von Amberley Hill gegenüber der Victoria Avenue am Nordrand der Stadt. Gleich hinter dem Ende seines Gartens gab es ein Stück ansteigendes Gelände, das nach den Worten des Bauern, dem es gehörte, der höchste Punkt im ganzen Gebiet von Lipsham war. Das gefiel Darky sehr. Jenes eine Erfolgserlebnis seiner Kindheit im Schwimmbad hatte nie eine Fortsetzung erfahren. Er hatte sogar, teils, weil er nie weitere Erfahrungen in diesem Bereich sammeln konnte, und teils wegen seines Asthmaproblems, eine geheime Furcht davor entwickelt, irgendwo im Wasser zu sein, abgesehen von seiner Morgendusche, und besonders graute es ihm vor Überschwemmungen. Wenn er seine Gedanken auch nur bei der Aussicht auf jenen schrecklichen, vergeblichen Kampf um Atemluft verweilen ließ, bei dem hilflosen Rudern mit Armen und Beinen im aufgewühlten, brodelnden Wasser, überkam ihn schon die Panik und er bekam Atemnot und weiche Knie. Als das Wunder mit dem Geld passierte und sich plötzlich vor ihm ein unfassbar weites Panorama an Möglichkeiten auftat, war einer seiner Gründe für den Entschluss, dieses Haus zu kaufen, der, dass nach den Worten des Maklers, eines cleveren jungen Mannes namens Charles Kent, der bei Sealey & Sons in der High Street arbeitete, keinerlei Gefahr bestand, dass es je überflutet werden würde. Das war also in Ordnung. Wohlgemerkt, sollte es jemals doch überflutet werden, würde Darky zusammen mit Kevo und Baz und einem Hammer oder einem Lötkolben Charles zu Hause besuchen und ihm beibringen, keine beschissenen Lügen über Häuser zu erzählen.

3

Darky hätte ein Taxi rufen können, um zum Friseur zu fahren. Natürlich hätte er auch einfach Macey anrufen und sich abholen lassen können. Aber er mochte Taxis. Er benutzte sie oft. Es hatte eine Zeit in seinem Leben gegeben, in der er sich gefragt hatte, ob er wohl jemals in einem Taxi fahren würde. Jetzt standen sie ihm ständig zur Verfügung. Er konnte sich den ganzen Tag im Taxi herumkutschieren lassen, wenn er wollte. Er benutzte fast immer dasselbe Unternehmen, Kingsway Cars. Vor etwa einem Jahr hatte so ein Fettsack von Fahrer, der neu bei der Firma war, mächtig geprustet und gegluckst, als Darky in sein Taxi stieg. Ob er zu einer Kostümparty wolle, hatte der Fahrer ihn gefragt, und als sein Blick von der Jacke hinunter zu den Schuhen wanderte, hatte er noch laut überlegt, ob Darky nicht die Fünfziger und die Sechziger ein bisschen durcheinandergebracht habe. Darky stimmte rau in das Gelächter ein, gab dem Taxifahrer ein saftiges Trinkgeld und erkundigte sich nach seinem Namen, als er ausstieg. Am nächsten Morgen wurde der Fahrer nackt ans Kriegerdenkmal in der Stadtmitte gekettet aufgefunden, halb tot vor Kälte und von den Schmerzen seiner ausgekugelten Schulter. Der Polizei sagte er, er könne sich nicht erinnern, wer das getan habe, und überhaupt, es sei ja nur ein kleiner Scherz von ein paar Kumpels aus der Kneipe gewesen. Bei den Behörden hatte niemand Anlass, Darky mit dem Vorfall in Verbindung zu bringen, aber wer sich dafür interessierte, hätte beobachten können, dass die anderen Taxifahrer ihn von nun an mit ausgesuchter Höflichkeit behandelten.

Hätte es geregnet, so hätte er bestimmt ein Taxi genommen. Regen war nichts für seine Jacken und seine Haare. Aber normalerweise ging er lieber zu Fuß. Für diese Vorliebe gab es zwei wichtige Gründe.

Der erste hing mit einem der großen Erfolge in Darkys Leben zusammen, den er unmittelbar infolge eines der schlimmsten Schocks errungen hatte, die ihm je widerfahren waren.

In einem seiner Heime, kurz bevor er sechzehn wurde, hatte einer der Mitarbeiter, ein älterer Mann namens Geoff, während eines Ferienausflugs nach Wales Videoaufnahmen von einigen der älteren Jungen gemacht. Um diesen Film zu drehen, hatte Geoff seine Kamera aufs Stativ gestellt und das Objektiv auf eine bestimmte Stelle des Treidelpfades am Ufer eines Kanals nahe der Jugendherberge gerichtet, in der die Gruppe untergebracht war. Auf seine plumpe, freundliche Art hatte er es geschafft, die Jungen mit Zuckerbrot und Peitsche dazu zu bringen, nacheinander in größeren Abständen diesen Pfad entlangzugehen, sodass jeder Junge allein im Bild erschien und dann, während er weiterging, noch ein paar Sekunden lang von der Kamera verfolgt wurde.

Darky hatte sich selbst noch nie im Film gesehen. Eine Woche nach dem Ende der Ferien saß er im Dunkeln hinten in dem großen Aufenthaltsraum zu Hause im Kinderheim und schaute sich mit den anderen zusammen das Video an. Wie nicht anders zu erwarten, wurde das Erscheinen jedes Jungen auf dem extrabreiten Bildschirm des eigens höher aufgestellten Fernsehers im Aufenthaltsraum von sarkastischem Applaus und einem Chor von Buhrufen, Pfiffen und beleidigenden Bemerkungen seitens des Publikums begrüßt. Das war ja auch der eigentliche Zweck der Übung, soweit es Geoff betraf. Ein paar nette Erinnerungen. Ein bisschen Spaß. Gelächter. Und sie hatten ja auch alle ihren Spaß daran gehabt. Wer an der Reihe war, ausgelacht zu werden, bemühte sich vergeblich, den Lärm mit seinen schlagfertigen Antworten zu übertönen, und tröstete sich mit dem Wissen, dass er bald Gelegenheit bekommen würde, es den anderen heimzuzahlen. Die meisten der Jungen traten ziemlich nervös und verlegen grinsend ins Bild und wedelten ein bisschen mit der Hand, während sie steif und unnatürlich weiter am Kanal entlangmarschierten. Andere verbeugten sich pompös, zogen Grimassen oder machten ungehobelte Gesten in Richtung der Kamera, bevor sie weiterstolzierten. Der Raum war erfüllt von dem trügerisch rauen, gutmütigen Getöse, das nahezu alle derartigen Zusammenkünfte von Jugendlichen kennzeichnet.

Darky applaudierte und johlte mit den anderen. Es war wirklich witzig, jedes der vertrauten Gesichter plötzlich dort auf dem Bildschirm zu sehen, wie sie bis über beide Ohren grinsten und aussahen wie Deppen. Schon bei dem Anblick musste man lachen.

Gleich würde er dran sein. Soweit er sich erinnerte, kam er nach Gobby Simpson und vor John Firmin. Ungefähr auf halber Strecke. Auf ein bisschen mehr als halber Strecke. Na ja, jedenfalls bald. Irgendwie war es unglaublich aufregend. Sich selbst auf so einem Bildschirm zu sehen. Wie ein Fernsehstar. Wie eine berühmte Persönlichkeit. Während er in der Dunkelheit zuschaute, spielte er auf dem Schoß mit einem Gummiband herum, das er unentwegt zwischen seinen Fingern in den überlangen Ärmeln seines Pullovers dehnte und verdrehte.

Jetzt kam Gobby. Er latschte ins Bild, blöde grinsend, mit Haaren, die abstanden wie Stacheln, und seinen riesigen Händen und Füßen und seinen zu kurzen Hosen. Dann blieb er stehen, schaute in die Kamera, steckte einen Arm parallel zum Boden hinter den Rücken und den anderen vor den Bauch und machte dann eine tiefe Verbeugung aus der Hüfte. Volltrottel!

Jemand stimmte einen Singsang an: »Gobby, Gobby, Gobby!«

»Oi! Oi! Oi!«, brüllten die anderen im Raum.

Darky brüllte mit ihnen. Dem alten Gob schien es nichts auszumachen. Der war in Ordnung. Für einen ordentlichen Lacher tat der alles. Schaut ihn euch an. Gobby stand jetzt von seinem Stuhl auf und verneigte sich in alle Richtungen, wie er es auf dem Bildschirm getan hatte.

»Hinsetzen, du Depp!«, schrien alle.

Gobby entblößte seine Zahnlücken zu einem irren Grinsen und setzte sich wieder.

Geoff ermahnte alle gutmütig, etwas leiser zu sein.

»Jetzt ich«, flüsterte Darky vor sich hin.

Er holte tief Luft. Eigentlich hatte er sofort wieder ausatmen wollen, doch stattdessen hielt er die Luft an. Warte mal. Einen Moment. Das war nicht er auf dem Bildschirm. Das war nicht er. Da war etwas schiefgegangen. Geoff hatte etwas falsch gemacht. Ein Fehler in dem Film. Ein Zwerg war ins Bild getreten. Ein komischer kleiner, dünner Zwerg, der blöde vor sich hin marschierte, ohne mit den Armen zu schwingen. Warum schwang er nicht mit seinen Armen? Sie hingen gerade an seinen Seiten herab und an den Enden baumelten die Hände neben seinen Hosen wie unnütze

Fleischklumpen. Irgendjemand musste vergessen haben, die obere Hälfte des Zwergenkörpers darüber zu informieren, dass die untere Hälfte einen Spaziergang machte. Darky flehte das Bild auf der Mattscheibe stumm an, doch endlich mit den Armen zu schwingen. Doch es tat nichts dergleichen. Alle anderen lachten. Aber das Lachen hörte sich anders an als bei Gobby und den anderen davor. Da hatten sie gelacht, wie man lacht, weil es von einem erwartet wird. Das hier war nicht so. Das war ein echtes, tiefes Gelächter mit Tränen in den Augen, eines, das man beim besten Willen nicht unterdrücken könnte. Sie schütteten sich alle aus vor Lachen über diesen ernst dreinblickenden Zwerg mit dem komischen Gang, der sein Gesicht zur Kamera wandte und es zu einer schiefen, schlecht gezeichneten Karikatur eines Lächelns verzerrte, als er daran vorbeikam.

Von hinten gefilmt, rief der Anblick von Darkys eigentümlicher, mechanisch stapfender Fortbewegungsweise eine neuerliche Welle der Heiterkeit hervor. Darky zwang sich, mit den anderen vor Lachen zu brüllen, aber er musste jeden Ton mit eisernem Zwang aus sich herauspressen. Ihm war, als hätte man sein Herz in einen Eimer eiskaltes Wasser gesteckt. Das war er da oben. Irgendwo hatte er das natürlich von Anfang an gewusst. Das war wirklich er. Das waren seine Arme und seine Beine. Er war der Zwerg mit dem komischen Gang, über den sich alle vor Lachen in die Hose machten. Aber wie konnte das sein, dass er das war? Wie konnte es sein, dass er nicht mehr war als das? Inzwischen war der nächste Junge auf dem Bildschirm aufgetaucht, aber Darky nahm ihn nicht einmal wahr. Eine Flut der Furcht und des Elends war in ihm aufgestiegen. Hastig schichtete er Barrieren gegen diese Flut der Gefühle auf. Weinen war Selbstmord, das wusste er. Das Gummiband riss plötzlich und schnellte gegen sein Handgelenk. Tief unten irgendwo im Innern von Darky Green schrie das vernachlässigte Baby und rüttelte und wütete nach seiner Mami, damit sie endlich zurückkäme und machte, dass alles wieder gut war. Doch seine Schreie verhallten so ungehört wie immer. Der fünfzehnjährige Darky jedenfalls hörte sie nicht. Er war zu sehr mit dem Entschluss beschäftigt zu lernen, wie man beim Gehen mit den Armen schwingt.

Der Rest des Abends nach der Vorführung des Films war grauenhaft. Einer der schlimmsten. Wo immer Darky im Heim auch hinkam, überall führte irgendein Komiker den »Darky-Green-Gang« vor und marschierte mit einem lächerlich übertrieben schwachsinnigen Gesichtsausdruck wie ein Springstock durch die Korridore oder um den Billardtisch herum. Gegen irgendeinen von ihnen zu kämpfen, hatte keinen Sinn. Er hatte noch nie in seinem Leben einen Kampf gewonnen. Es gab nur eine Möglichkeit, mit solchen Dingen fertigzuwerden. Darky hatte später gelernt als die meisten, aber am Ende hatte jedenfalls auch er das Wesentliche begriffen. Das musste man, wenn man in der Fürsorge aufwuchs. Man tat mehr oder weniger gar nichts. Das war das Geheimnis. Nur ein bisschen lächeln, um zu zeigen, dass man merkt, dass sie einen verarschen. Wenn man gar nicht reagierte, verarschten sie einen noch mehr. Wenn man aber wütend wurde, dann würden sie einen bis in alle Ewigkeit verarschen. Machte man es aber genau richtig, so würden sie es vielleicht in ein oder zwei Tagen wieder vergessen haben.

Das Armschwingen probierte er heimlich aus. Er musste ganz allmählich damit anfangen, damit die anderen Jungen nicht merkten, dass sich etwas verändert hatte. Wo konnte er das tun? Nun, es gab ja »Martin's«, den kleinen Gemischtwarenladen. Vom Heim aus gab es eine Abkürzung dorthin, indem man durch zwei schmale Gässchen ging, dann hinten an einigen Garagen vorbei, hinaus auf die Hauptstraße und dort entlang bis zum Ende einer kleinen Reihe alter Häuser. Der Mann, der den Laden führte, schrieb an, weil er noch nicht sehr lange da war und die Einheimischen nicht verärgern wollte. Lange würde er das natürlich nicht tun. Darky holte sich dort manchmal Tabak und Süßigkeiten. Wenn er allein unterwegs zu dem Laden war, hatte er eine gute Gelegenheit zum Üben.

Anfangs fand er es sehr schwierig. Fast unmöglich. Welcher Arm bewegte sich mit welchem Bein? Der auf derselben Seite? Oder der andere? Aber das war noch lange nicht alles. Eine Weile lang schaffte er es nicht einmal im Kopf. Schon der Gedanke, seine Arme zu bewegen, während er ging, war so, als ob er sich bewusst vornähme, einen sehr wertvollen Gegenstand fallen zu lassen, von dem er wusste, dass er in tausend Stücke zerspringen würde, sobald er ihn losließ. Als er dann mit höchster Konzentration anfing, seine Arme zu zwingen, sich vor und zurück zu bewegen, während er durch die Gässchen im Schatten der Bäume marschierte, kam es ihm vor, als ob er eine Art wilden Tanz vollführte, bei dem jede Hand herumgeschleudert wurde wie eine riesengroße Rübe, die an einem Seil befestigt war. Wie ein Clown oder so etwas. Auf diese Weise sah er doch bestimmt nur noch blöder aus, oder?

Er hätte leicht nach dem ersten Versuch aufgeben können, wäre da nicht in seinem Kopf dieses Bild gewesen von dem komischen kleinen Zwerg mit den Armen, die nicht funktionierten, und der Lärm von all dem Gelächter in jenem dunklen Raum. Immer wieder gingen ihm diese Dinge durch den Kopf und trieben ihn an, weiterzumachen. Und schließlich, nach einigen Wochen harter Arbeit, fing es an, sich ganz natürlich anzufühlen. Darky fand heraus, dass man nicht unbedingt im Nazi-Stechschritt marschieren musste, um es richtig hinzukriegen. Die Arme brauchten sich nur ein kleines Stück zu bewegen, damit es natürlich aussah. Dennoch schob er sie beim Gehen gerne ein bisschen weiter vor und zurück, als nötig gewesen wäre. Dieser erstaunliche Übergang von nicht schwingenden zu schwingenden Armen war die bei weitem größte Langzeiterrungenschaft seines Lebens. Er wusste genau, dass er niemals einer anderen Menschenseele davon erzählen würde, aber er hatte das ganz allein geschafft. Er war stolz darauf, wie sehr er sich angestrengt hatte, und er sah keinen Grund, warum der Rest der Welt den Erfolg nicht sehen sollte.

Das war einer der Gründe, warum Darky an schönen Tagen nicht mit dem Taxi in die Stadt fuhr. Andere Leute mochten ihre Hochschulabschlüsse oder ihre Fußballtrophäen haben. Darky Green hatte seine schwingenden Arme.

Der andere Grund dafür, zu Fuß zu gehen, war, dass er gerne die Zahl der Schritte schätzte, die er brauchte, um eine bestimmte Distanz zurückzulegen. Darkys Fantasie in diesem Bereich war hoch entwickelt. Sie kam ihm gar nicht vor wie eine Fantasie. Sie kam ihm real vor. Zumindest so real wie die meisten Dinge in seinem Kopf.

Darky Green war ein weltberühmter Schätzer der Zahl der Schritte, die er brauchte, um irgendeine beliebige Distanz zurückzulegen. Noch nie in der Geschichte dieser altehrwürdigen olympischen Disziplin hatte es je ein Talent gegeben, das so natürlich und jedem anderen, der diesen Sport ausübte, so unendlich überlegen war. Sein Antreten bei allen internationalen Schrittzahlschätzerwettkämpfen wurde von seinen Konkurrenten und Zuschauern gleichermaßen mit tiefem Respekt quittiert – ja, geradezu mit so etwas wie Ehrfurcht.

Der Fußweg heute zum Friseur war keine Ausnahme. Der Bürgersteig, der von seinem Haus hinunter zu der Fabrik in der Senke führte, war von Bewunderern und Fans gesäumt, die alle darauf warteten, den Meister am Werk zu sehen. Seine vorgesehene Schätzung bei diesem Anlass – es war bei jedem Anlass dieselbe – sollte die Gesamtlänge des Rasenstreifens sein, der gleich hinter dem Eingang zu einem kleinen Bungalow begann, den sich, wie Darky zufällig wusste, ein ortsansässiger Farmer gerade als Alterssitz ausbaute, und bei der Einfahrt eines Hauses endete, das »Hayloft« genannt wurde, gleich gegenüber der Fabrik. Die versammelte Menge war fassungslos. Wie konnte irgendjemand, selbst wenn es ein so großer Star war, sich der Herausforderung stellen, eine so riesige Entfernung genau zu berechnen? Während Darky sich dem Beginn des Rasenstreifens näherte, studierte er mit stählernem Blick die Aufgabe, die ihm gestellt war. Stille senkte sich herab. Der Meister brachte all seine Kenntnis und Erfahrung bis zum letzten Körnchen auf, um eine Entscheidung zu fällen.

»Hundertdreiundvierzig«, murmelte Darky, ohne seine Schritte zu unterbrechen oder die Lippen zu bewegen.

Es war fast unhörbar, doch all jene erwartungsvollen Zuschauer im Stadion hörten es. Oh ja! Sie hörten es und sie gerieten völlig aus dem Häuschen. Hundertdreiundvierzig Schritte, das kam einigen unmöglich wenig vor, während andere es für eine geradezu wahnwitzig hohe Schätzung hielten. Aber immerhin war dies der König der Schrittzahlschätzer. Dies war der Mann, der in der Vergangenheit wahre Wunder vollbracht und seine Kritiker immer und immer wieder in Erstaunen versetzt hatte. Wieder breitete sich Stille aus, als der große Darky Green die Strecke abzuschreiten begann und dabei tonlos vor sich hinzählte.

»Eins, zwei, drei, vier, fünf, sechs …«

Ein berühmter Fernsehsportreporter lieferte den dramatisch gedämpften Kommentar. Er war atemlos von der Spannung des Augenblicks.

»Und da kommt Darky Green. Einfach der *Beste*. Der Champion aller Champions in diesem Sport. Er schätzt die Strecke auf hundertdreiundvierzig Schritte. Einem durchschnittlichen Sesselhocker mag das wenig erscheinen, aber Green hat den Kniff heraus, wie man es richtig macht.«

»Vierunddreißig, fünfunddreißig, sechsunddreißig, siebenunddreißig, achtunddreißig …«

Die Zuschauermenge kann ihre Erregung nicht mehr unterdrücken und hier und da werden ermutigende Rufe und Anfeuerungen laut. Darky Green war nicht nur ein legendärer Schrittmeister, sondern auch ungemein beliebt beim Publikum, besonders bei den jungen Frauen.

»Wird er nahe dran liegen, Phil?«

»Steve, ich glaube, er könnte diesmal um zwei, drei Schritte danebenliegen. In der Vergangenheit war er großartig, aber ich habe so ein Gefühl, als ob seine beste Zeit hinter ihm liegt.«

»Sechsundsechzig, siebenundsechzig, achtundsechzig, neunundsechzig …«

»Ich hoffe, du bist bereit, das zurückzunehmen, Phil. Wenn du mich fragst, liegt er mit seiner Schätzung genau auf dem Punkt. Eine der großartigsten Leistungen, die ich je mitansehen durfte!«

»Hundertneununddreißig, hundertvierzig, hunderteinundvierzig, hundertzweiundvierzig, *hundertdreiundvierzig*!«

Als Darky jene letzte magische Zahl aussprach, traf die nadelscharfe Spitze seines rechten Schuhs auf das Ende des Rasenstreifens. Er hatte es geschafft! Eine erstaunliche, fast übernatürliche Präzision. Darkys getreue Anhänger in der Zuschauerschar waren außer sich vor Begeisterung. Glückwünsche und tosender Applaus flogen von allen Seiten auf ihn herab wie Luftschlangen. Gegen alle Wahrscheinlichkeit hatte ihr Held es wieder einmal geschafft. Phil sah sich genötigt, sich öffentlich bei Steve für seinen Irrtum zu entschuldigen. Aber das machte ihm nichts aus. Ehre, wem Ehre gebührt. Alles in allem ein überragender Triumph.

Darky genoss es jetzt ebenso, wie er es jedes Mal genoss. Und es war nützlich. Es verschaffte ihm ein gutes Gefühl, bevor er Menschen begegnete.

4

Das Herz der Stadt, in der Darky lebte, war ein kleines Zentrum mit Geschäften, das eine ständig wachsende Bevölkerung versorgte. Das Herz war am Versagen. Es war seiner Aufgabe nicht mehr gewachsen. Während der letzten Jahre waren private Wohnsiedlungen an völlig unerwarteten Stellen emporgesprossen; unerwartet zumindest, soweit es die Alteingesessenen betraf. Felder, Bäume, Teiche, die zu ihrer physischen und mentalen Landschaft gehörten, verschwanden wie durch einen bösen Zauber. Manche, die sich an Kaulquappen, an Wassermolche und an Spaziergänge mit Kindern oder Hunden erinnerten, waren entsetzt. Aber natürlich konnten sie sich nicht beklagen. Viele dieser neuen Siedlungen waren vollgepackt mit engen Behausungen, die eine fast zynische Illusion von Wohlstand und Klasse in verkleinerter Form boten. An Abnehmern dafür schien kein Mangel zu herrschen.

Viele Leute aus Lipsham fuhren die fünf Meilen nach Kington, um ihre wesentlichen Einkäufe zu erledigen, aber an dem Tag, als Darky auf Brautschau ging, standen und krochen so viele Autos auf den Straßen wie an jedem anderen Samstagvormittag. Die Bürgersteige der schmalen High Street waren gedrängt voll mit Menschen. Leute kauften ein, plauderten, riefen einander zu und wichen Autos aus und tranken Kaffee und trennten sich und trafen sich wieder. Manche warteten, umgeben von prall gefüllten weißen Plastiktüten, mit ausdruckslosen Augen auf Busse oder Taxis. Sie schlenderten, sie rannten, sie lungerten herum. Einzelne Männer und Frauen, hier und da auch ein junges Paar, bewegten sich langsam entlang der High Street oder durch die beiden schäbigen kleinen Fußgängerzonen und starrten mit ohnmächtiger Eindringlichkeit durch die Schaufenster, die Hände in den Taschen oder die Finger nachdenklich gegen die Lippen gepresst, auf die Immobilienangebote, die Teppiche, die Möbel, die Fernseher und die Urlaubsreisen. In dem einen oder anderen der unverhältnismäßig hohen Zahl von Wohltätigkeitsläden musterten hoffnungsvolle, aber spärlich informierte Zuschauer der gegenwärtigen Welle von Fernsehsendungen über Antiquitäten die Unterseiten von unscheinbaren kleinen Porzellangefäßen in der vagen Hoffnung, eines jener Herstellerzeichen zu finden, die offenbar so hoch im Kurs standen.

Kleine Kinder erduldeten die unendlichen, sinnlosen Aktivitäten ihrer Eltern. Manche dieser Kleinen lächelten vor sich hin; die meisten schauten nur resigniert. Hier und da hatte eines genug und verkündete mit lautem Geschrei, es wolle nach Hause, obwohl es noch längst nicht Zeit zum Mittagessen war. Die Gesichter der meisten Kinder hellten sich auf, wenn sie an dem großen Zeitschriftenladen gegenüber von dem Denkmal vorbeikamen. Es war nicht mehr lange bis zur Guy-Fawkes-Nacht. Dies hier war »Liddle's«, einer der beiden Läden, in denen man sich seine Zeitung holte oder sein Frei-Haus-Abonnement bezahlte, zugleich aber auch jedes Jahr der größte Umschlagplatz für Feuerwerkskörper. Das Fenster war frisch dekoriert mit riesigen, bunten Plakaten, die Raketen, Goldregen und Feuerräder anpriesen. Daneben gab es auch Hinweisschilder mit aufregenden Warnungen. Laut, hübsch *und* gefährlich! Kleine Hände zupften und zerrten an Ärmeln. Finger deuteten. Hohe Stimmen bettelten oder versuchten zu fordern. Erwachsene reagierten auf vielerlei mehr oder weniger effektive Weise.

Ein geschäftiger Herbsttag.

Darky bemerkte nichts von alledem; zumindest achtete er nicht auf Einzelheiten. Heutzutage befand er sich im Zentrum des Universums, statt immer nur an den äußeren Rändern herumzuhängen und verzweifelt darauf zu warten, dass irgendetwas Gutes passierte. Diese Stadt und all diese Menschen waren nichts als eine Art grauer Nebel, ein Hintergrund, der insofern nützlich war, als sich seine bunten Jacken gut davon abhoben. Und seine Hosenträger. Darky liebte seine roten Hosenträger. Sie erschienen ihm wie ein Beweis für etwas. Er hatte sich angewöhnt, seine Daumen dahinter einzuhaken und sie nach vorne auszudehnen, kurz bevor er einem seiner verängstigten, schwitzenden Opfer erklärte, was genau als Nächstes mit ihm passieren würde. Es war seine eigene Idee, dieses Hinausdehnen der Hosenträger; fast so, als hätte er ein Gedicht oder ein Lied geschrieben. Darky war sehr stolz darauf.

Der einzige Laden in der High Street, der ihn auf seinem Weg zum Friseur aufhalten konnte, war der Computerladen. Dorthin war er jetzt unterwegs. Er folgte immer derselben Route, sobald er auf der Kuppe seiner Straße in Richtung High Street abgebogen war. Vor dem »Guilder's Arms« überquerte er die Straße, dann bog er links ab, ging an dem Gebrauchtwagenhändler vorbei, wo der Typ hinter dem Haus seine Reparaturen machte, dann über die beiden schmalen Straßen, an denen sich das Einbahnstraßensystem teilte, am Teppichgeschäft vorbei, dann an dem Laden, wo man sich mittags Sandwichs und so holen konnte, dann an dem Fotogeschäft dieses seltsam aussehenden Typen mit den dicken Brillengläsern und dem völlig behaarten Gesicht, und schon stand er direkt vor dem Computerladen. Das Doppelglasschaufenster war voll von Computern, Druckern, Mäusen (sowohl schnurlos als auch mit Kabel), Laminiergeräten, Scannern, Softwarepaketen, Pappkartons mit Disketten, Tintenpatronen und Paketen mit Druckerpapier in verschiedenen Größen. Mit einem Wort, ein erschöpfendes Arsenal all der Dinge, die ein Computerbesitzer oder -enthusiast benötigen oder sich wünschen konnte. Der Laden war sehr gut sortiert.

Darky besaß keinen Computer. Er wollte auch keinen haben. Er hätte keinen haben wollen, selbst wenn man ihn ihm kostenlos angeboten hätte. Er legte sogar ausdrücklich großen Wert darauf, mit solchen Dingen nichts zu tun zu haben. Für ihn hatten sie mit Buchstaben und Wörtern und solchen Dingen zu tun, mit allem, was er mit der Schule in Verbindung brachte. Ein Computer war ein gewaltiger, hoch aufragender Berg von Dingen, die er nicht wusste und nie würde lernen können. Ein Gegenstand, der imstande war, jene riesige alte Lawine negativer Selbstwahrnehmung wieder in Gang zu setzen. Die niederschmetternde Scham darüber, wie ihm seine eigene Beschränktheit in der Schule immer wieder auf grauenhafte, erdrückende Art und Weise bewiesen worden war, lastete immer noch von Zeit zu Zeit auf seiner Seele. Irgendetwas stieg dann in ihm auf, so als ob er sich übergeben müsste. Es gab Momente, in denen manche Stimmen aus seiner Vergangenheit in seinem Kopf so laut und wirklich wirkten, als ob er sie gerade jetzt hörte.

»Zicke zacke Hühnerkacke!
Darky Green hat eine Macke!
Ene mene Hotzenplotz!
Darky hat im Kopf nur Rotz!«

5

Eines von Darkys Erlebnissen in der Grundschule, die ihm jetzt noch die Handflächen zum Schwitzen brachten, hatte sich an einem Montag zu Beginn eines neuen Schultrimesters ereignet. Statt von Mr. Gale wurde die Klasse von einer Referendarin unterrichtet. Sie hieß Miss Wickham und war sehr jung und hübsch, mit langen, goldblonden Haaren. Überhaupt nicht ernst und streng wie Mr. Gale. Darky gefiel, wie sie aussah, genauso wie den anderen in der Klasse auch. Rein und frisch wie ein Engel.

Zu Beginn des Vormittages erzählte sie der Klasse ausführlich von einem Buch namens *20 000 Meilen unter dem Meer.* Anfangs war das gut. Die Geschichte hörte sich spannend an. Es ging um ein Unterseeboot, das von einem riesigen Kraken angegriffen wurde. Dann, nachdem sie erzählt hatte, wovon das Buch handelte, nahm Miss Wickham das Buch von ihrem Pult auf und blieb einen Moment lang einfach sitzen, ohne etwas zu sagen, betrachtete die Worte auf dem schmalen Rücken des Buches und schaute dann auf die Klassenliste, die vor ihr auf dem Pult lag.

»Nun«, sagte sie mit einem komischen kleinen Lächeln, »ich frage mich, ob wohl jemand hier so klug ist, dass er uns sagen kann, wer dieses Buch geschrieben hat. Und ich denke, einer von uns«, fügte sie verschmitzt hinzu, »müsste eigentlich in der Lage sein, uns diese Frage zu beantworten – oder etwa nicht, Richard?«

Sie legte das Buch zurück aufs Pult und sah Darky direkt an.

Darky klappte der Unterkiefer herunter und seine Lippen zuckten in stummer Ratlosigkeit. Häh? Was? Wieso hatte sie ausgerechnet ihn herausgepickt? Er lehnte sich ein wenig zur Seite und erstarrte dann. Warum sollte ausgerechnet er wissen, wer das Buch geschrieben hatte? Bis heute hatte er noch nie von dem Buch gehört. Was meinte sie denn? Er spürte, wie er rot wurde. Er war beschränkt. Er hatte eine Macke. Ein beschränkter Typ mit einer Macke und einem roten Gesicht, der nur Rotz im Kopf hatte und eine Frage nicht beantworten konnte, obwohl seine hübsche Lehrerin doch sagte, dass er besonders dazu in der Lage sein müsste. Unglücklich schüttelte er den Kopf. Worte kamen aus seinem Mund.

»Weiß nicht, Miss.«

»Nun komm doch mal einen Moment zu mir nach vorne, Richard.«

Miss Wickham lächelte immer noch, als sie ihn mit ihrem schlanken Zeigefinger zu sich winkte. Sie war überhaupt nicht wütend oder so. Es schien ihr einfach nur Spaß zu machen, einem ihrer Schüler eine kleine Rätselaufgabe zu geben. Nachdem Darky unsicher zu ihr nach vorn getrottet war und unbehaglich neben ihrem Stuhl stand, nahm sie das zugeklappte Buch wieder vom Pult auf. Dann reichte sie es ihm.

»Komm, Richard, lies uns doch einmal vor, was auf dem Rücken dieses Buches steht. Schön laut, bitte, damit wir es alle verstehen können.«

Rücken? Ach, hinten. Sie meinte die Hinterseite. Darky überflog die Worte. Erst schienen sie alle miteinander zu verschwimmen. Er machte ein paar Mal die Augen auf und zu und versuchte es dann noch einmal. Ja. Jetzt konnte er es sehen. Langsam und lautlos las er die Worte für sich.

20 000 MEILEN UNTER DEM MEER
VON JULES VERNE

Als er das letzte Wort las, überrollte ihn die Panik wie eine mächtige Windbö.

Begriff sie denn nicht? Es war am Anfang des neuen Schuljahres schwer genug gewesen, alle dazu zu bringen, Darky zu ihm zu sagen, statt den anderen Namen zu benutzen. Und jetzt das!

Wie konnte denn Miss Wickham das nicht wissen?

Wie sollte er ihr klarmachen, was für eine blöde Idee das war, ohne alles noch schlimmer zu machen?

Vielleicht könnte er es ihr ins Ohr flüstern. Nein, dann würden alle sehen und erraten, dass etwas nicht stimmte. Oder noch schlimmer, sie könnte auf die Idee kommen, zu sagen: »Sprich doch laut, Richard! Wir können nicht hören, was du sagen willst.« Wusste sie denn allen Ernstes nicht, dass man nie, nie, *niemals* jemandem seinen zweiten Vornamen verriet, nicht einmal, wenn es ein normaler Name wie Paul oder John oder Michael war? Seit er in die Schule gekommen war, war es für ihn das größte Grauen gewesen, dass irgendwann herauskommen könnte, dass sein zweiter Vorname Verne war.

Verne!

Verne!

Schon dass er das Wort in Gedanken aussprach, brachte ihn dazu, sich am liebsten irgendwo verkriechen und sterben zu wollen. Es bedeutete nichts. Es kam nirgendwo her. Es war ein Scheißname. Wenn die anderen in der Klasse das erfuhren, würden sie ihn nie wieder damit in Ruhe lassen. Unentwegt würden sie ihm das schreckliche Wort vorsagen und den Vokal in der Mitte ganz lang ausdehnen, sodass es so klang, als ob er jemand ganz Vornehmes wäre. David Evans und Christopher Mayhill würden noch öfter ihre Verse skandieren, aber von jetzt an würden sie dafür sorgen, dass sein zweiter Vorname auch irgendwo darin vorkam. Warum merkte sie denn nicht, dass das alles ganz *falsch* war?

»Komm, Richard, wir haben nicht den ganzen Tag Zeit. Lies den Namen des Mannes vor, der das Buch geschrieben hat.«

»Ich will nicht, Miss.«

»Aber warum denn nicht, Richard?«

»Weiß nicht, Miss.«

»Na, dann tue ich es für dich.«

Immer noch mit demselben leichten, harmlosen Lächeln nahm Miss Wickham das Buch aus seiner schlaffen Hand und hielt es vor ihrem Gesicht empor.

»Hier steht, dass das Buch von einem Mann namens Jules Verne geschrieben wurde. Und wie es der Zufall will …«

Sie brach ihren Satz mit einem kurzen, schrillen Aufschrei ab, als eine Ecke und eine Kante des festen Bucheinbandes sie im Auge und quer über ihrem Nasenrücken trafen. In einem Moment verzweifelter Panik hatte Darky, der keinen anderen Weg wusste, um die Katastrophe abzuwenden, seiner Lehrerin die *20 000 Meilen unter dem Meer* aus der Hand gerissen und blindlings, aber zielsicher genau in die Mitte der Quelle seiner bevorstehenden Demütigung gerammt. Es war der einzige Akt physischer Gewalt, den er in seinem bisherigen Leben gegen einen anderen Menschen verübt hatte, und im Grunde war es eher ein defensiver als ein aggressiver Akt. Die anderen Schüler in der Klasse waren über die Maßen verblüfft, entsetzt, erregt. Keiner von ihnen hatte jemals so etwas Furchterregendes, Fürchterliches gesehen. Unglaublich! Absichtlich eine Lehrerin zu verletzen! Und so eine hübsche Lehrerin mit so einem sanften Gesicht. Nur weil sie wollte, dass er vor der Klasse etwas vorlas. Was würde jetzt mit Darky passieren? Was für eine qualvolle Strafe war für ein so grässliches, dramatisches Verbrechen angemessen?

Doch der Ausgang hätte verworrener nicht sein können. Miss Wickham hatte noch nie jemanden geschlagen und war auch noch nie in ihrem Leben im Zorn geschlagen worden. Bleich und zitternd von dem Schock dieses Erlebnisses und in atemloser Panik durch das instinktive Bedürfnis, ihre Autorität zurückzugewinnen, sprang sie auf, packte Darky am Handgelenk und zerrte ihn aus dem Klassenzimmer und durch den Gang zum Sekretariat. Dort ließ sie die winzige Gestalt neben dem Fotokopierer sitzen, zitternd und schwer atmend vor Anspannung, während sie ihre Handtasche aus dem Lehrerzimmer holte und in die Damenumkleide eilte, um sich das Blut von ihrer aufgeplatzten Nase abzuwischen.

Während sie dort vor dem Spiegel stand, ihr Gesicht abtupfte und sich fragte, ob das blaue Auge, dass sich bereits auszubilden begann, bis zum Wochenende wohl verschwunden sein würde, fand sie mit einem leichten Schauder ihren gesunden Menschenverstand wieder, von dem sie vor ein paar Minuten im Klassenzimmer hätte Gebrauch machen sollen. Solche kleinen Spielchen, und seien sie noch so gut gemeint, die auf einem Scherz über irgendeinen Aspekt an der Persönlichkeit oder den Namen eines Kindes basieren, waren die dümmste Idee, die man haben konnte. Das war ihr jetzt so sonnenklar wir nur irgendetwas in ihrem Leben. Sie fragte sich, wie es möglich war, dass sie das nicht vorher erkannt hatte.

Noch während sie das Abbild ihres verletzten Gesichts im Spiegel betrachtete, begann der hübschen jungen Miss Wickham die Antwort auf diese Frage zu dämmern, obwohl es noch einige Zeit dauerte, bis sich daraus ein zusammenhängender Gedanke bildete. Bis heute war ihr im Grunde noch nicht der Gedanke gekommen, dass Kinder mehr waren als ein Aspekt der praktischen Lehrerausbildung. Sie waren nicht geboren, aufgezogen und in eine Bildungsanstalt geschickt worden, damit Gillian Wickham nach drei oder vier planmäßigen Lehrproben eine gute Beurteilung von ihrer Tutorin einheimsen konnte. Die Wahrheit war, dass jedem dieser Kinder nur eine Kindheit zugeteilt war, und die Zeit, die sie in der Schule verbrachten, war ein Teil davon. Es wäre nicht übertrieben, zu sagen, dass ihre Handlungsweise und ihre Worte an diesem oder an irgendeinem anderen Tag imstande waren, in der Struktur dieser jungen Menschenleben Fehlentwicklungen, die das ganze Leben beeinträchtigten, oder auch positive Verstärkungen zu bewirken. Natürlich wusste sie das. Sicher wusste sie das. Nur – wusste sie es nicht.

Später würde Miss Wickham ein umfassendes Bewusstsein dieser Offenbarung ihrer Grundeinstellungen entwickeln und sie Freunden gegenüber beim Abendessen auf packende Weise als Wendepunkt in ihrer beruflichen und persönlichen Entwicklung schildern, doch schon jetzt wusste sie eines bereits ganz genau: Sie hatte bei Richard Green einen grundlegenden Fehler gemacht.

Bei Richard *Verne* Green.

Schon in wenigen Minuten würde der hochgewachsene, strenge,

eindrucksvolle Mr. Carr, der Direktor, von Richard eine Erklärung verlangen, weshalb er seine Lehrerin absichtlich tätlich angegriffen habe. Miss Wickham wusste, dass der Junge in einem Moment blinder Furcht und Demütigung um sich geschlagen hatte und dass es kein Entrinnen vor der Tatsache gab, dass sie diejenige war, die mit ihrem sturen Beharren darauf, er solle den Namen auf diesem dämlichen Buch vorlesen, diese gewaltsamen Gefühle in ihm provoziert hatte. Bei der Vorstellung, dass der Direktor von ihrer Ungeschicklichkeit erfahren würde, spürte sie, wie ihr Gesicht rot anlief. Sie wollte nicht als Dummkopf angesehen werden. Eine dumme junge Referendarin, die Probleme verursachte, wo vorher keine waren. Sie wollte gut abschneiden in ihrer Lehrerausbildung.

Während sie sich noch ein letztes Mal mit raschen, nervösen Strichen die Haare bürstete, stellte sie sich vor, wie Richard von Mr. Carr befragt wurde. Würde ein kleiner Junge wie er unter so qualvollen Umständen tatsächlich den Willen oder die Worte aufbringen, zu erklären, dass die ganze Angelegenheit sich an der Drohung entzündet hatte, seinen zweiten Vornamen dem allgemeinen Spott preiszugeben? Sie beantwortete sich die Frage selbst mit einem langsamen Kopfschütteln und formte dazu mit den Lippen übertrieben deutlich das Wort »nein«. Nein, wahrscheinlich nicht. Fast sicher nicht. Er würde keinen Ton herausbringen oder allenfalls einsilbig antworten. Die Wahrheit würde der Direktor nur dann erfahren, wenn sie beschloss, sie ihm zu sagen. Und diese Entscheidung lag ganz bei ihr.

Umringt von unsichtbaren Zeugen, blieb Gillian Wickham an dieser nie betretenen, von unberührtem Schnee bedeckten Weggabelung einen entscheidenden Moment lang reglos stehen. Dann steckte sie, unfähig, ihren eigenen Blick zu ertragen, ihre Bürste in die Handtasche und eilte zurück ins Klassenzimmer.

»Wie geht es Ihnen, Miss?«

»Tut es noch weh, Miss?«

»Waren Sie beim Arzt, Miss?«

»Wir waren ganz brav, Miss.«

Sie nickte lächelnd und hob eine Hand, um sich Ruhe zu verschaffen.

»Mir geht es gut, danke. Nur noch ein bisschen zitterig.« Das entsprach durchaus der Wahrheit. »Nun, Kinder, ich muss jetzt mit Richard zum Direktor, und während ich draußen bin, möchte ich, dass ihr alle eure Bücher aus der Bücherei herausnehmt und ganz still lest. Meint ihr, ihr könntet mir helfen, indem ihr das macht?«

Überall nickten die Köpfe ernsthaft und verantwortungsbewusst. Bücher wurden unter den Tischen hervorgeholt oder aus Taschen oder von Regalen herbeigeschafft. Seiten wurden umgeblättert. Eine wohlerzogene, kooperative Stille legte sich über den Raum. Alle telegrafierten ihre Bereitschaft zum Wohlverhalten dadurch, dass sie sich mit dem Anschein höchster Konzentration in ihre Bücher vertieften.

»Gut! Aber eins noch, bevor ich gehe: Hat irgendjemand von euch eine Ahnung, warum Richard plötzlich so wütend geworden ist und das getan hat?« Sie ließ ihren Blick für einen Moment über die Gesichter wandern. »Hmm? Hat jemand vielleicht eine Idee? Nun kommt. Ihr müsst es sagen, wenn ihr meint, dass ihr vielleicht etwas wisst. Und bitte denkt nicht, das wäre gepetzt. Ist es nicht. Ihr helft ihm damit.«

»Nein, Miss.«

»Keine Ahnung, Miss.«

»Weiß nicht, Miss.«

»Er hat das doch ganz plötzlich ohne Grund gemacht, oder, Miss?«

»Das stimmt, Stephanie«, erwiderte Miss Wickham mit einer Miene trauriger Zustimmung. »Er hat es einfach plötzlich getan und wir wissen nicht warum, nicht wahr?«

Kopfschütteln allenthalben. Ein tiefer Atemzug. Gut. Wir wissen es nicht. Keiner von uns weiß es. Jetzt nimm das verdammte Buch vom Pult, stell es zurück aufs Regal zu all den anderen und dann geh.

Das Gespräch mit dem Direktor war nervenzermürbend für Gillian Wickham, aber für Darky war es ein Albtraum. Sie saßen auf einem Dreieck aus Stühlen im Büro des Direktors. Miss Wickham tupfte sich von Zeit zu Zeit unnötigerweise mit dem Taschentuch die Nase ab. Ihre Erregung freilich brauchte sie nicht zu spielen. Das Zittern war immer noch da und ihr war tatsächlich ein bisschen übel. Darkys Füße reichten nicht ganz bis auf den Boden. Seine verschränkten Hände schwebten knapp über den Knien, als fürchtete er, man könnte es ihm als Unverschämtheit oder Gleichgültigkeit gegenüber dem Geschehenen auslegen, wenn er sich die Bequemlichkeit gönnte, sie auf seinen Schoß zu legen. Mr. Carr hatte graue Haarbüschel an den Seiten seines kuppelähnlichen Kopfes. Seine Zähne standen vorne nicht ganz gerade, aber sie waren schneeweiß, wie ein Fehler oder ein Laster, die akzeptiert und überwunden worden waren, fand Miss Wickham. Einen Moment lang sah er Darky über den Rand seiner blitzblanken kleinen Halbmondbrille hinweg an, bevor er anfing zu sprechen.

»Nun, Richard, das ist eine sehr ernste Sache, nicht wahr? Meinst du nicht auch?«

Schweigen. Ein grauenhaftes Vakuum, das Darky nur mit einem unsicheren Nicken füllen konnte.

»Miss Wickham hat mir gesagt, dass du sie mit einem Buch ins Gesicht geschlagen hast. Stimmt das, Richard?«

Darkys unnützes Auge spielte verrückt. Das tat es immer, wenn er unter Stress stand. Er versuchte, seine ausgetrockneten Lippen mit der Zunge zu befeuchten, aber seine Zunge war genauso trocken wie seine Lippen. Er warf Miss Wickham einen flüchtigen Blick zu. Sie sah traurig, aber freundlich aus, so als fände sie zwar, es geschehe ihm recht, dass er nun Ärger bekam, aber zugleich täte es ihr leid. Sie war sehr hübsch, selbst mit der kleinen roten Stelle an ihrer Nase und dem dunkler werdenden Farbfleck rund um ihr Auge.

»Nun, Richard? Ich warte. Stimmt das, was Miss Wickham mir gesagt hat?«

»Glaub schon«, flüsterte Darky und versuchte abermals zu nicken, doch seine Nackenmuskeln versagten ihm die Gefolgschaft, sodass aus dem Nicken nur ein marionettenhaftes Zittern und Wackeln des Kopfes wurde.

»Was du glaubst, ist für mich von keinerlei Nutzen oder Interesse, Richard Green.« Mr. Carr brauchte seine Stimme nur ein kleines bisschen anzuheben, um erschreckend zu wirken. »Entweder ist

Miss Wickhams Schilderung des Vorfalls wahr oder sie ist es nicht. Nun?«

»'S ist wahr, Sir«, beeilte sich Darky.

»Nun gut. Nun, ich bin ganz sicher, dass du ebenso gut weißt wie ich, dass es niemals einen guten Grund dafür gibt, einen anderen Menschen zu verletzen, wie erregt oder wütend wir auch sein mögen. Stimmst du mir darin zu?«

»Mhm.«

»Wie bitte?«

»Ja, Mr. Carr.«

»Schön, dass wir uns einig sind. Das ist ja immerhin etwas. Und nun möchte ich, dass du mir mit deinen eigenen Worten erklärst, wieso es zu diesem Vorfall gekommen ist. Wohlgemerkt, es geht mir *nicht* darum, eine Entschuldigung zu hören, Richard. Für ein solches Verhalten gibt es keine Entschuldigung. Ich möchte lediglich wissen, warum du deiner Meinung nach plötzlich so wütend geworden bist und dich so ungehörig benommen hast. Hat Miss Wickham mit dir geschimpft oder dich irgendwie geärgert?«

Darky hatte nur eine äußerst nebelhafte Vorstellung davon, was an diesem Tag im Klassenzimmer passiert war. Überhaupt war er viel zu verängstigt und verwirrt, um richtig darüber nachzudenken. Abgesehen von allem anderen war da ein brennender Schmerz in der Haut an seinem Handgelenk, wo die Lehrerin ihn plötzlich gepackt hatte, so wie die Brenner, die sich die Jungs manchmal gegenseitig verpassten, indem sie den Arm mit beiden Händen packten und sie dann gegeneinander verdrehten. Dennoch leuchteten gewisse unbestreitbare Tatsachen wie Neonlichter aus dem wirbelnden Nebel seiner Gedanken und Gefühle heraus. Nämlich erstens, dass Erwachsene im Allgemeinen und Lehrer im Besonderen im Recht sind und Kinder im Unrecht. Darüber gab es gar keine Diskussion. Was geschehen war, musste irgendwie seine Schuld gewesen sein. Das war eine schlichte Tatsache. Und zweitens die Sache mit seinem zweiten Vornamen. Aus irgendeinem Grund hatte Miss Wickham gewollt, dass er ihn von dem Buch vorlas, das sie gehabt hatte. Darky war versteinert vor Angst vor Mr. Carr, aber keine Strafe, die der Direktor ihm auferlegen konnte, machte ihm etwas aus, solange die anderen nur nicht herausfanden, dass sein zweiter Vorname Verne war. Er wollte, dass davon nie wieder die Rede war. Ganz egal, wie es wirklich gewesen war. Mit seinem guten Auge schaute er wieder Miss Wickham an. Sie schien etwas stiller dazusitzen als zuvor, aber als sie sah, das Darky sie anschaute, regte sie sich ein wenig, lächelte und nickte ihm zu, als wollte sie sagen: »Komm schon, sag dem Herrn Direktor, was immer du möchtest.«

»Nein, Sir«, sagte Darky.

»Ich verstehe.«

Mr. Carr lehnte sich zurück, hob dramatisch eine Augenbraue und unterstrich den Ernst der Situation, insbesondere im Blick auf Darkys letzte Antwort, mit einer weiteren ausgedehnten Pause. Dann wandte er sich an die Referendarin.

»Miss Wickham, können Sie vielleicht ein wenig Licht in die Sache bringen? Hat vielleicht eines der anderen Kinder Richard gehänselt? Haben Sie irgendeine Erklärung für diesen plötzlichen, grundlosen Angriff?«

Gillian Wickham seufzte und schüttelte langsam und nachdenklich den Kopf.

»Mir fällt wirklich nichts dazu ein, Mr. Carr«, sagte sie. »Es war ein ganz normaler Vormittag wie immer, und dann – nun, dann passierte es plötzlich, als Richard gerade der Klasse etwas vorlesen sollte. Als ich eben noch einmal kurz in die Klasse hineingeschaut habe, habe ich auch die anderen Kinder gefragt, ob sie wüssten, warum er das getan hat, aber sie waren ebenso ratlos wie ich.« Sie tupfte wieder ihre Nase ab. »Wissen Sie, ich glaube nicht, dass er mich wirklich verletzen wollte. Ich nehme an, es war nur so eine Art – eine Art Kurzschluss. Du wolltest mir doch nicht wirklich wehtun, oder, Richard?«

»Nein, Miss«, erwiderte Darky.

Das zumindest, da war er sich ganz sicher, war die Wahrheit. Was immer er getan hatte, Miss Wickham zu verletzen war bestimmt nicht seine Absicht gewesen. Die Nase der hübschen Miss Wickham oder ihr Auge hatte er nie treffen wollen. So etwas würde er nie tun. Nein, er hatte es ja bloß getan, um etwas anderes zu verhindern. Das war die Wahrheit. Es war einfach so, dass Darky, wie die meisten Menschen hier und da in ihrem Leben, gezwungen gewesen war, sich zwischen etwas, was er nicht wollte, und etwas, was er unbedingt auf keinen Fall wollte, zu entscheiden.

»Hmm«, sagte der Direktor bedächtig. »Nun, ich muss schon sagen, ich finde, Miss Wickham geht mit diesem Vorfall außerordentlich nachsichtig um, Richard. Was meinst du, was du zu ihr sagen solltest?«

Darky überlegte ängstlich. Es war so gefährlich leicht, das Falsche zu sagen, wenn Erwachsene so eine Frage stellten. Und sie wurden immer so böse, wenn man nicht gleich beim ersten Mal die richtige Antwort gab. Aber sich entschuldigen musste ja wohl unverfänglich sein. Das würde er versuchen.

»Entschuldigung, Miss Wickham, dass ich – dass ich Ihnen wehgetan habe.«

»Ich verzeihe dir, Richard.« Ihr Lächeln war voller Herzlichkeit, aber ihre Stimme hatte genau den richtigen Beiklang ernster Zurückhaltung. »Ich nehme an, dass irgendetwas anderes dich geärgert hat. Aber so etwas darf nie wieder vorkommen. Hast du verstanden?«

»Ja, Miss Wickham.«

Mr. Carr ließ laut und vielsagend die Luft durch die Nase ausströmen.

»Und was solltest du noch zu Miss Wickham sagen?«

»Danke, Miss Wickham.«

Pause. Keine merkliche Reaktion. War »danke« falsch? Oder nicht genug?

»Danke, Miss Wickham, dass Sie – dass Sie so nett zu mir sind, nachdem ich Ihnen wehgetan habe. Es tut mir sehr leid. Danke. Sehr – sehr leid ...«

»Na gut, vergessen wir es und vertragen wir uns wieder. Ich nehme dich mit zurück in die Klasse – wenn es Ihnen recht ist, Mr. Carr?«

Danach hatte Darky nie wieder Ärger mit der Referendarin. Er tat, was sie ihm sagte. Sie war nett zu ihm und ließ nie wieder ein Wort über irgendein Buch von Jules Verne fallen, schon gar nicht über *20 000 Meilen unter dem Meer*. Möglich, dass Miss Wickham den Vorfall mit Darky tatsächlich vergaß. Wahrscheinlich aber nicht. Bemüht hat sie sich bestimmt. Jedenfalls gab es andere, die ihn nicht vergaßen. Ein Bericht über diese vorsätzliche Gewalttätigkeit erging noch am selben Tag von Mr. Carr an diejenigen, die zu dieser Zeit für Darky verantwortlich waren. Am Abend nach dem Tee kam seine schick gekleidete Betreuerin, Mrs. Pulborough, eigens in vollem Make-up für eine halbe Stunde vorbei, obwohl sie eigentlich gar nicht im Dienst war, und stellte ihm eine Menge Fragen über den Vorfall. Er wisse es nicht, sagte er, er könne sich nicht mehr erinnern, er sei nicht sicher, er habe sich entschuldigt.

Sie war zum Abendessen verabredet und schon spät dran; deshalb trug sie, nachdem sie sich von Darky verabschiedet hatte, im Büro nur eine kurze Bemerkung in sein Dossier ein, bevor sie ausging. Unter dem Datum des Tages schrieb sie:

»Nachricht von Richards Schulleiter Mr. Carr. Hat aus unbekanntem Grund in der Schule junge Lehrerin angegriffen. Habe heute Abend mit ihm darüber gesprochen. Er äußert zwar eine gewisse Reue, scheint sich aber der Ernsthaftigkeit seines Verhaltens nicht bewusst zu sein. Vielleicht sollte man ihn nicht mit einzelnen weiblichen Mitarbeitern allein lassen? Früh übt sich? Ich hoffe nicht!«

Von diesem Moment an leuchtete dieser Eintrag aus seinen Unterlagen hervor wie die Schlagzeile einer Boulevardzeitung, freilich mit dem Unterschied, dass Zeitungen irgendwann weggeworfen und vergessen werden. Richard Green aber war von diesem Tag an ein aktenkundiger Gewalttäter.

Gillian Wickham erhielt eine sehr gute Beurteilung für ihre Lehrerausbildung und wurde von Mr. Carr besonders für die würdevolle, barmherzige Art und Weise gelobt, wie sie mit einem völlig grundlosen tätlichen Angriff eines Jungen in ihrer Klasse umgegangen war.

Darky selbst nahm es Miss Wickham nicht übel, dass sie ihn dazu provoziert hatte, sie ins Gesicht zu schlagen, nicht zuletzt deshalb, weil er damals völlig außerstande war, Recht und Unrecht in dieser Situation auszuloten. Im Laufe der Jahre jedoch überkam ihn ein zunehmendes Gefühl der Verwirrung und Empörung – ja, des

Schocks, als ihm allmählich klar wurde, dass er hereingelegt worden war, damit er die ganze Schuld für den Vorfall auf sich nahm. Sie hatte das getan. Diese Frau im Klassenzimmer. Diese Fotze von einer Lehrerin hatte ihn übers Ohr gehauen wie alle anderen.

6

Nein, Darky Green wollte nichts aus dem Innern des Computerladens. Er brauchte nur die linke Schaufensterscheibe. Die eignete sich hervorragend dafür, sich davor die Haare zu kämmen. Sie war schön groß und bot aus irgendeinem Grund meistens ein besonders klares Spiegelbild. Genau richtig, um sich noch kurz in Ordnung zu bringen, bevor er weiter zum Salon »New Wave« ging, um sich die Haare schneiden zu lassen und seinen Witz zu erzählen. Von drinnen starrte der Besitzer des Ladens, ein merkwürdig glattgesichtiger Mann, der aussah, als hätte er ein ganzes Jahr lang am Strand geschlafen, bis die Brandung all seine Gesichtszüge und seine gute Laune abgeschmirgelt hatte, finster hinaus zu der vertrauten Gestalt, die sich dort gerade zu der verwinkelten Haltung verrenkte, die für das Haarekämmen erforderlich war.

»Da ist er«, murmelte er seiner Mitarbeiterin zu. »Billy Furys verrückter Vetter ist mal wieder aus dem Westflügel ausgebrochen. Benutzt unser Fenster wie ein Hund einen Laternenpfahl. Bescheuertes kleines Arschloch.«

Die Mitarbeiterin, die gerade die Regale abwischte, unterbrach ihre Tätigkeit.

»Dann gehen Sie doch raus und sagen Sie ihm, er soll verschwinden«, sagte sie hämisch. »Sie sind doppelt so groß wie er.«

Sie wusste ganz genau, dass ihr griesgrämiger Chef genau das vor einem Jahr getan hatte. Darky hatte ihm gesagt, er solle sich verpissen, war dann aber weisungsgemäß gegangen. Am nächsten Morgen war das große Vorderfenster zertrümmert. Zwischen den Scherben und sonstigen Trümmern lag eine dieser Pappen, die man in den Drogerien an der High Street findet, an denen mit Gummibändern reihenweise Plastikkämme befestigt sind. Diese nicht gerade subtile

Botschaft entging dem Ladenbesitzer nicht. Er rief die Polizei. Es wurden Ermittlungen angestellt, die jedoch keinerlei Ergebnisse erbrachten. An einem Abend ein paar Tage später suchte Vaughn Macey in Begleitung zweier weiterer Männer den Ladenbesitzer zu Hause auf. Niemand konnte sagen, was Darky oder seine Handlanger an diesem Abend gesagt oder getan oder angedroht hatten, aber es war in gewissen Kreisen weithin bekannt, dass der fragliche Einzelhändler nicht die Absicht hatte, ein zweites Mal die Polizei auf Darky Green anzusetzen, und mochte er auch noch so exzellente Gründe dafür haben.

Zeit für Darky Greens Haarschnitt.

Zeit für den Witz.

Was Darky sich nie hätte träumen lassen, war, dass er im »New Wave« gar keinen Witz brauchte. Er war der Witz. Ein Witz mit einem säuerlichen Nachgeschmack. Die beiden Männer und die Frau, die in dem gut besuchten Salon oberhalb der Fußgängerzone den ganzen Tag über Männern und Kindern die Haare schnitten, fanden ihn mal abstoßend, mal zum Schreien komisch. Freilich achteten sie darauf, beide Reaktionen strikt für sich zu behalten. Zu viele üble Geschichten machten die Runde. Geschichten über groteske Racheakte, oft aufgrund irgendeiner banalen Beleidigung, ausgeführt von dem Haufen Psychopathen, den Darky gern seine »Leibwache« nannte. Doppelt ärgerlich war das, weil er körperlich überhaupt nichts darstellte. Er selbst nicht. Wären die möglichen Folgen nicht gewesen, so hätte jeder der Mitarbeiter bei »New Wave«, einschließlich der blonden, attraktiven Christine mit dem üppigen Mund und den grünen Augen, den kleinen Mann ohne allzu große Anstrengung hochheben und durchs Fenster hinaus auf die Fußgängerzone werfen können, mitsamt seinen roten Hosenträgern.

Es gab Momente, in denen Christine genau das am liebsten getan hätte. Darky verlangte stets, dass Christine ihm die Haare schnitt. Jemand anderes wollte er nicht haben. Wohlgemerkt, das war bei vielen anderen Männern genauso. Sie war sehr beliebt. Für manche Kerle, die hier hereinkamen, war dies die einzige Chance, jemals die Aufmerksamkeit einer schönen jungen Frau für sich zu haben, die ihnen mit den Händen durchs Haar fuhr und ihnen mit ihrem Gesicht ganz nahe kam. Völlig harmlos, die meisten Burschen. Sie genoss es sogar ein bisschen, auf eine komische Art, und sie kam gut mit ihnen klar. Manchmal kam sie absichtlich mit ihrem Gesicht näher an sie heran, als es eigentlich nötig gewesen wäre. Es gefiel ihr, wie sie dann die Augen schlossen und auf cool machten, um eine Art sehnsuchtsvoller Verlegenheit zu verbergen. Darky freilich kam sie nie näher, als es unbedingt sein musste. Bei ihm war es anders. Es war seine Mischung aus Dummheit, Arroganz und Anzüglichkeit, die sie nur schwer ertragen konnte.

Hin und wieder schaffte sie es, sich auf subtile Art dafür zu rächen. Man musste ziemlich aufpassen, aber es war machbar. Dies beschloss sie auch an diesem Samstagvormittag zu tun.

Sie hatte gerade nach einem Kunden den Boden aufgekehrt. »Der Nächste, bitte!«, rief sie. Sekunden später kletterte Darky Green auf ihren Stuhl wie ein übermäßig herausgeputztes Kind auf einem Ausflug.

Am Freitagabend hatten Christine und ihr Partner Ralph bis spät in die Nacht bei ein paar Flaschen schwerem australischen Rotwein zusammengesessen und sich drei Folgen von »The Vicar of Dibley« hintereinander auf irgendeinem Sky-Kanal angeschaut. Beide mochten besonders die kleinen Nachträge zu jeder Sendung, in denen die begriffsstutzige Küsterin den letzten Witz der Pfarrerin nicht kapierte. Gut. Okay. Gute Idee, Christine. Warte auf den Witz. Bis dahin hör gar nicht auf den ganzen anderen Unsinn, den er erzählt. Das wird deine Chance. Mach ihm die Küsterin von Dibley.

»Tolles Kleid! Sähe bestimmt super neben meinem Bett aus.«

Christine hatte ein unverbindliches kleines Lachen drauf, dass sie eigens für Darky Green und andere Kunden reservierte, die ähnliche Sprüche machten. Das Lachen sollte die Botschaft vermitteln: »Ich mag Sie und bin nicht beleidigt, aber lassen Sie sich nur nicht träumen, dass ich auch nur einen einzigen Schritt mit Ihnen in diese Richtung gehe.« Es gehörte genauso zu ihrem Werkzeug wie die Scheren, Haarschneidemaschinen und Fönbürsten. Irgendwo steckte auch ein nützliches entschärfendes, mütterliches Element darin. Es funktionierte sehr gut. Sie wandte es jetzt an. Es tat seine Wirkung wie immer.

»Was denn, so schlimm?«

Darky gluckste über seine eigene brillante Antwort.

»Was haben Sie heute vor, Mr. Green? Sie haben sich ja so schick gemacht.«

»Einen Happen essen, zur Bank und dann auf Brautschau.«

Darky beulte die Schürze, die seine wunderbare Jacke schützte, nach althergebrachter Weise mit der Faust aus und gab dabei ein lautes »Fomp!« von sich.

»Das ist übrigens meine Faust, Schätzchen«, fügte er mit seiner leiernden, schnarrenden Stimme hinzu. »Nicht dass Sie denken, heute wäre Ihr Glückstag.«

Christine schaffte es, noch einmal ihr Lachen zu bemühen. In Gedanken legte sie sich die Worte zurecht, die sie Darky am liebsten zu hören gegeben hätte. »Du erbärmlicher kleiner Wicht von einem Mann. Das Einzige, was diesen Tag zu meinem Glückstag machen könnte, wäre, wenn ich dich mit dem ganzen anderen flohverseuchten Dreck hier vom Boden aufwischen, in die Mülltüte stecken und hinunter zur Müllkippe bringen könnte. Das wäre herrlich, dich zu dem anderen Müll in einen von diesen riesigen Stahlcontainern zu schmeißen. Hauptsache, dir wird für immer dein widerwärtiges kleines Maul gestopft.«

»Ich habe einen für Sie!«

Es war einige Augenblicke später. Darky sprach lauter, damit auch alle anderen im Salon seines neuen Witzes teilhaftig werden konnten. Er war sicher, dass Christine und die anderen beiden Friseure darauf brannten, ihn zu hören. Schließlich war er hier so etwas wie ein Star. Er fühlte sich wohl in diesem Laden. Er gab ordentliche Trinkgelder. Sie mochten ihn. Sie bewunderten ihn. Sie freuten sich auf seine Witze. Er vergaß nie, dass seine Hosenträger unter der Jacke ungemein rot und ungemein dehnbar waren.

»Wieder einmal einen neuen Witz mitgebracht, Mr. Green?«

Christine schaute kurz von ihrer Arbeit auf, um einen kaum merklichen Blick mit ihren Kollegen zu wechseln. Sie fingen ihn auf und konnten sich keinen Reim darauf machen, doch jeder signalisierte ihr auf seine Weise seine stumme Zustimmung zu dem, was sie vorhatte, was immer es auch war.

»Und ob, einen echt guten«, sagte Darky. »Also! Warum weint Mike Tyson beim Sex?«

»Ach, das ist doch ganz einfach«, sagte Christine ernsthaft, nachdem sie einen Moment lang so getan hatte, als dächte sie über die Frage nach. Während sie die nächste gelbe Haarsträhne zwischen zwei Finger klemmte und die Spitzen geschickt abschnitt, antwortete sie: »Der Grund, warum er weint, ist bestimmt, dass er sich eine Menge Probleme durch die Fehler eingehandelt hat, die er in diesem Bereich gemacht hat. Ich meine, er wurde doch mal wegen Vergewaltigung verurteilt, oder? Deswegen musste er doch für mehrere Jahre ins Gefängnis, stimmt's? Die Zeit hätte er besser für seine Boxerlaufbahn nutzen können. Und wie viele gescheiterte Ehen hat er jetzt hinter sich? Das muss doch alles sehr frustrierend sein. Also, insgesamt überrascht es mich nicht, wenn ...«

»Neeeee!«, unterbrach sie Darky und rutschte frustriert unter seiner Schürze herum. »Das ist doch ein Witz. Das ist doch bloß Scheiß, klar? Ein Witz.«

»Dass Mike Tyson beim Sex weint? Ich finde das eigentlich nicht ...«

»Nein, den Witz habe ich doch noch gar nicht erzählt. Ich frage Sie, warum Mike Tyson beim Sex weint, und dann müssen Sie sagen: ›Keine Ahnung‹, und dann erzähle ich Ihnen den Witz.«

»Ach so!«, erwiderte Christine. »Verstehe. Wie dumm von mir. Tut mir furchtbar leid. Fangen Sie bitte noch mal an.«

»Warum weint Mike Tyson ...«

»Sollen die Koteletten so lang bleiben, Mr. Green?«

»Ja, lassen Sie sie – nur säubern. Vergessen Sie doch mal die blöden Koteletten. Scheiß auf die Koteletten! Okay. Warum weint Mike Tyson beim Sex?«

An dieser Stelle erlitt Sam, der jüngere der anderen beiden Friseure, plötzlich einen heftigen Hustenanfall und musste sich hinter die Tür mit der Aufschrift NUR FÜR PERSONAL zurückziehen. Der andere, Pete, ein Mittfünfziger von unerschütterlichem Gemüt, fuhr mit akribischen, kunstfertigen Strichen fort, den Bart seines älteren Kunden auf salonfähige Länge zu stutzen. Er runzelte dabei lediglich mit ungewöhnlich intensiver Konzentration die Stirn.

»Warum weint Mike Tyson beim Sex«, wiederholte Christine. Dann schüttelte sie den Kopf. »Nein, keine Ahnung, Mr. Green. Warum weint Mike Tyson beim Sex?«

»Pf ...«

»Hinten über dem Kragen oder etwas drunter?«

»Pfefferspray!«, platzte Darky verzweifelt heraus, sichtlich erpicht darauf, die Pointe seines Witzes loszuwerden, bevor er in weitere Erörterungen hinsichtlich seiner Frisurwünsche verwickelt wurde. Mit dem halbherzigen Versuch eines triumphierenden Lächelns schaute er hoffnungsvoll nach links, aber Pete schien den Witz nicht gehört zu haben. Er war mit seinen Gedanken zu sehr bei seiner Arbeit. Petes greiser Kunde hatte ihn bestimmt nicht gehört. Jenseits von Pete starrte der junge Bursche, der von dem plötzlich unpässlich gewordenen Sam verlassen worden war, verträumt in den Spiegel vor ihm, versunken in freudiger Erwartung der Verlockungen des Abends, meilenweit entfernt von allem, was im »New Wave« vor sich ging.

»Pfefferspray?« Christine runzelte nachdenklich die Stirn, während sie mit ihrer kleinen, scharfen Schere Darkys Haarlinie über dem Kragen säuberte. »Ich wusste gar nicht, dass es Pfeffer auch zum Sprühen gibt. Was denen nicht noch alles einfällt! Neulich habe ich im Supermarkt sogar Zwiebelwürfel aus der Tube gesehen. Kommt wahrscheinlich alles aus der Weltraumforschung.« Sie hielt inne. »Aber warten Sie mal – was hat das denn damit zu tun, das Mike Tyson beim Sex weint?«

»Pfefferspray! Pfefferspray! Das gibt es in Dosen. Frauen sprühen den Männern das Zeug in die Fresse, wenn sie vergewaltigt werden. Mit Zwiebeln und Weltraum hat das überhaupt nichts zu tun!«

»Ach so, jetzt verstehe ich!« Im Spiegel konnte Darky sehen, dass Christine sich nicht über ihn lustig machte. Voll verlegener Verwirrung stand sie mit weit aufgerissenen Augen da. »Tut mir leid, davon hatte ich noch nie gehört. Pfefferspray. Aha. Dann sagen Sie also, immer, wenn Mike Tyson Sex mit einer Frau hat, sprüht sie ihm dieses Pfefferspray in die Augen und bringt ihn so zum Weinen. Okay. Also – das war jetzt der Witz, oder ...?«

Darky atmete tief durch die Nase ein. Vor Verärgerung schaukelte er regelrecht in seinem Friseurstuhl vor und zurück. So sehr er sich auch anstrengte, ihm fielen einfach keine Worte ein, mit denen er hätte erklären können, was an diesem Witz so witzig war, jetzt, nachdem alles so kompliziert durcheinander war. Es kam ihm vor, als ob sein Gehirn in seinem Kopf rotierte. Schließlich gab er es auf.

»Ach, *Scheiße*, verdammte! Vergessen Sie's!«

»Tut mir wirklich leid, Mr. Green.« Christine war untröstlich. »Ganz ehrlich. Es war dieses Pfefferspray. Ich habe noch nie – wissen Sie …«

Belegschaften von Friseursalons haben selten Anlass, irgendetwas mit diskretem Abklatschen und gedämpftem Triumphgeschrei zu feiern, aber genau das taten Sam, Pete und Christine wenige Minuten später.

Etwa im selben Moment erreichte der frisch frisierte, aber zornige und enttäuschte Darky Green den Fuß der steilen Betontreppe, die vom »New Wave« aus hinabführte. Man sah seinen krampfhaften Mundbewegungen an, wie schwer er an seinen Gefühlen zu kauen hatte. Darky hatte die Gewohnheit, sich wie ein Idiot zu fühlen, erfolgreich abgelegt, aber wenn sie ihn wieder einmal überkam, war die Empfindung ihm immer noch überwältigend vertraut. Schlechter Anfang. Aber trotzdem, Frühstück, mit Geld eindecken, dann auf Brautschau. Er konnte den Witz ja noch einmal bei jemandem ausprobieren, der verdammt noch mal wusste, was Pfefferspray war. Dann musste es ja klappen.

Scheiße, verdammte!

In seinem Geist beschwor er Bilder herauf. Andere Augen voller Furcht, in seinen eigenen Händen ein dickes Bündel Geldscheine.

Schon besser.

7

Nach seinem Haarschnitt hatte Darky eigentlich links abbiegen und direkt zum Homelander Café gleich um die Ecke gehen wollen, wo Macey und die anderen Jungs auf ihn warten würden, um mit ihm zu frühstücken. Er wollte gerade den mittleren Knopf seiner Jacke schließen und sich in diese Richtung in Bewegung setzen, als etwas Ungewöhnliches draußen auf dem großen Platz, wo sich das Kriegsdenkmal befand, seine Aufmerksamkeit erregte. Irgendeine Ausstellung war dort in einem dieser großen Container aufgebaut worden, die mit Lastzügen angeliefert werden. So etwas war auf dem Platz ziemlich häufig zu sehen.

Dergleichen Dinge erweckten Darkys Misstrauen. Seiner Meinung nach hatten sie meistens irgendetwas mit dem zu tun, was er »Schulkram« nannte. Da musste man im Kriechtempo hindurchgehen, eingezwängt in einer Schlange von Leuten, die man nicht kannte, und langweiliges Zeug lesen, das irgendjemand an die Wände gehängt hatte. Geschichte. Bilder. Diagramme. Aller mögliche Mist. Er hätte auch jetzt keinen Blick darauf verschwendet, wären ihm nicht drei Worte ins Auge gesprungen, die in riesigen gelben Buchstaben auf die Seite des dunkelgrünen Containers aufgemalt waren.

PRISCILLAS ZOO-ABENTEUER!

Als kleiner Junge hatte Darky einmal einen Schulausflug zum Marwell-Zoo gemacht. Voller Ehrfurcht und Staunen hatte er die Gorillas, die Giraffen, die Krokodile, die Kamele und die Löwen betrachtet, und besonders die Elefanten. Die Elefanten verschlugen ihm den Atem. Er konnte kaum glauben, was er da sah. Sie waren so groß und faltig und unvorstellbar schwer. Der Rüssel, dieses Ding, das sie als Nase benutzten, sah unglaublich lang und seltsam aus. Einer von ihnen, einer von der mächtigen afrikanischen Sorte mit den großen Ohren, hatte mit seinem Rüssel ein paar Zoobesucher nass gespritzt. Alle hatten gelacht. Und dann dieses ohrenbetäubende Geräusch, das die Elefanten machten. Ein paar Leute hatten auch darüber gelacht, aber nicht Darky. Als er es zum ersten Mal hörte, konnte er spüren, wie sich die kleinen Härchen in seinem Nacken aufstellten. Er musste sich sogar mit dem Handrücken die Augen reiben, denn aus Gründen, auf die er sich nicht den geringsten Reim machen konnte, hätte er beinahe geweint. Jenes Geräusch hörte sich an wie eine wilde Trompete, die nie gezähmt wurde und tapfer ganz allein mitten im Nirgendwo spielte. Das Ganze war einfach zum Staunen. Hätte man ihn gelassen, so wäre er den ganzen Tag über im Elefantenhaus geblieben.

Nun, da er erwachsen war und über mehr Geld verfügte, als er sich je hätte träumen lassen, hätte Darky es sich ohne Weiteres leisten können, jederzeit in jeden beliebigen Zoo zu gehen, wenn ihm der Sinn danach stand, aber irgendwie tat er es nie.

Trotzdem dachte er immer noch oft an diese Tiere. Manchmal sah er sie im Fernsehen. Seine Lieblingssendung war die auf Sky mit diesem Australier in kurzen Hosen, dem mit den wilden, verrückten Augen und der lauten Stimme, der immer auf der Suche nach Giftschlangen war und ständig beinahe von Krokodilen gefressen wurde. Krokodile waren heute seine Lieblingstiere. Elefanten mochte er noch immer, aber im Fernsehen wirkten sie längst nicht so überwältigend wie leibhaftig aus der Nähe. Und überhaupt waren sie weder giftig, noch sprangen sie aus Flüssen und zerrten Leute unter die Oberfläche, um die zerfetzten Leichen in ihren »Speisekammern« unter Wasser zu lagern, bis sie faulig und schmackhaft waren. Etwas so exquisit, so quälend Grauenhaftes wie den Gedanken, von einem fünf Meter langen Ungeheuer von einem Krokodil geschnappt und unter Wasser davongeschleppt zu werden, konnte sich Darky kaum vorstellen. Haie waren auch großartig. Manchmal legte er die Videos der »Weißer Hai«-Filme ein und schaute sie sich auf seinem riesigen Fernseher an, wobei er ständig zu den Stellen weiterspulte, wo die Haie angriffen und das Wasser brodelte und schäumte und sich vom Blut eines Menschen rot färbte.

Darky erinnerte sich dunkel, dass Priscillas Zoo irgendwo draußen auf dem Land war, ein paar Meilen von Lipsham an der Straße nach Southampton, aber er hatte den Zoo noch nie besucht und wusste nichts darüber, wie groß oder klein er war oder welche Tierarten man dort besichtigen konnte. Er blieb ein paar Augenblicke stehen, starrte den großen grünen Container an und zuckte im Innern seiner blauen Jacke mit seinen dünnen Schultern, als wollte er sich lediglich vergewissern, ob sie richtig saß. In Wirklichkeit versuchte er sich zu entscheiden, ob er sich der kleinen Schar von Leuten anschließen sollte, die über die kleine Treppe die Zooausstellung betraten, oder nicht. Er verlagerte sein Gewicht von einem Fuß auf den anderen, als eine ungewohnte Erregung ihn durchströmte. War es denn überhaupt denkbar, dass da Löwen und Tiger und Elefanten in dieser kleinen Baracke sein konnten? Der gesunde Menschenverstand und die Logik sagten ihm, dass das unmöglich sein konnte. Da drinnen war nicht genug Platz für Käfige und Wärter und Besucher, die die Tiere anschauten. Eine Giraffe wäre ohnehin zu hoch gewesen. Einen Elefanten hätte man vielleicht hineinbekommen, einen von der indischen Sorte, aber dann wäre kein Platz mehr für Leute oder für sonst etwas gewesen. Nein, Tiere konnten wohl kaum da drinnen sein. Andererseits wusste Darky so gut, wie er nur irgendetwas wusste, dass alles Geld und alle Kleider der Welt nie etwas daran ändern würden, dass er eine Macke und nur Rotz im Kopf hatte. Also konnte es gut sein, dass er sich irrte. In Momenten wie diesem suchte ihn das Gespenst jener alten, bleiernen Empfindung der Verzweiflung heim, die sich immer dann einstellte, wenn er herausfand, dass er wieder einmal voll danebenlag. Unzählige Male war ihm das passiert, bevor er sich abgewöhnte, das blöde Risiko einzugehen, zu sagen, was er dachte und fühlte. Vielleicht konnte man ja inzwischen Gebäude bauen, die innen groß waren, obwohl sie von außen klein aussahen, so wie in diesem »Doctor Who«-Quatsch im Fernsehen. Vielleicht ging das ja jetzt. Es ging ja inzwischen alles Mögliche.

Er stellte sich vor den Stufen in der Schlange an.

Wie sich herausstellte, war es genauso schlimm, wie er es sich vorgestellt hatte. Schlimmer sogar. Dieser blöde Kasten war innen genauso klein wie von außen. Lauter Zeug über »Ökologie«, was immer das auch sein sollte. Nur ein oder zwei Bilder von Tieren hingen an den Innenwänden des grünen Kastens, aber der größte Teil der Wandfläche war mit Wörtern bedeckt, endlosen Reihen und Schwärmen kleiner, schwarzer, spröder Wörter, die überall herumkrabbelten wie unnütze Insekten. Darky versuchte gar nicht erst, sie zu lesen. Er war zu sehr damit beschäftigt, wütend auf sich selbst zu sein, weil er überhaupt hereingekommen war. Da hatte er es mal wieder. Es war einfach eine blöde Idee, Dinge zu *unternehmen*. Er wollte nur noch raus hier. Aber das war gar nicht so einfach.

Der Platz reichte gerade, um die Leute im Gänsemarsch hindurchzuschleusen, und die bescheuerten Idioten vor ihm blieben dauernd stehen und gafften diese wirren Wortsalate an oder verdrehten ihre blöden langen Hälse, um sich die beknackten Bilder anzuschauen.

Das Schlimmste war, dass er sich in so einer Schlange völlig machtlos fühlte. Darky hatte gelernt, seine Skrupel ebenso achtlos wegzuwerfen wie andere Leute ihren Müll, aber es gab bestimmte Dinge oder Gebilde, die ihn immer noch in Zwang hielten, aus Gründen, die er beim besten Willen nicht durchschauen konnte. Eines davon war eine Schlange. Eine Menschenschlange war viel mehr als die Summe ihrer Teile. Sie war ein großes, erwachsenes Wesen, das stillschweigend Unterordnung und Gehorsam verlangte. Sie war ein Urbild oder eine Verkörperung von »denen«, den Leuten, die immer mächtiger sein würden als er, ohne sich Mühe zu geben, egal, wie viel Geld oder Schlägertrupps er um sich zu sammeln und zu beherrschen imstande war. In Darky schlummerte eine tiefe, unausgesprochene und unaussprechliche Gewissheit, dass jeder Widerstand gegen diese unsichtbaren Herren des Universums zu eben jenen Erfahrungen von Verlust und Veränderung führen konnte, die wie ein Schatten in ihm lebten, seit er ein kleines Kind gewesen war. Es war mehr als ein Aberglaube. Es war eine Art Religion. Doch ihre Götter waren taub und stumm und deshalb letzten Endes unverwundbar und unerbittlich.

Darky kochte und kochte und knirschte mit den Zähnen, während die Schlange sich mit quälender Langsamkeit in Richtung Ausgang schob, aber er sagte und tat nichts. Es konnte ja nicht ewig dauern, auch wenn es ihm so vorkam, als hätte es jetzt schon ewig gedauert. Zehn Minuten später erreichte er das andere Ende der Ausstellung. Ein Segen! Endlich raus aus diesem Scheißkasten. Dann bemerkte er etwas.

Kurz bevor man am Ausgang wieder zu einer solchen Treppe kam wie der, über die er vorhin am anderen Ende hereingekommen war, hing an der Wand eine Art Holzrahmen etwa in durchschnittlicher Augenhöhe. Er stand mehrere Zentimeter weit von der Wand ab, sodass man beinahe den Kopf hineinstecken musste, um zu sehen, was in dem Kasten war. Drinnen schien ein Licht zu brennen. Eben gerade hatte die Frau vor ihm ihren Kopf hineingesteckt und ihn dann mit einem leichten Lächeln sofort wieder herausgezogen. Darky hätte ihn womöglich ganz links liegen lassen, wäre sein Blick nicht auf die halbkreisförmig angeordneten Worte gefallen, die in zwei Reihen großer roter Lettern über dem Holzrahmen eingraviert waren.

SCHAUEN SIE HEREIN, WENN SIE SICH TRAUEN. ABER SEIEN SIE GEWARNT! WENN SIE ES TUN, WERDEN SIE DER GEFÄHRLICHSTEN KREATUR, DIE DIE WELT JE GESEHEN HAT, AUGE IN AUGE GEGENÜBERSTEHEN!

In Darky regte sich wieder seine alte Begeisterung für merkwürdige, bizarre Tiere. Vielleicht lief da ein Film oder so etwas. Nur einmal kurz hineinschauen wollte er, bevor er zum Café ging, um sich mit Macey und den anderen zu treffen. Es würde nur eine Sekunde dauern. So, so, die gefährlichste Kreatur, die die Welt je gesehen hatte, ja? Wahrscheinlich war es bloß ein beschissenes Foto von einem Hai oder ein gezeichneter Dinosaurier oder so etwas. Ein Foto von einem Dinosaurier konnte es ja nicht sein. Da konnten sie ihm nichts vormachen. Die waren ausgestorben. Er stellte sich auf die Zehenspitzen und spähte in den Rahmen.

Im ersten Moment war er verwirrt. Die gefährlichste Kreatur, die die Welt je gesehen hatte, erwiderte seinen Blick mit genau demselben Ausdruck milder Neugier, den sein eigenes Gesicht sicherlich zeigte. Im selben Moment beobachtete er zugleich, dass die Kreatur strohblonde Haare, ein schiefes Auge und einen dreieckigen Kopf hatte. Das war ja er! Das war sein eigenes Gesicht, das ihn da anschaute. Darky Green. Sein eigenes Gesicht! Die hatten einen Spiegel an die Wand gehängt und darüber eine kleine Glühbirne angebracht, sodass das Spiegelbild für jeden sichtbar war, der seinen Kopf in die hölzerne Kabine steckte. Darky zog seinen Kopf für einen Moment wieder zurück und schaute stirnrunzelnd nach oben. Seine dünnen Lippen formten lautlose Worte, während er mühsam noch einmal jene zwei leuchtend roten Großbuchstabenzeilen las. Undeutlich nahm er wahr, dass die Leute, die diesen Spiegel aufgehängt und mit jener Aufschrift versehen hatten, damit offenbar darauf hinweisen wollten, dass Menschen Tiere töteten, sodass viele Arten selten wurden oder ganz ausstarben.

Aber scheiß drauf.

Als er seinen Kopf wieder in den Holzrahmen steckte, hob sich einer seiner Mundwinkel zu einem kleinen Grinsen freudiger Erwartung. Im Spiegel sah er zu, wie das Grinsen breiter wurde und sich zu einem selbstzufriedenen, rechteckigen Feixen verstärkte. Er dachte an manche Dinge, die er getan und organisiert hatte, um seinen Willen zu bekommen. Um dafür zu sorgen, dass er der Sieger war. Die Grimasse im Spiegel wurde noch höhnischer. Die gefährlichste Kreatur, die die Welt je gesehen hatte, tatsächlich, die hatte er jetzt vor sich. Darky Green. Der Mann, der das Geld hatte. Der Mann, der das Sagen hatte. Der Mann, der sich an die Spitze der einzigen Schlange gestellt hatte, auf die es ankam. Als Darky ein paar Sekunden später die kurze Treppe hinunterstieg, konnte er den verpatzten Witz bei »New Wave« und den Frust, hinter diesen ganzen gaffenden Schwachköpfen in der Schlange festzusitzen, mühelos abschütteln. Er fühlte sich gut. Er fühlte sich wieder stark. Er fühlte sich wie die gefährlichste Kreatur, die die Welt je gesehen hatte.

8

Darky genoss sein englisches Frühstück mit Macey und den anderen im Homelander, so wie er es jeden Samstagmorgen tat. An diesem Herbsttag war es den meisten Leuten zu kühl, um sich an die billigen, silberfarbenen Tische draußen am Rande der Fußgängerzone zu setzen, aber nicht für Darky Green. Diese Art, ins Wochenende zu starten, war so ziemlich Darkys liebste Beschäftigung. Er konnte sich kaum vorstellen, was er sich noch mehr wünschen sollte. Hier gegenüber von der Metzgerei und dem Oxfam-Laden zu sitzen, umringt von seiner »Leibwache«, jenen starken, aggressiven Männern, die auf ein Fingerschnippen von ihm hin alles tun würden, was er ihnen auftrug. Das war das wahre Leben. Das war ein Vergnügen, das nie auch nur im Geringsten schal geworden war.

Die fünf Männer lachten lange und laut, wenn er eine witzige Bemerkung zum Besten gab. Mindestens einer von ihnen sprang auf, wenn er mit der Hand wedelte und sagte: »Hol mal einer noch 'ne Kanne Tee.« Sie zündeten ihm seine Zigaretten an, sobald er sich eine gedreht hatte. Sie bewunderten seine Kleidung und sein Geld und seine überlauten, beleidigenden Bemerkungen über die Leute, die, peinlich berührt den Blick abwendend, an ihrem Tisch vorbeigingen. Sie waren bereit und willens, so ziemlich jedem Menschen Schmerz oder Schrecken zuzufügen, und zwar auf eine solche Weise und zu solchen Zeitpunkten, dass es praktisch unmöglich war, Darky selbst mit den Schlägen, Folterungen oder Drohungen, die verabreicht worden waren, in Verbindung zu bringen. Macey organisierte den ganzen Kram. Baz und Kevo und die Boltons taten nur, was Macey ihnen sagte. Sie hatten nicht den Mumm, ihm querzukommen. Macey kam niemand quer. Er war zwar kein Muskelprotz, aber er war ein fieser, fieser Mistkerl. Manchmal, wenn etwas nicht so lief, wie er es wollte, wurde er ganz still und seine Augen wurden hart und kalt und schwarz. Wie eine Schlange, die reglos zusammengerollt auf den richtigen Moment zum Zuschnappen wartete. Darky war nicht entgangen, dass in solchen Fällen die anderen entweder ihre Klappe hielten oder sich gleich verdrückten.

Im Grunde war Macey derjenige, der für Darky alles regelte. Das tat er jetzt schon seit langer Zeit. Er war der Mann, der damals, ganz am Anfang, als die Sache mit dem Geld passierte, gleich alles organisiert hatte. Als er ihn vor ein paar Jahren kennengelernt hatte, war das ein richtiger Glücksfall gewesen, und das gleich nach einem der größten, erstaunlichsten Glücksfälle in der ganzen Weltgeschichte.

Darky hatte in irgendeinem schmuddeligen Café in Kington gesessen, völlig benommen von dem, was er gerade erfahren hatte, und in die Teetasse gestarrt, die vor ihm auf dem Tisch stand und in der er unentwegt rührte, obwohl der Tee schon lange viel zu kalt zum Trinken war. Irgendein Typ war hereingekommen und hatte sich auf der anderen Seite an den Tisch gesetzt. Nach einer Weile hatte er nach Darkys Hand gegriffen, um ihn von der ewigen Rührerei abzuhalten. Darky hatte den Mann bis dahin überhaupt nicht bemerkt. Als er aufhörte zu rühren und aus seiner kleinen Trance erwachte, blickte er auf und sah ein dünnes, verkniffenes Gesicht vor sich, mit kleinen Ohren, kleiner Nase und kleinem Mund und einem Paar eng zusammenstehender Augen, die aussahen, als könnten sie sich einem direkt in den Kopf bohren und sehen, was man dachte. Darky war ziemlich sicher, dass er so ein Augenpaar schon einmal gesehen hatte. In einem großen Heim in der Nähe von Birmingham, in dem er einmal gewesen war, hatte es einen Hausvater gegeben, der am Ende wegen irgendetwas, was er mit einem der Jungen angestellt hatte, in große Schwierigkeiten geraten war. Alle hatten ihn gehasst, aber keiner hatte ihm je Ärger gemacht, wenn er Schicht hatte.

Der Mann stellte sich vor. Sein Name sei Vaughn Macey, sagte er, und er frage sich, was es in einer Tasse Tee so Interessantes zu sehen gab, dass man gar nicht dazu kam, sie zu trinken. Vaughns Stimme klang ruhig und selbstbewusst, irgendwie erwachsen. Darky, der zu diesem Zeitpunkt in einem Schockzustand war, brauchte jemanden, der ihm zuhörte, wie einer, der in der Wüste verschollen ist, Wasser braucht. Also beschloss er, Vaughn von der unglaublichen Geschichte zu erzählen, die gerade passiert war. Das tat er denn auch, und der andere Mann hörte aufmerksam und geduldig zu und nickte unentwegt. Dadurch wurde er schon viel ruhiger. Ja, es ging ihm danach schon erheblich besser.

Es war eine außergewöhnliche Geschichte. Darky kam gerade von einer Anwaltskanzlei, die ihre Büroräume in einem der zwei eleganten, strahlend weißen Büroblocks am Rande des Marktplatzes unterhielt. Einem Beauftragten dieser Kanzlei war es gelungen, ihn in seinem miesen möblierten Zimmer in der Fratton Road ausfindig zu machen. Dort war Darky eingezogen, nachdem er aus der Fürsorge entlassen worden war, weil ihm undeutlich bewusst war, dass sein Leben in der Gegend von Kington seinen Anfang genommen hatte. Irgendwo musste er ja schließlich leben. Das winzige, spärlich möblierte Zimmer, eines von vielen in einem bröckeligen, baufälligen viktorianischen Backsteinhaus am nördlichen Stadtrand, war alles, was er sich von seiner Sozialhilfe und seinen Gelegenheitsarbeiten leisten konnte. Er hielt es so sauber und ordentlich, wie er es schon immer mit allen seinen Wohnstätten getan hatte, aber eine der Wände war völlig durchfeuchtet und der kleine Elektroherd und die Toilette funktionierten nie richtig.

Der Brief, der eines Tages in seinem Kasten unten an der Haustür lag, war erst das zweite Stück Post, das er bekommen hatte, seit er eingezogen war, abgesehen von Reklamesendungen. Er kam von einer Firma namens Varden & Passmore und anfangs löste er bei Darky nichts als Nervosität und Argwohn aus. Was genau waren überhaupt Rechtsanwälte? Die hatten doch etwas mit der Polizei zu tun, oder? Oder mit den Gerichten. Was wollten die von ihm? Was sollte das heißen, »eine Angelegenheit zu Ihrem Vorteil«? Warum wollten sie, dass er seinen Pass und seine Geburtsurkunde und alle anderen persönlichen Papiere mitbrachte? Höchstwahrscheinlich wollten sie sie ihm wegnehmen. Und überhaupt, er hatte gar keinen Pass. Fast wäre er nicht hingegangen.

Als er es dann doch tat, fand er sich in einem großen, teuer eingerichteten Büro voller polierter Holzflächen wieder. Ihm gegenüber saß ein Mann, der sich als Alan Passmore vorstellte. Es kam ihm vor, als wäre er wieder in der Schule. Während der ersten Minuten war Darky so sicher, dass man ihm eine Standpauke halten würde, dass er kaum mitbekam, was ihm gesagt wurde. Irgendwie ging es um die Mutter seiner entfremdeten Mutter. Ein eiskalter Schrecken durchfuhr ihn, als man ihn fragte, ob er wisse, warum sein zweiter Vorname Verne sei. Dann war von irgendwelchen Vorkehrungen die Rede, die irgendjemand für die Zukunft getroffen habe, die wiederum nun da sei, und er, Mr. Green, befinde sich in einer außerordentlich glücklichen Lage, was immer das zu bedeuten hatte. Der Mann musste alles noch einmal mit Worten sagen, die er verstehen konnte. Es dauerte eine Weile, aber schließlich fing er an zu begreifen. Wenn auch nur ansatzweise. Er bekam keine Standpauke. Er würde auch keine Standpauke bekommen. Es gab keinen Ärger oder dergleichen. Es gab das Gegenteil von Ärger. Es gab einen Haufen Geld. Eine Riesenmenge Geld. Es gehörte ihm. Es war ihm hinterlassen worden. Es war mehr Geld, als Darky sich in seinen wildesten Träumen je hätte vorstellen können. Schon in ein paar Tagen, wenn sie noch ein paar Überprüfungen angestellt hätten, würde es auf irgendeiner Bank liegen und darauf warten, ausgegeben zu werden. Es würde darauf warten, dafür zu sorgen, dass alle möglichen Träume aufhörten, ihn zu quälen, und sich in Dinge verwandelten, die tatsächlich passieren konnten. Unglaublich. Aber wahr. Der Mann hinter dem Schreibtisch vereinbarte mit ihm, dass er in einer Woche wiederkommen sollte. Er würde Beratung brauchen, um sein Geld auf die bestmögliche Weise zu investieren. Varden & Passmore konnten ihm dabei helfen. Wäre es Mr. Green recht, dass sie sich für ihn darum kümmerten? Darky nickte.

Mr. Passmore erkundigte sich noch, ob sein Besucher noch etwas fragen oder sagen wolle, bevor er ging. Darky schüttelte den Kopf und verließ das Büro. Er war froh hinauszukommen. In seinem Kopf drehte sich alles.

Wie betäubt hatte er die Kanzlei Varden & Passmore verlassen. Genauso betäubt war er ziellos die Market Street entlanggegangen und ins Rubrick-Einkaufszentrum eingebogen. Immer noch in einem Zustand der Verwirrung hatte er sich bei der dürren Kellnerin, die in dem scheußlichen pinkfarbenen Café oben im dritten Stock neben dem Disney Store an seinen Tisch gekommen war, einen Tee bestellt. Und dort hatte Vaughn Macey ihn gesehen, wie er unaufhörlich in seinem Tee rührte, zu begreifen versuchte, was man ihm gerade gesagt hatte, und sich fragte, wovon er seinen Tee bezahlen sollte. Er hatte nur fünf Pence in der Tasche.

Dass Vaughn auftauchte, war spitze. Es war der Hammer! Wie richtige Zauberei. Wie in einem Märchen, wo auf einmal alles gut wird. Von diesem Moment an hatte Macey die Regie übernommen. Er schien immer genau zu wissen, was zu tun war. Er wusste auch, wie man es machen musste und wann der beste Zeitpunkt war. Als Erstes bezahlte er Darkys Tee; dann ging er mit ihm zurück zur Kanzlei und verlangte einen sofortigen Vorschuss auf das Geld. Davon waren sie nicht begeistert, aber Macey sagte genau das Richtige, um sie dazu zu bringen. Sie schickten jemanden zur Bank. Er musste ein Dokument unterzeichnen. Hinterher, als alles erledigt war und sie nach draußen kamen und am Rande des Platzes standen, starrte Darky das Bündel Bargeld in seiner Hand an, als wäre es eines von diesen Trugbildern in der Wüste, die angeblich verschwinden, sobald man näher kommt. Aber es verschwand nicht. Es war echt.

Am selben Abend stiegen Darky und Vaughn in ein Taxi und nahmen sich ein Zimmer im besten Hotel in Kington, dem Regency Crest am großen Kreisverkehr am Stadtrand. Anfangs hatte Darky nicht so recht gewollt. Er rechnete halb damit, dass man sie hinauswerfen würde, egal, wie viel Geld sie hatten. Aber Macey sagte, heutzutage würden Hotels zwar manchmal noch Leute hinauswerfen, aber niemals Geld. Damit hatte er recht, und er hatte auch recht damit, was man an der Rezeption sagen musste. Wieder war Darky froh, dass er selber nicht reden musste. Ihm wurde heiß und kalt, wenn er nur daran dachte. Die Dame am Tresen nannte sie Mr. Green und Mr. Macey. Sie überreichte ihnen zwei Karten und sagte, das seien ihre Schlüssel zu zwei aneinandergrenzenden Zimmern im vierten Stock. Darky war verblüfft, sagte aber nichts. Als der weich schnurrende Lift im vierten Stock ankam und zum Stillstand kam, traten sie hinaus auf den Plüschteppich des Korridors und gingen mit lautlosen Schritten zu ihren Zimmern. Vaughn zeigte Darky, wie man die Karte in den Schlitz unter dem Türknauf stecken, wieder herausziehen und dann warten musste, bis das kleine grüne Licht anging, bevor man die Tür öffnete. Als Darky sein geräumiges, luxuriös möbliertes Zimmer mit dem schimmernden Bad und dem riesigen Bett betrat und auf dem Großbildfernseher auf dem Ständer in der Ecke die Worte »Willkommen, Mr. Green« las, bekam er fast einen Schreck. Verglichen mit seinem schäbigen kleinen Zimmer zu Hause war diese Suite ein grenzenloses Paradies. Aber was hatte er hier zu suchen? Was war passiert? Konnte er es sich wirklich leisten, hier zu übernachten?

Es gab unzählige Lampen in dem Zimmer. Für eine gab es einen Schalter auf dem Boden, den man mit dem Fuß betätigte. Die über dem Bett wurden mit kleinen Zugschnüren bedient. Auf dem Schreibtisch stand eine Leselampe mit grünem Schirm und daneben lag ein kleiner gedruckter Zettel auf dem Tisch, auf dem es hieß, man könne anschalten und heller oder dunkler stellen, indem man sie einfach berührte. Nachdem Macey gegangen war, hatte Darky alle Lichter, die er finden konnte, eingeschaltet und dann das dicke Bündel Geldscheine aus seiner Tasche geholt. Er legte säuberlich alles auf dem Bett aus, einen Schein neben dem anderen, bis es so aussah, als bestünde die Bettdecke teilweise aus Geld. Dann stand er auf und betrachtete es einige Minuten lang. War es möglich, dass das alles wirklich ihm gehörte? Nach einem Blick durchs Zimmer und aus dem Fenster, um sich zu vergewissern, dass auch niemand ihn beobachten konnte, legte er sich vorsichtig auf das Bett, direkt auf seinen neu gewonnenen Reichtum, und lauschte, wie die Scheine unter seinem Rücken raschelten und knisterten, als er sich langsam hin und her wälzte. Dort blieb er eine Weile, starrte zur Decke hinauf, träumte seine Träume, veränderte hin und wieder seine Lage und genoss die Vorstellung, dass das Geräusch, das er dabei hörte, von dem Geld stammte, das ihm Versprechungen zuflüsterte.

Von jenem Tag an entwickelte sich alles sehr schnell. Vaughn half ihm bei allem – dabei, sein schäbiges Zimmer loszuwerden, Konten bei der Bank und bei der Bausparkasse einzurichten, sich von jemandem (nicht von Varden & Passmore) beraten zu lassen, wie er sein Geld so anlegen konnte, dass es ihm noch mehr Geld eintrug, zu entscheiden, wo er wohnen wollte, und schließlich in ein Haus in Lipsham einzuziehen, das mit Abstand das beste, großartigste Spielzeug war, das er je besessen hatte. Ein ganzes Haus, für das er Sachen kaufen konnte, das er in Ordnung bringen und in Ordnung halten konnte, das er betreten und verlassen konnte, wann immer er wollte. Vaughn zog in eine kleine Wohnung in derselben Stadt. Das alles passierte mit atemberaubender Geschwindigkeit, doch solange Macey da war, der sich um die Einzelheiten kümmerte und ihm sagte, was er unterschreiben musste, würde es keine Probleme geben.

Nicht, dass Vaughn Macey rechthaberisch oder eingebildet gewesen wäre. Er sprach fast nie über sich selbst. Im Grunde wusste Darky über den Mann, der ihn so unerwartet aus seiner Verwirrung errettet hatte, nicht mehr, als dass er bis vor Kurzem oben in Ost-London gewohnt hatte. Dann war irgendetwas ziemlich Schlimmes passiert, das bedeutete, dass er sehr schnell dort wegmusste. Hätte jemand Darky gefragt, dann hätte er sogar gesagt, Macey sei das Gegenteil von eingebildet. Er gab sich immerzu Mühe, Dinge zu sagen, die Darky das Gefühl gaben, klug und schlagfertig und wichtig zu sein. Im Laufe der Wochen und Monate zeigte das eine große Wirkung im Leben des kleinen Mannes. Er fing an, sich selbst in einem besseren Licht zu sehen, als er es je zuvor getan hatte.

Immer wieder, als wollte er mit ihm eine Rede einstudieren, erklärte ihm Macey, dass er jetzt einer von den großen Leuten sei, von den wichtigen Leuten, die sich nicht von irgendwelchen jammernden kleinen Arschlöchern, die keine Ahnung hatten und nichts auf die Reihe kriegten, vorschreiben zu lassen brauchten, was sie zu tun und zu lassen hatten. Warum sollte Darky sich je wieder herumschubsen lassen, wo er doch jetzt reich war und es sich leisten konnte, zu tun, was er wollte? Es war Macey, der die Bolton-Brüder ausfindig machte und ihm vorschlug, ihnen jede Woche etwas dafür zu bezahlen, damit sie jederzeit bereitstünden, dafür zu sorgen, dass niemand ihn mehr ungestraft herumschubste oder sonst etwas tat, was Darky nicht gefiel. Später kamen dann noch Baz Jonson und Kevo Barnes auf seine Gehaltsliste. Dass Macey von Anfang an eine regelmäßige wöchentliche Zahlung erhielt, war Darkys eigene Idee gewesen. In Darkys Augen war er jeden Penny wert.

Innerlich war Darky ganz aufgeregt bei dem Gedanken, eine richtige Gang zu haben, deren Mitglieder Befehle befolgen und genau das tun mussten, was ihnen gesagt wurde. Es fiel ihm nicht ein, die Frage zu stellen, ob ihr Respekt ihm gegenüber echt war oder nicht. Es hätte ihn auch nicht besonders gestört, wenn er herausgefunden hätte, dass das nicht der Fall war. Respekt konnte man sich kaufen, wenn man genug Geld hatte, genau wie alles andere. Das war ihm jetzt klar geworden. Es war ein Teil des Wunders.

Nach langem Nachdenken teilte er Vaughn eines Tages mit, er wolle die Gang seine »Leibwache« nennen, damit jeder wüsste, dass man ihn nicht mehr verarschen konnte. Als der andere Mann das hörte, ließ er seinen durchdringenden Blick zu Boden sinken. Er sah so aus, als wäre er drauf und dran gewesen zu sagen, der Gedanke gefalle ihm nicht besonders. Doch Darky fing inzwischen schon an, in seine Rolle als reicher Mann hineinzuwachsen und die Macht zu spüren, die sein Geld ihm einbrachte. Jetzt probierte er zum ersten Mal seine neuen Muskeln aus. Er wollte, dass die Gang sich seine Leibwache nannte, und genauso würde sie sich verdammt noch mal nennen, egal, wem das gefiel oder nicht gefiel. Macey überlegte einen Moment und nickte dann. Jetzt, wo er ein wenig darüber nachgedacht habe, sagte er, sehe er ein, dass es eine brillante Idee sei. Er wünschte nur, sie wäre ihm selbst eingefallen.

Es war so, als wäre man ständig betrunken, könnte aber immer noch geradeaus gehen. Endlich war Darky derjenige, der das Sagen hatte. Endlich war er der Mann, der die Fäden in der Hand hielt. Plötzlich war er zu einem Drahtzieher geworden, auf dessen Veranlassung hin erwachsene Männer vor Furcht zitterten, vor Schmerz schrien oder die abscheulichsten, erniedrigendsten Dinge taten, einfach nur, weil Darky Green das beschlossen hatte. Auch wenn er selbst kaum wusste, wer ihm etwas schuldete, jetzt war Zahltag, und Darky hatte viel zu viel Spaß an der Sache, um sich groß darum zu scheren, wer die Rechnung bekam.

Fast sein ganzes Leben lang war Darkys Anteil an der Welt, sein persönlicher Bereich, der Ort, wo sein Körper und sein Herz Zuflucht fanden, sehr klein gewesen. Eine Bettstelle, eine untere Koje, ein halbes Zimmer, manchmal ein ganzes Zimmer, schließlich ein möbliertes Zimmer mit Kochnische. Irgendwie hatte es nie eine große Rolle gespielt, wo sich dieser Ort befand, denn die Kapsel, die er »Zuhause« nannte, war mit ihm gereist und er hatte sie jederzeit auspacken und aufhängen, auf den Nachttisch stellen oder an die Wand hängen und einrichten und aufräumen können. Manches davon existierte nur in seinem Kopf. Doch auch diese Dinge wurden dort verstaut. Alles, was ihm wichtig war, hatte er säuberlich in diesem sicheren Bereich einsortiert. Jetzt fing er an zu glauben, dass er es sich leisten konnte, dieses Arsenal an Gewohnheiten, das ihm Geborgenheit verschaffte, seinen Lebensraum, viel größer werden zu lassen. Er konnte dort anfangen, wo er lebte, und sich von dort ausdehnen und weiter und vielfältiger werden, als er es je zu glauben gewagt hätte. Und er hatte recht damit, das für möglich zu halten. Langsam, aber sicher baute er sich mit Maceys beständiger, bereitwilliger Hilfe und Ermunterung eine Welt zusammen, in der der neue Darky Green leben konnte. Er wählte aus, wie er aussehen, wie er sich kleiden und wie er sich frisieren wollte. Es tat so gut, wenn alles bis ins kleinste Detail arrangiert und geregelt war. Er wählte

Orte aus, Kneipen und Cafés in Lipsham und Kington, die er aufsuchen und in denen er sich zu verschiedenen Tageszeiten an verschiedenen Wochentagen aufhalten konnte. Er legte sich zurecht, auf welcher Route er sie erreichen wollte, wenn sie in der Nähe waren und er kein Taxi nahm. Er suchte sich einen Laden aus, in dem er sich die Haare schneiden ließ. Dass seine Wahl auf den Salon »New Wave« fiel, lag zum einen an der schönen Christine, zum anderen daran, dass sie dort so viel Spaß an seinen Witzen hatten. Er traf sogar Entscheidungen darüber, was er essen und trinken wollte in Läden wie dem »Pig and Bucket« oder dem »Homelander« oder »Jack's Place« in Kington, dem Nachtclub, in den Darky gern jeden zweiten Samstagabend hineinstolzierte, gefolgt von seiner Leibwache.

Hätte jemand eine Landkarte von Darky Greens neuem Leben gezeichnet, so hätte sich jeder Wanderer leicht darin zurechtgefunden. Trotz all dieser Veränderungen achtete er immer noch darauf, nur einige wenige Dinge zu tun. Man musste schließlich Ordnung halten in seinem Leben. Oh ja. Das war unbedingt nötig. Nur so konnte man sichergehen, dass alles gut war. Schlag keinen Weg ein, wenn du nicht weißt, was dich an seinem Ende erwartet. Schon möglich, dass nicht viele Wege übrig blieben, die man einschlagen konnte, wenn man sich an diese Regel hielt, aber das spielte keine Rolle. Alles hatte seine Ordnung. Nur darauf kam es an. Und ohne Vaughn Macey hätte er das alles nie geschafft.

9

Nach einer geselligen Stunde im Homelander Café war es Zeit für den nächsten Punkt auf der Liste der Aktivitäten, die Darky sich für den Samstag vorgenommen hatte.

Die Bausparkasse, bei der er zweimal in der Woche seine Bargeldabhebungen tätigte, befand sich zwischen dem Reisebüro »Going Places« und dem Spielzeugladen »Terry's Toys« in einer Reihe von Geschäften gleich hinter dem Denkmal. Geld abheben war auch eine seiner Lieblingsbeschäftigungen. Von Kreditkarten hielt Darky Green gar nichts. Er schwor auf Bares.

Die Lipshamer Filiale von Reliance & Worcester funkelte und strahlte in Darkys Augen wie eine Grotte in einem Märchen. Er liebte sie. Er liebte die Decke, den Fußboden, das Absperrband an den chromblitzenden Pfosten, die Werbeposter und all die Angestellten, die dort arbeiteten. Er genoss seine Besuche dort. Jedes Mal, wenn er auf den Eingang der Bausparkasse zuging, pochte in seinem Herzen die herrlich unbegründete Furcht, die ganze Sache könnte sich doch noch als ein grausiger Irrtum herausstellen. Es würde kein Geld auf seinem Konto sein. Wie könnte es auch, wenn er doch gar kein Konto hatte? Wenn er doch kaum wusste, was ein Konto war? Sicher würden die normalerweise charmant plaudernden Damen an den Schaltern ihn auslachen oder wütend werden oder die Polizei rufen. Manchmal brachte er sich dazu, geradewegs an der Tür vorbeizugehen und dann zum zweiten, vielleicht zum dritten Mal zurückzukommen, nur um dieses düstere Grauen mit dem geheimen goldenen Licht in der Mitte zu verlängern und auszukosten. Das Vergnügen, das er an dieser Übung hatte, fuhr durch seinen ganzen Körper und kribbelte in seinen Eingeweiden.

Wenn er dann tatsächlich hineinging und leichthin seine Kundenkarte auf den Tresen legte, um einen ansehnlichen Haufen von seinem eigenen Geld abzuheben, war es, als ob er immer wieder neu aufwachte und entdeckte, dass diese monumentale Veränderung in seinem Leben nicht bloß ein dummer Traum war. Es war taghelle Wahrheit. Es war wirklich, wenn auch die genauen Einzelheiten, wie er zu seinem Vermögen gekommen war, Darky immer noch Rätsel aufgaben. Zum Glück durchschaute wenigstens Macey alles. Im Grunde war das Ganze ein Rätsel. Wäre er ein Künstler oder Maler gewesen, so hätte er die Lipshamer Filiale von Reliance & Worcester als eine Pumpe über einem tiefen Brunnen dargestellt, der in seiner unermesslichen Tiefe ständig neu aus einem unterirdischen Geldsee gespeist wird. Man brauchte nur den Hahn aufzudrehen und schon kam es aus jener seltsamen Quelle tief unter dem Erdboden heraus und ergoss sich über den Tresen in seine Hände. Ein Wunder, das sich immer wieder aufs Neue wiederholte.

Diesmal hob er fünfhundert ab. Die Hälfte in Zehnern, die andere Hälfte in Fünfern, damit ein dickeres Bündel herauskam. Das waren hundert mehr als sonst am Wochenende, aber heute war ein Tag, an dem er das Bedürfnis hatte, sich stark zu fühlen. Heute ging er auf Brautschau, und dabei wollte er sich nicht vom Wind seiner eigenen Unsicherheit aus den Schuhen wehen lassen. Das Geld war Ballast. Es würde immer noch seine Hosentasche ausbeulen wie eine permanente, verlässliche Erektion, wie auch immer der Besuch ausgehen würde, den er jetzt dem Eden Square abstatten würde, um auf seine Brautschau zu gehen.

10

Zum ersten Mal hatte Darky das Mädchen namens Beth an einem Mittwochmorgen beim Einkaufen im Gaterose bemerkt. Seine Einkäufe machte er immer selbst. Er hätte ohne Weiteres jemand anderen damit beauftragen können, aber es machte ihm zu viel Spaß, zu Hause auf einem seiner Küchenstühle aus massiver Kiefer an seinem Küchentisch aus massiver Kiefer zu sitzen und seine Liste zu schreiben. Listen waren die einzige Form des Schreibens, die er mochte. Listen aufzustellen war ein bisschen so wie essen. Er ging dabei sehr sauber und ordentlich vor, den Kopf zur Seite gedreht und das gute Auge nach unten gerichtet, dicht über dem Papier. Seine Zungenspitze ragte aus dem Mundwinkel hervor, während er daran arbeitete. Wenn das erledigt war, hatte er seine Freude daran, in den Supermarkt zu gehen, seinen Einkaufswagen durch die Gänge zu schieben und säuberlich jeden Artikel mit einem spitzen Bleistift von seiner Liste abzuhaken, sobald er ihn aus dem Regal genommen hatte.

Eines der Dinge, die er mittwochs immer kaufte, war ein Karton mit sechs Eiern, »GEWICHTSKLASSE XL«; zwei zum Kochen für Donnerstagmittag, zwei zum Braten am Sonntag, die er aß, während er sich im Fernsehen die »Antiques Roadshow« anschaute, und zwei, die er dienstags zum Tee als Rühreier aß. Darky hätte sich keinen Furz darum geschert, ob die Hühner, die seine Eier legten, ihr Leben in einem winzigen Drahtgefängnis verbrachten oder auf den unendlichen Savannen Südamerikas herumscharrten, solange die

Eier, die sie produzierten, in die »GEWICHTSKLASSE XL« eingestuft waren und keines davon einen Sprung hatte. Ein- oder zweimal war es vorgekommen, dass die »GEWICHTSKLASSE XL« bei Gaterose schon ausverkauft war, wenn Darky kam. Das brachte ihn zum Wahnsinn. Schließlich konnte man nicht »Sechs Eier – XL« von der Liste abhaken, wenn es nur noch »GEWICHTSKLASSE L« gab. Er hatte dann das »X« auf seiner Liste durchstreichen müssen, sodass nur noch das »L« übrig blieb, das er dann abhaken konnte. Das löste das Problem zwar, aber richtig zufriedenstellend war es eigentlich nicht. So ein verdammter *Ärger*! Schon mehr als einmal war er drauf und dran gewesen, wieder nach Hause zu gehen und sich eine neue Liste zu schreiben und noch einmal von vorne anzufangen.

Einmal war er zu Hause angekommen, hatte seine Einkäufe ausgepackt und dann festgestellt, dass zwei Eier in seinem Karton zerbrochen waren. Alle anderen waren über und über mit dieser scheußlich klebrigen gelben Kruste überzogen und hingen am Karton fest. Seither hatte er jedes Mal den Karton im Laden geöffnet und sich davon überzeugt, dass keines der Eier beschädigt war, bevor er sie in seinen Einkaufswagen legte.

Genau das hatte er auch unmittelbar vor seiner ersten Begegnung mit Beth getan. Als er nach oben griff, um einen Eierkarton aus dem Regal zu nehmen, machte er den Fehler, den Karton öffnen zu wollen, bevor er ihn auf Augenhöhe hatte. Irgendjemand, vermutlich ein Kunde, der vor ihm gekommen war, musste den Karton heruntergenommen, hineingeschaut und wieder aufs Regal zurückgestellt haben, ohne darauf zu achten, ob noch die richtige Seite oben war. Als Darky, ohne richtig hinzuschauen, was er tat, den vermeintlichen Deckel abhob, verloren ein oder zwei Eier den Halt und drohten aus dem flachen Deckel herauszurollen. Darky geriet in Panik. Er hatte nur eine Hand frei. Alles Geld und alle Macht der Welt würden nicht verhindern können, dass diese Gaterose-Eier, »GEWICHTSKLASSE XL«, hier mitten im Gang auf den Boden fallen und auf seinen spitzen, polierten schwarzen Schuhen zerspringen würden. Die Eier wären dann perdu und er stünde mit rotem Kopf und gelben Schuhen da.

Wie unzählige Männer vor ihm, weit bessere, aber auch schlechtere als er, wurde er von einem Paar weiblicher Hände gerettet. Als sie das Dilemma des seltsam gekleideten kleinen Mannes bemerkte, während sie zufällig durch denselben Gang kam, hatte Beth hastig ihren Einkaufskorb abgestellt, um ihm zu helfen. Sie duckte sich unter seinen rudernden Armen hindurch und schaffte es, mit ihren beiden zusätzlichen Händen unter dem Karton die Katastrophe abzuwenden. Nachdem sie ihm den Karton abgenommen und auf einem niedrigeren Regalbrett abgestellt hatte, drehte sie sich um, immer noch sozusagen zufällig umschlossen von Darkys Armen, und von diesem Moment an, in dem ihm ihre körperliche Nähe erst bewusst wurde, war er hingerissen von ihr. Das lustige Funkeln in ihren Augen, die Zierlichkeit ihres Gesichts und ihrer Gestalt und die Frische, die von ihr ausging, lösten in ihm eine leidenschaftliche Sehnsucht aus, die ihm sofort prickelnd vertraut war, obwohl er sie weitgehend unterdrückt hatte, seit das Wunder mit dem Geld geschehen war.

Während seiner ganzen Jugendzeit und danach hatte Darky Green sich danach gesehnt, eine eigene Freundin zu haben. Ein Großteil seiner Fantasien war zwar ausgesprochen roher Natur, aber viele der Situationen, die er sich ausmalte, wenn er nachts auf seinem Bett oder in seiner Koje lag, hatten überhaupt nichts mit Sex zu tun. Im Grunde waren sie voller Zärtlichkeit und entsprangen mehr dem Verlangen nach beständiger Wärme und wechselseitiger Beglückung mit einem anderen menschlichen Wesen, das zufällig weiblich war.

In einer seiner wiederkehrenden Fantasien war Darky ohne Partnerin auf einer Party. Musik spielte. Es wurde getanzt. Er war allein. Andere Männer wunderten sich, wieso er als Einziger ohne ein Mädchen da war. Plötzlich ging die Tür auf und eine blendende Schönheit betrat den Raum. Sie war in Eile. Aber so viel Zeit hatte sie, Darky auf die Wange oder leicht auf den Mund zu küssen und zu sagen, dass sie sich später zu Hause sehen würden. Man merkte ihnen ihre besondere Vertrautheit an. Das Lächeln, das sie ihm schenkte, erleuchtete den ganzen Raum. Alle, die sie anstarrten, sahen, dass sie und Darky zueinandergehörten, dass sie ein gemeinsames Leben hatten, dass eine tiefe Liebe sie verband. Dann ging die Party weiter und er weidete sich gelassen im allgemeinen Bewusstsein seines großen Glücks.

In seinen Träumen hatte diese weibliche Person helle Augen. Sie wirkte sehr erwachsen, war gut gekleidet und weltgewandt. Meistens trug sie einen weichen Pullover von der Art, in der man am liebsten sein Gesicht anlehnen würde. Er war zartlila oder violett oder vielleicht auch in einem sanften Grün. Man konnte getrost davon ausgehen, dass ihre Unterwäsche makellos war. Aus ihrem Gesicht leuchtete eine goldene Freundlichkeit, irgendwo zwischen den alten vorgestellten Bildern von seiner Mutter und der hell umstrahlten Schönheit einer Gillian Wickham. Das Kind in Darky würde wohl für den Rest seines Lebens den Ruf dieser beiden Frauen hören, die ihm wahrscheinlich am meisten Leid zugefügt hatten, auch wenn er nie etwas davon ahnte.

Nun wusste Beth zur Zeit dieses Vorfalls im Supermarkt genau wie viele andere Einwohner Lipshams genau, wer Darky Green war. Sie war sich sehr wohl bewusst, dass er eine Bande von Schlägern beschäftigte, zu der drei oder vier Leute gehörten, deren Gesichter ihr und Tom unangenehm vertraut waren, seit sie in dieser Stadt lebten. Tom hatte ihr von seiner demütigenden Begegnung mit Kevin Barnes in einer Kneipe vor vielen Jahren erzählt. Darky war genauso schlimm. Sie hatte schreckliche Dinge über ihn gehört. Doch Beth hatte eine Reihe von Lebensregeln, an die sie sich unbedingt halten wollte, so schwer es ihr auch fallen mochte. Sie waren bedingungslos gültig. In diesem Fall profitierte Darky von der Regel, die besagte, dass man niemals nach dem Ruf eines Menschen ging. Man nahm jeden Menschen so, wie er einem begegnete. Nachdem sie sich aus ihrer unbeabsichtigten Umarmung mit dem kleinen Mann herausgeduckt hatte, lächelte sie ihm freundlich zu, während sie ihren eigenen Einkaufskorb wieder aufhob.

»Alles klar?«

»Mhm. Danke.«

Durch einen fest verworrenen Knoten aus Gedanken, Gefühlen und Verlegenheit, der sich unverrückbar in seiner Kehle festgesetzt hatte, der Fähigkeit zu weiteren Worten beraubt, wedelte Darky hilflos mit der Hand zum Eierregal hin und brachte schließlich einen Laut hervor, der irgendwo zwischen einem Kichern und einem Schnauben lag. Beth, die davon ausging, dass der Laut in Verbindung mit der Geste ein freundlich-ironischer Kommentar über die allgegenwärtige Tücke lebloser Gegenstände sein sollte, schmunzelte ihrerseits und ging weiter. Irgendwie tat ihr der kleine Mann leid und im Stillen fragte sie sich, wieso in aller Welt jemand freiwillig solch grell auffällige Kleidung trug, wenn er auch nur den Hauch einer Wahl hatte.

Von nun an kam es Darky vor, dass ihm das Mädchen in Lipsham ständig über den Weg lief. Manchmal war es mit einem hochgewachsenen, kurzhaarigen jungen Mann zusammen, der wahrscheinlich im selben Alter war wie es selbst. Recht oft hielten sie beim Gehen Händchen oder legten die Arme umeinander. Man sah sie oft miteinander lächeln, auf irgendwelche Dinge deuten und sich gegenseitig spielerisch knuffen. Dann wieder wurden sie plötzlich ernst und steckten die Köpfe dicht zusammen, während einer redete und der andere zuhörte. Ab und zu küssten sie sich. Ihm wurde ganz schlecht von dem Anblick. Das war es, was er sich immer gewünscht hatte. Ein- oder zweimal bemerkte das Mädchen, wie Darky es ansah. Dann lächelte es ihm zu, aber es war ein Lächeln von der Art, bei der die andere Person den Blick schon wieder abgewendet hat, bevor es eine Bedeutung bekommen und bevor man etwas damit anfangen kann. Der Mann lächelte Darky nie zu. Einmal starrte er Darky sogar einen Moment lang an, während sie weitergingen, und fing dann an, den Kopf zu schütteln, als ob er angewidert wäre oder so etwas. Unverschämter kleiner Arsch.

Darky redete mit niemandem darüber, was in ihm vorging, wenn er an Beth dachte. Er wusste ja selbst nicht, was es war, und selbst wenn, hätte er keine Worte dafür gefunden. Doch während die Wochen vergingen, wuchs in ihm ein Hass gegen den Mann, der das Mädchen immer begleitete. Im Geist klassifizierte er ihn als »blöde Bohnenstange« und wünschte sich, etwas würde geschehen, damit er sich verpisste und seine dreckigen Hände von diesem Mädchen ließ, das er in seinen Träumen schon als sein Eigen zu betrachten begann. Wahrscheinlich wollte es diesen jämmerlichen

Deppen sowieso nicht haben. Er hing bloß an dem Mädchen wie eine Klette und ging ihm auf den Zeiger und drängte sich überall auf. Irgendjemand sollte mal etwas gegen diesen stinkenden Kotzbrocken unternehmen.

Was redete er denn da? Irgendjemand? Er könnte etwas gegen ihn unternehmen. Schließlich war er Darky Green. Er war reich. Er hatte eine Gang. Eine Leibwache. Er konnte tun, was er wollte.

Es war ein Samstagmorgen im gerade vergangenen Sommer gewesen, als Beth zufällig mit ihrem Freund Tom am Homelander Café vorbeigekommen war. Die beiden waren stehen geblieben, um sich irgendetwas im Schaufenster des Oxfam-Ladens anzuschauen. Darky, wie üblich umringt und verstärkt von seiner Leibwache, war gerade im Begriff, sich über eine jener gewaltigen Frühstücksportionen herzumachen, von denen er noch nie eine vollständig verzehrt hatte. Er deutete mit seiner Gabel hinüber.

»Kennt ihr das da?«, fragte er die anderen.

Wie zärtlich und romantisch Darkys Fantasien auch gewesen sein mochten, es war nun einmal so, dass in seinen Kreisen junge oder attraktive Frauen allgemein als »es« oder »das« bezeichnet wurden. Es war die Sprache der Unterjochung und der Herrschaft. Frauen waren keine richtigen Menschen. Es herrschte eine unausgesprochene Übereinkunft, dass sie leblose Gegenstände waren, beherrscht und getrieben von einem hechelnden, sich aufbäumenden Verlangen danach, dass die Männer, die stoßende Herrenrasse, etwas mit ihnen machten. Die Männer in ihrer Großzügigkeit waren gern bereit, ihre Bedürfnisse zu befriedigen, »es ihnen ordentlich zu besorgen«, wie es oft ausgedrückt wurde, doch der sexuelle Akt war vorwiegend eine dem Vergehen vorauseilende Strafe, die den Frauen einhämmerte, dass sie sich nie die Frechheit herausnehmen durften, sich für richtige menschliche Wesen zu halten, die Gefühle und Meinungen und das Recht hatten, zu reagieren und sich zu beklagen. Darky hatte den Jargon so gut gelernt wie jeder andere, obwohl seine Sehnsucht nach irgendeiner Art intimen Kontakts zu einer Frau sich auf einer völlig anderen Ebene abspielte und obwohl er im Grunde keinen Begriff von der Denkweise hatte, die hinter dieser brutal unpersönlichen Haltung stand.

»Beth Sowieso«, hatte John Bolton mit dem Mund voller gebratenem Frühstück gemurmelt. »Foster oder so.« Er nickte in Toms Richtung. »Das ist ihr Macker. Tom Sowieso heißt der Typ.«

»Null Titten«, sagte sein Bruder George. »Kannste's auch gleich mit'm Pfadfinder treiben.«

»Na, is doch genau dein Ding, was, Georgy? 'N Pfund pro Nummer, was?«

Dieser geistreiche Einwurf von Kevin Barnes löste eine raue Lachsalve aus, an der sich George nicht weniger beteiligte als die anderen. John Bolton lachte so heftig, dass er sich an seinem Essen verschluckte und halb gekaute Brocken Ei, Speck und Würstchen wie klebrige Granatsplitter quer über den Tisch in Jonsons Richtung schoss.

»Du beschissenes Dreckschwein!«, brüllte der eitle Baz, während er seinen Stuhl nach hinten schob, halb aufstand und die Essensbrocken mit beiden Händen von seinem schicken Pullover auf den Boden fegte. »Kannst du verdammter Arsch nicht ...«

»Mir gefällt's«, sagte Darky mit durchdringender Stimme.

Sofort war die Ordnung wiederhergestellt. Mehr als ein Blick von Macey war nicht nötig. Macey selbst hatte für Frauen nur Verachtung übrig, aber wenn Darky scharf auf diese dünne kleine Schlampe war, dann war sie ein verdammter Filmstar. Sie konnte Marilyn Monroe im Quadrat sein, wenn es das war, was ihn anmachte. So einfach war das. Die fünf Männer aßen weiter, während Beth und Tom sich Arm in Arm durch die Fußgängerzone entfernten.

Mit verschleierten Augen kippte John Bolton einen halben Becher Tee hinunter. Er schien sich von seinem Erstickungsanfall erholt zu haben. »Der besorgt es ihr schon seit Jahren«, sagte er, wischte sich mit der Handfläche über den Mund und dann mit dem Handrücken über die Augen. »Will sie wohl heiraten, der Penner.«

Darky kippelte auf seinem Stuhl und hielt sorgfältig die Balance, bis sein Hinterkopf ganz leicht gegen die Fensterwand des Cafés stieß, hakte seine Daumen hinter die roten Hosenträger und schob sie vor seiner Brust nach vorn.

»Dieser Tom geht mir auf den Zeiger, Mace«, sagte er. »Ich finde, der braucht einen Schuss vor den Bug. Ich will, dass der Kerl so eine Scheißangst hat, dass er sich in seinem eigenen Arschloch verkriecht und es von innen zunäht.«

»Soll ich John und George bei ihm vorbeischicken?«

»Ach neeeee …«

»Oder etwas Besonderes, Darky? Mal was anderes?«

»Lass dir was Nettes einfallen.«

Vaughn Macey musterte den kleinen Mann mit den roten Hosenträgern nachdenklich. Seine Augen schienen sich mit einem Film zu überziehen.

»Auch wenn's teuer wird?«

»Nur zu, Vaughn, mein Sohn. Tob dich aus.«

»Mit Vergnügen, Darky«, sagte Macey. »Ich kümmere mich darum. Dem werde ich sein jämmerliches kleines Leben ein bisschen auf den Kopf stellen. Wird mir ein Vergnügen sein.«

Vaughn Macey machte niemals etwas halb, schon gar nicht, wenn Geld keine Rolle spielte. Der Plan, den er sich einfallen ließ, um Toms Leben zu verändern, war keine Ausnahme. Und er meinte, was er sagte. Es war ihm wirklich ein Vergnügen gewesen, alles zu planen, sich Mühe damit zu machen und es durchzuführen.

11

Darky hatte sich Vaughn Maceys Bericht aus zweiter Hand über Tom Cranes Erlebnis im Zug nach London vor drei Tagen mit einem regelrechten Gefühl der Ehrfurcht angehört. Wie hatte der alte Vaughn das wieder hingekriegt? Wie war er dahintergekommen, wohin diese Pflaume von Crane wollte und wann er zurückkommen würde? Wie zum Geier kriegte man so etwas auf die Reihe? Ganz schön kompliziert! Aber das Ergebnis war umwerfend. Die Vorstellung, wie diese drei Preisboxer aus London sich da einfach hingesetzt und dem verhassten Kerl den Schrecken seines Lebens eingejagt hatten, indem sie absolut gar nichts taten, war ja so was von zum *Brüllen*. Es hatte ein Vermögen gekostet, aber scheiß drauf. Es war jeden Penny wert. Wie Macey gesagt hatte, von jetzt an würde der kleine Schlappschwanz Eingeweide wie Pudding haben. Man brauchte ihn nur im richtigen Moment ein bisschen anzustupsen und er würde wackeln wie Götterspeise. Dann konnte man ihn wegschütten, wohin immer man wollte.

Dass er all das im Kopf hatte, half Darky an diesem Samstagmorgen, als er sich auf den Weg machte, um die Ernte von Maceys Bemühungen einzufahren. Etwas in ihm schwoll an, als er mit dem Gedanken spielte, dass er, Darky Green, es geschafft hatte, seinen Gegner, diese Rotznase von Tom, zu zermalmen, ohne auch nur aus seinem Sessel aufzustehen. Es gab ihm das Gefühl, groß und cool und selbstbewusst zu sein, wie einer, der vom Gipfel eines Berges auf sein Königreich hinabblickt. Genau der richtige Zeitpunkt, um auf Brautschau zu gehen. Macey hätte ihn auch hingefahren, aber er beschloss, ein Taxi zum Eden Square zu nehmen.

Macey hatte ohne Mühe herausgefunden, wo das Mädchen namens Beth wohnte. Überhaupt kein Problem. John Bolton hatte recht gehabt. Sein Nachname war Foster und es stand im Telefonbuch. Macey hatte seinen Stadtplan von Lipsham hervorgeholt und festgestellt, dass der Eden Square von der Valley Road abzweigte, gleich vor der weiten Kurve, die zur Esso-Tankstelle und zum neuen Kino und zu »Homebase« und diesen ganzen Läden führte. Er erinnerte sich daran, schon einmal dort gewesen zu sein. Ein kleines, altmodisches grünes Karree, wie ein Miniaturpark, mit Büschen und Bäumen und von Häusern umstanden. Größtenteils Etagenwohnungen. Dem Telefonbuch zufolge wohnte es in Nummer zwölf, aber bestimmt nicht im ganzen Haus. Musste eine Etagenwohnung sein. Welche? Er rief eines Abends bei dem Mädchen an und gab sich als Klempner aus, der für den Hauseigentümer tätig sei. Er wolle am nächsten Tag vorbeikommen und ein paar Reparaturen durchführen. Eden Square, Nummer zwölf. Apartment 6a. Das war sie doch, oder? Nein, sagte Beth, hilfsbereit wie immer, sie wohne in Apartment 2 im ersten Stock und soviel sie wüsste, lägen bei ihr keine Klempnerarbeiten an. Übrigens, wenn sie es recht bedenke, sei sie ziemlich sicher, dass es gar kein Apartment 6a gebe. Soviel sie wüsste, ging es nur bis 5. Er solle sich lieber noch einmal beim Hausbesitzer vergewissern, bevor er käme. Schließlich wäre es doch ein Jammer, wenn er seine Zeit vergeuden würde, nicht wahr?

Macey hatte sich für ihre Hilfsbereitschaft bedankt und aufgelegt.

Gleich gegenüber vom Homelander Café, vor einer Immobilienvermittlung auf der anderen Straßenseite, war ein Taxistand. Die meisten der Wagen dort waren von Kingsway, der Firma, die Darky meistens benutzte. Er kannte alle Fahrer. Er beschloss, Kevo und Baz mitzunehmen. Sie konnten irgendwo unten auf der Straße warten, während er seine Angelegenheiten oben in der Wohnung des Mädchens erledigte. Es war ihm lieber, sie in der Nähe zu wissen. Dann fühlte er sich besser gerüstet. Nun, er fühlte sich gut gerüstet. Mit dem Bild von diesem Hosenscheißer Tom in seinem Kopf, einem massiven Bündel Geldscheine in der Tasche und ein paar kräftigen Armen hinter sich. So einen blöden kleinen Klumpen hatte er schon in der Kehle, aber es konnte ja nichts schiefgehen. Bestimmt nicht.

Das Taxi ließ sie an der Ecke des Platzes heraus, zwei Hauseingänge von Nummer zwölf entfernt. Der Fahrer machte sich mit seinem großen Trinkgeld eilends aus dem Staub. Nach ein paar heiseren, aufmunternden Zurufen an ihren Boss schlenderten Jonson und Barnes lachend hinüber zu einer Bank auf der Grünfläche und zündeten sich hinter der hohlen Hand eine Kippe an. Ihre Aufgabe war es, hier herumzuhängen, bis sie gebraucht wurden. Gebraucht wofür? Weiß der Geier. Was interessierte sie das? Scheißegal. Daran waren sie gewöhnt. Darky war der Mann mit dem Geld. Solange er reichlich davon in ihre Richtung herüberwachsen ließ, würden sie für ihn auf dem Kopf stehen und die Scheißnationalhymne singen. Sie ließen sich auf der Bank nieder, rauchten und warteten.

Darky hatte vergessen, dass der Haupteingang zu einem Haus mit Etagenwohnungen normalerweise verschlossen war. Die Haustür von Nummer zwölf war keine Ausnahme, aber ihm kam das Glück zu Hilfe. Er reckte sich und versuchte zu erkennen, auf welchen der fünf kleinen weißen Knöpfe mit Namensschildern daneben er drücken musste. Plötzlich ging die Tür nach innen auf und ein elegant gekleideter älterer Herr mit dichtem, weißem Haarschopf trat, ganz alte Schule, zurück, um ihn in den Hausflur einzulassen, wobei er freundlich lächelte und ihn mit einer kleinen Verbeugung und einem nachgeahmten Salutieren begrüßte. Es war dunkel im Hausflur, nachdem der Mann gegangen war und die Tür hinter sich geschlossen hatte. Es gab keine Fenster, durch die das Tageslicht hätte eindringen können. Darky erinnerte sich, dass in einer der Bruchbuden, in denen er gewohnt hatte, so ein rundes Ding an der Wand gewesen war, mit einem elastischen Knopf in der Mitte. Wenn man daraufdrückte, gingen im Treppenhaus alle Lichter an und schalteten sich nach ein paar Minuten automatisch wieder aus. Nachdem er gleich neben der Tür etwas Ähnliches entdeckt hatte, drückte er mit dem Daumen so fest auf die elastische Plastikkappe, wie er konnte. Das Licht ging an. Ja! Schon besser. Jetzt konnte er wenigstens die Treppe sehen.

Darkys Mut begann, ihn zu verlassen, als er seinen Fuß auf die erste Stufe setzte. Bis er schließlich den ersten Treppenabsatz erreicht hatte und vor der eierschalenfarben gestrichenen Tür von Apartment 2 stand, war er vollkommen verschwunden. Eine Ewigkeit lang trat er nur von einem Fuß auf den anderen und starrte auf die Nummer an der Tür. Er war hier. Was sollte jetzt als Nächstes geschehen? Ist doch klar, du Depp! Er würde an die Tür klopfen und sie würde aufmachen. Und dann? Dann würde er etwas sagen müssen. Und dann hineingehen oder so. Bei dem Gedanken spürte er ein mulmiges Gefühl im Magen. Wie konnte er schnell zur Sache kommen, ihr zeigen, was er war, was er tun konnte, was er geworden war? Sein Geld, sein Haus, seine Leibwache, die herumhüpfte wie ein Haufen Kaninchen und alles tat, was er sagte, zu was für einem beschissenen Trottel er diesen bescheuerten Tom gemacht hatte. Darky Green. Darky Green. Er musste ihr so rasch wie möglich begreiflich machen, dass er Darky Green war. Panik. Im Geist versetzte er sich verzweifelt zurück ins »Homelander« oder in die Kneipe, wo er sich Kippen drehen, sich cool fühlen und alles unter Kontrolle haben konnte und wusste, was er zu tun und zu sagen hatte.

Es klappte nicht sehr gut. Er fühlte sich klein. So wie als Kind. Er kam sich vor wie ein Idiot. Aber er konnte ja schließlich nicht einfach aufgeben und weggehen, oder? Er konnte sich nicht einfach verkrümeln wie ein kompletter Schlappschwanz. Konnte sich nicht einfach zurück zu Macey und den anderen verpissen und ihnen sagen, dass er die Hosen zu voll gehabt hatte. Also los, komm schon. Er steckte eine Hand in seine Hosentasche, wo sein Geld war. Ein kräftiger Batzen. Dann ballte er die andere Hand zur Faust, hob sie und klopfte nach einem weiteren Moment des Zögerns sanft an die Tür.

12

Später sollte sich Beth an Darky Greens Besuch in ihrer Wohnung an jenem Samstagvormittag als ein Ereignis erinnern, das wie eine scharfe Granate mitten in den sichersten Bereich ihres Lebens hineinfiel. Toms seltsames Erlebnis im Zug und Lances trübe Stimmung hatten ihr in den letzten Tagen zu schaffen gemacht, aber so tief und aufrichtig mitfühlend sie auch war, waren dies alles doch Dinge, die anderen Leuten passiert waren. Darkys Eindringen in ihr Leben geschah in einem Moment, in dem sie mitten dabei war, sich bewusst an einer Tasse Kaffee und ihren Pflanzen zu erfreuen und es zu genießen, dass sie sich an dem sichersten Ort befand, den sie kannte. Deshalb erschreckte es sie mehr als alles andere, was sie bisher erlebt hatte.

Bis jetzt hatte Beth es in vollen Zügen genossen, allein in ihrer Wohnung zu leben, abgesehen von der ärgerlichen Frage, wie man den Schwarzen Peter loswurde, wenn niemand da war, dem man ihn zuschieben konnte. Es war ein seltsames Gefühl, für ihr eigenes Leben verantwortlich zu sein. Einen Vorgeschmack hatte sie natürlich schon auf der Universität bekommen, aber als sie zum zweiten Mal ihr Elternhaus verließ, hatte es sich irgendwie viel endgültiger angefühlt.

Angenommen zum Beispiel, man machte ein Glas kaputt. Genau das hatte sie nämlich an ihrem zweiundzwanzigsten Geburtstag getan, vor zwei Jahren, kurz nachdem sie hier eingezogen war. Eine kleine Nebensache beim Einrichten der Wohnung, die ihr aber viel

Freude machte, war der Erwerb zweier Weingläser gewesen, eines für sie und eines für Tom oder irgendeinen anderen Gast, die sie in dem Zweite-Wahl-Laden für Küchenartikel gegenüber vom Gerichtsgebäude in Kington kaufte. Die wichtige Entscheidung, dass diese wunderschönen, langstieligen Gläser ihren Platz auf dem glatten weißen Regalbrett über dem Heizkörper neben der Balkontür haben sollten, entpuppte sich als fehlgeleitete Laune. Schon an ihrem zweiten Morgen in der Wohnung hatte Beth, von Neuem berauscht von der Freude und dem Staunen darüber, sich einen winzigen Winkel des Universums ganz für sich allein erobert zu haben, die Balkontür aufgestoßen und war in filmischer Pose durch die Öffnung hinaus in den frischen Herbstsonnenschein getanzt. Der hereinströmende Luftzug fing sich in ihrem offenen Morgenmantel, der sich hinter ihr aufbauschte, eines der Weingläser erwischte und es im hohen Bogen in sein Verderben auf dem Laminatfußboden sandte.

Beth war darüber unverhältnismäßig bestürzt. Vor ihren Augen blitzte ihre ganze wechselvolle Geschichte kaputtgegangener Spielzeuge wieder auf. Ein schillerndes Bild der Zerstörung. Sie war die Portemonnaies verlierende, Unordnung machende, alles mit butterverschmierten Fingern anfassende Tochter zweier Eltern, die nie auch nur die kleinste Kleinigkeit verlegten. Ihre Eltern hätte es eine geradezu übermenschliche Willensanstrengung gekostet, etwas so Wesensfremdes und Verwirrendes wie Unordnung zu machen, und ganz sicher hatte keiner von ihnen seit Menschengedenken je etwas durchbrochen, nicht einmal die tickende Stille ihrer endlos verdösten häuslichen Abende, wenn es nicht einen sehr guten Grund dafür gab.

Ihr älterer Bruder William war das genaue Gegenteil seiner Schwester gewesen. Mit sechs Jahren hatte er angefangen, regelmäßig Geld zu sparen, und die Würde und Ordnung, mit der er von da an sein Leben geführt hatte, erschienen Beth ebenso unerreichbar wie die Sonne – nicht der Mond, denn sie hielt es für durchaus denkbar, dass jener Himmelskörper touristisch erschlossen sein würde, bevor sie das Greisenalter erreichte. Selbst Williams gelegentliche pubertäre Auswüchse schienen nur in den Grenzen sorgfältig geplanter Zeitnischen für pubertäre Auswüchse stattzufinden. Wenn William am Morgen etwas Wichtiges zu tun hatte, hätte man ihn nie dabei erwischt, am Abend zuvor zu viel zu trinken. Überhaupt hätte man ihn nicht beim Trinken erwischt, es sei denn, die Kosten waren durch sein sorgfältig zugeteiltes Budget für pubertäre Auswüchse gedeckt. Trotz allem liebte Beth die anderen drei Mitglieder ihrer Familie; nur wünschte sie sich manchmal, sie würde die schalkhafte Fee erwischen, die sie als Baby ausgetauscht hatte, und ihr die vorwitzigen Flügel stutzen.

Da lag also nun das Glas in tausend Stücken auf dem Fußboden und da stand Beth, die entsetzt die Scherben betrachtete und sich fragte, ob sie wie ihre Mutter oder wie sie selbst reagieren sollte, bis ihr schlagartig bewusst wurde, dass das ganz bei ihr lag. Sie hatte jene beiden Gläser vor zwei Tagen mit der behutsamen, gebannten Sorgfalt aufgestellt, die jenen eigen ist, die im Allgemeinen von Natur aus unordentlich sind, genauso, wie sie alles andere in ihrer neuen Wohnung organisiert hatte. Nachdem sie genau den richtigen Ort für sie gefunden hatte, war sie einen Schritt zurückgetreten und hatte sie mit kritischem Blick gemustert. Dann war sie wieder vorgerückt, die Arme ausgestreckt wie eine Künstlerin, und hatte das rechte der beiden Gläser um einen, vielleicht zwei entscheidende Millimeter verrückt. Und nun war dieses exquisite Detail der plumpen, schwerfälligen Gewalt ihrer berühmten Neigung, nicht nachzudenken, zum Opfer gefallen.

Du denkst einfach nicht nach, stimmt's?

Ein paar Sekunden lang ließ Beth den Kopf sinken. Sie war klein und dumm. All ihre leuchtenden Absichten, die Wohnung schön in Ordnung zu halten, zersprangen zu scharfkantigen Scherben und winzigen Splittern, die sich unter die Haut gruben und nicht mehr herauskamen. So ging es wieder los und würde seinen Lauf nehmen. Vielleicht wäre es besser und effektiver, die Wohnung gleich jetzt in Schutt und Asche zu legen. Der arme alte Sisyphus aus der Mythologie, hatte ihr Freund Olly einmal gesagt, musste sehr in Versuchung gewesen sein, von sich aus aufzugeben und den Felsbrocken wieder hinabrollen zu lassen, bevor er die Stelle erreichte, die die Götter so herrschsüchtig als Punkt seines ewigen Scheiterns bestimmt hatten. Damit würde er es ihnen zeigen. Wem? Den Göttern. Mum und Dad. Aber das hier war ihre Wohnung und sie war die Person, die hier wohnte. Ja schon, aber zumindest hatte sie es doch wohl verdient, in ihr Zimmer geschickt zu werden. Ein Licht ging ihr auf. Dies war ihr Zimmer.

Wie so oft wurde Beth durch ihren Sinn für Humor gerettet. Sie setzte sich an den kleinen Tisch am Fenster und berief eine Ausschusssitzung all derjenigen ein, die in der Wohnung lebten. Nur ein Punkt stand auf der Tagesordnung. Das Glas.

»Zu Beginn«, verkündete sie mit fester Stimme, »möchte ich den Antrag stellen, die versehentliche Zerstörung dieses Glases nicht als unheilvollen Hinweis auf das nahende Ende der Welt zu verstehen.«

Es gab ein vorhersehbares missbilligendes Gemurmel von den älteren Mitgliedern am anderen Ende des Tisches, die jedoch durch ihre Unsichtbarkeit stark benachteiligt waren. Außerdem wurde ihre Glaubwürdigkeit erheblich untergraben durch den Umstand, dass die Welt bei etlichen ähnlichen Gelegenheiten in der Vergangenheit nicht untergegangen war. Schließlich wurde der Antrag zur Abstimmung gestellt und das Ergebnis war einstimmig. Ein ganzer Wald von Fingern, ja Händen. Es war nicht das Ende der Welt.

»Gut. Kommen wir nun zur Frage des Ersatzes. Ist die Versammlung sich darin einig, dass das dumpfe Gefühl totalen Versagens, das durch diese Kleinigkeit ausgelöst wurde, sich wahrscheinlich mehr oder weniger umgehend beheben lassen wird, indem ich zurück in den Zweite-Wahl-Laden gehe, für fünfzig Pence ein neues Glas kaufe und das alte und das neue Glas an einem geeigneteren Platz aufstelle, wo sie nicht so leicht umgestoßen werden können?«

Wieder herrschte Einmütigkeit. Antrag angenommen. Endlich konnte Beth sich einmal auf der ganzen Linie durchsetzen. Es tat ihr gut. Es hatte ihr auch gutgetan, ihre brandneue gelbe Kehrschaufel mit dem dazugehörigen Handfeger, die sie vorige Woche im Ein-Pfund-Laden im Dorf gekauft hatte, unten aus dem hohen, schmalen Schrank in ihrer engen, kleinen Küche zu nehmen und das zerbrochene Glas aufzufegen. So wie eine echte Bewohnerin einer echten Wohnung, die mit echten Dingen beschäftigt war. Nachdem sie die Scherben in eine Zeitung eingewickelt und mit Gummiringen verschnürt und das Bündel in den Mülleimer befördert hatte, der gehorsam unter der Spüle hervorkam, wenn man die Tür öffnete, stand sie einen Moment lang mitten in ihrem Wohnzimmer und rieb sich vergnügt die Hände wie ein Kind, das einfach nicht anders kann, als die Wärme seiner inneren Freude in Form von Reibung zu äußern.

Übrigens, welches Glas war eigentlich kaputtgegangen? Nun, das linke war Toms. Ja. Sie hatte ihr eigenes Glas zerbrochen. Das hier war Toms. Sie konnte ja erst mal einen Becher nehmen. Das war also geregelt.

Zwei Jahre später hatte sich Beths Wohnung auf sie eingespielt und war ihr ein Zuhause geworden. Trotz ihres drei Jahre langen unabhängigen Lebens an der Universität in Wales kam es ihr immer noch komisch vor, dass sie diejenige war, die alle Entscheidungen traf und an allem schuld war und bestimmte, wie viel Eiscreme man vernünftigerweise im Badezimmer essen konnte. Doch sie hatte sich Denkgewohnheiten und eine gewisse Souveränität angeeignet, die ihr Alltagsleben in angenehme Formen brachten. Die Wohnung war nun für sie kein Spielhäuschen im Garten mehr, in dem sie so tat, als wohnte sie nicht in der Sidley Avenue Nummer zweiundvierzig. Ihre inzwischen verwitwete Mutter wohnte immer noch an dieser Adresse, zusammen mit William, der noch nicht flügge geworden war und wohl auch nichts dergleichen Unbedachtes tun würde, falls nicht irgendeine Billigfluglinie ein besonders verlockendes Angebot für Nestflüchter zu bieten hatte.

Nein, sie war jetzt ganz und gar zu Hause in ihrer Wohnung, in der es meistens zwar unordentlich, aber sauber war. Der Reiz des Neuen, den sie an der Millimeterpräzision gefunden hatte, war wie jeder Reiz des Neuen verflogen. Wenn ihre Mutter sich zu einem Besuch ankündigte, geriet Beth immer noch in Panik, inspizierte die Toilette, versteckte Rechnungen, rannte durchs Badezimmer und stopfte Unterwäsche und Handtücher in den ächzenden, zersplitternden Weidenkorb, raffte Bücher, Zeitungen und Aktenordner zu wahllosen Haufen zusammen, die außer ihren parallelen Umrissen nichts für sich hatten, schaffte das übliche Durcheinander benutzten Bestecks und Geschirrs aus dem Schlafzimmer ins Spülbecken in der Küche und steckte lose herumliegende CDs in jede beliebige Hülle, die gerade greifbar und leer war. Es würde Jahre dauern, bis sich daran etwas änderte; da konnte Tom sagen, was er wollte. Im Großen und Ganzen aber war Beths Zuhause im ersten Stock mit seinem schicken, violetten Habitat-Sofa, seinen weichen, naturfarbenen Teppichen und dem warm-goldenen Licht seiner Deckenfluter an den weiß mit einem Stich Blau gestrichenen Wänden ein bequemer, angenehmer Aufenthaltsort, an dem sie sich verkriechen und entspannen konnte.

Gelegentlich, wenn die Vorhänge dicht zugezogen waren und sie sich vergewissert hatte, dass die Tür verschlossen und die Kette eingehakt war, zog sie sich nackt aus und tanzte verträumt zu den romantischsten Musikstücken, die sie in ihrer hoffnungslos chaotischen Sammlung ausfindig machen konnte. Im Gegensatz zu vielen anderen jungen Frauen fühlte sich Beth wohl mit ihrem Körper. Sie mochte ihn sogar. Sie war zufrieden mit seinem Aussehen und sie mochte es, wie er sich anfühlte, wenn er sich rhythmisch zur Musik bewegte. Sie war klein und zierlich, aber ihre Proportionen waren fast klassisch – schlanke Beine und eine schmale Taille, kleine, vollkommen geformte Brüste, zarte, straffe Arme und die Hände eines Kindes. Improvisierte Tänze mit dem eigenen Schatten im gedämpften Licht eines Raumes, der wahrhaft ihr gehörte, waren für Beth ein Gedicht, das es nicht nötig hatte, in groben Worten niedergeschrieben zu werden.

Ihr Gesicht hatte ihr noch nie besonders gut gefallen. Sie hätte lieber ein fraulicheres Gesicht habt, etwas länger, mit deutlichen Wangenknochen und einem breiteren Lächeln. Sie beschrieb ihr Aussehen oft als »elfenhaft« und fragte, ob irgendein vernünftiger und sehfähiger Mensch je freiwillig eine Elfe heiraten würde. Ihr Gesicht sei zu rund und kindlich, beharrte sie Tom gegenüber immer wieder, und ihre Augen hätten irgendwie eine merkwürdige Form. Tom, der dem ironischen, leicht gequälten Ausdruck, der durch die ganz leicht herabhängende Haut ihrer Augenlider entstand, mit Haut und Haaren verfallen war, fand Beth unaussprechlich schön und wäre am liebsten geradewegs in ihre sommerblauen Augen hineingeklettert, wenn es möglich gewesen wäre.

Eine Offenbarung war es für sie gewesen, welche Freude es ihr machte, mit ihren eigenen Pflanzen umzugehen. Wären Haustiere nicht in ihrem Mietvertrag ausdrücklich ausgeschlossen gewesen, so hätte sie sich vielleicht bald nach ihrem Einzug nach einem Kätzchen umgeschaut. Der Gedanke war ihr noch nie gekommen, dass unbewegliche Lebewesen in Töpfen ähnlich beglückend sein könnten, weil sie verletzlich waren und die Fürsorge ihres Besitzers brauchten, ohne die Probleme und Nachteile mit sich zu bringen, die unvermeidlich waren, wenn man in einer kleinen Wohnung ein Tier hielt.

Ihre erste Pflanze bekam sie von Amy geschenkt, der jungen Frau, die am Schreibtisch neben ihr bei der Versicherungsgesellschaft in Kington, wo sie beide arbeiteten, ständig auf ihrem Stuhl herumzappelte und Oberkörperübungen machte. Amy und Beth waren angestellt, um Anrufe von Reisenden zu bearbeiten, die durch Krankheiten, Unfälle und alle möglichen anderen Notsituationen im Ausland gestrandet waren. Diese Anrufe kamen aus der ganzen Welt, sehr oft von Leuten, die jetzt, wo es hart auf hart kam, schreckliche Angst hatten, dass die Versicherung, die sie vor Monaten abgeschlossen hatten, unmöglich die albtraumhaften Kosten ihrer unerwarteten Notlage abdecken könnte. Diese traumatisierten, panischen Kunden zu beruhigen und aufzumuntern und so schnell und effizient wie möglich praktische Hilfe zu organisieren, erforderte einen kühlen Kopf und die Fähigkeit, ohne Atempause von beschwichtigender Freundlichkeit auf unnachgiebige Beharrlichkeit umzuschalten. Amy, eine hochgewachsene, energische Naturblondine mit tragbarem und leicht umschaltbarem Gehirn, die fast jedes Wochenende fröhlich mit ihrem Freund segeln ging, war das krasse Gegenteil von Beth, aber bei der Arbeit kamen die beiden gut miteinander zurecht und jede war auf ihre Weise sehr tüchtig in ihrem Job.

Eines Tages, als sie während ihrer Mittagspause auf der Eingangstreppe in der Sonne saßen, hatte Amy gesagt: »Ach übrigens, möchtest du etwas von meinem Sauerklee?«

Beth starrte sie einen Moment lang an.

»Sauerklee?«

»Na ja, Pflanzen, weißt du. Richtig heißen sie Oxalis. Meine vermehren sich wie die Kaninchen. Erobern die Welt – na ja, jedenfalls die Fensterbank auf dem Flur. Mick sagt, entweder ich oder die. Aber sie wären im Bett nicht so gut wie ich. Ich habe sechs Töpfe davon. Soll ich dir einen oder zwei mitbringen? Oder drei?«

Beth hatte sich vorsichtig bereit erklärt, einen Topf zu nehmen, und sich sehr bei Amy bedankt, obwohl sie immer noch keine rechte Vorstellung hatte, wovon ihre Freundin überhaupt redete. Am nächsten Tag hatte ihr Amy feierlich einen braunen Plastiktopf überreicht, der etwas enthielt, was auf den ersten Blick eher wie eines jener filigranen japanischen Kunstwerke aus bunter Seide oder dünnem Papier aussah als wie eine lebende Pflanze.

»Nicht zu viel Wasser«, wies Amy sie streng an, »einmal in der Woche reicht völlig; und stell sie an einen Platz, wo sie viel Licht bekommt. Rede ihr ein bisschen gut zu und mach dir keine Gedanken, wenn sie abends ihre kleinen Hände faltet und einschläft. Sie wacht schon morgens wieder auf.«

Am Abend stellte Beth ihre Neuerwerbung nervös auf die Fensterbank, zog sich einen Stuhl nahe ans Fenster heran und setzte sich hin, um ihre Pflanze im schwindenden Oktoberlicht genauer zu begutachten. Diese ungewohnte Konzentration auf etwas, was ihr relativ fremd war, zahlte sich reichlich und unerwartet aus. Es schmeichelte ihr auf obskure Weise, dass sie in der Lage war, sich von einer so grandiosen Zierlichkeit ins Staunen versetzen zu lassen. Ein überwältigendes Kunstwerk, wenn auch vielleicht nicht von Japanern geschaffen, doch sicherlich von irgendjemandem bewusst gestaltet. Welchen Sinn hatte irgendetwas auf dieser Welt, wenn es nicht so wäre? Schlanke, fast durchsichtige Blattwedel von zartestem Lila streckten sich waagerecht in beschwörender Haltung von dem Stängel in der Mitte aus und schwangen sich, sobald sie eine gewisse Freiheit errungen hatten, allmählich nach oben, um nach dem Licht zu suchen. An jedem Finger hingen an einem hauchdünnen Stiel drei dreieckige Blätter, geformt wie fliegende Schmetterlinge. Die Oberfläche ihrer Flügel war von einem dunklen Altlila, durchbrochen von einem helleren, unregelmäßigen Spritzer derselben Farbe.

Voller Faszination, aber zaghaft wie ein Kind aus dem Armenhaus, das die Hand ausstreckt, um das Kleid einer eleganten Dame zu berühren, wagte es Beth, eines der ihr zugewandten Blätter zwischen Daumen und Zeigefinger zu nehmen, und spürte in einer Weise, die völlig neu für sie war, den heiklen, aber absoluten Triumph der rein natürlichen Schönheit.

Die Unterseiten der Blätter waren von einem unfassbar makellosen, samtigen Lila, gebildet mit solch ehrfurchtgebietender Präzision und so zutiefst still und sicher und zuversichtlich in ihrer Vollkommenheit, dass Beth zu ihrer großen Überraschung zu Tränen gerührt war.

Es tat unglaublich gut, diese Tränen an der Innenseite ihrer Augenlider zu spüren. In ihrem Innern füllte sich ein völlig neuer Pfad mit Licht. Ein unbekannter Weg, auf dem Gefühle und Freuden zu entdecken waren und das Bewusstsein, auf einen Reichtum gestoßen zu sein. Es war eine Erleichterung, zu erfahren oder besser daran erinnert zu werden, dass der äußere Rand ihrer selbst zumindest einen Horizont weiter entfernt war, als sie gefürchtet hatte.

»Aber eigentlich ist es doch bloß eine Pflanze, oder?«

Das waren Toms unübertrefflich derbe Worte gewesen, die er am folgenden Tag von sich gab. Sie kündigten die schlimmere der beiden heftigsten Auseinandersetzungen an, die er und Beth in den zehn oder elf Jahren durchkämpft hatten, seit sie einander als die beiden nervösen Neuen in Mrs. Thorpes Klasse in der Gesamtschule Valley Road begegnet waren. Diese beiden Gipfelstreite waren letzten Endes auf den Dämon der Unsicherheit in Tom zurückzuführen, der eigentlich nett und witzig und sehr liebevoll war, wenn er nicht gerade den Kopf verlor. In Wirklichkeit war dieser Dämon eine missgestaltete, zwergenhafte Kreatur ohne viel Macht, aber Tom war imstande, ihre Größe und Kraft durch Willensanstrengung zu vermehren oder, vielleicht treffender, durch bewussten Verzicht auf Willensanstrengung in den entscheidenden Momenten, in denen er noch die Wahl hatte.

Der andere, frühere Streit hatte sich ein Jahr zuvor zugetragen, als Tom zunehmend genervt war von Beths unerschütterlicher Gewohnheit, Zeit und Energie in die Probleme und Bedürfnisse anderer zu stecken. Sie tat das unentwegt. Sie tat es einfach. Und sie tat es gründlich. Sie tat es mit einer Intensität, die bei jedem anderen Menschen den Argwohn geweckt hätte, dass durch diese Akte der Nächstenliebe ein unvermutetes Vermögen zu erlangen wäre. Nach Toms Ansicht tat sie es aus der irrigen Überzeugung, es gäbe tatsächlich ein universelles Gesetz, wonach andere Menschen immer genauso wichtig oder noch wichtiger wären als man selbst. Er war eifersüchtig. Er war so eifersüchtig, als wären ihre Liebe und ihr Mitgefühl begrenzt, sodass auch nur ein begrenzter Anteil davon für ihn übrig bliebe, aber Tom war ein Agnostiker, was seine eigenen emotionalen Überzeugungen anging. Eigentlich wollte er nicht jemand sein, der sich von solchen Dummheiten beeinflussen ließ.

Das Fass war übergelaufen, als er und Beth einen gemeinsamen Freund und Altersgenossen namens Eric Mostin besucht hatten, der in seinem Elternhaus bettlägerig war, nachdem sein altes Rückenproblem wiedergekehrt war. Die herzliche Zärtlichkeit, mit der Beth Eric begegnete, ging Tom unter die Haut, aber das Schlimmste, das absolut Schlimmste von allem war, wie sie mit den Fingern an seiner Bettdecke herumzupfte, als sie bei ihm saß. Fast so, dachte Tom, der innerlich wütete wie ein ohnmächtiges Kind, als wäre sie am liebsten zu ihm unter die Decke geschlüpft, um sich besser an ihn ankuscheln zu können.

Tage vergingen. Unfähig, offen darüber zu reden, weil er sehr gut wusste, dass sein Dämon völlig übergeschnappt war, köchelte er innerlich in einem spirituellen grünen Sud der Eifersucht vor sich hin und legte sich insgeheim eine treffende Formulierung zurecht, die er im richtigen Moment anwenden konnte. Er studierte seinen Spruch ein und fieberte mit aller Wonne und aller Furcht eines Amateurschauspielers dem Moment entgegen, in dem er ihn aufsagen durfte.

Der falsche Moment (denn ein richtiger konnte natürlich nie kommen) kam, als sie eines Abends zusammen in Beths Wohnung vor dem Fernseher saßen. Es gab eine Reportage über Prostitution. Manche der Mädchen, die für die Sendung interviewt wurden, waren jünger als Beth. Eine von ihnen erzählte, wie sie als Jugendliche von einem Bett ins andere gehüpft war und sich irgendwann gesagt hatte, wenn sie das sowieso tat, könnte sie sich auch genauso gut dafür bezahlen lassen.

»Uh! Grauenhaft.« Schaudernd zog Beth ihre Knie unters Kinn und schlang die Arme um ihre Beine. »Mir wird ganz schlecht, wenn ich daran denke, so zu leben. Ich kann ja verstehen, was sie sagen, aber ich kann mir wirklich nicht vorstellen, mich so wahllos allen möglichen Leuten an den Hals zu werfen.«

Grinsend hielt der Dämon die Tafel mit dem Stichwort hoch. Tom las sie gehorsam.

»Aber du kannst nicht bestreiten, dass du auch promiskuitiv bist, oder, Beth?«

Im ersten Moment legte sie nur den Kopf ein paar Grad zur Seite. Dann griff sie ganz, ganz langsam nach unten, um die Fernbedienung von einem Kissen auf dem Fußboden aufzuheben. Sie richtete sie auf den Fernseher, drückte auf die Stand-by-Taste und legte sie vorsichtig wieder zurück auf das Kissen. In der fast völligen Stille, die nun folgte, konnten sie dieselben Stimmen aus derselben Sendung ganz leise aus der Wohnung der netten Mrs. Bentley über ihnen zu sich hinunterwehen hören.

»Entschuldigung – was hast du gerade gesagt?«

Der gelbbäuchige Dämon duckte sich feige und flog vor Schrecken davon, als er den Tonfall eisiger Höflichkeit in Beths Frage hörte. Tom war auf sich gestellt. Ursprünglich hatte er sich in seiner Fantasie vorgestellt, seine Beschwerde elegant in eine Gesprächslücke hineinzuschmuggeln. Jetzt kam ihm der Gedanke, dass er sich vielleicht in seinem Alter allmählich der Gefahr bewusst sein sollte, Fantasie mit Wirklichkeit zu verwechseln.

Er versuchte vergeblich zu schlucken. Also wirklich! Wo war der Speichel, wenn man ihn brauchte?

»Nein, ich meinte natürlich nicht, dass du promiskuitiv bist.«

Sie schaute ihn unverwandt an.

»Also, als du eben sagtest, dass ich promiskuitiv bin, meintest du eigentlich, dass ich nicht promiskuitiv bin?«

»Äh, nicht promiskuitiv – nicht in diesem Sinne, nein.«

»Dann hast du also das Wort promiskuitiv in irgendeinem Sinne verwendet, in dem es nicht promiskuitiv bedeutet?«

»Also, was ich – was ich eigentlich sagen wollte, war, dass du eine promiskuitive Problemlöserin bist.«

Das war es dann. Na großartig! Er war heraus, der sorgfältig formulierte, treffende Satz, der ein konstruktives Gespräch darüber einleiten würde, dass Beth einen Hauch mehr Zurückhaltung in ihrer Reaktion auf das erschütternde Schicksal anderer zeigen musste. Als er die Worte aus seinem Mund kommen hörte, kam es ihm vor, als hätte er sich gerade in einem dieser geschickt beleuchteten Läden, in denen alles ganz toll aussieht, etwas gekauft und dann, als er es zu Hause auspackte, festgestellt, dass es nichts als ein bunt bemaltes Stück Holz mit ein paar Löchern darin war. Zum Henker mit diesem blöden Satz!

Tom bekam an jenem Abend, was er verdiente, bis zum letzten Krümel, und er schöpfte nicht die geringste Befriedigung aus der Erkenntnis, dass zumindest für den Augenblick eine Person tatsächlich aus dem Katalog derer gestrichen war, deren Probleme Beth unbedingt lösen wollte.

Die Sache mit der Pflanze war aus einer ähnlichen Wurzel gewachsen, aber sie trieb ganz andere Blüten. Toms absichtlich abfällige Bemerkung entsprang derselben kindischen Panik davor, dass Beth sich leidenschaftlich für etwas begeisterte, das weder er selbst war noch direkt mit ihm zu tun hatte. Im ersten Moment war sie wütend, dann brach sie in Tränenströme aus und verschwand für eine Stunde in ihrem Zimmer, um dann, immer noch schniefend, wieder herauszukommen und sich unter den Augen des Schurken in diesem Stück, der sich innerlich so kalt und so gequält und elend fühlte wie noch nie in seinem Leben, eine Tasse Tee zu machen.

Später, als sie sich neben dem zutiefst reumütigen Tom auf dem Sofa zusammenrollte, hatte sie versucht, es ihm zu erklären.

»Ich weiß ja, dass du das nur gesagt hast, weil du Angst bekommen hast, Tom. Aber weißt du, seit ich gestern mit meiner Pflanze nach Hause gekommen bin und gemerkt habe – na ja, wie wunderschön sie ist, hatte ich immerzu durch und durch so ein kribbelndes Gefühl, dass alles mögliche Neue passieren könnte. Ich weiß, das hört sich albern an, aber es ist so. Irgendetwas in mir, was bisher geschlafen hat, hat die Augen aufgemacht und war – einfach *begeistert* davon, dass es noch so viele gute Dinge zu entdecken gibt. Ich konnte es gar nicht abwarten, bis du kommst, um dir davon zu erzählen. Ich war so aufgeregt. Nicht nur meinetwegen, sondern unseretwegen. Und als du dann über all das einen Eimer kaltes Wasser geschüttet hast, da habe ich mich gefühlt – ich weiß nicht – wie ein kleines Mädchen, das von einer Mauer springt und denkt, sein Papa fängt es auf, und dann merkt, dass er es nicht getan hat. Das hat mich richtig fertig gemacht, Tom. Ich will nicht, dass wir wie Kinder sind, du und ich. Nicht so. Nicht dumm. Lass uns nicht kindisch sein. Ich will, dass wir Erwachsene sind.«

»Ich auch«, hatte Tom gesagt. Er meinte es auch so, doch zugleich war er sich schmerzlich bewusst, dass seine guten Vorsätze seiner Reife noch für einige Zeit ein Stück voraus sein würden. »Ich liebe dich, Beth. Das weißt du doch, oder?«

»Ja«, erwiderte sie ohne Zögern. »Und ich liebe dich. Ich werde dich immer lieben.«

In den fünf Minuten, bevor sie Darky Greens leises Klopfen an ihrer Tür hörte, hatte Beth sich einen großen Becher Kaffee gemacht, drei Doppelkekse auf einer Untertasse drapiert und war mit Kaffee und Keksen hinüber zur Fensterbank gegangen, wo ihre neueste Erwerbung wie eine selbstgefällige florale Gottheit ihrer Huldigung harrte. Beth hatte sich in Unkosten gestürzt und sich eine sogenannte Phalaenopsis-Orchidee gekauft. In erhebliche Unkosten. Die exotische Blume in vornehmem Pink hatte sie zwanzig Pfund gekostet, doch in Beths Augen war die Möglichkeit, eine so außergewöhnliche Schönheit ständig um sich zu haben, ein unbezahlbares Vorrecht. Die beiden Triebe ihrer Pflanze hatten sich in einer fast geklont wirkenden Symmetrie entwickelt. Jeder der jadegrünen Stiele trug drei voll entwickelte Blüten und zwei Knospen in identischem Wachstumsstadium. Die Blüten selbst, Schmetterlingen gleich, waren von herrlicher Gleichmäßigkeit und leuchtender Farbe. Mit ihren fleischigen, fast wächsernen Blütenblättern strahlten sie jenes unangreifbare Selbstbewusstsein aus, das, wie es auch bei wahrhaft schönen Frauen der Fall ist, keiner Bewunderung bedarf, aber von Natur aus annimmt und erwartet, dass es an Bewunderern nie fehlen wird.

»Eigentlich bloß eine Pflanze, versteht sich«, murmelte Beth vor sich hin und lächelte, während sie den ersten Schluck Kaffee trank und nach einem Keks griff. Sie betrachtete die Orchidee voll Staunen. Die prachtvolle Schönheit nahm keinerlei Notiz von ihr. »Aber sie sieht noch besser aus als der Sauerklee. Pass bloß auf, Tom …«

Das Klopfen an der Tür war zu leise, als dass es Tom oder ein anderer ihrer engen Freunde hätte sein können. Es hörte sich eher nach dem zaghaften Pochen des netten alten Herrn von oben an. Es musste wahrscheinlich sowieso jemand aus dem Haus sein, da ja niemand unten an der Haustür geklingelt hatte. Vielleicht war Mr. Bentley der Zucker oder die Milch ausgegangen oder so etwas. Es wäre doch nett, ihn hereinzubitten und ihm ihre Neuerwerbung zu zeigen. Beth summte eine Melodie vor sich hin, während sie ihren Kaffee und den unangetasteten Keks neben ihre Pflanze auf der Fensterbank platzierte und aufstand, um die Tür aufzumachen.

13

Oliver Marden war im Begriff, die Brightoner Filiale von »Nixon's« zu betreten, in der wie jeden Samstag hektischer Betrieb herrschte. Er hatte vor, eine Z-Box für seinen Freund Phil zu kaufen, der vermutlich die nächsten Wochen in einem Streckbett im Krankenhaus zubringen würde.

Olly hatte Phil und dessen Freundin Glenda McDonald eines Morgens vor ein paar Monaten in Fairhaven kennengelernt. Fairhaven war einer jener typischen Küstenorte in Sussex, die darunter leiden, zwar einen spektakulären Blick aufs Meer, aber keinen leicht gangbaren Weg dorthin zu haben. Ursprünglich war es eine wenig attraktive Ansammlung schlecht zueinander passender Gebäude zu beiden Seiten der Straße nach Brighton gewesen, doch im Laufe der Jahre hatte es sich stetig vom Meer aus nach Norden ausgebreitet, sodass es inzwischen ein nichtssagendes, geometrisches Labyrinth von Häusern und Bungalows war, hauptsächlich bewohnt von Ruheständlern und jungen Ehepaaren in ihrem ersten Zuhause.

Olly kam gerade aus einer möblierten Zweizimmerwohnung in einem der älteren und größeren Häuser, auf das er ein professionell spekulierendes Auge geworfen hatte, als er mit Phil und Glenda, die mit Einkaufstaschen beladen waren, fast buchstäblich zusammenstieß. Schon nach einer kurzen, beiläufigen Unterhaltung im Hausflur hatte ihn das freundliche junge Pärchen, das gerade dabei war, mit seinen Einkäufen in seine viel kleinere Wohnung direkt gegenüber zurückzukehren, ihn gefragt, ob er nicht auf eine Tasse Tee oder Kaffee mit hereinkommen wollte. Olly freute sich über die offenherzige Einladung. Zufällige Begegnungen mit wirklich netten Menschen waren ihm stets lieber als die entsetzlich langweiligen Verabredungen, die ihm gelegentlich von Leuten angetragen wurden, denen es nur darum ging, sich ihn warmzuhalten oder ihn zu benutzen. Olly hasste es, wenn jemand sich ihn warmhielt. Schon der Gedanke ließ ihn innerlich erschauern. Es machte ihn wütend, wenn er benutzt wurde. Während ein Lächeln genügte, um ihn dazu zu bringen, alles, was er war und hatte, für die wenigen Leute einzusetzen, die ihm etwas bedeuteten, herrschte in seiner Seele ein erbitterter, kalter Widerwille gegen die Vorstellung, man könne ihn dazu manövrieren oder schmieren, etwas zu tun oder zu geben, was ein anderer wollte.

Der Tee schmeckte ihm vorzüglich. Er wurde in einem Becher serviert, der zwar groß war, aber nicht aus dickwandiger Keramik bestand. Nicht zu viel Milch und anderthalb Löffel Zucker. Genau richtig. Und das war nicht das Einzige, was er in der Stunde, die er bei Phil und Glenda verbrachte, sehr genoss. Der Gegensatz zwischen dieser kleinen Wohnung im ersten Stock, die sich das junge Paar gemietet hatte, und Ollys eigenem, voll abbezahltem Apartment in Hove mit Blick aufs Meer hätte nicht krasser sein können, aber die beiden hatten ihre kleine Welt behaglich und farbenfroh gestaltet und sie war so angefüllt mit ihrer Persönlichkeit, wie es eine Behausung nur sein konnte. An der Art, wie Glenda angesichts der Anwesenheit eines Gastes ihren Blick durch das kleine Wohnzimmer von einem Gegenstand zum anderen wandern ließ, wurde zugleich liebenswert deutlich, dass sie auf alles stolz war. Die großen blauen Kaffeebecher. Die Bücher im Regal neben der Tür. Die Vorhänge an ihren Stangen aus dunklem Holz. Die Pyramidenlampe aus genähtem Pergament in der Ecke. Die künstlichen Mohnblumen im ansonsten ungenutzten Kamin. Die rötlich braunen Überwürfe, die sorgfältig über die abgestoßene Sitzgarnitur gebreitet waren, um ihnen etwas mehr Farbe zu verleihen. All das mit einem knappen Einkommen zu bewerkstelligen, war sicherlich mit viel sorgfältiger Überlegung und einer Menge Spaß und Befriedigung verbunden gewesen. Er lächelte und entspannte sich innerlich. Es erinnerte ihn an die Begeisterung, mit der Beth in ihre Wohnung in Lipsham eingezogen war. Sie war genauso gewesen.

Olly wusste, dass er gut darin war, Menschen zum Reden zu bringen. Das war immer so, ob er die Gesellschaft, in der er sich gerade befand, nun schätzte oder nicht. Besonders war es jedoch bei Leuten der Fall, die ihm sympathisch waren. Er mochte Phil und Glenda wegen ihrer unbekümmerten Begeisterungsfähigkeit und ihm war bewusst, dass sie diese unverhoffte Begegnung als echtes Bonbon empfanden. Da entspannte sich dieser gut aussehende, elegant gekleidete, irgendwie sehr bedeutende Mann auf ihrem Sofa, streckte seine langen Beine quer durchs Zimmer aus, trank ihren Tee und interessierte sich, soweit man das beurteilen konnte, wirklich für ihr Leben. Nicht, dass Olly sich auf die Wirkung, die er auf die meisten Leute hatte, denen er begegnete, etwas eingebildet hätte. Er machte sich keine übersteigerten Vorstellungen von sich selbst. Er war lediglich realistisch. Es war einfach eine Tatsache, dass die Leute so auf ihn reagierten. Das gehörte zu seinem Leben, so lange er zurückdenken konnte. Hin und wieder, wenn seine Maklertätigkeit es erforderte, war er auch durchaus imstande, diese Eigenschaft auf zynisch-pragmatische Weise auszunutzen.

Wie er erfuhr, arbeiteten Phil und Glenda in einem privaten Internat am oberen Ende von Rottingdean, einer Einrichtung für Kinder im Teenageralter, die an allen möglichen seltsamen Syndromen litten, von denen Olly noch nie gehört hatte. Mit einer für ihn ungewöhnlich eingehenden Aufmerksamkeit hörte er sich ihre Geschichten darüber an, wie sie mit den täglichen Problemen fertigwurden, die ihnen in der Arbeit mit diesen außergewöhnlichen Kindern begegneten. Ihre Tätigkeit schien voller Komik und Tragik zugleich zu sein. Alles konnte passieren und das meiste passierte auch. Die Mitarbeiter mussten immer mit Gefahren für Leib und Leben rechnen. Manche der Jungen und Mädchen im Internat St. Luke's waren imstande, ohne erkennbaren Grund um sich zu treten oder zu schlagen, und das Unangenehme war, dass dies ebenso gut auf dem Oberdeck eines Busses vor anderen Leuten geschehen konnte wie in der Zurückgezogenheit der Schule, in der sie ihre meiste Zeit zubrachten.

Vielleicht, weil er merkte, dass die Situationen, die er und seine Freundin schilderten, sich erbarmungslos melodramatisch anhören mussten, erklärte Phil schließlich lachend, es gebe auch gute Zeiten und manchmal auch lange Phasen der Langeweile, besonders am Wochenende, wenn die meisten der Kinder weg waren. Olly fragte sie, was ihnen lieber sei, Langeweile oder Krisen. Die beiden, die inzwischen alle Scheu vor dem Gast verloren hatten, lachten und waren sich einig, dass die attraktivere Alternative immer die war, die man im Moment nicht haben konnte.

Glenda machte noch eine Kanne Tee und holte eine Packung Schokoladenkekse hervor, die, wie Olly plötzlich schuldbewusst dachte, sicherlich für einen anderen Anlass bestimmt gewesen waren. Sie und Phil wollten wissen, was ihr Besucher beruflich machte. Olly äußerte sich bewusst vage. Er kaufe und verkaufe Dinge, sagte er ihnen. Wer ihn hörte, hätte den Eindruck gewinnen können, dass er allen möglichen Krimskrams auf einem umgedrehten Karton am Straßenrand feilbot oder aus dem Kofferraum seines Autos verscherbelte. Diese beiden netten Leute bekamen für die äußerst schwierige und manchmal gefährliche Arbeit, die sie taten, offensichtlich ein geradezu armseliges Gehalt gezahlt.

Dagegen verdiente Olly Unsummen, ohne sich dafür allzu sehr anstrengen zu müssen. Das war schon immer so gewesen, seit er die Universität verlassen hatte und in die Immobilienbranche gegangen war. Mit seinem Kapital, dem einzig greifbaren Vermächtnis seiner kaltherzigen, eleganten, zerstrittenen Eltern, die sich während seines ersten Jahres in Aberystwyth getrennt und beide später im Ausland niedergelassen hatten, hatte er sich auf eine Art und Weise, die manche Leute für lächerlich naiv gehalten hätten, daran gemacht, einfach Häuser und Wohnungen zu kaufen und sie dann mit Gewinn weiterzuverkaufen. Die Theorie erschien ihm naheliegend und einfach anzuwenden. Man kaufte Wohnungen oder Häuser für einen gewissen Preis, brachte sie für höchste Ansprüche in Schuss und verkaufte sie dann mit so viel Gewinn, wie man bekommen konnte. Dann kaufte man wieder neue Immobilien und fing von vorne an. Mit jedem Geschäft lernte er dazu und er fand heraus, dass es funktionierte. Den Immobilienmarkt zu manipulieren, erwies sich für ihn als ebenso einfach in der Praxis, wie es ihm in der Theorie erschienen war. Er war auf diesem Gebiet ebenso mühelos brillant, wie er es schon immer auf allen Gebieten gewesen war. Er hatte ein scharfes Auge für gute Geschäfte und ein instinktives Gespür für den richtigen Zeitpunkt, um einen Kauf zu tätigen oder ein Haus oder eine Wohnung anzubieten. Es lief wie am Schnürchen. Er eröffnete ein kleines Büro in Hove, nicht weit vom Bahnhof, und stellte zu einem fürstlichen Gehalt eine wunderbar effiziente Sekretärin ein, die die meisten der Dinge übernahm, für die er sich nicht interessierte. Um den Rest kümmerten sich eine kleine, aber vorzügliche Baufirma und ein Buchhalter. Wie immer zog ein Erfolg weitere Erfolge nach sich. Die Bank liebte ihn. Es war, als stünden die lukrativen Projekte vor seiner Tür Schlange und bettelten hechelnd darum, ihm ein noch größeres Einkommen zuschustern zu dürfen als das, welches er bereits genoss.

Genießen war vielleicht nicht ganz das richtige Wort. Geschäfte machen und Geld verdienen war für ihn eine nützliche Ablenkung gewesen, seit er aus der Welt der Universität herausgeschleudert worden war wie ein Korken aus einer Flasche, aber sein Interesse daran ließ schon jetzt nach. Es war, als ob man jeden Tag Monopoly spielte mit Leuten, die nicht imstande waren zu gewinnen. Es war gar kein richtiges Spiel. Kein richtiger Wettbewerb. Geld war unsichtbar oder bestenfalls bedrucktes Papier. Auf dem besten Wege zu einem Reichtum, wie ihn sich nicht einmal die Habgier träumen ließ, war Olly dennoch ziemlich sicher, dass mit seinen Träumen auch seine Motivation verschwinden würde, und ohne Motivation würde ihm nichts bleiben außer der Rückkehr zu seiner lebenslangen Liebelei mit der Dunkelheit.

So lange er sich zurückerinnerte, hatte Olly sich immer wie ein Mensch gefühlt, der sein Leben lang um den kreisrunden Rand eines finsteren, bodenlosen Abgrunds herumgeht und ständig mit der hypnotischen Wirkung seines eigenen trudelnden Verlangens kämpft, seinen Geist und seinen Körper in den Abgrund zu stürzen. Es lag eine eigentümliche, traurige Süße in der Aussicht, ganz von Schwärze eingehüllt zu sein, wie auch in der Vorstellung ewigen Fallens, das ihn für immer von dem Druck, etwas zu sein oder zu denken oder zu tun, befreien würde. Realistisch gesehen, war ihm klar, dass dies einen Abstieg in den Wahnsinn bedeuten würde, in einen neurotischen Zustand, der mit wilder, unbezähmbarer Selbstvergessenheit beginnen und damit enden würde, dass er in einem katatonischen Zustand versackte, aus dem es keine Hoffnung auf Wiederkehr gab. Vielleicht auch Selbstmord, aber wahrscheinlich nicht.

Olly hatte das Gefühl, dass selbst der zaghafteste Versuch, dies einem anderen Menschen zu erklären, im Großen und Ganzen Zeitverschwendung gewesen wäre. Schon die Sprache, mit der er die Leere in seinem Innern beschrieb, würde wahrscheinlich so flüssig, beherrscht und ausdrucksstark sein, dass es dem Zuhörer vorkommen musste, als höre er einen Mann ausführlich von seinen Ängsten erzählen, er könnte stumm sein. Geradezu peinlich. In der Vergangenheit hatte er es ein- oder zweimal versucht, aber die meisten Leute waren offenbar nicht in der Lage, die nötige Vorstellungskraft aufzubringen, um zu glauben, dass dieser hochgewachsene, dunkelhaarige, gut aussehende, talentierte, reiche junge Mann mit der magnetischen Persönlichkeit ständig am Rande der tiefsten Verzweiflung lebte.

Nicht, dass es je an Kandidaten für die Aufgabe gemangelt hätte, Olly aufzuheitern und ihn von seinen Nöten abzulenken, versteht sich. Die hatte es schon vor der Universität reichlich gegeben, als sein mehr oder weniger unbegrenztes Taschengeld und sein anziehender Charme ihn zum unumstrittenen Star unter seinen Altersgenossen gemacht hatten. Seither hatte die Kombination aus Erfolg, noch mehr Geld, dem Aussehen eines reifenden Filmstars und einem wunderschönen Auto unvermeidlich Männer und Frauen angezogen, die, meist aus eigenen Interessen, nur zu gern bereit gewesen wären, alles Nötige zu tun, um jenen kleinen Schritt in die Dunkelheit abzuwenden.

Mit einigen der Frauen hatte Olly sich eingelassen, aber aus den Beziehungen war nie viel geworden. Schon die Entdeckung, dass er eigentlich kein leichtsinniger Lebemann war, hatte manchen von ihnen ausgereicht. Olly ging gerne essen, ob es nun ein üppiges Frühstück in einer Fernfahrerkneipe war oder ein Feinschmeckerrestaurant, in dem er mit größter Sorgfalt genau den richtigen Mersault auswählte. Er genoss es, mit einem mächtigen Bierkrug in der Hand in der Ecke uralter Kneipen wie dem »The Cricketers« in Brighton zu sitzen und mit den wenigen Leuten, die seinen Geist wirklich zum Tanzen brachten, ziellos und endlos zu plaudern. Zugleich hatte er einen Musikgeschmack, der zur Klassik neigte, eine ausgedehnte Bibliothek von Romanen und Gedichten und eine tiefe Empfänglichkeit für die wechselnden Farben des Himmels über dem Meer, den er von seinem riesigen Wohnzimmerfenster aus sah, das auf so herrliche Weise verhinderte, dass seine Wohnung im dritten Stock zu einem Ort wurde, in dem er sich lediglich eingemauert fühlte. Das alles war zu viel für jene Mädchen, die sich ausschließlich für das Phänomen interessierten, das allgemein als »Spaß haben« bezeichnet wird, und deshalb leidenschaftlich an die Freitag- und Samstagabende glaubten, aber im Blick auf alle anderen Wochentage Agnostikerinnen waren.

Es hatte auch eine oder zwei gegeben, bei denen das Problem beinahe umgekehrt gelagert war. Sie wären nur zu gern bereit – ja begierig – gewesen, mit ihm in jede Richtung zu gehen, die er einschlagen wollte. Sie wollten ihn kennen. Sie wollten sich in den Teil seiner Seele hineinwühlen, wo er auf jeden Fall allein bleiben wollte. Sie wollten seine Hemden waschen. Sie waren beinahe eifersüchtig auf das, was sich da im Kern dieser Persönlichkeit versteckte und sich so wirkungsvoll und anscheinend mühelos gegen jeden Eindringling zur Wehr setzte. Wenn sie dann spürten, dass die Tür zu diesem Ort für sie fest verschlossen war, lungerten sie vor der Festung herum und hofften auf eine Chance, hineinzuschlüpfen, wenn die Pforte versehentlich offen gelassen wurde. Olly selbst hatte dann diesen hoffnungslosen Belagerungen ein Ende gemacht. Es war schwierig genug, sich der Tatsache zu stellen, dass es für sie an dem Ort, nach dem sie sich so sehr sehnten, nur Dunkelheit zu entdecken gab, auch ohne die belastende Aussicht, auch noch Rücksicht auf einen anderen Menschen nehmen zu müssen, wenn die Verlockung der Vergessenheit an seinem Willen zerrte wie ein übergewichtiger Ertrinkender.

Eines Tages würde vielleicht eine ganz besondere Frau seinen Weg kreuzen, aber bisher hatte sie sich noch nicht gezeigt, und Ollys tiefe Angst war es, sich mit der falschen Person auf eine dauerhafte Beziehung einzulassen, nur um dem Alleinsein zu entkommen und weil eben jeder hin und wieder das Bedürfnis hat, in den Armen eines anderen Menschen zu liegen.

Eine Kraft gab es freilich, die Olly immer wieder vom Rand seines eigenen bodenlosen Schachtes ins Nichts zurückzuhalten vermochte. Da ihm frühere Erfahrungen fehlten, konnte er nur annehmen, dass es die Kraft der Liebe sei – des Liebens und Geliebtwerdens. Zum ersten Mal war er ihr während seiner Zeit an der Universität begegnet. Lance, Tom und Beth waren natürlich bereits Freunde gewesen, bevor sie nach Aberystwyth kamen, doch Olly war so selbstverständlich in alles, was sie taten und was sie waren, mit einbezogen worden, dass es ihm vorkam, als schlüpfte er in eine Lücke hinein, die schon seit Jahren bestand. Vielleicht brauchten ihn die drei Freunde in dieser neuen Umgebung, damit ihr kleiner Kreis sich ohne Anspannung vollkommen schließen und seine Stärke bewahren konnte. Drei ist nicht immer eine problemlose Zahl. Und er brauchte sie ganz bestimmt, weil sie ihm etwas boten, was er noch nie erlebt hatte, etwas so Schlichtes und Naheliegendes, dass es fast ein Klischee war: das Gefühl, dazuzugehören. Das Bewusstsein, dass selbst dann, wenn er allein war, die unermüdliche Wärme und Zuwendung wahrer Freunde um ihn herumschwebte wie Engel im Äther. Im Grunde lag es natürlich auf der Hand. Olly merkte es nur nicht, weil er so etwas noch nie zuvor erlebt hatte, aber sie waren seine Familie geworden.

Hätte jemand ihn gefragt, warum gerade diese Leute ihm so wichtig geworden waren, so hätte Olly vielleicht nicht so eine flüssige Antwort zustande gebracht, wie er sie auf die meisten Fragen zu geben vermochte. Bestimmt hätte er davon gesprochen, so abgedroschen es sich auch für ihn selbst anhörte, dass sie von ihm nichts erwarteten außer ihm selbst. Das in ihm, was imstande war, einfach nur zu sein, ohne etwas zu leisten. Wenn sie sich zu viert zum Essen oder Spazierengehen oder Reden trafen, verspürte Olly weder den Drang noch die Verantwortung, die treibende oder beherrschende Kraft hinter allem zu sein, was sie taten oder sagten. Das war für ihn ein völlig neues Phänomen und er fand es ungemein erfrischend. Bis dahin war alles immer nach dem Muster abgelaufen, dass jemand, den er kennenlernte, am Anfang freimütig seine Ansichten äußerte und seine Persönlichkeit zeigte, dann aber mit der Zeit zu schrumpfen und unwirklich zu werden schien, wie eine Motte, die knisternd in einer Kerzenflamme aufgeht, oder ein Papiertaschentuch, das ins Feuer geworfen wird. Olly mochte Kinder, aber nicht immer; nicht, wenn sie eigentlich längst erwachsen sein sollten.

Die zweite Reaktion, auf die er häufig stieß, war eine Art Abwehr. Sie kam vor allem von Männern, die mit Mühe und Not ein Bewusstsein ihrer eigenen Identität zusammengeschustert hatten, das so zerbrechlich war, dass es nur überleben konnte, solange niemand es infrage stellte. Ihre eigene Unsicherheit zwang sie oft entweder zu eisigem Schweigen oder grundloser und unnötiger Unhöflichkeit. Meistens verschwanden sie einfach, vermutlich, um sich bei Leuten, bei denen sie Eindruck machen konnten, eine ordentliche Dosis erfrischender Bestätigung zu holen.

Olly wurde es nie leid, Zeit mit Lance zu verbringen. Er liebte es, sich in den turbulenten Strom der Nachdenklichkeit des anderen hineinzustürzen, genussvoll seine charakteristisch poetische Ausdrucksweise zu analysieren und sich an einer lächerlichen, plötzlichen Welle des Stolzes zu laben, wann immer etwas, was er, Olly, gesagt hatte, ein breites Lächeln über die vertrauten Züge seines Freundes zauberte. Schon in den ersten Tagen ihrer Freundschaft hatten sie es sich zur Gewohnheit gemacht, sich regelmäßig in Kneipen oder Cafés zu treffen oder lange Spaziergänge zu machen und es zu genießen, wie ihre Gedanken und Empfindungen sich begegneten und vermischten und gemeinsam davonschwebten wie eine Rauchwolke, die aus zwei verschiedenen Schornsteinen aufstieg. Sie standen sich so nahe wie Liebende, waren aber dabei viel weniger verletzlich und in komplexe Abhängigkeiten voneinander verstrickt, sodass es für beide eine goldene Zeit war. Wenn etwas zu bezahlen war, bezahlte fast immer Olly. Es machte ihm nichts aus. Lance hatte so gut wie gar kein Geld und schien es nicht einmal zu bemerken.

Als Lance zu Beginn ihres zweiten Studienjahres in eine seiner Depressionen hinabstieg, wich Olly nicht von seiner Seite. Er wusste genau, was in ihm vorging. Alles, was er an Verstand und Weisheit besaß, bot er für seine Kampagne auf, die er mit Stimulation und Schweigen, mit Festigkeit und überbordender Albernheit und unendlicher Geduld führte. Er trug die Bürde der Verzweiflung seines Freundes mit aller Energie und Hingabe eines Mannes, der mit einem verletzten Passagier in einem beschädigten Boot unaufhaltsam zwischen drohenden, unverrückbaren schwarzen Felsen durch die Stromschnellen schießt. Und es funktionierte. Irgendwann fanden sie sich in ruhigem Wasser wieder. Eines Abends in der Kneipe bedankte sich Lance bei Olly dafür, dass er sich um ihn gekümmert hatte, und bewies dann seine Genesung, indem er mit großem Ernst und so, als wäre es ein drängendes und brennendes Problem in ihrem Leben, die Frage stellte, warum sie eigentlich nicht beide römisch-katholisch seien. Endlich eine normale Frage.

An jenem Abend redete und lachte und trank Olly mit Lance, bis sie beide nach Hause gingen. Später, kurz vor Mitternacht, war er einsam durch verlassene Straßen zu dem Haus gezogen, in dem Beth seit dem Beginn des neuen Trimesters ein möbliertes Zimmer gemietet hatte. Nachdem er geklopft und sie ihn eingelassen hatte, kniete er mehrere Minuten lang neben ihr auf dem Boden und weinte in ihren Armen wie ein Baby. Bis dahin hatte Olly noch niemals in Gegenwart einer anderen Person geweint. Sie redeten bis weit in die frühen Morgenstunden. Vor allem Olly. Zum ersten Mal in seinem Leben schilderte er einem anderen Menschen die Hoffnungslosigkeit, die an jeder Ecke seines Lebens auf ihn wartete wie ein maskierter Räuber und drohte, ihn zu überwältigen und ihm den Willen zum Weitermachen wegzunehmen. Beth war schockiert. Diese vollkommen unerwartete Wahrheit über ihren Freund brach über sie herein wie eine Todesnachricht. Wie ein plötzlicher Verlust. Ein tragender Stein in ihrer Mauer verschob sich und brach fast völlig heraus. Von dieser Reaktion ließ sie sich freilich nicht das leiseste Flackern anmerken. Stattdessen fragte sie Olly ruhig, ob er Lance irgendetwas davon erzählt habe.

Eine Weile lang sagte Olly nichts; dann zitierte er leise die letzten beiden Strophen eines Gedichtes von Charles Causley, das Beth schon unzählige Male in modernen Anthologien gefunden hatte. Es war einer jener seltenen Texte, die sie immer wieder bewegten, wie oft sie die Worte auch las oder hörte.

Beim Morgengebet der Lehrer fleht
für jene, denen es schlechter geht,
und das lauteste Echo im Raum kommt, wenn
Timothy Winters brüllt: »Amen!«

So komm nun, Engel, kommt eurer zehn:
Timothy Winters sagt »Amen,
Amen, Amen, Amen, Amen.«
Timothy Winters, Herr.
Amen.

Eines Tages würde er es Lance erzählen.

Olly mochte innerlich ebenso verlottert sein wie Timothy Winters, doch nach außen hin war er ein sehr ordentlicher Mensch. Niemand konnte ihm nachsagen, dass er je irgendwo, wo er gewesen war, etwas zurückgelassen hätte. Diese Nacht war eine Ausnahme. Beth besaß nun einen Teil von ihm, den er noch nie hatte zum Vorschein kommen lassen. Es war ein sehr merkwürdiges Gefühl. Ein sehr gutes Gefühl. Wenn auch etwas beängstigend. Er fragte sich, warum er sich ausgerechnet Beth als die Person ausgesucht hatte, an die er die erste Offenbarung seiner Emotionen richtete, und gab sich die Antwort, dass es wahrscheinlich mit ihrer verblüffenden Mischung aus Unschuld und Weisheit zu tun hatte. Es war eine Weisheit, die nicht aus Wissen und Anpassungsvermögen geboren war, obwohl sie sicherlich auch darüber verfügte, sondern aus moralischer Überzeugung und einem unerschütterlichen Glauben an den potenziellen Wert jedes Menschen. Aber da war auch noch etwas anderes, eine weitere, zusätzliche Dimension in ihrem Leben – in ihrem Geist, was immer das war –, die er weder begreifen noch auch nur identifizieren konnte. Es war ein Rätsel. Aber er hatte Freude an dem Rätsel und war fürs Erste ganz und gar zufrieden damit, dass es ein Rätsel blieb. Das Problem mit den meisten Rätseln, mit Kreuzworträtseln zum Beispiel, war seiner Erfahrung nach, dass sie irgendwann gelöst waren und man sich dann fragte, wozu man sich überhaupt die Mühe gemacht hat.

Olly liebte Beth. Er hätte für sie keinen Weg gescheut, alles getan und jede Geldsumme ausgegeben, doch soweit er sich selbst zu wissen gestattete, war er nicht verliebt in sie. Und das war gut so, denn Beth war in Tom verliebt und Tom war absolut verrückt nach Beth. Tom, der Olly dem Aussehen nach schon immer an eine wohlgenährtere, jüngere Ausgabe des Komikers Frank Skinner erinnert hatte, war anfangs etwas argwöhnisch gegenüber Lances neuem Freund gewesen, doch sobald er sich durch dieses neue Mitglied in ihrem Kreis nicht mehr bedroht fühlte, entwickelten die beiden eine sehr vertraute und von gegenseitiger Achtung geprägte Freundschaft. Tom, leidenschaftlich, humorvoll und unsicher, war kein großer Redner – zumindest hätte er, wenn Olly und Lance voll in Fahrt waren, kein Wort dazwischenbekommen –, aber er absorbierte und speicherte Gedanken und Eindrücke mit der Unersättlichkeit eines professionellen Schriftstellers. Genau das würde auch eines Tages aus ihm werden, davon war Olly überzeugt. Schon jetzt unterhielt Tom seine Freunde, wenn sie nicht zusammen waren, und manchmal auch, wenn sie es waren, mit dem unterirdischen Strom seiner Gedanken, jenen langen, in tausend Einzelheiten verzweigten Briefen, wie sie zu schreiben sich heute niemand mehr die Mühe machte. Der Bücherwurm, meinte Olly eines Tages, würde den Büchern nicht mehr entrinnen.

Olly graute es vor dem Verlust seiner Freunde, nachdem ihre Zeit an der Universität zu Ende gegangen war. Nicht, dass er gefürchtet hätte, ihre Zuneigung zu ihm könnte schwinden oder umgekehrt. Es war eher ein Gefühl des Verlustes, ein wiederkehrendes Zusammenkrampfen des Herzens über den Tod jener einzigartig kostbaren Zeiten, die sie nie wieder auf genau diese Weise erleben würden. Eine Trauer über den Verlust jener alltäglichen Leichtigkeit, mit der die vier Freunde sich treffen und auseinandergehen konnten, immer in dem Bewusstsein, dass der Abschied bedeutungslos war, weil sie alle in einer kleinen Welt in einer kleinen Stadt am Meer lebten, meilenweit entfernt vom Rest der Welt.

Für Olly war es ein vorsichtiger Kompromiss gewesen, nach Brighton & Hove zu ziehen. Die Immobilienpreise in jener neu umbenannten Stadt waren höher als fast überall sonst im Land, abgesehen von London, und stiegen immer noch steil an. Leute mit genügend verfügbarem Kapital und der richtigen Mischung aus Sachkenntnis und Selbstvertrauen konnten hier eine Menge Geld verdienen. Und bis nach Lipsham war es nur ein Katzensprung. Lance und Beth hatten sich wieder in ihrer Heimatstadt niedergelassen und arbeiteten in Kington, zumindest fürs Erste, und Tom wohnte und arbeitete ein paar Meilen entfernt in Lanworth. Ein neues Muster entwickelte sich. Die beruflichen Anforderungen brachten es mit sich, dass der Kontakt unter den Freunden sich heutzutage hauptsächlich auf die Wochenenden konzentrierte, doch gemeinsame Abende in verschiedenen Besetzungen waren durchaus recht häufig möglich. Olly atmete auf. Es war alles in Ordnung.

Die Begegnung mit Phil und Glenda löste beinahe nostalgische Gefühle in ihm aus. Ihre Wohnung, ihr Lebensstil und ihr lockerer Umgang mit einem wildfremden Menschen, den sie im Hausflur trafen, ließen Olly die Witterung der Studentenzeit wieder in die Nase steigen. Die möblierte Wohnung gegenüber von ihnen im selben Haus, die er sich angesehen hatte, war eine komplette Niete. Sie hatte zwar ein sehr großes Wohnzimmer, aber aus irgendeinem bizarren Grund, der wohl mit den diversen An- und Umbauten zusammenhing, die an dem ursprünglichen Gebäude vorgenommen worden waren, konnte man das zweite Schlafzimmer nur erreichen, indem man durch das erste hindurchging. Es war eine unsinnig geschnittene Wohnung. Eine verrückte Wohnung. Kein Wunder, dass sie schon so lange zum Verkauf stand. Es würde Monate dauern, bis der Besitzer einen Interessenten fand, der so unlogisch war, dass die Immobilie zu ihm passte, und der sie ihm abnehmen würde. Aber das machte nichts. Es gab ja noch tausend andere Immobilien, die er sich ansehen konnte. Der Besuch hatte sich gelohnt. Olly freute sich über die neue Bekanntschaft.

Nach jener ersten Begegnung mit Phil und Glenda schaute er ziemlich regelmäßig bei ihnen vorbei. Ihre Wohnung war für ihn ein Ort, den er aufsuchen konnte, wenn er aus seinem eigenen Kopf herausmusste und keine unmittelbare Aussicht bestand, sich mit seinen anderen Freunden zu treffen. Eigenartigerweise erwähnte er die beiden jungen Sozialarbeiter nie gegenüber Lance, Beth und Tom. Der einzige Grund dafür war seine natürliche Neigung, die wichtigen Dinge des Lebens säuberlich voneinander zu trennen. Schon als Kind hatte Olly sein Leben zusammengehalten, indem er sorgfältig alles in sein richtiges Abteil einordnete.

Eines Tages, als er am Meer entlang heimwärts von Brighton nach Hove fuhr, vorbei an den traurigen, verkohlten Überresten des alten West-Piers, klingelte Ollys Handy. Es war Glenda. Sie hörte sich angespannt und aufgeregt an. Am Tag zuvor war Phil, als er versuchte, einen der größeren Jungen zur Räson zu bringen, aus einem Fenster im zweiten Stock der Schule abgestürzt und ungedämpft auf die Betonplatten des Hofes aufgeschlagen. Jetzt lag er mit einem übel gebrochenen Arm und einer Oberschenkelfraktur im rechten Bein im Royal South Hospital. Es hätte viel schlimmer ausgehen können. Außer diesen Verletzungen selbst bestand keine weitere Gefahr, aber würde es Olly etwas ausmachen, ihn vielleicht während der nächsten paar Wochen hin und wieder zu besuchen, besonders wenn Glenda Schicht hatte oder ausschlief? Es würden ihn zwar auch andere Leute besuchen, aber sie wusste, dass Phil besonders gern Olly sehen würde, wenn er die Zeit erübrigen könnte. Sie habe beschlossen, fügte Glenda hinzu, bei ihren Eltern in Shoreham zu wohnen, solange Phil im Krankenhaus war, weil sie es ohne ihn in der Wohnung nicht aushielt. Sie gab ihm noch ihre Nummer in Shoreham und legte dann auf. Olly fand eine Stelle, wo er illegal wenden konnte, und traf wenige Minuten später am Krankenhaus ein.

Olly hasste alles, was mit Krankenhäusern zu tun hatte, obwohl er noch nie in seinem Leben eine Nacht in einem Krankenhaus verbracht hatte. Irgendetwas an dem Gedanken an die unpersönliche Nähe, die seiner Meinung nach zwangsläufig mit der Krankenpflege verbunden sein musste, jagte ihm einen Schauder über den Rücken. Seine ersten zwei oder drei Besuche auf Phils Station, die sich etwa auf halber Höhe der Felswand befand, an der das Krankenhaus erbaut war, trugen nicht dazu bei, seine Abscheu zu mildern. Die Kommunikation und das Verantwortungsbewusstsein in dieser Einrichtung schienen irgendwie aus den Fugen geraten zu sein, und viele der Pflegekräfte, die auf Phils Station tätig waren, wirkten nicht sonderlich motiviert. Die meiste Zeit schienen sie um den großen, viereckigen Schreibtisch in der Mitte der Station herum zu sitzen und stapelweise langweilige Formulare auszufüllen. Olly vermutete, dass diese Abstumpfung eine Folge des angeknacksten Selbstbildes der Leute sein musste, die in den letzten Jahren in dem verrosteten alten Gesundheitswesen hängen geblieben waren. Was auch immer der Grund war, es war jedenfalls keine sehr anregende Umgebung.

Wie sich herausstellte, war Phils Hauptproblem im Laufe der langen Tage die Langeweile. Sein gebrochenes Bein wurde durch ein Gewicht, das über das Bettende herabhing, auf Streckung gehalten und musste noch einige Wochen lang in dieser Position bleiben. Bei einem von Ollys Besuchen, als Glenda auch gerade da war, deutete der Invalide quer durch die Station auf einen glatzköpfigen jungen Mann in ähnlichem Alter, der mit einer Art Spielkonsole hantierte, die über ein Kabel mit einem schwarzen Kasten und über ein zweites mit einem gewöhnlichen Fernseher verbunden war.

»So etwas braucht man hier drinnen, Olly«, sagte er. »Das ist eine Z-Box. Mit diesen kleinen Dingern kann man alles machen. Man kann Musik darauf speichern und abspielen, man kann DVDs einlegen und alle möglichen Spiele spielen. Ich glaube, man kann damit sogar ins Internet, wenn man das richtige Zubehör hat, um sie anzuschließen. Verblüffend! Wenn ich erst mal reich bin und je wieder ins Krankenhaus muss, werde ich auf jeden Fall so ein Ding mitnehmen.«

Olly wusste aus Erfahrung, wie stolz Phil und Glenda waren.

Für Olly war es eine Kleinigkeit, die zweihundert Pfund auszugeben oder was immer es kostete, eines dieser Geräte zu kaufen. Er brauchte nur eine Karte oder ein paar von diesen Zetteln mit dem Porträt der Königin hinzulegen. Das waren ja die Werkzeuge, mit denen er in seinem Beruf ständig umging. Aber davon würde Phil nichts wissen wollen. Dass Glenda ein so kostspieliges Geschenk annehmen würde, war noch unwahrscheinlicher. Doch zum Glück arbeitete Ollys Hirn äußerst schnell. Diese Gedanken durchzuckten ihn in dem Sekundenbruchteil, nachdem Phil aufgehört hatte zu sprechen – so schnell sogar, dass der kleine Überraschungslaut, den er dann ausstieß, sich anhören musste wie eine unmittelbare Reaktion auf die Worte des anderen.

Als Phil ihn fragte, weshalb er so reagierte, sagte Olly, er sei über diesen Zufall ein wenig verdattert gewesen. Was für einen Zufall denn, wollte Phil wissen.

Nun, log Olly schamlos, letzte Woche habe eine große Baustofffirma eine Handvoll ihrer wichtigsten Kunden zu einem feudalen Werbeempfang in eines der großen Hotels an der Strandpromenade eingeladen. Alle seien dabei ordentlich verwöhnt worden, unter anderem dadurch, dass der Geschäftsführer, ein Mann namens Jeremy Sowieso, Geschenke an die Gäste verteilt habe. Man habe sich entweder einen Satz Golfschläger oder eine von diesen Z-Boxen aussuchen können.

»Ich habe dankend abgelehnt«, sagte Olly, »weil ich schon Golfschläger habe, mit denen ich vollkommen zufrieden bin, und weil ich nie etwas anschaue oder mit etwas spiele, was auf einem kleinen Bildschirm vor sich geht, wenn ich es vermeiden kann. Soll ich den Typen anrufen und ihm sagen, dass ich doch eine nehme? Er war sehr enttäuscht, dass er sich meine Dankbarkeit nicht verdienen konnte. Diese ganzen Nettigkeiten, und alles ganz umsonst. Er würde sich ein Bein ausreißen, um mir etwas schenken zu dürfen. Für ihn ist das so, als ob er das Geld direkt bei der Bank einzahlt – denkt er.«

Phil war natürlich sofort begeistert gewesen. Für ihn war das ein Licht am Ende oder besser gesagt in der Mitte des langen, dunklen Tunnels der Eintönigkeit. Wenn dieser Jeremy wirklich so verrückt war, solche Sachen zu verschenken, warum nicht? Glenda jedoch war nicht so gutgläubig. Sie ließ sich nicht so leicht überzeugen. Mit gerunzelter Stirn und Argwohn im Blick schaute sie Olly an.

»Was versprechen sich denn solche Firmen davon, einfach so teure Sachen an andere Leute zu verteilen, Olly?«

Olly wedelte träge mit der Hand durch die Luft. »Ach, meine Güte, da gibt es ein richtiges Büfett von Definitionen, aus denen wir uns eine aussuchen können. Bestechung, Anreize, Freundschaftsgeschenke, sichtbare Beweise für den Wohlstand der Firma, altmodische Angeberei. Du kannst es nennen, wie du willst. Es hängt davon ab, ob du der Geber oder der Nehmer bist und wie geschmeidig dein Gewissen ist.« Leichthin fuhr er fort: »So etwas gibt es in der Geschäftswelt dauernd. Wahrscheinlich hat sich der gute Jeremy eine ganze Halle voll von dem Zeug zu Schleuderpreisen gesichert, und jetzt liegt es irgendwo in einem Lagerraum herum und wartet darauf, von einem Lehrling für den nächsten Empfang abgestaubt zu werden. Aus seiner Sicht ist das eine legitime Investition. Gehört zum Bewirtungsbudget. Da können wir doch dem armen Mann gerne eins von diesen Z-Box-Dingern abnehmen, wenn wir damit Phil aufmuntern können, meinst du nicht? Aber das ist natürlich eure Entscheidung.«

Glenda war noch längst nicht zufrieden.

»Und das bringt für dich keinerlei Kosten oder Verpflichtungen zu irgendwelchen kostenlosen Tätigkeiten für den Mann mit sich oder so etwas?«

Olly legte den Daumen über den kleinen Finger und hob die rechte Hand, die anderen drei Finger senkrecht ausgestreckt, grüßend an den Kopf.

»Ich schwöre bei der Ehre des eifrigen kleinen Pfadfinderwölflings mit Halsband und Kappe, der ich einmal war, dass ich besagtem Jeremy als Gegenleistung für jedwedes Geschenk, das er mir aus freien Stücken zukommen lässt, weder Geld noch anderweitige Vergünstigungen überlassen werde«, sagte er, was ja auch vollkommen der Wahrheit entsprach. »Und wenn ihr denkt, ich sage nicht die Wahrheit, kann ich euch nur sagen, dass die Königin sehr ärgerlich wird, wenn einer von uns Wölflingen beim Flunkern erwischt wird. Deshalb würde ich das nie tun. Ihre Majestät ist der Schrecken aller Schrecken, wenn sie ärgerlich wird. Also. Soll ich mal sehen, ob sich etwas machen lässt? Oder wäre es euch lieber, wenn ich Phil ein paar Strickmuster mitbringe?«

Daraufhin hatte Glenda der flehentlichen Bitte in den Augen ihres bettlägerigen Freundes nachgegeben, aber es war klar, dass ihr Argwohn noch immer nicht völlig zerstreut war. Seit Phil und Glenda staunend zum ersten Mal in seinem luxuriösen Apartment am Strandende der Grand Avenue gestanden hatten, war Olly klar gewesen, dass insbesondere Glenda sich nie mit einem Ungleichgewicht abfinden würde, was die Aufmerksamkeiten anging, die sie in ihrer Freundschaft austauschten. Hätte sie geahnt, wie viel Gewinn Olly aus seinen gelegentlichen Besuchen in ihrer gemütlichen kleinen Mietwohnung in Fairhaven zog, hätte sie sich vermutlich nicht so viele Gedanken gemacht.

Das einzige Opfer, das Olly bringen musste, um Phil eine Z-Box zu verschaffen, war die Notwendigkeit, nun einen Laden wie »Nixon's« betreten zu müssen, um sie zu kaufen. Er hatte einen herzlichen Widerwillen gegen solche Geschäfte, die ihren Erfolg zynisch auf eine Kombination aus strategisch veralteter Ware und dem mangelnden technischen Verständnis der Mehrzahl ihrer Kunden gründeten.

Heute hingen in den Schaufenstern des Ladens Schilder mit riesigen roten Lettern, die die Öffentlichkeit darauf aufmerksam machten, dass im Innern unzählige »GEILE MEGA-DEAL'S!« zu haben waren. Olly war noch nicht länger als zwei Minuten durch die belebten Gänge geschlendert, als ein kleinwüchsiger, aber erschreckend selbstbewusst wirkender Mitarbeiter auf ihn zutrat, ein junger Mann, der die vertraute Uniform aus dunklen Hosen, weißem Hemd und altrosa Krawatte trug. Eine rechteckige Plakette an seiner Brust verriet, dass sein Name Martin war. Seine leicht vorstehenden Augen sprangen schier aus ihren Höhlen, so eifrig war er bemüht, seine Dienstfertigkeit und die herzliche Zusicherung, dass bei dieser Begegnung keinerlei persönliche Hintergedanken im Spiel seien, zu signalisieren. Beim Sprechen hielt er seine Hände mit verschränkten Fingern in Gebetshaltung vor die Brust.

»Kann ich Ihnen irgendwie behilflich sein, Sir?«

»Guten Tag, Martin«, sagte Olly ernst. »Ich komme von der Stadtverwaltung.«

»Oh, dann sollten Sie sich vielleicht ansehen, was wir ...«

»Apostroph-Abteilung. Leider muss ich Ihnen mitteilen, dass bei uns eine Reihe von Beschwerden eingegangen sind.«

»Apostr-...«

»Ja.« Er deutete mit dem Daumen über die Schulter auf die Schaufenster. »Mega-Deals ist die Pluralform dieses, äh, Wortes, nicht wahr? Dennoch enthalten Ihre sämtlichen Werbeschilder einen Apostroph, so als wäre es die Possessivform. Hmm? Was haben Sie dazu zu sagen, Martin, mein Lieber?«

Olly gab sich sehr ernst und eindrucksvoll, mit mehr als nur einem Hauch von Strenge. Sein Auftreten war distinguiert und imposant.

»Ich glaube, vielleicht sollten Sie besser mit dem ...«

»Vielleicht wären Sie so nett, die Sache bei Ihrem Geschäftsführer zur Sprache zu bringen und ihn darauf aufmerksam zu machen, dass unsere Stadt zwar eine aufgeklärte Haltung zu manchen Kategorien abweichenden Verhaltens einnehmen mag, aber in ihrer Einstellung zur grammatischen Reinheit nach wie vor strikt konservativ ist. Nächsten Montag beginnt die Brightoner Woche des Apostrophs. Während dieser Zeit werden wir diese eklatanten Regelverstöße nicht hinnehmen. Habe ich mich klar ausgedrückt?«

»Nun ...«

»In der Zwischenzeit, Martin, würde ich gerne selbst einen Ihrer Mega-Deals erwerben, im Plural und ohne Apostroph, versteht sich. Ich glaube, Sie verkaufen Z-Boxen. Stimmt das?«

Die Erleichterung des verdatterten »Nixon's«-Angestellten darüber, wieder vertrauten Boden unter seinen glänzend schwarz beschuhten Füßen zu haben, war so groß, dass sich seine Antwort fast wie ein Zwitschern anhorte.

»Z-Boxen, ja, Sir, die verkaufen wir sehr viel. Sie sind im Moment sehr, sehr beliebt, besonders bei ...«

»Wie viel?«

»Es sind zwei kostenlose Spiele dabei und ...«

»Wie viel?«

»Mit Garantieverlängerung könnte ich Ihnen …«

»Wie viel, wenn wir uns darauf einigen, dass hier gar nichts verlängert wird?«

»Hundertachtundsechzig, Sir.«

»Und das wäre dann einer Ihrer possessiven Mega-Deals, ja?«

»Äh …«

»Packen Sie sie bitte in eine Tüte, Martin, und stecken Sie gleich noch zwei oder drei zusätzliche Spiele mit dazu.«

Froh darüber, mit heiler Haut davonzukommen, huschte der Weißbehemdete davon, um alles Nötige zu tun, um seinen unerwarteten Minialbtraum zu einem möglichst raschen Ende zu bringen. Während Olly mit hinter dem Rücken verschränkten Händen wartete und mit einer Fußspitze ungeduldig auf den Boden klopfte, kam ein anderer »Nixon's«-Angestellter auf ihn zu, diesmal von größerer Statur und mit sicherer in den Höhlen verankerten Augen, jedoch mit demselben Ausdruck bedingungsloser Verfügbarkeit im Gesicht. Auf seiner Plakette gab er sich als Paul zu erkennen.

»Kann ich Ihnen irgendwie behilflich sein, Sir?«

»Oh, äh, nein, vielen Dank, Paul, alter Junge«, lächelte Olly höflich und deutete hinüber. »Ich werde gerade schon von Martin dort drüben übers Ohr gehauen.«

Minuten später war er aus dem Laden heraus und vergewisserte sich, dass weder Glenda noch sonst jemand, den er kannte, in Sichtweite war, bevor er die unverkennbare »Nixon's«-Tüte in den nächsten Abfallbehälter stopfte. Nach einer kurzen Fahrt mit dem Auto erstieg er den Klippenhang des Krankenhauses zur Unfallstation, wo der plötzlich mit ganz neuen Kräften ausgestattete Phil sein neues Spielzeug mit zwar körperlich eingeschränkter, aber dennoch überschwänglicher und unverhohlener Begeisterung in Empfang nahm. Das war viel besser als Weintrauben. Olly lächelte. Er blieb noch eine Weile, um mit Phil zu plaudern, und dann überließ er ihn seiner neuen Beschäftigung.

14

Als Beth die Kette aushakte und ihre Wohnungstür öffnete, rechnete sie ganz und gar damit, ihren betagten Nachbarn von oben mit seiner militärisch strammen Haltung und seinen funkelnden Augen vor sich zu sehen. Stattdessen fiel ihr Blick auf eine kleine Gestalt in einer grellfarbigen Jacke und im ersten Moment war sie so verdutzt, dass sie dachte, es müsse ein Kind sein, das da vor ihr im Hausflur stand. Aber wie war der Junge ins Haus gekommen und warum klingelte er an ihrer Tür? Doch beinahe sofort bemerkte sie ihren Irrtum. Das war kein Kind. Jetzt, wo sie richtig hinsah und mit ihren Gedanken bei der Sache war, wurde ihr klar, dass sie ganz genau wusste, wer ihr Besucher war. Es war dieser Mann, von dem alle so furchtbare Geschichten erzählten und den sie neulich vor einer Katastrophe bewahrt hatte, als ihm bei Gaterose beinahe alle Eier heruntergefallen wären. Tom verabscheute ihn und hatte Beth schon mehr als einmal nahegelegt, ihm und seiner berüchtigten »Leibwache« aus dem Weg zu gehen. Seit der Sache bei Gaterose hatte sie den merkwürdig gekleideten kleinen Mann einige Male in Lipsham gesehen und, statt Toms Ratschlag zu beherzigen, stets versucht, in seine Richtung zu lächeln oder zu nicken, da sie ein verschwommenes Bedürfnis empfand, ihm zu zeigen, dass es zumindest ein mögliches Tor heraus aus seiner Welt gab, die ihr unaussprechlich finster und unerfreulich zu sein schien.

Darky Green. Das war sein Name. Genau; sie erinnerte sich nämlich noch, wie sie sich gewundert hatte, wie jemand mit einer so hellen Gesichtsfarbe zu einem solchen Spitznamen kommt. Darky Green. Aber warum stand Darky Green hier vor ihrer Wohnungstür, trat von einem Fuß auf den anderen und sah aus, als ob er gleich entweder weglaufen oder platzen würde? Warum hatte er geklopft? Was konnte er von ihr wollen? Warum sagte er nichts? Eine plötzliche, krampfartige Furcht ließ ihr den Atem stocken.

Dass Darky nichts sagte, hatte den ganz einfachen Grund, dass er in dem Moment, als die Tür aufging und Beth vor ihm stand, feststellte, dass er keinen Ton herausbringen konnte. Wären seine

Gedanken und Gefühle die Gänge eines Autos gewesen, so hätten sich in diesem Moment die Zahnräder knirschend und krachend so sehr ineinander verkeilt, dass es weder vorwärts noch rückwärts ging. Sein Problem war im Wesentlichen ein ganz einfaches. Die Selbstsicherheit, die er sich durch Geldausgeben und Machtausübung angeeignet hatte, hatte zweifellos sein Leben verändert. Das Dumme war nur, dass Darkys neu gefundenes Selbstvertrauen nur dann wertvoll und nützlich war, wenn er nicht vor der Notwendigkeit stand, sein nicht vorhandenes zwischenmenschliches Geschick anwenden zu müssen, nämlich nur da, wo Bargeld und Nötigung gültige Währungen waren.

Dies war ein Mädchen namens Beth, das in seiner eigenen Welt lebte, und Darky lebte ganz allein in einer Nichts-Welt, auf einem fremdartigen Korridor.

Als Beth auf sein Klopfen hin an der Tür erschien, unternahm er immerhin den Versuch. Er versuchte, aus der Stärke zu schöpfen, die er als Dreh- und Angelpunkt einer Gruppe von Männern gewonnen hatte, die es für richtig oder für nötig hielt, über Frauen so zu reden, als wären sie so etwas wie Untermenschen, aber es funktionierte nicht. Es ging einfach nicht. Scheiße! Es passte nicht. Jedenfalls nicht ohne Publikum. Nicht ohne Vaughn und die anderen. Diese Person, die ihn von der anderen Seite des Eingangs her fragend ansah, dieses hübsche, helläugige, strahlende Licht von einem Menschenwesen, war so weit davon entfernt, ein »Es« oder ein »Das« zu sein, wie Liebe von Lüsternheit. Was Darky vor sich sah, war ein Amalgam physischer, emotionaler und geistiger Vollkommenheit, so hoch erhaben über dem Bild, das er von sich selbst hatte, dass er weder etwas sagen noch sich bewegen konnte.

Es gab noch ein zweites Problem, das mit dem ersten zusammenhing. Die überwiegende Mehrzahl der Autoritätsfiguren, die Darky während seiner Kindheit erlebt hatte, waren Frauen gewesen. Frauen sagten einem, was man zu tun oder zu lassen hatte. Sie wurden böse auf einen. Waren manchmal nett zu einem. Man nannte sie »Miss«, egal, ob sie verheiratet waren oder nicht. Sie stammten aus einer anderen, fremden Rasse, die sich nicht nur durch ihr Geschlecht auszeichnete. Sie gehörten zu dem Stamm, der schon immer »Personal« genannt wurde. Irgendwo in seinem Innern würde Darky wohl zeit seines Lebens unfähig bleiben, jemals einer selbstbewussten Frau zu begegnen, ohne drauf und dran zu sein, sie als Angehörige einer ganz anderen Kategorie von Wesen zu betrachten. So ging es ihm auch jetzt. Wer oder was war dieses Mädchen, das ihm die Tür zum Apartment 2 geöffnet hatte? Keine Ahnung. Keine Ahnung. Keine Ahnung … weiß nicht. Tut mir leid, dass ich Sie außerhalb der Arbeitszeit störe, Miss. Ich gehe wieder, Miss. Wann haben Sie wieder Dienst, Miss?

Er konnte Kevo und Baz aus dem Park heraufholen und ihnen sagen, dass sie sie zu Brei schlagen sollen. Das konnte er tun, wenn er wollte. Ganz einfach. Sie von den beiden festhalten lassen, während er sie befummelte. Sie zwingen, alles zu tun, was er wollte. Sie dazu bringen, Geranie oder Rhinozeros zu sagen oder welches verrückte Wort ihm auch immer einfiel. Aber sie war hübsch. Sie war ein Mädchen. Sie war Personal. Privilegien im Arsch. Aber verdammte Scheiße, sie *war* doch gar kein Personal. Er war doch auf Brautschau hier. Er hatte Geld in der Tasche. Und noch viel mehr davon tief unten im Brunnen. Doch, sie war Personal. Wie viele Jacken hatte er, verdammte Scheiße? Ein Badezimmer in seinem Schlafzimmer. Voll eingerichtet. Erzähl ihr, wie dieses Arschloch Tom sich in diesem Scheißzug in die Hosen geschissen hat. Nein, erzähl ihr das nicht. Doch, erzähl es ihr. Bring sie dazu, dass sie dich auf die Wange küssen will. Wie denn? Wie, verdammte Scheiße? Tu halt *irgendwas*, du blöder Vollidiot.

Angepeitscht und in Panik versetzt durch dieses Gewitter von Stimmen, trat Darky Green zwei Schritte vor und hob einen Arm. Während er ihr das dicke Geldbündel, das er aus seiner Tasche gezerrt hatte, vors Gesicht hielt, packte er mit seiner anderen Hand grob ihre linke Brust und schob gleichzeitig sein Gesicht auf das ihre zu. Ob er dabei beabsichtigte, sie zu küssen oder etwas zu sagen, hätte sie selbst in einem Moment größter Besonnenheit unmöglich erraten können.

Furcht war Beth nicht fremd, aber sie war kein Feigling. Sie war immer bereit gewesen, sich Menschen und Situationen zu stellen, wenn ihr das gut und nützlich erschien. An dem, was in diesem

Moment mit ihr geschah, war nichts Gutes oder Nützliches. Darky Greens surrealer, plötzlicher Angriff auf sie im Eingang zu ihrem eigenen Zuhause war vermutlich das Erschreckendste, was ihr je passiert war. Aus voller Kehle schreiend, fegte sie mit einer Hand die tatschende Hand von ihrer Brust weg, als wäre sie eine Tarantel, die gerade zubeißen wollte, und schaffte es gleichzeitig, mit der anderen mit voller Wucht nach der unerklärlichen Handvoll Banknoten zu schlagen. Als ein Schneegestöber aus Fünf- und Zehn-Pfund-Scheinen ihm um den Kopf wirbelte, stieß Darky einen stöhnenden Aufschrei aus, drehte sich auf dem Absatz herum und tastete mit den Händen wild durch die Luft, während die Beweise seines Reichtums zu Boden flatterten. Hinter seinem Rücken fiel die Tür zu Apartment 2 ins Schloss und genau im selben Moment vollendete der automatische Lichtschalter seinen Zyklus, sodass zumindest für einige Momente, bis sich seine Augen daran gewöhnt hatten, völlige Dunkelheit auf dem Hausflur herrschte.

Altvertraute Albträume stürzten sich auf Darky wie ein Krähenschwarm, der um ein Stück Aas kämpft. Was für ein abscheuliches, inkompetentes Versagen. Was für ein ekelhaftes, verschwitztes Durcheinander. Was für eine schreckenerregende Auflösung der transparenten Kapsel, in der er sich sicher gefühlt hatte. Was für eine Panik, dass die totale Katastrophe unabwendbar sein musste, wenn nicht auch der letzte Fünf-Pfund-Schein von dem dünnen Teppich und aus den dunklen Ecken des kalten, lichtlosen Treppenabsatzes aufgelesen wurde.

Vor sich hin murmelnd und unter leisen, panischen Wimmerlauten ließ er sich auf alle viere nieder, drehte sich atemlos im Kreis und tastete überall auf dem Boden nach seinem Geld. Es zählen oder glatt streichen zu wollen, hatte keinen Sinn. Er stopfte die Scheine einfach in seine Jackentaschen, wann immer seine suchenden Hände auf einen stießen.

Wie aus weiter Ferne hörte er, wie die Haustür aufging. Im nächsten Moment ging das Licht wieder an. Schritte bewegten sich durch den Flur im Erdgeschoss auf die Treppe zu. Bestimmt hatte sie jemanden angerufen. Nein, das konnte nicht sein. Das wäre zu schnell gegangen. Egal, wer auch immer das war, hatte offensichtlich einen Schlüssel zur Haustür. Es musste jemand sein, der hier wohnte. Wahrscheinlich der alte Knacker, der wieder zurückkam. Schnell, alles zusammenraffen. Schnapp dir die letzten beiden Fünfer aus der Ecke neben der Tür. Steh auf. Kämm dich. Geschafft.

Was der atemlose, zerzauste Darky Green sich in diesem Moment mehr als alles andere wünschte, war, wieder dahin zurückzugelangen, wo alles in Ordnung war. An einen Ort, wo er am Ruder saß und jeder andere das wusste. Zurück in die Kneipe. Zurück ins »Pig and Bucket«. Scheiß drauf, was Kevo und Baz sagen würden. Die sollten die Fresse halten. Sag ihnen einfach, sie wäre nicht da gewesen. Erzähl ihnen irgendwelchen Scheiß. Verdammt, jetzt geh endlich! Ohne aufzublicken, stolperte er an der Person auf der Treppe vorbei, wer immer sie war.

Nachdem Beth ihre Tür sicher verriegelt und die Kette vorgelegt hatte, wählte sie mit zitternden Händen Toms Nummer. Schon nach dem zweiten Klingeln nahm er ab.

»Tom … es ist etwas Schreckliches passiert. Nein, ich kann nicht, nicht am Telefon.« Sie versuchte zu verhindern, dass ihr die Stimme stockte, aber sie schaffte es nicht. »Nein, nein, komm bitte einfach her – jetzt gleich. Ja, ich halte am Fenster Ausschau nach dir. Bitte komm sofort.«

15

Als Olly aus dem unteren Haupteingang des Krankenhauses kam, schaltete er sein Telefon wieder ein. Drei oder vier Nachrichten von Tom, der von Beths Wohnung aus anrief. Er blieb neben zwei Rauchern in Morgenmänteln stehen, die beide an rollbaren Infusionskränen hingen, und hörte sich an, was sein Freund ihm zu sagen hatte. Seine Züge verhärteten sich.

»Wo könnte der Zwerg jetzt stecken? Wo hängt er an der Theke herum? In welcher Kneipe? ›The Pig and Bucket‹? Schwein und Trog, witziger Name für eine Kneipe. Okay, dann versuchen wir es dort. Was? Nein, ich habe keine Ahnung, was wir machen werden. Darum geht es nicht, Tom. Worum es geht, ist, dass wir *irgendetwas* tun. Nein, bleib, wo du bist. Ich hole dich innerhalb von dreißig Minuten vor der Wohnung ab.«

Während er noch sein Telefon zusammenklappte und zurück in seine Tasche steckte, war er schon im Laufschritt unterwegs zu seinem Wagen.

16

Ollys Selbstvertrauen war einfach außergewöhnlich und mehr als nur ein bisschen beunruhigend.

Tom hatte sich nervös der vagen Vorstellung hingegeben, dass die beiden sich unauffällig durch die Tür des »Pig and Bucket« schleichen und sich an einem Ende der Theke in eine Ecke verdrücken würden, um irgendeine Strategie zu planen und den Blicken all jener auszuweichen, die infrage stellen könnten, mit welchem Recht sie sich in dieser exklusiven Lokalität aufhielten. Sicherlich wäre es ratsam, geduldig im Hintergrund zu warten, bis es keinerlei Uneinigkeit mehr darüber geben konnte, dass sie mit ihrer Bestellung an der Reihe waren.

Olly hatte da offensichtlich ganz andere Vorstellungen. Er wartete nur die eine oder zwei Sekunden ab, bis Tom ihre Zielperson identifiziert hatte; dann marschierte er unbekümmert quer durch den Lärm und das Getriebe der belebten Kneipe und bezog seine Stellung an der Theke, unmittelbar neben Darky Green, der, im Einklang mit den Schilderungen, die Tom immer gehört hatte, auf dem Hocker mit den hohen Fußstützen saß, auf dem er immer thronte, vor sich auf dem Tresen ein halb getrunkenes großes Glas Lager und ein Glas Weißwein. Der Tresen hatte schon bessere Tage gesehen. Der Versuch, nach Cowboymanier ein Glas über seine schlammfarbene, von Einkerbungen übersäte Oberfläche gleiten zu lassen, wäre pure Zeitverschwendung gewesen.

Tom stellte sich neben seinen Freund und bemühte sich verzweifelt, so auszusehen, als ob er einerseits niemanden herausfordern, andererseits aber voll hinter seinem Freund stehen wollte. Er stellte fest, dass er ein wenig zitterte. Darky war eindeutig der Boss in diesem abscheulichen, verwahrlosten Loch voller zig Mal reparierter, billiger Holzmöbel und dunkler, seit Langem nicht mehr ausgekehrter Winkel. Er thronte auf seinem Hocker wie ein kleiner König mit Hasenzähnen. Seine erhabene Stellung wurde wie immer durch die »Leibwache« unterstrichen und beschützt. Heute Abend saß sie an einem Tisch in Greens Nähe und bestand aus vier trinkfesten, finster blickenden Mitgliedern jener Bande, die während Toms und Beths ganzer Schulzeit und insbesondere in letzter Zeit, seit Darky die Bühne betreten hatte, jeden in Angst und Schrecken versetzt hatte, der zur Zielscheibe ihrer Angriffslust und Habgier wurde. Tom erkannte sie alle vier.

Die Bolton-Brüder John und George waren eineiige Zwillinge. Im Laufe der Jahre hatten sie zwar auf etwas unterschiedliche Weise schlechte Zähne bekommen, aber ihre breiten, rauen, olivbraunen Gesichter, die aufs Geratewohl gestutzten Haare und das drohende, wolfsähnliche Schimmern in ihren Augen waren sich bemerkenswert ähnlich. Soweit sich feststellen ließ, zogen sie Tag für Tag dieselben Sachen an, bis ein Kleidungsstück schließlich auseinanderfiel und ersetzt werden musste. Sie rochen schlecht. Sie waren schlecht. John und George wohnten bei ihrer zerknitterten, nervösen kleinen Tante in der Avocet Road, unten hinter dem Dorfteich. Als Jugendlicher im Marktflecken Lipsham hatte Tom, ebenso wie etliche andere, diese beiden gemieden wie die Pest. Schon ihre bloße Existenz machte einem das Herz schwer. Wenn man sie aus der Ferne am anderen Ende der Straße auf dem Bürgersteig auf sich zukommen sah, machte man so unauffällig wie möglich eine Kehrtwendung und machte sich in der anderen Richtung aus dem Staub oder man verdrückte sich in eine Seitengasse, wenn sich eine anbot.

»'N Pfund her!« Das war in der Vergangenheit Johns und Georges gewohnter Spruch gegenüber kleineren Kindern gewesen, von denen viele sich glücklich schätzten, sich zu einem so niedrigen Preis Freiheit und körperliche Unversehrtheit erkaufen zu können. Aber das waren nur die kleinen Delikte. Schon als kleiner Junge war Tom manchmal in seinen Träumen von dem finsteren Brüderpaar verfolgt worden. Schon damals waren reichlich erschreckende Geschichten – üble Geschichten – über die Niederträchtigkeiten im Umlauf, die sie verübten. In letzter Zeit waren sie noch schlimmer geworden.

Einer der finstersten und berüchtigtsten dieser neueren Berichte schilderte, wie John und George einen Groll gegen einen Mann aus dem Ort hegten. Eines Tages hatten sie sich seine kleine Tochter geschnappt, sie zum Teich gebracht und ihr Gesicht ganz dicht über das Wasser gedrückt. So musste sie zuschauen, wie George ihr neues Kätzchen ertränkte, indem er es am Rande des Teiches gleich unter der Wasseroberfläche festhielt. Als das panische Paddeln der winzigen Pfoten erlahmte und das Kätzchen tot war, klatschte George den triefnassen, leblosen kleinen Körper dem weinenden Kind vor die Brust. Später kam der Vater des Mädchens kochend vor Wut zu den Boltons nach Hause. Sie erwarteten ihn schon. Ein grauenhaftes Grinsen verzerrte Johns Züge, als er die Tür öffnete. Er hatte eine Pfanne mit heißem Fett in der Hand, das er dem Mann ins Gesicht schleuderte. Während das Opfer dieses brutalen Anschlags sich vor Qualen schreiend auf dem Boden wälzte und sich die Finger in die Gesichtshaut krallte, tauchte George auf. Er versetzte dem Mann drei harte Tritte, einen zwischen die Beine, einen in den Bauch und einen in den Rücken. Darauf schloss John die Behandlung ab, indem er sich bückte, den Kopf des erbarmungswürdigen Opfers am Hemdkragen hochzerrte und ihm ins Ohr zischte, seiner Scheißtochter würde es genauso gehen wie der Scheißkatze und sie würden sie in ihren eigenen Scheißbriefkasten stopfen, wenn er sich nicht verpisste und sein Scheißmaul hielte.

Niemand wusste genau, ob diese groteske Geschichte wirklich passiert oder nur eine Legende war, aber es hatte auch noch niemand gehört, dass die Bolton-Brüder sie abgestritten hätten, und ebenso wie andere albtraumhafte Gerüchte war sie verbreitet genug, um all jene mit Schrecken zu erfüllen, die sonst vielleicht so tapfer oder so empört gewesen wären, sich mit den Brüdern anzulegen.

Heutzutage verbrachten die Boltons ihre meiste Zeit damit, Darky Greens ruchlose Anweisungen auszuführen oder sich einfach in der Nähe des kleinen Mannes aufzuhalten und dafür zu sorgen, dass niemand ihn antastete. Es war leicht verdientes Geld und sie hatten Spaß an ihrer Arbeit, denn das Aroma der Furcht wirkte auf sie so erfrischend und belebend wie der Duft von Speck oder Seeluft auf andere Leute.

An ihren freien Tagen hatten sie noch eine recht lukrative Nebenbeschäftigung. Sie fuhren mit ihrem Lieferwagen hinauf zu einer Bungalowsiedlung am nördlichen Stadtrand und machten sich an alte Leute heran, die sich überreden ließen, sie für irgendwelche Arbeiten in Haus und Garten anzustellen. Ihre Methode war äußerst wirkungsvoll. Nachdem er an der Haustür geklingelt hatte, erklärte John den Leuten, sie seien gekommen, um das Dach oder den Zaun zu reparieren oder die Gartenarbeiten zu machen. Aus Unsicherheit, sie hätten vielleicht eine zuvor getroffene Vereinbarung vergessen oder diese Arbeiten seien aus irgendeinem geheimnisvollen Grund von der Stadtverwaltung beauftragt worden, ließen etliche der verdatterten Rentner sie einfach machen. Je älter und verwirrter das Opfer, desto besser für die Bolton-Brüder, versteht sich. Wenn diesen schutzlosen alten Leuten dann eine saftige Rechnung für die Arbeiten präsentiert wurde, die eigentlich gar nicht nötig gewesen wären, bezahlten die meisten von ihnen lieber, als sich aufzulehnen. Diejenigen, die Zweifel an der Rechnung äußerten, ließen sich meistens ohne Schwierigkeiten einschüchtern, bis sie sich fügten. Akzeptiert wurde nur Bargeld und so manche verängstigte Witwe hatte sich schon dazu breitschlagen lassen, mit zum nächsten Geldautomaten zu fahren, nachdem ihr schreckliche Konsequenzen angedroht worden waren, falls sie sich weigerte.

John und George Bolton hatten keinerlei Fantasie auf irgendwelchen anderen Gebieten außer dem, wie man anderen Schmerz zufügt und ihnen Geld abpresst.

Die anderen beiden Leibwächter an dem Tisch waren ebenso charmante Zeitgenossen. Kevin Barnes und Baz Jonson waren wild und unberechenbar. Nach Toms Einschätzung waren sie verrückt. Barnes war groß und drahtig, sein Gesicht knochig und hager. Er trug seine langen, strohigen Topfkratzerlocken in einem Pferdeschwanz. Jonson war vollkommen kahl, klein und von Kopf bis Fuß mit Muskeln bepackt. Hätte es auch nur eine Spur von Licht oder Liebe in Baz Jonsons glatt gemeißelten Zügen gegeben, so hätte man ihn als gut aussehend bezeichnen können, aber von diesen positiven Eigenschaften war nichts zu sehen. Er sah böse aus, und genau das war er auch, wie eine große Zahl seiner früheren Opfer hätte bezeugen können, wenn sie es auch mit höchster Wahrscheinlichkeit niemals tun würden.

Was die beiden gemeinsam hatten, war der hyänenhafte Schimmer in ihren Augen. Ein irres Entzücken ergriff Besitz von ihnen, wann immer ihr schielender kleiner Herr und Meister Gewalt oder Einschüchterung erlaubte oder befahl. Einige Jahre lang hatte Jonson einen riesigen Schäferhund namens Khan besessen, ein Geschöpf mit gewaltigen Zähnen und hängender, tropfender Zunge, das er wirkungsvoll einsetzte, wenn jemandem etwas klarzumachen war und der Betreffende Baz oder Darky nicht mit der gebührenden Aufmerksamkeit zuhörte.

Dann, so hieß es, war es so weit gekommen, dass Khan, verständlicherweise durch schlechte Behandlung und unregelmäßige Versorgung gereizt, nicht mehr zu kontrollieren war und sich noch wüster und unberechenbarer als sein Herrchen zu verhalten begann. Eines Tages fuhr Jonson hinunter nach Eastbourne und machte mit dem Hund einen Spaziergang oben auf dem Beachy Head. Ein paar kurze Momente lang tollte das Tier wieder wie ein Welpe umher und jagte einem Stock nach, den sein Herrchen über die Klippen geschleudert hatte. Zwar konnte es sich gerade noch rechtzeitig vor dem Rand der Klippen bremsen, doch nur, um im nächsten Augenblick zu spüren, wie ein Stiefel, Größe sechsundvierzig, auf sein Hinterteil prallte und ihn seinem Stock hinterherschickte, der hundertfünfzig Meter tiefer auf den Felsen lag. Das Apportieren erübrigte sich.

Beide Männer trugen Messer bei sich. Einmal, als Tom noch ein Teenager gewesen war, waren diese beiden wilden Bestien in den Schankraum einer Kneipe marschiert, in der er gerade mit einem Freund Pool spielte. Kevin Barnes bot ihm eine Wette über fünfzig Pfund an, dass er ihn im Pool schlagen könnte, also zwei von drei Partien gewinnt. Als Tom schwach protestierte, er wolle eigentlich nicht und habe sowieso kein Geld zum Wetten, zog Barnes ihn in eine Ecke und zeigte ihm ein unanständig langes Messer, das er aus dem Gürtel unter seiner Jacke zog. Mit seinem Albtraumgrinsen auf dem Gesicht fuhr er mit dem Daumen an der rasiermesserscharfen Klinge entlang und drohte damit, Tom zu »häuten«, wenn er nicht mitspielte und bezahlte, falls er verlor. Also spielte Tom. Seine Hände zitterten so sehr, dass er kaum den Queue festhalten konnte. Natürlich verlor er, so schnell er konnte. Im Laufe dieser zwei Spiele machte er sich tatsächlich ein wenig in die Hosen.

Am nächsten Tag musste er den größten Teil des Geldes, das er sich für den bevorstehenden Familienurlaub zusammengespart hatte, verwenden, um Barnes seinen »Gewinn« auszuzahlen. Seinen Eltern erzählte er nichts von alledem; irgendwie gelang es ihm, den Verlust seines Geldes zu vertuschen. Er war ängstlich darauf bedacht, dass ihr Leben nicht einmal mit dem äußersten Rand einer Welt in Berührung kam, in der solche Dinge geschahen. Noch heute brannten ihm die Wangen vor Verlegenheit und ohnmächtiger Wut, wenn er an seine erzwungene Kapitulation dachte und besonders bei der Erinnerung an die an seinen Beinen herunterrinnenden Tropfen. Tom sank das Herz in die Hose, als er nun sah, wie Kevin Barnes ihn wiedererkannte und sich das hungrige Grinsen langsam über sein Gesicht ausbreitete. Und es war nicht nur Barnes. Der verhutzelte Monarch auf dem Barhocker hatte ihn mit einem gifttriefenden Blick fixiert, als er und Olly hereinkamen, fast so, als ob er Tom erkannte.

Jetzt waren sie hier, in dieser Kneipe. Purer Wahnsinn.

Doch grenzenloses Selbstvertrauen ist eine merkwürdige und starke Kraft. Was Außenseiter anging, so galten im »Pig and Bucket« im Grunde ganz einfache Regeln. Wenn man kein Stammgast war, kam man überhaupt nicht in die Kneipe. Wenn man kein Stammgast war, aber trotzdem hereinkam, vielleicht in Gesellschaft eines etablierten Gastes, war man gehalten, sich als minderwertiges Wesen, das dankbar sein musste, sich überhaupt hier aufhalten zu dürfen, an der vorderen Theke herumzudrücken. Man hielt den Blick gesenkt und den Mund geschlossen, um unmissverständlich zu signalisieren, dass man sich bewusst war, nicht hierher zu gehören, und dass man nur bleiben durfte, weil Darky Green in seiner Großzügigkeit beschlossen hatte, keine Einwände dagegen zu erheben. Was er sagte, das geschah.

Sid, der betagte Wirt, legte keinen Wert mehr auf Auseinandersetzungen mit der Leibwache, nachdem seine Versuche, ihre Exzesse einzudämmen, in der Vergangenheit katastrophal gescheitert waren.

Gewisse Dinge durfte man auf keinen Fall tun, wenn man zu denen gehörte, die die Unverfrorenheit besaßen, dadurch, dass sie keine Stammgäste waren, Anstoß zu erregen. Zum Beispiel marschierte man nicht, völlig unangemessen gekleidet in teure Designerklamotten, wie ein junger Rock Hudson auf die Theke zu, um mit lauter, volltönender Stimme zwei kleine Bier zu bestellen, sich dann umzudrehen und mit heiterem, leutseligem Interesse die anderen Gäste zu mustern, die Ellbogen nach hinten auf den einstmals glänzenden Tresen gestützt, so als wäre man der neue Besitzer, der sein Eigentum in Augenschein nimmt, um die Renovierung zu planen. Ollys besitzergreifendes Auftreten wurde noch durch den Umstand verstärkt, dass die sinkende Abendsonne ausgerechnet in einem Moment kurz nach seinem Eintreten einen gleißenden Lichtstrahl durch eines der nach Westen gerichteten Vorderfenster sandte. Dadurch entstand ein goldenes Schneegestöber aus Staubkörnchen, die sich sanft in den schnurgeraden Sonnenstrahlen wiegten, die den Neuankömmling anleuchteten wie ein Bühnenscheinwerfer. Das übrige Innere der Kneipe, ohnehin farblos bis auf eine Auswahl trübsinniger Brauntöne, wirkte dadurch noch dunkler als sonst. Eigentlich typisch, dachte Tom, dass selbst die Sonne bereitwillig und pflichtbewusst zur Stelle war, wenn Olly sie brauchte.

Bei all seiner Nervosität fand Tom es faszinierend, zu sehen, wie das ultracoole Verhalten seines Freundes Darky Green für den Augenblick zu lähmen schien. Olly trat mit unbekümmerter Herzlichkeit auf und sein Interesse und Respekt vor dem Status quo im »Pig and Bucket« waren gleich null. Dadurch war Darky offenbar der Möglichkeit beraubt, die ersten zwei oder drei Stufen seiner orthodoxen Reaktion auf jene seltenen Individuen, die es in der Vergangenheit gewagt hatten, ihn herauszufordern, in Gang zu setzen. Eine Reaktion würde es natürlich trotzdem geben. Das war unvermeidlich. Tom machte sich auf etwas gefasst, als Darky sich auf seinem Hocker zurücklehnte und die Daumen hinter seinen leuchtend roten Hosenträgern einhakte. Interessant, das. Er schien ganz hingerissen von seinen leuchtend roten Hosenträgern zu sein. Das Quartett der Leibwächter am Tisch trank und sah zu und wartete auf das Stichwort. Baz und Kevin konnten kaum ihre Zunge im Mund halten. Da war jemand, dem sie Todesangst einjagen und wehtun konnten. Ein Leckerbissen.

Was Olly als Nächstes tat, ließ Tom das Blut gefrieren. Mit einem plötzlichen Blick nach rechts schien er ein wenig zu erschrecken, als er Darky zum ersten Mal bemerkte. Er stieß sich von der Theke ab und richtete sich auf, drehte sich um und zeigte abrupt mit dem Finger auf die dünne kleine Gestalt auf dem Hocker. Es war, als hätte er dadurch, dass er diese Person entdeckt und erkannt hatte, die Antwort auf eine Frage gefunden, die ihn zutiefst beunruhigt hatte.

»Und wo«, erkundigte er sich vernehmlich, während er sich mit ratlos gerunzelter Stirn zu den anderen Gästen umdrehte, »ist der Trog?«

Auf ein kollektives Atemstocken folgte verblüfftes Schweigen, das gleich darauf durchbrochen wurde, als der eine oder andere arglose Zecher spontan in lautes Gelächter ausbrach, das jedoch sofort erstarb, als die vier Leibwächter, die die Absicht des Fremden durchaus begriffen hatten, wenn auch nicht seinen Witz, sich auf ihren Stühlen herumdrehten, um jeden, der ihren geliebten Brotherrn von Anführer mit solch unbedachter Heiterkeit beleidigt hatte, besser mit ihren giftigen Blicken fixieren zu können. Greens Gesicht war puterrot angelaufen. In einer albernen Anwandlung fragte sich Tom, ob er wohl gleich platzen und den farblosen Kneipenraum mit lauter roten Flecken von Green bespritzen würde. Die Albernheit konnte jedoch seiner Beunruhigung nicht lange standhalten.

»Na«, zischte er Olly ins Ohr, »das war's dann wohl. Solltest du durch irgendein Wunder lebendig hier herauskommen, sag Beth, dass ich bis zum letzten Atemzug gekämpft habe und dir die Schuld an allem gebe.«

»Ach, wir kommen schon lebendig hier heraus, Tom«, erwiderte Olly gelassen. »Mach dir darum keine Sorgen. Ich bin noch nicht fertig. Schließlich muss ich diesem Burschen noch meine Meinung sagen.«

»Deine Meinung?«

»Mmm. Ja, natürlich. Ich muss ihm doch die Meinung sagen.«

»Das eben war noch nicht deine Meinung?«

»Aber nein.«

»Oje.«

Gerade in dem entscheidenden Moment, als Darky, immer noch puterrot, aber jetzt zusätzlich mit unregelmäßig geformten weißen Flecken geziert, die sich auf seinen Wangen auszubreiten begannen, zum Signal für seine Leibwache herrisch mit den Fingern schnippen wollte, wandte sich Olly wieder an den kleinen Mann. Als ob er ihn jetzt zum ersten Mal richtig sähe, legte er die Hand vor den Mund, als wolle er einen kleinen Aufschrei des Erstaunens unterdrücken. Was ihm aber nicht gelang. Es war ein im höchsten Maße fesselnder Aufschrei, und er fesselte Darky. Als Olly wieder etwas sagte, bebte seine Stimme geradezu vor aufrichtiger und demütiger Zerknirschung. Das Publikum sah und hörte wie gebannt zu. Was für eine Show!

»Grundgütiger! Wie dumm von mir. Hören Sie, das tut mir wirklich ganz furchtbar leid, was ich eben gesagt habe«, rief er und hörte sich dabei ganz außer sich vor Verlegenheit und zugleich seltsam begeistert an. »Wissen Sie – also, ich bitte tausendmal um Entschuldigung, aber ich habe eben erst gemerkt, wer Sie sind?«

»Häh?«, erwiderte Darky voller Argwohn in seiner monoton dröhnenden Stimme.

»Ganz ehrlich, ich bin – also ich bin ein *Riesen*fan von Ihnen, wenn ich das sagen darf.«

Der Dreiklang aus Bewunderung, tiefstem Respekt und verwirrter Verlegenheit in Ollys Tonfall hörte sich absolut echt an. Tom begann sich zu fragen, ob sie beide vollkommen übergeschnappt seien.

»Was?«

Selbst Darky Greens berühmte Gleichgültigkeit gegenüber allem, was irgendein anderer Mensch auf der Welt zu ihm sagte, war gegen die glitzernde Flut der Heldenverehrung, die ihm von Toms Freund entgegenströmte, nicht ganz gefeit. Der kleine Mann auf dem Hocker legte sein Heldenhaupt schief, fasziniert und gebannt von der

Kraft einer Persönlichkeit, die ihm von Natur aus stärker als die seine erscheinen musste, deren Inhaber sich aber dennoch tief vor ihm zu verneigen schien.

»Um die Wahrheit zu sagen, ich habe Sie schon oft von Weitem gesehen und ich war einfach …« Olly brach ab und schüttelte hilflos bedauernd den Kopf angesichts der schieren Unmöglichkeit, seine Gefühle in angemessene Worte zu kleiden. »Wie soll ich es ausdrücken? Ich empfinde einfach eine unglaubliche Bewunderung für Sie, wann immer ich Sie sehe, und es ist – nun, es ist überwältigend, jetzt hier neben Ihnen zu stehen. Es ist einfach großartig. Ich weiß wirklich nicht, wie Sie das machen.«

Einen furchtbaren, enttäuschenden Moment lang war Tom nahe daran, zu glauben, dass seinen Freund der Mut verlassen hatte und er nun versuchte, sich durch Schmeichelei aus der Affäre zu ziehen. Was er in der Vergangenheit mit Olly erlebt hatte, lieferte nicht den Hauch, nicht einmal die Ahnung eines Anhaltspunktes, dass dergleichen auch nur im Entferntesten möglich wäre. Aber warum gab er sich so versöhnlich und wie konnte er sich dabei so aufrichtig anhören? Wenn das alles nur ein Trick war, was war das für einer und wo sollte das alles hinführen?

Bei Darky dagegen begann sich der Nebel der Ungewissheit zu verziehen. Ein höhnisches Schimmern war in seinen beiden verschlagenen kleinen Augen aufgetaucht, im schiefen ebenso wie in dem, das er unter Kontrolle hatte. Das hier war etwas, was er wiedererkannte und verstand. Tom hatte fast das Gefühl, seine Gedanken lesen zu können.

Dieser blöde eitle Pfau mit Todessehnsucht war in die Scheißkneipe gekommen, um den großen Macker zu markieren, und jetzt ging ihm der Arsch auf Grundeis. Er schiss sich in die Hosen und versuchte sich nun herauszuschleimen, um seine Haut zu retten. Mit Angst kannte Darky sich aus. Angst war ihm vertraut. Sie war sein Hobby. Er hatte Spaß daran. Vielleicht würde er diesem Typen von Kevo seine Initialen D. G. in schönen großen Buchstaben auf die Arschbacken ritzen lassen. Dann würde er sich nicht so schnell wieder über ihn lustig machen.

»Also sagen Sie, wie *machen* Sie das eigentlich?«

Olly stützte sich wieder auf die Theke, das Kinn auf eine Hand gestützt, die andere in der Hosentasche. Sein Blick war der ernsthafte, sehnsuchtsvolle Blick eines demütigen, schuljungenhaften Niemands, dem unverhofft eine Begegnung mit einem der ganz Großen seiner Zeit gewährt wurde und der entschlossen war, das Beste daraus zu machen. Tom wäre nicht überrascht gewesen, wenn er als Nächstes Zettel und Stift aus der Tasche gezogen und Darky um ein Autogramm gebeten hätte.

»Wie mache ich was?«

Darky musste wohl zu dem Schluss gekommen sein, dass das süße Vergnügen der Rache, das ihm natürlich auf eine Handbewegung hin jederzeit zu Gebote stand, warten konnte, bis er dahintergekommen war, was er denn so Wunderbares machte, was das für eine bislang unenthüllte, bewundernswerte Sache war, von der dieser faselnde Arschkriecher vor ihm da redete.

»Ach, kommen Sie, das *wissen* Sie doch«, flötete Olly, nahm die Hand aus der Tasche und winkte ungläubig ab. Er wandte seinen Blick ab und stieß ein respektvolles kleines Kichern hervor, als ob Darky, ganz wie es seine charmante Art war, absichtlich bescheiden und zurückhaltend wäre. »Sicher wissen Sie das! Sie wissen, dass Sie es wissen! Sie *wissen* es! Sie müssen wissen, was ich meine. Ich rede davon, wie Sie einfach *hinausgehen*.«

Er richtete sich wieder auf, trat einen Schritt vom Tresen weg und schnitt mit beiden Händen rhythmisch durch die Luft, um die entscheidenden Worte mit dem größtmöglichen Nachdruck zu versehen.

»Sie gehen hinaus und mischen sich unter die Leute, als ob – oh, als ob es überhaupt kein Problem gäbe. Das ist einfach unglaublich! Ich kann Ihnen gar nicht sagen, wie sehr mich das beeindruckt. Das wollte ich Ihnen schon lange einmal sagen.«

Einen Moment lang herrschte eine unsichere Stille. Olly war ohne Frage der Einzige im Raum, der wusste, wovon er redete, und Tom kamen allmählich ernsthafte Zweifel, ob er nicht vielleicht genauso wenig Ahnung davon hatte wie jeder andere im »Pig and Bucket«. Zweifellos jedoch war Darky Green, dessen paranoider, schielender Verstand sich inzwischen sicher war, wieder die Oberhand gewonnen zu haben, ziemlich beeindruckt von der Leidenschaft, mit der Olly ihm schmeichelte. Zugleich lag ebenso offen zutage, dass er ebenso wie jeder andere in der Kneipe beim besten Willen nicht dahinterkam, was an ihm denn der Anlass all dieser Schmeichelei war. Und das wollte er gerne wissen. Am liebsten hätte er danach gefragt, aber so einfach war das nicht. Tom konnte sein Problem nachvollziehen. Darky hatte sich offenkundig längst abgewöhnt, Fragen zu stellen, auf die er keine Antwort wusste. Sein Image hing teilweise, sogar größtenteils, davon ab, dass er beständig eine allwissende Gelassenheit ausstrahlte, und das konnte er nur, indem er sich standhaft weigerte, sich an irgendeinem Gespräch oder Austausch zu beteiligen, bei denen er Gefahr lief, dass seine umfangreiche Unwissenheit aufs Peinlichste vor jedermann offenbar wurde. Schon sich überhaupt auf irgendeinen Dialog einzulassen, war eine Demonstration der Schwäche, die vermieden werden sollte, ganz abgesehen von dem praktischen Problem, Worte zu wählen, die er benutzen konnte. Das allein war eine Herausforderung für sich.

»Ah, Sie reden von …«

Greens teuflisch raffinierter Plan war offensichtlich, dass Olly die Lücke am Ende des Satzes füllen würde, eines Satzes, den Darky, wie er durch seine reservierte Manier anzudeuten bemüht war, selbstverständlich auch selbst hätte beenden können, wenn er denn gewollt hätte.

»Genau!« Olly schrie das Wort beinahe und hob dabei die Hände mit nach außen gewandten Handflächen, wie es früher die Prediger taten und heute die Gottesdienstbesucher tun. »Genau davon rede ich!«

»Von was?«

Inzwischen war Darky vorübergehend unfähig, sich zu rühren. Er steckte in einer regelrechten Moorpackung der Neugier. Er wollte es wissen. Tom und alle anderen in der Kneipe ebenso.

In den Tagen danach sollte sich Tom noch oft an die Art und Weise erinnern, wie Olly seine nächsten Worte intonierte. Es war unvergesslich. Der Ton, in dem die Worte herauskamen, war angefüllt mit sprühenden Fontänen der Warmherzigkeit und des Mitgefühls. Die ganze Umgebung war durchflutet von jener erregenden Atemlosigkeit, die man selbst auf großen Bühnen im Laufe eines Menschenlebens nur bei einigen wenigen Gelegenheiten zu sehen bekommt. Es war pure Magie und der Zauber hielt an, solange es erforderlich war.

»Um Himmels willen, ich rede von Ihrem armen alten *Gesicht*! Wovon sonst sollte ich reden? Ihr Gesicht! Ich rede von dem Mut und der Entschlossenheit, mit denen Sie an jedem einzelnen Tag Ihres Lebens über die Schwelle Ihrer Haustür treten und sich der Außenwelt stellen.«

Olly schien drauf und dran zu sein, unter dem niederschmetternden Gewicht seines eigenen Mitleids und seiner Bewunderung in Tränen auszubrechen, doch mit Mühe gelang es ihm, sich tapfer zusammenzureißen, bevor er weitersprach. Er seufzte schwer.

»Ich meine, ich kann mir nicht einmal ansatzweise ausmalen, wie es passiert ist – ob Sie mit Ihrem armen Gesicht bei der Arbeit in irgendeine furchtbare Maschine geraten sind, die es so entsetzlich zugerichtet hat –, aber wie es passiert ist, spielt ja auch eigentlich gar keine Rolle, oder? Entscheidend ist, dass Sie sich nicht haben unterkriegen lassen *und das auch nie tun werden*. Und ich sage Ihnen, warum nicht.«

Olly hob einen Finger und schaltete einen Gang hinauf, um einen heroisch-theatralischen Ton anzuschlagen.

»Weil Sie sich zwingen, jeden Tag hinaus unter normal aussehende Leute zu gehen, und indem Sie das tun, sagen Sie zu jedermann: ›*Das* ist mein Gesicht! *Das* ist alles, was ich habe! Akzeptiert es oder lasst es bleiben!‹ Das ist der Schlachtruf des natürlichen Stolzes und der menschlichen Freiheit, und dafür verneige ich mich vor Ihnen.«

Tom bemühte sich, seine Gesichtsmuskeln im Zaum zu halten, während er die Entfernung von der Theke zum Ausgang abzuschätzen versuchte. Wenn sie beide jetzt lossprinteten wie Lynford Christie, könnte es sein, dass sie eine winzige Chance hatten, das Auto zu erreichen, bevor Darkys Zorn sie mit scharfer Klinge in Stücke hackte.

Doch das Umwerfende war, dass Darky Green mit keiner Wimper gezuckt hatte, seit zum ersten Mal von seinem »armen alten Gesicht« die Rede gewesen war. So reglos hockte er auf seinem kleinen hölzernen Thron, dass es fast aussah, als hätte er sich in Stein verwandelt. Tom runzelte die Stirn und schüttelte dann vor Staunen langsam den Kopf, als ihm dämmerte, dass Olly offenbar, vielleicht ohne es selbst zu bemerken oder zu beabsichtigen, mit seinen Worten über das Gesicht des kleinen Mannes den sprichwörtlichen Nerv getroffen hatte. Darky hasste sein Gesicht tatsächlich. Er ging tatsächlich jeden Tag in der Überzeugung, er sei abstoßend hässlich, auf die Straße. Unfassbarerweise hatte Olly es geschafft, ihn mit der Authentizität und Leidenschaft seiner Schauspielerei in eine warme Decke der Betörung einzuwickeln.

»Lieber Himmel«, sagte Tom benommen zu sich selbst. »Darky Green fühlt sich verstanden.«

Die kalte und zusehends zu Eis erstarrende Wirklichkeit jedoch war, dass der Zauber wohl kaum noch länger als ein paar Sekunden anhalten konnte. Das wusste Tom. Jetzt war noch Zeit zu verschwinden, solange sie jeder noch einen vollständigen Satz Arme und Beine hatten, von allem anderen ganz zu schweigen. Er biss die Zähne zusammen und versuchte mit aller Kraft, telepathische Befehle direkt aus seinem Geist in den seines Freundes zu senden. »Hör auf zu reden! Sag kein Wort mehr! Setzt dich jetzt in Bewegung! Geh *jetzt*!«

Aber Olly war noch nicht fertig.

»Der verar-…«

Jonsons wütendes Fauchen vom Tisch nebenan wurde durch einen weiteren leidenschaftlichen Ausbruch des Redners an der Theke unterbrochen und nahezu übertönt.

»Hören Sie, ich hoffe, Sie verstehen das nicht falsch, und verzeihen Sie bitte, falls ich zu weit gehe, aber ich möchte Ihnen sehr gern etwas *geben*. Ich möchte das Gefühl haben können, dass ich Ihnen auf irgendeine Weise das Leben ein wenig erträglicher gemacht habe. Das *muss* ich einfach tun. Würden Sie mir das gestatten? Bitte?«

Olly war einen Schritt näher auf Darky zu getreten, breitete beschwörend die Hände aus und legte liebenswürdig den Kopf auf die Seite. Sein Benehmen und seine Haltung schienen zu sagen, dass er sich unaussprechlich glücklich schätzen würde, überhaupt eine Antwort von einer so ehrenwerten Persönlichkeit zu erhalten. Er sah wirklich aus, als würde er in Tränen ausbrechen, wenn ihm diese Gunst verweigert würde. Sein Charisma war überwältigend.

»Was?«

Darkys Beiträge zu der Unterhaltung seit Ollys Ankunft waren nicht von einer Qualität, die einem gewieften Gesprächspartner ernsthaft gefährlich werden konnte, doch diese einsilbige Frage veranlasste Tom, die Augen zu verdrehen und erleichtert die Luft aus den Lungen strömen zu lassen. Noch ein kurzer Aufschub. Für wie lange?

»Nun«, sagte Olly mit schüchterner Ehrerbietung, »ich frage mich, ob Sie wohl manchmal Probleme mit dem Parken haben.«

Mit dem Parken.

Parken?

Parken? Tom starrte Ollys Hinterkopf an und überlegte, ob da wohl irgendetwas in der Mechanik klemmte. Vielleicht war da eine entscheidend wichtige kleine Feder überdehnt und verformt worden und beeinträchtigte nun die ganze Funktion. Parken, um Himmels willen!

Für Darky Green und die anderen Gäste in der Kneipe musste die ganze Szene wohl allmählich wie eine Zaubershow wirken. Das Geplauder ohne die üblichen Tricks, obwohl kein Zweifel bestehen konnte, dass hier ein paar ganz außergewöhnliche Tricks vorgeführt wurden. Ollys verbale Taschenspielereien unterhielten, täuschten und lenkten ab. Nur der Leibwächter Jonson zeigte keine Wirkung, denn er spürte instinktiv, vielleicht auf dieselbe Weise, wie Hunde in der Lage sind, negative Emotionen in Menschen zu wittern, dass sein Herr und Meister hier schikaniert wurde. Bisher hatten allerdings die gebieterischen Finger noch nicht geschnippt, sodass allen vieren die Hände gebunden waren.

Darky starrte Olly an. Sein Gesicht zeigte eine verkniffene, beunruhigte Miene. Eine Art Schwindelgefühl, dachte Tom. Vielleicht hat er das Gefühl, er könnte über den Rand seiner Sicherheitszone stolpern und in einen Abgrund des Beängstigenden und Fremden stürzen, verkörpert durch die verwirrende Gegenwart und Wirkung von O. Jenkins.

»Was?«

»Mit dem Parken«, wiederholte Olly. »Haben Sie manchmal Probleme, einen Parkplatz für Ihr Auto zu finden? Wenn Sie zum Beispiel nach Kington fahren oder so. Sind Sie und Ihre Freunde es nicht manchmal leid, kreuz und quer durch die Stadt zu fahren auf der Suche nach einem Parkplatz, der nicht gleich ein Vermögen kostet? Bestimmt. Ich wette, es geht Ihnen auch so.«

Ollys überschwänglich verbrüdernder Ton hätte sich nicht herzlicher und einladender anhören können. Darky ließ sich zu einer geringfügig komplexeren Antwort verleiten.

»Kann schon sein.«

Olly klatschte bekräftigend in die Hände.

»Aha! Gut! Danke! Dann *darf* ich Ihnen also helfen. Wissen Sie, ich weiß nicht, ob Sie schon davon gehört haben, aber wenn Sie sich bei der Stadtverwaltung eine orangefarbene Behindertenkarte mit so einer kleinen Uhr daran besorgen, können Sie mehr oder weniger überall parken, wo Sie wollen. Fantastisch, was? Damit wären alle Ihre Probleme gelöst. Es ist doch eine Last, von einem Ort zum anderen zu kommen, wenn man schwerbehindert ist.«

Darky Greens Zungenspitze schob sich aus seinem Mund hervor wie ein embryonenhaftes kleines Tier, das einen Blick in die Außenwelt riskiert. Während sie dem Bogen der Oberlippe folgte, stieß sie auf das Hindernis der beiden vorstehenden Zähne, setzte ihren Weg unerschütterlich bis zum anderen Mundwinkel fort und verschwand wieder in der Dunkelheit. Diesmal wurde er richtig gesprächig.

»Ich bin kein Scheißbehinderter.«

»Genau. Großartig!«

Olly lehnte sich zurück und streckte den Arm in Darkys Richtung aus, die Handfläche nach oben geöffnet wie ein Schiedsrichter im Ring. Er ließ einen Blick voller Triumph und Befriedigung über die Versammelten schweifen, wie um sie zu einem längst fälligen und wohlverdienten Applaus aufzufordern. »Seht euch das an!«, schien er zu sagen. »Meine Hochachtung vor diesem Mann als einem großen

Menschen und einem brillanten Geist bestätigt sich auf der ganzen Linie.«

»Sie haben es! Ich wusste, dass Sie sofort verstehen, was ich meine! Sie haben es! Das ist genau der Punkt!«

Während er dies sagte und bei dem Wort »genau« mit den Fingern schnippte, trat er näher an die Gestalt mit den roten Hosenträgern auf dem Hocker heran, bis ihre Gesichter nicht mehr als eine Handspanne voneinander entfernt waren. Bis zu dem Augenblick, wo er wieder zu sprechen begann, musste jede Seele in der Kneipe unwillkürlich glauben, dass Olly im Begriff war, Darky in irgendeinen schrägen Trick einzuweihen, wie man an eine Parkkarte für Behinderte kam.

»Sie haben absolut recht«, sagte er mit einer Stimme, in der trotz des ruhigen, freundlichen Tons eine neue, unterschwellige Drohung mitschwang, die einem tatsächlich einen kalten Schrecken einjagen konnte. »Sie haben nicht die Voraussetzungen, um einen Parkschein für Behinderte zu bekommen. Aber ich will Ihnen etwas verraten. Hören Sie mir jetzt gut zu. Sollte ich je erfahren, dass Sie auch nur noch ein einziges Mal mit ihren schleimigen kleinen Patschhändchen unsere Freundin Beth angefasst oder sie mit einem einzigen widerlichen Wort aus Ihrer ekelhaften Kloake von einem hasenzahnigen Mund belästigt haben, werden wir persönlich dafür sorgen, dass Sie nie wieder ein Problem haben, einen Parkplatz zu finden. Gute Nacht.«

Damit drehte er sich in Toms Richtung, griff nach seinem Glas, leerte es mit einem Zug und murmelte dann tonlos: »Ich würde sagen, wir haben ungefähr vier Sekunden, um hier rauszukommen. Ich schlage vor, wir gehen jetzt sofort zur Tür und sprinten dann los, was das Zeug hält.«

Das brauchte er Tom nicht zweimal zu sagen.

Unverzüglich, aber ohne Hast, gingen die beiden Männer auf die Tür zu. Im Gehen hob Olly noch fragend die Hand in Richtung der Leibwache.

»Ein Tänzchen? Nein? Dann empfehlen wir uns.«

Im nächsten Moment fiel die Tür hinter ihnen ins Schloss und sie waren draußen in der reinen, frischen Luft. Nachdem sie einander einen kaum messbaren Moment lang angestarrt hatten, berauscht von wilder Ausgelassenheit, nahmen sie die Beine in die Hand und jagten die Durngate hinauf bis zur War Lane, wo der Wagen stand. Tom riskierte hin und wieder einen Blick über die Schulter, um zu sehen, ob sie verfolgt würden. Keuchend nach der ungewohnten Anstrengung des Sprints, warf Tom seinen aufgeschreckten, protestierenden Körper auf den Beifahrersitz von Ollys dunkelblauem BMW, knallte die Tür zu und lehnte erleichtert seinen Kopf zurück gegen das weiche Leder, während die Limousine vom Bordstein wegrollte und sie mit kraftvoll mühelosem Schnurren ans andere Ende der Stadt zu tragen begann. Von einer Verfolgung war nichts zu sehen, als sie abfuhren, aber Tom machte sich keine Illusionen.

»Olly«, sagte er ein paar Minuten später, als er wieder zu Atem gekommen war, »das war zweifellos so ziemlich das Genialste, Gruseligste und Bemerkenswerteste, was ich je erlebt habe, und …«

»Danke, alter Junge«, erwiderte Olly lächelnd, gelassen wie eh und je, nachdem nun keine unmittelbare Gefahr mehr drohte. »Gegen Ende wurde es aber fast ein bisschen brenzlig, was?«

»Ja«, sagte Tom, »ich weiß. Ich wollte gerade sagen, dass es wirklich einzigartig zu beobachten war, und ich hätte es für alles Geld der Welt nicht verpassen mögen. Ich hatte eine Todesangst und habe trotzdem jeden Moment genossen – irgendwie. Aber ich weiß genauso gut wie du und jeder, der heute Abend dabei war, dass die Sache damit nicht ausgestanden ist. Das war erst der Anfang. Du weißt doch, was du getan hast, oder? Du hast Darky vor einer Kneipe voller Leute wie einen Volltrottel aussehen lassen, und das an einem Tag, wo er sich sowieso schon total zum Idioten gemacht hat. Und nicht nur das. Du hast etwas noch viel Schlimmeres getan, was er dir niemals verzeihen wird. Ich habe so eine Ahnung, dass du nahe daran warst, ihn etwas fühlen zu lassen. Er hatte irgendwie schon den Fuß vorgeschoben, um einen Schritt in die Richtung zu tun, ein menschliches Wesen zu werden, und …«

»Und ich bin ihm draufgetreten, so fest ich konnte.«

Als er das sagte, bog der Wagen gerade von der Valley Road in den blitzsauberen kleinen Eden Square ein, wo sich Beths Wohnung oberhalb der Grünfläche in der Mitte befand. Olly parkte hinter Toms kleinem blauen Auto vor dem alten Eisenspitzenzaun. Sie standen fast genau gegenüber dem gedämpft erleuchteten Fenster im ersten Stock, hinter dem Beth sicherlich nervös auf ihre Rückkehr wartete. Wie durch eine stumme Übereinkunft blieben sie noch ein paar Sekunden lang reglos im Wagen sitzen, der jetzt nur noch ein schwaches Ticken irgendwo aus den Tiefen des abkühlenden Motors von sich gab.

»Machen wir uns nichts vor«, sagte Tom, während eine bebende Spannung sich über sein Herz und seinen Brustkorb ausbreitete und in seinem Atem hängen blieb. »Heute oder morgen oder irgendwann demnächst werden sie uns auf den Leib rücken und sie werden sich nicht lange mit Vorreden aufhalten, wenn sie uns finden. Darky wird dich und mich und vielleicht auch Beth fertigmachen wollen, am liebsten vor den Augen der Leute, die heute Abend in der Kneipe waren. Olly, ich fürchte, wir haben uns auf einen sehr einseitigen Krieg eingelassen.«

Olly starrte eine Weile lang geradeaus durch die Windschutzscheibe in die Dunkelheit. Dann streckte er die Hand aus und machte den Motor wieder an.

»Na schön. Geh du hinauf zu Beth. Erzähl ihr, was in der Kneipe passiert ist. Ich hole Lance ab und komme mit ihm wieder hierher. Dann halten wir Kriegsrat. Bis gleich.«

17

»Warum kidnappen wir ihn nicht?«

Zu Anfang hatte Lance gewiss nicht erwartet, dass die anderen seinen absurden Vorschlag ernst nehmen würden. Er nahm ihn ja selbst nicht ernst. Aber dem Kriegsrat – oder Verteidigungsrat – waren nun einmal die vernünftigen Ideen ausgegangen. Das Absurde musste in ernsten Gesprächen oft als Lückenfüller herhalten, besonders wenn alle vier Freunde beisammen waren.

Inzwischen saßen sie schon seit fast einer Stunde in Beths Wohnung zusammen und besprachen die Lage. Das Problem zu identifizieren, war kein Problem. Das Problem war vollkommen klar. Darky Green hatte eine Schwäche für Beth entwickelt und irgendwie herausgefunden, wo sie wohnte. Sein abstoßend unbeholfener Annäherungsversuch an ihrer Wohnungstür war auf sofortige, demütigende Ablehnung gestoßen. Auf jemanden, der sich daran gewöhnt hatte, in allem seinen Willen zu bekommen, musste solch ein Angriff auf sein Selbstbild und sein seelisches Gleichgewicht schier unerträglich wirken. Mit großer Wahrscheinlichkeit war ihm klar, dass Tom Beths Freund war. Nun wusste er auch, dass Olly, dieses verblüffende Phänomen von einem Mann, der ihn vor den Leuten, die ihn angeblich am meisten respektierten, noch viel tiefer gedemütigt hatte, eng mit Tom und Beth verbunden war. Er musste »etwas tun«, wie Olly es ausdrückte, damit er sich besser fühlte und damit sein Ruf wieder aufpoliert wurde. Da er Männer wie die Boltons zu seiner Verfügung hatte, war klar, dass dieses »Etwas« von rücksichtsloser Brutalität sein würde, und vermutlich würde es schon sehr bald geschehen.

»Wir sind nicht gerade aus dem richtigen Holz für so etwas, nicht wahr?«, hatte Lance bekümmert angemerkt. »Ich würde bei einem Kampf zu überhaupt nichts taugen und mir platzt sowieso schon der Kopf vor all den finsteren Untaten, die die Menschen sich gegenseitig antun. Erst diese Woche ist Tom eine Heidenangst eingejagt worden, ohne dass wir auch nur den geringsten Grund dafür wüssten, und bei allem Respekt, Beth, aber ich kann mir nicht so recht vorstellen, wie du John Bolton zusammenstauchst. Was ist mit dir, Olly? Vielleicht sollten wir ein paar Tausend von deinen Pfund investieren, um eine eigene Armee anzuheuern. Die kann sich dann mit Darkys Bande herumschlagen, während wir vom ersten Stock aus zuschauen wie französische Aristokraten.«

Auf diesen Vorschlag hatte niemand auch nur mit einem Wimpernzucken reagiert. Natürlich nicht.

»Bandenkriege sind eigentlich wirklich nicht unser Ding«, murmelte Tom, eher zu sich selbst als zu den anderen. Er hatte am Fenster Stellung bezogen, um durch einen Spalt zwischen den Vorhängen die Straße im Auge zu behalten.

Es waren noch ein paar andere Vorschläge gemacht worden. Wie wär's mit der Polizei? Warum sagten sie nicht einfach der Polizei, was passiert war, und baten sie einzugreifen? Aber wobei genau sollte sie eingreifen? Das war die Frage. Außer, dass Darky Beth ungeschickt betatscht hatte, hatten er und seine Bande eigentlich noch nichts verbrochen. Die Polizei mochte durchaus zustimmen, dass eine echte Gefahr bestand, und war vielleicht sogar ausgesprochen versessen darauf, Darky endlich etwas anhängen zu können, aber man konnte jemanden nun einmal nicht festnehmen, nur weil er ein mieser Typ war, der möglicherweise in der Zukunft irgendwelche Leute dafür bezahlen würde, etwas ganz schrecklich Böses zu tun.

Erfüllt von einer Art unschuldiger Frustration, hatte Beth gefragt, ob es einen guten Grund gebe, warum sie nicht mit Darky Green reden sollten – ihm erklären, wie sie die Sache empfanden, und darüber sprechen, wie man ihre Meinungsverschiedenheiten beilegen könnte. Schließlich war er doch ein menschliches Wesen, oder? Es musste doch möglich sein, auf irgendeiner Ebene zu ihm durchzudringen.

Olly hatte darüber nur seufzend gelächelt und den Kopf geschüttelt. Er zählte ihr die Gegenargumente an den Fingern ab.

»Drei gute Gründe, Beth. Erstens dürfte es so ziemlich unmöglich sein, mit ihm zu reden, ohne dass seine Neandertaler in der Nähe sind, sodass er uns sowieso nicht zuhören würde. Zweitens: Ich kann mich irren, aber nachdem ich ihn gesehen habe, bin ich mir ziemlich sicher, dass er von allem, was wir ihm sagen könnten, intellektuell schlichtweg überfordert wäre. Und drittens sitzt der Karren einfach schon zu tief im Dreck. Um weiterhin er selber zu sein, was immer das in seinem verqueren kleinen Hirn bedeutet, muss er zeigen, dass er auf dir oder mir oder uns allen herumtrampeln kann wie ein Springerstiefel auf einer kleinen Schneckenkolonie. *Pour encourager les autres* und so, wenn du verstehst, was ich meine. Mit Reden kommen wir nicht weiter, fürchte ich.«

In das lange, bedrückte Schweigen nach dieser Rede hinein hatte Lance seinen scherzhaften Vorschlag mit der Entführung gemacht.

Ollys erste Reaktion war ein schallendes Lachen. »Na, das ist doch wenigstens mal eine neue Idee«, gab er zu. »Wir schnappen ihn, packen ihn auf den Rücksitz und nehmen ihn mit, damit er mal so richtig unter nette Leute wie uns kommt.«

Es entstand eine Pause.

»Was meint ihr, würde passieren«, sinnierte Beth, »wenn jemand wie Darky tatsächlich intensiv Zeit mit Leuten wie uns verbringen müsste – einfach nur mit uns zusammen sein, wisst ihr. Zu uns dazugehören und das tun, was wir tun? Meint ihr, er könnte dann noch so bleiben, wie er ist? Ich könnte das bestimmt nicht – wenn ich er wäre, meine ich.«

Tom schüttelte den Kopf und ging in Gedanken die lange Liste erheblicher Unterschiede zwischen Darky Green und seiner sanftmütigen, beziehungsorientierten Freundin durch.

»Probieren wir es aus«, sagte Lance und klatschte sich leicht auf die Knie. Es hörte sich an, als hätte er einen Besuch in der Pizza Hut vorgeschlagen.

Beth starrte ihn an. »Du meinst – wir sollen es wirklich tun? Darky Green entführen? Das kann nicht dein Ernst sein.«

Tom prustete vor Lachen. »Natürlich ist das nicht sein Ernst.«

»Eine Entführung, hm? Das wäre ein sehr ernstes Vergehen«, bemerkte Olly, der sichtlich Spaß an Lances Fantasie hatte. »Das heißt, die Polizei wäre dann hinter uns her statt hinter ihm. Wir wären auf einmal die Schurken. Was Enid Blyton wohl daraus machen würde?«

»Ernstes Vergehen?«, schnaubte Lance. »Na hör mal, Leute zu jagen und sie mit Stiefeln und Fäusten und Eisenstangen zu Brei zu schlagen, ist ja wohl auch nicht gerade legal, oder? Und bisher ist uns nichts eingefallen, wie wir das verhindern können, es sei denn, wir laufen einfach weg. Klar, wir könnten uns für ein paar Monate verdrücken. Aber dazu habe ich keine Lust. Nein, lass uns genau das tun, was wir nicht tun sollten, könnten, würden. Kidnappen wir ihn. Ich meine es ernst.«

Tom wandte sich zu den anderen herum. »Wir haben keinen kidnappingtauglichen Minivan«, sagte er. Sein Tonfall war immer noch bewusst heiter.

»Anruf genügt.« Olly klopfte sich auf die Jackentasche, in der er sein Handy hatte.

Beth starrte Lance an. »Lance, selbst wenn wir beschließen würden, etwas so – so Blödes zu tun, hätten wir keinen Ort, wohin wir ihn bringen könnten. Wir könnten ihn doch nirgendwo festhalten, ohne ihn zu fesseln, und damit würden wir bestimmt nicht das erreichen, was wir wollen.«

»Interessanter Gedanke«, murmelte Olly, der plötzlich an die verplante möblierte Wohnung gegenüber von seinen Freunden Phil und Glenda denken musste. Weder Phil noch Glenda waren im Moment zu Hause und der frustrierte auswärtige Besitzer der Wohnung gegenüber würde Olly sicherlich nur zu gern den Gefallen tun, ihm seinen Ladenhüter für ein paar Tage zu überlassen oder zu vermieten. »Ich glaube, ich wüsste genau den richtigen Ort.« Er hob die Augenbrauen und klopfte sich wieder auf die Jackentasche. »Anruf genügt.«

Wieder herrschte Schweigen.

»Ich denke«, sagte Lance mit einem nervösen Räuspern, »es müsste ja nicht richtig aggressiv oder so zugehen. Wer weiß, vielleicht fände er das ja auch irgendwie ganz gut, wenn wir es machen würden und dann alle zusammen wären.« Er hörte sich jetzt nicht mehr ganz so zuversichtlich an.

Ollys Gelächter war diesmal noch lauter. »Ah ja, verstehe. Du meinst so etwas wie eine höfliche, zivilisierte Entführung. Etwas bürgerlicher, als solche Dinge sonst ablaufen.« Er schlug den gezierten Tonfall des Nachkriegsbürgertums an. »Wissen Sie, Darky, alter Junge, Sie müssen sich vergegenwärtigen, dass wir Sie nur ein kleines bisschen kidnappen und Ihnen damit so wenig wie möglich zur Last fallen wollen. Sie werden sehen, wir werden uns im Handumdrehen prächtig verstehen, und dann werden Sie uns sogar dankbar dafür sein, was wir getan haben.«

»Lasst es uns machen«, sagte Tom leise. »Es ist Wahnsinn. Dämlich. Lasst es uns machen. Lasst es uns machen, bevor er etwas mit uns macht. Im Ernst. Machen wir es. Der Himmel weiß, wie das enden wird, aber wir sollten es machen.«

Lance hob fragend eine Augenbraue. »Tom, wie finden wir heraus – du weißt schon –, wo er sich aufhält, wo wir ihn am besten, äh, treffen können?«

»Schnappen können, meinst du, Lance. Ganz einfach. Jeder weiß, dass er an den meisten Tagen den Amberley Hill hinunter und dann hinauf in Richtung Innenstadt geht, wenn es nicht gerade regnet. Eine der berühmtesten Sehenswürdigkeiten von Lipsham. Nicht, dass die Leute Schlange stehen würden, um ihn zu sehen. Meistens ist er auf dem Weg zu dieser fürchterlichen Kneipe. Morgen wird er es wahrscheinlich genauso machen. Manchmal nimmt er ein Taxi oder lässt sich von diesem Macey fahren, der für ihn arbeitet, aber meistens geht er zu Fuß. Sonntags macht er sich wahrscheinlich gegen halb zwölf, Viertel vor zwölf auf den Weg.« Er überlegte einen Moment. »An einer Stelle führt der Fußweg an einer dichten Hecke entlang, die ungefähr fünfzig Meter von seinem Haus entfernt erst nach links und dann nach rechts abbiegt. Auf der anderen Seite der Hecke ist nur ein Acker. Man könnte einen Minivan in diesem rechten Winkel parken, und wenn nicht gerade jemand gleichzeitig auf diesem Stück des Weges ist, würde es niemand sehen. Perfekt.«

Wieder Schweigen.

»Wisst ihr, mir gefällt es einfach, dass wir es sind, die etwas tun, und nicht die«, sagte Lance, in den plötzlich wieder Leben kam. Er überlegte einen Moment. »Wie lange würden wir ihn festhalten? Nur eine Nacht? Zwei Nächte? Ich kann eigentlich nicht länger als einen Tag lang von der Bibliothek wegbleiben.«

»Das geht uns Schwerverbrechern allen so«, erwiderte Tom trocken. »Sagen wir doch einfach, wir behalten ihn bis Montag und sehen dann weiter.«

Der wackere Cortez hätte den nächsten Ausbruch des Schweigens zu schätzen gewusst. Beth durchbrach es.

»Aber was machen wir eigentlich, wenn wir dann alle an diesem Ort sind, von dem Olly gesprochen hat? Sitzen wir einfach nur herum und starren uns gegenseitig an? Wir brauchen irgendeinen – irgendeinen Ansatzpunkt. Wir müssen irgendetwas machen, wobei Darky Green mitmachen oder wogegen er sich auflehnen kann.«

»Wie wär's mit einer literarischen Gesprächsrunde«, schlug Olly beiläufig vor. »Du liest doch gerade einen Roman von Lawrence, oder, Beth? Ist doch prima. Wir unterhalten uns eine oder zwei Stunden lang über D. H. Lawrence. Lance, du holst unterwegs einen

Gedichtband aus deiner Bibliothek. Sieh zu, dass dieses Gedicht mit der Schlange drin ist, und ich leite die Sache. Na bitte. Alles geklärt!«

Lances Gesicht verzog sich angesichts dieses Vorschlags zu einem breiten Lächeln. »Meinst du nicht, Olly, dass es sich hinderlich auswirken könnte, dass Darky Green höchstwahrscheinlich nicht den leisesten Dunst hat, wer D. H. Lawrence ist?«

»Nein«, entgegnete Olly trocken, »um ganz ehrlich zu sein, glaube ich nicht, dass es überhaupt einen Unterschied macht, was wir tun oder lassen oder sagen oder nicht sagen. Aber wenn wir schon etwas so Lächerliches tun, dann lasst es uns so lächerlich machen, wie es nur geht. Wie gesagt, ich glaube nicht, dass uns das etwas bringen wird. Ich schätze, dass dieser Green ganz genauso drauf sein wird, wenn wir ihn am Montag wieder absetzen, wie in diesem Moment. Vielleicht nur ein bisschen wütender.« Er hob die Hand, wie um einen Protest abzuwehren. »Nichtsdestoweniger stimme ich Tom zu. Es ist Wahnsinn, aber was können wir sonst tun? Wir sollten es machen.« Er sah der Reihe nach die anderen an. »Wir könnten noch die ganze Nacht lang darüber reden, aber das hätte wohl kaum einen Sinn. Die Frage ist: Wird es passieren? Packen wir es an? Ganz echt?«

Tom und Lance nickten sofort, beide randvoll mit Gefühlen: Furcht vor der Aussicht, der Quelle der Gewalt, vor der ihnen beiden graute, so nahe zu kommen, Begeisterung für den Gedanken, sich so weit von ihren ausgetretenen Pfaden zu entfernen.

Beth machte ein sorgenvolles Gesicht, doch nach einer kleinen Weile sah sie Olly direkt in die Augen und nickte ebenfalls.

»Okay«, sagte Olly forsch. »Ich stelle das Auto irgendwo ab, dann mache ich ein paar Anrufe und wir holen das Auto ab und sammeln ein paar Schlafsachen und sonstiges Zeug ein. Dann fahren wir direkt nach Fairhaven und holen uns die Schlüssel, damit wir gleich heute dort übernachten können. Das ist sowieso sicherer. Dann haben Darkys Schläger keine Ahnung, wo wir sind. Du fährst mit Beth in deinem Wagen, Tom.« Eine kurze Pause. »Noch einmal: Sind wir sicher, dass die Sache durchgezogen wird?«

Er stand auf. Die anderen drei ebenfalls. Was auch dabei herauskommen mochte, die Sache würde durchgezogen werden.

SONNTAG

1

Darky Green gefangen zu nehmen, erwies sich als eine lächerlich einfache Angelegenheit. Hinterher dachte Tom immer ziemlich abschätzig über Meisterverbrecher und das Gewese, das im Fernsehen und in Filmen über so banale Aufgaben wie eine Entführung gemacht wurde.

Während Beth in der Wohnung in Fairhaven zurückblieb, fuhr Olly mit Tom und Lance in seinem frisch angemieteten weißen Minivan hinüber nach Lipsham, tankte unterwegs und stellte ihn auf der Grasböschung in der Nähe der Wegstelle ab, die Tom beschrieben hatte. Inzwischen war es elf Uhr; ein kalter, sonniger Sonntagmorgen. Olly, Tom und Lance machten es sich im hinteren Bereich des Wagens bequem, die hintere Tür einen Spalt geöffnet, und warteten.

Das Warten war alles andere als leicht, besonders für Lance, dem es zunehmend schwerfiel, sich vorzustellen, wie seine weichen Hände irgendeinen Akt der Aggression gegen ein anderes menschliches Wesen vollbrachten. Die letzten Überreste von Verwegenheit, mit der er an ihr Vorhaben dachte, waren verschwunden, als er an diesem frostigen Morgen in einer fremden Umgebung in Fairhaven erwacht war. Letzte Nacht, als sie darüber gesprochen hatten, war ihm schon bewusst gewesen, dass diese Lösung für ihre Probleme alles andere als rational war. Nun stellte sich der Plan mit erschreckender Klarheit als tollkühnes, unabsehbares, unberechenbares, gefährliches Unterfangen dar. Nach offizieller Lesart würde Darky Green ganz klar die Rolle des Opfers bekommen, während die vier Freunde alle moralischen Prinzipien, die sie vorher gehabt haben mochten, fahren ließen. Andererseits fiel ihm nach wie vor beim besten Willen keine andere Möglichkeit ein. Als Olly nach einem mageren und etwas trübseligen Frühstück die Frage stellte, ob sie immer noch entschlossen seien, war es Beths Reaktion gewesen, die ihre Pläne besiegelt hatte.

»Darky hat herausgefunden, wo ich wohne«, hatte sie gesagt, »und er ist sogar gekommen und hat an meine Tür geklopft. Er weiß, wo ich bin, und das bedeutet, dass er jederzeit kommen könnte, vielleicht auch mit ein paar seiner Gorillas, wenn er sich damit mutiger fühlt. Ich weiß nicht, ob ich mich dort je wieder sicher fühlen könnte. Und das hat er doch im Grunde mit uns allen gemacht oder er ist dabei, es mit uns zu machen. Er weiß, wer wir sind, und er wird nicht lange brauchen, um dahinterzukommen, wo er uns findet. Und dann werden wir nichts mehr tun können, außer zu warten und uns zu fürchten. Also holen wir ihn uns. Reden wir mit ihm. Seien wir wahnsinnig, wie Tom gesagt hat, und machen wir es.«

Sie waren immer noch entschlossen.

Lance saß unbequem auf dem Rücksitz des Mietwagens und ging in Gedanken immer wieder Ollys detaillierten Plan durch, wie sie Darky schnappen und ihn in den Minivan verfrachten wollten. Er hatte betont, dass alles sehr präzise und schnell ablaufen musste. Olly würde seinen rechten Arm nehmen, Tom seinen linken. Sie würden ihn nach hinten kippen lassen, sodass Lance beide Arme um seine Beine schlingen und ihn vom Boden aufheben konnte. Dann würden sie ihn mit dem Kopf voraus in den Minivan auf einen Haufen Schlafsäcke schieben und mit einer leichten Decke bedecken. Olly und Lance würden hinten bei ihrem Opfer bleiben, während Tom sich hinters Steuer setzte und nach Fairhaven fuhr. Angesichts von Darkys ungewöhnlich zierlichem Körperbau, hatte Olly gesagt, und unter der Voraussetzung, dass sie sich nicht ablenken ließen, könnten sie ihn innerhalb weniger Sekunden im Minivan verstaut haben. Falls zu dem Zeitpunkt, wenn Darky vorbeikam, andere Leute auf dem Pfad unterwegs waren, musste der Plan einfach abgebrochen werden. Abgesehen davon – müsste er funktionieren.

Sie warteten.

Fünfunddreißig Minuten und nicht mehr als eine Handvoll Leute gingen vorbei, bevor etwas leuchtend Rotes aufblitzte und ankündigte, dass Darky Green nur wenige Sekunden von seinem Schicksal entfernt war. Die Sekunden vergingen.

»Jetzt«, sagte Olly ruhig und schob gleichzeitig die Tür auf.

Das Quietschen der Angeln ließ Darkys Kopf in die Richtung des Minivans herumfahren, doch kaum hatten seine Augen die Ursache dieser Unterbrechung seines olympischen Triumphes im Schrittzahlschätzen richtig wahrgenommen, da sah er sich auch schon von Leuten umringt. Seine beiden Arme wurden gepackt und festgehalten und er rang erschrocken nach Luft, als seine Beine vom Boden hochgerissen wurden. Zwei Sekunden später lag er auf einem weichen Untergrund mit irgendeinem Tuch über dem Gesicht, durch das er nichts mehr sehen konnte. Seine Arme waren immer noch von kräftigen Händen gepackt, ein Paar noch stärker als das andere, und das Gewicht eines menschlichen Körpers senkte sich auf seine Beine. Türen schlugen zu, jemand startete den Motor des Minivans. Augenblicke später spürte er an der Vibration unter sich, dass sie in Bewegung waren.

Lances Besorgnis wich, zumindest vorübergehend, einem atemlosen, unerwarteten Gefühl der Ausgelassenheit. Herr im Himmel! Er hatte es geschafft! Sie hatten es geschafft! Es war wie am Schnürchen gelaufen. Der Bandenführer befand sich hier in diesem Minivan, unter dieser Decke, und er war hier, weil sie es so beschlossen hatten. Dieses eine Mal hatte die andere Seite die Zügel in der Hand. Was die nächsten vierundzwanzig Stunden bringen würden, war ihm ein komplettes Rätsel, aber immerhin hatten sie getan, was sie sich vorgenommen hatten, und das war ein unerwartet gutes Gefühl.

»Alles klar?«, fragte Olly von seiner horizontalen Position aus. Er schien kaum außer Atem geraten zu sein.

»Bestens«, sagte Lance.

Unter seiner Decke machte Darky Green nicht einmal den Versuch, Widerstand zu leisten. Er konnte nichts sehen. Hören konnte er nur das eintönige Dröhnen des Motors und das gelegentliche Schnarren und dumpfe Schlagen eines Gangwechsels. Bewegen konnte er sich kaum. Wohin die Reise ging, wusste er auch nicht. Ebenso wenig, wer diese Leute waren, die ihn aus seinem sorgfältig geordneten Leben herausgerissen hatten. Zu verängstigt, um zu schreien oder auch nur ein Wort zu sagen, wartete er in der erschreckenden Dunkelheit darauf, dass jemand ihm zu Hilfe kam.

2

Es ist Viertel vor eins und Darky Green ist immer noch nicht im »Pig and Bucket« aufgetaucht. Vaughn Macey weiß genau über die Gewohnheiten und Verhaltensmuster Bescheid, die seinem Brötchengeber ein Gefühl der Sicherheit geben. Irgendetwas muss schiefgegangen sein. Er lässt die anderen in der Kneipe zurück, fährt hinauf zum Amberley Hill und betritt Darkys antiseptisch reines und ordentliches Haus. Niemand da. Er sieht im Kleiderschrank im Schlafzimmer nach und stellt fest, dass einer der Mäntel weg ist – der rote. Offenbar hat sich Darky also auf den Weg zur Kneipe gemacht. Wieso ist er nicht dort angekommen? Macey steigt wieder in seinen Wagen, bleibt eine oder zwei Minuten lang reglos sitzen und starrt aus dem Fenster. Panik ist seiner Natur fremd und sowieso immer nur Energieverschwendung, aber Sorgen macht er sich jetzt schon. Seit er davon gehört hat, wie dieser kleine Scheißkerl Crane und dieses lange sarkastische Arschloch gestern in die Kneipe gekommen sind, ist er beunruhigt gewesen. Da läuft irgendetwas Merkwürdiges, ganz anders als sonst. Die Boltons hätten mit den beiden hinaus auf den Parkplatz gehen sollen, bevor sie die Chance hatten, vor der ganzen Kneipe das Maul aufzureißen. Man hätte ihnen nur ihre kleinen glänzenden Arschgesichter ein paar Minuten lang durch den Kies schleifen müssen, dann hätten sie es sich für eine Weile verkniffen, andere Leute zu verarschen.

Ja, irgendetwas ist im Busch, und Macey hat keine Ahnung, was es ist.

Wieder in der Kneipe, ein paar Minuten später, verkündet er, dass er auf der Suche nach Darky ist, und er bekommt seine Antwort, ehe er sich versieht. Ein fetter Schwachkopf namens Stringer meldet sich mit Informationen.

»So'n Typ namens Tom Crane hat ihn gerade eben mit runter zur Kneipe genommen, ganz in der Nähe von seinem Haus«, erzählt der vollmondgesichtige Stringer.

Macey beherrscht sich mühsam.

»Schau dich in der Kneipe um, Stringer. Siehst du Darky irgendwo?«

Stringer stiert dumpf von einem Ende zum anderen und schüttelt dann ratlos den Kopf. »Nein.«

»Nein? Na gut, dann hör auf, so'n blöden Scheiß zu quatschen, und sag mir, wovon du da faselst.«

»Ich hab ihn von meinem Fenster aus gesehen«, erwidert Stringer langsam, »gerade, bevor ich los wollte. Darky kam raus und ging ein Stück auf dem Pfad, aber dahinter kam er nicht wieder raus.«

Macey starrt ihn an.

»Wohinter kam er nicht wieder raus?«

»Hinter so'nem großen weißen Minivan, der um die Ecke stand.«

Macey schweigt ein paar Sekunden lang, während er diese Information verarbeitet.

»Darky ist hinter einen weißen Minivan gegangen?«

»Ja. Hatte seine rote Jacke an.«

»Und dann ist er auf der anderen Seite nicht wieder zum Vorschein gekommen?«

»Nein, dieser Typ namens Tom Crane hat ihn mit hinunter genommen …«

»Woher weißt du, dass Tom Crane ihn mitgenommen hat?«

»Na, ich hab halt gesehen, wie er mit dem Minivan weggefahren ist.«

»Woher kennst du Crane?«

Stringer zuckt die Achseln.

»Aus der Schule und so.«

»Hast du noch jemanden gesehen?«

»Nö.«

»Welche Nummer hatte der Minivan?«

Vor angestrengtem Nachdenken zieht sich das runde Gesicht in die Breite und legt sich in Falten.

»K oder so – und dann noch'n paar Buchstaben und'n paar Zahlen.«

Macey murmelt einen Fluch vor sich hin, schält einen Zwanziger aus dem Bündel in seiner Tasche und drückt ihn dem hocherfreuten Stringer in die Hand.

Jetzt weiß Macey Bescheid. Er weiß nicht alles, aber er weiß genug. Oh ja. Crane und sein Scheißfreund haben sich Darky geschnappt. Warum? Keine Ahnung. Nicht den leisesten, kleinsten, verklemmtesten Furz einer Ahnung warum. Aber das wird er herausfinden, da könnt ihr euer letztes beschissenes Hemd drauf wetten.

Die Nachricht spricht sich sehr schnell herum. Dreihundert Pfund bar auf die Kralle für jeden, der weiß, wo Darky Green oder Tom Crane oder diese Beth oder das lange Großmaul, das gestern in der Kneipe war, zu finden sind.

3

Die Verfrachtung von Darky Green aus dem Mietwagen in die Wohnung in Fairhaven ging ebenso ohne Aufsehen vonstatten wie seine Gefangennahme. Begünstigt wurde dies durch den Umstand, dass der kleine Mann sich offenbar in einem tiefen Schockzustand befand, als die Decke abgenommen wurde und man ihn im hinteren Teil des Minivans wieder auf die Beine stellte. Mit großer Sorgfalt wurde überprüft, ob sich auch keine Fremden in der Nähe befanden, die seine Ankunft hätten beobachten können, aber selbst wenn Nachbarn zugegen gewesen wären, so hätten sie nichts als einen seltsam gekleideten, etwas benommen dreinblickenden Menschen gesehen, der von zwei hilfsbereiten Freunden durch die Haustür ins Gebäude geführt wurde.

Nachdem Olly und Lance die kleine Gestalt eine schmale Treppe hinauf und einen Flur entlang zu der geborgten Wohnung geführt hatten, setzten sie ihn in einen der riesigen Plumpssessel in dem großen Wohnzimmer. Dort saß er mehrere Minuten lang reglos da, starrte mit leerem Blick ins Nichts und sagte kein Wort. Nur eine Hand zitterte kaum merklich auf der Armlehne seines Sessels. Die vier Anwesenden, von denen drei mit einer gewissen Verlegenheit darauf warteten, dass er begriff, in welcher Lage er sich befand, schien er nicht zu erkennen. Über die angemessene Etikette zwischen Entführern und Entführtem konnte, gelinde gesagt, nur spekuliert werden. Olly wartete einfach ab.

Als Darky schließlich ins Land der Lebenden zurückkehrte, war es wie das unerklärliche Phänomen, wenn ein fehlerhafter Kontakt sich wieder schließt, sodass ein Elektrogerät plötzlich wieder funktioniert.

Tom fühlte sich an einen Jungen namens Darren Baxter aus der Grundschule erinnert, der an Petit Mal litt, einer Erkrankung, wie er heute wusste, die eine milde Form der Epilepsie war und sich in kurzen Perioden der Bewusstlosigkeit zeigte. Eines Tages hatte Darren zum allgemeinen Erschrecken mitten in einem Satz aufgehört zu sprechen. Seine Augen hatten eulenhaft gestarrt und aus seinem Gesicht war jeder Ausdruck gewichen. Wenige Augenblicke später war er wieder völlig da gewesen und hatte sogar seinen Satz genau da fortgesetzt, wo er unterbrochen worden war. Sehr merkwürdig und erschreckend für Tom und seine Freunde, bis einer der Lehrer ihnen erklärte, was geschehen war.

So ähnlich war es bei Darky. Eben noch saß er reglos da und starrte vor sich hin und im nächsten Moment schien ein leichter Krampf durch seinen ganzen Körper zu laufen. Er begann zu rufen, als wäre jemand im Nebenzimmer.

»Macey! Was ist los, verdammte Scheiße? Macey, herein mit dir! Wo zur Hölle steckst du?«

»Sie sind hier bei uns«, sagte Beth freundlich. »Sie sind in Sicherheit. Trinken Sie etwas.«

Sie kniete neben seinem Sessel auf dem Boden, hielt ihm ein Glas Wasser hin und wartete, dass er seine Orientierung wiederfand.

Er wandte sein Gesicht Beth zu und starrte sie ein paar Augenblicke lang an, immer noch ohne jedes Zeichen des Wiedererkennens. Dann ließ er seinen Kopf wie eine schwere Holzkugel auf die schmale Brust fallen, rollte sein Kinn hin und her und musterte offenbar sein rotes Hemd und seine roten Hosenträger. Als er wieder sprach, lag eine tiefe Verwirrung in seiner Stimme.

»Wo ist meine Jacke, verdammte Scheiße?«

»Ich habe sie im Flur aufgehängt, als Sie hereinkamen, Darky«, sagte Beth. »Wir haben es inzwischen schön warm hier drinnen. Sie brauchen sie nicht. Keine Sorge, wir kümmern uns schon darum.«

»Ihr kümmert euch um die Scheißkohle und so? Kann ich mir denken.«

»Darky, sehen Sie mich an. Sie wissen, wer ich bin, oder? Sie sind gestern Nachmittag in meine Wohnung gekommen, wissen Sie noch?«

Vielleicht war es die schmerzliche Erinnerung, die ihn wach rüttelte, denn nun gingen ganz plötzlich die Lichter an. Darky richtete sich kerzengerade in seinem Sessel auf und ließ seinen Blick von Beth zu Olly und dann zu Tom schweifen. Verwirrung und Wut kämpften in seinem verkniffenen Gesicht um die Vorherrschaft. Der dreieckige Kopf zuckte rasch hin und her, während er sich Mühe gab, sich zu erinnern und zu verstehen, was hier vor sich ging. Schließlich streckte er anklagend den Zeigefinger aus und sagte mit vor Wut heiserer Stimme:

»Diese Arschlöcher – der Lange da mit den schwarzen Haaren, der mich in der Kneipe verarscht hat, und dieser schwule Sack da, der immer mit dir herumhängt, und das fette kleine Stück Scheiße da drüben im Sessel, die haben mich geschnappt und hinten in einen Scheißlaster geschmissen!«

»Minivan«, korrigierte Olly ihn höflich. »Es war ein Minivan. Ja, wir haben Sie in unseren Minivan gesteckt und hierher gebracht. Und jetzt«, fuhr er leichthin fort, »sind Sie da.«

»Wir möchten Sie gerne kennenlernen, Darky«, hakte Beth nach. »Nach dem, was gestern vor meiner Wohnung passiert ist und dann mit Olly und Tom in der Kneipe und so, da wussten wir, dass Sie uns bestimmt bestrafen wollen – dass Sie es uns heimzahlen wollen. Und da dachten wir uns, wenn wir ein bisschen Zeit miteinander verbringen, würden wir uns vielleicht – ich weiß nicht – sympathisch finden. Und wenn Sie ehrlich sind, Sie hätten sich doch nie mit uns zusammengesetzt und sich richtig mit uns unterhalten, wenn wir Sie einfach nur darum gebeten hätten, oder?«

Das hätte sich auch für so ziemlich jeden schlichtweg bescheuert angehört, dachte Tom, geschweige denn für Darky Green.

Darky kniff die Lippen zusammen und kam ein wenig unsicher auf die Beine. Er schaffte es, einen Schritt in Richtung Tür zu machen, dann waren Olly und Tom zur Stelle, packten jeder einen seiner Arme und hoben ihn schwungvoll zurück in seinen Sessel. Ein Schwall von Flüchen folgte, aber Widerstand leistete Darky nicht. Darky Green bezahlte Muskeln und Kampfkraft; selbst besaß er keine.

»Wir werden Sie nicht in die Nähe der Tür lassen«, sagte Tom, verschränkte die Arme und versuchte, sich so anzuhören, als wäre er kräftig genug, um es ernst zu meinen. »Es hat also keinen Sinn, wenn Sie versuchen, hier herauszukommen. Sie werden mindestens eine Nacht hier bei uns verbringen und schlafen werden Sie in dem Zimmer auf der Rückseite des Gebäudes. Die Fenster dort sind winzig und die einzige Tür führt in das Zimmer, in dem wir alle schlafen werden. Also beruhigen Sie sich lieber und machen Sie das Beste daraus. Wenn Sie versuchen, sich aus dem Staub zu machen, werden wir Sie aufhalten. Verstanden?«

»Fick dich selber«, sagte Darky, zog seinen Kamm aus der Gesäßtasche seiner Jeans und bearbeitete mit einer Miene gekünstelter Unverschämtheit seine ramponierte Frisur.

»Vielen Dank für Ihren Vorschlag«, erwiderte Olly gewandt, »aber ich glaube, die Tagesordnung bestimmen wir, wenn es Ihnen recht ist. Aber steuern Sie ruhig weiter Ihre Ideen bei. Vielleicht können wir die eine oder andere davon aufgreifen.«

»Wir werden jetzt zu Mittag essen«, sagte Beth. »Sie sind herzlich eingeladen, wenn Sie möchten. Es gibt nur Suppe und Brot. Es liegt an Ihnen. Und später werden wir dann alle zusammen etwas machen. Sagen Sie es nur, wenn Sie etwas trinken möchten oder so.«

Das Mittagessen mit Suppe und Baguette ging am Tisch beim Fenster ohne Darky Greens Teilnahme vonstatten. Tom kam es reichlich glanzlos vor. Die unfreiwillige Gegenwart des grotesken kleinen Mannes in dieser scheußlichen Wohnung war in Wirklichkeit eine viel düsterere und muffigere Angelegenheit, als er es sich vorgestellt hatte. Wirklich, was hatte es eigentlich für einen Sinn, unnötig so viel Öl ins Feuer zu gießen? Noch gestern Abend hatte er die anderen gedrängt, das »Wahnsinnige« zu tun. Unfassbarerweise war die eigentliche Entführung eine ganz einfache Angelegenheit gewesen, doch jetzt kam ihm das bizarre Unternehmen einfach nur albern und kindisch vor. Während Darky immer noch trotzig außer Hörweite in seinem Sessel am anderen Ende des Zimmers kauerte, legte er seinen Löffel in die leere Suppenschale vor sich und wandte sich mutlos an die anderen.

»Und was jetzt? Er ist hier. Was machen wir jetzt mit ihm?«

»Wir behalten die Nerven und machen genau das, was wir uns vorgenommen haben«, erwiderte Olly gelassen. »Nachher machen wir Darky mit den Freuden der Literatur bekannt, ob es ihm gefällt oder nicht. Ganz ehrlich, wenn wir in dieser Situation nicht etwas wirklich Surreales tun und uns dazu zwingen, es durchzuziehen bis zum bitteren Ende, können wir ihn auch gleich zurückbringen. Sind wir uns einig?«

»Ich weiß, ihr haltet mich für naiv«, sagte Beth, »aber ich glaube immer noch, dass es uns gelingen könnte, zu einem weicheren Kern in ihm vorzudringen. Versuchen können wir es zumindest, oder? Olly hat recht. Lasst es uns so machen, wie wir es gesagt haben.«

Lance kämpfte mit dem krustigen Ende seines Baguettes mit Käse und Tomaten, bis er den Mund frei genug zum Sprechen hatte.

»Ich habe keine Ahnung, ob wir wirklich etwas zum Besseren bewegen können, aber – die Idee, D. H. Lawrence mit Darky Green zusammenzubringen, nun …« Er breitete vielsagend die Hände aus. »Interessant wird das auf jeden Fall, meint ihr nicht?«

4

Darky nahm die Neuigkeit, dass er sich an einem Gespräch über ein Gedicht von D. H. Lawrence mit Bezug auf zwei weitere seiner Werke beteiligen sollte, mit einer Mischung aus schierer Verständnislosigkeit und höhnischem Trotz auf.

Nachdem sie ihm erlaubt hatten, seinen Sessel zu verlassen, zog er sich in eine Ecke des Wohnzimmers zurück, kämmte sich zum zigsten Mal seit seiner Ankunft die Haare und hockte sich dann mit gekrümmtem Rücken und finsterem Gesicht mit dem Rücken zur Wandecke auf einen niedrigen Hocker. Offensichtlich hoffte er, die Kidnapper würden ihn den Mist ignorieren lassen, mit dem sie ihre Zeit verschwenden wollten, und ihrerseits für eine Weile vergessen, dass er existierte. Falls das seine Hoffnung war, so sollte er schwer enttäuscht werden. Beth, Tom, Olly und Lance ließen sich in einem geschlossenen Halbkreis rings um ihn auf dem Boden nieder und etwas in Ollys Blick ließ Darky keinen Zweifel daran, dass jeder Versuch seinerseits, sich von der Gruppe zu entfernen, sofort vereitelt werden würde.

»Schön!« Olly warf einen heiteren Blick in die Runde. »Ich dachte mir, es wäre gut, wenn wir uns heute mit dem Gedicht namens ›Schlange‹ beschäftigen, in dem Lawrence auf überwältigend atmosphärische Weise schildert, wie er eines Morgens aus dem Haus kommt und eine Schlange an seinem Wassertrog trinken sieht. Wir könnten auch auf ›Der Schaukelpferdsieger‹ zu sprechen kommen, meiner bescheidenen Meinung nach eine der besten Kurzgeschichten in englischer Sprache. Und wie es sich trifft, ist Beth gerade dabei, *Kangaroo* zu lesen, einen Roman – einen ziemlich schwierigen in mancher Hinsicht, wie ich mich zu erinnern glaube –, der in Australien spielt. Ich würde sagen, damit hätten wir eine recht interessante, vielfältige Auswahl. Meinen Sie nicht auch, Darky?«

Darky zielte mit seinem Mund auf Olly wie mit einer kleinen, geschürzten Kanone.

»Scheiß auf die Bücher, Scheiß auf D. F. oder wie der Arsch heißt, und Scheiß auf dich, du blödes Arschgesicht!«

In einem flüchtigen Moment der Objektivität ertappte Tom sich bei dem Gedanken, dass Darky Greens Sprechweise etwas seltsam Mechanisches hatte. Es kam ihm vor, als hätte er Wendungen einer fremden Sprache auswendig gelernt und dann vergessen, wie seine eigene Muttersprache gesprochen wird. Unheimlich.

Olly quittierte Darkys Ausbruch mit einem langsamen, nachdenklichen Nicken, als hätte Darky einen Gesichtspunkt geäußert, der ernsthafte Betrachtung verdiente.

»Mhm, ja, nun, das ist eine etwas nihilistische Sicht der Literatur im Allgemeinen und Lawrences und meiner Wenigkeit im Besonderen.« Er zuckte die Achseln. »Andererseits sind uns leidenschaftlich geäußerte Ansichten immer willkommen, daher nochmals danke dafür. Nun, wir haben keine besondere Tagesordnung, also wer möchte gern den Anfang machen? Tom, hast du irgendwelche starken Überzeugungen in Bezug auf Lawrence?«

»Nicht einmal erbärmlich schwache«, lachte Tom. »Ich habe nur einmal *Söhne und Liebhaber* gelesen, als ich noch ein ganzes Stück jünger war, und das kam mir damals sehr düster und eindringlich vor. Ich glaube mich zu erinnern, dass ich damals die wichtigste Person auf der Welt war. Wahrscheinlich war ich sauer auf Lawrence, weil er dachte, das wäre er und nicht ich. Aber egal. Ich bin neugierig darauf, das Gedicht zu hören und zu erfahren, wie ihr alle darüber denkt.«

»Ich würde gern Darky kurz erklären, wer Lawrence war, wenn ich darf«, sagte Beth. »Macht es irgendjemandem etwas aus, wenn ich das tue? Ansonsten käme es mir nicht ganz fair vor.«

Zustimmendes Nicken allenthalben. Unter den gegebenen Umständen hätte man erwarten können, dass Darky zum Thema Fairness einiges zu sagen gehabt hätte. Falls das der Fall war, machte er sich jedenfalls nicht die Mühe. Er rollte seine Lippen ein und richtete sein gutes Auge entschlossen auf irgendein fernes Detail der Stuckdecke. Beth schlug ihr zerlesenes, orange- und beigefarbenes Penguin-Exemplar von *Kangaroo* auf und zog die biografische Notiz am Anfang zurate.

»D. H. Lawrence war ein Schriftsteller, Darky. Er hat Bücher, Gedichte und Geschichten geschrieben und lebte von 1885 bis 1930. Als er starb, war er also erst, äh …«

»Fünfundvierzig«, warf Lance ein.

»Fünfundvierzig, ja, danke. Er starb also sehr jung. Und er schrieb hauptsächlich Romane – also lange, ausgedachte Bücher –, die meistens von Männern und Frauen und ihren Beziehungen untereinander handeln. Davon, wie sie miteinander auskommen. Eine Menge Leute, die etwas davon verstehen, meinen, er sei einer der größten Schriftsteller des zwanzigsten Jahrhunderts gewesen, aber mir kam neulich der Gedanke, dass eigentlich kaum jemand, mit dem man sich heute unterhält, seine Bücher gelesen oder von ihm gehört hat. Dabei waren vor ungefähr fünfundvierzig Jahren, also schon lange nach seinem Tod, alle Zeitungen voll von ihm, weil damals heftig darüber gestritten wurde ob eines seiner Bücher zu obszön sei, um veröffentlicht zu werden oder nicht. Es hieß *Lady Chatterleys Liebhaber* und handelt von einer Affäre zwischen einer vornehmen Dame und ihrem Wildhüter. Der ganze Streit drehte sich um die unverhohlenen sexuellen Schilderungen in dem Buch. Ich glaube, damals haben eine Menge berühmte Schriftsteller vor Gericht ausgesagt, dass sie *Lady Chatterleys Liebhaber* für große Literatur hielten und dass die Sexszenen ein unverzichtbarer Bestandteil des Buches seien. Am Ende wurde es dann doch noch veröffentlicht.«

»Genau«, warf Tom ein, »und sind dann nicht die Leute scharenweise hingerannt und haben sich das Buch gekauft, weil sie dachten, es wäre sexy, um dann zu Hause zu merken, dass es sehr schwer zu lesen und es fast unmöglich war, die schmutzigen Passagen zu finden?«

Olly nickte. »Völlig richtig. Ungefähr so, als ob man eine ganz kleine Lichtung in einem riesigen, dichten Wald suchen würde. Interessanterweise kommen uns heute die Passagen, die man damals Anfang der Sechziger als obszön bezeichnete, ziemlich harmlos vor. Heute kann man sich freiwillig bis zum Hals in jeden beliebigen Sumpf sinken lassen und keiner hat auch nur das geringste Interesse, einen da wieder herauszuziehen.«

»Wie auch immer«, fuhr Beth fort und schaute wieder in ihr Buch, »was kann ich Ihnen noch sagen? Ach so, D. H. steht für David Herbert und Lawrence war eigentlich der vierte Sohn eines Bergarbeiters aus Nottingham. Wenn man sich das so überlegt, kann das nicht leicht gewesen sein für ihn, oder? Ich meine, damals um das Ende des neunzehnten Jahrhunderts wurde erwartet, dass man einfach hinging und im Schacht arbeitete wie alle anderen jungen Männer auch, wenn man ein Bergarbeitersohn war, aber er tat das nicht. Er wurde Schriftsteller. Das muss seiner Familie und allen Leuten aus der Gegend, die ihn kannten, sehr komisch vorgekommen sein. Wahrscheinlich fanden sie ihn ziemlich merkwürdig. Meinen Sie nicht auch, Darky?«

Darkys Blick war immer noch stur nach oben gerichtet, aber der Tonfall, in dem Beth ihre Frage gestellt hatte, besaß eine ansprechende Dimension gelassener Herzlichkeit und Achtung, die es ihm offenbar schwer machte, sie entweder völlig zu ignorieren oder mit Obszönitäten darauf zu antworten. Ohne seinen Blick von dem Punkt an der Zimmerdecke zu wenden, an dem er verankert war, ließ er sich ein winziges, kaum merkliches Nicken abringen, mit dem er die Frage, von der er kein Wort verstanden hatte, quittierte.

Es war, dachte Tom, die Art widerstrebender Reaktion, die einem mit Gewalt entlockt wird, wenn man gerade mitten im schönsten Schmollen ist und die Zielscheibe dieser dumpfen Ablehnung einem etwas Nettes sagt oder eine praktische Frage stellt. Zum Verrücktwerden! Zugleich fühlte er sich an jene Szene in der Kneipe am Tag zuvor erinnert, als Ollys geheuchelte und doch strahlend überzeugende Bewunderung Darky so erfolgreich davon abgelenkt hatte, ihre Vernichtung durch die Leibwache anzuordnen. Zweifellos verbrachte der kleine Mann den größten Teil seiner Gefangenschaft damit, sich alle möglichen blutrünstigen Racheakte auszudenken, besonders gegen den verhassten Olly. Trotzdem gab es irgendwo im Innern von Darky Green einen selten betretenen Ort, der theoretisch erreichbar sein mochte, so sinnlos die Mühe wahrscheinlich auch auf lange Sicht war.

Auch Beth hatte die winzige Winkelverschiebung am Kinn des kleinen Mannes bemerkt. Sie fuhr fort.

»Nun, Lawrence bekam ein Stipendium für die Nottingham High School, kurz nachdem er zwölf geworden war, und als er dort abgeschlossen hatte, arbeitete er für dreizehn Schilling pro Woche für eine Firma, die chirurgische Artikel herstellte ...«

»Was soll das denn heißen? Was in aller Welt sind chirurgische

Artikel?« Lance plusterte die Wangen auf und seine Augen wurden so groß wie seine Brillengläser.

»Keine Ahnung, Lance. Frag nicht. Er ging dort bald wieder weg – ich kann es ihm nicht verdenken –, um an der Universität Nottingham fürs Lehramt zu studieren. Während seines Studiums dort fing er an, seinen ersten Roman zu schreiben, *Der weiße Pfau*. Nachdem das Buch 1911 erschienen war, lebte er für den Rest seines Lebens vom Schreiben, bis auf eine kurze Zeit, in der er in Croydon noch einmal als Lehrer arbeitete. 1914 heiratete er eine Frau namens Frieda von Richthofen. Das muss wohl gerade beim Beginn des Krieges gewesen sein, sodass er sich bei all den Fahnenschwenkern sicher nicht besonders beliebt gemacht hat. Ein Jahr nach dem Kriegsende traten sie eine Weltreise an, bei der er Deutschland und Italien besuchte und viele andere Länder in Europa und auch Australien und Amerika. Nach ihrer Rückkehr nach Europa 1929 wurde Lawrence schwer krank und starb schließlich am 2. März 1930 an Tuberkulose und …«

»Wurde verdammt noch mal auch Zeit«, warf Darky ein, vielleicht in der Hoffnung, einen kleinen Sieg zu verbuchen, indem er auf irgendeine obskure Weise die Gefühle aller Lawrence-Bewunderer der Welt verletzte. Der Klang seiner eigenen Stimme ließ ihn ganz leicht rot werden.

»… und das war es!«

Beth klappte ihr Buch schwungvoll zu und setzte sich zurück auf ihre Fersen.

»Danke, Beth«, sagte Olly. »Lance, wie wär's, wenn du uns jetzt das Gedicht laut vorliest, damit wir gleich etwas Richtiges durchzukauen haben? Soweit ich mich erinnere, war Lawrence in …«

Ein gewaltiges, stöhnendes, dinosaurierhaftes Gähnen, das von irgendwo hinter Darkys Mandeln hervordrang, hinderte Olly daran, seinen Satz zu Ende zu führen. Als Tom sah, wie der weit aufgerissene Mund ein vertikales Rechteck bildete und die beiden oberen Vorderzähne nach unten und außen ragten wie zwei umgekehrte Hasenohren, überlegte er fieberhaft, an welches Tier er dadurch unwiderstehlich erinnert wurde. Natürlich. Es war ein Pavian. Wenn Darky gähnte, verwandelte er sich in einen Pavian.

»Wie ich eben sagte«, fuhr Olly ungerührt fort, »ich glaube, dieser Vorfall ereignete sich in Sizilien. Ich meine sogar, Sizilien wird irgendwo in dem Gedicht ausdrücklich erwähnt.« Er wandte sich an die Gestalt in dem roten Hemd und den roten Hosenträgern. »Möchten Sie noch etwas sagen, bevor Lance uns das Gedicht vorliest, Darky? Vielleicht möchten Sie uns mitteilen, was Sie persönlich sich davon erhoffen?«

»Gequirlte Schweinekacke«, erwiderte Darky kurz und prägnant.

Interessant, dachte Tom, dass Leute wie Darky durchaus sehr kreativ sein konnten, wenn Widerwärtigkeiten und Geschmacklosigkeiten gefragt waren. Vermutlich machte die Leidenschaft das möglich, und es war eigentlich egal, was für eine Leidenschaft es war. Gequirlte Schweinekacke, hm? Gar nicht schlecht.

»Hab ich schon erwähnt, was mit dir passiert, wenn ich aus diesem Scheißloch hier rauskomme?«

Das war eine der längsten Äußerungen, die Darky seit der Entführung von sich gegeben hatte, und sie richtete sich direkt an Olly.

»Nein«, antwortete Olly höflich. »Jetzt, wo Sie es erwähnen – ich glaube nicht, dass Sie so freundlich waren, mich in die näheren Einzelheiten Ihrer Pläne einzuweihen. Allerdings ist mir natürlich die grobe Richtung, in der sie sich wahrscheinlich bewegen, durchaus klar. Möchten Sie diese Gelegenheit nutzen, um uns einen Blick in die Zukunft zu gewähren?«

»Ich lasse John und George deinen beschissenen Kopf in einen Scheißschraubstock stecken und den so lange anziehen, bis du deinen beschissenen Schädel knacken hörst. Und dann, wenn du schön laut am Schreien bist, kippe ich dir Benzin in dein blödes Schandmaul und schmeiße ein brennendes Streichholz rein. Dann hältst du vielleicht dein beschissenes Maul, statt die Leute zu verarschen.«

Lance machte einen Moment lang große Augen, dann fiel ihm etwas ein und er wedelte mit der erhobenen Hand.

»Die Idee mit dem Schraubstock haben Sie aus diesem De-Niro-Film, *Casino*, stimmt's?«, bemerkte er in trockenem Plauderton. Tom fand, er hörte sich an wie jemand aus einer dieser langweiligen, spätabendlichen Kultursendungen im Fernsehen. »Aber das Benzin ist eine interessante Variante. Sehr anschaulich. Aber sagen Sie mir bitte eines: Glauben Sie ehrlich, dass Sie es über sich bringen würden, im wirklichen Leben so abscheuliche Dinge zu tun?«

»Hab schon mal 'nem Typen seine eigene Scheiße zu fressen gegeben, oben im Park in den Farnen«, erwiderte Darky. Natürlich wollte er die anderen schocken, aber die Erinnerung erfüllte ihn auch sichtlich mit Stolz.

Lance zuckte zusammen, schloss die Augen und wandte angewidert sein Gesicht ab.

»Das Arschloch meinte, es hätte genug von meiner Scheiße. Da haben wir ihm den Gefallen getan und ihn mal was von seiner eigenen probieren lassen. Schätze, davon hatte er dann auch bald genug.« Er gab ein schrilles, krächzendes Gackern von einem Lachen von sich. »War gar nicht schwer, ihn dazu zu kriegen, sich in die Hosen zu scheißen, wo doch Baz bloß darauf wartete, ihm mit einer Eisenstange die Zähne einzuschlagen, wenn er es nicht tat. Mann, hat der gekotzt! Leck mich am Arsch! Dann haben wir ihn da liegen lassen mit runtergelassenen Hosen in seiner Scheiße und Kotze.«

Niemand regte auch nur einen Muskel. Niemand atmete auch nur. Es kam ihnen vor wie eine Frage der moralischen Hygiene. Wenn man diese Widerwärtigkeit einatmete, bevor die Luft wieder rein war, riskierte man eine Infektion oder einen Erstickungsanfall. Eine Minute verging.

»Darf ich Sie etwas fragen?« Beth sah Darky mit zusammengezogenen Augenbrauen unverwandt an. »Nur so interessehalber – ist es Ihnen lieber, wenn ich Sie mag oder wenn ich Sie hasse?«

Tom legte den Kopf in den Nacken und rollte ihn ein paar Mal hin und her. Die Naivität, zu glauben, dass diese wenigen Tropfen Parfüm in einer offenen Kloake etwas ausrichten könnten, war ihm beinahe peinlich.

Darky stutzte, als er so abrupt aus seinem Schwelgen in einer Anekdote aus glücklicheren Tagen gerissen wurde. Zweifellos noch im Überschwang der Erinnerung daran, solch absolute Macht besessen zu haben, fiel seine Antwort an Beth, begleitet von seinem typischen Feixen und einem quietschenden Kichern, vielleicht unanständiger aus, als es ihm selbst lieb war.

»Am liebsten würd ich dich ficken.«

Wie durch eine wortlose, spontane Übereinkunft zeigte keiner der vier Freunde irgendeine wahrnehmbare Reaktion auf diese Bemerkung. Sie starrten einfach weiter den Mann an, der sie gemacht hatte, vielleicht in der Hoffnung, dass das Gewicht und die Art ihres Schweigens ihn in eine Ecke treiben würden, die noch spitzer und enger war als die Zimmerecke, in die er sich gesetzt hatte. Aus Sekunden wurden Minuten, und immer noch sagte keiner etwas. Darky fing an zu zucken und wurde ein bisschen rot. Offensichtlich wurde er trotz allem, was er war, und allem, was geschah und geschehen war, von einer Krise der Verlegenheit und Unsicherheit heimgesucht, wenn auch nur von einer ganz kleinen. Am Ende war er damit überfordert, sie auf irgendeine sinnvolle Weise zu bewältigen.

»Was war denn nun die Antwort auf meine Frage?«, beharrte Beth. »Ist es Ihnen lieber, wenn ich Sie mag oder wenn ich Sie hasse?«

Ihr Blick war so stetig wie zuvor, ihr Ton erstaunlich sanft und freundlich. Diesmal dauerte das Schweigen noch länger. Schließlich murmelte Darky, ohne seinen Blick zu senken, ganz undeutlich etwas, was sich wie »Hmgst« anhörte.

Wie alle guten, eifrigen Sozialarbeiter, dachte Tom, wird sie sich jetzt gleich auf das positive Signal stürzen und es ausschlachten.

»Darky, ich hasse dieses Gerede über Köpfe in Schraubstöcken und diese andere scheußliche, *scheußliche* Geschichte, die Sie eben erzählt haben. Ich könnte nie jemanden mögen, der so etwas tut oder der so etwas gut findet. Darf ich Sie fragen – haben Sie schon jemals versucht, anders zu sein? Ich meine, sich einfach an nette Leute anzuschließen, die sich mit guten Dingen beschäftigen, und sie dazu zu bringen, Sie zu mögen, indem Sie nett zu ihnen sind, nicht weil Sie ihnen Geld geben oder sie so lange einschüchtern, bis sie so tun, als hätten sie Achtung vor Ihnen? Hätten Sie nicht gerne richtige Freunde? Wenn Sie sich wirklich verändern würden, würde ich Sie wahrscheinlich mögen. Wir könnten Ihre Freunde sein.«

Darkys Gesicht verzog sich vor Verachtung und etwas anderem, was schwieriger zu deuten war, aber eine Antwort gab er zunächst nicht.

Wie *nett* sie ist, dachte Tom, sah Beth an und holte tief Luft. Die alte Angst. Zu nett für ihn. Diese Finger, die an der Bettdecke zupften. Angewidert schlug er nach seinem Dämon aus, der ihm so eine schwachsinnige Reaktion einflüsterte. Eifersüchtig auf Darky Green? Wahnsinn. Sein Blick schweifte über den kleinen Halbkreis. Ollys sympathisches Gesicht war entspannt; nur eine Augenbraue war ein wenig erhoben, während er skeptisch abwartete, ob es zu der aus seiner Sicht sicherlich unmöglichen Metamorphose kommen würde. Es war schwer, sich eine Situation vorzustellen, in der Olly darauf erpicht war, sich in eine Gruppe von Anwärtern auf das einzigartige Vergnügen einzureihen, einer von Darky Greens engsten Kumpels zu werden.

Lance rieb sich beunruhigt mit der Hand über die Stirn. Ein spöttisches Stirnrunzeln lag auf seinem gutmütigen Gesicht, ein Ausdruck gequälter, akademischer Neugier. Schwer für ihn, dachte Tom. Er hatte sich entschieden, sich mit all dem auseinanderzusetzen, und so, wie Lance nun einmal war, würde er sein Bestes tun, um es durchzuziehen. Angesichts seines jüngsten Absturzes jedoch konnte nichts von dem, was er hier hörte, einfach für ihn sein.

Plötzlich brachen die Worte aus Darky hervor.

»Klar, und dann geh ich immer ins Scheißkino, was! Einen Scheißdreck werde ich!«

So unlogisch dieser Ausbruch sich anhörte, glaubte Tom dennoch, ihn so deuten zu können, dass Darky Schwierigkeiten hatte, sich vorzustellen, wie er selbst als zugehöriger Teil einer fröhlichen Gruppe aufbrach, um sich den neuesten Film anzuschauen. Aber warum griff er ausgerechnet einen Gang ins Kino als Urbild harmlosen geselligen Tuns heraus? War da in der Vergangenheit etwas vorgefallen – oder nicht vorgefallen?

»Macht es Ihnen eigentlich wirklich Spaß, zu sehen, wie Leute leiden?«, erkundigte sich Lance mit kaum hörbarer Stimme. »Haben Sie gar kein Mitleid mit ihnen?«

»Klar doch. Euch Arschlöchern macht es ja auch Spaß, euch Leute zu greifen und sie mit einem Haufen eingebildeter Spinner in so ein Scheißloch hier zu sperren.«

»Gut pariert«, fuhr Lance fort, immer noch so leise wie zuvor.

»Sagen Sie, meinen Sie, Sie könnten mal einen Satz aus mehr als drei oder vier Wörtern bilden, ohne Scheiße oder beschissen zu sagen?«

Oje. Falsche Frage, dachte Tom und zuckte zusammen. Ein gefundenes Fressen für Darky. Er behielt Recht.

»Scheiße! Scheiße! Scheiße! Scheiße! Scheiß auf dich und deine beschissenen schwulen Freunde, bis die beschissene Scheiße brodelt!«, gab Darky zur Antwort.

Es gab eine kurze Pause.

»Nun, fassen wir das mal als ein Nein auf«, sagte Olly dann gelassen. »Das wäre dann also geklärt. Kommen wir zurück zu Lawrence.« Er wandte sich an Lance. »Wäre es dir recht, das Gedicht jetzt vorzulesen, Lance?«

Lance nickte etwas beunruhigt, beugte sich vor und nahm ein schmales Taschenbuch in die Hand, das vor ihm auf dem Teppich lag, und schlug die Seite auf, die er sich mit einem Zettel markiert hatte. Ein paar Sekunden lang blieb er reglos sitzen und starrte auf die Seite, dann öffnete er den Mund, als wollte er beginnen, machte ihn jedoch sogleich wieder zu. Irgendetwas lenkte ihn ab. Er schaute Olly an, dann Darky. Die öde Ausdruckslosigkeit seiner Miene erinnerte Tom daran, wie er am Freitag ausgesehen hatte, als Noreen ihn und Beth gebeten hatte, vorbeizukommen und ihn in seinem Zimmer zu besuchen. Als er sprach, lag ein ganz leichtes Zittern in seiner Stimme.

»Tut mir leid, Leute, ich lese gleich vor, aber ich muss einfach ...« Er schluckte nervös. »Darky, hatten Sie ehrlich und wahrhaftig Freude daran, zu sehen, wie dieser Mensch seine – seine eigenen Exkremente aß? Haben Sie dabei gelacht und sich innerlich gut gefühlt? Und sind Sie froh darüber gewesen, dass Sie Ihren – Ihren Freunden gesagt haben, dass sie ihn dazu zwingen sollten?« Seine Augen waren weit aufgerissen. »Es hat Ihnen richtig etwas gegeben, als er sich hinterher übergeben hat, nicht wahr? Und das ganze Zeug, was Sie eben zu Olly gesagt haben, mit dem Schraubstock und dem Benzin und so – das sind die Sachen, die Sie gerne mit uns machen würden, wenn Sie hier herauskommen, nicht wahr?«

Es lag mehr als nur ein Anflug eines flehenden Untertons in Lances Stimme – sicherlich nicht, weil er sich vor der Rache fürchtete, dachte Tom, jedenfalls nicht nur deswegen. Sondern aus ihm sprach ein tiefes Verlangen, versichert zu bekommen, dass diese Abgründe der Finsternis nur in Darkys Vorstellung existierten, ein verzweifelter Wunsch, zu hören, dass all dies Widerwärtige am Ende doch keinen Platz in der Welt hatte, in der Lance leben und die er als Wirklichkeit betrachten wollte.

Doch diesmal gab Darky nicht einmal eine einsilbige Antwort von sich. Dafür gab es zwei Gründe, vermutete Tom. Erstens musste er ebenso wie Tom selbst gespürt haben, dass Olly allmählich die Geduld verlor und sich der Zorn in ihm aufstaute. Wahrscheinlich spürte Darky, dass die anderen mehr oder weniger unfähig waren, einem körperlich so erbärmlich unterlegenen Gegner absichtlich Schmerzen zuzufügen, aber bei Olly war das etwas anderes. Unter gewissen Umständen könnte Olly durchaus explodieren. Er könnte den kleinen Mann zusammenknüllen wie ein Stück Papier, das nicht mehr gebraucht wurde, und ihn in eine Ecke schleudern.

Der zweite Grund dafür, dass er nicht antwortete, musste wohl mit Lances Frage zusammenhängen, was Darky mit ihnen vorhatte, wenn er wieder frei war. Die Drohung mit dem Schraubstock und dem Benzin war nicht sehr geschickt gewesen. Nicht, solange er selbst ein Gefangener war. Besser war es, darauf nicht zurückzukommen. Dafür war noch reichlich Zeit, wenn er erst die Jungs auf die Sache angesetzt hatte. Starr nur weiter an die Decke und male dir alles in Gedanken aus. Deine Zeit wird kommen.

Lance wartete lange Zeit auf die Antwort, die nie kam, dann gab er ein schauderndes Seufzen von sich, räusperte sich und beugte sich wieder über das Buch in seinen Händen.

»Na gut, hier kommt das Gedicht. Es heißt einfach ›Die Schlange‹.

Eine Schlange kam an meinen Wassertrog
an einem heißen, heißen Tag, und auch ich im Pyjama,
der Hitze wegen,
um dort zu trinken.

Im tiefen, fremd duftenden Schatten des großen Johannisbrotbaums
kam ich mit meinem Krug die Stufen herab
und musste warten, stehen und warten, denn dort war sie am Trog vor mir.

Sie reckte sich aus einem Spalt im Erdwall in der Düsternis herab
und träge, gelblich braun schleppte sie sich auf weichem Bauch hinab, über den Rand des Steintrogs,
und ihre Kehle ruhte auf dem steinernen Grund,
und wo das Wasser aus dem Hahn getropft war, in einer klaren Lache,
nippte sie mit ihrem geraden Maul,
trank sacht durch ihren geraden Gaumen in ihren trägen langen Leib,
lautlos.

Jemand war vor mir an meinem Wassertrog,
und ich, danach gekommen, musste warten.

Sie hob ihr Haupt vom Trunk wie eine Kuh
und sah mich ohne Ausdruck an, wie Kühe es beim Trinken tun,
und ließ die zweigeteilte Zunge durch die Lippen züngeln und grübelte ein wenig
und beugte sich und trank ein wenig mehr,
erdbraun, erdgolden von den brennenden Eingeweiden der Erde
am sizilianischen Julitag, derweil der Ätna rauchte.
Die Stimme meiner Erziehung sagte mir,
sie muss getötet werden,
denn in Sizilien sind die schwarzen, schwarzen Schlangen harmlos, die goldenen sind giftig.

Und Stimmen in mir sagten, wärest du ein Mann,
so nähmst du einen Stock und brächest sie und machtest
ihr ein Ende.

Doch muss ich gestehen, wie sie mir gefiel,
wie froh ich war, dass sie als stiller Gast gekommen war,
an meinem Wassertrog zu trinken.
Und friedlich, befriedigt, ohne Dank davonzuziehen
in die brennenden Eingeweide der Erde?

War's Feigheit, dass ich sie nicht zu töten wagte? War es
Verdrehtheit, dass mit ihr zu sprechen ich mich sehnte?
War es Bescheidenheit, mich so geehrt zu fühlen?
Ich fühlte mich so geehrt.

Und dennoch diese Stimmen:
Wärst du nicht voller Furcht, so würdest du sie töten!

Und ich war wirklich voller Furcht, voll großer Furcht,
doch mehr noch
empfand ich es als Ehre,
dass sie meine Gastfreundschaft suchte
aus der dunklen Tür der verborgenen Erde.

Sie trank genug
und hob den Kopf, verträumt wie einer, der getrunken hat,
und ließ die Zunge flackern wie eine gespaltene Nacht in
der Luft, so schwarz,
wie um die Lippen zu lecken,
und blickte um sich wie ein Gott, nichts sehend, in die Luft
und wandte langsam ihren Kopf
und langsam, ganz langsam, wie in dreifach tiefem Traum,
begann sie, ihren trägen Leib herumzuwinden
und wieder das durchbrochene Ufer meiner Mauer zu
erklimmen.

Und als sie ihren Kopf in jenes schreckliche Loch steckte
und langsam sich heraufzog, die Schultern hineinschlängelte
und tiefer eindrang,
da überkam ein Grauen mich, ein Aufbegehren gegen ihren
Rückzug in jenes entsetzliche schwarze Loch,
dagegen, dass sie absichtlich in die Schwärze ging und
langsam sich hineinzog,
nun, da sie mir den Rücken kehrte.

Ich sah mich um, ich stellte meine Kanne ab,
hob einen groben Knüppel auf
und warf ihn krachend an den Wassertrog.

Getroffen habe ich sie, glaube ich, nicht,
doch plötzlich krampfte sich das, was noch von ihr draußen
blieb, in würdeloser Hast zusammen,
zuckte wie ein Blitz und war verschwunden
im schwarzen Loch, der Erdenlippen Spalt im Mauerwerk,
das ich im stillen, hohen Mittag fasziniert betrachtete.

Und ich bereute es sogleich.
Wie schäbig, dachte ich, wie gemein, welche niedrige Tat!
Ich verabscheute mich selbst und die Stimmen meiner
verfluchten menschlichen Erziehung.

Und ich dachte an den Albatros
und wünschte mir, sie käme wieder, meine Schlange.

Denn sie erschien mir wieder wie ein König,
ein König in Verbannung, ungekrönt in der Unterwelt,
nun im Begriff, erneut gekrönt zu werden.

Und so verpasste ich meine Chance mit einem der Herren
des Lebens.
Und ich habe etwas abzubüßen,
eine Kleinlichkeit.«

»Wie fanden Sie das Gedicht, Darky?«, fragte Beth, nachdem Lance sein Buch offen vor sich auf den Boden gelegt hatte.

»Nix als langweiliger Scheiß«, schnarrte Darky. Seine Stimme klang matt vor der ermüdenden Unvermeidlichkeit dieser negativen Schlussfolgerung.

Mhm, natürlich, dachte Tom. Schließlich war es ein Gedicht. Wie konnte es etwas anderes sein als Scheiß?

»Mir hat es sehr gefallen«, sagte Beth. Es hörte sich an wie die Erwiderung auf eine sorgfältig begründete Kritik. »Was mir besonders auffällt, ist, wie verschieden und zugleich ähnlich es im Vergleich zu dem Roman ist, den ich gerade lese. *Kangaroo* ist – nun, es scheint hauptsächlich davon zu handeln, dass die Hauptfigur darum ringt, herauszufinden, was in ihrem tiefsten Innern wirklich wahr ist, und nach einem Weg sucht, das, was in ihrem Leben passiert, von dieser Wahrheit bestimmen zu lassen. Und das ist auch der Bereich, in dem der Roman und das Gedicht sich ähnlich sind. Im Innern des Mannes in dem Gedicht findet ein Kampf statt. Wegen Dingen, die andere Leute ihm eingetrichtert haben, wirft er der Schlange am Ende einen Knüppel hinterher, und dann fühlt er sich mies und schuldig und wünscht sich, er wäre stattdessen lieber sich selbst treu gewesen. Und dann ist da die ganze Sache mit dem Mannsein und den Stimmen in seinem Kopf, die ihm sagen, was ein richtiger Mann tun sollte, wenn er eine Schlange sieht. Er sollte sie einfach töten. Davon kommt in *Kangaroo* auch eine Menge vor. Somers – das ist die Hauptfigur – wendet sich immer wieder in sein Inneres, weg von einer politischen, australischen Vorstellung davon, was ein Mann ist, und sucht nach dem Teil von ihm, der ihn zu dem macht, was er wirklich ist, egal, was andere darüber denken.«

»Und der Unterschied?«, erkundigte sich Tom, der seine Freude an Beths lebhaft leuchtenden Augen hatte.

Sie lachte. »Der Hauptunterschied ist, dass ich das Gedicht wenigstens verstehe, ohne mir allzu viel Mühe geben zu müssen, während in *Kangaroo* alles hin und her hüpft wie ein Feuerwerkskörper, der aus Versehen losgeht. Jede kleine Dialogzeile zieht mehrere Absätze nach sich, in denen Lawrence auseinanderklamüsert, was sie bedeutet und was nicht und was sie hätte bedeuten sollen und was sie auf gar keinen Fall hätte bedeuten dürfen. Und wenn man versucht, dahinterzukommen, was er eigentlich sagen will, kann man sich ganz schön verstricken, weil das alles genauso widersprüchlich und nebelhaft ist wie das wirkliche Leben meistens auch. Ich war so froh, als ich irgendwo gelesen habe, dass Lawrence selbst das Buch eine ›sonderbare Vorführung‹ genannt und gesagt hat, es sei ein komischer, improvisierter Roman, wo nichts passiert und alle möglichen Dinge passieren *sollten*. Aber manche Beschreibungen von Leuten und Orten sind umwerfend. Das ist auch so eine Sache, die in dem Gedicht ähnlich ist. Ich weiß nicht, wie es euch ging, aber ich hatte das Gefühl, als könnte ich die Mittagshitze in Sizilien spüren und diese Schlange richtig vor meinem geistigen Auge sehen.«

»Was hätten Sie gemacht, Darky?«, fragte Lance plötzlich, während er seine Augen hinter den Brillengläsern weit aufriss, um ein rasches Blinzeln zu unterdrücken, das ihn befallen hatte, seit er zu Ende gelesen hatte. »Wegen der Schlange, meine ich. Hätten Sie sie in Ruhe gelassen oder hätten Sie auch etwas nach ihr geschmissen? Oder hätten Sie zwei von Ihren Gorillas geholt, um sie auf ihr herumtrampeln zu lassen, bis sie tot wäre? Was hätten Sie gemacht?«

»Ja, das würde mich auch interessieren«, griff Beth die Frage auf, wobei sie aber bewusst den Tonfall veränderte. »Vielleicht wäre es Ihnen genauso gegangen wie Lawrence, oder? Sie wären unsicher gewesen, ob Sie das tun sollten, was Sie tun wollten, oder das, wovon Sie meinten, dass jemand anderes will, dass Sie es tun. Was meinen Sie?«

»Ich meine, ihr seid alle voll durchgeknallt«, erwiderte Darky, »besonders das fette Arschloch da mit seinen vier Augen.« Mit einer schwammigen Handbewegung in Lances Richtung schlug er eine gekünstelte Falsettstimme an, die nicht die geringste Ähnlichkeit mit dem hellen, schnarrenden Tonfall des Mannes hatte, den er offenbar nachahmen wollte. »Hätten Sie zwei von Ihren Gorillas geholt, um sie auf dem Scheißvieh rumtrampeln zu lassen, bis es tot wäre, oder was hätten Sie gemacht, verdammte Scheiße?« Er gab sein gackerndes Gelächter von sich, warf die Arme empor und hinter sich gegen die Wand und gab sich hemmungslos einem seltsamen, wilden kleinen Anfall von Heiterkeit hin, wie ihn bisher keiner von ihnen bei ihm beobachtet hatte.

Tom bemerkte mit morbider Faszination die schmalen Hände, die lose an den Enden von Darkys ausgestreckten Armen baumelten.

»Ich habe so einen Schraubstock«, sagte Lance. Seine Stimme hörte sich gepresst an, als ob er unter einer gänzlich ungewohnten, mühsam beherrschten Spannung stünde.

Das Blinzeln hatte er jetzt unter Kontrolle. Lance saß vollkommen reglos nach vorn auf seine gekreuzten Beine gestützt und fixierte Darkys Gesicht, das jetzt beim Lachen ebenso pavianähnlich aussah wie vorhin bei seinem gewaltigen Gähnen.

»Haben Sie gehört, was ich gesagt habe, Darky? Ich habe so einen Schraubstock«, wiederholte Lance, »zu Hause in unserer Garage.«

Er wälzte sich nach vorn, bis sein Gewicht auf den Knien ruhte, und stützte sich dann mit beiden Händen ab, um auf die Beine zu kommen. Dann drehte er sich um und schaute sich sinnierend um. Er musterte das Zimmer und machte dabei kleine Schnalzlaute mit der Zunge, als ob er im Kopf etwas berechnete. Schließlich nickte er und deutete auf den Tisch, an dem sie ihre Suppe gegessen hatten. Das solide, runde Möbelstück stand an einem der Fenster, die hinaus auf den Garten hinter dem Haus blickten.

»Er würde problemlos daraufpassen, glaube ich«, sagte er nachdenklich. »Ja, das müsste gehen. Ich hole das Ding her und dann können wir Darky dazu bringen, sich hinzuknien und seinen Kopf hineinzustecken, und wir drehen die Kurbel, bis sein Schädel anfängt zu knacken. Ich meine, wenn er das sowieso mit uns machen will, dann können wir es genauso gut auch zuerst mit ihm machen.«

Er drehte sich wieder zu Darky um und machte zwei oder drei Schritte auf den nun verstummten kleinen Mann zu. Dann ließ er sich plötzlich schwer auf die Knie fallen wie eine Marionette, der die Beinschnüre durchgeschnitten worden sind, nahm vorsichtig seine Brille ab und starrte unverwandt in ein Paar Augen, die nun vor Furcht statt vor Gelächter in ihre auseinanderstrebenden Richtungen zu tanzen begannen. Offensichtlich war Darky dabei, sein Urteil über Lance, er sei einer der Harmlosen, zu revidieren.

Lieber Himmel, dachte Tom, wie sehr kann man sich irren? Wer hätte gedacht, dass Lance als Erster ausrastet und nicht Olly. Er fragte sich, wie weit sie es kommen lassen sollten. Die Frage war, wer hier eigentlich das Kommando führte? Niemand. Anstand und Selbstbeherrschung sollten eigentlich das Kommando führen. Wir sind schließlich die Guten. Oder etwa nicht? Sind wir das? Wir haben jemanden gekidnappt. Er sah Olly und Beth an. Olly zuckte mit den Achseln. Warten wir erst einmal ab. Beth schüttelte nervös den Kopf und klemmte die Unterlippe unter die Zähne. Ihr gefiel das nicht. Aber doch, warten wir erst einmal ab.

»Die Sache ist die.« Immer noch voller Anspannung spähte Lance tief in Darkys weichgekochte Augen, als überlegte er, wie er sich einen Weg in die Mitte dieses keilförmigen Kopfes aufhebeln könnte. »Mir ist gerade etwas klar geworden. Ich war dumm. Wissen Sie, ich kriege eine Riesenangst – nein, Entschuldigung, Angst trifft es nicht. Ich bin wie versteinert, das ist das richtige Wort – wenn ich daran denke, was Leute wie Sie und Ihre abscheulichen bezahlten Schläger mit anderen Leuten machen, aber mir ist noch nie der Gedanke gekommen, dass ich in aller Ruhe und Überlegung die Entscheidung treffen könnte, genau dasselbe mit Ihnen zu machen. Wie dieser Typ in dem Film, der sich eine Waffe besorgt und Straßenräuber jagt, nachdem seine Frau und seine Tochter überfallen worden sind. *Ein Mann sieht rot* war der Titel, oder? Ich glaube, das werde ich machen. Ich werde es genauso machen wie Sie, meine ich. Ich leihe mir das Auto von Tom, fahre schnell nach Hause, hole den Schraubstock aus meiner Garage – ein ziemlich schweres Ding –, bringe ihn her, befestige ihn auf dem Tisch und zeige Ihnen, was das eigentlich für ein Gefühl ist, wenn einem der Kopf zerquetscht wird. Ich werde mir wohl auch ein Notizbuch und einen Stift mitbringen. Vielleicht sind Sie ja in der Lage, uns das Gefühl ein bisschen zu beschreiben, bevor Ihnen der Schädel aufplatzt und die Augen aus den Höhlen springen und Sie sterben. Keine Angst, ich schreibe alles auf. Ihre dressierten Affen werden mich später dann wohl erwischen, schätze ich. Wahrscheinlich. Aber darf ich Ihnen etwas sehr Wichtiges mitteilen, Darky Green? Danach, wenn ich erst weiß, dass Sie nicht mehr da sind, um es zu genießen, wird es nicht einmal mehr halb so schlimm sein. Ich brauche nur eine Viertelstunde oder so. Wo ist meine Jacke? Ich fahre jetzt den Schraubstock holen. Schmeiß mal deine Schlüssel rüber, Tom. Am besten nehme ich auch die Wohnungsschlüssel mit, Olly, damit ich selber wieder hereinkomme.«

Lance nickte entschlossen vor sich hin und sprang dann mit überraschender Behändigkeit wieder auf die Beine. Er schnappte sich die beiden Schlüsselbünde, winkte den anderen kurz zum Abschied und eilte aus dem Zimmer. Auf das Geräusch der sich öffnenden und wieder schließenden Wohnungstür folgte einige Sekunden später der ferne dumpfe Schlag einer Tür, die irgendwo unten ins Schloss fiel. Gleich darauf hörte man, wie vor dem Haus ein Auto angelassen wurde.

Darky lauschte mit offenem Mund. Dann begann er unvermittelt zu schreien.

Die meisten Menschen haben mindestens eine Erinnerung, die sie am liebsten auslöschen würden. Tom hatte den größten Teil seines Lebens versucht, eine Kindheitserinnerung an die Schreie eines Kaninchenbabys, das von den Hunden auf der Farm seines Onkels in die Enge getrieben worden war, aus seinem Gedächtnis auszumerzen. Bevor es in Stücke gerissen wurde, hatte das verängstigte kleine Ding eine Folge durchdringender, schriller Schreie ausgestoßen, deren Intensität und gleichbleibende, rhythmische Regelmäßigkeit den kleinen Jungen in tiefstes Grauen gestürzt hatten. Es waren unglaublich, unerträglich laute Geräusche für ein so kleines Tier, wie ihm schien. Dazu kam, dass das Ganze etwas merkwürdig Maschinelles hatte, als wäre im Nervensystem des Kaninchens ein Schalter umgelegt worden, der einen inneren Mechanismus auslöste, der programmiert war, unausgesetzt seine Alarmsignale auszustoßen, bis die Zähne des größten der Farmhunde sich um die Kehle des Geschöpfs schlossen. Tom hatte sich damals die Ohren zugehalten, um die Laute nicht hören zu müssen, aber ohne Erfolg. Ihr Nachhall hatte ihn seither sein Leben lang begleitet. Sollte

Agent Starling ihre Erinnerungen an das Schweigen der Lämmer behalten. Es war der Gedanke an jene Laute, der Tom fertigmachte.

Die Laute, die jetzt aus Darkys Mund kamen, brachten jene Erinnerung mit verstörender Klarheit wieder zum Vorschein. Sein eines gutes Auge weit starrend aufgerissen, den Kopf rückwärts an die Wand gelegt, machte der kleine Mann seinem Entsetzen in einer anscheinend endlosen Folge unmenschlicher Schreie Luft, als hätten die unvorstellbaren Qualen, die ihm durch Lances Schraubstock zugefügt werden sollten, bereits begonnen. Tom fand es grauenhaft, das mit ansehen zu müssen. Es war, als wären die Verwegenheit, die Flüche und die erbärmlichen Versuche, andere zu dominieren und zu beherrschen, von ihm abgefallen wie die Haut oder Schale einer äußerlich furchterregenden Kreatur, und darunter wäre ein weiches, rosafarbenes, vor Panik kreischendes Etwas zum Vorschein gekommen.

Von dem furchteinflößenden Darky Green war nichts mehr übrig. Vorläufig war nichts mehr von ihm übrig außer einem schrill gekleideten, angstdurchtränkten Wesen mit steifen, gelähmten Armen und Beinen, die so schlaff und nutzlos waren wie die einer Bauchrednerpuppe.

Für Beth war es unerträglich. Sie sah nichts als Bedürftigkeit vor sich. Sie sprang auf und war mit einem Schritt bei Darky, kniete sich neben ihn, nahm die kleine, steife Gestalt in die Arme und zog seinen Kopf auf ihre Schulter herab. Doch immer noch brachen die pulsierenden Schreie aus ihm hervor, unaufhörlich herausgepumpt aus dem frisch ausgehobenen, bodenlosen Brunnen seines Entsetzens.

»Ehrlich gesagt, ich glaube, ich halte das nicht mehr lange aus«, sagte Olly, der sich müde zu Tom hinüberbeugte und seine Stimme erhob, um sich durch den Lärm verständlich zu machen. »Surreal ist eine Sache. Das hier macht mich müde und krank und ich kriege Kopfschmerzen davon. Das kleine Monster ist komplett übergeschnappt und jetzt trösten wir ihn hier, statt – ach, was immer wir eigentlich meinten, mit ihm tun zu wollen.«

Tom nickte und schnitt eine Grimasse. Seine Gefühle waren zu tief und zu kompliziert, um sie in Worte zu fassen. Das Mädchen, das er liebte, hielt einen sogenannten Menschen in den Armen, der unter anderem seine Macht rücksichtslos dazu gebraucht hatte, einem anderen menschlichen Wesen die widerwärtige Demütigung aufzuzwingen, seine eigenen Exkremente zu essen, und dann vollkommen die Fassung verlor, sobald er selbst mit Gewalt bedroht wurde. Eine Welle des Abscheus und des Zorns durchrollte ihn. Wie rein konnten Beths hübsche, feingliedrige Hände jemals wieder werden, nachdem sie solchen Abschaum berührt hatten? Mit ihm wollte sie erst schlafen, wenn sie verheiratet waren, aber sich mit solchem Dreck zu besudeln, das machte ihr nichts aus. Er verachtete sich für seine eigene Wut, ertappte sich aber zugleich dabei, dass er sie willentlich am Kochen hielt. Es erinnerte ihn an einen Abend, an dem er stur und eifrig ein Lagerfeuer in Gang gehalten hatte, indem er immer neues Holz nachlegte, nachdem alle Gäste zu seinem Ärger früh nach Hause gegangen waren.

Das Geschrei war ins Stocken geraten und dann verstummt, aber nur, weil Darky plötzlich große Schwierigkeiten hatte, Luft in seine Lungen zu bekommen. Unter seinen heiseren, rasselnden Atemversuchen schien er sich abzumühen, etwas zu sagen. Es hörte sich an wie »Kinaler«.

»Was? Darky, was wollen Sie sagen?«

Als Beth keine Antwort bekam, schaute sie, der Panik nahe, die beiden anderen an. Angst und Sorge verzerrten ihr bleiches Gesicht.

Olly sprang auf und sah plötzlich ernsthaft besorgt aus. »Hört sich an, als ob er Asthma hätte«, sagte er. »Wahrscheinlich benutzt er einen Inhalator dagegen. Ich nehme an, das ist es, wonach er ruft. Mein Gott, wenn er uns abkratzt! Ich gehe wohl besser und …«

»Ich glaube, es ist einer in seiner Jackentasche«, unterbrach ihn Tom mit tonloser, griesgrämiger Stimme. »Er ist vorhin herausgefallen, als ich die Jacke im Flur an den Haken gehängt habe, und da habe ich ihn zurückgesteckt.«

»Ja, dann *hol* ihn doch endlich!«, explodierte Beth. »Wenn du weißt, wo er ist, dann hol ihn! Sitz nicht da rum wie ein Idiot! Willst du etwa, dass er stirbt?«

Ja, dachte Tom, während er tat, was sie ihm gesagt hatte, weil ihm kein Grund einfiel, warum er es unterlassen könnte, im Moment hört sich das sehr verlockend an. Ich will, dass er stirbt. Der Idiot will, dass er stirbt. Das käme dem Idioten gerade recht. Er war sich nicht sicher, ob er den Anblick ihrer schlanken, braunen Arme, die sich um dieses rote Hemd schlangen, noch einen Moment länger ertragen konnte.

»Jetzt hören Sie zu, Darky«, sagte Beth ein paar Minuten später mit fester Stimme. »Was Lance vorhin gesagt hat, dass er einen Schraubstock holen und Sie damit foltern wollte, das war nur ein Spiel. Nein, kein Spiel. Ich meine, es war nicht die Wahrheit. Verstehen Sie, was ich sage? Ich vermute, Lance hat die Haustür laut zugeknallt und ist hinausgegangen und hat Toms Wagen angelassen, und dann ist er ein Stück die Straße hinaufgefahren und hat dort geparkt. Ich schätze, er ist jetzt schon wieder draußen vor der Tür, lauscht und wartet auf den richtigen Augenblick, wieder hereinzukommen.«

Inzwischen hatten sie Darky quer durchs Zimmer gehievt. Er saß zusammengesunken in den Tiefen des großen, protzigen beigefarbenen Sessels vor dem Kamin, wo er immer noch hin und wieder angestrengt an dem blausilbernen Inhalator saugte, den Tom widerwillig aus der Tasche der im Flur hängenden Jacke gefischt hatte. So ausgelaugt, geschlagen und kraftlos er auch wirkte, auf Beths Worte hin richtete er sein eingefallenes Gesicht zu ihr empor, als sie sich auf die Armlehne seines Sessels setzte.

»Was?«, keuchte er.

»Komm rein, Lance!«, rief sie über die Schulter. »Ich weiß, dass du da bist. Ich habe gehört, wie du wieder hereingekommen bist. Jetzt komm bitte und zeig Darky, dass du keinen Schraubstock unter dem Arm hast und ihn nicht ermorden willst. Vielleicht bringt das seine Atmung wieder in Gang.«

»Und sein böses Mundwerk«, murmelte Tom.

Mühsam hob Darky seinen Kopf von der Rückenlehne und starrte mit hervortretenden Augen in Richtung der Tür zum Flur, durch die Lance vorhin verschwunden war. Einen Moment lang tat sich nichts, dann begann die Tür, die schon einen Spalt offen stand, langsam einwärts zu schwingen. Lances untersetzte, stämmige Gestalt erschien. Er hatte keine Jacke an und trug nichts in den

Händen. Sein Gesicht war blass, aber ausdruckslos. Nachdem er Olly und Tom die beiden Schlüsselbünde zurückgegeben hatte, ließ er sich in dem zweiten, gleichartigen Sessel gegenüber von Darky nieder, nahm die Brille ab und begann, sie mit einem leuchtend gelben Tuch, das er aus einer Innentasche zog, zu polieren.

»Da!« Beth schloss die Augen, stützte sich mit einem Fuß auf dem Boden ab, verschränkte die Hände hinter dem Kopf und nutzte den Moment, um ihren Gedankengang zu festigen und zu ordnen. »Lance, würdest du Darky bitte sagen, dass du das mit dem Schraubstock nicht so gemeint hast? Er hat solche Angst bekommen, dass er beinahe erstickt wäre.«

»Natürlich habe ich das nicht so gemeint«, sagte Lance höflich, während er weiter auf seinen Brillengläsern herumpolierte. »Meine Güte, ich glaube wirklich nicht, dass ich fähig wäre, jemanden mit einer Nadel zu stechen, geschweige denn den Kopf eines Menschen in einen Schraubstock zu stecken. Das brächte wohl keiner von uns fertig.«

Er sah sich nach Olly und Tom um, die jetzt auf zwei Stühlen saßen, die sie unter dem Tisch hervorgezogen hatten, den Lance als Unterlage für sein legendäres Folterinstrument vorgesehen hatte.

»Allerdings muss ich zugeben, dass Olly vermutlich durchaus imstande wäre, jemandem einen wohlgezielten Klaps zu versetzen, wenn dieser Jemand versuchen würde, sich aus dem Staub zu machen, bevor wir mit ihm fertig sind.«

Olly nickte nachdenklich, wie um zu sagen, das könnte bei gründlicher Betrachtung durchaus der Fall sein.

»Aber ansonsten? Nein, wir würden keiner Fliege etwas zuleide tun. Na ja, wenn wir ehrlich sind, vielleicht schon. Wir wären schon imstande, eine Fliege mit einer eigens aus einer Zeitung angefertigten, brutalen Keule zu Brei zu zerschlagen. Aber Menschen? Nein, das könnten wir nicht. Wir sind nicht aus dem Holz dafür geschnitzt, wissen Sie.«

Und natürlich, so musste es sein, dachte Tom. Zumindest galt es für ihn. Auch wenn er sich eben nur träge und widerwillig auf die Suche nach Darkys Medikament gemacht hatte, war ihm völlig klar, dass irgendjemand oder irgendetwas ihn schon früh in seinem

Leben gelehrt oder davon überzeugt hatte, dass menschliche Wesen etwas Wertvolles und Besonderes sind, und dass er, wenn er eines von ihnen in bewusster Absicht verletzte, von da an unter der Überzeugung leiden würde, dass er gegen einen Kodex oder eine Regel verstoßen hatte, die ebenso ein Teil von ihm waren wie sein eigener Körper.

Und war es letzten Endes nicht genau das, wenn man es recht bedachte, was es Leuten wie Darky Green und seiner allgegenwärtigen Leibwache möglich machte, eine solche Schreckensherrschaft zu führen? Schließlich gab es genügend Leute, die sie hassten und verabscheuten. Würden all diese Leute sich zusammentun und gemeinsam beschließen, die hinderlichen Stimmen ihrer Erziehung zu ignorieren, so könnten sie sich bewaffnen und die ganze Bande innerhalb weniger Nächte aufreiben. Es wäre ziemlich einfach, sie abzuschlachten – schmerzlos, versteht sich, wenn alle sich einig wären, dass sie sich dabei besser fühlen würden – und irgendwo meilenweit entfernt in einem bodenlosen Baggersee zu versenken, wo ihre Leichen vermutlich nie gefunden werden würden. Nötig wäre nur, einmal für kurze Zeit nach gemeinschaftlichem Willen zu handeln. Was könnte einfacher sein? Was könnte unwahrscheinlicher sein? Er seufzte. Ja, na schön, was könnte auf lange Sicht, auf sehr lange Sicht, auf Marathonsicht, weniger wünschenswert sein?

»Ich hätte es aber tun können«, fuhr Lance fast im Plauderton fort. »Rein praktisch gesehen, meine ich. Und wenn es euch interessiert, ich bin tatsächlich in Gedanken ein langes Stück durch einen verbotenen Korridor gegangen, auch wenn die ganze Zeit über auf mich eingeschrien wurde, nur um herauszufinden, wie weit ich all dem zu trotzen imstande wäre. Sie waren in meiner Macht. Ich hatte die Mittel und die Macht, es zu tun, so wie Sie sie in der Vergangenheit hatten und wieder haben werden, wenn Sie hier herauskommen. Und Sie und ich, wir sind uns ja in mancher Hinsicht ähnlich, nicht wahr? Ich bin mollig und übergewichtig und nicht besonders fit. Meine Arme sind nicht sehr stark und in einem Kampf würde ich wohl keine zwei Minuten durchhalten. Und Sie sind auch klein und schwach, stimmt's? Ich meine, körperlich ist nicht viel an Ihnen dran. Sie haben den Körper eines Kindes und dünne Ärmchen, mit denen Sie wohl kaum die Kurbel einer Folterbank bewegen könnten. Sie leiden an Asthma.« Er zuckte die Achseln. »An sich spielt das keine Rolle. Ich meine, Mutter Teresa war auch nicht gerade ein Kraftprotz, oder? Aus Ihnen hätte ein körperlich unansehnlicher Heiliger werden können, und dann hätten wir alle Sie geliebt und vielleicht sogar Ihre Körpergröße liebenswert gefunden. Doch stattdessen haben Sie es vorgezogen, sich in einen grotesken, geistlosen Tyrannen zu verwandeln. Solange Sie diese angeheuerten Steinzeitmenschen um sich haben, spielt es keine Rolle, dass Ihnen schon die Puste ausgehen würde, wenn Sie versuchen würden, mit bloßen Händen ein Zwerghühnerei zu zerquetschen, denn Sie können ja andere dafür bezahlen, dass sie ihre muskelbepackten Arme und Beine und ihre wahnsinnigen Gehirne und ihre Eisenstangen und alles, was sie sonst noch zu bieten haben, einsetzen, um die scheußlichen Dinge auszuführen, die Sie ihnen sagen. Wir sind beide armselige Exemplare, Darky, und wir haben beide einen Schraubstock, den wir, wenn auch in meinem Fall nur theoretisch, benutzen könnten, um Köpfe zu zerquetschen. Das sind die Dinge, die wir gemeinsam haben. Aber was die Liebe angeht, glaube ich, dass sich da unsere Wege trennen. Und das ist eine große Tragödie.«

Lance steckte das gelbe Tuch zurück in seine Tasche, setzte die Brille wieder auf und rückte sorgfältig die Bügelenden hinter den Ohren zurecht.

»Niemand liebt Sie, stimmt's? Niemand liebt Sie wirklich, Darky. Nennen Sie mir den Namen eines einzigen Menschen, der Ihren Namen mit etwas anderem als Furcht oder Hohn oder kriecherischer Unterwürfigkeit ausspricht.« Er hielt inne. »Natürlich kann ich mich irren. Und Sie dürfen es mir gerne sagen, wenn es so ist. Ich hatte noch nie etwas dagegen, wenn man mir Bescheid sagt, wenn ich Unsinn rede. Warum sollte ich? Ich liebe Gespräche, und in meinem Fall gibt es Anlass zu endlosen Gesprächen, wenn man mir sagt, dass ich Quatsch von mir gebe. Also, sagen Sie mir, dass ich vollkommen falschliege. Sagen Sie mir, dass Sie Freunde oder Angehörige haben, deren Augen aufleuchten, wenn Sie zweimal in der Woche vorbeikommen, um nach dem Rechten zu sehen. Sagen

Sie mir, dass Sie mit einer Hand Köpfe in Schraubstöcken zerquetschen und sich gleichzeitig mit der anderen die Liebe hungernder Kinder erwerben. Sagen Sie mir, dass Sie Patenschaften für zwölf von Armut gebeutelte Kinder in den Slums von Bangladesch haben und nur nicht möchten, dass das an die große Glocke gehängt wird. Sagen Sie mir, dass ich mich irre. Sagen Sie mir, dass es wenigstens einen Menschen gibt, der Ihren Namen mit Liebe ausspricht.«

In einer bestimmten Art von Filmen, überlegte Tom, wäre dies wahrscheinlich einer jener entscheidenden Wendepunkte, in denen der Regisseur es für angebracht hielte, die Musik bewegend anschwellen und eine Träne in Darkys Augenwinkel erscheinen zu lassen, zum Zeichen, dass endlich ein winziger Lichtstrahl in die Dunkelheit seiner Verrohung und Unwissenheit eingedrungen war. Aber das hier war kein Film. Das hier war das wirkliche Leben, was immer der allgemeine Konsens unter wirklichem Leben verstehen mochte. Das hier war Darky Green.

»Wenn ich hier rauskomme, zeige ich dir, wer mich liebt, verdammte Scheiße, du verlogener vieräugiger Pisser«, stieß Darky mühsam hervor. Seine groben, drohenden Worte hörten sich ziemlich seltsam an mit seiner immer noch schwachen und heiseren Stimme.

Am anderen Ende des Zimmers regte sich Olly auf seinem Stuhl. Er ließ sein Kinn auf die Brust fallen, atmete schwer durch die Nase ein und durch den Mundwinkel wieder aus. Tom konnte seine Gedanken lesen. Lohnte es sich wirklich, dass sie noch mehr Zeit mit diesem unsäglichen Schwachkopf vergeudeten?

»Nein, das werden Sie nicht. Das werden Sie nicht können«, erwiderte Lance ruhig und traurig, »weil es niemanden gibt. Sie wissen, dass es niemanden gibt, und wir wissen es auch. Sie können die Leute lediglich dazu bringen, Sie zu hassen. Wie Sie Leute dazu bringen können, Sie zu lieben, haben Sie vergessen – falls Sie es je wussten.«

»Würden Sie nicht gerne geliebt werden, Darky?«

In Beths Stimme lag ein Unterton tiefster Verwirrung. Tom kannte sein Mädchen. Er wusste, dass sie tief unten, ganz auf dem Boden ihres Verstandes, völlig entgeistert war über die Vorstellung, dass jemand sich von einer emotionalen Ernährung aus Grausamkeit und Macht und der eigentümlichen Art von Einsamkeit, die diese Dinge mit sich bringen mussten, am Leben erhalten oder damit zufriedengeben konnte.

»Klar doch, nur zu«, röchelte Darky, der jetzt die Kraft aufbrachte, sein bleiches Gesicht zu so etwas wie einem Feixen zu verzerren. »Das wäre mal 'ne Abwechslung nach der ganzen abgefuckten Scheiße von Mr. Mein-Schraubstock-ist-weg-da-laber-ich-halt da drüben. Aber sag den anderen erst, sie sollen sich verpissen.«

Unfassbar! Absolut unfassbar! Vor Wut mit den Zähnen knirschend, ließ Tom seinen Blick wild durch das Zimmer schweifen und ertappte sich dabei, wie seine eigene Auffassung davon, was er einem anderen Menschen an Gewalt anzutun imstande wäre oder nicht, ins Wanken geriet. Überhaupt, in welchem Sinne war Darky Green eigentlich wirklich ein Mensch? Alles, was an ihm einmal edel und gut und empfindungsfähig gewesen war, war inzwischen offensichtlich verbrannt oder aufgefressen oder sonstwie vernichtet durch seine erstaunlich unerschütterliche Überzeugung, dass ihm eine bösartig aggressive Art der Kommunikation mehr Vorteile brachte als jede andere.

Doch Beth ließ sich nicht so leicht abschrecken. Sie ließ sich von der Armlehne des Sessels gleiten, trat einen Schritt herum und kniete sich vor der kauernden Gestalt im roten Hemd und mit roten Hosenträgern auf den Teppich. Mit vor der Brust verschränkten Armen sprach sie ihn sehr direkt an, ganz langsam und deutlich, so wie man oft mit sehr alten oder schwerhörigen Menschen spricht.

»Darky, Sie wissen ganz genau, dass ich nicht von Sex gesprochen habe. Ich habe dasselbe gemeint wie Lance. Ich habe von Liebe gesprochen. Davon, dass man Gefühle für andere Menschen hat. Dass es einem wichtig ist, was mit einem anderen Menschen geschieht, ob er glücklich oder unglücklich ist. Dass man sich Gedanken darüber macht, was man mit diesem Menschen gemeinsam unternehmen kann. Dass man seine Bedürfnisse über die eigenen stellt. Dass man gerne mit ihm zusammen ist – all diese Dinge. Haben Sie schon jemals jemanden auf diese Weise geliebt? Was ist mit Ihrer Mutter? Die muss Sie doch geliebt haben, oder?«

Darky ließ sich für einen Moment von seinem strikten Entschluss, sich auf nichts einzulassen, ablenken und reagierte mit explosiver Spontaneität. Es war, als hätte seine Mutter vor wenigen Sekunden das Zimmer verlassen.

»Die Fotze! Die beschissene Fotze! Verpisst hat sie sich, als ich noch ein beschissenes kleines Kind war, das hat sie! Einen Scheiß hat die sich gekümmert!«

»Aber wer hat sich denn dann um Sie gekümmert? Großeltern, Pflegeeltern? Die Mitarbeiter in einem Kinderheim? Irgendjemand muss sich doch um Sie gekümmert haben, als Sie noch klein waren. Es kann gar nicht anders sein. Irgendjemand muss Sie irgendwo in den Armen gehalten und Ihnen Dinge gesagt haben, die Ihnen gutgetan haben.«

Es war nicht zu übersehen, dass Darky schon jetzt seinen Ausbruch über seine Mutter bereute. Eine oder zwei Sekunden lang starrte er Beth mit weit aufgerissenen Augen an und mühte sich ab, etwas aus sich herauszupressen, so wie ein Baby, dachte Tom, der bereits Onkel war, das sich anstrengt, die Windel vollzumachen, dann gab er auf, schloss die Augen und fing an, seinen Kopf langsam und rhythmisch hin und her zu bewegen. Die Gefahr, ausgegraben zu werden. Es ist zu viel für ihn. Das Kind, das eben noch vor Angst schrie, hat jetzt beschlossen, Verstecken zu spielen. Es schließt Beth aus.

Zwanzig Sekunden vergingen.

»Was wäre, wenn wir Sie jetzt gehen lassen würden?«, fragte Beth.

Darky, der viele Jahre lang überlebt hatte, indem er das Opfer spielte, hörte auf, seinen Kopf hin und her zu wälzen, und machte die Augen auf. Er schob sich in seinem Sessel ein paar Zentimeter weit hoch und schaute zuerst Beth forschend an, dann argwöhnisch die anderen drei.

»Was?«

»Was wäre, wenn wir Sie jetzt gehen lassen würden?«, wiederholte Beth. Sie hob ihre Hände, als hielte sie ein Bild empor, damit er es genau betrachten konnte. Vielleicht wollte sie versuchen, das, was sie gleich sagen würde, vor seinen Augen deutlich sichtbar werden zu lassen. »Versuchen Sie sich doch einmal vorzustellen, was dann passieren könnte. Sie müssen nicht sagen, dass Sie es tun werden. Ich will nur, dass Sie versuchen, es für einen Moment vor Ihrem geistigen Auge zu sehen. Aber versuchen Sie es wirklich! Wir lassen Sie gehen und Sie gehen nach Hause und tun, wozu immer Sie Lust haben, und dann, morgen oder übermorgen, kommen Sie wieder zu uns allen zurück und wir essen zusammen und lachen über alles und werden Freunde. Wir würden uns mit Ihnen in Ihrer Stammkneipe treffen und ein Glas mit Ihnen trinken. Wir sitzen alle um einen Tisch herum und lachen zusammen. Man weiß nie, vielleicht werden Sie am Ende sogar geliebt. Sie hetzen keinen von Ihren schwachköpfigen Männern auf uns oder so etwas Dummes, weil das Ihre Chance, an etwas teilzuhaben, was warmherzig und gut und angenehm ist, zunichtemachen würde. In Zukunft würden Sie zur Tür hereinkommen und ich würde sagen: ›Darky! Schön, Sie zu sehen! Ich wollte gerade den Kessel aufsetzen. Kommen Sie, setzen Sie sich und erzählen Sie, wie es bei Ihnen läuft.‹ Und wenn Tom da wäre, würde er es genauso machen, stimmt's, Tom?«

Nein, dachte Tom, während er sich zu einem Nicken zwang, das würde ich ganz sicher nicht. Irgendwie schaffte er es, sich eine kleine Kopfbewegung abzuringen, die möglicherweise als Zustimmung zu deuten war. Innerlich fragte er sich, ob irgendetwas auf der Welt weniger wahrscheinlich war, als dass das Bild fröhlicher, ungezwungener Geselligkeit, das gerade gemalt worden war, Wirklichkeit werden würde. Schon die Vorstellung, dass Darky hin und wieder in einer seiner albernen Jacken in der Wohnung angerauscht kam und ein bisschen nett darüber plauderte, welche bestialischen Untaten welcher mörderische Schläger wem letzte Woche angetan hatte. Absurd!

Gleichzeitig sprudelte in ihm plötzlich eine Welle der Liebe und Zärtlichkeit für Beth mit allen ihren Eigenarten auf. Besonders für ihre unauslöschliche kleinmädchenhafte Art, die es ihr möglich machte, solche ganz und gar unmöglichen Dinge zu einem so hoffnungslos unmöglichen, unerreichbaren Menschen zu sagen. Und es wäre dumm gewesen, zu bestreiten, dass in ihrer kompromisslosen Naivität eine überraschende Kraft lag. Er wusste aus nicht gerade bitterer, aber doch kräftig gewürzter Erfahrung, dass Beths besondere Form von grenzenlosem, hemmungslosem Optimismus imstande war, Barrieren einzureißen, die bislang weder durch offene Aggression noch durch Zwang auch nur angekratzt worden waren. Er hatte es selbst erlebt und darüber gestaunt. Bei diesen Gelegenheiten hatte die abrupte Kehrtwende in seiner Reaktion von Verlegenheit zu Bewunderung ihn selbst schockiert und verwirrt. Aber es gab Grenzen. Das hier war etwas anderes. Das fauchende, herzlose, böse Unwesen, das sich schon vor langer Zeit am Eingang zu Darky Greens Geist eingenistet hatte, behandelte alle eintreffenden Botschaften als Beleidigungen, die gerächt, Fallen, die umgangen, oder Gelegenheiten zu Vorteilen, die ergriffen werden mussten. Was immer sonst noch weiter hinten in seinem Verstand liegen mochte, musste wohl schon lange mit einer dicken Staubschicht überzogen sein.

»Na gut«, sagte Darky heiser, als Beth fertig war. Sein gutes Auge funkelte verschlagen. Er war im Begriff, es auf die gerissene Art zu versuchen. »Na gut. Ihr lasst mich gehen und morgen komme ich euch wieder besuchen.« Dann hob er einen Finger und deutete auf Tom. »Aber das Arschloch da soll sich lieber nicht blicken lassen. Der hat seine Warnung bekommen.«

Das war zu viel und die Wirkung auf Beth war überwältigend. Sie fuhr körperlich zurück. Es war wie eine Salve aus einem Flammenwerfer, die auf ein Blatt Papier traf. Sie knitterte sich zusammen und wurde kleiner und wurde in eine Ecke geweht. Alles Frische an ihr war für den Augenblick vertrocknet und nicht mehr erreichbar.

Einen Moment lang war Tom verblüfft. Warum hatte Darky ausgerechnet ihn herausgepickt, als er Beths »Bedingungen« auf seine ungeschickte, völlig fadenscheinige Art angenommen hatte? Wenn er wollte, dass einer von ihnen bei dem netten Beisammensein, das sowieso nie stattfinden würde, nicht dabei wäre, dann doch eher Olly wegen der Situation im »Pig and Bucket«, bei der Tom überhaupt nichts gesagt hatte, oder Lance wegen der Sache mit dem Schraubstock. Aber warum Tom? Vermutlich, weil Darky wusste, dass Tom Beths Freund war. Der widerliche Kerl wollte sie wieder anbaggern. Aber was meinte er mit einer Warnung? Was für eine Warnung? Es hatte doch keine …

Die Wahrheit traf ihn wie ein herabstürzender Ast und machte ihn benommen und atemlos. Die Wände, die Fenster und die Menschen in dem Zimmer schienen leicht zu vibrieren und sich vor seinen Augen langsam zu drehen. Der Zug. Der Zug. Die Zugfahrt. Die Männer im Zug. Das Baby. Der Leopard. Jene zweieinhalbstündige Reise voll puren Entsetzens, die ihn seither nicht mehr richtig hatte schlafen lassen. Das Gefühl der Übelkeit, das in den letzten vier Nächten immer dann in seiner Magengrube begonnen hatte, wenn die dunkle Einsamkeit sich um ihn ausbreitete, und das elende Grauen vor Tod und Vernichtung und, das Schlimmste, vor der letztendlichen Sinnlosigkeit, die ihm jede Möglichkeit genommen hatte, sich sicher und geborgen zu fühlen. Das war Darky. Irgendwie steckte Darky dahinter. Er hatte die ganze Sache arrangiert. Warum? Wie? Tom blinzelte, schüttelte den Kopf und versuchte sich alles zusammenzureimen. Wie hatte dieser kümmerliche, fluchende Niemand, der schrie wie ein Baby, wenn der Tod ihm ins Gesicht starrte, es geschafft, den inneren Frieden eines anderen Menschen so tief zu untergraben? Konnte er wirklich in der Lage sein, so weit über die Grenzen Lipshams hinaus seine Fäden zu ziehen, um etwas zu inszenieren, was durch die bizarre, unerklärliche Zurückhaltung, die jene monströsen Männer gezeigt hatten, in gewisser Weise noch grauenhafter wurde? Wie konnte dieses kurze, beschränkte, unmenschliche Ding da in dem Sessel einen so gerissenen und so wirkungsvollen Plan erdenken und organisieren?

Er stand ein wenig unsicher von seinem Platz am Fenster auf, ging hinüber und stellte sich mit dem Rücken zum Kamin, die Hände hinter dem Rücken verschränkt. Bei seinen ersten Worten klang seine Stimme weich, beinahe schwach.

»Was meinen Sie damit, ich hätte meine Warnung bekommen? Wovon reden Sie da?«

Darkys Lippen verzogen sich zu einem vergnügten Feixen. Kein Zweifel, die ganze Urangst in ihm war verflogen. Die Offenbarung, dass Lances Drohung leer gewesen war, hatte ihm den größten Teil seines aggressiven Selbstbewusstseins wiedergegeben, vielleicht sogar noch mehr dazu. Ganz ehrlich, wenn diese vier Schlappschwänze ihm nichts Schlimmeres antun konnten, als ihn hier für eine oder zwei Nächte gefangen zu halten und zu zwingen, sich ihr Geschwafel von irgend so einem Schreiberling anzuhören, dann brauchte er sich keine Sorgen zu machen. Er brauchte nur dazusitzen und abzuwarten.

»Das war Macey. Der hat das alles eingefädelt. So was von abgefuckt *genial*!« Darky stieß ein bewunderndes, gackerndes Lachen hervor. »Macey kennt sie alle, die besten Schläger in der Stadt. Ich wünschte, ich wäre mit in diesem Scheißzug gewesen. Ich wette, du hast dir deine hübschen weißen Unterhosen vollgeschissen!«

Darky, der vermutlich in der Erinnerung an Vaughn Maceys nachträgliche, aber sicherlich anschauliche Schilderung der Begebenheit schwelgte, brach in Salven abgehackten Gelächters aus.

»So was – von einem – Brüller!«, stieß er hervor und verschluckte sich an den Worten, als das Lachen in seiner Kehle stecken blieb. »Die drei abgefuckten Kleiderschränke einfach dasitzen zu lassen! Genial!« Höhnisch fuhr er fort: »Und du blöder, bescheuerter Haufen Scheiße hast denen auch noch gesagt, sie dürften sich da hinsetzen! Hoffentlich ist die Botschaft angekommen, Junge.«

Beth hatte sich in eine Zimmerecke zurückgezogen und auf den Boden gesetzt, das Gesicht in den Händen vergraben. Lance fläzte sich schlaff in seinem Sessel gegenüber von Darky, das Gesicht zum Fenster gewandt. Er sah aschfahl und niedergeschlagen aus. Olly, der vielleicht die ungewöhnliche Reglosigkeit bemerkte, mit der Tom sich Darkys letzten Erguss anhörte, war leise aufgestanden und hinter Lances Sessel getreten, auf dessen Rückenlehne er jetzt seine verschränkten Arme stützte.

»Was sollte das denn für eine Botschaft sein?«, erkundigte sich Tom, immer noch in demselben gedämpften Ton. »Was soll ich aus dem, was mir in diesem Zug passiert ist, gelernt haben? Ich fürchte, das ist mir selbst jetzt noch nicht ganz klar.«

»Du – bist – deine – Freundin – los – du Spast.« Bei jedem der einzeln betonten Wörter stocherte Darky mit dem Zeigefinger in Toms Richtung. »Von jetzt an gehört sie mir. Wenn ich dich je wieder in ihrer Nähe sehe, holt Macey die drei Typen her und sie kommen dich mitten in der Scheißnacht besuchen, und diesmal werden sie dir ein vergammeltes Abflussrohr so tief in den Arsch schieben, dass du es frühstücken kannst. Ist die Botschaft jetzt angekommen, du hirnamputierter Schleimscheißer?«

Es war ein Gefühl wie Ertrinken. Tom fühlte die Wut in sich aufsteigen und in alle Winkel seines Innern eindringen, bis sie ihm die Lungen füllte, sodass er nicht mehr atmen konnte. Gegenstände flogen mitten in der Raserei herum wie Unrat, der in einen Wirbelsturm geraten ist. Darky, so klein und dämlich und schwachsinnig in seinen lächerlichen Hosenträgern. So klein, dass ihn jeder in diesem Zimmer ohne Mühe hätte erwürgen können, mit Ausnahme von Beth. Aber doch so mächtig! So eine Macht, Menschenleben zu verfinstern und zu zerstören. Diese bodenlose Arroganz. Dieser winzige, verkümmerte Geist. Diese schwachsinnige, hirnrissige Vorstellung, so eine verkorkste kleine Ratte von einem Mann, der sich mit Gewalt und Erpressung verschaffte, was er wollte, könnte jemanden wie Beth haben, bekommen, nehmen, besitzen! Und er, Tom, würde einfach aufgeben. Nach Hause gehen. Sich in einen Winkel verkriechen und so tun, als hätte es Beth nie gegeben. Das würde er niemals tun. Nie im Leben. Egal, was sie ihm androhten. Egal, was sie taten. Egal, wie weit sie gingen. Egal, wie weh sie ihm taten. So ein rückgratloser Kriecher würde er niemals sein.

»Ah«, sagte die Stimme in seinem Kopf, »aber wenn nun diese drei Männer irgendwann in den frühen Morgenstunden mit ihrem Werkzeug zu dir kämen, Tom? Wenn sie dir nun sagen würden, dass sie dir den Mund aufhebeln und dir die Zähne herausreißen, deine Hoden zerquetschen, dir die Kniesehnen durchschneiden, deine Kniescheiben mit einem Hammer zerschmettern werden – so lange, bis du dich inmitten deiner spitzen Schreie ergibst und damit einverstanden erklärst, dass diese erbärmliche Kreatur mit deiner Beth machen darf, was sie will? Was dann, Tom? Wie tapfer wärst du dann wohl? Spür die Qualen in deinem Körper. Schau, wie sie grellrot kreischend durch dein Gehirn fluten. Die Schmerzen. Stell dir die unerträglichen Schmerzen vor. Los, stell sie dir vor!«

Ich wäre nicht tapfer, dachte Tom, dessen Magen plötzlich voll mit stinkendem, kaltem Wasser zu sein schien. Ich wäre wie

Winston in *1984*. Ich würde mich ergeben. Sie würden gewinnen. Er würde gewinnen. Ich würde zusammenbrechen. Ich würde alles tun, was sie wollten. Ich würde stark sein wollen, aber es würde mir nicht gelingen. Und alles nur wegen – dem hier! Aber das hier war nicht nur das hier. Diese misslungene Puppe, die ihn aus der Tiefe des Sessels angrinste, war der Mittelpunkt und der Beherrscher eines Netzes aus Geld und Macht und angeheuerten Schlägern und einer eiskalten Bereitschaft, Schmerzen zuzufügen, so viel nötig war, um seinen Willen zu bekommen.

Das alles las Darky in Toms Augen. Es gab nur wenige Dinge, die er gerne las. Dies war gewiss eines davon. Ein Bilderbuch des Grauens. Das Grinsen auf seinem Gesicht wurde noch höhnischer.

»Schön, dass du es endlich kapierst, Arschgesicht. In Zukunft kannst du dich verpissen und Platz machen für einen richtigen Mann, damit die Dame es mal richtig besorgt kriegt.«

Die Wut in Tom gefror und wurde ein fester Bestandteil von ihm. Er wusste genau, was er zu tun im Begriff war, denn er sah alles im Bruchteil einer Sekunde vor seinem geistigen Auge. Er würde sich Darky Green schnappen und ihn quer durchs Zimmer zerren und tragen und seinen widerlichen, schwächlichen Körper gegen Wände und Türen und Möbel schmettern, bis die leblose Puppe sich nicht mehr bewegte und grinste und fluchte und atmete. Aber unmittelbar, bevor er starb, bevor er sich endlich ins absolute Nichts auflöste, würde er ihn noch fragen: »Wer gewinnt? Sag mir, wer jetzt gewinnt. Sag mir, wer der Gewinner ist!«

Und was würde Darky antworten?

Also schön, ja, aber er *musste* Gewalt anwenden. Was konnte er sonst tun, ohnmächtig, wie er war? So etwas wie das hier musste man entweder töten oder verändern und dann laufen lassen. Ließ man es laufen, ohne es zu verändern, würde es dich erwischen. Und verändern würde es sich nicht, oder? Oder? Nein, würde es nicht. Nichts könnte offensichtlicher sein. Welche Wahl hatte er denn?

Olly spannte seine Muskeln, beobachtete Tom scharf und hielt sich bereit, ihn zurückzuhalten, falls es nötig war. Die ganze Sache lief sowieso aus dem Ruder. Es half niemandem, wenn zu der Entführung jetzt auch noch ein tätlicher Angriff oder ein Mord kam.

Er berührte Lance leicht an der Schulter und bekam ein Seufzen und ein beunruhigtes Nicken des Verstehens und Einverständnisses zur Antwort.

Doch dann war es Beth, die als Erste reagierte.

Du denkst einfach nicht nach, stimmt's? Doch, manchmal schon.

Bei Darkys letzten Worten hatte sie ihr Gesicht aus den Händen gehoben, nicht um ihn anzusehen, sondern um zu sehen, welche Wirkung die letzten beiden Minuten auf die reglose Gestalt vor dem Kamin gehabt hatten. An diesem wesentlichen Punkt, wichtiger noch, als ihr vielleicht selbst bewusst war, stand sie auf und ging mit leichten Schritten durchs Zimmer, bis sie direkt vor Tom stand. Dann hob sie die Arme, nahm sein Gesicht fest und mit großer Zärtlichkeit in beide Hände, zog es zu sich herunter und küsste ihn mit inniger Leidenschaft auf den Mund. Toms Arme befreiten sich und fuchtelten einen kleinen Moment lang ziellos in der Luft herum, bis die Starre von ihm abfiel; dann schlossen sie sich um Beth, als wären sie eigens zu dem Zweck konstruiert und geformt, ihre schlanke Taille zu umschlingen. Olly neigte den Kopf und lächelte das anerkennende Lächeln eines gewieften Strategen.

Als sie Tom endlich losließ, drehte sich Beth halb herum und stellte sich neben ihn, eine Hand mit der seinen verschränkt. Man sah und hörte ihr an, dass sie von der stärksten Form der Zielstrebigkeit gepackt war, die aus stiller Entschlossenheit entspringt, nicht aus Wut oder Furcht. Dennoch lag auch ein Anflug von Traurigkeit in ihrer Stimme.

»Wissen Sie, Darky«, sagte sie. »Mir haben hässliche Leute schon immer leidgetan. Oh, verstehen Sie mich nicht falsch – damit meine ich nicht, dass ich mich für schön halte. Ich weiß, dass ich das nicht bin. Aber ich sehe ganz okay aus.« Sie breitete die Hände aus. »Sie wissen, was ich meine. Ich sehe ganz okay aus. Manche Dinge würde ich an mir verändern, aber ich sehe nicht allzu schlecht aus. Tom gefällt mein Aussehen sogar richtig gut, nicht wahr, Tom?«

Tom antwortete mit einem verlegenen Lächeln. Jede andere Antwort war überflüssig, nachdem er vor einigen Sekunden durch einen Kuss sichtlich aufgetaut und vielleicht irgendwo im Verborgenen geheilt worden war.

»Lance hat ein wunderbares Gesicht, voller Freundlichkeit und Neugier. Und er ist ein großartiger Freund. Es macht solchen Spaß, mit ihm etwas trinken zu gehen oder bis in die Puppen zu diskutieren – meistens beides zusammen. Ich muss zugeben, dass ich nicht immer allem folgen kann, was er sagt, aber es macht mir Spaß, zu versuchen, es zu verstehen. Das Wichtigste ist, dass ich manchmal große Lust habe, ihm in die Wangen zu zwicken und ihn kräftig zu drücken. Hin und wieder mache ich das ja auch, wenn ich es recht bedenke, oder, Lance?«

Lance rutschte im Sessel herum, nickte und wurde rot, so wohl tat es ihm. Nicht der Rede wert. Das sagen die Leute über Zuneigungsbekundungen. Ja, aber wenn man nicht aufpasst, kann es sein, dass manche Dinge, die hin und wieder gesagt werden müssen, am Ende überhaupt nie gesagt werden. Bei diesem Gedanken registrierte Tom zu seinem Interesse, dass von seinem Dämon nicht einmal die Nasenspitze zu sehen war.

»Und dann Olly«, fuhr Beth fort. »Olly ist ja nun wirklich ein gut aussehender Bursche. Groß und dunkelhaarig. Breite Schultern und schmale Hüften. Glatte, ebenmäßige Züge, schöne, warmherzige Augen, natürlich gewellte Haare. Eine schöne Stimme. Mit seinem Aussehen hätte er auch Filmstar oder Fotomodell werden können.«

Immer mit der Ruhe, dachte Tom. Es gibt Grenzen.

Olly hob spöttisch eine Augenbraue. Ein leichtes Lächeln spielte um seine Lippen. Es war kein Ausdruck der Verlegenheit. Rot wurde er jedenfalls nicht.

»Aber wissen Sie was, Darky? Wenn ich heutzutage Olly anschaue, dann sehe ich eigentlich gar nicht sein gutes Aussehen. Wirklich nicht. Ich weiß, ich bin noch nicht sehr lange auf der Welt, aber ich habe schon ein paar gut aussehende Jungs und Männer kennengelernt, und die meisten von ihnen hätten bei einem internationalen Wettkampf darum, wer sich selbst am tollsten findet, den ersten Preis gewonnen, wenn es so etwas je gegeben hätte. Etliche waren noch zehnmal langweiliger, als sie eitel waren. Nein, wenn ich Olly ansehe, dann sehe ich einen Menschen, der so loyal ist, dass ich genau weiß, dass er jederzeit alles stehen und liegen lassen würde, wenn ein Freund ihn brauchte. Es würde keine Rolle spielen, was für ein Problem es wäre, und ich weiß, es wäre ihm egal, wie viel Zeit oder Geld er einsetzen müsste, um es zu lösen. So ist er in der Vergangenheit immer für uns da gewesen. Deswegen ist er auch jetzt hier. Er ist ein großartiger Kerl und ich habe ihn furchtbar gern. Er könnte aussehen, wie er will, ich würde ihn immer lieben.«

Sie hielt inne. Olly sah sie immer noch mit dem gleichen Ausdruck an, doch tief hinter seinen Augen war es hell, als hätte am Ende eines langen Korridors jemand eine Taschenlampe eingeschaltet.

»Bleibt nur noch Tom.«

Tom straffte sich. Idealerweise hätte er gern gehört, er wäre locker doppelt so attraktiv wie Olly und mindestens zwölfmal so geliebt. Oder wenn das nicht ging, wäre eines von den beiden nicht schlecht gewesen. Ganz und gar nicht schlecht.

»Tom ist der Mann, den ich fast mit Sicherheit heiraten werde. In gewisser Weise weiß ich eigentlich gar nicht mehr, wie er aussieht. Dummes Zeug – natürlich weiß ich, wie er aussieht. Was ich meine, ist, dass er ein Teil von mir ist und dass ich hoffentlich ein Teil von ihm bin. Alles an ihm ist – nun, es ist mir vertraut und lieb. Wie er aussieht, wie er ist, das Gute wie das Schlechte an ihm, ich liebe ihn. Manchmal bin ich stinksauer auf ihn und manchmal hat er von mir die Nase voll, aber trotzdem und gerade deshalb lieben wir uns, und wir gehören zusammen.«

Beth ließ Toms Hand los, legte ihren Arm um seine Taille, zog ihn näher an sich heran und schmiegte ihren Körper an ihn. Mit gerunzelter Stirn knabberte sie an ihrer Unterlippe herum und nahm sich einen Moment Zeit, um ihre nächsten Worte zu wählen.

»Wie denken Sie über Ihr Aussehen, Darky?«

Die heisere Antwort war unvermeidlich. Aber es war die Stimme von jemandem, der mitten in einer rastlosen Nacht, die nie die Ruhe einer neuen Dämmerung erreichen wird, durch eine trostlose Wüste irrt.

»Kümmer dich um deinen eigenen beschissenen Kram.«

»Aber ich mache das zu meinem Kram«, gab Beth gleichmütig zurück. »Wenn Sie hier wieder herauskommen, können Sie wieder das Kommando führen in Ihrer Bande oder wie Sie es auch nennen mögen, aber solange Sie hier bei uns in diesem Haus sind, sind wir am Ruder. Wir können tun, was wir wollen. Also kommen Sie; wie denken Sie über Ihr Aussehen, Darky?«

»Auf jeden Fall besser als der fette Haufen Scheiße da drüben«, erwiderte Darky, ohne sich auch nur die Mühe zu machen, einen Finger zu heben. Stattdessen deutete er mit einer rotierenden Bewegung seines Kinns auf Lance. »Dieser Sack voll Pisse und Hühnerkacke. Prozac schluckender Teddybär.«

Trotz allem und gegen seinen Willen musste Lance fast lächeln. Ein Dichterkollege.

»Nein, Sie sehen nicht besser aus als Lance«, sagte Beth mit ruhiger Festigkeit. »Sie sind ein sehr hässlicher Mann. Eines Ihrer Augen funktioniert nicht richtig. Es rollt wild kreuz und quer in der Höhle herum. Das sieht aus, als ob Ihr Gehirn im Kopf rotieren würde. Ihr Mund ist grauenhaft. Er hat eine ganz komische Form, wenn Sie ihn weit aufmachen. Er ist zu klein und eckig für Ihr Gesicht und die beiden oberen Schneidezähne ragen heraus wie bei einem Kaninchen, das auf irgendetwas Hartes gebissen hat, als es klein war, und dessen Zähne sich hinterher nie wieder gerade gerichtet haben. Ihr Kopf ist geformt wie eine Art eingedelltes Dreieck mit der Delle auf der einen Seite und der Spitze unten und der flachen Seite oben, und Ihre Haare haben die Farbe von feuchtem, altem Stroh. Und wie Lance schon sagte, Sie haben den Körper eines kleinen Jungen und Ihre Arme und Beine sind dünn wie Streichhölzer. Und dann Ihre Kleidung! Immer tragen Sie diese komischen bunten Jacken und diese Schnürsenkelkrawatten und Kinderjeans und spitzen schwarzen Schuhe, und die Leute lachen Sie bloß deshalb nicht aus, weil sie Angst davor haben, was Sie dann Grausames mit ihnen anstellen.«

Tom ertappte sich dabei, wie er der Vorstellung Raum gab, Beths Worte wären eine Art surrender Feinsäge, die mit langsamer, chirurgischer Präzision Darkys Schädeldecke absägte. Einen Moment lang schloss er die Augen, fuhr sich nach kurzem Zögern vorsichtig mit der Hand auf den Kopf und atmete erleichtert auf, dass sein eigener Schädel intakt war. Oh Beth!

Außer, dass er unwillkürlich ein träges Augenlid über sein wanderndes Auge hatte sinken lassen, hatte Darky keinen Muskel gerührt, seit er Beth hatte sagen hören, er sei ein »sehr hässlicher Mann«. Tom fand es unmöglich, zu erraten, was er dachte oder fühlte, doch das Ergebnis würde wahrscheinlich wie bei einer höllischen Gleichung, die immer wieder zur selben Auflösung führte, eine Obszönität sein.

»Und morgen oder übermorgen«, fuhr Beth fort, »wenn Sie hier weg sind und wieder nach Hause gehen und Ihren Freunden erzählen, wie schrecklich wir uns benommen haben und wie sehr Sie sich darauf freuen, uns alle in Stücke hacken und an die Wildschweine verfüttern zu lassen oder was immer Sie mit uns vorhaben – wenn Sie das alles tun, dann werden Sie immer noch genauso hässlich sein, stimmt's? Denn Ihr ganzes Geld und alles, was Sie sich damit kaufen können, ändert überhaupt nichts daran, oder? Jeden Morgen, wenn Sie in den Spiegel schauen, werden Sie Ihr Gesicht anstarren und an mich denken und sich daran erinnern, was ich gesagt habe, und in diesem einen Moment werden Sie das Gefühl haben, Sie hätten nicht die geringste Macht über irgendjemanden.«

Als Beth endete, öffnete sich der kleine Mund und die dünnen, blutleeren Lippen zitterten um die vorstehenden Zähne herum wie Seidenpapier im Wind, aber es kamen keine Worte heraus. Vielleicht wären irgendwann noch welche gekommen, wenn Beth nicht diesen Moment gewählt hätte, um sich von Tom zu lösen und sich direkt über Darky zu beugen, die gestreckten Arme auf die Seitenlehnen seines Sessels gestützt. Die Worte, die sie ihm entgegenspie, waren kein Spielgeld, sondern harte Münze.

»Ich schätze, es wäre schon möglich, dass Sie mich eines Tages erwischen und ein paar von den Galgenvögeln, die für Sie arbeiten, mich festhalten, während Sie Hänfling so tun, als wären Sie ein richtiger Mann. Wenn es so weit käme, würde ich in Ihr rotes, keuchendes Gesicht schauen, und alles, was ich sehen könnte, wären diese Hasenzähne und dieses schiefe Auge und dieser komische gleichschenklige Dreieckskopf, und alles, was ich hören könnte, wäre Ihr kleiner quadratischer Mund, der hechelt und ächzt und kurz vor dem nächsten Asthmaanfall steht, und dann würde ich Ihnen genauso wenig gehören wie jetzt. Wie gesagt, Darky, normalerweise habe ich Mitleid mit hässlichen Leuten, aber wenn ich sie dann kennenlerne und herausfinde, was alles an Gutem in ihnen steckt, dann fällt mir nach einer Weile gar nicht mehr auf, wie sie aussehen, genauso wie mir nicht mehr auffällt, dass Olly besonders gut aussieht. Das Blöde bei Ihnen ist nur, dass tatsächlich überhaupt nichts Gutes in Ihnen zu stecken scheint, jedenfalls nichts, was ich sehen könnte.«

Ihr Ton wurde plötzlich wieder sanfter.

»Darky, ich weiß, unter all den Flüchen und Scheußlichkeiten, die Sie von sich geben, müssen Sie sich fühlen wie ein Kind, dem plötzlich alles weggenommen wird. Sie sind ängstlich und wütend und verwirrt, und Sie können sagen, was Sie wollen, aber irgendwo in Ihrem Innern wünschen Sie sich doch nur, dass jemand sich um Sie kümmert. Das werde ich Ihnen sozusagen als etwas Gutes anrechnen und das gestehe ich Ihnen zu, weil die Möglichkeit, neu anzufangen, nie ein Ende hat. Aber vergessen Sie niemals, dass Tom und ich zueinandergehören – was immer auch passieren mag.«

Damit beugte Beth sich zu Darky hinab und küsste den kleinen Mann auf die Wange. Dann erhob sie sich langsam und kehrte an ihren Platz neben Tom zurück, der sich mit dem nebelhaft wirren Eindruck herumschlug, er hätte ein paar Schritte in dem, was eben abgelaufen war, verpasst.

»Jetzt können Sie wieder auf mich einfluchen, Darky«, sagte Beth leichthin und hörte sich dabei an wie eine Grundschullehrerin, die einem kleinen Jungen erlaubt, wieder hinaus zum Spielen zu gehen, nachdem er eine Weile mit verschränkten Armen auf seinem Platz sitzen musste.

Darky sagte nichts. Eine Seite seines Gesichts, diejenige, auf die Beth ihn geküsst hatte, sah so aus, als finge sie an zu schmelzen. Das Augenlid unter seinem wandernden Auge und die Haut am Winkel seines schmalen Mundes schienen herabzuhängen. Wie bei einem übermüdeten Baby, dachte Tom. Er erinnerte sich an jenen Moment vor tausend Jahren in der Kneipe, als er das Gefühl gehabt hatte, dass Darky infolge von Ollys Machenschaften von einer Art Schwindel befallen wurde, und plötzlich wurde ihm bewusst, wie absturzgefährdet Darkys Psyche war. Es war ein sehr tiefer Fall von dem, was aus ihm geworden war, zu dem, was er einmal gewesen war und zweifellos wieder werden würde, wenn die beiden Krücken seines Überlebens ihm auf Dauer genommen würden. Ein übler Sturz wäre das, den er bestimmt nicht riskieren wollte, solange er es vermeiden konnte.

Und was jetzt?

»Dagegen geht es«, sagte Olly schließlich unerschütterlich nach einer seltsamen, langen Pause, als wäre das lange hinausgeschobene Gespräch über Lawrence nie unterbrochen worden, »wenn ich auf die Frage zurückkommen darf, die Beth vorhin aufgeworfen hat, ob wir tun, was wir selbst wollen oder was jemand anderes will, in unserem anderen Text von D. H. Lawrence, ›Der Schaukelpferdsieger‹, genau um dieses Thema.«

Lance verdrehte den Hals, um zu Olly hinaufzublicken. Das schwache Licht, das in ihm aufgeleuchtet war, als er Darkys anschauliche Beschreibung seines Aussehens gehört hatte, verstärkte sich zu so etwas wie einem Lächeln. Ja, das war jetzt genau das Richtige.

»Ja«, sagte er, »ich glaube, ich erinnere mich an die Geschichte, Olly. Sie handelt von einem kleinen Jungen, der in einem Haushalt lebt, wo nie genug Geld für die Bedürfnisse der Familie da ist – vor allem für die Mutter des Jungen. Irgendwann merkt er, dass er, wenn er schnell genug auf seinem alten Schaukelpferd schaukelt, auf eine merkwürdige Weise den Namen eines Pferdes empfängt, das am folgenden Tag sein Rennen gewinnen wird.«

Olly nickte. »Ganz genau. Und er schafft es, mithilfe des Gärtners und eines Onkels seine Wetten zu platzieren, ohne dass seine Mutter es merkt. Dadurch verdient er eine Menge Geld, aber die Stimmen im Haus flüstern ihm ständig zu, dass immer noch mehr herbei muss. Egal, wie viel er gewinnt, es reicht nie ganz aus, und er muss sein Schaukelpferd immer öfter und schneller und schneller reiten, bis zu seinem allerletzten Ritt.«

»Und was passiert dann?«

»Er stirbt, nicht wahr?«

»Genau, Beth. Er gewinnt eine riesige Geldsumme beim Rennen, aber die Anstrengung dieses letzten Rennens löst eine Art Fieber bei ihm aus und er stirbt, unmittelbar nachdem er von seinem Onkel gehört hat, dass seine Mutter nie wieder Geldsorgen haben werde.«

»Vergeudete Leidenschaft«, sagte Lance, der jetzt so traurig wirkte, als hätten sie über einen nahen Verwandten gesprochen. »Oder vielleicht doch nicht? Er hat sich ausgebrannt, um die Bedürfnisse eines anderen Menschen zu befriedigen. Es ist gar nicht so einfach, eine Wahl zu treffen, nicht wahr? Nimmt man etwas aus dem Kühlregal oder bleibt man zu Hause und macht sich selbst etwas? Hört man auf die Stimmen oder auf die Stimme? Wann ist die richtige Zeit zu sterben?« Er sah die anderen blinzelnd an. »Die Antworten auf solche Fragen scheinen jetzt unerreichbarer als je zuvor, findet ihr nicht auch?«

Tom hatte nur eine sehr undeutliche Ahnung, wovon sein Freund redete, aber er wusste, dass man Worte nicht immer so verstehen musste, als wären sie Gebrauchsanweisungen auf einer Packung. Nicht zum ersten Mal hatte er den Eindruck, dass Lances seltsame Fragen wie Raketen waren, die unerwartet von der Erde emporschossen und den dunklen Himmel kurz, aber plötzlich und explosiv erstrahlen ließen.

»Genau«, sagte Olly, der sich offenbar durch den einen oder anderen Feuerwerkskörper nie aus dem Rhythmus bringen ließ, »und persönliche Entscheidungen sind ein beständiges, durchgängiges Thema in Lawrences Werk, auch wenn sich der Inhalt im Allgemeinen in den Beziehungen zwischen Männern und Frauen abspielt. Lawrence scheint sein ganzes Leben lang auf Liebe und Sex fixiert gewesen zu sein, auf die Frage, was das alles bedeutet und was es nach sich zieht und dergleichen.« Er hielt kurz inne. »Möchten Sie etwas anmerken, Darky?«

Kein Zweifel, Beths verblüffend widersprüchliche Attacke gegen Darkys Empfindlichkeiten hatten den kleinen Mann vorübergehend aus der Fassung gebracht. Ollys Einladung musste wie eine Erleichterung auf ihn wirken. Eine Gelegenheit, sich wieder zu sammeln.

Seine Füße wieder auf den Boden zu stellen, der ihm am tragfähigsten erschien.

»Wichser!«, war sein Kommentar.

»Ah, na, das ist wirklich ein Fortschritt! Sie haben gerade einen ganzen Strang der Lawrence-Rezeption zusammengefasst.« Ollys Tonfall war voll herzlicher Anerkennung. »Wissen Sie, Darky, ich glaube wirklich, dass Sie vielleicht endlich zum Wesentlichen bei Lawrence vordringen ...«

5

Nachdem sie Darky aus der Teilnahme an der »literarischen Gesprächsrunde« entlassen hatten, verlangte er lautstark danach, aufs »Scheißhaus« gehen zu dürfen. Danach zog er sich tief in sein Inneres zurück, blieb in der Ecke hocken und starrte hinauf an seine Lieblingsstelle in einem Winkel der Zimmerdecke. Der Strom der Obszönitäten und Flüche versiegte, doch soweit sie es feststellen konnten, hörte er es nicht einmal, wie sie ihm etwas zu essen und zu trinken anboten. Alle Bemühungen Beths, ihn in ein Gespräch zu verwickeln, waren vergeudeter Atem.

Der Abend senkte sich herab. Einen Teil davon verbrachten sie mit dem Essen, das Tom von dem Chinesen neben dem »Dog and Rattle« draußen an der Hauptstraße nach Brighton geholt hatte. Die nächsten beiden Stunden verbrachten sie am Tisch neben dem Fenster mit einigen Partien »17 und 4«, von denen Lance, der beim Kartenspielen von einer wilden Intensität beseelt war, die man sonst gar nicht von ihm kannte, die meisten gewann. Niemand zeigte das Bedürfnis, wieder auf die reglose Gestalt in der Ecke zu sprechen zu kommen, bis Tom sich gähnend reckte und verkündete, es sei zwar noch früh, aber wenn er sich nicht bald hinlegte, würde er auf dem Stuhl einschlafen.

»Was ist mit Darky?«, fragte Lance und schaute sich über die Schulter um, ob irgendwelche Lebenszeichen in der Zimmerecke zu erkennen waren.

»Wieso, was ist mit ihm?«, fragte Olly zurück, während er eifrig die Karten einsammelte. »Es hat keinen Sinn, heute Abend noch irgendetwas zu machen. Überhaupt scheint er sich auf einen anderen Planeten verzogen zu haben. Wir bringen ihn nach hinten in sein Schlafzimmer und lassen ihn dort und dann hauen wir uns hier und im angrenzenden Zimmer aufs Ohr, wann immer wir so weit sind.« Als er merkte, dass Beth etwas sagen wollte, griff er nach ihrer offenen Hand und klatschte den Kartenstapel hinein. »Ich weiß, du machst dir Sorgen, Beth. Mir geht es auch ein bisschen so. Wenn er bis morgen Mittag nichts gegessen oder getrunken hat, werden wir ihn einfach gehen lassen müssen.«

»Verschwenden wir unsere Zeit?«, fragte Tom. »Hat irgendetwas von dem, was vorhin gelaufen ist, überhaupt etwas bewirkt?«

Lance schüttelte den Kopf und seufzte. »Ich komme mir vor, als wäre ich derjenige, der von innen nach außen gekehrt worden ist. Diese ganze Sache mit dem Schraubstock. Ich weiß nicht, was da über mich gekommen ist. Ich hätte mir nie träumen lassen ...«

»Also, wenn du von Mordgedanken sprichst«, sagte Tom, »dann willkommen im Club. Hätte Beth mich nicht gerettet, glaube ich, ich hätte ihn erwürgt.«

»Das hätte ich nicht zugelassen«, murmelte Olly. »Ich war zu scharf darauf, es selbst zu tun.« Er blickte in die Runde und brachte mühsam ein schwaches Lächeln zustande. »Verflixt noch mal, unsere Anti-Gewalt-Kampagne läuft nicht gerade glatt, was? Kommt, bringen wir ihn ins Bett, und dann kann jeder sich hinhauen, der will.«

Darky Green sagte nur zwei Worte, als Olly und Tom ihn auf die Beine hievten und in das hintere Schlafzimmer führten.

»Meine Jacke.«

Sie ließen ihn ausgestreckt auf dem Bett liegen, vollständig angezogen, inklusive seiner roten Jacke. Beth ging noch einmal hinein, um ihm ein letztes Mal etwas zu essen anzubieten, aber Darky hatte sein Gesicht zur Wand gekehrt und gab kein Zeichen, dass er sie gehört hatte.

Schließlich waren die Freunde auch so weit, sich auf Kissen und in Schlafsäcken niederzulassen. Ollys Schlafsack wurde strategisch quer vor der Tür zu Darkys Zimmer platziert. Sie wechselten noch ein paar oberflächliche Worte, doch insgesamt war die Atmosphäre in der geborgten Wohnung von einem beunruhigenden Gefühl des Unbehagens und der schieren Vergeblichkeit durchdrungen, sodass sich bald Schweigen ausbreitete. Endlich schliefen sie, zu unterschiedlichen Zeiten und unter unterschiedlichen Schwierigkeiten, alle ein.

MONTAG

1

Beth erwachte in den frühen Morgenstunden davon, dass sie Darky weinen hörte.

Nachdem sie eine Weile neben ihrem Schlafsack in der Dunkelheit herumgetastet hatte, fand sie ihren Schlüsselbund, drehte den Kopf der kleinen Taschenlampe, die an dem Ring hing, ein Stück im Uhrzeigersinn und beleuchtete damit das Zifferblatt ihrer Uhr. Es war kurz nach drei. Die Stunde der heulenden Herzen, so hatte Lance es einmal genannt. Sie hatte einige Zeit gebraucht, um sich einen Reim auf die Geräusche zu machen, die aus dem hinteren Schlafzimmer kamen. Eine Reihe gutturaler Würgelaute, in ziemlich regelmäßigen Abständen unterbrochen von einem tiefen, schniefenden Einatmen. Zuerst hatte sie gedacht, Darky hätte wegen seines Asthmas Atmungsstörungen im Schlaf. Doch als sie weiter lauschte, wurde ihr klar, dass er tatsächlich schluchzte und vermutlich sein Bestes tat, um diese peinlichen hörbaren Zeichen seines Elends zu unterdrücken.

Spontan traf sie eine Entscheidung, setzte sich auf, schälte sich aus dem Schlafsack und stand auf. Als sie sich bückte, um eine Decke aufzuheben und sie sich um die Schultern zu schlingen, ertönte aus der Dunkelheit neben ihr Toms Stimme, dröhnend von der Schwere des Schlafes und seinem nur halb wachen Zustand.

»Alles okay?«

Beth zischte ihn an.

»Psst! Flüstern! Du weckst ja alle auf. Ja, alles klar. Ich bin gleich wieder da. Schlaf weiter.«

Ein zufriedenes Stöhnen der Erleichterung ließ erkennen, dass Tom Beths Beschwichtigung nur zu gern akzeptierte. Sie konnte sich ein Lächeln in der Dunkelheit nicht verkneifen. Es war irgendwie schön, in Toms Nähe zu sein, wenn er schlief. In seinem Schlummer war er so unkontrolliert und schutzlos wie ein kleines Baby. Einen Moment lang verspürte sie Lust, sich neben ihn zu knien und ihn zu berühren. Es würde schön sein, wenn sie erst verheiratet waren.

Sie stieg über den schlafenden Olly hinweg und betrat das hintere Schlafzimmer, wo Darky immer noch voll bekleidet auf seinem Einzelbett lag, dessen Kopfende sich unter der Dachschräge an der Wand befand. Zusammengerollt wie ein kleiner Junge lag er auf der Bettdecke, das Gesicht in das weiche Tal zwischen zwei Kissen gepresst, und stieß seine abgehackten Schluchzer hervor. Im orangefarbenen Licht der billigen Nachttischlampe sah Beth, dass die ganze fadenscheinige Eleganz dahin war. Die rote Jacke war völlig zerknittert und auf dem sichtbaren Revers war ein Fleck, offenbar von irgendeiner fettigen Substanz. Trotz allen Kämmens hatten sich die langen, blonden Haare in eine zerzauste Perücke verwandelt und standen kreuz und quer in alle Richtungen. Das linke Hosenbein der schwarzen Jeans hatte sich über den Knöchel hochgeschoben und gab einen Teil seiner dünnen Wade frei, haarlos und blass wie ein Klumpen Schmalz im Dämmerlicht.

Er ist wie eine Schaufensterpuppe, dachte sie. Wie eine Schaufensterpuppe, die einen Fluchtweg gefunden und dann entdeckt hat, dass es viel schwieriger war, als richtiger Mensch außerhalb des Schaufensters zu leben, als eine Puppe es sich je hätte vorstellen können. Arme Puppe. Sie zog die Decke enger um sich, setzte sich leise auf das Ende des Bettes und wartete ab, bis er ihre Anwesenheit bemerkte.

Einen Moment lang herrschte Stille; dann kam eine gedämpfte Stimme aus den Kissen.

»Verpiss dich.«

Darky, der vermutlich an dem zusätzlichen Gewicht auf der Matratze merkte, dass er nicht mehr allein war, hatte sein Schluchzen lange genug unterbrochen, um diese gänzlich vorhersehbare Beschimpfung auszustoßen, aber richtig giftig hörte sich seine Stimme nicht an. Es war nur eine ausgelaugte, schlaffe Version des bösartigen Tonfalls, den er am Abend zuvor angeschlagen hatte.

»Warum weinen Sie, Darky?«

Wieder die leise Stimme aus den Tiefen der Kissen. »Was denkst du denn warum, verdammte Scheiße?«

»Weil Sie unglücklich darüber sind, dass wir Sie hier festhalten. Verständlich. Soll ich Ihnen ein Glas Wasser oder Limonade oder sonst etwas holen?«

Er wandte ihr sein Gesicht zu, verschmiert, zerfurcht und voll nackter Bedürftigkeit.

»Hau ab und fick dich selber.«

Pause. Darkys Reaktion ließ erkennen, dass er es für unklug hielt, sich vom Feind irgendetwas geben zu lassen. Andererseits machte der Blick, mit dem er sie ansah, ebenso deutlich, dass er tatsächlich etwas zu trinken haben wollte oder zumindest ein wenig menschlichen Trost. Widerstrebend fügte er noch drei Worte hinzu.

»Von mir aus.«

Bis Beth mit einer Packung Apfelsaft und einem Glas wieder aus der Küche zurückkam, schien Darky seine Tränen wieder unter Kontrolle gebracht zu haben. Er hatte die Kissen aufgeschichtet und seinen Oberkörper emporgehievt, sodass er sich jetzt in mehr oder weniger sitzender Haltung gegen das Kopfende des Bettes lehnte. Die Augen hatte er sich trocken gerieben und sein Kamm war ebenfalls zum Einsatz gekommen. Beth sah, dass er seine widerspenstigen Haare in eine Form gezerrt hatte, die Darky selbst wohl nur als schwaches Abbild ihrer gewohnten Herrlichkeit betrachtete. Damenbesuch. Da musste man sich die Haare in Ordnung bringen.

»Warum werden Sie eigentlich Darky genannt?«

Beth stellte die Frage, während Darky gierig aus dem Glas Apfelsaft trank, das sie ihm gereicht hatte. Nachdem er den letzten Tropfen hinuntergekippt hatte, stellte er das Glas neben die Lampe auf die Fensterbank, rülpste laut, wandte sein Gesicht von Beth ab und starrte gegen die Wand.

»Kümmer dich um deinen eigenen Scheiß ...«

»Ja, schon klar, dass ich mich um meinen eigenen Kram kümmern soll. Aber ich würde es trotzdem gerne wissen. Ich meine, Sie sind ja nicht – dunkelhäutig, oder? Möchten Sie noch etwas Saft?«

»Her damit.«

Sie reichte ihm die Packung und sah zu, wie er nach seinem Glas griff, um es wieder aufzufüllen, und hinterher den leeren Behälter neben dem Bett auf den Fußboden fallen ließ. Nachdem er die Hälfte des Glases in einem Zug geleert hatte, hielt er es mit beiden Händen. Der schlichte Akt, etwas festzuhalten, schien ihm eine Art Linderung zu verschaffen. Der Blick, mit dem er sie anstarrte, als er schließlich die Augen hob, wirkte skeptisch und trotzig. Vielleicht etwas zu trotzig, fand Beth.

»Klar! Damit die mich wieder verarschen können!«

Der Sprung von den Worten zu ihrer Bedeutung war nicht schwierig.

»Sie schlafen alle«, sagte Beth, »und es sind ja nicht die anderen, die Sie danach gefragt haben, sondern ich bin es. Wenn Sie mir die Frage beantworten, verspreche ich, dass ich niemandem weitererzähle, was Sie gesagt haben. Vertrauen Sie mir nicht?«

Der Laut, den er auf diese Frage hin von sich gab, klang eigenartig, wie eine Mischung aus einem Gähnen und einem ungeduldigen Schnauben. Beth war schon aufgefallen, dass Fragen und Bemerkungen, die Darkys Abwehr zu unterlaufen drohten, offenbar eine geradezu ermüdende Wirkung auf ihn hatten. Es war, als forderte man ihn auf, Entscheidungen zurückzunehmen oder zur Seite zu schieben, die er schon vor langer Zeit getroffen und hinter sich gelassen hatte. Es war jene etwas verlegene Verärgerung, die sie bei heranwachsenden Kindern beobachtet hatte, wenn Freunde oder Angehörige sie bedrängten, bei einem Spiel mitzumachen, das nicht mehr mit ihrem Bild von sich selbst im Einklang war. Vertrauen, vermutete Beth, gehörte zu den Dingen, die in der Mülltonne tief unter allem anderen unnützen Kram vergraben waren. Dort lag es wahrscheinlich, seit er die rein pragmatische Entscheidung getroffen hatte, dass es keinem sinnvollen Zweck diente, an Dingen festzuhalten, die eigentlich nicht funktionierten. Sie wartete.

»Die haben mir immer dieses Scheißding um den Hals gehängt.«

Darky starrte finster in die Tiefen seines Glases, während er sprach.

»Wer?«

»Die bescheuerten Leute, bei denen ich wohnen musste. So ein steinaltes Ehepaar.«

»Waren das Ihre Pflegeeltern?«

»So ungefähr.« Er schüttelte den Kopf hin und her. Es war ihm sichtlich peinlich, diese verwundbare Stelle zu zeigen. »Keine Ahnung, verdammte Scheiße.«

»Darky?«

»Was?«

»Wäre es wohl möglich, nur für die nächsten paar Minuten, meine ich, dass Sie mir einen Gefallen tun und mit mir reden könnten, ohne zu fluchen? Ich weiß, Sie machen das, ohne groß darüber nachzudenken, und ich weiß auch, dass es im Grunde nicht viel zu sagen hat, aber das macht es ziemlich schwierig für mich, Ihnen richtig zuzuhören.«

Schweigen. Hatte wohl keinen Sinn, auf eine Antwort zu warten.

»Dann haben diese Pflegeeltern Ihnen den Spitznamen Darky gegeben?«

»Die? Nee, die doch nicht, verd-… die nicht.«

»Aber sie haben irgendetwas gemacht, was dazu geführt hat, dass andere Leute Sie so genannt haben?«

»Die wohnten in so einem beschissenen uralten Haus – so einem uralten Haus mit einem riesengroßen besch-… einem riesengroßen Schlüssel für vorne, für die Haustür.«

»Aha. Man hat Ihnen einen großen Schlüssel gegeben, um damit die Haustür aufzumachen. War das einer von diesen massiven braunen Schlüsseln, die in solche großen, viereckigen Metallschlösser passen?«

»'N Riesensch-… Riesending von Schlüssel.«

»Wie alt waren Sie da?«

»Neun. Keine Ahnung. Acht. Keine Ahnung. Sieben. Acht. Keine Ahnung.«

»Aha. Und diesen riesengroßen Haustürschlüssel mussten Sie um den Hals tragen. An einer Schnur?«

Eine von Darkys Händen hatte sich von dem Glas gelöst und lag auf seinem Hemd, ungefähr über dem vierten Knopf. Mit der gewohnheitsmäßigen Selbstverständlichkeit eines ständig wiederholten Bewegungsablaufs schlossen sich seine Finger um eine unsichtbare Form. Sein Nicken war kaum wahrzunehmen.

»Mussten Sie den Schlüssel auch in der Schule immer tragen?«

»Mm. War 'ne neue Schule. Nachdem ich aus der Bowden Road weg bin und ins Heim kam.«

Eine Gesichtshälfte des kleinen Mannes schien ganz leicht herabzusinken, so wie am Abend zuvor, als Beth ihn geküsst hatte.

»Damit sie hineinkonnten, wenn Sie nach Hause kamen, weil sie dann möglicherweise nicht da waren. Wollten sie deshalb, dass Sie den Schlüssel immer um den Hals tragen?«

»Mm.«

»Am ersten Tag waren Sie richtig stolz darauf«, erriet Beth intuitiv. »Sie wohnten in einem richtigen Haus und Sie waren für den Schlüssel zur Haustür verantwortlich. Zuerst wollten Sie sogar, dass die anderen Kinder den Schlüssel an Ihrem Hals sahen, weil das Ihnen das Gefühl gab, erwachsen und irgendwie normal zu sein. Aber dann haben die anderen Sie von Anfang an ausgelacht, sobald sie ihn sahen – sie haben Sie veralbert. War es so?«

»Arschlöcher! War mir doch schei-… war mir doch egal, wenn die mich verarscht haben.«

»Nein, war es nicht. Sagen Sie nicht, es hätte Ihnen nichts ausgemacht. Das hat es natürlich. Es hat Sie richtig fertiggemacht. Haben Sie geweint? Ich hätte bestimmt geweint.«

»Einer aus meiner Klasse, Peter Farmer, sagte zu den anderen, mein Name wäre Dorky – wie *door key*.« Darkys schnarrende Stimme stockte plötzlich, als die Gefühle in ihm aufstiegen. Ein Blick in die trostlose Landschaft eines wurzellosen Achtjährigen öffnete sich in seinen abstoßenden Zügen. Sie wurden milder; seine Mundwinkel zogen sich herab und seine Augen füllten sich mit Tränen.

»Ich hab denen immerzu gesagt, dass ich eigentlich Richard heiße, aber sie haben mich immer nur Dorky genannt.« Er sah Beth an. Seine Augen waren zwei Teiche, in denen das orangefarbene Licht glänzte. Vielleicht war dies die Person, der man etwas sagen konnte. »Total beschissen unfair von denen.«

»Da haben Sie recht«, sagte Beth leise. »Das war unfair. Und dann irgendwann haben Sie es geschafft, dass Sie stattdessen Darky genannt wurden. War es so?«

»Farmer verpisste sich in den Ferien. Die anderen wussten alle nicht mehr, wieso ich Dorky genannt wurde. Da hab ich denen gesagt, dass es Darky heißt. War mir schei-… war mir egal, ob ich Darky heiße. Das hatte was mit Nacht zu tun und so …«

Er verstummte. Lange blieb es still. Beth blieb sitzen und wartete wortlos auf das Unvermeidliche. Sie spürte, dass es nicht mehr lange dauern würde, bis der ältere Darky Green den jüngeren am Schlafittchen packen würde. Und so war es auch. Darky schüttelte sich plötzlich auf dem Bett wie ein Hund, der gerade aus dem Wasser kommt. Es sah aus, als wollte er mit Gewalt alles von sich abschütteln, was in den letzten Minuten passiert war. Doch in dem Zorn, der sich dann Bahn brach, mischten sich zweifellos das Alte und das Neue.

»Ach Scheiße, Scheiß auf dich, Scheiß drauf, Scheiß auf das Großmaul von Arschloch da drinnen und Scheiß auf die anderen abgefuckten Arschgesichter.«

Darky knallte sein Glas zurück auf die Fensterbank, wälzte sich herum und drehte sein Gesicht zur Wand. Beth stand langsam auf. Sie berührte Darky kurz, ganz behutsam, an der Schulter.

»Bis morgen früh, Darky. Es tut mir wirklich leid, dass Sie so viel Kummer hatten, als Sie klein waren. Das war nicht fair und es hätte sich jemand besser um Sie kümmern sollen. Danke, dass Sie mir das mit Ihrem Namen erklärt haben. Ich sage niemandem etwas davon, versprochen. Und danke, dass Sie sich eben so viel Mühe gegeben haben, nicht zu fluchen. Ich glaube schon, dass jemand Sie lieben könnte. Gute Nacht.«

Darky Green weinte wieder, nachdem Beth gegangen war. Er weinte und weinte in die Nacht hinein. Nichts, was er sich vorstellen oder woran er sich erinnern konnte, machte es besser. Diesmal war es anders. Diesmal wäre er nicht in der Lage gewesen, irgendjemandem, nicht einmal sich selbst, zu sagen, warum oder weswegen er weinte. Er vergrub sein Gesicht noch tiefer in den Kissen, um sicherzugehen, dass niemand sonst ihn hören konnte.

2

Am Montagvormittag kauerte Robert Parsons niedergeschlagen auf einem Hocker im »Dog and Rattle« in Fairhaven, einem viktorianischen Lokal hoch oben an der Straße zwischen Brighton und Lipsham, direkt oberhalb der Klippen und des Meeres. Der berühmte, spektakuläre Blick über den Ärmelkanal, der durch die relativ modernen Panoramafenster des Lokals an diesem kalten, klaren Tag deutlich zu sehen war, interessierte Robert keinen feuchten Kehricht. Er bemerkte ihn kaum. Das Einzige, was ihn interessierte, war, noch ein bisschen länger hier herumhängen zu können, bevor er hinaus in den eisigen Wind musste. Vor ihm auf dem Tresen stand der Rest eines kleinen Glases Garvey's Bitter, des einzigen, das er sich hatte leisten können, seit er die Kneipe betreten hatte, kurz nachdem sie vor fast einer Stunde geöffnet worden war. Seit etwa dreißig Minuten hatte er kaum messbare Mengen aus der Pfütze Bier genippt, die auf dem Boden des Glases noch übrig war. Dazwischen hielt er die Hand um das Glas geschlungen, um zu verbergen, dass es fast leer war. Hin und wieder rutschte er unbehaglich und unwillkürlich auf seinem Hocker herum, denn seine Blase war kurz vor dem Platzen. Aber zur Toilette zu gehen war zu riskant. Wenn er seinen Platz verließ, würde garantiert irgendein Idiot sein Glas abräumen, und dann hätte er keinerlei Vorwand mehr, um in der Wärme zu bleiben.

Der Mann, der hinter der Theke eifrig damit beschäftigt war, Gläser zu polieren, war von einer Sorte, die Robert nur zu gut kannte und hasste wie die Pest. Elegant, energisch, klein und untersetzt, die dunklen Haare nach hinten gegelt, goldene Manschettenknöpfe an den Ärmeln seines blendend weißen Hemdes, Knopfaugen, die ständig hin und her zuckten auf der Suche nach Problemen oder Profitmöglichkeiten. Ein Affe im Kostüm. Schon zwei- oder dreimal hatte er einen Blick voll unverhohlener Wut und Abscheu in die Richtung des verwahrlosten Junkies geworfen, der so aussah, als hätte er die Nacht nicht nur unter, sondern mitten in einer Hecke verbracht.

Robert, der in Wirklichkeit ein paar frühe Morgenstunden voller Albträume unruhig dösend unter einer Bank unten an der Marina verbracht hatte, wusste genau, was der Mann dachte. Nicht mehr lange, und die ersten ach so wichtigen Kurgäste würden zum Mittagessen hereinkommen. Die Anwesenheit eines Komparsen aus Trainspotting, der zuckend auf seinem Hocker kauerte und sich an einem leeren Glas festhielt, war genau das, was das langweilige, aber respektable »Dog and Rattle« nicht gebrauchen konnte.

Robert wusste, dass es nur noch ein paar Minuten dauern konnte, bis er hinausgeworfen wurde. Na und? Er würde hier sitzen bleiben, solange er damit durchkam, und dann weitersehen. Totschlagen konnten sie ihn ja nicht, oder? Und überhaupt, er war ein Gast wie jeder andere auch, oder etwa nicht?

Peinlichkeit war kein Thema. Es war schon lange her, dass Robert Parsons sich den psychischen Luxus hatte leisten können, irgendeinen Aspekt seines Verhaltens von der Peinlichkeit verändern oder beeinflussen zu lassen. Was hätte das auch für einen Sinn gehabt? Man tat eben, was immer man tun musste, um zu kriegen, was immer sich anbot. Was sollte man auch sonst tun, wenn keiner einem etwas gab und selbst die eigene Scheißfotze von Mutter alles wegschloss, wenn sie nicht da war, sodass man gezwungen war, die Schlösser aufzubrechen oder sich irgendwo anders Kohle zu beschaffen? Total unfair, das Ganze.

Robert war am Tag zuvor nach Brighton gekommen, um hier sein Glück zu versuchen, da für ihn Lipsham verbranntes Land war. Er war in keiner Kneipe mehr willkommen und die einzigen anderen Orte, die sonntags geöffnet und ihm noch kein Hausverbot erteilt hatten, waren der Snooker-Club hinter dem Inder und dieses beschissene Olivette-Lokal in der schäbigen kleinen Fußgängerzone rechts ab von der High Street. Dort konnte er sich nicht blicken lassen. In diesen Lokalen verkehrten ein paar nicht sehr nette Leute, die sehr begierig darauf waren, Robert zu sehen. Sie meinten, er wäre Ihnen etwas schuldig für Zeug, das er von ihnen bekommen hatte. Und sie waren nicht die Einzigen. Das war auch ein Grund dafür, dass er lieber woanders sein Glück versuchen wollte. Wenn man in Lipsham auf die Straße ging, musste man ständig ausweichen und sich ducken und in Läden gehen und sich hinter Mauern verstecken, wenn die falschen Leute einem entgegenkamen. Das Ganze war einfach nur lästig. Nichts in der Tasche und umzingelt von Arschlöchern, die alles taten, um einem das bisschen, was man sich beschaffen konnte, auch noch abzuknöpfen. Außerdem war Lipsham ein blödes kleines Nest. Brighton war groß. Voll von Menschen und Kneipen und so und voller Möglichkeiten, dass etwas passierte. Was genau? Na, irgendetwas. Egal was. Trotz aller entmutigenden Enttäuschungen der Vergangenheit schaffte Robert es immer noch, mit seinem Optimismus solche wässrigen kleinen Seifenblasen zu pusten.

Aber es war nichts passiert. Gar nichts. Null. Angefangen hatte es ganz gut. Es war einer der guten Tage, an denen auf dem Bahnhof von Lipsham niemand an der Schranke kontrollierte, sodass er mit dem Zug hatte fahren können. Dem Schaffner war er aus dem Weg gegangen, indem er sich aufs Klo verzogen und an jedem Bahnhof den Sitzplatz gewechselt hatte. In Lewes hatte er aussteigen und den nächsten Zug aus Seaford nehmen müssen, und in Brighton vom Bahnsteig zu kommen, war ein bisschen knifflig, aber man brauchte nur zu warten, bis das Gepäcktor aufging und der Typ in die andere Richtung schaute. Raus aus dem Bahnhof, den Penner mit der Scheißobdachlosenzeitung ignorieren, den Berg hinunter, vorbei an dem Laden mit den Briefmarken, am Uhrenturm rechts, und schon war er in der Western Road mitten im Gewühl.

Danach war alles eine einzige lange Niete gewesen. Er sah nicht einen einzigen Menschen, den er kannte. Niemand und nichts. Den ganzen Tag streifte er durch die Straßen, hinunter durch die Lanes, hinauf nach Kemptown, wo er hungrig in der Nähe anderer Leute herumlungerte, die aßen und tranken und lachten und sich eine schöne Zeit machten und sich keinen Fliegenschiss um Robert Parsons scherten. Was dachte er denn, was passieren würde? Was hatte er geglaubt, mit zwei Pfund sechsundfünfzig in der Tasche erreichen zu können?

Roberts Abend in Brighton endete damit, dass er unter den Bögen an der Kings Road entlangtrottete und sich überlegte, nach einer Weile hinauf auf die obere Straße zu gehen und zu versuchen, per Anhalter zurück nach Lipsham zu kommen. Die alte Schlampe würde ihm wenigstens etwas zu essen geben. Er hatte einen Mordshunger. Doch als es so weit war, schreckte der steile Aufstieg ihn ab. Stattdessen ging er in einer Art trübsinniger Trance weiter unter den Klippen entlang, bis er schließlich an dem tuntigen neuen Jachthafen landete. Da gab es nichts außer tuntigen Booten, die tuntigen reichen Leuten gehörten, und eine ganze Sammlung neuer, hell erleuchteter Räumlichkeiten, in die man von außen hineinschauen konnte.

Er brachte nicht die Energie auf, noch weiter zu gehen. Die wenigen Stunden, die er in der Nacht unter einer Bank an einem der Plätze verbracht hatte, eingehüllt in ein paar Supermarktkartons mit ausgeklapptem Boden, waren so ziemlich die unbequemsten und unerfreulichsten, an die er sich erinnern konnte. Am Morgen hatte er sich, steif gefroren, hungrig und durstig, den Hang hinaufgeschleppt, war mit einem unwillkürlichen Fluch an der vornehmen Mädchenschule vorbeigegangen und hatte sich dann in Richtung Rottingdean gewandt, im Gehen einen Daumen am Ende eines pessimistisch schlaffen Armes ausgestreckt.

Niemand hielt an. War ja klar. Knauserige Mistkerle! Er hatte weitergehen müssen, hauptsächlich, um sich warm zu halten, die ganze Straße entlang bis hinunter ans Ende von Rottingdean, dann über die Ampel und wieder hinauf, über die Kuppe hinüber bis nach Fairhaven. Da oben pfiff ein schneidender Wind. Beißend kalt. Wie ein Messer aus Eis. Als er die kleine Geschäftszeile gegenüber des »Dog and Rattle« erreicht hatte, war er stehen geblieben und hatte zitternd vor Kälte in seinen Hosentaschen gewühlt. Zu seiner Erleichterung konnte er noch genügend Münzen zusammenkramen, um sich dieses kleine Glas Garvey's Best Bitter zu leisten. Sein Eintrittspreis zu einem Ort, an dem es nicht kalt war.

Jetzt war seine Zeit um.

»Noch ein Pfund, wenn du das Glas mit nach Hause nehmen willst, Kleiner.«

»Sie sind ja 'n richtiger Komiker, sind Sie«, erwiderte Robert. Die letzten beiden Worte hallten hohl in dem leeren Glas, als Robert noch einen letzten imaginären Schluck daraus nahm.

Der Mann kam mit entschlossener Miene näher.

»Na los, ab an die frische Luft!«

Robert rollte drei Finger und den Daumen ein und zeigte dem Mann den Stinkefinger mit derselben Hand, aus der ihm soeben das Glas gerissen worden war. Dann wandte er sich ab, glitt von seinem Hocker und ging geradewegs zur Toilette, wo er sich mit einem lauten Stöhnen der Erleichterung und Befriedigung seiner überschüssigen Flüssigkeit entledigte. Das übertriebene Gestöhne war teils echt, teils für die Ohren dieses stinkenden Scheißkerls von einem Barkeeper bestimmt, falls der ihm gefolgt war, um sich zu vergewissern, dass er auch weisungsgemäß das Haus verließ.

Draußen vor dem Lokal war es frostig kalt. Kälter als je zuvor. Einen Moment lang blieb er mit den Händen in den Taschen stehen und wartete darauf, dass irgendetwas ihn in Bewegung setzte, etwas zu tun. Seine Finger fanden zwei Münzen in der rechten Hosentasche seiner Jeans. Er zog die Hand heraus und stellte fest, dass seine irdische Habe sich auf ein Zwei-Pence-Stück und eine Zwanzig-Pence-Münze belief. Vergiss es! Für eine oder zwei Sekunden lang spielte er in Gedanken mit dem Inhalt der großen Registrierkasse aus Messing hinter der Theke der Kneipe, die er gerade verlassen hatte. Im Laufe des Vormittags hatte er die Schublade einige Male aufgehen sehen. Stapelweise Scheine in verschiedenen Fächern. Und diese kleinen Plastiktütchen, vollgestopft mit Pfundmünzen und Fünfzig-Pence-Stücken, die darauf warteten, an unnütze, zahnlose alte Säcke verschwendet zu werden, die hereinkamen, um auf ihrem Altenheimgemüse herumzumummeln und miteinander zu schnattern. Kein Geld für ihn und keine Chance, sich welches zu beschaffen.

Was tun? Zurück nach Brighton? Wozu? Das brachte auch nichts. Also nach Hause. Etwas essen. Mal schauen, ob die alte Dame vielleicht ein bisschen Geld liegen gelassen hatte. Nicht, dass die Chancen dafür heutzutage besonders gut stünden. Aber wenigstens war es da warm. Aber er musste laufen oder jemanden finden, der ihn mitnahm. Es waren etliche Meilen. Ach, egal, scheiß drauf. Was blieb ihm anderes übrig. Mach dich lieber auf den Weg.

3

Als er aufwachte und feststellte, dass ihm die Hüfte höllisch wehtat und aus irgendeinem Grund die Heizung nicht funktionierte, schälte sich Tom fröstelnd aus seinem Schlafsack und zog sich seine Sachen an, ohne sich lange mit Waschen aufzuhalten. Ein Blick auf die Uhr zeigte ihm, dass es schon viel später war, als er angenommen hatte. Nachdem er sich vergewissert hatte, dass Darky wohlbehalten auf seinem Bett im Hinterzimmer lag, humpelte er in die Küche, versuchte sich die Hände warm zu reiben und machte sich auf die Suche nach etwas zum Frühstücken. Kein Kaffee, kein Brot, keine Milch, kein gar nichts. Insgesamt wäre es wirklich schwierig gewesen, sich eine noch trostlosere Situation vorzustellen. Ach was, ein anständiges Frühstück könnten sie sich wenigstens gönnen. Tom fand eine Serviette auf der Arbeitsplatte und einen Kuli in seiner Gesäßtasche und schrieb eine kurze Nachricht, die er im Wohnzimmer auf den Tisch legte. Er schnappte sich seine Vliesjacke vom Haken in der kleinen Diele, zog die Wohnungstür hinter sich zu und schlich die Treppen hinunter und zur Haustür hinaus. Unnötig, Olly wegen der Schlüssel zu belästigen; er konnte ja klingeln, wenn er zurückkam. Wie die anderen sich freuen würden, wenn er mit dem Frühstück auftauchte!

Weniger als eine Minute später fuhr Tom die Kingfisher Avenue hinauf in Richtung der Geschäfte.

4

Robert wollte gerade die Straße überqueren und versuchen, einen Wagen zurück nach Lipsham zu erwischen, als ein blauer Nissan aus einer Seitenstraße ungefähr fünfzig Meter die Straße hinunterkam und vor einer Geschäftszeile hielt, die sich an der gegenüberliegenden Straßenseite entlangzog. Ein junger Mann mit kurzen Haaren, blauen Chinos und einer dunklen Vliesjacke stieg aus und schaute sich ziemlich nervös nach links und rechts um, bevor er seine Wagentür zuwarf und hinüber in den Mini-Supermarkt sprintete, der sich direkt gegenüber der Kneipe befand. Das Gesicht und die Gestalt waren Robert vertraut. Er kannte den Typen sogar schon mehr oder weniger sein ganzes Leben lang. Tom Crane war einer von Lance Wilsons Kumpels und die Wilsons wohnten gleich nebenan. Lance Wilsons Mutter Noreen war sogar die beste Freundin seiner eigenen Mutter. Noreen war in Ordnung. Sie war immer nett zu ihm gewesen. Robert hatte Tom unzählige Male in der Nummer dreiundfünfzig ein- und ausgehen sehen. Meistens war er mit dieser Beth zusammen, mit der er seit der Grundschule ging. Oft nickten sie sich zu. Manchmal sagten sie sogar Hallo zueinander. Ja, es war eindeutig Tom Crane, der gerade aus diesem Auto gestiegen war. Vielleicht wollte er zurück nach Lipsham. Vielleicht auch irgendwo anders hin. Egal. In Autos war es warm. Robert beschloss, dahin zu wollen, wo immer Tom hin wollte. Ihm war alles recht.

Moment mal!

Zum ersten Mal seit Tagen begann sich Roberts Puls ernsthaft zu beschleunigen. Was hatte Teddy Miles gestern zu ihm gesagt, als er ihm über den Weg lief, kurz bevor er sich aus Lipsham verpisst hatte? Teddy hatte eine Tüte mit einer Flasche Wodka bei sich gehabt, die er sich an der Tanke geklemmt hatte. Das bescheuerte kleine Großmaul konnte gar nicht abwarten, Robert zu zeigen, was er geklaut hatte, aber abgeben wollte er keinen Tropfen davon. Aber was hatte er da erzählt? Dreihundert Mäuse. Das war die Summe, die Vaughn Macey jedem anbot, der ihm sagen konnte, wo Tom Crane war. Wieso? Keine Ahnung. Typen wie dem stellte man keine

Fragen, wenn man nicht scharf darauf war, von diesen Wahnsinnigen, die mit ihm und Darky unterwegs waren, in Streifen geschnitten und in den Graben geschmissen zu werden.

Dreihundert Pfund!

Robert zögerte ganze fünf Sekunden lang. Sich etwas vorzumachen, hatte keinen Sinn. Wenn Macey so viel Geld für eine Information bot, dann hatte er höchstwahrscheinlich etwas ausgesprochen Übles mit Tom vor, falls und wenn er und Darkys andere Gorillas ihn erwischten. Er fuhr sich mit der Zunge im Mund herum und stieß eine rasche Folge abgehackter Luftströme zwischen den Lippen hervor. Böse Sache. Ja, aber! Überleg mal! Dreihundert Eier! Für einen Telefonanruf. Und dann mit dem Taxi zurück nach Brighton, und diesmal würde der Abend in der Stadt ganz anders laufen.

Plötzlich war ihm überhaupt nicht mehr kalt. Er fing sogar an zu schwitzen. Wenn Crane aus dem Laden herauskam und sich verpisste, bevor Macey hier war, konnte er die dreihundert Eier vergessen. Weiß der Geier, was passieren würde, wenn er Macey anrief und Tom weg war, bis Macey auftauchte, nur um festzustellen, dass er den ganzen Weg umsonst gekommen war. Er versuchte, sein traniges Gehirn auf Trab zu bringen. Er hatte sich schon lange abgewöhnt, das Mobiliar in seinem Kopf regelmäßig zu sortieren.

Okay! Er brauchte zwei Dinge. Das eine war eine Nummer, wo er anrufen konnte. Macey konnte überall sein. Aber wo? Nun, höchstwahrscheinlich war er entweder in seiner eigenen Bude oder im »Olivette« oder im »Pig and Bucket«. Denk nach! Wenn er so viel Geld für eine Information bot, wo würde er dann wahrscheinlich darauf warten, dass sie ihn erreichte? Im Café oder in der Kneipe. Welches von beiden? Die Kneipe. Es musste die Kneipe sein. Wer immer Macey kannte, würde ihn an einem Wochentag dort suchen. Also los. Tu es.

Zweihundert Meter die Straße hinauf, auf derselben Seite wie die Geschäfte, war eine Telefonzelle. Normalerweise ging Robert nie schneller als im Kriechgang, falls nicht gerade jemand hinter ihm her war. Jetzt rannte er. Er flog geradezu. Bei der ersten Lücke im Verkehr sprintete er wie ein Zehnkämpfer über die Straße und den Bürgersteig entlang zu der Telefonzelle. Als er endlich die Tür aufgezerrt und den Hörer abgenommen hatte, bekam er vor Keuchen kaum noch Luft. Warte mal. Oh, *Scheiße*! Wie war noch die Nummer der Auskunft? Eins null irgendwas. Hundert? Nein, eins neun irgendwas. Eins neun zwo, das war es. Kostete das was oder war es gratis? Es musste gratis sein. Sei gratis! Sei gratis, verdammt noch mal! Er hatte nur einen Zwanziger. Das war die zweite Sache, die er brauchte. Er drückte die drei kleinen Metalltasten. Moment. Ein Stift. Scheiße! Oh, *Scheiße*! Er hatte keinen Stift, um sich die Nummer zu notieren. Er hatte nicht einmal ein Stück Papier. Die Geschichte seines beschissenen Lebens! Er hatte keinen …

»British Telecom, Janine am Apparat. Den Namen des Teilnehmers, bitte?«

»Äh, es ist ein Lokal. ›The Pig and Bucket‹.«

»Ist das eine Nummer in Brighton, Sir?«

»Ja – nein! Also, es ist im Brightoner – im Telefonbuch –, aber das Lokal ist in Lipsham. ›The Pig and …‹«

»Vielen Dank. Ihre Rufnummer wird jetzt angesagt.«

Robert glaubte, vor Frustration auf der Stelle tot umfallen zu müssen, als eine weibliche Computerstimme in ruhig gemessenem Ton die Vorwahl von Lipsham durchrezitierte, die er auswendig kannte, solange er sich zurückerinnern konnte. Komm schon, du blöde Kuh! *Komm* schon! Durch die zerkratzte Plastikscheibe der Telefonzelle sah er die Tür, aus der Tom herauskommen würde, wenn er seine Einkäufe erledigt hatte. Wenn er jetzt herauskam und wegfuhr, dann war es das verdammt noch mal gewesen! Dreihundert Pfund für die Hasen! In den Gully und hinaus ins Meer mit der ganzen Scheiße. Da würde er vermutlich auch landen, wenn Macey herkam. Vor Spannung fing Roberts ganzer Körper an zu beben und zu zucken, als hätte irgendein Tropenfieber ihn gepackt.

Endlich kam die Nummer.

Er zwang sich, stillzuhalten und sich zu konzentrieren. Denk nach! Ihm fiel ein, dass er sich nur die letzten vier Ziffern zu merken brauchte, weil fast alle Nummern in Lipsham mit 74 begannen. Wenn das bei dieser auch der Fall war, würde er sich kaputtlachen. Es war so! Es war so, verdammt noch mal!

»Ich wiederhole, die Nummer des gewünschten Teilnehmers lautet …«

Robert rammte den Hörer wieder auf die Gabel und sein Hirn schleuderte jene vier kostbaren Ziffern vor den staunenden Augen seines nervösen Gedächtnisses empor wie ein schlechter Jongleur bei einer Probeaufführung. Ruhig Blut. Du hast nur eine Chance. Vermassele sie nicht. Weißt du die Nummer noch? Ja! Nimm den Hörer wieder ab. Erledigt. Steck die zwanzig Pence hinein. Erledigt. Weißt du die Nummer noch? Ja! Warte, bis das Geld auf dem Display angezeigt wird. Da ist es. Jetzt tipp die Scheißnummer ein. Und mach das ja richtig, verdammte Scheiße. So. Erledigt. JA! Was für eine Erleichterung, diese vier blöden Ziffern aus seinem Kopf zu entladen. Dreihundert Mäuse! Er biss die Zähne zusammen und verzog die Augen zu Schlitzen, während er beobachtete und wartete. Lass dir bloß nicht einfallen, jetzt aus diesem Scheißladen zu kommen, Tom Crane. Lass dir bloß nicht einfallen, jetzt aus diesem Laden zu kommen und in dein beschissenes kleines blaues Auto zu steigen. Wenn du das tust, schuldest du mir dreihundert Eier.

Als der Rufton kam, hörte Robert ganz zu atmen auf. Die Finger seiner freien Hand streckten und ballten sich krampfhaft. Er stellte sich das Klingeln des Telefons hinter der Theke in der dunklen, verräucherten Atmosphäre des »Pig and Bucket« vor. Er sah vor sich, wie Sid, der Wirt, sich von einem Gast, den er gerade bediente, abwandte und murmelnd und fluchend hinüber zum Telefon ging. Inzwischen musste er doch da sein. Komm schon, du blöder alter Wichser. Hör auf zu quasseln und geh ans Telefon. Streck deine blöde, faltige alte Krallenhand aus und nimm den Scheißhörer ab!

»Pig'n'Bucket. Was gibt's?«

Er ließ den Atem ausströmen und holte wieder Luft.

»Ist Macey da?«

»Wer will ihn sprechen?«

»Scheißegal, mir geht das Geld aus. Sagen Sie ihm, ich habe To- … jemanden, den er sucht. Holen Sie ihn einfach.«

Sids brüchige Stimme erklang wieder. Diesmal rief er etwas, aber in einigem Abstand vom Hörer.

»Macey! Telefon für dich! Geht um irgendso'nen Typen, den du suchst.«

Während Robert wartete und durch die Scheibe spähte, kam ein Mann mit zwei Einkaufstüten aus dem Mini-Supermarkt und wandte sich in die Richtung des blauen Autos. Roberts Herz begann in seiner Brust zu flattern. Es war nicht Tom. Er krampfte seine freie Hand auf der Schädeldecke zusammen. Nun *los*!

»Macey. Wer ist da?«

Dass Macey interessiert war, war nicht zu überhören. Seine barsche und drängende Art am Telefon verriet, dass er äußerst interessiert war. Interessiert genug für dreihundert Mäuse? Robert gab sich Mühe, einen dringlichen und zugleich angemessen respektvollen Ton anzuschlagen.

»Mr. Macey, hier ist Robert Parsons. Ich habe Tom Crane.«

»Was meinst du damit, du hast ihn?«

»Na ja, ich habe ihn nicht direkt. Ich habe gesehen, wie sein Auto um die Ecke kam und dann anhielt. Er ist in einem Laden gleich hier schräg gegenüber. Ich – ich habe ihn im Auge.«

»Sag mir, wo du bist. Schwall nicht rum. Ein Satz.«

Robert schluckte schwer. Sein Geld war gleich alle. Reiß dich zusammen, Gehirn!

»Ein Supermarkt gegenüber vom ›Dog and Rattle‹ in Fairhaven. Äh, jemand sagte was von dreihundert Mäusen …«

»Sieh zu, dass er da bleibt, bis wir kommen, sonst sorge ich dafür, dass du an seiner Stelle in die Mangel genommen wirst. Verstanden?«

»Äh, ja, ich kümmere mich darum, dass er nicht …«

Es gab ein Klicken und ein Rasseln und ein schnarrendes Geräusch, als Macey auflegte und Roberts letzter Zwanziger in den Eingeweiden des Telefons verschwand.

Okay. Leg auf. Stell dir eine Frage. Stell dir die Frage, was dir lieber ist – dreihundert Mäuse und ein Abend oder zwei in Brighton oder ein sehr unangenehmes Gespräch mit den Bolton-Brüdern, wenn sie mit Vaughn Macey auftauchen und feststellen, dass Tom weg ist. Es gibt kniffligere Fragen.

Während er seinen Hemdkragen hochschlug und sich mit dem

Handrücken den Schweiß von der Stirn wischte, schob er die Tür der Telefonzelle auf und marschierte zügig in Richtung Supermarkt los.

5

»Es wird doch alles in Ordnung mit ihm sein? Ich meine, schließlich weiß niemand, wo wir sind.«

Beth saß müde und beunruhigt mit Olly am Tisch beim Fenster. Sie hielt die Serviette mit Toms knapper Nachricht in der Hand.

Olly zuckte die Achseln

»Ich schätze, er ist bloß ein Stück die Hauptstraße hinauf gefahren. Wahrscheinlich ist alles okay. Jedenfalls werden wir jetzt nicht in Panik geraten und einer nach dem anderen verschwinden, um uns gegenseitig zu suchen. Er wird schon wiederkommen. Und wenn er Frühstück für uns alle mitbringt, ist er für mich ein Held.«

Es vergingen einige Momente, bis Beth wieder etwas sagte. Ihr Gespräch mit Darky in den frühen Morgenstunden hatte sie Olly bereits geschildert.

»Vergeuden wir unsere Zeit, Olly? Sind wir vielleicht einfach nur dumm?«

Olly strich sich mit dem Zeigefinger nachdenklich über die Lippen, bevor er nickte.

»Wahrscheinlich. Ich wecke Lance. Es wird schon ziemlich spät.«

6

Robert drückte sich nervös am Eingang des Supermarktes in Fairhaven herum. Tom Crane musste immer noch sicher irgendwo da drinnen sein und seine Einkäufe machen. Er konnte ja nicht durch irgendeine Hintertür verschwunden sein oder so. Warum sollte er? Nein, er musste noch im Laden sein und da musste er auch noch eine ganze Weile bleiben. Roberts Lippen bewegten sich stumm. Er versuchte sich auszurechnen, wie lange Vaughn Macey mit dem Auto von Lipsham nach Fairhaven brauchen würde, angenommen, er hatte die Kneipe verlassen, sobald er den Hörer aufgelegt hatte, und war sofort in seinen Wagen gestiegen.

Wie rechnete man so etwas aus? So, wie er es als Kind immer gemacht hatte. Er wusste, dass es weniger als eine Stunde und länger als fünf Minuten dauern würde. Weniger als fünfundfünfzig Minuten und mehr als zehn Minuten. Weniger als eine Dreiviertelstunde und mehr als fünfzehn Minuten. Weniger als vierzig Minuten und mehr als zwanzig Minuten. Wenn Macey wirklich Bleifuß fuhr wie ein Verrückter, wie er es manchmal tat, konnte er es wahrscheinlich in zwanzig Minuten schaffen. Robert hatte keine Uhr. Seine Mutter hatte ihm vorletzte Weihnachten eine geschenkt, aber die hatte denselben Weg genommen wie alle seine verkäuflichen Besitztümer und einige von ihren obendrein. Dinge, die sich gegen Geld eintauschen ließen, behielten meist nicht lange ihren Platz in Roberts Leben. Also würde er einfach schätzen müssen.

Die Minuten vergingen, und jede davon schleppte sich dahin wie sechzig kleine Bleigewichte. Immer, wenn jemand aus dem Laden kam, tat er so, als musterte er die Säcke mit Kaminanzündern und Holzscheiten und Kohle, die an diesem beißend kalten Tag vor dem Laden in großen, rot gestrichenen Holzkisten aufgestapelt waren. Jedes Mal, wenn wieder jemand herauskam, setzte sein Herz einen Schlag aus. Sollte Tom auftauchen, bevor Macey da war, musste er ihn in ein Gespräch verwickeln oder ihm ein Bein stellen oder sich quer vor seinen Wagen legen oder sonst irgendetwas Schwachsinniges tun. Irgendetwas. Was immer nötig war, um ihn am Wegfahren zu hindern. Als er die Spannung nicht mehr ertragen konnte, die ihm den Unterkiefer und die Fäuste verkrampfen ließ, trat er einen Schritt vor und spähte durch den Eingang, um einen Blick in den Laden zu riskieren. Keine Spur von Tom in den Schlangen vor den beiden Kassen drüben beim Schnapsregal. Warum brauchte er so lange? Er musste immer noch in einem der Gänge da hinten stecken und Sachen aussuchen. Gut! Gut! Das war in Ordnung. Lass dir nur Zeit, Tom Crane. Du hast meine Erlaubnis, dir so viel Zeit zu lassen, wie du willst, um eine sorgfältige Auswahl zu treffen.

Nimm dir ruhig noch zehn Minuten oder so, um deine Scheißeinkäufe zu erledigen, und du zauberst dreihundert süße kleine Pfund in meine Hand. Lass dir Zeit, mein Sohn!

Ein brillanter Gedanke kam ihm. Er hatte seit Stunden nichts mehr geraucht. Er konnte wirklich was gebrauchen. Er lechzte nach einer Kippe. Und es war eiskalt hier draußen. Er musste einen Weg finden, um Tom mindestens noch ein paar Minuten lang hier festzuhalten. Warum ging er nicht einfach hinein, pumpte Tom um einen Fünfer an und plauderte bei der Gelegenheit gleich ein bisschen mit ihm im Laden? Er hatte noch nie viel Zeit mit Leuten wie Tom verbracht, aber er bildete sich ein, einiges über sie aufgeschnappt zu haben. Wenn man sich bei ihnen Geld leihen wollte, wurden sie verlegen. Dann gaben sie einem die Knete, als ob man ihnen damit einen Gefallen tun würde statt umgekehrt. Verrückt. Los komm. Mach es so. Er biss die Zähne zusammen und kniff sich, so fest er konnte, mit den Fingernägeln in den Handrücken. Das war neuerdings seine Methode, sich zum Handeln anzutreiben. Der Schmerz würde ihn zwingen, seinen Körper in den Laden zu schieben.

Ganz hinten in der Ecke, wo es Brot und Brötchen und solches Zeug gab, stellte Robert seine Beute. Es gab dort eine Kaffeemaschine zur Selbstbedienung und zwei Hocker, auf die die Kunden sich setzen konnten. Tom hatte der Versuchung nachgegeben und sich einen Kaffee und ein paar Minuten Zeit ganz für sich allein genehmigt. Er saß auf einem der Hocker mit einem Pappbecher in der Hand. Zwei voll beladene Körbe standen neben ihm auf dem Boden und er war gerade dabei, den letzten Schluck von seinem Kaffee auszutrinken, als ihn eine Stimme von hinten ansprach.

»Hallo, Alter.«

Toms Kopf fuhr so plötzlich herum und zuckte am ganzen Leib derartig zusammen, dass Robert einen Moment lang Angst hatte, er würde einen Herzanfall bekommen und tot umfallen. Davon wäre Macey sicher nicht begeistert. Mit Toten konnte man nichts mehr anfangen. Jedenfalls konnte man ihnen keine Schmerzen zufügen. Er schluckte ein kleines, irres Lachen hinunter, das bei diesem Gedanken in ihm aufstieg. Aber es war sowieso falscher Alarm. Jetzt, wo er sah, wer es war – oder besser, wer es nicht war, dachte

Robert im Stillen –, schien Tom sich wieder einigermaßen zu fangen. Seine Gesichtsfarbe war immer noch gelblich grün wie ein schlecht gewordener Teig, aber er strengte sich mächtig an, sich zu einem Lächeln zu zwingen.

»Tut mir leid, du hast mir einen Schrecken eingejagt.« Er rieb sich mit der Hand langsam die Wange. »Ich war meilenweit weg. Äh … Robert, stimmt's? Du hast doch mal neben Lance gewohnt, am Park. Richtig?«

»Da wohne ich immer noch«, sagte Robert, der sich auf eigenartige Weise geschmeichelt fühlte, dass Tom ihn wiedererkannte, und auf ebenso eigenartige Weise beleidigt war über den Mangel an echtem Interesse, der durch den Irrtum zum Ausdruck kam.

»Was treibt dich denn hier in die Gegend?«

Robert wusste sehr gut, dass die vordergründig unbekümmerte Frage nichts zu bedeuten hatte. Tom war einfach nur höflich. Alles, was er im Grunde wollte, war, seine Einkäufe zu nehmen und zu bezahlen und sich zu verpissen. Aber da er nun einmal gefragt hatte …

»Ach – ich bin auf dem Weg nach Brighton. Ich wollte mir gerade hier ein paar Kippen holen, aber gerade ist mir eingefallen, dass ich noch nicht am Geldautomaten war, und da …«

Robert war kein Schauspieler, aber er merkte an der Art, wie die Augen des anderen Mannes erleichtert aufleuchteten, dass er seine Botschaft überzeugend angebracht hatte und dass sie willkommen war. Tom stellte seinen fast leeren Becher vor sich auf das kleine Regal und zog ein Portemonnaie aus der offenen Seitentasche seiner Vliesjacke.

»Ach, wenn's weiter nichts ist, da kann ich helfen. Wie viel brauchst du? Fünf Pfund?«

Noch eine Sache, die Robert zu wissen glaubte, war, dass man in Toms Welt eine Leihgabe erst einmal höflich ablehnte, bevor man sie annahm.

»Ach nein, schon gut, danke, ich warte einfach, bis …«

»Nein, bitte, nimm es ruhig. Kein Problem; wirf es einfach bei Gelegenheit bei Lance in den Briefkasten. Keine Eile. Ist mir ein Vergnügen, wirklich.«

»Na schön«, sagte Robert. »Danke, Alter. Dann geh ich mir mal ein paar Kippen holen. Wir sehen uns dann draußen, wenn du fertig eingekauft hast und so. Dann können wir noch ein bisschen – na ja – plauschen.«

»Ach, weißt du, mir war gar nicht klar, wie spät es schon ist, also, wenn's dir nichts ausmacht, werde ich wahrscheinlich keine …«

Doch Robert, bei dem die Aussicht auf eine Zigarette alle anderen Überlegungen verdrängt hatte, einschließlich seines strategischen »Plauschs« im Laden, war schon am Ende des Ganges um die Ecke verschwunden und auf dem Weg zu den Kassen, wo es die Zigaretten und die Streichhölzer gab.

Es war der pure Genuss, als er sich draußen vor der Tür eine ansteckte. Der Rauch, den er aus dem ersten wunderbaren, schlanken weißen Engel im King-Size-Format tief in die Lungen sog, ließ Robert beinahe in die Luft schweben und hob ihn über seine kleine pessimistische Wolke hinaus. Jeden Moment würde Macey mit quietschenden Reifen vor dem Laden halten; kurz darauf würde Tom herauskommen, schwer beladen mit all seinen Einkäufen; dann würde er sein Geld bekommen und das war es dann. Erledigt! Zwanzig Kippen *und* das Wechselgeld von dem Fünfer *und* die dreihundert Mäuse. Genial!

Es kam nicht ganz so, wie Robert es sich vorgestellt hatte. Die quietschenden Reifen blieben aus. Ein großer, grauer Volvo Kombi rollte einige Parklücken hinter Toms Wagen leise an den Bordstein. Als er zu dem Wagen hinüberspähte, glaubte Robert die undeutlichen Silhouetten von vier oder fünf Männern im Innern des Fahrzeugs auszumachen, doch Macey war der Einzige, der ausstieg. Mit schnellen, aber leisen Schritten trat er hinter Roberts Schulter und flüsterte ihm ins Ohr.

»Wo ist er?«

»Er ist im Laden, Mr. Macey. Ich habe ihn im Auge behalten. Er hat eine Menge Einkäufe und er …«

»Ist er allein?«

»Ja, es ist niemand …«

Macey deutete mit dem Daumen auf den Nissan.

»Ist das sein Wagen?«

»Ja, ich habe es gesehen, als ich aus …«

»Halt die Klappe und hör zu. Hier sind deine Dreihundert.« Macey nahm eine Rolle Geldscheine, zusammengehalten mit einem Gummiband, aus der Innentasche seiner Jacke und drückte sie Robert in seine zitternde, ausgestreckte Hand. »Ich will, dass du hier verschwindest. Fahr nach Brighton. Und wasch dich mal, meine Güte. Du stinkst. Wenn du irgendjemandem ein Wörtchen von dieser Sache erzählst, schwöre ich dir, dann schnappe ich mir das größte Messer, das du je gesehen hast, und schneide dir dein Gesicht ab. Ich mach es dir richtig schön platt. Kapiert?«

»Ja, Mr. Macey – ich meine – nein, Mr. Macey.« Ganz benommen davon, plötzlich tatsächlich im Besitz eines so unerwarteten Reichtums zu sein, nickte Robert wie ein Wackeldackel hinter der Heckscheibe eines Autos, das über Kopfsteinpflaster fährt. »Ich werde sehr …«

»Noch eine Sache. Du kennst doch das ›The Flags‹, oberhalb vom Bahnhof, wo die Busse entlangfahren?«

»Ja, klar. ›The Flags‹, sicher.«

»Du hast deine Sache gut gemacht. Geh dahin, wenn du nach Brighton kommst, und frag nach Gareth. Sag ihm, dass ich dich geschickt habe. Er wird dir einen guten Preis machen. Verstehst du, was ich meine?«

»Oh, danke, Mr. Macey.«

»Ich rufe ihn an. Er wird dich erwarten, also sieh zu, dass du direkt dorthin gehst.«

»Klar, das werde ich.«

»Häng nicht irgendwo rum unterwegs. Geh direkt dorthin.«

»Das werde ich. Gareth, sagten Sie. Alles klar.«

Robert konnte sein Glück kaum fassen. Ihm wurde richtig schwindelig. Geld und noch ein Versprechen obendrein. Leck mich am Arsch!

»Und jetzt hau ab«, zischte Macey. »Sieh dich nicht um. Komm nicht zurück. Wenn doch, nehme ich dir das Geld wieder weg und reiße dir die Eier ab.«

Das ließ sich Robert nicht zweimal sagen. Er wandte sein Gesicht nach Westen und setzte sich frohgemut, liebevoll die herrlich dicke Rolle Scheine in seiner Tasche befühlend, in Richtung Brighton Stadtmitte in Trab. Nur einen winzigen Moment lang sah Vaughn Macey der verwahrlosten Gestalt nach, die sich auf dem Bürgersteig entfernte. Auf seinem Gesicht lag ein merkwürdiger Ausdruck. Dann machte er kehrt, ging rasch zurück zu dem grauen Volvo und zog unterwegs ein Handy aus der Tasche. Er musste einen kurzen, aber sehr wichtigen Anruf tätigen.

Während er wieder auf den Fahrersitz glitt und die Tür zuknallte, hob er die Hand, um Fragen abzuwehren, tippte ein paar Ziffern ein und hielt sich das Telefon ans Ohr, um auf die Antwort zu warten. Sie kam schon nach wenigen Sekunden. Eine Frauenstimme.

»Flags.«

»Ist Gareth da?«

»Moment.«

Pause. Schwere Schritte auf Holzdielen. Mühsames Atmen. Eine hohe, keuchende Stimme.

»Hier Gareth.«

»Macey. Bist du heute Nachmittag da?«

»Klar.«

»Ich hätte da 'nen Job für dich. Müllbeseitigung. Hast du Lust?«

»Klar.«

7

Die Erleichterung, die Tom überkam, als er in dem Mini-Supermarkt herumfuhr und Robert Parsons erkannte, war so groß gewesen, dass er dem Mann mit Freuden alles gegeben hätte, was er hatte, in Maßen, versteht sich. Es war ein überwältigendes Aufatmen, aber von dem Schock zuvor flatterte ihm immer noch das Herz und alle Haare auf seiner Haut standen senkrecht, als er seine beiden Metallkörbe zur nächsten Kasse trug. Was, fragte er sich, hätte er wohl gemacht, wenn das gerade eben da hinten bei den Backwaren Darkys Schläger gewesen wären? Wäre er weggerannt? Hätte er eine von den Frauen, die in dem Laden arbeiteten, gebeten, die Polizei zu rufen? Irgendwo in seinem Innern hegte er immer noch den vagen Glauben daran, dass Leute, die »zuständig« waren, in der Lage sein müssten, alle Probleme zu lösen.

»Los«, hätte seine Mutter gesagt, »sag der netten Dame in dem Laden Bescheid, Tom. Sie wird dafür sorgen, dass die bösen Männer verschwinden.«

Völliger Unsinn natürlich, sobald man dabei an Vaughn Macey und Barnes und Jonson und die entsetzlichen Boltons dachte. Das war die Sorte geistloser Bestien, die »nette Damen« zum Frühstück verspeisten. Tatsache war jedenfalls, dass Darky Green und seine Gorillas außer seinem widerlichen Annäherungsversuch an Beth am Samstag sich eigentlich noch nichts hatten zuschulden kommen lassen. Tom, Olly, Lance und Beth dagegen hatten bewusst ein schweres Verbrechen geplant und durchgeführt. Sie hatten einen Menschen gekidnappt und widerrechtlich eingesperrt, und dafür, so wurde Tom jetzt erschreckend klar, würden sie mit größter Wahrscheinlichkeit ins Gefängnis kommen, falls Darky beschließen sollte, sich wie ein normaler Mensch zu benehmen und die Justiz auf sie anzusetzen. Es war unwahrscheinlich, aber es konnte passieren. Die Polizei zu rufen, war vielleicht doch nicht der cleverste Plan.

Aber im Augenblick spielte das keine Rolle. Robert Parsons hatte nichts mit Darky oder seiner Bande zu tun, soviel Tom wusste. Falls Robert noch da sein sollte, wenn er hinaus ins Freie kam, glaubte er nicht, dass er sich noch Zeit für den »Plausch« nehmen würde, von dem der andere Mann gesprochen hatte. Schon der Kaffee war ein Fehler gewesen. Er würde einfach in sein Auto steigen und zurück zu der Wohnung fahren, so schnell und mit so wenig Aufhebens wie möglich. Das war sicherer und außerdem waren womöglich die anderen inzwischen auf und hatten Hunger.

Von Robert war nichts zu sehen, als Tom endlich bezahlt hatte und mit seinen zwei Einkaufstaschen hinaus auf den Bürgersteig trat. Umso besser. Dann brauchte er keine Ausreden vorzubringen, warum er sich so schnell aus dem Staub machen wollte. Der kalte Wind traf ihn wie eine gefrorene Peitsche, als er seine Einkäufe neben dem Wagen abstellte und in seiner rechten Hosentasche nach dem Schlüssel grub. Nur hinein ins Warme, dachte er.

In dem Moment, als seine Fingerspitzen das kühle Metall des Schlüsselringes berührten, dämmerte ihm, dass er, als er aus dem Laden kam, aus dem Augenwinkel etwas bemerkt hatte.

Es war ein Stiefel gewesen. Das war alles. Ein Stiefel.

Irgendjemand auf dem Rücksitz des Kombis, der ein paar Meter hinter seinem eigenen Wagen parkte, hatte die Tür zum Bürgersteig hin gerade so weit geöffnet, um einen gestiefelten Fuß draußen auf den Bordstein zu setzen. Danach musste er die Tür wohl wieder an die Seite seines Beins gelehnt haben. Dass jemand so etwas tat, war an sich nicht besonders merkwürdig, doch vielleicht war es sein geschärftes Gespür für physische Bedrohungen, das dazu führte, dass Toms Gedanken durch dieses kleine Detail auf Hochtouren kamen. Warum sollte ein Passagier auf dem Rücksitz eines Autos so sein Bein hinaus auf den Bordstein stellen? Die einzige Antwort, die ihm einfiel, war, dass auf dem Rücksitz nicht viel Platz war. Der Besitzer des Stiefels verschaffte einem seiner verkrampften Gliedmaßen etwas Erleichterung nach einer Fahrt, während der er von seinen Mitfahrern gegen die Tür gepresst worden war.

Aber warum stieg er dann nicht aus und streckte sich richtig die Beine? Wegen der Kälte? Vielleicht.

Die alte Geschichte von dem Affen, der versucht, Nüsse aus einem Krug mit einer schmalen Öffnung zu holen, fiel ihm ein. Tom grub seine Hand tiefer in seine Tasche, schloss die Finger um den Schlüsselbund und begann, seine geballte Faust zu drehen und zu wenden, als ob er Schwierigkeiten hätte, sie wieder herauszubekommen. Das verschaffte ihm einen Vorwand, Kopf und Schultern noch einmal zu drehen und dabei einen kurzen Blick über den geparkten Volvo schweifen zu lassen. Ein Schauder, der nicht das Geringste mit dem Wetter zu tun hatte, erfasste sein Herz wie die Zähne einer eiskalten Metallkralle. Dieser Wagen da hinten war voller Leute. Voll gepackt mit dunklen Gestalten. Mit großen dunklen Gestalten. Es war auch nicht nur ein allgemeines Gefühl der Bedrohung. In dem Moment, als er sich umdrehte, hatten sowohl der Fahrer als auch der Beifahrer die Köpfe gesenkt, als ob sie etwas auf ihrem Schoß betrachteten, aber der kurze Blick, den er von ihren Schädeldecken und den Umrissen ihrer Oberkörper erhaschte, hatte ihm gereicht. Er wusste Bescheid. Ganz sicher war er sich zwar nicht, dass der Mann auf dem Fahrersitz Vaughn Macey war, aber der andere war definitiv Kevin Barnes, der Urheber der schlimmsten Demütigung seines Lebens vor vielen Jahren. Es waren die drahtigen Haare und die zusätzliche Beule an seinem Hinterkopf, wo der Pferdeschwanz ansetzte, die ihn verrieten. In diesem Fall mussten die drei auf dem Rücksitz die Bolton-Brüder und Barnes' muskelbepackter Kumpel Baz Jonson sein. Vielleicht war es Baz' Stiefel, der da auf dem Bordstein ruhte. Vermutlich war der elende Robert Parsons, der wohl in den Laden geschickt worden war, um abzuklären, ob er allein war, auch irgendwo da drinnen eingekeilt.

Einen wahnsinnigen, flüchtigen Moment lang empfand Tom einen Schauder der Erleichterung. Es hätten ja auch die drei Albtraumgestalten aus dem Zug von Northampton nach London in diesem Wagen sitzen können. Das wäre entsetzlich gewesen.

Was? *Was*? Was für einen Quatsch faselte er da vor sich hin? Beinahe wäre er über seine eigenen absurden Gedanken in Gelächter ausgebrochen. Fünf ganz und gar skrupellose Typen saßen in jenem Wagen, dessen notorisch sichere Bauart ihm jetzt wie blanke Ironie vorkam, und warteten auf den geeigneten Moment, um ihn zu schnappen und ihm wer weiß was für Verletzungen zuzufügen, wenn er ihnen nicht die entscheidende Information gab, die sie offensichtlich haben wollten. Nicht gerade ein Anlass zur Erleichterung. Aber warum taten sie nichts? Worauf warteten sie noch? Es waren doch genug von ihnen da. Muskeln zuhauf. Mehr als ihn zu umzingeln, ihn ein paar Meter die Straße hinaufzuschubsen und in ihr Auto zu packen, brauchten sie nicht zu tun. Dann nur noch wegfahren. Zeugen gab es keine an diesem eiskalten Herbsttag. Nur hin und wieder jemand, der durch die Schwingtüren des »Dog and Rattle« gegenüber ein- oder ausging. Selbst wenn es jemand bemerkte, die meisten Leute standen doch sowieso nur da und gafften, wenn sie so etwas beobachteten. Später würden sie dann vielleicht die Polizei rufen; na und?

Da ihm im Moment nichts anderes einfiel, was er hätte tun können, außer so weiterzumachen, als wäre alles in bester Ordnung und es würde gar nichts passieren, war er schon dabei, die Tür seines Autos aufzuschließen, als die offenkundige Wahrheit ihm schlagartig bewusst wurde.

8

Das »The Flags« war ein heruntergekommenes Lokal aus König Edwards Zeiten, das in ferner Vergangenheit einmal in der Gegend als kleine Hochburg des Patriotismus berühmt gewesen war. Was heute noch von den alten Flaggen an den Wänden und an der Decke übrig war, war verblichen und zerfetzt; dafür war die Kneipe in gewissen Kreisen für ihr gutes, billiges Essen und ihre Fußballübertragungen berühmt, wie auch für manche Dienstleistungen, für die nicht in der Öffentlichkeit geworben wurde. Was das Essen anging, so bekam man dort zum Beispiel ein Steak mit Pommes frites und Champignons mit einem Spiegelei darauf für etwas über fünf Pfund.

Robert beschloss, direkt dort hinzugehen, sich mit diesen Gareth zu treffen und bei der Gelegenheit gleich etwas Anständiges zu essen. Der Fußmarsch hinunter nach Rottingdean zog sich endlos hin, aber er wusste, dass bei dem Golfübungsplatz gleich hinter der Ampel ein Taxistand war. Warum nicht? Schließlich schwamm er im Geld. Zehn Minuten, nachdem er sich auf den Beifahrersitz eines Taxis hatte sinken lassen, trat er durch die abgeschabte Eingangstür des »The Flags« und all seine verschiedenen Begierden wetteiferten zugleich um seine Aufmerksamkeit.

Gareth, der von dem punkigen Mädchen hinter der Theke aus irgendeinem Hinterzimmer gerufen wurde, erwies sich als ein unfassbar dicker, sehr freundlicher Zeitgenosse, der ganz in Schwarz gekleidet war, bis auf einen von diesen saublöden rotweißblau gestreiften elastischen Gürteln mit einer silbernen, S-förmigen Schnalle. Sein Kopf und seine Stimme waren die einzigen Dinge an ihm, die klein waren. Seine Stimme hörte sich eher wie ein Quietschen an als wie sonst irgendetwas. Die beiden vorderen Schneidezähne in seinem Oberkiefer waren ungewöhnlich lang und schmal und weißer als alle anderen, als wären sie nicht echt, sondern aufgesteckt oder implantiert. Er gab sich entzückt, Robert kennenzulernen. Jeder Freund von Vaughn Macey sei auch sein Freund und es sei ihm ein ausgesprochenes Vergnügen, so einem netten jungen Burschen ein außerordentlich günstiges Angebot zu machen.

Sie mussten nur ein paar Häuser weit die Straße hinaufgehen, erklärte Gareth mit seiner pfeifenden, keuchenden Stimme, bis zu einem kleinen Haus, das er gemietet habe, denn da befinde sich die Ware. Das machte Robert doch nichts aus, oder? Aber sie müssten vorsichtig sein. Gareth würde als Erster gehen. Robert würde noch bleiben und erst einmal auf Kosten des Hauses etwas trinken; dann würde er ihm in ungefähr zehn Minuten die Straße hinauf folgen, nur für den Fall, dass irgend ein neugieriger Trottel auf die Idee kommen sollte, dass hier etwas Verdächtiges vor sich ginge.

Robert genoss sein Bier viel mehr als das kleine Glas, das er oben im »Dog and Rattle« über eine Stunde hatte strecken müssen. Während der zehn Minuten malte er sich aus, was er während der nächsten vierundzwanzig Stunden mit seinem Geld anstellen würde. Ausnahmsweise schien ihm das Leben einmal ganz in Ordnung zu sein. Irgendwie voll mit blauem Himmel und Sonnenschein.

9

Tom kam sich vor wie ein Idiot. Natürlich würden Darkys Leibwächter jetzt nichts unternehmen. Sie mochten Neandertaler sein, aber blöd waren sie nicht. Vaughn Macey jedenfalls war weder das eine noch das andere. Maceys Plan war natürlich, dem blauen Nissan bis zu dem Ort zu folgen, wo sein geliebter Boss mit seiner roten Jacke festgehalten wurde. Danach – nun, dann würde es vermutlich losgehen.

Er unternahm eine bewusste Willensanstrengung, um seine Gedanken und seine Bewegungen zu verlangsamen. Kein Grund, warum er sich nicht alle Zeit der Welt nehmen sollte, um seine Einkaufstaschen auf dem Rücksitz zu verstauen. Eine seltsame Ruhe hatte sich über ihn gelegt. Er fühlte sich merkwürdig, fast schwindelig. Eines war klar. Er musste eine Entscheidung treffen. Eine jener schrecklichen Entscheidungen, die man treffen muss, wenn die Ereignisse einen dazu zwingen, sich schonungslos klarzumachen, was man geworden ist, im Gegensatz dazu, was man gerne wäre. Reue. Hoffnung. Furcht. Einsamkeit. Hätte er nur mehr Zutrauen, dass der Schwächling in ihm keine Erlaubnis bekommen würde, zu viel Einfluss darauf zu nehmen, was er letztendlich zu tun beschloss. Erlaubnis? Was bedeutete das? Wer erteilte denn diese Erlaubnis? Er war doch für sich selbst verantwortlich, oder etwa nicht? War es nicht so?

Möglich. Wahrscheinlich. Hoffentlich.

Nachdem er sich auf den Fahrersitz gesetzt und die Tür geschlossen hatte, blieb er eine ganze Weile lang reglos sitzen. Seine Hände lagen auf dem Lenkrad und seine Fingerspitzen klopften einen sanften Rhythmus auf der Lederhülle. Der Himmel über Brighton in der Ferne war kalkweiß, nur am äußersten Horizont lag ein dichter, grauer Wolkenstreifen wie ein riesiger Stahlträger. Macey und die anderen konnten noch eine oder zwei Minuten warten. Er war sich einigermaßen sicher, dass sie nicht wussten, dass er sie bemerkt hatte.

Argumente, Gedanken und Gefühle schwebten durch sein Bewusstsein wie Wolkenfetzen.

Schmerz. Na schön, mit Schmerz wurde man leicht fertig, wenn man nicht wirklich damit fertigwerden musste. Er hatte sogar unter Umständen etwas Romantisches, nicht wahr? Theoretisch. Man lebte mit dem Schmerz, man nahm ihn in Kauf, weil man durch sein Opfer jemand anderen rettete oder davor bewahrte, selbst Schmerzen zu erleiden. Anschwellende Geigenklänge. Riesige Nahaufnahme. Er lächelte schwach. All das hatte wenig damit zu tun, wie es war, wenn man tatsächlich verletzt wurde, oder? Und vermutlich hatte es nicht einmal im Entferntesten etwas mit dem purpurnen, scharlachroten, schreienden Bedürfnis zu tun, die Qualen jetzt sofort aufhören zu lassen, mit allen Mitteln, wenn man erst einmal mitten drinsteckte oder – schrecklicher Gedanke – sie mitten in einem drinsteckten. Wie traf man angesichts all dessen eine Entscheidung?

Was ist der Brennstoff, der einen zum Entschluss antreibt und befähigt, wenn der Moment gekommen ist?

Er stellte sich Beth vor, wie ihr Gesicht die vertraute Mischung aus Freundlichkeit und Besorgnis ausstrahlte, mit der sie ihm immer begegnete, wenn es um seine Schwächen ging. Beth machte sich keine törichten Illusionen, dass Tom jetzt oder in Zukunft je so etwas wie Vollkommenheit erlangen würde, aber es war ihr leidenschaftlicher Wunsch, dass er so gut wäre wie irgend möglich. Das wusste er. Und als er an das kleine, schiefe Lächeln der Ermutigung dachte, das in ihm immer den Wunsch weckte, sie genau auf den Mundwinkel zu küssen, begannen sich Tränen hinter seinen Augenlidern zu sammeln. Liebe Beth. Er liebte sie so sehr. Beth hatte sich so wunderbar mit seiner Mum verstanden, als sie noch lebte. In mancher Hinsicht hatte sie sogar deren Rolle übernommen, wenn er ehrlich war.

Warum hatte er plötzlich daran gedacht?

Eine Erinnerung schob sich in den Vordergrund seines Bewusstseins. Er musste wohl etwa acht Jahre alt gewesen sein. Es war in der Pause auf dem Schulhof. Zwei oder drei von den anderen Jungen aus seiner Klasse spielten draußen Fußball mit Stewart Merstons neuem Ranzen. Stewart war ein dicker, wabbeliger Junge mit dünnen, hellen Haaren, die sich oben auf der Schädeldecke auftürmten wie jene Irokesenfrisuren, die Babys manchmal von Natur aus haben. Niemand mochte ihn. Er war eine Heulsuse. An diesem Morgen drängte er sich in die Ecke der Ziegelmauer bei den Toiletten, als wäre die Mauer seine Mami, heulte, rieb sich die Augen mit seiner pummeligen Faust und schrie den Fußballspielern aus sicherer Entfernung tränenerstickte, wirkungslose Drohungen entgegen. Tom, der auf der Mauer zwischen der Schule und der benachbarten Kirche saß und das alles beobachtete, war plötzlich von dem verzweifelten, fast den Tränen nahen Verlangen beseelt gewesen, der Junge zu sein, für den ihn seine Mum so unerschütterlich hielt. Eine grenzenlose Traurigkeit darüber befiel ihn, dass das nicht der Fall war. Heulsuse. Nun, wenn er das nicht sein konnte, dann konnte er es doch wenigstens so tun. Das zählte doch auch ein bisschen, oder? Eine Entscheidung. Er ließ sich von der Mauer gleiten, stürzte sich mitten in das Spiel, errettete den verbeulten Ranzen vor den Fußballern und gab ihn dem flennenden Stewart zurück. Der Preis, den er dafür zahlen musste, war nicht allzu hoch. Nur ein oder zwei Knüffe, die nicht wirklich wehtaten. Es war nicht schwierig gewesen, sich den Ranzen zu schnappen, und er bekam auch später keine Schwierigkeiten deswegen. Die anderen Jungs waren den Spaß inzwischen sowieso schon fast leid.

Die Traurigkeit war vorübergehend besiegt.

Seiner Mutter erzählte er natürlich nichts davon. Es war vermutlich das einzige Mal, dass er je so etwas getan hatte. Philip Waterson, der auf derselben Schule, aber in einer anderen Klasse gewesen war, kam jedenfalls nie in den Genuss einer solchen spontanen Heldentat Toms um seinetwillen. Eher im Gegenteil, wenn man an den Vorfall im Café viele Jahre später dachte.

Aber das war eindeutig die Gemeinsamkeit zwischen Beth und seiner Mutter. Beide glaubten an ihn, wenn auch auf unterschiedliche Weise. Toms Mutter hatte einfach bedingungslos an ihn geglaubt. Er war so, wie sie genau wusste, dass er war, ob er nun wirklich so war oder nicht. Bei Beth war das anders. Doch auch sie glaubte daran, dass er imstande war, die Art von Entscheidungen zu treffen, die ihn auf die Seite der Engel versetzten. Das war ein beständiger, dumpfer Schmerz in ihm. Wenn er es versäumte, diesem ihrem Zutrauen gerecht zu werden, legte sich dasselbe Gewicht der Traurigkeit auf seinen Geist, das er im Zusammenhang mit den unkomplizierten, aber grenzenlosen Erwartungen seiner Mutter kennengelernt hatte.

Er wollte diese Traurigkeit nicht verspüren. Ebenso wenig wollte er sein Dasein im ewigen Schatten jenes grauenhaften Erlebnisses im Zug fristen. Lieber das Risiko eingehen. Lieber jetzt freiwillig mitten in diesen Schatten hineingehen, wenn er vor der Wahl stand, sich entweder seinen Ängsten zu stellen oder nie wieder das Licht richtig genießen zu können. Es gab mehr als eine Art von Schmerz.

Er ließ den Motor an, schaute sorgfältig links und rechts die Straße entlang, ließ dann die Kupplung kommen und machte eine saubere Kehrtwende vor dem »Dog and Rattle«.

»Na, dann los, Jungs«, murmelte Tom tonlos, während er sich zurücklehnte und in Richtung Eastbourne zu beschleunigen begann. »Machen wir eine kleine Spazierfahrt an der Küste entlang. Keine Sorge, ich werde euch schon nicht abhängen.«

Er war schon fast eine halbe Meile die lange, gerade Strecke entlanggefahren, als ein Blick in den Rückspiegel ihm verriet, dass der graue Volvo ein ähnliches Manöver vollzogen haben musste, denn er folgte ihm in diskreter Entfernung.

10

Als Robert schließlich die Tür des Hauses erreichte, an der er klingeln sollte, fand er keine Klingel, so sehr er auch danach suchte, aber dafür fiel ihm auf, dass die Tür einen ganz kleinen Spalt offen gelassen worden war. Er versuchte es mit Klopfen, aber es kam niemand oder machte sich durch Rufen oder sonstwie bemerkbar. Unsicher, was er nun tun sollte, schob er die Tür gerade weit genug für seine dürre Gestalt auf und zwängte sich nervös hindurch. Er rief leise, um Gareth wissen zu lassen, dass er da war. Drinnen befand sich eine schlichte kleine Diele, von der aus man nach links in ein Vorderzimmer gelangte. Er ging hinein und schaute sich um. Nichts. Das Zimmer war leer. Es hallte, als er sich räusperte. Es befand sich überhaupt nichts darin. Kein einziges Möbelstück. Keine Stühle, keine Bilder, kein Fernseher, kein gar nichts.

Er verließ das Zimmer, lehnte sich mit dem Rücken gegen die Haustür, bis das Schloss einrastete, und ging dann den Flur entlang und an der Küche vorbei in einen Raum, der wohl das Esszimmer sein musste. In der Tür blieb er stehen und schaute sich einen Moment lang um. Etwas war hier ausgesprochen merkwürdig. Dieses Zimmer war genauso leer wie das auf der Vorderseite, nur dass der ganze Fußboden mit grüner Plastikfolie bedeckt war, mit jenem glatten, glänzenden Material, aus dem Gartenmüllsäcke gemacht sind. Es sah ein bisschen aus wie das Meer an einem kalten, grauen Tag. Das Plastikzeug machte sogar ein raschelndes, plätscherndes Geräusch unter seinen Füßen, als er in die Mitte des Zimmers ging. Es erinnerte ihn an ein verflixt gutes Buch, das er gelesen hatte, als die Bullen ihn einmal über Nacht eingebuchtet hatten. In der Geschichte hatte irgend so ein wahnsinniges Pärchen ein Zimmer mit solchem Zeug ausgelegt, um das Blut von einem Typen, den sie in Stücke hacken wollten, leichter beseitigen zu können. Nur hatten die schwarze Plastikfolie genommen, keine grüne.

Gerade als Robert sich wieder an diesen bedeutsamen Unterschied erinnerte, hörte er ein Geräusch hinter sich, und als er herumfuhr, sah er sich einem Anblick gegenüber, der so bizarr war, dass die Muskeln in seinen Armen und Beinen ihm nicht mehr gehorchen wollten und er völlig unfähig war, sich von der Stelle zu rühren. Es war eine riesige Gestalt, von Kopf bis Fuß in eine Art Robe aus demselben grünen Plastikzeug gehüllt. Obendrauf saß unfassbarerweise Gareths kleines Gesicht, umrahmt von einer Kapuze aus dem gleichen Material. Die Gestalt hielt eine Art Betonpfosten mit ein paar roten Ziegelresten daran hoch über den Kopf erhoben.

Das Letzte, was Robert bemerkte, waren die beiden langen Vorderzähne, weiß wie Papier in dem kleinen Mund, die dem Gesicht das tote, humorlose Grinsen eines Kaninchens verliehen. Noch zwei letzte Gedanken gingen ihm durch den Kopf, bevor die massive, schwere Waffe ihm den Schädel zertrümmerte. Der eine war eine Erinnerung an die Grundschule, als sie die Farben durchgenommen hatten. Wenn man Rot und Grün mischt, kommt schwarz heraus. Der andere war seine Mutter. Sicher, sie war eine blöde alte Kuh, aber er hatte daran gedacht, ihr von dem Geld auch ein paar Blumen zu kaufen. Dazu würde er nun nicht mehr kommen.

11

Es war eigentlich komisch. Wie ein ungewöhnlich lebendiger Traum. So unwahrscheinlich es ihm später auch vorkam, Tom genoss regelrecht diese Fahrt am Montagvormittag entlang der Küstenstraße von Fairhaven nach Eastbourne. Es war, als hätte man ihm erlaubt, mitten in eine besonders interessante und unterhaltsame Sequenz in einem Film hineinzuspringen. Er war Tom, der Held, einer von den »Guten«. Na schön, einer von den

»einigermaßen Guten«. Die bösen »Schurken«, die sich in dem Auto hinter ihm drängten, merkten nicht einmal, dass sie sich in einem Film befanden. War das zu fassen? Die glaubten tatsächlich, das wäre das wirkliche Leben. Mit Filmen oder Träumen hatten sie nichts zu schaffen. Nachdenklichkeit brachte keinen Gewinn. Es gab keinen Appetit, der mit Launen zu befriedigen war. Er versuchte sich vorzustellen, wie jene Leiber, die sich da verkrampft zusammendrängten, wohl aussehen würden, wenn es irgendwie möglich wäre, das Auto zu entfernen, ohne die Skulptur zu verändern, die sie in dem kleinen Teil des Universums, den sie einnahmen, unfreiwillig bildeten. Lächerlich! Mitten in der Luft zusammengequetscht, fragten sie sich, wer oder was sie dazu zwang, in dieser hässlichen Form zu verharren. Beinahe hätte er laut gelacht. Lance würde seine Freude an dem Gedanken haben. Falls er ihn je wiedersah.

Zehn Minuten später drohte eine Welle der Wehmut alle anderen Gedanken und Gefühle zu ertränken, als er das »Golden Galleon« hinter sich ließ und nach einer weiteren halben Meile der weiten Kurve folgte, von der ein kleiner Abzweig auf den Parkplatz von Exceat führte. Hier hatten er und Beth schon unzählige Male ihr Auto abgestellt, um zu dem zauberhaften, zwei Meilen langen Wanderweg aufzubrechen, der bis an die Stelle führte, wo der Cuckmere River nach vielen Windungen und Kehren scheuen Widerstrebens schließlich keine Wahl mehr hatte, als seinen Frieden mit dem Meer zu machen.

Etwas in ihm war versucht, auch jetzt hier zu parken, zu Fuß die flache Ebene der Flussmündung zu überqueren und Macey und seine Bande vor die absurde Aufgabe zu stellen, einen Weg zu finden, wie sie ihm über diese riesige offene Fläche folgen konnten, ohne gesehen zu werden. Wie würden sie das wohl anstellen? Was konnten sie tun? Würden sie in einem dichten, eng geschlossenen kleinen Block den weißen Betonpfad entlangmarschieren und dabei ihre Gesichter mit Zeitungen, mit den Händen oder mit sonst etwas bedecken? Oder würde Macey sie anweisen, so weit zurückzubleiben, dass es schwierig sein würde, sie zu erkennen? Vielleicht würde er sie zwingen, in die Rolle einer Gruppe fröhlicher Wanderer zu schlüpfen, fitter junger Männer, die in der eisigen Herbstluft unterwegs waren und die Gelegenheit genossen, sich die Beine zu vertreten? Eigentlich waren alle diese Möglichkeiten zum Brüllen komisch. Aber nein, er würde hier nicht anhalten. Er wusste genau, wohin er wollte.

Als er die Kuppe der Steigung erreichte, die sich von Exceat aus zwischen vom Wind flach gelegtem Stechginster auf einer Seite und einem steilen Abhang hinunter zur grasbewachsenen Ebene der Flussmündung und der geschlängelten Windung des Cuckmere auf der anderen hinaufzog, sah Tom, dass in dem bleichen Himmel über Eastbourne ein winziger Fleck blauen Himmels aufgerissen war. Er fand den Anblick sehr tröstlich. Wie ein Zeichen. Nichts und niemand sonst sagte ihm, dass er das Beste tat oder sich in die richtige Richtung bewegte. Jener eine kleine Hinweis, dass die Sonne noch am Leben und bei bester Gesundheit war und nur auf ihren Moment wartete, würde fürs Erste genügen müssen.

Kurz nach der gedrungenen kleinen Kirche von Friston und dem Dorfteich in der Nähe verließ er die Hauptstraße und verlangsamte seine Fahrt bis auf Schritttempo, um die scharfe Rechtskurve zu nehmen. Ein paar Augenblicke später bremste er nochmals ab, als er durch das Dorf East Dean mit seinen Feuersteinmauern fuhr. Im Vorbeifahren warf er einen sehnsüchtigen Blick auf das »Tiger Inn« drüben am unteren Ende des Dorfparks. Noch mehr Erinnerungen an gute, herrlich alltägliche Zeiten mit Beth. Minuten später gab es plötzlich keine Bäume oder Häuser mehr, nur die weite, grüne Landschaft der Downs, die sich zu seiner Linken hoch zum Beachy Head hinaufschwang, einem Ort, der dafür berühmt – und berüchtigt – war, dass im Laufe der Jahre Hunderte von Leuten, gequält von unerträglichem Schmerz, hier einen schnellen Weg zu einer, wie sie hofften, seligen Befreiung suchten. Tom bog in die Straße zum Beachy Head ein, obwohl er an dieser Art von Befreiung kein unmittelbares Interesse hatte. Nach etwa einer Meile bog er nach rechts ab, genau an der Stelle, wo die Straße eine rechtwinklige Biegung nach links machte und ihren gewundenen Aufstieg zum höchsten und steilsten Punkt der Küstenlinie begann. Das würde der Ort sein und er war derjenige, der ihn wählte.

12

In der Wohnung in Fairhaven spielte Olly eine Partie Patience nach der anderen, doch seine Kiefermuskeln arbeiteten unaufhörlich und die Art, wie er die Karten hinlegte und aufnahm, hatte etwas Unruhiges, Hektisches an sich. Lance saß in einem der Sessel und tat so, als läse er. Beth stand gleich hinter der Wohnungstür und rieb sich unaufhörlich die Hände gegeneinander, während sie auf Nachricht von Tom wartete. Im hinteren Schlafzimmer war Darky Green, nachdem er fast die ganze Nacht unter Tränen gewacht hatte, tief eingeschlafen.

13

An der Stelle, wo Tom die Straße verließ, befand sich ein Einschnitt zwischen den weißen Kalkklippen, eine eng umschlossene Bucht namens Birling Gap. An dieser Stelle der Küste gab es keinen natürlichen Weg hinunter zum Strand, doch der Zugang war durch eine Reihe steiler, im Zickzack verlaufender Holzstufen ermöglicht worden, abgesichert und abgestützt mit einem Geländer, dessen Metallpfosten in tief im Kies vergrabenen Betonblöcken verankert waren. In der Ferienzeit machten der breite Sandstrand und eine Vielzahl kleiner Gezeitentümpel das Birling Gap zu einem beliebten Ausflugsziel für Familien und Picknickfreunde. Zu anderen Jahreszeiten zog es eher die Abenteurer in winddichter Kleidung dorthin, wegen der spektakulären Wellen und Winde und aller anderen Arten wilden Wetters, die man regelmäßig vom relativ geschützten Standort der kleinen Bucht aus beobachten konnte. Freilich mussten die Besucher ihren Sitzplatz oder Standort mit Bedacht wählen. Ein paar unachtsame Leute hatten schon schwere Verletzungen erlitten, weil sie sich zu dicht am Fuß der Klippen gehalten hatten. Es kam einem dort vor wie der sicherste Ort, aber das war es nicht. Zu allen Jahreszeiten bestand die Gefahr, dass Felsbrocken sich aus der senkrechten Kalksteinwand lösten und hinunter auf den Strand fielen. Das Gelände erodierte in erschreckendem Tempo. Örtliche Umweltaktivisten behaupteten, dass mindestens eines der kleinen Häuschen der Küstenwache nahe dem oberen Ende der Stufen im Laufe der nächsten Jahre durch die Erosion ernsthaft bedroht sein würde.

Tom und Beth hatten es immer genossen, zum Birling Gap zu kommen. Sie steuerten dieses Ziel in unregelmäßigen Abständen immer wieder an. Manchmal kamen sie, wenn das Geld nicht reichte, um irgendetwas anderes zu unternehmen, und Beth dann meinte, es wäre gut, sich daran zu erinnern, wie reich sie seien. Der Ort war auch hervorragend geeignet, wenn man den Gipfel eines sinnlosen Streits erreicht hatte, besonders an Tagen, wenn ein Gewitter wie ein Derwisch um die Bucht herumtanzte und die Wellen zur Raserei aufpeitschte vor Wut darüber, in einem so kleinen, bescheidenen Raum eingesperrt zu sein. An solchen Tagen war es schwer, auch nur ein Wort zu verstehen, das der andere schrie oder bellte oder zischte. Perfekt.

Als Tom heute seinen Wagen auf dem großen Kiesplatz neben den Häuschen oben auf den Klippen parkte, war von einem Gewitter weit und breit nichts zu sehen. Die Luft war klar und still und sehr kalt, das weite, graue Meer tief in sein sanft wogendes Schweigen versunken.

Als er aus seinem Wagen stieg und langsam auf das obere Ende der Stufen zuging, fiel ihm auf, dass an solchen kalten, kristallklaren Tagen alle Geräusche verstärkt wirkten. Das Knirschen der losen Steine unter seinen Füßen war ein vielgestaltiger, irgendwie zutiefst bedeutsamer Klang. Das bockige Klagen einer einzelnen Möwe, die hoch über seinem Kopf schwebte wie ein schlichtes Papierflugzeug, schien metallisch von der weißen Kuppel des Himmels widerzuhallen. Er mochte diese Atmosphäre anschaulicher Unmittelbarkeit, dieses Gefühl, dass die grausame Alleinherrschaft des Banalen vorübergehend vom Geist der Geschichten verdrängt worden war.

Als er die letzten Stufen hinuntergestiegen war, steuerte Tom direkt auf das Wasser zu, ein wenig unsicher auf den Füßen, die Halt auf den großen, losen Steinen suchten. Als er gerade außer Reichweite der hereinkommenden Wellen stand, lauschte er mit kindlichem Vergnügen dem Schmatzen und Klappern der kleinen Steine im sanft pulsierenden Rhythmus der Flut. Er bückte sich und hob eine Handvoll Kieselsteine auf. Steine ins Meer zu werfen, gehörte zum Pflichtprogramm am Birling Gap, ob man allein dort war oder mit anderen zusammen. Es war ein albernes und gutes Gefühl. Er schleuderte den letzten der kleinen Kiesel hinaus. Zeit für einen großen. Wenn es ein richtig mächtiger Stein war, machte es ihm besonders viel Spaß. Diesmal ließ er sich auf ein Knie nieder, bevor er sich mühsam wieder aufrappelte. Ein massiver Stein wie dieser, die Sorte, die man nur mit beiden Händen emporhieven kann. Die Sorte, die man nur bis zum Wasser schleudern kann, wenn man seinen ganzen Körper in eine Art schwingende Pendelbewegung versetzt. Jetzt! Kaplunk! Ja! Wunderbar. Es war, als würfe man Krümel in den gewaltigen Rachen eines unfassbar riesigen Ungeheuers, das vom Dasein und dem Treiben dieses Liliputaners kaum etwas bemerkte.

Noch einen oder zwei Steine, dann war es Zeit, zurück zu den Stufen zu gehen. Macey und die anderen mussten inzwischen irgendwo oben in der Nähe seines Wagens geparkt haben. Wahrscheinlich spähte Macey in diesem Moment über das Geländer am oberen Ende der Stufen, um zu sehen, was er hier unten trieb, bereit, sofort einen Satz rückwärts zu machen, wenn Tom sich umdrehte, damit er nicht entdeckt würde. Sie würden sich alle die Köpfe zerbrechen, was er hier unten am Strand machte. Er versuchte, sich vorzustellen, wie sich ihre Gedanken wirr überschlugen. Darky konnte doch wohl nicht da unten unter den Klippen gefesselt sein, oder? Oder vielleicht unter einem Haufen Kies begraben? Oder in einem Hohlraum unter einem großen Felsen wie einer dieser Krebse, die seitwärts davonkrabbeln, sobald ihr Versteck aufgedeckt wird? Was für einen Grund könnte der Blödmann da unten sonst noch haben, um so einen Ort aufzusuchen?

Was sonst?

Als Junge hatte Tom einmal seinen Vater gefragt, ob es möglich sei, etwas wirklich Zufälliges zu tun, etwas, was man aus keinem anderen Grund tat als dem, dass man es eben tat. Eine typische Tom-Frage. Sein Vater hatte eine Minute lang nachgedacht und war dann in der Küche verschwunden. Als er wiederkam, hatte er eine Puddingschüssel aus Porzellan auf dem Kopf und jonglierte mit drei verschiedenen Früchten.

»Nein, Tom«, sagte er ohne auch nur die Andeutung eines Lächelns. »Ich glaube eigentlich nicht, dass das möglich ist, aber lass dich dadurch nicht davon abhalten, es zu versuchen, ja?«

Das war eine typische Dad-Antwort.

Tom wischte sich den Sand von den Händen und machte kehrt, um über den sanft ansteigenden Strand hinauf zu den Stufen zu gehen.

»Nein«, sagte er nach einem letzten Blick zurück zu dem Punkt in der Ferne, wo das Meer mit der großen weißen Kuppel zusammenstieß, »bestimmt nicht. Danke, Dad.«

»Wenn man es recht bedenkt, bin ich in diesem Moment am Drücker«, murmelte Tom mit einem leisen Lächeln vor sich hin, als er sechzig Sekunden später die Stufen erklommen hatte. »Das würde Olly jetzt sagen. Und es ist wirklich ein ziemlich gutes Gefühl. Für den Augenblick bin ich am Drücker, und ich bin bereit.«

Von Macey oder den anderen war nichts zu sehen, aber der graue Kombi stand mit dem Heck zu ihm am anderen Ende der Häuserzeile der Küstenwache, dicht an der Vorderseite des Häuschens, das der Straße am nächsten war. Vielleicht hatte Macey sich gedacht, es würde so aussehen, als ob die Insassen des Wagens dort zu Besuch seien. Sonst war niemand da. Okay. Dann los. Tief durchatmen.

Nur noch ein einziger glücklicher Moment, bevor es losgeht.

Tom drehte sich noch einmal zum Meer hin um und packte das Geländer mit beiden Händen. Er hob den Kopf und inhalierte die salzige Luft, als wäre sie ein kühler Trank an einem glühend heißen Tag. Schließlich war keine Eile. Was machten schon ein paar Sekunden? Gar nichts.

Nun gut. Zeit zu gehen. Sei bei mir Beth – irgendwie.

Es war wie ein Traum, als er langsam auf die drohend graue Festung des wartenden Volvos zuschlenderte. Macey musste ihn in seinem Rückspiegel kommen sehen. Sicher spielte er in Gedanken alle möglichen Varianten durch und rätselte darüber, was das sollte.

Welchen Grund könnte ihre ahnungslose Beute haben, anscheinend so lässig auf seine Jäger zuzuschlendern? Hatte er gemerkt, wer sie waren? Vielleicht. Vielleicht auch nicht. Hatte er etwa vor, an ihnen vorbei hinauf zu der Stelle zu gehen, wo diese Spinner sich immer hinabstürzten? Oder was?

Als Tom das Auto erreichte, klopfte er an das Seitenfenster neben dem Fahrersitz und gestikulierte mit dem Finger nach unten, es solle geöffnet werden. Es hatte fast etwas Komisches. Einen orientierungslosen Moment schien Macey seine Richtung verloren zu haben und gar nicht mehr zu wissen, was sich eigentlich abspielte. Seine schmalen Augen zuckten in ganz und gar untypischer Nervosität hin und her. Vielleicht fürchtete er, Tom hätte eine Armee angriffslustiger Helfer versteckt, die in den Häusern oder hinter den Büschen lauerte, die sich an dem Pfad am Fuß des Hanges entlangzog, und nur auf das Signal wartete, um zum Vorschein zu kommen und sich auf die Insassen des Wagens zu stürzen. Doch dann setzte sich sein gesunder Menschenverstand durch. Etwas rastete in ihm ein. Er kurbelte die Scheibe herunter.

»Die hier werden Sie brauchen, Vaughn«, sagte Tom liebenswürdig und ließ seine Autoschlüssel vor den Augen des anderen Mannes baumeln. »Es liegt mir fern, Ihnen zu sagen, wie Sie Ihren Job machen sollen, aber das Beste wäre vermutlich, wenn Sie einen oder zwei von Ihren Jungs in meinen Wagen setzen würden. Dadurch hätten Sie in diesem hier genug Platz, um mich auf dem Boden zu verstauen, wo mich keiner sieht, wenn Sie mich abtransportieren in Ihren irdischen Keller mit den Ratten und den Gasrohren und den Wänden, die immer enger zusammenrücken, bis ich kurz vor der Werbung am Ende des dritten Aktes gerettet werde. Ist das ein guter Plan? Was meinen Sie?«

Bis zum Ende dieser Rede hatte sich Macey wieder vollkommen gefasst. Er nahm Tom die Schlüssel aus der Hand und drehte den Kopf nach links, als wollte er etwas zu den anderen Insassen des Wagens sagen. Dann öffnete er mit einer raschen Bewegung mit der rechten Hand den Riegel und rammte die schwere Tür gegen Tom. Die Wucht des Aufpralls ließ ihn rückwärts zu Boden gehen. Mit einer Hand griff er sich unwillkürlich an seine Stirn, wo ihn der

Türrahmen oberhalb des Seitenfensters getroffen hatte. Während er noch die Augen fest zusammengekniffen hatte, um den glühenden Schmerz in seinem Kopf zu lindern, nahm er zwei Dinge wahr, die nacheinander geschahen. Irgendjemand, wahrscheinlich Kevin Barnes, hatte in dem Moment, als die Tür ihn traf, ein lautes, rhythmisches Johlen ausgestoßen. Zweifellos hatte der Gewaltmensch das Gefühl, dass jetzt endlich der Spaß begann, der ihm so lange vorenthalten worden war. Dann registrierte er, dass Vaughn Macey aus dem Wagen gestiegen war und nun eine Reihe knapper Anweisungen an seine Mitarbeiter erteilte.

»In diesen Häusern wohnen Leute, also halt sofort die Klappe, Kev, sonst haben wir in fünf Minuten die Bullen auf dem Hals. Baz, steig aus und schnapp dir die hier.«

Tom hörte, wie sich eine Tür öffnete und schloss, gefolgt von einem klingelnden Geräusch, als offenbar Jonson die Schlüssel für den Nissan auffing.

»Du und Kev, ihr beide fahrt zurück nach Fairhaven. Fahrt ein bisschen herum und schaut, ob ihr irgendetwas bemerkt. Ist wahrscheinlich Zeitverschwendung, aber versucht es trotzdem. Dann fahrt heim und parkt hinter Darkys Haus. Wartet im Wagen, falls ihr zuerst da seid. Wir treffen uns dort. Lass bloß nicht diesen Spinner irgendwelchen Mist bauen, sonst rasiere ich ihm seine Drahthaare vom Kopf und stopfe sie ihm in den Arsch. Das ist alles. Ab mit euch; wir fahren direkt zurück.« Dann hob er seine Stimme ein wenig. »John Boy, Georgy, kommt her und packt dieses Stück Scheiße hier in den Wagen. Legt eine Decke über ihn, im Kofferraum ist eine. Sorgt dafür, dass er sich nicht bewegen kann. Mit den Füßen, wenn ihr nichts anderes findet. Aber lasst mir sein Maul einigermaßen heil; das braucht er gleich noch, um mir was zu erzählen. An die Arbeit. Wir wollen hier draußen nicht länger herumsitzen, als es unbedingt sein muss.«

Wieder öffneten sich Türen und Füße scharrten auf dem losen Kies des Parkplatzes, während gleichzeitig ein paar Meter entfernt ein Automotor gestartet wurde. Der Nissan. Das ist mein Auto, dachte Tom nebelhaft, während er sich einen Tropfen Blut über dem rechten Auge wegwischte. Armes altes Auto. Die falschen Füße auf den Pedalen. Alles falsch. Es wird sich Gedanken machen, was passiert ist. Armes kleines Auto.

Eine Wolke von Körperausdünstungen hüllte ihn plötzlich ein und ein Chor von Grunzlauten ertönte, als raue Hände ihn unter den Armen und hinter den Knien packten, mit einem gewaltsamen Ruck hochhoben und ihn die ein oder zwei Meter von der Stelle, wo er hingefallen war, zur hinteren Seitentür des Volvos trugen. Einen winzigen, verwirrenden Moment lang schien er fast zu fliegen, dann krachten seine Arme und Beine, sein Rücken und sein Kopf unsanft in den Fußraum hinter den Vordersitzen. Im nächsten Moment wurde irgendein Tuch oder eine Decke über ihn gebreitet, deren lose Zipfel von rohen, rücksichtslosen Fingern grob unter seinen Kopf gestopft wurden. Von der anderen Seite des Wagens her versetzte jemand seinen Fußsohlen einen heftigen Tritt. Als er seine Beine, in denen ohnehin schon der Schmerz pulsierte, in eine verkrampfte Stellung anziehen musste, stieß Tom einen gequälten Schrei aus, der zu einem Wimmern erlahmte, als das Schlimmste vorbei war. Schwere Füße landeten auf seinem Kopf und seinen Knöcheln, als die Bolton-Brüder sich übermütig auf den Rücksitz warfen und die Türen hinter sich zuknallten. Dann schaukelte der Wagen noch einmal ein wenig, als jemand, vermutlich Macey, vorne einstieg.

Ein heiseres Kichern kam von demjenigen der beiden Brüder, der den Absatz seines Stiefels gegen Toms Hinterkopf presste.

»Weißt du was, Mace?«, sagte er mit seiner tiefen, monoton rasselnden Stimme. »Ich schätze, mit dem Mädel hier werden wir nicht viel Ärger haben. Sie ist leicht zu beeindrucken. Zwei Minuten mit mir und du wirst singen wie eine Nachtigall, stimmt's, Schätzchen?«

Er hob seinen Fuß vom Hinterkopf seines Opfers und ließ dann den Absatz wieder hart herunterkrachen, sodass Toms Gesicht mit solcher Wucht auf den Boden des Wagens gerammt wurde, dass er buchstäblich hören konnte, wie sein Nasenbein brach. Im selben Moment strömte plötzlich warmes, salziges Blut in seinen Mund, wo sich beim Aufprall seine Zähne in die Lippen gegraben hatten. Unwillkürlich füllten sich seine Augen mit Tränen und er stieß einen weiteren Schmerzensschrei aus. Diesmal wurde er durch das

Blut gedämpft, das sich in seinem Mund sammelte. Es war zu viel Blut. Er musste es entweder hinunterschlucken oder ausspucken, wenn er weiteratmen wollte. Er geriet in Panik, würgte heftig und spie den größten Teil der erstickenden Flüssigkeit durch die Lippen aus, die bereits auf das Doppelte ihrer normalen Größe angeschwollen zu sein schienen. Vorsichtig fuhr er sich mit der Zunge durchs Innere der geschwollenen Masse und versuchte sich in diesem fremden Ding zurechtzufinden, das vor einigen Augenblicken noch sein Mund gewesen war.

»Das reicht«, kam Maceys gelassene Stimme von vorne. »Du hast gehört, was ich gesagt habe. Sobald wir wissen, wo Darky ist, kannst du ihm mit einer glühenden Zange die Zunge mitsamt der Wurzel ausreißen und mit Pommes und Champignons in die Pfanne hauen. Aber jetzt noch nicht. Jetzt lässt du ihn in Ruhe, bis wir zurück sind. Ich nehme mal an«, fügte er mit lauterer Stimme hinzu, sodass Tom ihn über das Motorengeräusch hinweg hören konnte, als er den Wagen anließ, »dass du nicht so vernünftig bist, dir eine Menge Ärger zu ersparen, indem du mir gleich jetzt sagst, wo du Darky eingesperrt hast. Oder wirst du ein kluger kleiner Pfadfinder sein und deiner Mami Ehre machen? John Boy und Georgy haben eine Schwäche für schmächtige kleine Pfadfinder, die jeden Tag eine gute Tat tun, stimmt's, Jungs?«

»Die lieben wir«, sagte der Bruder, dessen Stiefel auf Toms Knöcheln saßen. »Hatten wir schon haufenweise. Aber mit guten Taten hatten die alle nichts mehr im Sinn. Hatten wohl zu viel damit zu tun, ihre Zähne zu suchen, was, Johnny?«

»Ja, oder ihre Finger.«

»Oder ihre Ohren.«

»Oder ihre Nieren.«

»Oder die Haut von ihren Scheißgesichtern.«

»Oder ihre beschissenen Schwänze!«

Die groteske Litanei gipfelte in einem lauten, rauen Gelächter der beiden Männer auf dem Rücksitz des Wagens. Für die Bolton-Brüder hätte dieser Ausflug offensichtlich nicht vergnüglicher verlaufen können. Als Familie zusammen mit guten Freunden die Gelegenheit zu haben, Schrecken und Schmerz zu verbreiten – was konnte das Leben noch mehr bieten? Einstweilen jedoch verursachte ihnen die voraussichtliche Quelle ihrer bevorstehenden Freuden eine gewisse Unbequemlichkeit.

»Nimm deine Scheißbeine zur Seite!«, fauchte George, als das Gelächter verklungen war, und trat um sich, als ob das Hindernis seiner Bequemlichkeit nur ein lebloser Gegenstand wäre. Es hörte sich so an, als beharre Tom aus purer Selbstsucht darauf, sich ausgerechnet unter seinen Füßen breitzumachen.

An dieser Stelle versuchte Tom nach einem weiteren gequälten Aufstöhnen durch seine geschwollenen Lippen unter der Decke, die seinen Kopf und sein Gesicht einhüllte, etwas zu sagen. Offenbar konnte Vaughn Macey es nicht verstehen, denn er hielt den Volvo an, als er gerade dabei war, den Parkplatz zu verlassen, vermutlich in der Absicht, denselben Weg zurückzufahren, auf dem sie eine halbe Stunde zuvor hergekommen waren. Mit dem Motor im Leerlauf drehte er sich um und beugte sich über die Rückenlehne seines Sitzes. Tom hörte seine leidenschaftslose, volltönende Stimme deutlicher als je zuvor.

»Wolltest du mir etwas sagen? Ich hoffe wirklich, du wolltest mir etwas sagen, Arschficker, denn ich bin allmählich ziemlich angepisst von dir. Wenn du da oben in Fairhaven Zeug für die anderen Wölflinge aus eurem Pfadfinderverein eingekauft hast, dann liegt es ja wohl nahe, dass die sich irgendwo da in der Nähe in irgendeinem Scheißloch verkrochen haben, stimmt's? Und was machst du mit mir? Du zwingst mich dazu, den ganzen Weg zurück zu Darky nach Hause zu fahren, weil das der einzige Ort ist, der ruhig genug ist, dass wir deine Eier in einen Schraubstock stecken können, ohne dass jemand dich schreien hört. Ich würde dich ja zu meinem kleinen Kumpel Gareth nach Brighton bringen, aber der erledigt gerade eine andere ziemlich schmutzige Sache für mich; also geht das leider nicht.«

Es gab eine Pause. Tom versuchte zu sprechen, aber abgesehen von dem klebrigen Blut war sein Mund vollkommen trocken. Nachdem er mühsam geschluckt hatte, fühlte er eine Spur von Feuchtigkeit im Rachen. Wenn er es irgendwie schaffte, damit seine Zunge zu benetzen und sie im Innern seines Mundes zu verteilen, konnte es ihm vielleicht gelingen, ein paar Worte herauszubringen. Jedenfalls würde er es versuchen.

»Normalerweise lasse ich den guten Georgy hier nicht hinten in meinem Wagen rauchen«, fuhr Macey in demselben leblosen Tonfall fort. »Die Scheißdinger stinken noch schlimmer als er selber und mit Aschenbechern kommt er auch nicht klar, weil er ein widerlicher Schwachkopf ist, der nie stubenrein erzogen wurde. Aber wenn du mir nichts Interessantes zu sagen hast, mache ich vielleicht eine Ausnahme. Dir ist doch egal, wo du sie ausdrückst, Georgy, oder, du altes Ferkel?«

George Bolton, den die Beleidigungen seines Anführers nicht im Geringsten zu kratzen schienen, kicherte stolz. Er schien Maceys letzte Bemerkung geradezu für eine Art Kompliment zu halten.

»Soll ich ihn auf die Seite drehen und sie ihm in seinem Scheißohr ausdrücken?«, schlug er mit der Anteilnahme und Begeisterung eines Kenners vor. »Oder mitten auf seinem Nacken. Sieht eh aus wie ein Scheißaschenbecher. Davon wird der schwule Penner bestimmt munter.«

Vaughn Macey wäre vielleicht überrascht und ein wenig entsetzt gewesen, hätte er herausgefunden, dass Tom, gleich nachdem sein Gesicht brutal auf den Boden geschmettert worden war und sich gleichzeitig mit dem widerwärtigen Geräusch eines brechenden Knochens sein Mund mit einer beängstigenden Menge Blut gefüllt hatte, drauf und dran gewesen war, völlig aufzugeben. Der sengende Schmerz, das Blut und die Platzangst waren plötzlich zu viel für ihn gewesen. Warum sagte er ihnen nicht, was sie wissen wollten, um Himmels willen? Vielleicht sollte er das tun und sie einfach wissen lassen, dass Darky Green morgen wahrscheinlich sowieso freigelassen werden würde. Vielleicht würden sie dann einfach ihren Boss einsammeln und abhauen, ohne den anderen etwas zu tun. Aber wem machte er da etwas vor? Nicht auszudenken, was diese wilde Horde anstellen würde, wenn sie Olly und Tom und Beth in die Finger bekäme.

Nein, das Beste, worauf er hoffen konnte, falls sie irgendwie den Weg zu der Wohnung in Fairhaven finden sollten, war, dass er dann noch bei ihnen sein und eine Chance haben würde, zu rufen oder sonst etwas zu tun, um die anderen zu warnen. Es hatte keinen Sinn, sich etwas vorzumachen. Dies war kein Film. Dies war kein Heldenepos oder so etwas. Hier gab es nichts, worüber es sich gründlich nachzudenken lohnte. Nichts, worüber man hätte philosophieren können. Dies war schlicht und einfach genau das, was er sich in seinem Innersten schon immer darunter vorgestellt hatte. Es war etwas, was mit Tieren zu tun hatte. Diese drei geistlosen Tiere fielen über ein anderes geistloses Tier her. Mehr war wirklich nicht von ihm übrig, als er hier unter dieser Decke lag, gemartert vor Schmerzen und bebend vor Angst. Ein verwundetes Geschöpf, das absolut alles tun würde, um dem Schmerz und dem Schrecken zu entkommen, die seine Welt so vollständig und kompromisslos ausgefüllt hatten, wie Luft ein Vakuum ausfüllt.

Merkwürdigerweise war es ausgerechnet Macey selbst, dem es gelang, Tom aus der tiefsten Schwärze dieses Augenblicks herauszuholen, was ihn selbst wohl am meisten überrascht hätte, wenn es ihm bewusst gewesen wäre. Er hatte den Fehler gemacht, Tom zu fragen, ob er seiner Mami Ehre machen würde. Das war natürlich eine sarkastische Bemerkung gewesen, mit dem Ziel, dass sein Opfer sich klein und dumm und hilflos fühlen sollte. Was Macey nicht verstand, war, dass es immer problematisch ist, Sarkasmus als Waffe zu benutzen. Er mag die niedrigste Form des Witzes sein, aber zugleich kann er auch die wirkungsvollste sein, und man weiß wirklich nie, ob auf lange Sicht der Angreifer oder der Angegriffene am meisten von dieser Wirkung profitieren wird. Was von Tom noch übrig war, wollte tatsächlich seiner Mami Ehre machen, ebenso wie Beth und seinen übrigen Freunden.

Was kann man machen aus dem, was man ist? Das war die ewige Frage. Selbst wenn er es nicht sein konnte, konnte er es zumindest tun. Zumindest den nächsten kleinen Schritt. Den konnte er gehen.

»Ich wollte fragen, ob …«

Tom hielt inne, als er merkte, dass die Worte aus seinem zerschlagenen Mund kamen, als ob er eine fremde Sprache spräche. Ihm wurde übel von den Schmerzwellen, die von seiner gebrochenen Nase ausstrahlten. Konzentriere dich. Denk an das, was du tust. Es war etwa so, als versuchte man mit einer heißen Bratkartoffel im Mund zu sprechen. Man musste sehr langsam und sorgfältig artikulieren, damit die Worte sozusagen über das Hindernis hinweg den Weg ins Freie fanden. Er fing noch einmal an.

»Ich wollte fragen, ob Sie glauben, das hier wäre die wirkliche Welt – Sie und diese beiden stinkenden Zombies …«

Zu viel für den empfindsamen John.

»Lass mich dem unverschämten Schleimscheißer ein Auge rausreißen und es ihm zum Tee zu fressen geben, Mace. Der kleine Scheißkerl muss lernen …«

»Immer mit der Ruhe, Johnny. Ich will hören, was er zu sagen hat.«

»Aber der nennt uns …«

»Er hatte nur zur Hälfte Unrecht, Arschloch. Ihr beide stinkt wie irgendein Viech, das unter den Dielen in einer Pfütze seiner eigenen Pisse verreckt ist. Nimm deinen Fuß von seinem Kopf und mach deinen modrigen Latrineneimer von Fresse zu, John, oder ich steche dich eigenhändig ab.«

Die gelassene Ruhe und das unerschütterliche Selbstbewusstsein, mit denen diese unnachahmlich formulierte Drohung ausgesprochen wurde, konnten einem einen eiskalten Schrecken einjagen. War es möglich, dass ein körperlich eher zierlich gebauter Mann wie Vaughn Macey diese beiden bizarren Missgeburten so vollständig unter Kontrolle hatte? Selbst mitten in der verzweifelten, hoffnungslosen Situation, in der er sich befand, spürte Tom etwas ausgesprochen Schiefes, eine Unwucht, an der Kraft, die Macey antrieb. Die Bolton-Brüder waren brutale Dumpfbacken, eine potenzielle physische Gefahr für jeden, der ihren Weg kreuzte. Vaughn Macey war etwas anderes. Eine Gefahr, die sich bis in die Wurzeln des innersten Wesens seines Gegners hineinbohren konnte. Vielleicht war er unter seiner Haut und seinen Kleidern in Wirklichkeit eine Echse, wie diese Typen aus der Fernsehserie, die er und Beth immer angeschaut hatten. Kalt und glatt und ganz und gar gnadenlos. Es würde keine Gnade geben. Tom wusste jetzt, dass man ihn töten würde. Macey würde tun, was immer nötig war, um an die Information heranzukommen, die er haben wollte, und dann würde er der ausgehöhlten Hülse seines unnützen Opfers den Rest geben und sie wegwerfen.

Er würde ihn umbringen.

So.

Das stand fest.

Der Tod war im Anmarsch.

Wie stellte er sich den Tod vor? Wie eine riesige, knochige Vogelscheuche, gekleidet in eine zerfetzte Kutte, die unbeholfen wie ein Mann auf Stelzen über ein ausgedörrtes Feld stakste und an einem langen Stiel ein räuberisches, übergroßes, metallenes Zerstörungswerkzeug bei sich trug. Und nach dem Tod? Engel? Harfen? Das jüngste Gericht? Freunde? Gar nichts? Beth? Oh, Beth! Eine Welle quälender Einsamkeit trieb ihm wieder die Tränen in die Augen. Beth, ich liebe dich für alle Ewigkeit.

Reiß dich zusammen, Tom. Hör auf, Selbstgespräche zu führen, und mach den Mund auf.

Nachdem er von John Boltons Stiefel befreit war, drehte er unter der kratzigen, stickigen Decke den Kopf hin und her und versuchte, seinen steifen Nacken etwas zu lockern. Dann schluckte er wieder und konzentrierte sich angestrengt darauf, seine Lippen genug zu befeuchten, um sich verständlich machen zu können.

»Glauben Sie, die Art und Weise, wie Sie und Ihre beiden dressierten Monster hier sich verhalten und wie Sie mich behandeln, das wäre die wirkliche Welt? Oder meinen Sie, die Welt, in der die Leute freundlich und hilfsbereit und vernünftig sind und andern Leuten nicht die Gesichter einschlagen, wäre vielleicht genauso wirklich?«

Er musste irgendetwas aus seiner Kehle heraushusten, bevor er weitersprechen konnte.

»Ein Freund von mir wüsste wirklich gern die Antwort auf diese Frage. Ich glaube kaum, dass ich ihn noch einmal wiedersehe, aber trotzdem, ich wüsste es auch gern. Bisher hatte ich noch nie die Gelegenheit, jemanden wie Sie, der offenbar überhaupt kein Gewissen hat, danach zu fragen. Was meinen Sie?«

George grunzte höhnisch. John sagte nichts. Selbst unter seiner Decke bildete Tom sich ein, die blanke Verwirrung riechen zu können, die von den beiden Männern ausströmte wie eine zusätzliche dicke Schicht alten Schweißes. Warum vergeudete dieses Stück Fleisch seine Zeit und Kraft damit, irgendwelches Zeug zu faseln außer dem, wovon er genau wusste, dass sie es hören wollten? Was sollten die ganzen Worte? Sie bedeuteten doch überhaupt nichts, oder? Sie hatten keinerlei Wert. Kein Gewicht. Worte konnte man nicht essen oder ausgeben, und mit ihnen konnte man auch keinen Menschen bluten lassen.

Bei ihrem Anführer jedoch war es anders. Intelligenz hat etwas mit Anpassung zu tun. Aber der Unterschied lag bei Weitem nicht einfach nur in der Intelligenz. Als Macey antwortete, klang er immer noch ebenso beherrscht wie zuvor, doch in seiner Stimme schwang unverkennbar ein neuer, subtiler Unterton mit. Fast hörte es sich so an, dachte Tom mit einem Schaudern, als ob der Mann sich innerlich an einer heimlichen Erregung weidete.

»Na so was, ich glaube fast, wir haben hier einen kleinen Helden«, sagte er mit leiser Eindringlichkeit. »Da liegt er in der Scheißdunkelheit, das Gesicht zu Brei zerquetscht, ertrinkt halb an seinem eigenen Blut und Rotz, aber trotz alledem glaube ich fast, unser junger Thomas hier hat eine große, wichtige, bedeutende Entscheidung getroffen, so als wäre er schon erwachsen und dürfte ganz allein Entscheidungen treffen.«

Maceys Lautstärke sank noch tiefer, doch die Spannung in seiner Stimme verstärkte sich eher noch.

»So so, du möchtest also, dass ich dir etwas über die wirkliche Welt erzähle, ja? Kein Problem, Schlappschwanz. Ich will mal nett sein und dir den Gefallen tun. Ich erzähle dir etwas über die wirkliche Welt, Tom Hosenscheißer Crane. Was dich angeht, Freundchen, so besteht die wirkliche Welt von jetzt an nur noch aus dir und mir. Mehr gibt es nicht und mehr wird es auch für den Rest deines kurzen, elenden Lebens nicht mehr geben. Ich werde meinen Arm ausstrecken und meine Hand mitten in dein beschissenes Schuljungengehirn hineinschieben und mit den Fingern ein bisschen herumwühlen, bis ich diesen kleinen, weichen Klumpen finde, den du Arschgesicht für dich selber hältst, und den werde ich dann quetschen, bis er quietscht und quiekt wie ein rosa Ferkel in einer Schrottpresse, und dann wirst du plötzlich ganz genau wissen, was du bist. Du bist nichts als ein Stück zuckende Scheiße, das keinen von seinen kleinen Freunden je wiedersehen wird. Nur du und ich, bis die funkelnden Lichter ausgehen. Freust du dich darauf, Erbsenhirn? Du brauchst nicht zu antworten. Du brauchst nur einen Klumpen Blut und Rotz herauszuhusten und dreimal zu schreien, das fasse ich dann als ein Ja auf.

Hast du nichts zu sagen? Macht nichts. Solange du nur kapierst, dass unsere traute kleine Welt genauso aussehen wird, wie ich es will. Ich bin derjenige, der alle Regeln aufstellt, und ich bin es, der entscheidet, wie du stirbst und wie lange du in deiner eigenen Scheiße hockst oder in einem stinkenden Schrank vor dich hin moderst. Von jetzt an bin ich der allmächtige Gott und du bist Adam, aber du kriegst keine Chance, mir die Tour zu vermasseln. Da hast du deine wirkliche Welt, Thomas Breigesicht Crane. Beantwortet das deine bescheuerte Frage?«

Tom war inzwischen dicht daran, das Bewusstsein zu verlieren, aber aus irgendeinem Grund hatte ein Teil seines Gehirns weiterhin mit wild konzentrierter Aufmerksamkeit auf jedes Wort gehört, das Macey gesagt hatte, seit er aus dem Wagen gestiegen war und angefangen hatte, Baz Jonson und den anderen Anweisungen zu erteilen. Irgendetwas sagte ihm, dass er dafür sorgen musste, dass Vaughn Macey nicht das Interesse verlor, was immer das bedeutete und was immer er sonst tat. Und allmählich zeichnete sich für ihn eine undeutliche Ahnung davon ab, was er dazu tun musste. Er hatte gerade noch genug Energie, um einen kleinen Testlauf für seine Theorie zu machen. Einen Moment lang kniff er die Augen fest zusammen und strengte sich an, ein halbwegs volles Bewusstsein zurückzugewinnen und zu erhalten. Als er das Gefühl hatte, dass der Nebel sich so weit verzogen hatte, wie es unter den Umständen zu erwarten war, schob er mühsam seine Zunge über die verkrusteten Lippen, bevor er sprach.

»Ich werden Ihnen sagen, wo Darky ist. Ich werde Ihnen genau sagen, wo er ist.«

»Jaaaaa! Kotz dich aus, Wichser.«

Der lang gezogene, kehlige, höhnische Jubellaut und der darauf folgende anschauliche Ausdruck signalisierte die triumphierende Überzeugung eines der Bolton-Brüder, dass Tom den Weg allen gefolterten Fleisches gegangen sei. Er würde ihnen alles sagen, was sie wissen wollten, in der Hoffnung, am Leben zu bleiben oder wenigstens nicht noch mehr Schmerzen erleiden zu müssen. So lief es immer früher oder später. Das Übliche.

»Weich und gelb wie Babyscheiße«, sagte der andere Bruder. »Sing uns was vor, Mädel.«

»Wo ist er?«

Ein kaum merklicher überraschter Unterton schwang in Vaughn Maceys Stimme mit.

»Er ist bei drei Leuten, die alle gut in der Schule waren und dann auf die Universität gegangen sind«, artikulierte Tom, so deutlich er konnte. »Zwei von ihnen haben einen Abschluss erster Klasse gemacht, einer eine Zwei-Eins. Das ist fast so gut wie erste Klasse, wissen Sie. Sie haben nie etwas zustande gebracht, Macey, weder auf der Schule noch sonstwo. Mag sein, dass Sie eigentlich nicht dämlich sind, aber genützt hat Ihnen das nichts. Ach ja, und sie duschen auch alle regelmäßig. Sie riechen gut. Sie sind vielleicht äußerlich auch sauber, Macey, aber innerlich sind Sie ein Schwachkopf von Versager, der nie herausbekommen hat, wie man sich sauber hält. Und Ihre jämmerlichen Schundromansprüche können Sie sich dahin schieben, wo keine Sonne scheint. Sie sind nichts als ein langweiliger, berechenbarer Psycho mit ein paar ekelhaften kleinen Gewohnheiten und Gelüsten und einem saumäßig schlechten Geschmack, was Freunde angeht. Und jetzt lassen Sie mich in Ruhe, ich habe eine Weile damit zu tun, mich zu erbrechen und bewusstlos zu werden.«

Einer der Boltons musste wohl seinen Stiefel gehoben haben, um ihn wieder auf Toms Schädel krachen zu lassen, als routinemäßige Bestrafung für sein unverschämtes Gerede. Was immer der eigentliche Auslöser war, Maceys Reaktion kam schärfer und erheblich lauter als alles, was er bisher gesagt hatte. Wut und Vergnügen schwammen in einer bizarren Mischung unter der Oberfläche seiner Stimme, als er den Bruder, der die drohende Bewegung gemacht hatte, zurechtwies.

»Nein! Ich habe gesagt, Hände weg von ihm, und ich werde es dir verdammt noch mal kein zweites Mal sagen, du hässliches Stück Scheiße!«

Macey brauchte einen Moment, um sich wieder in die Gewalt zu bekommen. Als er weitersprach, war seine Stimme kaum noch mehr als ein Murmeln.

»Überlasst ihn mir. Er gehört mir, und ich bin der Einzige, der ihn bekommt. Er hat noch keine Ahnung, was Schmerz bedeutet, verdammte Scheiße. Seht zu, dass er unter der Decke bleibt.«

Als der Gang eingelegt wurde und das Knirschen des Kieses unter den Reifen von dem gleichmäßigeren Summen der gepflasterten Straße abgelöst wurde, hatte Macey noch einen letzten Satz zu sagen, vielleicht mehr zu sich selbst als zu Tom, der ihn sowieso nur halb wahrnahm, da er nun endlich dabei war, das Bewusstsein zu verlieren.

»Ich kann es gar nicht abwarten, mit dir nach Hause zu kommen.«

14

Als Tom allmählich wieder zu Bewusstsein kam, saß er auf einem harten Holzfußboden in einer Art Waschküche, die wahrscheinlich an der Rückseite eines Hauses angebaut war. Während quälende Schmerzen und Übelkeit ihn überrollten wie eine Welle, nahm er nebelhaft wahr, dass seine Hände und Füße frei waren, doch als er versuchte, sich nach vorn zu beugen, fing sich seine Kehle an einem biegsamen, aber unnachgiebigen Hindernis.

»Ein Fahrradschloss«, sagte Vaughn Macey, der auf einem Stuhl am anderen Ende des Raumes saß. »Gib dir keine Mühe, Tommy. Ich habe den Schlüssel und du hast keine beschissene Chance.«

Einen Moment lang beobachtete er Tom mit berechnenden Augen.

»Weißt du, Tommy, mir sind jede Menge Ideen gekommen, wie ich dir entlocken könnte, wo der Rest der Fabelhaften Vier Darky verstaut hat. Willst du ein paar davon hören?«

Macey wirkte völlig entspannt. All jene äußerlichen Anzeichen des Zorns waren verflogen. Sein Tonfall war heiter und liebenswürdig, als führten sie eine nette Plauderei. Die besten Schurken in Romanen und Filmen sprechen meistens irgendwann im Laufe der Geschichte so, dachte Tom dumpf. Vielleicht galt diese Regel auch irgendwie im wirklichen Leben. Er musste daran denken, Lance davon zu erzählen, falls er je Gelegenheit dazu hatte. Er schluckte und versuchte, sich die Lippen zu lecken, bevor er sprach. Als seine Stimme über die trockenen, geschwollenen Lippen drang, war sie kaum mehr als ein Krächzen.

»Kann ich einen Schluck Wasser haben?«

»Mit Vergnügen, Tommy«, sagte Macey und lächelte übers ganze Gesicht, mit Ausnahme der Augen. »Du wirst ja gleich eine schöne, klare Stimme brauchen, wenn du anfängst, mich anzuflehen, dass ich dich vorsingen lasse, wo meine Gans versteckt ist.« Er stand auf und ging zur Tür. »Wie gesagt, gib dir keine Mühe, aus dem Ding da herauszukommen. Selbst wenn du dich dabei nicht selbst erwürgen oder dir das Genick brechen solltest – draußen warten John und George und langweilen sich, und sie würden ihre verrückte kleine Tante dafür verkaufen, das für dich zu übernehmen.«

Macey verließ den Raum und erschien wenige Augenblicke später wieder, in der einen Hand einen durchsichtigen Plastikbecher mit Wasser und in der anderen eine Einkaufstasche von Gaterose. Mit einer formvollendeten, höhnischen Verbeugung drückte er Tom den Becher in die ausgestreckte Hand und kehrte zu seinem Stuhl zurück. Die Tüte samt Inhalt ließ er mit einem schweren, klatschenden Geräusch neben sich auf den polierten Holzfußboden fallen.

Das Wasser war eiskalt und unbeschreiblich herrlich. Nachdem er den Becher zur Hälfte gelehrt hatte, schloss Tom die Augen, kippte den Rand gegen seinen Mund und hielt ihn dort einige Momente lang in derselben Stellung, um seine brennenden Lippen in der kalten Flüssigkeit zu baden und zu kühlen. Die Erleichterung würde wahrscheinlich von kurzer Dauer sein, aber vielleicht war es die letzte Erleichterung, die ihm je zuteil werden würde. Darum wollte er sie voll auskosten. Wenn es nur in seinem Kopf nicht so hämmern würde. Wenn nur Beth hier wäre. Gott sei Dank, dass sie nicht hier war.

»Wo waren wir stehen geblieben?« Macey starrte ins Leere und trommelte mit den Fingern einer Hand hektisch auf der Fläche der anderen herum, als hätte er tatsächlich Mühe, sich zu erinnern. »Ach ja, ich war gerade dabei, dir ein paar meiner kleinen Ideen zu schildern, wie ich dich in einen fröhlichen kleinen Singvogel verwandeln möchte. Erinnerst du dich an diesen Film mit dem Typen, der dauernd herumrennt? Ich glaube, er heißt *Der Marathon-Mann*. Habe ich mir neulich auf DVD geholt. Guter Film, was, Tommy? Erinnerst du dich an diesen alten Nazi-Zahnarzt mit dem großen Springmesser im Ärmel, der den jungen Typen zum Reden bringen will? Er bearbeitet seine Zähne mit ein paar von seinen speziellen kleinen Zahnarztwerkzeugen. Der Kleine kreischt wie eine beschissene Furie! Das war eine meiner Ideen.«

Er schnalzte mit der Zunge, als hätte er gerade einen Fehler in seinem Plan entdeckt.

»Das Blöde ist nur, wo ich es mir jetzt überlege, ich habe ja keinen von diesen speziellen kleinen Silberhaken. Na, dann werde ich wohl George sagen, er soll sich auf deine Brust setzen und einen von diesen langen, dünnen Nägeln hineinhämmern. Allerdings ist er ja nun ein dappiger großer Haufen Scheiße, und da wird es wohl ein bisschen blutig zugehen, wenn er versucht, richtig zu zielen. Wahrscheinlich ist deine Fresse hinterher nur noch Matsch. Trotzdem, ich schätze mal, bis die Metallspitze am Nerv angekommen ist, bist du so weit, dass du singst wie ein leuchtend gelber Kanarienvogel. Wie gefällt dir das? Meinst du, das wird funktionieren?«

Komisch, dachte Tom. In diesem Moment, in dem der Mann auf dem Stuhl da drüben ihn vollkommen in seiner Gewalt hatte, und obwohl einer seiner quälendsten Albträume plötzlich hellwache Wirklichkeit wurde, verspürte er überhaupt nicht mehr dieselbe Angst wie zuvor. Das blanke Grauen vor extremen Schmerzen, das er immer gehabt hatte, war natürlich noch da, aber die andere Furcht, dieser düstere, schreckliche Verdacht, seine eigene Fähigkeit, zu lieben, könnte vielleicht erbärmlich zerbrechlich und von Umständen abhängig sein, zog ihn nicht mehr herunter. Wenn er ehrlich war, musste er sich eingestehen, dass all seine Entschlossenheit unter der brutalen Behandlung, von der Macey redete, nur ein paar Sekunden lang überdauern würde, aber darum ging es nicht.

Worum ging es dann?

Vielleicht darum, Entscheidungen zu treffen; sich zu den eigenen Schwächen zu bekennen und die Verantwortung dafür zu übernehmen, was er daraus machen würde. Die Entscheidung zu treffen, obenauf zu kommen, statt sich unten flachzulegen. Etwas in der Richtung. Aber war es das wert? War irgendetwas von diesen dummen, abstrakten Dingen es am Ende wert?

»Dazu fällt dir wohl nichts ein?«, erkundigte sich Macey, immer noch in seinem Plauderton. »Na schön, wie wär's dann hiermit: Wie wär's, wenn ich meine drei Kumpels aus London herhole, diese netten, höflichen Jungs, die du im Zug kennengelernt hast?«

Er hielt inne. Tom, der merkte, dass der andere mit einer Reaktion rechnete, nickte so lässig, wie es das Donnern in seinem Kopf zuließ.

»Ach ja, die. Das liegt ganz bei Ihnen. Ich habe keine Meinung dazu. Tun Sie, was Ihnen beliebt.«

Maceys Augen verengten sich, doch sein Tonfall blieb unverändert.

»Tja, nun, sie würden bestimmt gerne kommen. Schließlich schuldest du ihnen noch drei Mäuse, stimmt's? Ich könnte sie bitten, ihre Kiste mitzubringen. Aber du kennst ja ihre Kiste noch gar nicht, richtig? Pass auf, ich schildere dir mal in allen Farben, was passieren würde, wenn ich Lenny und Duff und Steve bitten würde, dich mit ihrer Kiste zu bearbeiten.«

Anscheinend von plötzlicher Begeisterung erfüllt, beugte er sich auf seinem Stuhl vor, stützte die Ellbogen auf die Knie und malte mit den Zeigefingern ein Rechteck in die Luft, während er weitersprach.

»Weißt du, Tommy, die meisten Leute machen sich gar nicht klar, in was für einen winzigen Raum sich ein menschlicher Körper zwängen lässt, wenn man sich nicht zu sehr daran stört, dass dabei hier und da etwas gequetscht und ein paar Knochen gebrochen werden. Nun, diese Kiste, die Lenny und seine Jungs benutzen –

also, eigentlich ist es eher so etwas wie ein großer Koffer. Eigens angefertigt aus irgendeinem starken, leichten Metall und außen mit Leder bezogen. Verdammt clever, wenn du mich fragst. Du würdest wirklich staunen, wenn du sehen würdest, wie drei oder vier richtig starke Männer einen ganzen Menschen in diesen winzigen Kasten stopfen. Da muss natürlich einiges geschoben und gepresst und gedreht werden, bis alle Arme und Beine und der Kopf sicher verstaut sind, und das Gekreische wird manchmal ein bisschen laut, aber leck mich am Arsch, wenn das nicht wirkungsvoll ist. Ich habe Typen schreien und betteln hören, sie möchten bitte bitte alles erzählen dürfen, da waren sie erst halb drin. Wenn sie natürlich erst einmal drin sind und die Kiste zu und verriegelt ist, dann ist es ein bisschen schwierig, zu verstehen, was sie sagen. Schalldicht, verstehst du. Steve, das ist der Lange, das ist der stärkste Mistkerl, den ich je gesehen habe. Ich habe gesehen, wie er diese Scheißkiste mit irgend so einem zerquetschten Penner drin am Tragegriff genommen und damit einen kleinen Bummel durch die Geschäfte gemacht hat. Er schwingt ihn sogar beim Gehen. Du lachst dich tot, wenn du das siehst.«

Er lehnte sich auf seinem Stuhl zurück, die Hände hinter dem Kopf verschränkt, und gab ein Beavis-und-Butthead-Kichern von sich – der erste wirklich hörbare Laut der Erheiterung, den Tom von ihm gehört hatte, seit er wieder zu Bewusstsein gekommen war.

»Danach«, fuhr Macey fort, nachdem sein eisern gezügeltes Gelächter verklungen war, »wird die Kiste aufgemacht und wir breiten irgendetwas Wasserdichtes auf dem Fußboden aus; da schütten wir dann drauf, was immer drinnen noch übrig ist. Dann wühlt man in der ganzen Pisse und Scheiße und so herum, bis man den Mund gefunden hat – dauert manchmal eine Weile, aber dann geht's los. Funktioniert jedes Mal.« Er warf einen Blick auf seine kleine, präzise Armbanduhr. »Wenn ich Lenny jetzt anrufen würde, dann könnten sie in, na, sagen wir, höchstens zwei Stunden hier sein, wenn der Preis stimmt. Da hättest du schön lange Zeit, dich drauf zu freuen.« Er schwieg einen Moment und studierte Toms Gesicht. »Das wäre also das Programm, Tommy. Zahnarzt oder Leichenbestatter. Egal, was. Du würdest reden.«

Die Anstrengung, seinen Arm zu bewegen, ließ Tom vor stechenden Schmerzen in seiner Schulter und seinem Rücken zusammenzucken, als er den Wasserbecher noch einmal an die Lippen hob, bevor er antwortete.

»Sie haben Recht. Es würde sicher nicht lange dauern, bis ich Ihnen sagen würde, wo die anderen sind«, artikulierte er langsam. »Aber wissen Sie, was mich tröstet? Am Ende werden Sie immer noch Sie sein. Und ich werde, egal in welchem Zustand, halb lebendig oder tot, immer noch ich sein. Ja, ich finde, das ist ein großer Trost. Übrigens, darf ich noch einmal auf die Toilette, bevor mir der Mund zerschmettert wird oder ich in eine Kiste gestopft werde?«

»Nein«, lehnte Macey gelassen hab. Seine Augen waren ausdrucksloser als je zuvor. »Nein, du kannst dir da auf dem Boden, wo du sitzt, in die Hosen pissen.«

»Na gut«, sagte Tom und versuchte gleichgültig die Achseln zu zucken. Ein unwillkürlicher Schmerzenslaut entfuhr ihm und er wünschte sich, er hätte das gelassen.

Macey griff nach rechts über sich, nahm eine leere Keksdose von einem Regal an der Wand und ließ sie mit einem Scheppern vor sich fallen. Dann nahm er ein billiges rotes Feuerzeug aus der Hosentasche und stellte es aufrecht neben die Dose auf den Boden. Schließlich hob er die Einkaufstasche neben seinem Stuhl auf und legte sie sich auf die Knie. Er gab sich ruhiger und sicherer als je zuvor. Seine Stimme war kaum mehr als ein Flüstern.

»Auf dich wartet weder der Zahnarzt noch der Leichenbestatter, Tommy. Ich habe mich für etwas anderes entschieden, etwas Besonderes, was uns viel schneller zum Ziel bringt.«

Gott helfe mir, dachte Tom, dem das Herz in die Hose rutschte. Was kann es auf dieser großen, weiten Welt geben, das uns noch schneller »zum Ziel bringt« als die entsetzlichen Dinge, die er mir schon geschildert hat? Warum sieht dieser Verrückte so zufrieden mit sich aus und was hat er da in dieser ganz gewöhnlichen Plastiktüte?

»Ich weiß, du magst mich nicht, Tommy«, sagte Macey, »aber glaub mir, ich habe auch meine guten Seiten. Eine davon ist: Wenn ich etwas mache, dann mache ich es richtig. Weißt du, was ich meine? Wenn ich zum Beispiel etwas wissen muss, dann gebe ich mich nicht mit Vermutungen zufrieden. Ich finde es heraus. Ich mache mich schlau. Ich gebe mir Mühe. So habe ich es auch gemacht, als Darky mich bat, dafür zu sorgen, dass du dir vor Angst in die Hosen scheißt. Ich habe mich mit einer Menge Leute unterhalten, die dich und die anderen Witzbolde kannten. Hab mir Zeit gelassen. Dieser Junkie, der neben deinem Kumpel Lance wohnt, war einer davon. Robert heißt er – das heißt, inzwischen muss ich wohl eher sagen, so hieß er. Genau derselbe, der dich heute in die Scheiße geritten hat. Der hat mir alles Mögliche unnütze Zeug über euren Scheißbibliothekar erzählt. Nachdem wir deinen Kadaver dann heute Abend hier abgeladen hatten, fiel mir plötzlich etwas von dem ganzen Müll wieder ein, und rate mal, was ich da gemacht habe. Ich habe Lances Mama einen Besuch abgestattet, Noreen.«

Macey entging nicht, wie Tom plötzlich alarmiert die Augen aufriss. Ein reptilienhaftes Lächeln kroch über sein Gesicht.

»Oh, keine Sorge, Tommy. Nur ich. Keiner von den Jungs. Jedenfalls diesmal noch nicht. Und ich kann sehr höflich sein, weißt du. Du würdest staunen. Ich glaube sogar, Noreen mochte mich. Sie war richtig freundlich. Hat mir erzählt, Lance sei am Samstag kurz da gewesen, um sich ein paar Sachen zu holen, weil er ein paar Tage außer Haus sein würde, aber sie wüsste nicht genau, wo er sei. Seine Lammkoteletts hat sie im Kühlschrank für ihn aufgehoben, damit er sie an einem anderen Tag essen kann. Ich habe ihr gesagt, ich wäre ein alter Freund von der Uni. Ich sei gerade mit ihm und Tom und den anderen zusammen gewesen und er habe mich gebeten, etwas ganz Bestimmtes für ihn abzuholen, wenn ich bei ihm zu Hause vorbeikäme. Gute alte Noreen. Voller Vertrauen zu den Menschen. Klar, sie tue doch gern jederzeit alles für die Freunde des kleinen Lance. Sie hätte auch nicht hilfsbereiter sein können. Wusste genau, wo es war.

›Gehen Sie nur hinauf‹, sagte sie, ›es liegt neben seinem Bett. Bedienen Sie sich.‹

Und ich sagte: ›Oh, vielen Dank!‹ Und dann habe ich es mir geholt. Erst habe ich mir noch eine Einkaufstasche von ihr geborgt, dann habe ich mir geschnappt, was ich wollte, und habe mich verpisst. Das Sandwich und die Tasse Tee habe ich höflich abgelehnt und bin geradewegs hierher zurückgekommen. Vorher habe ich noch versprochen, Lance von seiner Mama zu grüßen, und das mache ich natürlich auch, sobald du mir sagst, wo der beschissene Fettkloß steckt. Was du auch tun wirst, wenn ich dir erst sage, was ich vorhabe, Tommy. Hast du schon eine Ahnung, was das sein könnte? Nein? Dachte ich mir. Nun, ich werde es dir sagen. Nicht die Zähne. Nicht die Kiste. Du errätst es nie.«

Nach einer Pause, in der es Tom so vorkam, als wäre das ganze Universum zum Stillstand gekommen, starrte er unverwandt auf Maceys rechte Hand, die in der Gaterose-Tasche verschwand und mit einer allzu vertrauten blauen Mappe wieder zum Vorschein kam.

»Ich werde dir vorlesen, Tommy. Lyrik, das ist genau das Richtige für jemanden, der so weich und empfindsam ist wie du. Was meinst du?«

Tom sagte nichts, als Macey die Mappe öffnete und mit den Fingerspitzen leicht über die Klarsichthülle fuhr, die das erste Gedicht in der Sammlung enthielt.

»Von diesem ganzen Scheiß ist nie eine Kopie gemacht worden, sagt die gute alte Noreen.« Er schnalzte mit der Zunge und schüttelte missbilligend den Kopf. »Ziemlich dumm von unserem Dickerchen, würde ich sagen. Ich meine, wie würde er wohl darauf reagieren, wenn all die Gedichte von seinem lieben, toten Papa versehentlich durch ein Feuer zerstört würden?« Er hob die aufgeschlagene Mappe auf seinem Schoß etwas an. »Das erste gefällt mir sehr, Tommy. Es heißt ›Die große Schwester ist tot‹. Erinnerst du dich daran? Ich lese es dir vor, ja?«

Dann begann er laut zu lesen und seine tonlose, sarkastische Stimme verlieh den Worten ironischerweise zusätzliche Kraft.

Du kannst nicht mitreiten im Zug
und nicht beim Fest am Feuer meine Hand ergreifen.
Auch wenn im Saal, wo Menschen sich zum Mahl einfinden,
stets noch dein Glanz über mir glänzen wird,
wird für dich nicht der Tisch gedeckt,
und wenn ich nicht dein süß singendes Aug' erhasche

über den eintönigen Chor hinweg,
wie soll ich dann die Tränen des insgeheim verratenen,
Knöchel kauenden Kindes in mir dämmen,
das kaum jemals ein Wort zu sagen wagte
und es nun nie tun wird, aus Angst, gehört zu werden?

Macey nahm behutsam das handgeschriebene Blatt aus seiner transparenten Hülle, klappte die Mappe zu und hielt sich das Gedicht vor die Augen, wie um die Worte noch einmal zu studieren.

»Mmm. Rührend, Tommy, wirklich sehr rührend«, sagte er nachdenklich. »Woran die alte Kuh wohl gestorben sein mag? Höchstwahrscheinlich an Langeweile. Das Ding ist so beschissen kurz, dass der Fettsack es wahrscheinlich sowieso auswendig kennt. Ist auch gut so, denn er wird es nie wieder zu Gesicht bekommen.«

Damit beugte er sich vor und hielt das liniierte A4-Blatt über die Keksdose zu seinen Füßen. Er betätigte mit dem Daumen das Feuerzeug und entzündete eine Ecke des Blattes. Das nach vielen Jahren spröde und trockene Papier flammte sofort auf. Bald war es nur noch ein kleines Häuflein weicher, grauer Asche auf dem Boden des Behälters. Mit dem unteren Ende des Feuerzeuges stieß Macey vorsichtig einen Rest, der am Rand hängen geblieben war, hinein; dann lehnte er sich zurück, starrte Tom mit kaum verhohlener Befriedigung an und schlug die blaue Mappe wieder auf.

»Möchtest du mir etwas sagen, bevor ich dir noch eins vorlese, Tommy? Dieses hier heißt einfach nur ›Sohn‹. Viel, viel, viel länger als das erste, aber es wird beim Brennen genauso schön knistern.«

Es war wie der schlimmste Fiebertraum. Gedanken, Gefühle und Reaktionen wirbelten in Toms Kopf herum und wetteiferten mit Toms körperlichen Qualen, einschließlich des verzweifelten Dranges, seine protestierende Blase zu erleichtern, dem er bisher widerstanden hatte.

Der Gedanke, dass etwas so persönlich Heiliges wie dieses spirituelle Vermächtnis von Lances Vater mit solch zynischem Vergnügen einfach zerstört werden konnte, war mehr, als er begreifen konnte. Es war so schlimm wie ein Mord. So lächerlich es ihm selbst vorkam, ihm fiel es leichter, die grausigen Vorstellungen zu begreifen, wie ihm Nägel in den Mund gerammt oder er in eine enge Kiste gestopft wurde. Konnte es irgendeinen Sinn haben, Macey als einen Menschen zu bezeichnen, wenn er tatsächlich imstande war, all diese Gedichte zu verbrennen, nur um zu bekommen, was er wollte? Ein schrecklicher, tränenschwerer Schatten drohte den Rest seines Mutes zu ertränken und in die Tiefe zu ziehen, als er sich Lances Gesicht vorzustellen versuchte, wenn er erfuhr, dass diese innigste Verbindung zu seinem Vater, die ihm geblieben war, für immer verloren war. Los, sag was – irgendetwas, um einen Moment Zeit zu gewinnen. Sprich langsam. Sieh zu, dass du deutlich sprichst, damit er dich versteht. Erst noch einen Schluck Wasser. Der letzte Tropfen im Glas.

»Sie müssen Ihren Boss sehr gern haben – Darky. Dass Sie all diese Mühe auf sich nehmen, um ihn zurückzubekommen, meine ich.«

Es war, als hätte er auf einen jener entzündeten Eiterpickel gedrückt, die die Haut von innen her angreifen. Das Gift strömte an die Oberfläche. Zwei kleine rote Flecken erschienen auf Maceys Wangenknochen, als er zwischen zusammengebissenen Zähnen seine Antwort hervorstieß.

»Gern? Gern? Dieses schielende, gezierte kleine Stück dampfender Scheiße gern haben? Du wirst das Ende dieses Tages sowieso nicht mehr erleben, Tommy-Boy, deshalb kann ich dir auch verraten, dass ich eines Tages seinen dürren kleinen Hühnerhals zu einem Mastwurf verknoten und ihn in die nächste Kläranlage schmeißen werde. *Ich* und für den arbeiten! Vaughn Macey und für diesen kostümierten Schwachkopf arbeiten!« Er sog einen langen, zischenden Atemzug ein und seine Augen brannten wie heiße Kohlen. »Aber er ist meine Chance, weißt du, Tommy. Meine einzige Chance. Meine beschissene goldene Gans. Und ich will ihn *wiederhaben*! Ich will, dass er weiß, dass der clevere alte Macey, der immer weiß, was zu tun ist, herausgefunden hat, wo er steckt, und ihn vor den bösen Feen gerettet hat. Dieses schmierige Stück Nichts hat viermal mehr Geld, als du in deinem ganzen jämmerlichen Leben je verdienen könntest, und sobald ich dahintergekommen bin, wie ich das meiste davon in meine Richtung fließen lassen kann, kann er kopfüber in die Scheiße abtauchen, wo er hingehört. Aber im Moment, Tommy …«

Macey riss sich mit einiger Mühe zusammen, bevor er mit nahezu so gedämpfter Stimme wie zuvor weitersprach.

»Im Moment wirst du mir erst einmal sagen, wo er ist, sonst verbrenne ich dieses gesammelte Klopapier Stück für Stück und schicke dann John und George zu Tante Noreen, damit sie ihr auf dem Küchentisch mit ihrem eigenen Brotmesser, mit dem sie immer die Sandwichs schneidet, beide Titten amputieren. Also Schluss mit dem Rumgelabere. Wo sind sie?«

Ein Schauder tief in seinem Inneren erfasste Tom und es fühlte sich an wie die eisige Kälte des Todes. Seine Gliedmaßen waren wie aus Pudding. In seinem Mund klebte alles zusammen. Das Wasser in seinem Becher war alle. Er schluckte mühsam, um genügend Feuchtigkeit zu sammeln, damit er sprechen konnte.

»Ich zeige Ihnen den Weg.«

»Nichts da. Du wirst es mir einfach sagen, verdammte Scheiße.«

Tom schüttelte ganz leicht den Kopf. »Kann ich nicht.«

Macey sagte nichts.

»Das kann ich nicht, weil …«

Macey stürmte heftig fluchend ins angrenzende Zimmer, um mehr Wasser zu holen, als Tom plötzlich von einem anhaltenden Erstickungsanfall gepackt wurde. Tom nippte an dem Becher und holte tief Luft, bevor er weitersprach.

»Ich weiß nicht, wie die Straße heißt. Ich kann Sie zu dem Gebäude führen, aber ich kann Ihnen unmöglich genau beschreiben, wie Sie dorthin kommen.« Noch ein Schluck Wasser und ein zweiter tiefer Atemzug. »Und ich will die Mappe im Auto neben mir liegen haben.« Pause. »Und ich gehe nirgendwo hin, ehe ich auf der Toilette war.« Noch eine letzte Anstrengung. »Und wenn Sie wollen, dass ich das Haus wiederfinde, dann sagen Sie lieber den beiden Idioten da draußen, dass sie mein Gesicht in Ruhe lassen sollen. Ich kann jetzt schon kaum noch etwas sehen und irgendetwas ist total kaputt in meinem Bauch, seit die mir da reingetreten haben. Könnte sein, dass ich bewusstlos werde, bevor wir da sind.«

Vaughn Macey balancierte vor Tom auf den Fußballen, die Fäuste an seinen Seiten leicht geballt, und blieb ein paar Augenblicke lang reglos wie ein menschliches Fragezeichen stehen, während er auf die hilflose Gestalt auf dem Boden starrte.

»Warum habt ihr ihn geschnappt?«

Das Fahrradschloss hatte gerade genügend Spiel, dass Tom den Kopf heben und in das Wieselgesicht schauen konnte. Er fragte sich, wie Macey wohl als kleines Kind gewesen war. Wahrscheinlich einer von diesen wuseligen, aktiven kleinen Jungs. Kompetent und sogar ziemlich beliebt, aber immer am Rande des Geschehens. Dann war irgendetwas passiert. Jetzt war er voller Galle.

»Keine Ahnung. Irgendwas mussten wir machen. Manche von uns dachten, wir – wir könnten ihn ändern. Olly nicht. Olly wollte ihn töten. Hat er inzwischen wahrscheinlich auch getan.«

Welchen Reim sich Macey auch immer auf diese Worte machte, sie trieben ihn zum Handeln. Er wandte sich abrupt ab, durchquerte den Raum und schrie durch die offene Tür:

»John! Mach, dass du hier runterkommst!«

Schwere, stampfende Schritte waren zu hören. Sekunden später tauchte die massige Gestalt von John Bolton auf, in der einen Hand eine Büchse Bier, in der anderen eine halb gegessene Fleischpastete.

»Was?«

»Benutz einen Teller, wenn du hier bist, du Dumpfbacke, wie oft soll ich dir das noch sagen. Wir holen jetzt Darky ab.« Er wedelte mit der Hand zu Tom hin. »Das Arschloch kommt mit, um uns den Weg zu zeigen. Packt ihn unter die Decke wie vorhin, bis wir in der Nähe von Fairhaven sind, aber ich will, dass er heil bleibt. Geht das diesmal in deinen beschissenen Erbsenschädel hinein? Wenn wir wieder da sind, könnt ihr ihn von mir aus mit Hammer und Meißel aufmachen, aber wenn wir hinkommen und er ist zusammengeklappt, weil du oder dein Bruder die Finger nicht von ihm lassen konntet, dann hole ich Lenny und die Jungs, damit sie euch festhalten, während ich euch mit einer rostigen Säge die Scheißbeine abschneide. Kapiert?«

John Bolton nickte kauend. Offenbar gehörten solche schillernden Drohungen zu den vertrauten Münzen in der Währung ihrer alltäglichen Gespräche. Macey nahm einen kleinen silbernen Schlüssel aus der Tasche und reichte ihn dem anderen Mann.

»Okay, nimm ihm das Ding vom Hals ab und fessele ihm die Hände hinter dem Rücken, bevor du ihn in den Wagen setzt. Bring das Fahrradschloss mit, damit du ihn im Auto damit anketten kannst, wenn wir da sind. Sag Kev und Baz Bescheid, was läuft, und sag ihnen, dass sie in dem Wagen von dem kleinen Arschloch hinter uns her fahren sollen. Und sag ihnen, wenn wir da sind, sollen sie im Wagen sitzen bleiben und gar nichts tun, bis ich Anweisung gebe. Wenn Kevo diesmal wieder querschlägt, ist er Geschichte.« Er hielt inne und sammelte seine Gedanken. »Lass den kleinen Tommy pissen gehen, bevor es losgeht, und schmeiß das Ding hier irgendwo auf den Rücksitz.«

»Was, das komische blaue Buch da?«, fragte Bolton, wischte sich ein paar Krümel von der Fleischpastete vom Mund ab und schaute in die Richtung, in die Macey deutete. »Was ist denn das?«

»Geht dich einen Scheißdreck an. Tu einfach, was ich dir sage. Ach, eine Sache noch. Wenn wir Darky haben, setzt ihn in den anderen Wagen und lasst ihn nicht in die Nähe von diesem Arschloch. Sag das auch Kevo und Baz. Wenn ihr das vermasselt, gibt es für uns alle keinen Zahltag mehr. Kapiert?«

»Alles klar, Mace. Ich geh den anderen Bescheid sagen und lass dann das Mädel Bächlein machen. Wahrscheinlich muss ich ihr den Schwanz halten.«

John Bolton gluckste heiser über seine eigene geistreiche Bemerkung und folgte Macey aus dem Raum. Nach drei oder vier Minuten, in denen irgendwo weiter weg im Haus hörbar, aber unverständlich gesprochen wurde, kam er mit seinem Bruder George wieder zurück. Sie schienen sehr eifrig zu sein, dachte Tom nebelhaft, sogar begeistert. John schien das Kommando zu führen.

»Heb das blaue Buchdingens da vom Boden auf und bring es mit, George. Ich mache Tommy los, damit wir ihn zum Pissen rausbringen können.«

Wenige Minuten später wurde Tom, trotz allem durch seinen Besuch auf der Toilette unaussprechlich erleichtert, wieder hinten in Maceys Wagen gezerrt, wo man seine Anwesenheit mit derselben stickigen Decke wie zuvor vor dem Rest der Welt verbarg. Das Einzige, was er von der Außenwelt zu sehen bekam, war der riesige, bleiche Himmel, der im Süden, in Richtung des Meeres, von dunklen Quellwolken gesäumt war.

Diesmal waren die Boltons vorsichtiger mit ihren Füßen, als sie einstiegen, besonders, nachdem Macey mit leisem Schrecken bemerkt hatte, dass Tom, als er die Wagentür erreichte, tatsächlich kurz davor zu sein schien, das Bewusstsein zu verlieren. Flüche ausspeiend, hievte er sich aus dem Fahrersitz und lief noch einmal zurück ins Haus, um eine Flasche Wasser zu holen, für den Fall, dass Tom wieder munter gemacht werden musste, wenn sie in die Gegend von Fairhaven kamen. Die Brüder sagten nichts, als er wiederkam. Vermutlich waren sie zu dem Schluss gekommen, dass jetzt nicht der ideale Moment war, um eine heitere Plauderei mit ihrem grimmig dreinblickenden Anführer anzufangen. Macey kochte sichtlich vor Frustration und Ungeduld, als er den Wagen aus Darkys Einfahrt hinaussteuerte und nach links in Richtung Fairhaven abbog. Vielleicht wäre er noch wütender gewesen, wenn ihm drei wichtige Fakten bewusst gewesen wären.

Der erste war, dass Tom angesichts der Hoffnungslosigkeit seiner Lage und seiner völligen Schutzlosigkeit beschlossen hatte, alles auf die eine, niedrige Karte zu setzen, die er in der Hand hielt, indem er den Eindruck erweckte, einer Ohnmacht oder gar dem Tod erheblich näher zu sein, als es tatsächlich der Fall war. Der zweite war, dass John Bolton es trotz der kristallklaren Anweisungen von Vaughn Macey für unnötig befunden hatte, Tom die Hände zu fesseln, weil er meinte, er könne sich ohnehin kaum noch rühren, und völlig vergessen hatte, das mit Plastik ummantelte Fahrradschloss mitzubringen. Der dritte Fakt war, dass Kevin Barnes es irgendwie geschafft hatte, sich eine Kanone zu beschaffen, von der nicht einmal sein Kumpel Baz etwas wusste.

15

Lance wurde allmählich ernsthaft nervös. Irgendetwas war seinem Freund passiert und es gab nichts, was er oder sonst jemand für ihn hätte tun können. Das endlose Herumsitzen und die allgemeine Atmosphäre stöhnender Tatenlosigkeit gingen ihm auf die Nerven. Darky schlief immer noch im Hinterzimmer. Beth hatte sich an den Tisch am Fenster gesetzt und starrte hinauf in den Himmel, mit den Blicken und Gedanken weit weg. Olly saß ihr gegenüber und legte immer noch unentwegt mit blinder, mechanischer Geistesabwesenheit Patiencen. Lance hielt in seinem endlosen Marsch durchs Zimmer inne und brach das Schweigen.

»Stört es jemanden, wenn ich einen kleinen Spaziergang mache? Ich meine nicht, um nach Tom zu suchen. Einfach nur – einen Spaziergang, wisst ihr? Was meint ihr? Denkt ihr, das könnte ich machen …?«

16

Vaughn Macey versucht die Sache gründlich zu durchdenken, während er mit zusammengebissenen Zähnen und voll unterdrückter Wut in Richtung Fairhaven fährt. Alles kommt ihm wie ein großes Durcheinander vor. Die Kontrolle scheint ihm aus der Hand zu schlüpfen wie ein Stück nasser Seife in der Dusche nach einer durchsoffenen Nacht. Dieses Gefühl hat er nur selten. Es macht ihn wütend und nervös. Ein Grund dafür ist auch, dass seine Begegnung mit Tom Crane ihn irgendwo tief in seinem Innern, wo er sich überhaupt nicht auskennt und sich auch nicht genauer umschauen will, aus seinem gewohnten Gleis gebracht hat. Praktisch gesehen, steht er vor zwei wesentlichen Schwierigkeiten.

Erstens könnte es ein Problem mit einem Element aus Darkys »Leibwache« geben. Die Bolton-Brüder hat Macey fest im Griff. Sie sind wie wilde Tiere, nur schlimmer. Aggressiv und beschränkt. Wenn man ihnen hin und wieder einen ordentlichen Brocken Fleisch hinwarf, taten sie immer, was man ihnen sagte. Dagegen wünscht er sich inzwischen, er hätte Kevo und Baz nicht mitgenommen. Besonders Kevo. Macey weiß, dass das Gehirn von Kevin Barnes ein wilder Urwald ist, ohne Weg und Steg, stockfinster und voller Dämonen. Gerade deshalb war Kevo in der Vergangenheit manchmal sehr nützlich. Er hat keinerlei Sinn für Maß und Ziel. Er würde jederzeit jedem alles Erdenkliche antun, ohne den geringsten Grund, und am liebsten, um sich ein »Späßchen« zu machen, wie er es nennt. Der Nachteil ist nur, dass er leichter explodiert als Nitro. Darkys Befreiung muss schnell, effizient und mit so wenig Aufsehen wie möglich vonstatten gehen. Das Letzte, was Macey will, ist, dass die Polizei sich hineinhängt, weil irgendjemand einen offenen Krieg angefangen hat. Darky schnappen und abhauen. Das ist das Hauptziel. Die Strafe für diese lästigen Mistkerle kann bis später warten. Es steht zu viel auf dem Spiel, um jetzt Mist zu bauen.

Das zweite Problem ist, Darky Green erst einmal ausfindig zu machen. Der Gefangene unter der Decke hinten im Wagen gibt ein sehr beunruhigendes rasselndes Geräusch aus der Kehle von sich. Macey schert sich keinen feuchten Furz darum, ob Tom Crane am Leben bleibt oder stirbt. Er will nur, dass er lange genug überlebt, um ihm den Ort zeigen zu können, an dem Darky gefangen gehalten wird. Aber was ist, wenn er abnippelt, bevor sie in Fairhaven sind? Was dann?

Es gibt vielleicht eine Chance, das Problem ohne Cranes Hilfe zu lösen.

Macey denkt scharf nach. Wie hat sich Robert, der Junkie, noch genau ausgedrückt, als er vorhin im »Pig and Bucket« angerufen hat? Er habe Cranes Wagen um eine Ecke kommen sehen? Ja, aber auf diesem Stück der Straße nach Brighton gibt es keine Ecken. Sie verläuft ziemlich genau schnurgerade. Er muss also etwas anderes gemeint haben. Er muss gemeint haben, dass der Wagen aus einer Seitenstraße kam. Soweit Macey sich erinnert, sind vom »Dog and Rattle« aus nur zwei Seitenstraßen zu sehen. Die eine stößt fast unmittelbar neben der Kneipe darauf, auf der nach Brighton hin gelegenen Seite, und die andere nicht ganz hundert Meter weiter, gleich hinter den Geschäften in der anderen Richtung. Crane hatte seinen Wagen vor den Geschäften geparkt, mit der Nase in Richtung Brighton. Das sprach dafür, dass das die Straße ist, aus der er gekommen war. Ja, das könnte ein Ansatzpunkt sein. Vielleicht sogar mehr als ein Ansatzpunkt, wenn er es mit seinen spärlichen Informationen über den weißen Minivan kombinierte.

Vaughn Macey rutscht ungeduldig auf seinem Sitz hin und her. Jetzt nur keine Aufmerksamkeit erregen, indem er zu schnell fuhr. Immer mit der Ruhe. Fahr einfach nur hin. Du schaffst es schon. Du findest den Ort. Du erledigst die Sache. Du beruhigst Darky. Du renkst wieder alles ein. Dann schmeißt du die Leiche von diesem Arschloch irgendwo in eine Kläranlage und verbrennst diese *beschissenen* Gedichte.

17

Tom Crane hatte noch nie im Leben wirklich ein Todesröcheln gehört. Er vermutete, dass es die letzten Regungen der Atmung in einer vertrockneten Kehle waren, die durch die Stimmbänder strömten, wenn das Leben sich dem Ende zuneigte. Eingekeilt hinten in Maceys Wagen unter dieser stinkenden alten Decke tat er sein Bestes, um das grauenhafte Geräusch nach allen Regeln der Kunst nachzuahmen. Sollten doch Macey und die anderen denken, dass er wirklich auf dem letzten Loch pfiff. In Toms Kopf stampfte immer noch ein Dampfhammer. Seine Gelenke schmerzten und seine Nase und sein Mund waren ein einziger geronnener Klumpen Schmerz. Es ging ihm zweifellos alles andere als gut und er hatte große Angst um sich selbst und die anderen. Doch die Sache mit seinem Bauch, in dem irgendetwas »total kaputt« sein sollte, war frei erfunden. Er hatte nicht vor, zu sterben, jedenfalls nicht, wenn auch nur die entfernteste Chance bestand, das zu vermeiden.

Die große Frage war die: Was sollte er tun, wenn er unter seiner Decke hervorgezerrt würde, um die anderen zu der Wohnung zu führen? Sollte er tun, was sie wollten, und auf eine Gelegenheit lauern, einen Warnruf auszustoßen? Sich tot stellen? Oder wäre es besser, so zu tun, als befände er sich im letzten Stadium eines Deliriums, und Macey zur Weißglut zu bringen, indem er ihn kreuz und quer durch die öde gleichförmigen, endlosen Straßen von Fairhaven jagte? Wie würde das ausgehen? Wie würde die ganze Sache ausgehen?

In seinem geschwächten Zustand konnte Tom nicht verhindern, dass sich seine Augen mit Tränen füllten, als seine Gedanken mit unerwarteter, herzzerreißender Klarheit nach Aberystwyth zurückkehrten, zu jenen scheinbar endlosen Tagen, in denen die vier Freunde Stunde um frohe Stunde in einer ihrer Wohnungen, in der Kneipe oder in dem Café am Kunsthandwerkerviertel verbringen konnten. All das ein schlichter Vorgeschmack auf den Himmel, hätten sie es nur geahnt. In was für einer Hölle würden sie sich jetzt wiederfinden?

Ein dumpfer Schlag neben seinem Kopf machte ihm plötzlich bewusst, dass irgendetwas in den Fußraum des Wagens gefallen war. Tom wartete einen Moment ab, ob einer der Boltons Anstalten machte, darauf zu reagieren. Da den beiden röchelnd atmenden Brüdern nicht das Geringste anzumerken war, streckte er vorsichtig die Hand unter dem Saum der Decke hervor und zog die blaue Mappe Zentimeter für Zentimeter zu sich in die Dunkelheit, bis er sie zwischen seinem Gesicht und seiner Brust an sich drücken konnte. Der Lederumschlag fühlte sich kühl auf seiner Gesichtshaut an und die Mappe war zu dünn, um ihm so etwas wie physischen Trost zu vermitteln, aber als die Minuten verstrichen und die Drohung des äußersten Albtraums immer näher rückte, war es ihm, als hielte er einen alten Freund in den Armen.

18

Wie sich herausstellte, brauchte Tom gar keine Antwort auf seine große Frage zu finden. Als sie Fairhaven erreicht hatten, bog Macey, gefolgt von Jonson und Barnes in dem blauen Nissan, in die Kingfisher Avenue ein, die letzte Straße rechts vor der Geschäftszeile, wo Tom von Robert Parsons angesprochen worden war. Als er feststellte, dass die Kingfisher Avenue breit und gerade war und etwa eine halbe Meile weiter schon fast an den Ausläufern der Downs endete, beschloss Macey, auf gut Glück die Seitenstraßen zu durchstreifen, bevor er das Risiko einging, mit einer zerschlagenen und blutigen halben Leiche im Auto gesehen zu werden.

Leise fluchend über die Müslihirne, die sich die Postadressen für diesen Teil von Fairhaven hatten einfallen lassen, fuhr er langsam an den Abzweigen Woodpecker Drive, Swan Crescent, Dove Close und einer Vielzahl weiterer ornithologisch benannter Straßen vorbei, in der Hoffnung, einen weißen Minivan zu entdecken, dessen Nummernschild zu der jämmerlich unvollständigen Information passte, die ihm der bescheuerte Stringer gegeben hatte.

Als sie gerade im Schritttempo an dem Abzweig zur Aspley Road vorbeirollten, einer älteren, von höheren Bäumen beschatteten Straße nahe der Downs, presste John Bolton plötzlich das Ende seiner schmierigen Wurst von einem Zeigefinger gegen die Seitenscheibe.

»Mace! Siehst du das fette Arschloch, das da neben der Tür steht? Das ist ein Kumpel von denen. Der Typ, der neben Parsons wohnt.«

Macey starrte einen Moment hinüber zu der Gestalt in der Ferne. Auf derselben Straßenseite, vor dem Haus, wo Lance offenbar vor der offenen Haustür auf jemanden oder etwas wartete, stand ein weißer Minivan. Das Nummernschild war durch einen Baum verdeckt, aber das spielte keine Rolle. Er wusste, es war der richtige. Es musste der richtige sein.

»Ja! Volltreffer, verdammte Scheiße!«

Diesen einen Triumphlaut durch gebleckte Zähne erlaubte sich Vaughn Macey, doch dann hatte er sich sofort wieder unter Kontrolle. Langsam bog er in die Aspley Road ein und brachte den Volvo sanft am Bordstein zum Stehen. Sekunden später hielt wenige Parklücken hinter ihm der Nissan.

»Okay.« Vaughn Maceys Stimme war ruhig, klar und kalt wie eine Eisscholle. Während er mit den Fingern einer Hand auf seinem rechten Oberschenkel herumtrommelte, hob er die andere und bewegte die geöffnete Handfläche langsam nach unten, während er die Bolton-Brüder ansprach, ohne den Kopf zu drehen. »Ihr rührt euch nicht vom Fleck. Ihr atmet nicht einmal. Bleibt sitzen. Wartet ab. Sorgt dafür, dass das Stück Scheiße da hinten nicht auf die Idee kommt, den Helden zu spielen.«

»Ich glaube, der ist eh im Arsch, Mace.«

George Boltons Worte waren ein heiseres, gleichgültiges Flüstern. Genauso gut hätte er von einer Kröte sprechen können, die auf der Straße platt gefahren worden war. »Mace, wann wollen wir …«

»Halt die Schnauze, wenn du nicht gefragt bist. Ich sagte dir schon, wann.«

19

Lance, der nicht ahnte, dass er am Ende der Straße ein Publikum hatte, lungerte niedergeschlagen vor dem Eingang des Apartmenthauses herum. Er wartete tatsächlich auf etwas. Nämlich darauf, dass er selbst eine Entscheidung traf. In seiner Sorge und Rastlosigkeit über Toms Schicksal hatte er vergessen, Olly um die Wohnungsschlüssel zu bitten, und nun versuchte er, sich schlüssig zu werden, ob er wieder hinaufgehen und sie holen sollte, bevor er zu seinem Spaziergang aufbrach. Die Wohnungstür oben hatte ein Sicherheitsschloss; das war also kein Problem, aber wie sollte er bei seiner Rückkehr wieder zurück durch die Haustür kommen? Olly war jetzt der einzige Mann dort, und so schwächlich Darky auch war, dass Beth allein mit dem Bandenführer in der Wohnung blieb, wollte er nicht.

Nach einem tiefen Atemzug hob Lance den Kopf und blickte die Aspley Road hinauf und hinunter. Wie still es hier war. Was für ein riesiger Himmel. Was für schöne Bäume, kahl, aber freundlich. So ganz anders als das Grauen, das in den letzten Tagen ihre Gedanken und ihr Leben ausgefüllt hatte. Vielleicht war das Ganze nur eine Einbildung oder ein Traum gewesen und die Aspley Road war eine Art Erwachen, eine Rückkehr zur Normalität. Lächerlich. Ein schwaches, winterliches Lächeln zog sich über Lances Gesicht. Was konnte in der Aspley Road schon schiefgehen? Alles Mögliche natürlich, aber wahrscheinlich nichts. Er griff hinter sich, stellte den Schnappriegel auf und zog die Haustür zu. Keine Sorge. Er würde ja nicht lange wegbleiben. Nur ein paar Schritte, um ein wenig die Spannung abzuschütteln. Olly und Beth würden schon für ein paar Minuten mit Darky zurechtkommen.

20

Vaughn Macey ließ die Luft ausströmen, die er eingeatmet hatte, als Lance sich in Richtung der beiden Wagen in Bewegung setzte. Unfassbarerweise war der Fettkloß geradewegs am Auto seines Kumpels vorbeigegangen, ohne auch nur den Kopf zu drehen. Wenn Macey sich nicht irrte, waren also nur noch das Mädchen und der lange Kerl, den sie Olly nannten, mit Darky irgendwo in diesem Gebäude.

»Perfekt«, murmelte Macey vor sich hin und fuhr sich befriedigt mit der Zunge über die trockenen Lippen. »Könnte nicht perfekter sein.«

Im Stillen ging er die Anweisungen durch, die er gleich geben würde. Alles hing von den nächsten Minuten ab. Jedes Detail musste absolut glattlaufen. Wichtig war nur, dass seine Idiotentruppe genau begriff, was sie zu tun hatte. Bis zu den Ohren angefüllt mit einer anschwellenden Adrenalinflut, doch vollkommen ruhig in seinem Tonfall und seiner Gestik, drehte er seinen Oberkörper herum und stützte einen Ellbogen auf die Rückenlehne seines Sitzes.

»Okay, es läuft folgendermaßen. Kein Wort, macht nur eure dreckverkrusteten Ohren auf und hört zu. Ich bin nicht ganz sicher, aber ich glaube, dieser fette Penner hat den Schnappriegel an der Haustür aufgemacht. Wenn ja, können wir also einfach hineinmarschieren, klar? Das Gebäude hat zwei Eingänge. Unserer liegt etwas zurückgesetzt auf der rechten Seite. Ich nehme an, er führt erst einmal ins Treppenhaus. Wenn ich recht habe, führt die Treppe hinauf zum ersten Stock. Da oben kann es höchstens drei Wohnungen oder Zimmer geben. Wahrscheinlich eher zwei. Welche davon die richtige ist, sehen wir erst, wen wir da sind. So weit kapiert?«

Die Boltons nickten stumm. Sie würden durch eine Tür hineingehen, dann eine Treppe hinauf, und dort würden ein paar Wohnungen sein. Soweit hatten sie es begriffen.

»Wir machen Folgendes. Sobald wir dahintergekommen sind, in welcher von den Scheißwohnungen sie Darky haben, geht ihr beide geradewegs durch die Tür hinein. Ist mir scheißegal, wie ihr das macht – kann durchaus sein, dass sie unverschlossen ist. Wenn nicht, schlagt ihr sie einfach ein und geht hinein. Das muss schnell gehen. Ihr müsst da rein. Ein Mordsschlag und drinnen seid ihr. Kapiert?«

Stummes Nicken. Ein Mordsschlag und rein. Kapiert.

»Jetzt, wo Dickerchen sich aus dem Staub gemacht hat, dürften nur noch drei Leute dort sein, und einer davon ist Darky. Die anderen beiden sind das Mädchen und das lange großmäulige Arschloch, das an dem Tag, wo ich weg war, in die Kneipe gekommen ist. Den schnappt ihr beide euch, sobald ihr drinnen seid, und sorgt dafür, dass er sich nicht rührt. Das ist euer Job. Mehr nicht. Das ist *alles*, was ihr zu tun habt, kapiert, verdammte Scheiße?«

John Boltons höhnisches Grinsen gab den Blick auf einen verwahrlosten Friedhof verfärbter Zähne frei.

»Sollen wir ihm nicht 'ne kleine Lektion erteilen, Mace? Vielleicht ein bisschen Öl heiß machen oder so und den vorlauten Arschficker damit ordentlich einreiben?«

»Ihr macht erst mal gar nichts«, erwiderte Vaughn Macey mit einem Nachdruck, vor dem der ältere der Bolton-Brüder an die Lehne seines Sitzes zurückwich, als wäre er gestoßen worden. »Ihr haltet ihn fest und haltet ihm das Maul zu, bis ich Darky habe, und das ist alles. Sobald ich es sage, haut ihr ihm einmal in den Bauch und in die Eier, dann lasst ihr ihn liegen und sich die Lunge auskotzen, während wir zurück zum Wagen gehen. Ich setze Darky zu Kev und Baz in den Wagen und dann verpissen wir uns zurück zu Darkys Haus, so schnell wir können. Macht alles richtig, dann gibt es gleich morgen als Erstes für jeden von euch fünfhundert extra. Kapiert?«

Die Bolton-Brüder nickten in fröhlichem Einklang. Fünfhundert für jeden. Das hatten sie kapiert.

»Was ist mit dem Mädchen?«

»Vergesst sie. Ballert ihr eine, wenn ihr wollt. Sie ist nicht der Rede wert. Okay …« Macey schloss einen Moment lang die Augen und nickte leicht, um sich selbst zu bestätigen, dass sein Plan komplett war. »Ich gehe jetzt und sage Kevo und Baz, sie sollen bleiben, wo sie sind, und warten, bis ich mit Darky zurückkomme. Ihr beiden sorgt dafür, dass das Arschloch da unten sich nicht rühren und keinen Laut von sich geben kann. Dann geht ihr über die Straße und folgt mir zu dem Haus. Versucht mal, so auszusehen, als wärt ihr so was Ähnliches wie normal, wenn das möglich ist.«

21

Als Tom merkte, dass Macey und die anderen aus dem Wagen gestiegen waren, und hörte, wie die Fahrertür ins Schloss fiel, lag er mit dem Kopf zur Seite da und starrte mit offenen Augen ins Leere. Nach einem tiefen Atemzug nahm er seine ganze Konzentration zusammen, um jeden Muskel in seinem Körper zu entspannen. Zwanzig Sekunden lang würde er es aushalten, schätzte er, höchstens dreißig. Dann würde er den Atem nicht länger anhalten können und die Boltons würden merken, dass er zumindest noch am Leben war.

George Bolton beugte sich durch eine der offenen Hintertüren herein, hob eine Ecke der Decke an und musterte einige Sekunden lang Toms ausdrucksloses Gesicht und seinen anscheinend leblosen Körper. Dann streckte er eine schwere Hand aus und drehte den Kopf der »Leiche« ein wenig hin und her. Tom hatte etwas in dieser Art erwartet. Mit aller Anstrengung die quälenden Schmerzkrämpfe ignorierend, die die Zusammenstöße mit dem Boden des Wagens in der zerschlagenen Gegend um seinen Mund und seine Nase auslösten, schaffte er es irgendwie, seinen Kopf wie eine tote Bowlingkugel hin und her rollen zu lassen.

George schien es zu überzeugen. Er schlug die Decke wieder über Toms Gesicht und Schultern, richtete sich auf und wandte sich über das Wagendach hinweg gelassen an seinen Bruder.

»Der ist hin«, verkündete er. »Hat sich ins Märchenland verpisst.«

»Fraß für die Würmer«, bestätigte John Bolton lakonisch, während er die gegenüberliegende Tür zuknallte. »Mach die Tür zu und komm. Willst du die fünfhundert Mäuse haben oder nicht, verdammte Scheiße?«

Tom hätte vor Hochgefühl beinahe geweint. Sie hielten ihn für tot und hatten ihn zurückgelassen. Für Macey und die anderen stellte er keine Bedrohung für den Erfolg ihrer Pläne mehr dar. Jetzt war alles möglich. Er musste nur das Timing richtig hinbekommen. Irgendwie musste er rechtzeitig nahe genug an die Wohnung herankommen, um Beth und Olly zu warnen, dass die Gefahr buchstäblich bei ihnen auf der Matte stand. Vor Schmerzen stöhnend und mit verzerrtem Gesicht spannte er seine Beinmuskeln an und streckte seinen ganzen Körper aus, soweit es in der Enge des Wagens möglich war. Die anderen beiden Gorillas mussten in dem Auto gleich hinter ihm sitzen. Sobald er sich blicken ließ, würden sie sich garantiert an seine Fersen heften. Wenn er erst einmal draußen war, kam es darauf an, dass er sich so schnell wie möglich bewegte. Keine Zeit, sich lange aufzuhalten. Er musste sofort handeln.

Mit großer Mühe wälzte er sich herum, bis er mehr oder weniger auf allen vieren im Fußraum des Autos kniete. Tom klemmte sich die blaue Mappe unter einen Arm, biss die Zähne zusammen und streckte die Hand aus, um die Tür zur Straße hin zu öffnen. Halb rollend, halb kriechend kam er hinaus auf den Asphalt, schöpfte einen Moment lang Atem und richtete sich dann auf ein Knie auf und hob den Kopf, um zu sehen, wo Macey und die Boltons waren. Ein frustriertes Wimmern entfuhr ihm, als er sah, dass nur noch ein paar Meter das Trio von dem Hauseingang trennten. Wahrscheinlich war es schon zu spät. Er kämpfte sich hoch, zwang seine Beine zum Dienst und setzte sich in Bewegung. Von Schnelligkeit konnte keine Rede sein. Humpelnd stolperte er in der Mitte der Straße entlang und erhob seine Stimme, so laut seine Schwäche und seine Atemnot es zuließen.

»Olly! Beth! Sie kommen! Sie kommen! Olly! Olly, du musst etwas tun! Beth! Hört ihr mich? Bitte … sie kommen …!«

Drei weitere Geräusche mischten sich in diese Störung des Friedens in der Aspley Road. Irgendwo hinter der taumelnden Figur ging eine Autotür auf und wieder zu und ein wildes Indianer-Kriegsgeheul hallte durch die kalte Luft. Tom war viel zu abgelenkt und verzweifelt, um diese beiden Geräusche zu bemerken. Macey und die Boltons waren bereits im Hauseingang verschwunden. Im tiefsten Innern wusste er, dass das erbärmliche Plärren, das er immer noch von sich gab, oben bei Olly und Beth unmöglich zu hören sein konnte.

Das dritte Geräusch hörte er. Es war irgendetwas zwischen einem lauten Knallgeräusch und einem Krachen und es erreichte seine Ohren ein paar Tausendstelsekunden, nachdem ein riesiger Brocken Beton von hinten gegen seinen Schenkel zu rammen schien. Er schlug der Länge nach hin. Seine Handgelenke schürften schmerzhaft über die mit winzigen Kieseln übersäte Asphaltfläche, als er in dem vergeblichen Bemühen, seine Landung abzudämpfen, seine Arme vor sich streckte. Wellen von Schmerz und Übelkeit durchfluteten ihn, als er sich wieder aufzurappeln versuchte. Zeitverschwendung. Aus irgendeinem Grund hatte das, was in seinem Gehirn vor sich ging, keine Verbindung mehr zu seinem Körper. Nichts funktionierte.

Innerhalb von Sekunden war aller Schmerz weg. An seiner Stelle breitete sich eine seltsame, kribbelnde Gefühllosigkeit vom Hals abwärts aus. Das Blut pochte ohrenbetäubend in seinem Kopf wie ein Hackmesser, das rhythmisch auf einen Holzblock einhämmerte. Ein nebelhafter Gedanke ergriff Besitz von Tom – wäre es nicht herrlich, jetzt einfach einzuschlafen? Warum eigentlich nicht, wenn man es recht bedachte? Was hatte es für einen Sinn, in einer Welt, die so stur und kompliziert voller Schwierigkeiten und Versagen war, unbedingt bei Bewusstsein bleiben zu wollen?

Nur der Gedanke an Beth hielt ihn davon ab, seinen Kopf auf das weiche Kissen der Vergessenheit sinken zu lassen. Beths Gesicht. Beths Lächeln. Beths Weinen. Beths Hand, die sich ihm entgegenstreckte. Bleib wach für Beth. Bleib wach, nur bis Beth kommt …

22

Vaughn Maceys Nerven sind angespannt wie ein Trommelfell, aber er ist vorsichtig optimistisch. Die Haustür ist nur eingeklinkt gewesen, wie erhofft. Sie sind ohne Schwierigkeiten ins Gebäude gekommen. Jetzt hat er die kurze Treppe erklommen; die

Boltons drängen sich hinter ihm auf dem kleinen Treppenabsatz. Er gibt ihnen ein Zeichen, leise zu sein, schiebt sich vorsichtig um die Wandecke und geht voraus durch einen schmalen Korridor mit einer Tür mit Sicherheitsschloss zur Linken und einer zur Rechten. An beiden Türen lauscht er vorsichtig. Rechts ist nichts zu hören. Hinter der linken gedämpftes Stimmengemurmel. Triff eine Entscheidung. Links. Dürfte kein Problem sein. Das sind billige Schrotttüren, wahrscheinlich nachträglich eingebaut, als das Gebäude zu Wohnungen umgebaut wurde.

Er tritt einen oder zwei Meter zurück und deutet für die beiden Brüder auf die Tür, die er ausgewählt hat. Er hält drei Finger hoch, zum Zeichen, dass sie auf drei ihren Job machen sollen. Die beiden Männer wechseln einen kurzen Blick und nicken. Dann stellen sie sich in Position, die Gesichter dicht aneinander, die Schultern in eine Richtung gedreht, bereit, eines der Dinge zu tun, die sie am besten können.

»Eins«, zählt Macey mit lautlosen Lippenbewegungen und krümmt seinen kleinen Finger auf die Handfläche hinab.

»Zwei.«

John Bolton schnauft schwer durch die Nase, presst seinen angewinkelten Arm gegen die Brust und wiegt sich ganz sachte von einem Fuß auf den anderen, um den Balancepunkt zu finden, den er braucht, um sich mit einem kräftigen Aufprall durch diese Tür zu werfen. George Bolton behält das Gesicht seines Bruders im Auge. Er wartet dumpf auf das nächste Ereignis in seinem Leben.

»Drei!«

Die Wirkung des gemeinsamen Ansturms der Brüder ist geradezu erschreckend. Mit einem splitternden Krachen und einem schrillen Knirschen von Metall auf Metall gibt die Tür nach, nicht, wie Macey erwartet hat, an der Schlossseite, sondern an den Angeln, die beide durch die schiere Wucht des Aufpralls aus ihren Verankerungen gerissen werden. Die Tür ist schlimmer als Schrott. Sie rammt mit voller Fahrt gegen die innere Wand und die Boltons platzen in die kleine Diele der Wohnung hinein. Im nächsten Moment taucht aus dem Wohnzimmer der lange Dunkelhaarige auf, das großmäulige Arschloch aus der Kneipe, und ruft irgendjemandem, wahrscheinlich dem Mädchen, zu, es solle zurückbleiben und nicht dazwischengehen.

Der Plan. Halte dich an den Plan. Sieh zu, dass der Scheißplan funktioniert!

»Haltet ihn fest und stopft ihm das Maul! Sofort! Bringt ihn nach hinten und seht zu, dass der Arschficker sich nicht rühren und nichts sagen kann.«

Der lange Strahl Pisse namens Olly sieht aus, als könnte er versuchen, sich zu wehren, aber die Gelegenheit dazu bekommt er nicht. Die Boltons brechen über ihn herein wie eine Lawine. Damit kennen sie sich aus. Jetzt wissen sie genau, was zu tun ist. John Bolton prescht vor wie ein zerlumpter menschlicher Panzer und packt sein Opfer mit beiden Händen an der Kehle, um dem blöden Pimp, vor Anstrengung die gelben Zähne fletschend, jede Möglichkeit zu nehmen, Luft in seine Lungen zu bekommen. George Boltons Augen springen fast aus den Höhlen, als er seine Anweisungen vergisst oder ignoriert und dem ohnehin schon verzweifelt nach Luft ringenden Mann mit zermalmender Wucht das Knie zwischen die Beine rammt und einen weit ausholenden, vernichtenden Hieb in den Solarplexus folgen lässt. Die hochgewachsene Gestalt würde zusammenklappen und umfallen wie ein alter Sack, wenn die Brüder ihn nicht auffangen und fachmännisch an den Haaren und am Hosengürtel packen würden, um ihn nach hinten ins Wohnzimmer zu zerren. Nachdem sie ihn am Fenster auf den Boden haben fallen lassen, bleibt er in Embryonalstellung liegen und keucht und stöhnt mit weit aufgerissenem Mund wie ein Wahnsinniger in seiner verzweifelten Anstrengung, Luft in seine Lungen zu saugen. Der Krach, den er veranstaltet, hört sich für Maceys Ohren an wie einer dieser großen Seelöwen bei der Fütterung.

Die blöde Kuh, mit der alles angefangen hat, Beth, steht am Fenster, die Hände vor den Mund geschlagen, und versucht zu fassen, was da vor ihren vor Entsetzen und Furcht geweiteten Augen geschieht. Geschieht ihr recht, verdammte Scheiße. Macey durchquert das Zimmer und schiebt sein Gesicht an sie heran. Er hat nur eine Frage an diese erbärmliche Tusse.

»Wo ist Darky?«

Sie sieht ihn über ihre Hände hinweg an und als sie antwortet, klingt ihre Stimme überraschend fest.

»Er schläft da hinten in dem zweiten Zimmer – oder jedenfalls hat er bis vor ein paar Minuten geschlafen. Letzte Nacht hat er nicht allzu viel Schlaf bekommen. Sie hätten das nicht zu tun brauchen. Nach dem Mittagessen hätten wir ihn wahrscheinlich sowieso zurückgebracht.« Ihre Stimme bricht ein wenig, als sie fortfährt: »Wissen Sie – wissen Sie, was mit Tom los ist?«

George Boltons abgehacktes Wiehern ist die einzige Antwort, die sie bekommt.

Macey zögert. Sein Instinkt rät ihm, nach hinten zu gehen und sich zu vergewissern, dass Darky wirklich dort ist, ihn zu wecken, falls es so ist, und ihn in Bewegung zu bringen. Doch irgendetwas hat in seinem Kopf gerade Klick gemacht. Gerade eben, als sie durch die Tür hereingebrochen sind, war da noch ein anderes Geräusch im Hintergrund, eine andere Art von Geräusch. Er hat es gehört und doch nicht gehört. Es kam von irgendwo draußen. Vielleicht ein Motor. Vielleicht auch …

»Seht zu, dass der Scheißkerl die Klappe hält. Lasst die Fotze nicht weg. Ballert ihr eine, wenn sie es versucht. Lasst Darky erst mal, wo er ist. Ich muss mal kurz draußen nachsehen.«

Als Macey die Treppe hinunterrennt, hört er das Heulen einer Krankenwagensirene von irgendwoher, drüben aus Richtung Brighton. Er zieht die Haustür auf und bleibt stehen, angespannt wie eine Sprungfeder, und seine Gedanken überschlagen sich, während er versucht, die Lage auf der Straße zu überblicken. Am Ende der Straße benutzt Baz Jonson seine gesamte, nicht unerhebliche Körperkraft, um seinen zerzausten Kumpel Kevin Barnes auf den Rücksitz des Nissans zu stopfen. Selbst aus dieser Entfernung sieht Macey etwas Schwarzes, Dumpf-Metallisches vor dem Auto auf der Straße liegen. Jonson knallt hinter seinem Freund die hintere Tür zu, rennt um das Fahrzeug herum und fischt dabei die Knarre vom Boden auf. Nachdem er sich auf den Fahrersitz geworfen hat, lässt er den Motor an, noch bevor die Tür ganz zu ist, macht mit quietschenden Reifen eine Kehrtwende in Richtung Kingfisher Avenue, biegt nach rechts ab und beschleunigt mit aufheulendem Motor in Richtung Küste.

Fünfzig Meter vom Hauseingang entfernt ist der fette Idiot, der vorhin zu seinem Spaziergang aufgebrochen ist. Offenbar hat er den Schuss gehört und ist zurückgewatschelt gekommen. Er beugt sich über einen Mann, der mitten auf der Straße liegt. Mit einer Hand streichelt er die Wange des liegenden Mannes, mit der anderen stützt er sich auf einer blauen Mappe ab. Macey presst die Lippen zusammen, als er eine leichte, zitternde Bewegung der Hand des Verletzten beobachtet.

Ein Feuer ist entzündet worden und breitet sich rasch im Innern von Vaughn Macey aus. Dieser Pisser Tom Crane war doch nicht tot, als sie aus dem Wagen gestiegen sind. Wahrscheinlich ist er auch jetzt nicht tot. Die Boltons haben Scheiße gebaut. Barnes hat Scheiße gebaut, indem er eine Knarre mitgebracht und sie benutzt hat, der wilde, wahnsinnige Mistkerl, sobald er sah, wie Crane aus dem Wagen stieg. Und Macey selbst hat totale Scheiße gebaut, indem er diese schwachsinnigen Wichser eingesetzt hat, statt sich die Mühe zu machen, ein paar Soldaten anzuheuern, die es zusammen wenigstens auf ein halbes Gehirn gebracht hätten.

Scheiße!

Das Feuer tobt, während sein Blick über die Häuser entlang dieses Teils der Aspley Road schweift. Gesichter starren aus Fenstern, bleich und rund hinter dem illusorischen Schutz der Doppelverglasung. Hier und da steht eine Haustür einen Spalt offen, wo die Anwohner es riskieren, sich persönlich auf das Drama einzulassen, das sich da mitten auf ihrer sonst so stillen kleinen Straße abspielt. Der Krankenwagen ist jetzt schon ganz in der Nähe, biegt wahrscheinlich gerade von der Hauptstraße ab. In der Ferne dringen noch andere Sirenen schrill durch die kühle Herbstluft. Bestimmt hat mehr als einer von diesen glotzäugigen Schwachköpfen hinter den Fenstern bei den Bullen angerufen, nachdem sie den Schuss gehört hatten und den Mann mitten auf der Straße hatten liegen sehen. Macey versucht, sich zu sagen, dass er es immer noch schaffen kann, Darky da herauszuschaffen und alles wieder in die Reihe zu bringen. Aber im Grunde weiß er genau, dass die Chancen gleich null sind. All die Zeit, die Planung, die Erniedrigung, die Hoffnung. Alles für den Arsch.

Okay. Scheiß drauf. Scheiß auf jeden und alles.

Vaughn Macey hat bis zu diesem Moment seines Daseins überlebt, indem er sein Inneres stets tiefgekühlt hielt. Als er sich jetzt umdreht und langsam wieder die Stufen erklimmt, beginnt sein Gehirn vor Wut weiß zu glühen. Seine schäumende Rage richtet sich wie ein unendlich feiner Laserstrahl auf das Bild der dürren Schlampe da oben. In der Vergangenheit war Macey immer vorsichtig genug, um seine gewalttätigen Angriffe von anderen ausführen zu lassen. Aber diesmal nicht. In diesem Moment ist ihm scheißegal, was hinterher passiert. Alle Pläne und Berechnungen in seinem Kopf schmelzen in der Hitze dahin. Während er mit gleichmäßigen Schritten zurück hinauf zu der Wohnung stapft, flüstert er leise Tiraden über das Mädchen vor sich hin.

»Fotze. Tittenlose kleine Fotze. Du kleines Nichts von einer blöden Schlampe von Fotze. Du willst mir meine kleine goldene Gans klauen? Nichts da, Fotze. Das tust du nicht. Und du guckst mich auch nicht an wie ein vertrocknetes Stück Scheiße, das an deinem tussigen kleinen Scheißschuh klebt. Ich mache dir das Licht aus, Fotze. Ich mache dir das Licht aus mit dem hier.«

Er schiebt Zeigefinger und Daumen in den Spalt zwischen seinem Hosengürtel und seiner rechten Hüfte, um nach dem ziselierten Griff der dünnen, rasiermesserscharfen Klinge zu greifen, die in einer dünnen Lederscheide direkt an seiner Haut steckt. Einen befriedigenden, saftig heftigen Stich ins Herz. Einen in jedes Auge, gerade und tief durch das weiche, nachgiebige Gelee. Danach wird die Schlampe noch weniger als gar nichts sein und er wird sich wieder sicher und unsichtbar fühlen. Ja.

Macey geht durch die Öffnung, in der einmal die Wohnungstür war. Auf leisen Sohlen schleicht er von einem Ende des kleinen Flurs zum anderen und tritt ins Wohnzimmer. John Bolton reckt seinen Hals aus dem offenen Fenster und streckt seinen einen Arm mit einer Zigarette in dem V zwischen zwei steifen Fingern zurück ins Zimmer. Sein Bruder George lehnt träge neben dem Fenster an der Wand, pult sich mit der linken Hand etwas aus dem rechten Ohr und studiert es mit gelangweilter Miene. Das Großmaul liegt immer noch auf dem Boden und spielt Karpfen. Ein zäh fließendes Rinnsal aus Blut, das aus einem üblen Riss an seinem Mundwinkel quillt, verrät, dass John oder George nicht um weitere Mittel verlegen waren, um jeden Widerstandsversuch zu ersticken. Der Krankenwagen ist jetzt verstummt, doch von der Straße gellt ein Chor von Polizeisirenen wie unsichtbare, rotierende Klingen durch die Luft herauf und durchs Fenster herein. John Bolton wendet sich wieder ins Zimmer. Eine ungewohnte Schreckensmiene liegt auf seinem Gesicht.

All das nimmt Macey kaum wahr. Er hat nur Augen für das Mädchen, die Fotze, die mit dem Rücken zu ihm neben der zusammengerollten Gestalt kniet. Ohne innezuhalten oder seine Schritte zu verlangsamen, geht er quer durch das Zimmer auf sie zu, zieht lautlos die Klinge aus der Scheide und nimmt den Keramikgriff fest in die Hand.

»Dreh dich um, Schlampe«, sagt Vaughn Macey im Plauderton, während er die Messerhand bis in Höhe seines Kopfes hebt.

Mit einer fließenden Bewegung dreht sich das Mädchen um und richtet sich auf. Ihre Augen weiten sich vor Schock und Entsetzen, als sie im Bruchteil einer Sekunde begreift, dass sie sterben wird. Doch das Messer kann seine blitzende, geschwungene Bahn in die Brust der Fotze nicht vollenden. In dem Moment, als Macey die Klinge gierig niedersausen lässt, nimmt er nebelhaft ein schlurfendes Geräusch zu seiner Rechten wahr und sieht, das plötzlich ein unerwartetes, leuchtend rotes Hindernis zwischen seiner rechten Hand und dem Körper des Mädchens aufgetaucht ist. Das Geräusch des Aufpralls hört sich an wie ein Metallstachel, der durch einen verfaulten Kohlkopf gebohrt wird, und dann, als er das Messer zurückzieht, sieht es so aus, als wäre etwas geplatzt, und ein dunkleres Rot quillt auf und breitet sich über den scharlachroten Stoff aus.

Lähmung. Verdutzt starrt Macey die kleinwüchsige Gestalt an, die vor ihm mit einem seufzenden Aushauchen ihres letzten Atemzuges zusammensackt und ihr Blut in Strömen auf den Fußboden zu seinen Füßen ergießt.

John Bolton starrt ebenfalls hin, aber nicht lange. Er versetzt seinem Bruder einen leichten Knuff mit dem Handrücken aufs Ohr und deutet mit einer Kopfbewegung auf die Außenwelt unter dem Fenster.

»Wird Zeit, dass wir uns verpissen, Georgy. Hier stinkt's übel nach Bullen.«

Vaughn Macey erwacht aus seiner Trance und starrt sein Werk an. Das Feuer ist aus. Das Eis breitet sich wieder aus. Während die beiden Brüder durchs Zimmer poltern, verraten quietschende Reifen, dass mindestens ein Streifenwagen vor der Tür des Gebäudes eingetroffen ist, vermutlich hergeschickt von diesem Fettkloß unten auf der Straße. Macey erwischt George Bolton am Ärmel, als dieser gerade seinen Bruder in den Flur folgen will.

»Du hast das hier vergessen«, sagt er und drückt dem anderen Mann den Griff des Messers in die Hand.

George nimmt die Mordwaffe, betrachtet sie einen Moment lang verständnislos, sagt: »Danke, Mace«, und geht dann hinter seinem Bruder her in Richtung Treppe. Macey folgt ihm ohne einen Blick zurück, nur etwas langsamer, zieht die Lederscheide aus seinem Gürtel und lässt sie auf dem Treppenabsatz fallen. Nach dem Lärm zu urteilen, der aus dem Erdgeschoss heraufquillt, sind die Boltons bereits auf die erste Welle von Polizeibeamten gestoßen. Ein absolutes, beschissenes Fiasko mit goldenem Gütesiegel, aber hinter seiner Stirn ist Vaughn Macey schon wieder am Pläneschmieden.

23

Sobald Maceys schmaler Rücken außer Sicht war, warf Beth Olly einen verzweifelt fragenden Blick zu. Zur Antwort erhielt sie ein Grunzen und ein gequältes Kopfnicken. Er würde gleich wieder auf den Beinen sein – irgendwann. Sie drehte sich um, ließ sich auf die Knie fallen und beugte sich herab, um die schlaffe Gestalt in der roten Jacke in die Arme zu nehmen. Aus allen möglichen Gründen hatte sie Tränen in den Augen.

»Darky, Sie haben mir das Leben gerettet – danke …«

Und in diesem Augenblick, während im Hintergrund Türen krachten, Füße trampelten, laute Flüche hallten und weitere Polizeisirenen noch schneller näher kamen, blickte Darky mit einem Ausdruck erschöpfter Erleichterung hinauf in Beths Gesicht und flüsterte mit den letzten Fasern seiner erlahmenden Kraft sieben oder acht Wörter, die für sie und Tom für den Rest ihres Lebens rätselhaft bleiben würden.

»Früher hab ich nie mit meinen Sch- mit meinen Armen geschwungen …«

Danach schienen seine beiden Augen, das gute und das schlechte, wie Steine ins Innere seines Schädels zu rollen, bis sie nicht mehr zu sehen waren. In diesem Moment war der Kampf um Darky Green entschieden.